Publiée pour la première fois en France, Adriana Trigiani est une grande romancière américaine d'origine italienne. Ses romans ont été traduits dans plus de trente pays. *L'Italienne* a figuré sur la liste des best-sellers du *New York Times*.

DU MÊME AUTEUR

Bienvenue à Big Stone Gap
Charleston, 2015

Adriana Trigiani

L'ITALIENNE

ROMAN

*Traduit de l'anglais (États-Unis)
par Pierre Girard*

Charleston

TEXTE INTÉGRAL

TITRE ORIGINAL
The Shoemaker's Wife
ÉDITEUR ORIGINAL
HarperCollins Publishers
© 2012, The Glory of Everything Company

ISBN 978-2-7578-4370-3
(ISBN 978-2-36812-016-3, 1ʳᵉ publication)

© Charleston, une marque des éditions Leduc.s, 2014, pour l'édition française

Le Code de la propriété intellectuelle interdit les copies ou reproductions destinées à une utilisation collective. Toute représentation ou reproduction intégrale ou partielle faite par quelque procédé que ce soit, sans le consentement de l'auteur ou de ses ayants cause, est illicite et constitue une contrefaçon sanctionnée par les articles L. 335-2 et suivants du Code de la propriété intellectuelle.

PREMIÈRE PARTIE

Les Alpes italiennes

1

Un anneau d'or

Un anello d'oro

En effleurant la neige fraîchement tombée, l'ourlet festonné du manteau en velours bleu de Caterina Lazzari ouvrait un chemin sur la brique rose tandis qu'elle traversait la place déserte. Des mains saupoudrant de farine une vieille planche à découper n'auraient pas fait plus de bruit que son pas léger et régulier.

Tout autour d'elle, les Alpes italiennes dressaient sur un ciel d'étain leurs pics argentés semblables à des lames. Le soleil hivernal qui se levait clignotait à peine à travers un trou d'épingle doré, noyé dans la masse. Ainsi vêtue de bleu dans le jour naissant, Caterina avait l'air d'un oiseau.

Elle se retourna, expira longuement dans l'air glacé de l'hiver.

– Ciro ? appela-t-elle. Eduardo ?

Elle entendit le rire de ses fils résonner à travers la galerie déserte, mais ne parvint pas à les situer. Elle parcourut du regard les colonnes qui encadraient le portail ouvert. Ce n'était pas, ce matin, le moment de jouer à cache-cache, ou de faire des farces. Elle les appela de nouveau. Elle avait encore à l'esprit tout ce qu'elle avait dû faire, les corvées, les durs travaux, et les petites courses, la quantité effarante de détails à régler, les formulaires à compléter, les clés à rendre, tout cela en tirant sur les quelques lires qui lui restaient pour faire face à ses obligations.

Le veuvage commence dans la paperasse.

Caterina n'avait jamais imaginé qu'elle serait seule, en ce premier jour de 1905, avec seulement devant elle le mince espoir de se réinventer. Toutes les promesses qu'on lui avait faites s'étaient révélées fausses.

Elle leva les yeux vers une fenêtre au premier étage du magasin de chaussures où une vieille femme secouait un tapis dans l'air froid. Leurs regards se croisèrent. La femme détourna le sien, tira le tapis à l'intérieur et referma brutalement la fenêtre.

Ciro, son plus jeune fils, la guettait derrière une colonne. Ses yeux étaient exactement de la même couleur que ceux de son père : le vert intense et limpide de l'eau de Sestri Levante. Le garçon était, à dix ans, une réplique de Carlo Lazzari, avec ses grands pieds, ses grandes mains et ses épais cheveux châtains. Et c'était aussi le plus costaud des gamins de Vilminore. Quand les enfants du village descendaient dans la vallée pour rapporter des fagots de petit bois, on voyait toujours Ciro revenir en tirant derrière lui la plus lourde charge.

Caterina sentait son cœur battre chaque fois qu'elle le regardait ; il y avait dans ce visage tout ce qu'elle avait perdu à jamais. « Viens ici, dit-elle, en pointant le doigt vers le sol, à côté de sa botte de cuir noir. Tout de suite ! »

Ciro ramassa le sac en peau de son père et, tout en courant vers sa mère, appela son frère qui se cachait derrière les statues.

Eduardo, douze ans, avait les yeux noirs et était déjà grand et mince pour son âge : il tenait de la famille de sa mère, les Montini. Il ramassa lui aussi son sac et courut les rejoindre.

Au pied des montagnes, dans la ville de Bergame où Caterina avait vu le jour trente-deux ans plus tôt, la famille Montini avait fondé une imprimerie qui produisait du papier à lettres, des cartes de visite gravées et des petits carnets dans une boutique de la rue Borgo Palazzo. Les Montini possédaient une maison et un jardin. En fermant les yeux, elle revoyait ses parents attablés au frais sous leur treille pour manger de la ricotta au miel sur d'épaisses tranches de pain frais. Caterina se rappelait tout ce qu'ils étaient, tout ce qu'ils avaient.

Les garçons laissèrent tomber leurs sacs dans la neige.
– Désolé, maman, dit Ciro.

Il regardait sa mère avec la certitude que c'était la plus belle femme au monde. Sa peau avait le parfum des pêches et la douceur du satin. Ses longs cheveux tombaient autour de son visage en vagues romantiques et, du plus loin qu'il se souvienne, il avait, quand elle le tenait dans ses bras, tortillé l'une de ses mèches jusqu'à en faire un simple cordon brun.

– Tu es jolie ! lança Ciro avec ferveur.

Quand Caterina était triste, il cherchait à la dérider avec des compliments.

Caterina sourit.
– Tous les garçons trouvent leur mère magnifique. (Elle avait les joues rosies par le froid et le bout du nez rouge vif.) Même quand ce n'est pas vrai !

Elle fouilla dans son sac à la recherche d'un petit miroir et d'une houppette. Les petites rougeurs disparurent sous la poudre. Serrant les lèvres, elle regarda ses garçons d'un œil critique. Elle rajusta le col d'Eduardo et tira la manche de veste de Ciro sur son poignet. La veste lui était trop petite et on aurait beau tirer dessus, on n'ajouterait jamais les cinq centimètres qui manquaient.

– Tu as encore grandi, Ciro.
– Désolé, maman.

Elle se rappelait l'époque où elle leur faisait faire des vestes sur mesure, ainsi que des pantalons de velours côtelé et des chemises blanches en coton. À leur naissance, ils avaient eu des couvertures molletonnées dans leur berceau et toute une layette en coton avec des perles en guise de boutons. Des jouets en bois. Des livres d'images. Mais les habits de ses fils étaient trop petits depuis longtemps, et on ne les remplaçait pas.

Eduardo avait un pantalon de laine et une veste donnée par un voisin. Ciro portait des vêtements de son père, en bon état mais pas à sa taille. Le bas du pantalon, trop long d'une petite dizaine de centimètres, avait été raccourci à grands points, la couture ne faisant pas partie des talents de Caterina. Bien que serrée au dernier trou, la ceinture ne remplissait pas pleinement sa fonction.

– Où allons-nous, maman ? demanda Ciro, en la suivant.

– Elle te l'a déjà dit cent fois et tu n'écoutes pas !

Eduardo souleva le sac de son frère pour le porter.

– C'est à toi d'écouter pour lui, lui rappela Caterina.

– On va habiter au couvent de San Nicola.

– Pourquoi faut-il qu'on aille vivre avec des nonnes ? gémit Ciro.

Caterina se retourna face à ses deux fils. Ils la regardèrent, dans l'attente d'une explication qui donnerait un sens aux mystérieuses allées et venues des derniers jours. Ils ne savaient même pas quelles questions poser, ni de quelle information ils auraient besoin, mais ils étaient certains qu'il y avait une raison à l'étrange comportement de leur mère. Elle s'était montrée inquiète. Elle pleurait longuement, la nuit, quand elle croyait ses fils endormis. Elle avait écrit un tas de lettres au cours de la semaine, plus qu'ils ne lui en avaient jamais vu écrire.

Caterina savait que leur dire la vérité serait manquer à ses devoirs. Une mère ne devait jamais manquer à ses devoirs envers ses enfants, surtout lorsqu'ils n'avaient plus qu'elle au monde. D'ailleurs, dans les années à venir, Ciro ne se souviendrait que des faits tandis qu'Eduardo les repeindrait dans des couleurs plus douces. Aucune de ces deux versions ne serait la vraie, alors quelle importance ?

Caterina devait prendre seule toutes les décisions et elle ne supportait pas cette responsabilité. Dans un brouillard de chagrin, il lui fallait réfléchir à toutes les alternatives pour ses garçons. Son état mental l'empêchait de prendre soin de ses fils et elle en était consciente. Elle dressait des listes de membres de sa famille et de celle de son mari, qui pourraient peut-être lui venir en aide. Elle scrutait les noms tout en sachant que, parmi ces gens, plus d'un avait sans doute autant besoin de soutien qu'elle-même. Des années de pauvreté avaient dépeuplé la région en forçant beaucoup de ses habitants à partir pour Bergame ou Milan à la recherche d'un emploi.

À force de réfléchir, elle se souvint que son père avait imprimé des missels pour toute la Lombardie, et qu'il les vendait jusqu'à Milan, au sud de la région. Il avait offert gracieusement ses services à la sainte Église romaine, avec l'espoir d'être un jour payé de retour. Alors Caterina, misant sur l'estime qu'il y avait gagnée, avait demandé un refuge pour ses fils aux religieuses de San Nicola.

Elle posa une main sur l'épaule de chacun.

– Écoutez-moi. C'est la chose la plus importante que je vous dirai jamais. Faites ce qu'on vous dit. Faites tout ce que les sœurs vous diront de faire. Faites-le bien. Au besoin, faites-en plus que ce qu'elles attendent. Anticipez. Regardez autour de vous. Chargez-vous des corvées *avant* que les sœurs le demandent. Quand la sœur vous dit d'aller chercher du bois, allez-y tout de suite. Sans vous plaindre ! Aidez-vous mutuellement – rendez-vous indispensables. Coupez le bois, rentrez-le, et allumez le feu sans discuter. Vérifiez l'éteignoir avant d'allumer le petit bois. Et quand le feu s'éteint, sortez la cendre et fermez le conduit. Nettoyez tout impeccablement. Préparez la prochaine flambée avec une bûche bien sèche et du petit bois. N'oubliez pas de ranger le balai, la pelle et le pique-feu. N'attendez pas que la sœur vous le rappelle. Rendez-vous utiles et restez tranquilles. Soyez pieux. Priez. Asseyez-vous au premier rang pendant la messe et tout au bout du banc pour le dîner. Soyez les derniers à vous servir, et jamais les seconds. Vous êtes là grâce à leur bonté, et non parce que vous pourriez les payer pour qu'elles vous gardent. Vous comprenez ?

– Oui, maman, répondit Eduardo.

Caterina posa la main sur le visage du garçon et sourit. Il lui entoura la taille de son bras et la serra. Puis elle attira Ciro contre elle. Il sentit contre sa joue la douceur de son manteau.

– Je sais que vous vous conduirez bien, dit-elle.

– Je ne peux pas, lâcha Ciro, en s'écartant pour échapper à l'étreinte de sa mère. Et je ne me conduirai pas bien !

– Ciro...

– Ce n'est pas une bonne idée, maman. On ne sera pas chez nous, là-bas.

– On n'a nulle part où aller, dit Eduardo, pragmatique. On est chez nous là où maman nous met.

– Écoute ton frère. C'est ce que je peux faire de mieux pour le moment. Cet été, je viendrai vous chercher là-haut et je vous prendrai à la maison.

– Chez nous dans notre maison ? demanda Ciro.

– Non. Dans un nouvel endroit. Nous irons peut-être dans la montagne, à Endine.

– Là où papa nous emmenait au lac ?

– Oui, la ville où il y a un lac. Tu te rappelles ?

Les garçons hochèrent la tête : ils se rappelaient. Eduardo se frottait les mains pour les réchauffer. Elles étaient sèches et rougies par le froid.

– Tiens, prends mes gants. (Caterina retira les gants noirs qui lui couvraient les avant-bras jusqu'aux coudes. Elle prit les mains d'Eduardo pour l'aider à les enfiler en les faisant rentrer sous ses manches trop courtes.) Ça va mieux ?

Eduardo ferma les yeux ; la chaleur des gants de sa mère remontait le long de ses bras et passait dans son corps comme pour l'envelopper tout entier. Il repoussa ses cheveux en arrière d'un geste de la main, rassuré par le parfum de freesia et de citron frais.

– Et moi, je n'ai rien ? demanda Ciro.

– Tu as les gants de papa pour te tenir chaud. (Elle sourit.) Mais tu veux quelque chose de ta maman, toi aussi ?

– S'il te plaît !

– Donne-moi ta main.

Ciro retira le gant de son père avec ses dents.

Caterina fit glisser la chevalière en or qu'elle portait au petit doigt et la passa à l'annuaire de Ciro.

– C'est mon papa qui me l'a donnée.

Ciro regarda la bague. Un *C* au dessin élégant étincelait à la lumière du matin dans un ovale d'or massif. Ciro serra le poing. L'anneau conservait la tiédeur de la main maternelle.

La façade en pierre du couvent de San Nicola était des plus austères. De grands pilastres surmontés de statues de saints dont les visages offraient tous la même expression de douleur muette se dressaient de part et d'autre de l'allée. L'épaisse porte en noyer s'ornait d'une sculpture pointue, qui fit penser à Eduardo à la mitre d'un évêque quand il l'ouvrit. Caterina et Ciro pénétrèrent à sa suite dans un petit vestibule. Ils chassèrent la neige collée à leurs chaussures en tapant des pieds sur un paillasson de branches sèches et Caterina leva la main pour faire tinter la cloche de cuivre qui pendait à une chaîne.

– Elles doivent être en train de prier. Elles ne font que ça, ici. Prier à longueur de journée, dit Ciro, en jetant un coup d'œil à travers une fente de la porte.

– Comment sais-tu ce qu'elles font ? demanda Eduardo.

La porte s'ouvrit. Sœur Domenica regarda les garçons. Elle les jaugeait.

Elle était petite, avec une silhouette en cloche. Sa tenue noire et blanche et sa jupe ample la faisaient paraître encore plus large.

– Je suis la signora Lazzari, dit Caterina. Et voici mes fils, Eduardo et Ciro.

Eduardo s'inclina devant la religieuse. Ciro baissa vivement la tête comme pour dire une brève prière. En fait, c'était cette verrue au menton de la sœur Domenica qu'il voulait voir disparaître.

– Venez avec moi, dit-elle.

Elle montra du doigt un banc aux garçons, pour les inviter à s'asseoir et à attendre. Caterina la suivit dans une autre pièce, après avoir passé une grosse porte en bois qu'elle referma derrière elles. Eduardo regardait droit devant lui tandis que Ciro examinait tout en tendant le cou.

– Elle nous abandonne, chuchota Ciro. Exactement comme papa nous a laissés.

– Ce n'est pas vrai, répondit son frère, sur le même ton.

Ciro observait la petite salle d'attente, une pièce ronde avec deux profondes alcôves, l'une consacrée à la Sainte Vierge, l'autre à saint François d'Assise. Marie avait manifestement plus de cierges allumés à ses pieds. Ce qui signifiait, conclut Ciro, qu'on pouvait toujours compter sur une femme. Il poussa un profond soupir.

– J'ai faim.
– Tu as tout le temps faim !
– Je n'y peux rien.
– N'y pense plus.
– Je ne pense *qu'à ça*.
– Tu es un simple d'esprit.

— Non. Ce n'est pas parce que je suis costaud que je suis idiot.

— Je n'ai pas dit que tu étais idiot. Tu es *simple*.

Une odeur de vanille et de beurre frais flottait dans le couvent. Ciro ferma les yeux et huma. Il avait *vraiment* faim.

— C'est comme l'histoire que maman nous a racontée, avec les soldats qui sont perdus dans le désert et qui voient une fontaine qui n'existe pas ? (Ciro se leva pour suivre l'odeur.) Ou bien c'est parce qu'elles font cuire un gâteau quelque part ?

— Assieds-toi ! ordonna Eduardo.

Ignorant l'injonction, Ciro s'éloigna dans le long corridor.

— Reviens ! appela Eduardo, à voix basse.

Les portes en noyer donnant sur les arcades étaient fermées, et de faibles rais de lumière filtraient par les impostes. Parvenu tout au fond du corridor, Ciro aperçut à travers une porte vitrée un cloître qui reliait le bâtiment principal du couvent aux ateliers. Il courut sous les arcades, vers la lumière. En s'approchant de la porte, il vit un espace de terre nue, probablement un jardin, bordé par des figuiers aux troncs noueux saupoudrés de neige.

Guidé par l'odeur exquise, Ciro trouva la cuisine du couvent à l'angle du principal corridor. Une brique maintenait la porte ouverte. Une collection de casseroles étincelantes pendait au-dessus d'une longue table de ferme en bois massif. Ciro se retourna pour voir si Eduardo l'avait suivi. Seul et libre, il se risqua jusqu'au seuil de la cuisine pour regarder à l'intérieur. Il y faisait chaud comme en plein été. Ciro laissa les ondes de chaleur passer sur lui.

Une très belle femme, beaucoup plus jeune que sa mère, travaillait sur la table. Elle portait une longue robe de laine à rayures grises avec un tablier de coton blanc noué à la taille. Ses cheveux bruns formaient un chignon serré sous un foulard noir. Elle fermait à demi ses yeux bruns en roulant un long ruban de pâte sur une plaque de marbre doux. Tout en chantonnant, elle prit un petit couteau pour découper de minuscules étoiles de pâte, sans se rendre compte que Ciro l'observait. Ses longs doigts maniaient la pâte et le couteau avec des gestes vifs et sans une hésitation. Il y eut bientôt sur la plaque un monticule de minuscules boules de pâte. Ciro se dit que toutes les femmes étaient belles, hormis peut-être les très vieilles comme sœur Domenica.

– Des *corallini* ? demanda-t-il.

La jeune femme releva la tête et sourit au gamin planté sur le seuil dans ses vêtements trop grands.

– *Stelline*, corrigea-t-elle, en brandissant un morceau de pâte en forme d'étoile. Puis elle en ramassa une pile qu'elle jeta dans un grand plat creux.

– Qu'est-ce que vous faites cuire ?

– Une crème brûlée.

– Ça sent le gâteau dans le couloir.

– Oui, à cause du beurre et de la noix muscade. La crème brûlée, c'est meilleur que les gâteaux. Ça fait tomber les anges de leur perchoir. En tout cas, c'est ce que je dis aux autres sœurs. Ça te donne faim ?

– J'avais déjà faim.

Elle se mit à rire.

– Qui es-tu ?

– Et *vous* ? Il la regardait en plissant les yeux.

– Je suis la sœur Teresa.

– Excusez-moi, ma sœur… Mais… vous avez l'air d'une fille. Vous n'avez pas l'air d'une nonne.

– Je ne mets pas de jolie tenue pour cuisiner. Comment t'appelles-tu ?

Ciro s'assit sur un tabouret face à la religieuse.

– Ciro Augusto Lazzari, annonça-t-il fièrement.

– C'est un nom magnifique. Tu ne serais pas un empereur romain ?

– Non. (Puis, se rappelant qu'il parlait à une religieuse, il ajouta :) Ma sœur.
– Quel âge as-tu ?
– Dix ans. Je suis costaud pour mon âge. Je tire la corde de la roue à eau, en ville.
– Voilà qui est impressionnant !
– Je suis le seul garçon de mon âge qui peut le faire. On dit que je suis fort comme un bœuf.

Sœur Teresa tendit la main par-dessus la table pour prendre un quignon de pain dans une corbeille. Elle y étala du beurre avant de le tendre à Ciro. Pendant qu'il mangeait, elle découpa rapidement d'autres étoiles qui allèrent rejoindre les précédentes dans le grand plat plein de lait, de sucre, d'œufs, de vanille et de noix muscade. Elle agita le tout en tournant calmement avec une grande cuillère émaillée. Ciro regarda la crème brûlée à laquelle se mêlaient maintenant des étoiles, recouvertes l'une après l'autre tandis que la mixture épaississait. La sœur Teresa versa la crème brûlée dans des coupes en céramique sur un plateau métallique, sans en perdre une goutte.

– Tu visites le couvent ?
– On nous envoie travailler ici parce qu'on est pauvres.
– Tout le monde est pauvre à Vilminore di Scalve. Même les nonnes.
– On est *vraiment* pauvres. On n'a plus de maison. On a mangé toutes les poules, et maman a vendu la vache. Elle a vendu un tableau et tous les livres. Elle n'en a pas tiré grand-chose. Et il ne reste presque plus d'argent.
– C'est la même histoire dans tous les villages des Alpes.
– On ne restera pas longtemps. Ma mère va aller à la ville et elle reviendra nous chercher cet été.

Ciro regarda le grand four à bois et se dit qu'il allait devoir l'alimenter et le nettoyer jusqu'au retour de sa mère. Il se demanda combien de cheminées il y avait dans ce couvent. Un grand nombre, lui semblait-il. Il allait sans doute passer ses journées à couper du bois et à allumer des feux.

– Qui vous a amenés au couvent ?
– Maman. Elle n'arrête pas de pleurer.
– Pourquoi ?
– Papa lui manque.

Sœur Teresa prit le plateau chargé de coupes de pâte à cuire pour le mettre dans le four. Comme c'était agréable, de travailler en plein hiver dans une cuisine bien chauffée et de préparer à manger ! Ciro se disait souvent que les gens qui étaient dans les cuisines n'avaient jamais faim.

– Où est passé ton père ?
– On dit qu'il est mort, mais je ne le crois pas, répondit Ciro.
– Pourquoi tu ne le crois pas ?

Sœur Teresa s'essuya les mains sur un torchon et se pencha au-dessus de la table, approchant son visage tout près de celui du garçon.

– Eduardo a lu une lettre d'Amérique que maman avait reçue. Elle disait que papa était mort dans une mine mais qu'on n'avait pas retrouvé son corps. Alors je ne crois pas qu'il est mort.

– Parfois… commença-t-elle.

Ciro l'interrompit :

– Je sais très bien comment c'est. Parfois, un homme meurt et il n'y a pas de corps. Parfois, c'est de la dynamite qui explose dans la mine et ceux qui travaillent au fond sont pulvérisés, ou bien un corps peut brûler et disparaître dans un trou, ou dans une rivière souterraine sous la montagne. Ou bien on est blessé, on ne peut plus marcher et on reste coincé au fond et on finit par mourir de faim parce que personne ne vient vous chercher et que les bêtes vous mangent et qu'il ne reste que des os. Je connais toutes les façons dont on peut mourir là-dedans – mais mon papa n'a pas pu mourir comme ça. Il est très fort. Personne ne pouvait le battre, et à Vilminore di Scalve, aucun homme ne soulevait des poids comme lui. Il n'est pas mort.

— Ma foi, je voudrais bien faire sa connaissance, un jour.

— Vous le connaîtrez. Il va revenir. Vous verrez.

Ciro espérait que son père était toujours vivant et son cœur saignait à l'idée qu'il ne le reverrait peut-être jamais. Il se souvenait qu'il le retrouvait toujours facilement au milieu d'une foule car il était plus grand que tous ceux du village. Carlo Lazzari était si fort qu'il pouvait porter ses deux fils en même temps, un sur chaque hanche, et grimper avec eux les pentes abruptes de la montagne. Il abattait des arbres à la hache, aussi facilement que la sœur Teresa découpait sa pâte à gâteau. Il avait construit un barrage au pied de la chute du Vertova. Avec l'aide des autres, certes, mais c'était lui le chef.

Sœur Teresa cassa un œuf frais au-dessus d'une chope et y ajouta une petite cuillerée de sucre. Puis elle versa de la crème et battit le mélange jusqu'à ce que de l'écume se forme à la surface.

— Tiens, dit-elle, en tendant la chope à Ciro.

Il prit d'abord une gorgée, puis but jusqu'à la dernière goutte.

— Alors, comment va cet estomac, maintenant ?

Ciro sourit.

— Il est plein !

— Ça te plairait de m'aider à faire la cuisine, à l'occasion ?

— Les garçons ne font pas la cuisine.

— Ce n'est pas vrai. À Paris, les grands chefs sont tous des hommes. Les femmes ne sont pas admises au Cordon Bleu, la célèbre école française qui forme des chefs de cuisine.

À cet instant, Eduardo pénétra en trombe dans la cuisine.

– Viens, Ciro. On s'en va !
Sœur Teresa lui sourit.
– Tu dois être Eduardo ?
– Oui, c'est moi.
– C'est une sœur, dit Ciro à son frère.
Eduardo salua d'un hochement de tête.
– Excusez-moi, ma sœur.
– Tu n'as pas faim, toi ?
Eduardo secoua la tête.
Tendant la main vers la huche en fer qui se trouvait derrière elle, sœur Teresa prit une tranche de pain sur laquelle elle étala du beurre. Elle l'offrit à Eduardo, qui la mangea avec voracité.
– Mon frère ne veut jamais rien demander, expliqua Ciro. Pourriez-vous lui donner à lui aussi un œuf au sucre et à la crème ? (Se tournant vers Eduardo, il déclara :) Ça va te plaire.
Sœur Teresa sourit à nouveau. Elle cassa un œuf, ajouta la crème et le sucre et battit le mélange au fouet. Elle le tendit à Eduardo, qui but à petites gorgées gourmandes jusqu'à la dernière goutte.
– Merci, ma sœur, dit-il.
– On croyait que ce couvent allait être une horreur, dit Ciro, en posant sa chope et celle d'Eduardo dans l'évier.
– Si vous vous conduisez bien et faites vos prières, vous n'aurez pas de problèmes.
La sœur Domenica et Caterina venaient d'apparaître sur le seuil de la cuisine. Eduardo se figea en les voyant et s'inclina prestement devant la vieille religieuse. Ciro ne comprenait pas pourquoi son frère avait peur de tout et de tout le monde. Ne voyait-il pas que cette sœur Domenica était inoffensive ? Avec sa collerette empesée et ses jupes noires, elle faisait penser au globe en marbre de Carrare noir et blanc qui servait de presse-papiers à leur mère. Ciro n'avait pas peur des nonnes, et celle-ci,

d'ailleurs, n'était jamais qu'une vieille dame avec une croix de bois pendue à la taille comme une clé géante.

— J'ai trouvé deux jeunes hommes dégourdis pour m'aider à la cuisine, déclara sœur Teresa. Et Ciro aura du travail à la chapelle. J'ai besoin d'un garçon assez fort pour porter des choses lourdes. Sans compter que j'ai aussi besoin d'un garçon costaud pour faire du fromage, ajouta sœur Teresa avec un clin d'œil à sœur Domenica.

— Je peux faire les deux, dit fièrement Ciro.

Caterina posa les mains sur ses épaules.

— Mes garçons feront tout ce dont vous aurez besoin, ma sœur.

***

À quelques kilomètres seulement de Vilminore di Scalve, le village de Schilpario s'accrochait à flanc de montagne comme une stalactite grise. On enterrait même les morts sur la pente, dans des sépultures protégées par un grand mur de soutènement envahi par la végétation.

Il n'y avait pas à Schilpario de place proprement dite ni de galerie marchande comme à Vilminore di Scalve, pas non plus de fontaines ou de statues, mais seulement de solides bâtiments de bois et de stuc capables de supporter la dureté des hivers. Le stuc était peint de couleurs gaies, jaune citron, rouge cerise et lie-de-vin qui mettaient de la fantaisie sur la montagne grise.

Schilpario était une place minière où l'on exploitait de riches gisements de fer et de barytine. Le minerai partait ensuite à Milan par charrette pour y être vendu. Tous les emplois du village étaient au service des villes situées plus bas, y compris la construction et la maintenance des barrages qui permettaient d'emprisonner et de faire travailler les eaux tumultueuses du fleuve Vo au pied des falaises.

Les fermes d'élevage fournissaient de la viande fraîche à la ville. Chaque famille possédait un fumoir pour produire de la saucisse, du salami, et affiner le jambon cru. Pendant les longs hivers, les montagnards puisaient dans les coffres pleins de châtaignes entreposés dans leurs caves, ces châtaignes qui tapissaient les pentes montagneuses et brillaient comme du verre entre les roches. Ils survivaient aussi grâce aux œufs de leurs poules et au lait de leurs vaches. Ils faisaient eux-mêmes leur beurre et leur fromage, et tout ce qu'ils ne pouvaient pas vendre, ils le mangeaient.

Les forêts, sur les hauteurs dominant le village, regorgeaient de cèpes et de toutes sortes de champignons, mais aussi de truffes très recherchées qu'on déterrait à la fin de l'été pour les vendre au prix fort à des intermédiaires français qui, à leur tour, les revendaient à de grands chefs dans les capitales européennes. On utilisait les cochons – chaque famille en possédait – pour trouver les truffes dans la terre. On apprenait même aux enfants, dès leur plus jeune âge, à chercher les précieux tubercules en parcourant les bois à quatre pattes, un sac de toile autour de la taille, en humant leur parfum enfoui autour des racines des vieux arbres.

Schilpario faisait partie des derniers villages, en remontant vers le nord, qui se trouvaient à l'ombre du Pizzo Camino, le plus haut sommet des Alpes, où la neige ne fondait pas, même en été. À cette altitude, les gens regardaient en contrebas les nuages qui s'engouffraient dans la vallée, tels des morceaux de meringue.

Le printemps venu, les pentes glacées de la montagne se réchauffaient et se teintaient d'un vert plus clair avec l'apparition de nouvelles branches sur les pins et les genévriers. Tout au fond de la vallée, le jaune vif des boutons-d'or éclatait dans les champs. Les femmes du village cueillaient des plantes et les utilisaient en médecine : camomille pour calmer les nerfs, pissenlit sauvage pour la circulation du sang, menthe parfumée pour apaiser les maux d'estomac, et ortie dorée pour faire tomber la fièvre.

On appelait *Passo della Presolana* le long ruban de route qui reliait Schilpario à Vilminore di Scalve avant de descendre de la montagne jusqu'à Bergame. Construit au dix-huitième siècle, c'était un chemin des plus rustiques, à une seule voie et qu'il fallait suivre à pied. On l'avait élargi pour permettre le passage d'un cheval et d'une charrette, mais il n'était praticable que l'été, car il devenait dangereux pendant l'hiver.

Marco Ravanelli connaissait chaque tournant et chaque embranchement de ce chemin, chaque pont naturel susceptible d'offrir un abri, chaque petit village, chaque ferme, chaque rivière et chaque lac : dès sa plus tendre enfance, il avait accompagné son père, qui proposait ses services comme transporteur avec un cheval et une charrette.

Marco, le charretier de Schilpario, était mince et de taille moyenne, avec une épaisse moustache brune qui masquait en partie la finesse de ses traits. En plantant deux longs bâtons dans la glace, il assura sa position entre la maison en pierre qu'il louait et la grange dont il était propriétaire. Il restait prudent, car il ne pouvait pas se permettre de se casser une jambe ou de se blesser d'une façon ou d'une autre. À trente-trois ans, il avait une femme et six enfants à charge, dont la dernière, Stella, venait tout juste de naître.

Enza, son aînée, le suivait. Elle planta ses propres bâtons dans la glace pour ne pas tomber. Enza venait d'avoir dix ans, mais elle savait faire tout ce qu'une fille deux fois plus âgée faisait, et peut-être mieux, en particulier la couture. Ses petits doigts couraient avec précision et assurance pour créer des points presque invisibles sur des ourlets bien rectilignes. Ce talent naturel émerveillait sa mère, qui était bien incapable de coudre aussi vite.

Les cheveux châtains d'Enza n'avaient jamais été coupés et tombaient jusqu'à sa taille en deux tresses brillantes. Elle avait le visage en forme de cœur de sa mère, des joues rebondies, une peau couleur de crème fraîche et des lèvres parfaitement dessinées. Ses yeux bruns étincelaient comme des boutons d'ambre.

Comme dans toutes les familles nombreuses, la fille aînée n'avait jamais eu une véritable enfance.

Enza avait appris à atteler un cheval dès qu'elle avait été assez grande pour atteindre la charrette. Elle savait faire une pâte avec des châtaignes pour les tartes, une pâte à beignets avec des pommes de terre pour les gnocchis, baratter le beurre, tordre le cou d'un poulet, faire la lessive et recoudre les vêtements. Quand Enza trouvait le temps de jouer, elle cousait. Comme le tissu coûtait cher, elle avait appris toute seule à teindre la mousseline de coton pour créer des imprimés et elle en faisait des vêtements pour toute la famille.

L'été venu, elle cueillait des mûres et des framboises et faisait des teintures avec leur pulpe. Elle plissait et fronçait le fin coton, peignait dessus et le mettait à sécher au soleil pour fixer les couleurs. La mousseline devenait magnifique quand Enza lui donnait des teintes délicates de lavande, de rose et de bleu. Elle ornait ensuite les étoffes colorées de broderies.

Elle n'avait pas de poupées avec lesquelles jouer, mais qu'aurait-elle fait d'une poupée quand il fallait s'occuper de deux bébés au berceau et de trois enfants en bas âge, dont l'un ne savait pas encore marcher et les deux autres commençaient déjà à courir partout ? Et avec les mille et une occupations auxquelles elle devait faire face pendant les longues journées d'hiver ?

Il faisait froid dans l'écurie, à l'heure où Enza et son père attaquaient leurs corvées quotidiennes. Pendant qu'il étrillait Cipi, leur cheval adoré, elle astiquait le banc de leur petit fiacre. Il était plus étroit qu'une charrette ordinaire, il n'offrait que deux places assises et on l'avait peint en noir pour mettre en valeur l'élégance de ses courbes. Enza nettoyait le banc avec un chiffon propre et faisait reluire les ferrures.

Quand ils sont au service des riches, les ouvriers ne doivent négliger aucun détail. La peinture doit être impeccablement laquée, les parties en cuivre étincelantes, la moindre ferrure, le moindre bouton doit briller. Le résultat obtenu par le domestique à grand renfort de jus de coude se doit de refléter avec éclat le statut social et l'importance du client. Les riches paient pour cela ; ils en ont besoin. Marcello avait appris à Enza que tout devait briller, y compris le cheval.

Elle posa du côté passager le plaid à double épaisseur – grosse toile de coton doré et cuir brun – qu'elle avait confectionné elle-même pour que le client n'ait pas froid.

– Je pense que tu ne devrais pas y aller, papa.

– C'est la seule course qu'on m'ait proposée de tout l'hiver.

– Et si la bride claque ? Si Cipi tombe ?

– Il se relèvera.

Marco vérifia la suspension de la voiture. Il saisit un bidon d'huile pour lubrifier les ressorts.

– Laisse-moi faire.

Prenant le bidon des mains de son père, Enza se glissa sous l'attelage pour graisser les parties métalliques. Elle prit soin de mettre quelques giclées supplémentaires pour permettre au fiacre de bien amorcer les virages et d'encaisser les cahots du chemin de montagne sans se renverser.

Marco l'aida à se relever.

– Il y a toujours beaucoup de neige dans la montagne. Le temps que j'arrive à Vilminore di Scalve, il ne restera qu'un peu de poudreuse. Et sans doute plus de neige du tout à Bergame.

– Et la pluie ?

Marco sourit.

– Tu t'inquiètes toujours trop pour ta mère et pour moi.

– Il faut bien que quelqu'un s'inquiète.

– Enza !

– Pardon, papa. Mais on a assez de farine pour tenir jusqu'au printemps. Un peu de sucre. Une quantité de châtaignes. Tu n'avais pas besoin de cette course.

– Et le loyer ?

– Le signore Arduini peut attendre. Avec l'argent, il ne fera qu'acheter de nouvelles robes à sa fille. Maria en a déjà assez.

– Tu vas expliquer à l'homme le plus riche de la ville comment dépenser son argent, maintenant ?

– Je voudrais bien qu'il me le demande. J'aurais des choses à lui dire.

Marco s'efforça de rire.

– Je gagne trois lires pour descendre un passager de la montagne.

– Trois lires !

– Je sais. Mais il faudrait être fou pour refuser trois lires.

– Laisse-moi t'accompagner. Si tu as un problème, je pourrai t'aider.

– Et qui aidera ta mère avec les petits ?

– Battista.

– Il a neuf ans et c'est un vrai bébé, pire que Stella.

– Il aime s'amuser, c'est tout, papa.

– C'est le genre de qualité qui ne mène pas très loin dans l'existence.

– Eliana peut aider.

– Elle n'est pas assez forte.

– Mais elle est intelligente. Ça compte, ça aussi.

– Sans doute, mais ça n'aide pas ta mère avec tout ce qu'il y a à faire. Vittorio et Alma sont petits, et Stella tète encore. Ta maman a besoin de toi ici.

– Très bien. Je reste. Tu seras de retour dans combien de temps ?
– Il me faut une journée pour descendre. Je vais dormir en bas et je remonterai demain.
– Deux jours complets.
– Pour *trois* lires, lui rappela Marco.

Il avait de l'ambition. Il avait dessiné les plans d'une nouvelle voiture de luxe pour transporter les touristes qui, l'été, venaient chercher le calme et le silence de la montagne, les nuits fraîches et les matins ensoleillés. Les eaux cristallines des lacs attiraient les baigneurs. Les vacanciers pouvaient profiter des eaux de Boario, réputées pour leurs vertus curatives, se prélasser au soleil sur les rives du Brembo ou s'offrir des bains de boue. Le nouveau fiacre à cheval les conduirait partout où ils voudraient ! Marco imaginait un attelage moderne avec une capote à larges rayures noires et blanches, retenue par des ferrures en cuivre, et des franges de soie pour donner une touche élégante. Giacomina et Enza coudraient des coussins bleu turquoise pour les banquettes.

Avec l'argent que Marco gagnerait, il comptait faire une offre à Arduini pour la vieille maison en pierre de taille. Le loyer lui coûtait cher, mais elle était proche de l'écurie de Cipi, dans laquelle se trouvaient le fiacre et le matériel qui allait avec. Les Ravanelli ne pouvaient pas habiter dans une grange. Il leur fallait une maison.

Le signore Arduini se faisait vieux ; son fils ne tarderait pas à prendre sa place de chef de famille. Le coffre en bois plein de parchemins portant les relevés topographiques des terrains à Schilpario serait désormais géré par une nouvelle génération d'Arduini. Marco avait compris, à certains signes, qu'il devrait sérieusement envisager de se porter acquéreur. Plus d'une fois, quand il venait payer son loyer, le signore Arduini lui avait demandé avec insistance d'acheter leur maison avant qu'il meure et avant que son fils le remplace et renonce éventuellement à vendre. C'est ce qui avait poussé Marco à agrandir son affaire ; le fiacre actuel ne pouvait pas lui fournir le revenu nécessaire à l'achat de la maison.

Acheter la maison de la Via Scalina, tel était le rêve de Marco pour sa famille.

* * *

Marco arriva à l'heure à Vilminore. De l'autre côté de la place, il aperçut sa cliente, accompagnée d'une religieuse. Un petit sac marron était posé par terre à côté d'elle. Le manteau bleu de Caterina se détachait sur les tons rose et gris de l'hiver. Marco fut soulagé de constater qu'elle l'attendait, comme convenu. Depuis quelque temps, la plupart de ses clients lui faisaient faux bond, signe que la pauvreté s'était aggravée dans cette région montagneuse : les voyageurs choisissaient d'aller à pied.

Marco conduisit Cipi à travers la place jusqu'à l'entrée de San Nicola, sauta à terre, salua la voyageuse et l'aida à s'installer dans le fiacre. Il plaça son bagage à côté d'elle dans le coffre prévu à cet effet, jeta le plaid sur ses genoux par-dessus le manteau bleu et s'assura que la capote était bien en place.

La sœur Domenica lui tendit une enveloppe qu'il fourra dans sa poche. Il la remercia avant de monter à son tour dans le fiacre sur le siège du cocher. La religieuse rentra dans le couvent.

Comme il retraversait la place, Marco entendit un enfant qui appelait sa mère. Caterina Lazzari lui demanda de s'arrêter tandis que Ciro, à bout de souffle, courait à côté de la voiture. Elle regarda son fils.

– Retourne là-bas, Ciro.
– Maman, n'oublie pas de m'écrire !
– Toutes les semaines. C'est promis. Et tu m'écriras aussi.
– Bien sûr, maman !

– Sois sage, écoute les sœurs. Ce ne sera pas long d'ici cet été.

Marco fit claquer les rênes et conduisit Cipi le long de la rue principale jusqu'à la route de la montagne. Ciro regarda sa mère s'éloigner. Il aurait voulu courir après la charrette, saisir la poignée et se hisser sur le siège, mais sa mère ne se retourna pas, ne se pencha pas pour lui faire signe de la rejoindre comme elle l'avait fait chaque fois qu'elle partait dans une voiture à cheval, un train ou sur une balançoire, aussi loin que remontaient ses souvenirs.

Ciro ne voyait qu'une explication : sa mère avait choisi de s'en aller loin de lui en l'abandonnant comme une chaise cassée qu'on laisse au bord de la route pour le collecteur d'ordures. Tandis qu'elle s'éloignait, il distinguait son grand col, et sa nuque droite comme la tige d'une rose. Elle ne fut bientôt plus qu'une tache bleue au loin, puis le fiacre bifurqua pour s'engager sur le Passo della Presolana.

La poitrine de Ciro se souleva à l'instant où elle disparut. Il aurait voulu crier pour la rappeler, mais à quoi cela aurait-il servi ? Ciro avait appris la différence entre la tristesse et la colère. Il savait seulement qu'il avait envie de tout casser autour de lui, les statues, la baraque du marchand de gâteaux et les vitrines de toutes les boutiques de la galerie.

Ciro était furieux à cause de toutes les mauvaises décisions prises par sa mère depuis le départ de son père, y compris celle de vendre tout ce qui appartenait à son père, dont son fusil et son ceinturon. Il était furieux contre Eduardo, qui acceptait tout sans une plainte et opinait à tout ce que disait leur mère. Et il était furieux de devoir maintenant vivre dans un *couvent*, ce qui revenait, pour lui, à demander à un poisson d'habiter dans un arbre. Rien de ce qu'avait fait sa mère n'avait de sens à ses yeux. Ses explications n'étaient pas satisfaisantes. Tout ce qu'il savait et tout ce qu'il avait entendu, c'était qu'il devait bien se conduire. Mais que signifiait ce *bien*, et qui en décidait ?

– Rentre, Ciro.

Eduardo maintenait la porte ouverte.

– Laisse-moi tranquille !

– Tout de suite, Ciro. (Eduardo avança d'un pas en refermant la porte derrière lui.) Je ne plaisante pas !

Le ton de son frère fit flamber sa colère comme une allumette que l'on jette sur du petit bois. Eduardo n'était pas sa mère, ni son père ! Ciro se jeta sur lui, Eduardo tomba en arrière et sa tête heurta la brique sous une pluie de coups de poing. Ciro avait entendu le choc, mais loin de s'arrêter, il redoubla de violence, emporté par sa fureur. Eduardo se recroquevilla sur lui-même pour protéger son visage et parvint à se mettre à genoux en criant :

– Ça ne la fera pas revenir !

L'énergie de Ciro l'abandonna d'un seul coup et il se laissa tomber à côté de son frère. Eduardo ramena les genoux contre lui tandis que Ciro se cachait le visage dans ses mains. Il ne voulait pas qu'il voie ses pleurs, et il savait aussi que s'il commençait à pleurer, il ne pourrait plus s'arrêter.

Eduardo se releva et tira sur ses manches de chemise trop courtes. Il remonta le pantalon à sa taille, rejeta ses cheveux en arrière.

– Elles vont nous renvoyer, tu sais, si on se bat.

– Qu'elles nous renvoient ! Je vais me sauver, je ne resterai pas ici !

Ciro regarda autour de lui, projetant déjà son évasion. Il y avait au moins six façons de quitter le couvent. Quand il aurait échappé à cet endroit, il grimperait dans la montagne vers Monte Isola, ou Lovere quelques kilomètres plus loin sur la même route. Il trouverait bien quelqu'un pour le recueillir…

Eduardo baissa la tête et se mit à pleurer.

– Ne me laisse pas tout seul ici !

Ciro regarda son frère, sa seule famille, et se sentit plus mal pour Eduardo que pour lui-même.

– Ne pleure plus, dit-il.

Le soleil s'était levé, les marchands ouvraient leur porte, remontaient leur rideau et poussaient des chariots sur la place. Ils étaient vêtus dans des tons gris pâle, de la couleur des murs en pierre qui entouraient le village, et ils peignaient en rouge vif, jaune et blanc leurs étals roulants chargés de boîtes de noix polies, de seaux argentés pleins de fromages frais bien blancs, d'eau glacée, de bobines de soie multicolores, de miches de pain frais rangées dans des corbeilles, de bouquets d'herbes pour cataplasmes dans des sachets en tissu – toutes sortes de choses à vendre.

La présence de tous ces gens aida Eduardo à se ressaisir. Il sécha ses larmes d'un revers de manche, se tourna vers l'endroit où la rue principale croisait le chemin du col. Mais cela ne signifiait rien à ses yeux, cela ne leur permettrait pas, à son frère et à lui, d'échapper à leur situation. La brume matinale s'était levée et l'air était si froid qu'Eduardo pouvait à peine respirer.

– Où on va, maintenant ?

– On pourrait suivre maman. La faire changer d'avis.

– Maman ne peut pas s'occuper de nous pour le moment.

– Mais c'est notre *mère* ! dit Ciro. Une mère qui ne peut pas s'occuper de ses enfants, ça ne sert à rien.

Eduardo ouvrit la porte.

– Allez, viens.

Ciro entra dans le couvent, le cœur lourd. Les bras de sa mère lui manquaient et il se sentait honteux d'avoir frappé son frère. S'ils étaient en pension à San Nicola, après tout, ce n'était pas Eduardo qui l'avait voulu, et les événements qui les y avaient conduits n'étaient pas non plus de sa faute. Peut-être que ces religieuses pourraient les aider, se dit Ciro. Peut-être pourraient-elles inciter leur mère à revenir les chercher *avant* l'été ? Ciro leur demanderait d'offrir leurs rosaires pour elle. Mais quelque chose lui disait que toutes les perles en verre de la montagne ne ramèneraient pas sa mère. Quoi que lui dise Eduardo pour le rassurer, il était certain qu'il ne la reverrait jamais.

Ciro s'endormit en pleurant ce soir-là, et trouva au matin Eduardo couché par terre à côté de lui, car les lits fournis par les sœurs étaient trop étroits pour les accueillir tous les deux. Plus tard, devenu jeune homme, Ciro ne devait jamais oublier cette petite manifestation de tendresse qu'Eduardo allait répéter nuit après nuit pendant des mois. L'amour d'Eduardo était la seule sécurité qu'il connaîtrait jamais. Sœur Teresa les nourrissait, sœur Domenica leur assignait des tâches et sœur Ercolina leur enseignait le latin, mais c'était Eduardo qui veillait sur le cœur de Ciro et s'efforçait de compenser la perte de leurs parents.

2

Un livre rouge

Un libro rosso

En descendant de la montagne, Marco fit une halte à mi-chemin pour permettre à Cipi de se reposer. Il aida Caterina à descendre du fiacre. Elle le remercia – c'était la première fois qu'elle lui adressait la parole depuis leur départ dans la matinée.

Marco ouvrit une boîte et lui offrit un petit pain frais et croustillant, de fines tranches de salami et une bouteille d'eau pétillante. Caterina prit un mouchoir niché sous sa manche et posa dessus le pain et le salami pendant que Marco débouchait la bouteille. Elle mangea à petites bouchées en mâchant lentement.

Marco était cocher depuis son jeune âge. Son père lui avait appris à soigner les chevaux, à les ferrer et à les nourrir, à confectionner et entretenir le matériel et à s'occuper des clients, et il suivait toujours les conseils qu'il lui avait donnés : *Le cocher doit savoir quelle est sa place, et ne parler que lorsqu'on s'adresse à lui. On touche la moitié du prix convenu pour la course au moment du départ et le reste à l'arrivée. Le cocher doit fournir un bon cheval et un véhicule propre avec du fourrage hors de vue. Un long trajet doit comporter plusieurs poses, qu'on annonce à l'avance au client. Il faut fournir à boire et à manger ainsi qu'une pipe déjà bourrée, du tabac à priser, des cigarettes et des allumettes. Le cocher doit avoir une bonne connaissance de la route et savoir où s'arrêter pour trouver de l'aide en cas de malaise ou d'accident. Arrivé à destination, le cocher est responsable du bon état des bagages de son client et de leur livraison en toute sécurité à l'endroit indiqué par celui-ci.*

Cet après-midi-là, Marco oublia la règle concernant la conversation avec les passagers. Il pensait à ses enfants, et sachant que la signora Lazzari était mère elle-même, il sentit qu'elle pourrait sympathiser. Le petit garçon qu'elle laissait derrière elle avait ému Marco. Caterina était restée stoïque jusqu'au moment où l'attelage était parvenu au pied du col. C'est alors seulement qu'elle s'était mise à pleurer.

– J'ai dit à ma fille qu'il ne neigerait pas au-delà de Valle di Scalve.

Marco contempla la vallée toute blanche sous la glace qui s'étendait devant eux, les collines aux formes arrondies qui semblaient sculptées dans le marbre. Face à eux, la route semblait dégagée et le seul risque prévisible, pour Marco, tenait à la présence, çà et là, d'une tache noire signalant une plaque de verglas.

– Vous ne vous êtes pas trompé, répondit Caterina.

– Merci, dit-il.

Elle prit une bouchée.

– Vous avez une fille ? demanda Marco.

– Non. Deux garçons. Vous avez vu Ciro, et il y a aussi Eduardo. Il a un an de plus.

– Il était au couvent, lui aussi ?

Elle fit oui de la tête. Marco observa Caterina, qui avait à peu près son âge, et se dit qu'elle faisait plus jeune que lui. Les levers à l'aube pour s'occuper des bêtes, les longues journées de travail dans la mine de fer pour ne pas gagner grand-chose, et l'angoisse permanente de ne pas être en mesure de faire vivre sa famille avaient fait de lui un homme qui paraissait et se sentait plus vieux que son âge. Jadis, une jolie femme comme Caterina se serait peut-être retournée sur lui. Dans certaines circonstances, c'était encore possible.

– J'ai toujours eu envie d'avoir une fille, avoua-t-elle.

– Enza, mon aînée, est une bonne fille. Elle nous aide bien, sa mère et moi, et sans jamais se plaindre. À dix ans, elle est pleine de sagesse. J'ai encore deux fils et trois autres filles.

– Vous devez avoir une ferme ?

– Non, non, le fiacre et le cheval, c'est tout.

Caterina ne comprenait pas comment Marco pouvait avoir six enfants, sinon pour les faire travailler sur une ferme. Deux fils vigoureux lui auraient suffi pour assurer son activité de transporteur et entretenir une écurie.

– Vous avez certainement une bonne épouse.

– Une très bonne épouse. Et votre mari ? (Marco se rendit compte qu'il posait des questions bien personnelles, ce qui n'était guère convenable avec une dame comme Caterina.) Si je vous le demande, c'est seulement parce que vous avez laissé vos garçons au couvent, ajouta-t-il.

– Je suis veuve, répondit-elle, mais elle n'en dit pas plus.

Par sa position sociale en tant que fille au sein d'une famille de notables, puis de jeune épouse et de mère, et désormais de veuve, Caterina était tenue depuis toujours au strict respect des convenances. Une dame ne se confiait pas à un cocher, même si elle avait de fortes chances d'être plus pauvre que lui.

– Les sœurs de San Nicola sont très bonnes, dit-il.

– Oui, c'est vrai.

Caterina savait qu'il faisait allusion à l'enveloppe que sœur Domenica lui avait remise pour payer sa course. Les sœurs avaient été plus que généreuses avec elle. Elles avaient immédiatement accepté les garçons et lui avaient aussi offert l'aide dont elle avait besoin.

– Vos garçons devraient s'en sortir, là-bas.

— Je l'espère.

— Il y a bien des années, quand j'étais jeune, les sœurs de San Nicola m'ont donné en souvenir une jolie carte que j'ai toujours sur moi.

Plongeant la main dans sa poche, Marco en sortit une petite carte illustrée, dorée sur la tranche.

— Un porte-bonheur…

Le père de Caterina imprimait des cartes comme celle-ci, avec la sainte Famille protégée par des anges. On les distribuait les jours de fête ou lors des funérailles, avec, souvent, le nom du défunt en relief au verso. Les yeux de la jeune femme s'emplirent de larmes au souvenir des boîtes qui les contenaient dans l'atelier paternel.

— Je comprends pourquoi cela vous apporte du réconfort. Vous êtes croyant ?

— Oui, je suis croyant, dit Marco.

— Pas moi. Je ne le suis plus, soupira Caterina, en lui rendant la carte.

Si seulement cette image avait dit vrai ! Elle avait depuis longtemps laissé tomber les anges et les saints. Le pouvoir qu'ils avaient de l'apaiser était mort avec son mari. Elle remonta dans le fiacre avec l'aide de Marco.

— Nous en avons pour combien de temps ?

Elle s'impatientait, soudain, de la longueur du trajet.

— On arrivera à la tombée de la nuit.

Ils descendirent le Passo della Presolana, passèrent Ponte Nossa, puis Colzate, Vertova et firent une dernière halte à Nembro, où la signora Lazzari troqua sa tenue de voyage contre une toilette plus seyante pour son arrivée à Bergame. Marco en conclut qu'elle avait sans doute un rendez-vous important. Elle se recoiffa, remit son chapeau et arrangea sa robe, jadis très élégante mais dont l'ourlet et les poignets étaient maintenant élimés. Le cocher et sa cliente n'échangèrent plus un seul mot.

***

Enza tira les volets de la fenêtre qui s'ouvrait sur la façade de la maison. Comme elle rabattait l'espagnolette, un vent froid souffla entre les lattes. Grâce à la cheminée dans laquelle crépitaient derrière elle une pile de bois et quelques gros morceaux de charbon, et à la lessiveuse qui ne tarderait pas à bouillir, une bonne chaleur régnait dans la cuisine aux vitres joliment embuées.

C'était le moment de la journée qu'Enza préférait, quand la nuit était tombée sur Schilpario et que les enfants étaient couchés. Bébé Stella dormait dans un panier sous sa couverture de laine blanche. Son visage était rose comme une pêche à la lueur du feu. Giacomina, leur mère, une femme dégourdie au doux visage et aux mains encore plus douces, tournait sa cuillère dans une casserole de lait sur le feu. Ses longs cheveux se séparaient en deux tresses pour former un chignon à la base de sa nuque.

Giacomina resta penchée sur la flamme en attendant que le lait monte et forme de l'écume, puis elle posa la casserole sur une pierre plate. Prenant sur une étagère deux coupes en céramique, elle les plaça sur la table, mit dans chacune un peu de beurre et versa du lait par-dessus. Puis elle tendit la main pour attraper sur l'étagère un petit flacon d'eau-de-vie de fabrication maison, elle en versa une petite cuillerée dans sa coupe et deux gouttes dans celle d'Enza et recueillit l'écume qui s'était formée à la surface de la casserole.

– Voilà pour te réchauffer, dit-elle, en tendant sa coupe à Enza.

Elles s'assirent au bout de la table faite de grandes planches d'aulne avec, de chaque côté, des bancs taillés dans le même bois. Enza aurait tant aimé offrir à sa mère une salle à manger en acajou brillant avec des chaises capitonnées et un nouveau service de porcelaine pour dresser la table, comme celle de la signora Arduini !

— Papa devrait être rentré.

— Tu sais bien que le retour est toujours plus long, dans la montagne, dit sa mère en buvant son lait. Je vais l'attendre. Tu peux aller te coucher.

— J'ai le linge à laver, fit Enza.

Giacomina sourit. La lessive pouvait attendre, mais Enza avait besoin d'une excuse pour être réveillée quand son père arriverait. C'était toujours la même chose. Elle ne pouvait pas fermer l'œil tant que tous les membres de la famille n'étaient pas en sécurité dans la maison et endormis dans leur lit.

— Maman, raconte-moi une histoire.

Enza tendit la main par-dessus la table pour prendre celle de Giacomina. Elle fit tourner l'alliance sur son doigt et sentit les minuscules boutons de roses gravés dans l'or. Pour elle, il n'y avait pas de plus beau bijou au monde.

— Je suis fatiguée, Enza.

— S'il te plaît. Le jour de ton mariage !

Enza avait entendu tant de fois cette histoire d'amour que ses propres parents étaient devenus aussi magiques que les personnages de son livre préféré, peints dans des couleurs délicates et éternellement jeunes. Elle scrutait la photo de Marco et Giacomina le jour de leur mariage comme on étudie une carte de géographie. Et c'en était une, d'une certaine façon, car elle donnait une destination, celle d'une vie à deux. Les mariés se tenaient bien droits sur leur siège. Sa mère serrait dans sa main un bouquet d'asters des montagnes et son père posait une main sur son épaule…

— Ton papa est venu me voir un dimanche quand j'avais seize ans et lui dix-sept, commença Giacomina. Il conduisait sa charrette – à cette époque, elle appartenait à son père. Elle était peinte en blanc et, ce matin-là, il l'avait remplie de fleurs. C'est tout juste s'il avait la place de s'asseoir sur le banc. Cipi, qui avait à peine trois ans, avait des rubans tressés dans sa crinière. Papa s'est arrêté devant la maison, il a lâché les rênes, il a sauté du banc, il est entré et il a demandé à mon père s'il pouvait m'épouser. J'étais la dernière fille à marier de la famille. Mon père avait déjà marié cinq filles, et quand mon tour est arrivé, il a tout juste levé les yeux au-dessus de sa pipe. Il a dit oui, et on est allés trouver le curé, et voilà.

– Et papa t'a dit...

– Ton père m'a dit qu'il voulait sept garçons et sept filles.

– Et toi, tu as répondu...

– Sept enfants, ça suffira.

– Et maintenant on est à six.

– Dieu nous en doit encore un, dit Giacomina, espiègle.

– Je pense qu'on a assez d'enfants comme ça, maman. On a juste assez à manger, et je ne vois pas Dieu arriver de sitôt à la maison avec un sac de farine.

Giacomina sourit. Elle s'était habituée à l'humour mordant d'Enza. Sa fille aînée avait un regard sur le monde qui témoignait d'une grande maturité, et Giacomina s'inquiétait de voir sa fille trop préoccupée par les problèmes des adultes.

Enza s'approcha du feu pour jeter un coup d'œil à la lessiveuse suspendue au-dessus de la broche et dans laquelle bouillait l'eau produite par de la neige fondue. Dans la cheminée, une deuxième casserole contenant de l'eau propre servait à rincer les vêtements. Enza la retira du feu et la posa par terre. Elle prit un panier dans lequel se trouvaient les chemises de nuit, les plongea dans la lessiveuse, ajouta de la lessive et touilla avec un bâton en prenant soin de ne pas s'éclabousser elle-même. Dans ce bain, les chemises blanchissaient à vue d'œil.

Enza versa le trop-plein d'eau dans un récipient vide qu'elle emporta au fond de la cuisine, où son père avait aménagé un écoulement avec un tuyau qui rejetait l'eau sur la pente de la montagne. Elle tordit les chemises et les donna à sa mère qui les étendit près du feu sur une corde à linge. La lessive représentait une lourde corvée, mais la mère et la fille s'en acquittaient avec une vitesse et une efficacité remarquables. La cuisine s'emplit bientôt d'un parfum de lessive additionnée de quelques gouttes de lavande qui rappelait l'été.

Soudain, toutes deux entendirent des bruits de pas devant la maison. Elles se précipitèrent pour ouvrir la porte en grand. Marco, sur le porche, tapait du pied pour chasser la neige collée à ses bottes.

– Papa ! Te voilà !

Marco entra et embrassa Giacomina.

– Le signore Arduini est venu ce matin pour le loyer, lui fit-elle à voix basse.

– Qu'est-ce que tu lui as dit ?

Soulevant Enza au-dessus du sol, il l'embrassa sur les deux joues.

– Je lui ai dit d'attendre et de voir avec mon mari.

– Il a souri ? demanda Marco à sa femme.

– Non.

– Eh bien, c'est ce qu'il vient de faire. Je me suis arrêté chez lui pour lui payer son loyer. Juste à temps, avec trente-cinq minutes d'avance !

Enza et Giacomina embrassèrent Marco.

– Ta fille a cru que j'allais vous laisser tomber ?

– Va savoir... dit Enza, sincère. Dans cette montagne, avec toute cette neige, et notre vieux cheval... Sans compter que, parfois, même quand tu fais bien ton travail, les clients ne paient que la moitié de la course.

– Pas cette fois ! répondit Marco en riant.

Et il posa sur la table deux billets neufs d'une lire et une petite pièce d'or. Enza caressa chaque billet et fit tourner la pièce, émerveillée par ce trésor.

Giacomina prit sur le feu la casserole dans laquelle elle gardait le repas de son mari au chaud. Elle mit dans une assiette de la polenta au beurre et une saucisse, et versa un verre d'eau-de-vie.

– Où as-tu amené ta passagère, papa ?

– Chez Domenico Picarazzi, le docteur.

– Je me demande pourquoi elle a besoin d'un docteur. (Giacomina posa un morceau de pain à côté de l'assiette.) Elle avait l'air malade ?

– Non. (Marco but une gorgée d'eau-de-vie.) Mais elle est malheureuse. Je crois qu'il y a peu de temps qu'elle a perdu son mari. Elle venait de laisser ses fils au couvent de Vilminore.

– Les pauvres, soupira Giacomina.

– On ne va pas les prendre, Mina, si c'est ce que tu penses.

Enza nota que son père appelait sa mère par son petit nom, comme toujours quand il refusait de faire quelque chose.

– Deux gamins. Ils ont à peu près le même âge qu'Enza : dix et onze ans.

Le cœur de Giacomina se fendait à cette pensée.

– Maman, on ne peut pas les prendre, renchérit Enza.

– Pourquoi pas ?

– Parce que ça ferait deux enfants de plus, et que Dieu se prépare à t'en envoyer encore un.

Marco se mit à rire tandis qu'Enza rangeait la bassine et la lessiveuse à côté de la cheminée. Elle embrassa ses parents en leur souhaitant bonne nuit et grimpa à l'échelle qui conduisait au grenier pour se mettre au lit.

Elle passa sur la pointe des pieds à côté du berceau dans lequel reposait la petite Stella, puis de ses frères et de ses deux autres sœurs qui dormaient sur une grande paillasse, leurs corps entrelacés comme les brins d'osier d'un panier. Elle trouva une place tout au bord et s'allongea. Le souffle léger de ses frères et sœurs l'apaisa.

Enza pria sans faire le signe de croix ni réciter son rosaire ou la litanie familière de la prière du soir en latin. Elle s'adressa plutôt aux anges, pour les remercier d'avoir ramené son père sain et sauf à la maison. Elle imaginait que ses anges ressemblaient beaucoup aux *putti*, ces chérubins dorés portant des gerbes de blé au-dessus du tabernacle de l'église de Barzesto, avec des visages comme celui de sa petite sœur Stella.

Elle pria aussi pour rester auprès de ses parents. Elle ne se marierait pas et n'aurait pas d'enfants. Elle ne pouvait pas concevoir qu'elle aurait un jour le courage d'abandonner tout ce qu'elle connaissait. Elle voulait passer sa vie dans le village où elle était née, tout comme sa mère. Prendre chaque bébé dans ses bras le jour de sa naissance et enterrer chaque vieille personne au jour de sa mort. Se lever chaque matin pour travailler à l'ombre du Pizzo Camino, du Corno Stella et du Pizzo dei Tre Signorei, la sainte trinité des sommets qu'elle contemplait chaque jour de son existence avec un respect mêlé de crainte.

Enza pria pour qu'il lui soit donné d'aider sa mère et de veiller sur les enfants, et même sur un de plus lorsque Dieu le leur enverrait.

Elle pria pour que son père gagne suffisamment de lires et puisse acheter la maison, afin qu'ils n'aient plus à vivre dans la crainte du propriétaire. Quand le premier du mois arrivait, le signore Arduini arrivait aussi. Enza le redoutait, car son père ne pouvait pas toujours payer le loyer. Elle vit, dans son demi-sommeil, les poches vides de son père s'emplir de pièces d'or : son imagination lui permettait d'échapper au désespoir ; elle pouvait chasser de ses pensées les choses qui lui faisaient peur. Enza imaginait une solution pour chaque problème, et jusque-là, le monde s'était plié à son désir. Ce soir, sa famille était bien au chaud et en sécurité, le loyer était payé et il y avait de l'argent dans la boîte en fer-blanc qui était restée si longtemps vide.

Elle avait passé la journée à imaginer son père sur la route de la montagne, chaque tournant, chaque halte pendant laquelle Cipi mangeait de l'avoine et son père s'autorisait une cigarette. Elle entendait les claquements de sabots qui l'amenaient sans encombre jusqu'au col, l'un après l'autre, comme le tic-tac obstiné d'une horloge. Elle voyait Marco arriver sain et sauf à Schilpario, et avec la promesse de ces trois lires qui allaient tomber dans sa poche et permettre à sa famille de traverser l'interminable hiver.

Enza connaissait sa chance, et savait combien il était triste que tous, dans cette montagne, n'en aient pas autant. Son père avait fait du bon travail et on l'avait payé. Pour le moment, tout allait bien. En poursuivant sa rêverie cette nuit-là, elle vit aussi cette jeune veuve qui pleurait la perte de son mari et maintenant celle de ses fils. *Poverella*, se dit-elle.

3

Un miroir d'argent

Uno specchio d'argento

Six hivers étaient passés depuis que Caterina Lazzari avait laissé ses fils au couvent de San Nicola.

Le terrible hiver de 1910 s'acheva comme un châtiment, apportant un soleil quotidien accompagné de petites brises tièdes tandis que le dégel sur chaque pente, chaque talus et chaque chemin libérait des torrents tumultueux qui emportaient leurs eaux claires au pied des montagnes, comme autant de rubans bleus sur la chevelure d'une jeune fille.

On avait l'impression que tous les habitants de Vilminore étaient sortis pour offrir leur visage au ciel couleur d'abricot et absorber sa douce chaleur. Il y avait beaucoup à faire, avec l'arrivée du printemps. C'était le moment d'ouvrir les fenêtres, de rouler les tapis, de laver le linge et de préparer les jardins.

Les sœurs de San Nicola ne connaissaient pas le repos.

Caterina n'étant pas revenue les chercher l'été suivant son départ, ses fils s'étaient faits à l'idée qu'ils ne pouvaient pas compter sur ses promesses. Ils avaient laissé la déception glisser sur eux comme les douches qu'ils prenaient sous la cascade du lac situé au bas de Vilminore. Après avoir enfin reçu une lettre de leur mère cloîtrée dans un couvent, sans adresse où lui répondre, ils cessèrent de supplier la sœur Ercolina de les laisser partir pour la rejoindre, puisque c'était manifestement impossible. Mais ils espéraient la retrouver le jour où ils quitteraient San Nicola. Peu importait le temps que cela prendrait : Eduardo était fermement décidé à ramener sa mère à Vilminore. Quand les sœurs leur répondaient que Caterina « allait mieux », ils croyaient qu'elle allait revenir. Ils pensaient que des religieuses, quelque part, prenaient soin d'elle, puisque sœur Ercolina le leur disait.

Outre l'entretien et la gestion du couvent et de l'église de San Nicola, les religieuses s'occupaient de l'école paroissiale de Santa Maria Assunta et San Pietro Apostolo. Elles assuraient par ailleurs l'entretien du presbytère et fournissaient ses repas au nouveau curé du village, don Raphael Gregorio. Elles s'occupaient également de sa lessive, réparaient ses vêtements et prenaient soin des parures d'autel. Les religieuses ne se distinguaient pas des autres personnes qui travaillaient dans la montagne, à ceci près que leur mère supérieure portait une collerette blanche.

Les frères Lazzari, devenus des adolescents, avaient autant leur place que les sœurs dans la vie du couvent. Ils savaient tout ce qui leur manquait, mais plutôt que se désoler pour leur père et se languir de leur mère, ils avaient appris à mettre leurs émotions au service de leur ambition. Ils savaient désormais lutter contre la tristesse et le désespoir en se montrant aussi actifs que les sœurs de San Nicola. Cette leçon de vie, enseignée par l'exemple des religieuses, les aida à tenir pendant toute cette période.

Ils avaient su se rendre indispensables auprès des sœurs, exactement comme l'espérait Caterina. Ciro avait pris à son compte la plupart des tâches assurées jusque-là par Ignazio Farino, le vieil homme à tout faire du couvent, qui n'aspirait plus désormais qu'à fumer sa pipe à l'ombre d'un pin au cours d'un été sans fin. Ciro se levait de bonne heure et travaillait sans relâche jusqu'au soir, nettoyant les cheminées, barattant le beurre, tressant la *scamorza*[1], coupant du bois, charriant des seaux de charbon, lavant les vitres, récurant les sols, pendant qu'Eduardo, l'étudiant de bonne composition, se voyait confier le secrétariat du couvent. On mettait à profit son talent de calligraphe pour répondre à la correspondance et annoter les bulletins scolaires. Eduardo écrivait aussi, de son écriture élégante, le programme des messes célébrées les jours de fête. C'était sans conteste le plus dévot des deux frères : il se levait au petit jour pour servir la messe quotidienne dans la chapelle et sonnait le carillon en début de soirée pour appeler les sœurs aux vêpres.

Ciro était, à quinze ans, un solide gaillard de plus d'un mètre quatre-vingts. Le régime du couvent, à base d'œufs, de *pasta* et de gibier, avait fait de lui un garçon vigoureux et éclatant de santé. Avec ses cheveux châtain clair et ses yeux gris-bleu, il offrait un contraste saisissant avec les Italiens bruns et fiers, natifs de ces montagnes. Ses épais sourcils, son nez droit et ses lèvres charnues étaient caractéristiques des Suisses qui vivaient à la frontière du nord. Par tempérament, toutefois, il restait cent pour cent latin. Les sœurs avaient eu raison de ses sautes d'humeur en l'obligeant à réciter son chapelet en silence. Il avait appris la persévérance et la discipline par l'exemple, et l'humilité grâce à son désir de plaire à ces femmes qui l'avaient accepté parmi elles. Il se serait fait couper en quatre pour les sœurs de San Nicola.

Faute de relations, d'opportunités ou d'un héritage familial, Ciro et Eduardo ne pouvaient compter que sur eux-mêmes pour se forger un destin. Eduardo étudiait le latin, le grec et les auteurs classiques avec la sœur Ercolina pendant que Ciro veillait à l'entretien des bâtiments et des jardins. Les frères Lazzari étaient parfaitement adaptés à la vie du couvent, en raison de leur excellente

---

1. Fromage italien ressemblant à de la mozzarella.

éducation acquise à la table des religieuses. Ils n'avaient pas grandi au sein d'une véritable famille, ce qui les avait privés de beaucoup de choses, mais ils y avaient gagné en autonomie et en maturité.

Ciro traversa la place très animée avec sur son épaule une longue pièce de bois drapée dans une parure d'autel fraîchement repassée. Des enfants jouaient non loin de là pendant que leurs mères balayaient sur leur seuil, étendaient du linge, battaient les tapis et préparaient les pots et les jardinières qu'elles garnissaient chaque printemps. L'odeur de la terre qu'on retournait flottait dans l'air. Après des mois de réclusion, le soulagement était palpable ; c'était comme si le village entier, enfin délivré du froid mordant et des couches de vêtements qui allaient avec, avait poussé un énorme soupir.

Un groupe de gamins siffla au passage de Ciro.

– Attention aux culottes des nonnes ! lança l'un d'eux, moqueur.

Ciro se retourna et fit mine de foncer sur eux avec son paquet de linge.

– Les nonnes ne portent pas de culottes, mais tes sœurs, oui !

Les gamins rirent. Ciro poursuivit son chemin en ajoutant :

– Dites bonjour de ma part à Magdalena !

Ciro, dans ses habits de seconde main, des dons faits à la communauté, gardait l'allure d'un général en grand uniforme. Il avait déniché un pantalon molletonné et une chemise de fine batiste à sa taille, mais les chaussures posaient toujours un problème. Ciro Lazzari avait de grands pieds, et il cherchait obstinément de grandes pointures dans la réserve mais n'en trouvait pas toujours. Un anneau de cuivre tintait à sa ceinture, sur lequel étaient réunies les clés de toutes les portes du couvent et de l'église.

Don Gregorio tenait à ce qu'on apporte le linge lavé par la petite entrée située sur le côté de l'église, afin de ne pas déranger les paroissiens qui entraient et sortaient pendant la journée, au cas où ils seraient tentés de glisser une pièce supplémentaire dans le tronc des pauvres.

Ciro pénétra dans la sacristie, une petite pièce derrière l'autel. Le parfum de l'encens et de la cire d'abeille chargeait l'air de ce petit espace comme un sachet dans un tiroir. Un rayon de soleil passant à travers un vitrail teinté de rose éclairait une table en bois massif au centre de la pièce. Le long d'un mur, une penderie recevait les vêtements.

Un miroir en pied au cadre d'argent était fixé derrière la porte. Ciro se souvenait du jour où il avait fait son apparition. Il trouvait bizarre qu'un prêtre ait besoin d'un miroir ; après tout, il n'y en avait jamais eu dans cette sacristie datant du quatorzième siècle. Don Gregorio l'y avait installé lui-même, comme le constata Ciro ; mais sa vanité n'allait pas jusqu'à demander au garçon de le fixer.

Un homme qui a besoin d'un miroir cherche quelque chose.

Ciro posa le linge propre sur la table, puis s'approcha de la porte pour jeter un coup d'œil à l'intérieur de l'église. Il n'y avait personne sur les bancs, à l'exception de la signora Patricia D'Andrea, la plus âgée et la plus dévote des paroissiennes de Vilminore. Elle priait, et sa tête penchée sous la mantille de dentelle blanche faisait penser à une marguerite triste. Ciro s'avança pour remplacer la parure d'autel. La signora le vit et lui jeta un regard noir. Il soupira et s'approcha de l'autel, baissa la tête, attendit, fit une génuflexion en même temps que le signe de croix obligatoire. Puis il regarda la signora, qui répondit d'un hochement de tête approbateur, et il lui adressa à son tour un hochement de tête respectueux.

Un sourire se dessina sur les lèvres de la dame.

Ciro replia avec soin le linge à laver dont il fit un ballot bien serré. Il plaça des cierges de chaque côté de l'autel pour que la toile reste bien en place. Sortant un petit couteau de sa poche, il gratta les coulures de cire à la base des cierges. À ce moment il pensait à sa mère, qui lui avait recommandé de faire tout ce qu'il y avait à faire sans que nul n'ait besoin de le lui demander.

Avant de ressortir, il regarda la signora et lui fit un clin d'œil. Elle rougit. Ciro, l'orphelin du couvent, était devenu un vrai séducteur. C'était purement instinctif de sa part. Il saluait chaque femme qu'il croisait en chemin, touchait le bord de son chapeau fatigué, aidait avec empressement à porter des paquets et s'enquérait de la bonne santé de la famille. Il s'adressait aux filles de son âge avec une aisance naturelle que les autres garçons admiraient.

Au village, toute la gent féminine était sous son charme, depuis les écolières aux cheveux gominés jusqu'aux grands-mères agrippées à leur missel. Il se plaisait en la compagnie des femmes et se disait parfois qu'il les comprenait mieux que ceux de son sexe. En tout cas, il en savait incontestablement plus sur les filles qu'Eduardo, qui était si innocent. Ciro se demandait ce que deviendrait son frère s'il devait un jour quitter ce couvent qui était devenu sa maison. Il estimait être assez fort lui-même pour faire face au pire, mais craignait pour Eduardo. Un intellectuel comme lui avait besoin de la bibliothèque du couvent, de son bureau, de sa lampe et de toutes les relations qu'il avait nouées en assurant la correspondance de l'église. Ciro, quant à lui, serait capable de survivre une fois dehors ; Iggy et les sœurs l'avaient initié au commerce. L'existence hors du couvent ne serait pas facile, mais il avait assez de talents et de savoir-faire pour se construire une vie.

Don Raphael Gregorio poussa la porte de la sacristie. Il posa sur la table les boîtes du tronc des pauvres. Don

Gregorio était âgé de trente ans et avait été ordonné prêtre depuis peu. Il portait une longue soutane fermée de haut en bas par une centaine de petits boutons d'ébène. Ciro se demanda s'il était conscient du fait que la sœur Ercolina mettait beaucoup de temps à repasser la soutane à cause de ces boutons.

– Es-tu prêt pour les plantations du jardin ? demanda don Gregorio.

Le col blanc du prêtre contrastait avec son épaisse chevelure brune. Ses traits aristocratiques, son menton proéminent, son nez droit et ses yeux bruns aux paupières lourdes lui donnaient plus l'air d'un Roméo mal réveillé que d'un homme de Dieu au regard vif et avisé.

– Oui, mon père, répondit Ciro, en baissant la tête avec respect comme les religieuses le lui avaient appris.

– Je veux des jonquilles de chaque côté de l'allée.

– J'en prends note, mon père. Je m'occuperai de tout. (Ciro prit sa corbeille sur la table.) Vous n'avez plus besoin de moi, mon père ?

– Non.

Ciro ouvrit la porte.

– Je voudrais te voir à la messe, un de ces jours, dit don Gregorio.

– Père, vous savez comment ça se passe. Si je ne trais pas la vache, il n'y a pas de lait. Et si je ne vais pas ramasser les œufs, les sœurs ne peuvent pas faire le pain. Et si elles ne peuvent pas faire de pain, on ne mange pas.

Don Gregorio sourit.

– Tu pourrais faire ce que tu as à faire et trouver tout de même le temps d'assister à la messe.

– Sans doute, mon père.

– Je t'y verrai, donc ?

– Je passe beaucoup de temps à l'église pour balayer et laver les vitraux. Je me dis que si Dieu me cherche, Il saura où me trouver.

– Je suis là pour t'apprendre à aller vers Lui, et non le contraire.

– Je comprends. Vous faites votre travail, et moi le mien.

Ciro inclina respectueusement la tête. Il plaça le panier sur son épaule, prit le ballot de linge sale et sortit. Don Gregorio l'entendit siffler en repartant dans l'allée qui serait bientôt bordée de jonquilles, comme il l'avait demandé.

* * *

Ciro poussa la porte de la pièce qu'il partageait avec Eduardo dans l'atelier du jardin. Les deux garçons avaient d'abord logé dans le bâtiment principal, dans une cellule du rez-de-chaussée. Elle était petite et bruyante, les allées et venues incessantes des sœurs se rendant à la chapelle du couvent les empêchaient de dormir et, pendant l'hiver, la porte qu'on ne cessait d'ouvrir et de refermer provoquait des courants d'air. Ils avaient été contents que les sœurs décident de leur offrir un logement durable hors du bâtiment.

C'était une grande pièce bien éclairée. Sachant que les deux garçons avaient besoin d'un minimum d'intimité et d'un endroit où étudier, la sœur Teresa et la sœur Anna Isabelle avaient fait de leur mieux pour rendre celui-ci confortable. Elles avaient débarrassé la réserve de l'atelier encombrée de pots de fleurs, de coffres et de toutes sortes d'outils au rebut accrochés aux murs comme des sculptures. Puis elles avaient installé deux lits à une place avec, pour chacun, une couverture de laine et des oreillers aussi plats que des hosties de communion. Il y avait un bureau et une lampe à huile, une cruche en céramique et un bol près du bureau. Comme il est d'usage dans les ordres religieux, leurs besoins essentiels étaient satisfaits, sans plus.

Eduardo étudiait quand Ciro entra et se laissa choir sur sa couche.

– J'ai inspecté toutes les cheminées.

– Merci, dit Eduardo, sans lever le nez de son livre.

– Et j'ai vu sœur Anna Isabelle en chemise.

Ciro roula sur le dos et défit la boucle de sa ceinture.

– J'espère que tu as regardé ailleurs, commenta Eduardo.

– Bien obligé... Je ne veux pas être infidèle.

– Envers Dieu ?

– Mais non ! Je suis amoureux de sœur Teresa, plaisanta Ciro.

– Tu es amoureux de ses raviolis aux châtaignes, oui !

– Aussi. Toute femme capable de me faire manger des raviolis aux châtaignes pendant un hiver entier est bonne pour moi.

– C'est grâce aux condiments qu'elle y met. Une quantité de sauge et de cannelle.

– Comment le sais-tu ?

– Je l'ai regardée faire.

– Si tu sortais un peu de tes livres, tu trouverais peut-être une fille.

– Toi, tu ne t'intéresses qu'à deux choses. Les filles et ton prochain repas.

– Qu'y a-t-il de mal à ça ?

– Tu as une tête qui marche bien, Ciro.

– Je m'en sers.

– Tu pourrais faire mieux.

– Je me débrouille bien avec mon physique, comme don Gregorio.

– Il vaut mieux que ce qu'il en a l'air. Il est très instruit. Et il est prêtre. Tu dois le respecter.

– Et toi, tu ne dois pas avoir peur de lui.

– Je n'ai pas peur de lui. Je l'honore.

– Bof. La sainte Église romaine ne m'intéresse pas, lâcha Ciro, en se débarrassant de ses chaussures. Ces cloches, ces cierges, ces hommes en robe… Tu as vu Concetta Martocci sur la place ?

– Oui.

– Quelle beauté ! Ces cheveux blonds, ce visage… Ciro fixait le vide, tout à son évocation. Et cette silhouette… !

– Elle est restée trois ans dans la même classe à Santa Maria Assunta. Elle n'est pas très intelligente.

– Elle n'a peut-être pas envie de passer son temps à lire. Elle préférerait peut-être que je l'emmène faire un tour.

– Emmène-la sur ta bicyclette.

– Tu ne connais vraiment rien aux filles. Il faut leur offrir ce qu'il y a de mieux et rien d'autre.

– Qui t'apprend comment sont les femmes ? Iggy ?

– Sœur Teresa. Elle m'a dit qu'on leur devait le respect.

– Elle a raison.

– Je ne comprends rien à tout ça.

Ciro trouvait que ce respect n'était pas une chose qu'on étale comme, l'hiver, la paille sur le seuil gelé des maisons. Mais il pouvait peut-être se gagner.

– Si tu te montrais un peu plus porté sur le spirituel, si tu prenais la peine d'aller à la messe de temps en temps, don Gregorio te prêterait peut-être sa carriole, suggéra Eduardo.

– Toi qui es en bons termes avec lui, demande-lui si je peux l'emprunter.

– Dans ce cas, il va falloir marcher. Je ne le lui demanderai rien du tout.

– Tu te réserves sa faveur pour quelque chose de plus important ?

– Qu'est-ce qui pourrait être plus important que Concetta Martocci ? demanda Eduardo, sans rire. Réfléchissons. La carriole du prêtre distribue des médicaments aux malades. Elle sert à emmener les vieux chez le médecin. À apporter à manger aux pauvres…

– Bon, bon. Je comprends. Le désir de mon cœur n'est pas un acte de miséricorde.

– On en est très loin.

– Il faudra que je trouve d'autres façons de l'impressionner, c'est tout.

– Occupe-toi de ça. Je retourne à Pline, dit Eduardo, en rapprochant la lampe de son livre.

***

Chaque vendredi, don Gregorio disait la messe pour les enfants de l'école. Ils entraient dans l'église en silence, respectueusement, deux par deux, conduits par la sœur Domenica et la sœur Ercolina.

Les filles portaient de grandes blouses de laine blanches et des tabliers bleu marine, les garçons un pantalon bleu et une chemise blanche. En fin de semaine, les mères lavaient les uniformes bleu marine et blanc et les faisaient sécher sur des cordes à linge. Vus de loin, ils ressemblaient à des drapeaux claquant au vent.

Ciro se tenait derrière un pilier de la galerie haute de l'église, au-dessus des bancs et invisible pour don Gregorio. Il n'y avait plus à l'école que deux garçons de son âge, tous les autres ayant cessé de venir à onze ans pour aller travailler dans les mines. Roberto LaPenna et Antonio Baratta représentaient une exception : à quinze ans, ils se préparaient à devenir médecins. Roberto et Antonio s'avancèrent dans l'allée centrale et, après une génuflexion, pénétrèrent dans la sacristie afin d'enfiler leur aube rouge pour servir la messe de don Gregorio.

Ciro observa les adolescentes qui prenaient place sur un banc. Anna Calabrese, une fille studieuse au physique quelconque, mais avec de jolies jambes aux chevilles fines et de petits pieds ; Marie DeCaro, grande et maigre, peu de hanches et la taille haute; Liliana Gandolfo, potelée avec une grosse poitrine, des yeux marron et en permanence un regard indifférent.

Concetta Martocci, la plus jolie fille du village, vint enfin s'asseoir à l'extrémité du banc, déclenchant chez Ciro une bouffée de désir. Concetta arrivait systématiquement en retard à la messe. Ciro pensait qu'elle n'était guère plus dévote que lui. Et la nonchalance de la jeune fille se retrouvait dans tous les aspects de sa beauté sans artifices.

Les cheveux blonds de Concetta étaient exactement de la même couleur que les broderies sur la chasuble du prêtre, tombaient librement sur ses épaules à partir de deux fines tresses qui lui faisaient comme une couronne de laurier et dégageaient son visage. Son teint pâle et délicat faisait penser au glaçage d'un gâteau à la vanille à peine saupoudré de sucre. Ses yeux avaient le bleu intense des eaux du lac Endine et ses cils bruns étaient comme le sable qui borde le rivage. Elle était bien faite mais relativement frêle, et Ciro pensait qu'il pourrait la porter sans effort.

Il se laissa glisser jusqu'au sol le long du pilier, et s'y adossa pour contempler à loisir et pendant une bonne heure l'objet de son désir à travers la balustrade.

Tout en suivant la messe, Concetta levait de temps en temps les yeux vers la rosace en vitrail située au-dessus de l'autel, puis revenait aux textes du missel ouvert entre ses mains.

O salutaris Hostia,
Quae caeli pandas ostium,
Bella premut hostilia,
Da robur, fer auxillium.

Ciro s'imaginait baisant les lèvres rose pâle de Concetta tandis qu'elle prononçait machinalement ces mots latins. Qui a inventé les femmes ? se demandait-il en l'observant. Il n'avait jamais cru aux promesses de la sainte Église latine, mais il lui fallait bien reconnaître que Dieu y était sans doute pour quelque chose, s'il avait inventé la beauté.

Dieu avait créé les filles, et cela faisait de Lui un génie, songeait Ciro en voyant les adolescentes quitter leur banc pour se diriger vers l'autel.

Caché derrière la colonne, il vit Concetta s'agenouiller pour recevoir la communion. Don Gregorio posa la petite hostie sur sa langue, elle baissa la tête et fit le signe de croix avant de se redresser. Il y avait quelque chose de prévisible dans le plus petit de ses mouvements. Ciro ne la quitta pas des yeux tandis qu'elle suivait les autres filles pour retourner vers le banc.

Comme si elle sentait son regard sur elle, Concetta leva les yeux dans sa direction. Le regard de Ciro croisa le sien et il sourit. Concetta serra les lèvres et baissa la tête pour prier.

Don Gregorio entonna *Per omnia saecula saeculorum*.

Les jeunes gens répondirent « Amen », ils se levèrent et se rassirent sur les bancs.

Liliana se pencha pour chuchoter quelques mots à l'oreille de Concetta, qui sourit. Ciro reçut ce sourire comme un cadeau par ce matin de printemps – normalement, il n'y en avait pas pendant la messe. La vision fugitive du sourire de Concetta et de son adorable fossette le récompensait de tous les efforts qu'il faisait pour se lever aux aurores et nettoyer l'église.

Ciro organisait ses journées dans l'espoir de rencontrer Concetta. Il lui arrivait de changer d'itinéraire, quand il avait une course à faire, pour se donner une chance de l'apercevoir à la sortie de l'école ou sur le chemin de l'église. Il pouvait sauter le déjeuner ou se priver de dîner pour un bref « Bonjour Concetta ! » lorsqu'elle allait et venait lors de la *passeggiata* avec ses parents. Un sourire d'elle lui rendait tout son entrain ; elle l'inspirait, lui donnait envie de faire toujours mieux, d'être *meilleur*. Il voulait, il espérait impressionner Concetta avec des aspects de sa personnalité qu'elle n'avait peut-être pas remarqués, comme, par exemple, les bonnes manières qu'il avait apprises auprès des sœurs. Les jeunes filles de bonne famille semblaient apprécier les bonnes manières. Ciro savait qu'il pourrait rendre Concetta heureuse si elle lui laissait une chance. Il se souvenait obscurément que son père avait ainsi courtisé sa mère.

Les élèves s'agenouillèrent pour l'ultime bénédiction.

« *Dominus vobiscum.* » Don Gregorio leva les bras au ciel.

« *Vade in pace…* » Don Gregorio traça le signe de croix dans l'air.

Ciro regarda Concetta qui glissait le missel dans l'étui fixé à l'arrière des bancs. La messe était terminée. Ciro devait aller en paix. Mais il n'en ferait rien, pas de sitôt en tout cas, tant que Concetta Martocci serait de ce monde.

* * *

Il y avait un champ de marguerites orange au-dessus de Schilpario, près de la cascade où les enfants Ravanelli allaient jouer. Avec l'arrivée du printemps, le soleil tapait dur, mais le vent qui soufflait en altitude était frais et revigorant. Cette période *caldo e fresco* ne durait que jusqu'à Pâques, et Enza en profitait pleinement. Elle rassemblait chaque après-midi ses frères et ses sœurs et les emmenait dans la montagne.

Les traces laissées par l'hiver étaient visibles dans le paysage qui avait subi les assauts des fortes pluies, de la neige et de la glace. De nouvelles pousses d'un vert tendre apparaissaient entre les branches brunes et dans les creux, dans les fourrés impénétrables qui dégelaient au soleil. Sur le chemin, les trous dans lesquels la pluie avait stagné puis gelé étaient maintenant pleins d'une boue noirâtre. L'eau qui dévalait les pentes avait déposé d'épaisses traînées de limon quand la neige avait fondu trop vite. Mais peu importait à Enza : après des mois de grisaille, elle voyait du vert partout où son regard se posait.

Enza éprouvait chaque année le même soulagement à l'arrivée du printemps. L'hiver, ces montagnes majestueuses étaient terrifiantes ; la neige étincelait mais pouvait s'avérer sournoise et devenir dangereuse quand elle se transformait en avalanches qui engloutissaient des maisons et rendaient les routes impraticables. On vivait dans la crainte de se trouver isolé pour de longues périodes, de manquer de nourriture, et d'être victime de maladies qui pouvaient frapper des familles dans l'incapacité de se procurer des médicaments ou de recevoir les soins d'un médecin.

Puis on avait soudain l'impression que le soleil libérait le village.

Au printemps, les enfants s'éparpillaient sur les pentes comme les marguerites dans les champs. Les matinées étaient consacrées aux travaux domestiques – on allait chercher de l'eau, on ramassait du bois, on lavait les vêtements, on les mettait à sécher, et on préparait les jardins. L'après-midi, on jouait. Les enfants lançaient des cerfs-volants faits de chutes de mousseline, barbotaient dans l'eau peu profonde des torrents ou lisaient à l'ombre des sapins.

La *primavera*, dans les Alpes italiennes, était un coffre à bijoux ouvert au soleil. Des buissons de pivoines rouges semblables à des volants de taffetas poussaient au bord des prés qui reverdissaient, et des orchidées sauvages blanches s'accrochaient aux falaises de graphite étincelant. Les premiers bourgeons d'allium poussaient le long des chemins, et dans les plis du terrain le rose vif des rhododendrons éclatait sur le vert foncé de la végétation.

On ne risquait pas d'avoir faim au printemps ni pendant l'été ; la montagne offrait à boire et à manger, les enfants cueillaient des mûres dans les fourrés et buvaient au creux de leurs mains l'eau glacée et pure des ruisseaux.

Les filles ramassaient des brassées d'asters roses qu'elles posaient sur l'autel à ciel ouvert au pied de la statue de la Vierge, pendant que les garçons allaient chercher de grosses pierres de lave pour border le jardin familial. Les enfants prenaient tous leurs repas au frais et faisaient la sieste dans l'herbe des pâturages.

Le printemps arrivait comme un cadeau après les jours maigres de l'interminable hiver. C'était comme un rêve magnifique qui se réalisait, avec un soleil brûlant, un ciel couleur de saphir, des lacs bleus et des touristes aux poches pleines d'argent à dépenser pour leurs vacances. Les enfants accueillaient les visiteurs, qui leur offraient de généreux pourboires pour qu'ils portent leurs bagages ou fassent leurs courses. Les enfants leur offraient à leur tour de petits paniers de framboises et de la citronnade bien fraîche.

Enza partit avec le panier du pique-nique sur le sentier qui montait jusqu'au lac. Elle humait l'air vif de la montagne imprégné de l'odeur des sapins et sentait la chaleur du soleil sur sa nuque. Elle souriait parce que les travaux de la matinée étaient derrière elle, et qu'elle avait un nouveau livre, *Le Mouron rouge*, un roman de cape et d'épée, niché dans son panier à côté du gâteau fait par sa mère le matin même. Le livre lui avait été offert par son maître, le professeur Mauricio Trabuco, pour la récompenser : elle était la première de sa classe.

– Viens, Stella ! dit Enza en se retournant vers sa petite sœur qui traînait derrière elle.

Stella, cinq ans, avait de longs cheveux blonds qu'Enza tressait chaque matin. Elle s'était arrêtée pour cueillir un bouton-d'or.

– Il y a un tas de fleurs dans le champ !

– Mais elle me plaît, celle-là ! fit Stella.

– Alors, prends-la, lâcha impatiemment Enza. *Andiamo !*

Stella arracha la tige de bouton-d'or qu'elle tint bien serrée dans sa main en courant devant son aînée, pour franchir à quatre pattes un talus particulièrement raide et disparaître dans le sous-bois à la poursuite de ses autres frères et sœurs.

– Fais attention ! lui cria Enza. Parvenue en haut du sentier, elle vit ses frères et ses sœurs qui couraient à travers champ en direction de la cascade. Battista avait retroussé les jambes de son pantalon. Vittorio fit de même, avant de le rejoindre dans le bassin peu profond où ils avaient l'habitude de barboter avec de l'eau jusqu'aux chevilles. Ils commencèrent par s'asperger mutuellement, puis se mirent à lutter avant de tomber en riant aux éclats.

Eliana, un peu plus loin, grimpait à un arbre en serrant bien fort le tronc entre ses bras pour se hisser de plus en plus haut. Enza et Stella applaudirent pour l'encourager à aller jusqu'au sommet.

Enza posa son panier à côté d'un tapis de fleurs orange. Elle souleva le couvercle, sortit une nappe en coton et la déplia pour l'étaler sur le sol. Puis elle fouilla dans le panier à la recherche de son livre, tout en gardant un œil sur ses frères et sœurs. Après s'être assurée qu'ils jouaient en toute sécurité, elle s'étendit sur le dos au bord de la nappe.

Elle se mit à lire en tenant le livre à deux mains entre son visage et le soleil aveuglant. Et elle fut bientôt en France, au temps de la guillotine, plongée dans des intrigues de palais autour d'un mystérieux individu qui signait son nom en dessinant une fleur d'un trait de plume écarlate.

Elle lut le premier chapitre, puis le deuxième. Puis elle posa le livre sur sa poitrine et ferma les yeux. Elle se voyait elle-même dans le roman, vêtue d'une robe de soie rouge, ses cheveux formant sur sa tête un gros chignon sculpté comme une meringue, et sur chaque joue une touche de poudre rose vif. Elle se demanda ce qu'aurait été sa vie ailleurs, à une autre époque, avec une autre famille…

– On a faim! dit Alma.
– C'est déjà l'heure de manger? demanda Enza.
Alma regarda le soleil.
– Il est une heure.
– Voilà qui me paraît juste. Tu as raison. C'est l'heure du déjeuner. Va chercher les autres.

Alma s'éloigna en courant. Enza vida le panier. Leur mère avait préparé des sandwichs à la mozzarella avec de la tomate et du pissenlit fraîchement cueilli arrosé de miel, et elle les avait enveloppés dans des serviettes. Il y avait deux sandwichs pour chaque fille, et un de plus pour les garçons. Et aussi une gourde de citronnade et des tranches de quatre-quarts.

Enza installa tout pour le festin tandis que ses frères et sœurs se rassemblaient autour d'elle. Les garçons, tout trempés après leurs ébats, prirent soin de s'agenouiller à l'extérieur de la nappe. Enza prit la petite Stella sur ses genoux.

– Ce n'est plus un bébé! lui dit Alma.
– Pour moi, ce sera toujours un bébé, répondit Enza.
– J'ai cinq ans, dit Stella, en montrant cinq doigts.
– Ça va être une mauvaise année pour les cèpes, dit Battista. Il y a trop d'humidité.
– Ne t'occupe pas des cèpes, fit Enza. Il faudra que tu aides papa, cet été.
– Je préfère chercher des truffes.

– Tu peux faire les deux.

– Je veux gagner beaucoup, beaucoup d'argent. Je vendrai des truffes aux Français. Ce sont de vraies poires.

– Tu as des projets formidables, je suis impressionnée, conclut Enza qui, manifestement, ne l'était pas du tout.

– Moi, j'aiderai papa, annonça Vittorio.

– On aidera *tous* papa. Il va avoir un tas de courses, cet été, déclara Enza.

– S'il a de la chance, vu que Cipi risque de ne pas passer l'été, murmura Battista.

– Tais-toi donc !

Les yeux d'Alma s'emplirent de larmes.

– Tu fais de la peine à ta sœur, gronda Enza. Personne ne sait jusqu'à quand on pourra garder Cipi. C'est à Dieu et à saint Francis d'en décider.

– Il ira au paradis, Cipi ? demanda Stella.

– Mais oui. Un jour, répondit calmement Enza.

– Je veux aller barboter, dit Stella, en se levant.

Le soleil était haut et les enfants sentaient sa brûlure, tout comme Enza, quand elle se leva pour aller avec eux vers le bassin. Ils ôtèrent leurs chaussures et leurs grosses chaussettes de laine. Elle retroussa sa jupe, l'attacha sous sa chemise et s'avança dans le bassin. Elle avait de l'eau froide jusqu'aux chevilles.

– On danse ! lança Stella, et tous les enfants se mirent à faire des éclaboussures dans l'eau froide et peu profonde. Stella y tomba et éclata de rire. Enza la récupéra et la tint contre elle tandis qu'Alma, Eliana, Battista et Vittorio allaient jusqu'à la chute pour se placer dessous.

Tout à coup, Enza remarqua quelque chose de bizarre à travers l'eau claire. Elle se baissa pour poser Stella, dont les jambes maigrelettes semblaient plus grosses sous l'eau. Enza distinguait les veines bleues et des taches brunes sous la peau de la petite fille, plus foncée par endroits, le tout formant une sorte de réseau des chevilles jusqu'aux cuisses.

– Tiens-toi debout, Stella.

Stella se redressa dans l'eau, l'extrémité de ses nattes dégoulinant comme des pinceaux mouillés. Enza examina son dos et ses jambes à la lumière impitoyable du soleil, et découvrit d'autres ecchymoses qui remontaient jusqu'à la partie supérieure des cuisses de sa petite sœur. Affolée, elle inspecta son dos et ses bras au-dessus des coudes. Là encore, il y avait des marques bien visibles.

– Eli, viens ici ! cria Enza à sa sœur Eliana. (Celle-ci, fine et néanmoins athlétique pour ses treize ans, la rejoignit.)

– Quoi ? (Elle regarda Enza, en écartant les cheveux de son visage.)

– Tu vois ces marques ?

Eliana posa le regard sur la petite sœur.

– Qui l'a frappée ?

– Personne ne frappe Stella, dit Enza.

– Tu crois qu'elle est tombée ?

– Je ne sais pas…

– Battista ! cria Enza.

Battista et Vittorio, de l'autre côté du bassin, s'amusaient à arracher du lichen sur les rochers. Enza leur fit signe de les rejoindre. Elle ramena Stella vers la nappe du pique-nique qu'elle avait étalée sur le sol et la sécha avec son tablier. La petite fille claquait des dents et, effrayée par les gestes brusques d'Enza, elle se mit à pleurer.

– Qu'est-ce que j'ai fait ? gémissait-elle.

Enza la serra contre elle.

– Rien, *bella*, rien. (Elle regarda Eliana et déclara :) Il faut qu'on rentre. (Son ton avait changé.) Tout de suite.

Enza sentit la peur l'envahir en regardant sa sœur qui rassemblait les enfants.

Enza compta les têtes de ses frères et sœurs comme le faisait sa mère quand ils allaient dans les villages des alentours et qu'elle les surveillait tous de près, de crainte que les romanichels n'en prennent un, ou que l'un d'eux ne s'égare dans la foule.

Stella, nichée contre elle, la serrait de ses petits bras et semblait retenir sa respiration.

Leur mère disait toujours que, dans une vraie famille, les cœurs battaient à l'unisson car ils n'en faisaient qu'un. Personne ne vous connaît aussi bien que ceux avec qui vous vivez, et personne ne saura vous défendre comme ceux de votre sang face au monde extérieur. Enza connaissait les accès de mauvaise humeur de Battista, le courage d'Eliana, l'amour-propre de Vittorio, la nervosité d'Alma, et le caractère pacifique de Stella. Quand l'un d'eux riait, les autres finissaient par rire avec lui. Quand l'un d'eux prenait peur, ils s'efforçaient tous de lui redonner courage. Et quand l'un d'eux était malade, ils souffraient avec lui.

Ce lien était particulièrement fort entre l'aînée et la plus jeune. Enza et Stella étaient le commencement et la fin, l'alpha et l'oméga, le début de la phrase et le point final entre lesquels se trouvaient toutes les histoires familiales ainsi que les différences de mentalité et de tempérament. Pendant qu'Enza serrait Stella dans ses bras en la berçant doucement, les autres enfants secouèrent la nappe et les serviettes et rangèrent les restes du pique-nique. Enza sentait au creux de son cou le souffle chaud de sa petite sœur.

Les garçons se chargèrent du panier tandis que les filles aidaient Stella à se hisser sur le dos d'Enza, qui allait la porter pour redescendre de la montagne. Eliana suivait, une main sur le petit dos de Stella, et Alma ouvrait la marche, en chassant à coups de pied toutes les pierres et les branches qui auraient pu faire trébucher Enza avec son précieux fardeau. Une petite larme roula sur la joue d'Enza. Elle avait prié pour hâter l'arrivée du printemps, mais elle craignait maintenant qu'il n'ait apporté avec lui le malheur.

4

Un pot de crème

Vasotto di budino

Une lune étrange brillait, la nuit qui suivit la découverte des marques sur le corps de Stella. Vaporeuse et teintée de jaune, elle ne cessait d'apparaître et de disparaître, comme un feu clignotant, et rappelait à Enza la lampe à huile qu'utilisait son père quand il circulait par mauvais temps.

Enza voulait voir dans cette lune le signe que les anges étaient là, qu'ils se tenaient au-dessus de Stella, hésitant à prendre l'âme de sa petite sœur ou à la laisser sur terre. Agenouillée à la tête du lit, elle joignit les mains, ferma les yeux et pria. Les anges allaient certainement l'entendre et permettre à sa sœur de rester dans la montagne. Si seulement elle avait pu éloigner l'ange de la mort comme une grosse mouche d'hiver qu'on chasse d'un geste de la main !

Marco et Giacomina, assis dans la grande pièce de chaque côté du lit improvisé de leur fille, ne la quittaient pas des yeux. Les garçons, incapables de tenir en place, s'occupaient à différents travaux. Battista, grand et mince, se penchait pour entretenir le feu tandis que Vittorio apportait du bois. Eliana et Alma s'étaient recroquevillées dans un coin, les genoux repliés vers la poitrine et fixaient la petite Stella, les yeux pleins d'espoir.

L'expression du prêtre don Federico Martinelli, un vieil homme chauve à la figure allongée, n'avait rien pour les rassurer. Il resta toute la nuit, agenouillé au pied du lit de Stella, à égrener son chapelet. Le ronronnement étouffé de sa voix se maintint sans trembler pendant qu'il poussait l'une après l'autre les petites perles brillantes, baisait la croix d'argent et reprenait le *Je vous salue Marie* tandis que passaient les heures.

Marco, voyant que Stella s'affaiblissait, était allé demander de l'aide au signore Arduini. Celui-ci avait fait venir le médecin, qui était arrivé très vite à cheval. Il avait examiné Stella, lui avait donné un médicament contre la fièvre, discuté avec Marco et Giacomina et promis de revenir dans la matinée.

Enza avait tenté de lire sur les traits du médecin pendant qu'il parlait à voix basse avec ses parents, mais n'y avait vu aucune indication quant à ce qui allait se passer. Il semblait y avoir urgence, mais Enza comprenait que cela ne voulait rien dire. Les médecins sont comme les prêtres, elle le savait bien. Qu'il s'agisse des âmes ou des corps, il n'y a pas grand-chose qui les surprenne, et ils laissent rarement, voire jamais deviner ce qu'ils pensent.

Elle avait pris le bras du docteur au moment où il passait la porte pour repartir. Il s'était retourné pour la regarder, mais elle avait été incapable de parler. Il avait hoché la tête, gentiment, et était sorti.

Enza scruta longuement le ciel à travers les persiennes, persuadée que si Stella tenait jusqu'au lever du jour, elle vivrait ; le docteur allait revenir comme il l'avait promis, il parlerait d'un miracle, et tout redeviendrait comme avant. N'était-ce pas ce qu'il s'était passé pour le fils Cascario, qui s'était perdu pendant trois jours sur la route de Trescore et qu'on avait finalement retrouvé ? Et pour le bébé des Ferrante, guéri de sa jaunisse après seize jours ? Et pour les quatre enfants des Capovilla, qui avaient survécu à la coqueluche après avoir toussé à rendre l'âme au cours de l'été 1903 ? Il y avait un tas d'histoires de miracles, à la montagne. On se répéterait longtemps l'histoire de Stella Ravanelli, dans les villages, en disant que Dieu ne pouvait pas abandonner ceux qui vivaient si haut et si près du ciel et de Lui-même. Et des années plus tard encore, quand Stella serait grande et qu'elle aurait sa propre famille, ne raconterait-elle pas à son tour l'histoire de la nuit où elle avait survécu à la fièvre et à ces affreuses marques sur son corps ?

Enza ne pouvait imaginer leur maison sans Stella, qui avait toujours été quelqu'un de spécial. On ne lui avait pas donné, comme aux autres enfants, le nom d'une sainte ou celui d'une parente. On l'avait nommée en pensant aux étoiles qui brillaient dans le ciel la nuit de sa naissance.

Enza s'efforçait de voir Stella en bonne santé, mais le doute s'insinuait dans ses pensées et elle ne pouvait en retenir l'image. Elle lutta toute la nuit contre un sentiment d'impuissance et d'injustice. Ce qui arrivait à sa sœur était injuste. Sa famille, après tout, avait déjà suffisamment payé. Ils étaient pauvres, ils étaient d'humbles travailleurs, durs à la tâche, qui aidaient leur prochain et vivaient selon les préceptes de l'Évangile. On ne pouvait rien leur reprocher. C'était à Dieu, maintenant, de les récompenser pour leur piété. Les yeux fermés, Enza imagina les anges et les saints entourant sa sœur, et l'amenant à la guérison.

Enza eut même une vision de sa famille dans le futur. Sa mère et son père devenus grands-parents, ses frères et sœurs mariés avec enfants… Battista leur ferait découvrir les chemins, Eliana leur apprendrait à se tenir en équilibre sur un pied au-dessus du petit mur d'enceinte, Alma donnerait des leçons de couture aux filles, Vittorio apprendrait aux garçons l'art de ferrer un cheval… Stella les ferait jardiner, leur père attellerait le cheval et les emmènerait en promenade. Leur vie dans la montagne se poursuivrait, telle qu'elle était depuis toujours, à cette seule différence qu'ils seraient plus nombreux et qu'ils seraient devenus propriétaires de leur terre et de leur maison.

La famille éternelle...

Enza observait maintenant, abasourdie, Stella qui respirait à grand-peine. Elle avait pris le médicament donné par le docteur. Pourquoi sa petite sœur allait-elle plus mal ? La couleur avait déserté son visage, ses joues roses s'étaient teintées de gris et ses lèvres étaient d'un blanc de craie. Quand elle ouvrait les yeux, elle avait un regard vague, avec des pupilles noires comme deux perles de chapelet.

Giacomina tamponnait les lèvres de sa fille avec un mouchoir humide et lui caressait les cheveux. Un gémissement de Stella, comme un coup de couteau en plein cœur pour Enza, venait de temps à autre interrompre la douce litanie du *Je vous salue Marie*. Incapable de supporter plus longtemps la vue de sa petite sœur qui se mourait sous ses yeux, Enza se leva et sortit.

Elle courut jusqu'au bout de la Via Salina, enfouit son visage dans ses mains et pleura. Il n'est pire torture que le sentiment d'impuissance devant la souffrance d'un être innocent. Enza ne pourrait jamais chasser de sa mémoire l'expression de peur qui se lisait sur le visage de Stella tandis qu'elle s'affaiblissait, et le désespoir sur celui de sa mère. Giacomina avait passé bien des nuits à s'inquiéter pour des enfants brûlants de fièvre, mais cette fois, ce n'était pas la même chose ; la fièvre montait à une telle vitesse que rien ne pouvait l'arrêter.

Enza sentit soudain les mains de son père sur ses épaules. Elle se retourna, Marco la prit dans ses bras et se mit à pleurer avec elle.

Dieu les avait abandonnés, les anges s'étaient enfuis et les saints n'étaient plus là. Enza comprenait maintenant la vérité de ces heures terribles. Ils n'attendaient plus que Stella aille mieux ; ils la regardaient mourir. Pour la première fois de son existence, après avoir survécu presque seize ans aux tempêtes, aux inondations du printemps et aux privations, Enza était dans le malheur. Les bras puissants de son père ne pouvaient plus la protéger, la caresse de sa mère avait perdu son pouvoir de guérison.

* * *

Enza et Marco rentrèrent dans la maison. Le feu s'était éteint et le soleil qui se levait au-dessus du Pizzo Camino inondait la pièce de lumière. Eliana et Alma étaient debout à la tête du lit, Vittorio et Battista de chaque côté. Après être resté des heures agenouillé, le vieux prêtre se leva et baisa une dernière fois la croix d'argent de son chapelet.

Giacomina, couchée de tout son long sur le corps de Stella, sanglotait dans les cheveux de sa fille. Puis la mère souleva l'enfant pour la prendre dans ses bras, étroitement serrée contre elle, et la bercer comme elle l'avait fait chaque soir depuis sa naissance avant qu'elle ne s'endorme. Les bras sans vie de Stella pendaient, paumes ouvertes, comme offertes aux anges qui ne s'étaient pas montrés les jours précédant sa mort. Ses yeux bruns étaient grands ouverts entre ses longs cils, mais son regard était vide. Ses lèvres s'étaient teintées de bleu comme l'intérieur d'un coquillage.

Marco se pencha sur sa femme et l'entoura de ses bras, incapable de la consoler. Il sentait sur lui la main implacable du malheur. Non seulement le docteur de Lizzola, le prêtre, l'Église l'avaient abandonné, mais il n'avait pas été assez pieux aux yeux de Dieu pour protéger sa propre fille.

Ce fut entre eux une forme de communion dans ce terrible moment de capitulation face au monde spirituel, quand une vie s'achève. Une pause sacrée, une fragile passerelle au-dessus du gouffre vertigineux, un instant qui ne dura qu'une ou deux secondes pendant lequel Stella leur appartenait encore avant d'être à Dieu. C'est alors qu'Enza hurla, assez fort pour être entendue de lui : « Non ! » Mais il était déjà trop tard ; la petite fille était partie, et son âme s'était enfuie vers ces étoiles dont elle n'avait porté le nom que durant cinq années.

Enza y était-elle pour quelque chose ? Elle avait organisé le pique-nique de ce jour-là. Elle avait, en tant qu'aînée, préparé le panier, et les avait conduits dans la montagne. *Elle* avait voulu lire un livre au soleil. *Elle* avait laissé les petits jouer sous la cascade. Elle avait manqué à son devoir envers Stella, envers sa famille. Enza regarda autour d'elle, cherchant quelqu'un pour lui pardonner son irresponsabilité, pour l'absoudre des erreurs qu'elle avait commises, mais il n'y avait personne pour la libérer du poids terrible de la culpabilité. Elle avait besoin des bras de sa mère et de son père, mais c'était Stella qu'ils étreignaient dans leur douleur.

Giacomina berçait le corps de son enfant morte pour recueillir un dernier reste de chaleur. Un père pleure et se désole, mais une mère, qui a donné la vie à la chair de sa chair, se rappelle les doux baisers qui sont l'acte d'amour échangé dans le secret de leurs deux corps, les premiers frémissements de la vie dans son ventre, les joyeux coups de pied de l'enfant qui grossit avant que son corps ne s'ouvre pour offrir un nouvel être au monde, et elle tombe dans un désespoir sans fin.

Stella avait été pour Giacomina un ange du paradis, prompte à rire et à rire avec impertinence de ce qu'elle apprenait de ses turbulents frères et sœurs, parfaitement accordée à la magie de l'univers : une petite fée aux cheveux bouclés qui dansait à la surface de la vie en s'émerveillant du moindre détail du monde qui l'entourait, découvrant mille possibilités dans tout ce qu'elle touchait, qu'elle se roule dans l'herbe rutilante de la montagne, chantonne avec la brise nocturne ou saisisse chaque occasion de goûter au miracle de l'eau, faisant des éclaboussures, s'y baignant et s'y ébattant à grands cris. Et voici que, légère comme le rayon de soleil qui traverse en un éclair le souffle impalpable d'une brise d'été, elle s'était enfuie.

* * *

Les statues peintes à la main de saint Michel le guerrier, de saint François d'Assise à l'Agneau, de Marie mère de Jésus écrasant le serpent vert, de saint Antoine tenant des marguerites d'une main et de l'autre l'Enfant Jésus, de saint Joseph avec son tablier de charpentier et celle de la Pietà, mère éplorée portant, dans les tons de gris, son fils mourant étaient alignées en plein soleil dans le jardin de l'église de San Nicola pour leur toilette annuelle.

Ciro se dit que les dévots voyaient sans doute ainsi le paradis dans lequel ils entreraient après leur mort : un jardin peuplé de saints au visage lisse et à la chevelure abondante, qui attendaient pour les accueillir dans une lumière blanche, vêtus de longues tuniques bleues, mauves et vertes, leurs mains de plâtre aux longs doigts effilés indiquant la direction à suivre.

Don Gregorio avait peut-être trouvé étrange le manque de dévotion de Ciro, mais pour celui-ci, c'étaient les croyants qui étaient étranges avec leurs reliques, leur encens et ces huiles saintes dont les pouvoirs mystiques posaient plus de questions qu'ils ne lui apportaient de réponses.

Ciro prépara dans un vieux mortier la pâte à récurer spéciale qu'il avait inventée pour nettoyer et polir les statues et les ornementations délicates de l'église. Après force tâtonnements, il avait mis au point cette pâte composée d'argile humide en provenance des berges du Vo, de quelques gouttes d'huile d'olive et d'une poignée de boutons de lavande. Plongeant les mains dans la mixture, il la malaxa jusqu'à obtenir un fin mastic. Puis il se rinça les mains dans une bassine d'eau froide et prit un chiffon qu'il plongea dans la pâte.

– *Va bene*, saint Michel, je commence par toi !

Avec de petits gestes circulaires, il appliqua de la pâte qu'il frotta doucement sur la base de la statue. Les lettres « San Michele » se mirent à briller tandis qu'il polissait la surface.

De toutes les statues qui peuplaient San Nicola, c'était de ce saint que Ciro se sentait le plus proche. Ses jambes musclées, ses larges épaules et l'épée d'argent qu'il brandissait pour livrer bataille au mal lui parlaient d'aventures et de courage. En outre, ses cheveux blonds et ses yeux bleus ressemblaient aux siens. Tout en polissant la joue du saint, il se dit que, parmi tous les soldats de Dieu, c'était certainement le plus capable de conquérir Concetta Martocci. Les autres saints de sexe masculin, qui s'avançaient avec une colombe au poing ou un bébé en équilibre sur un bras, ne sauraient pas aussi bien s'y prendre. Saint Antoine était trop gentil, saint Joseph trop vieux, et saint Jean trop en colère. Non, saint Michel était le seul guerrier capable de gagner les faveurs d'une aussi belle fille.

Ignazio Farino apparut à l'angle du bâtiment, poussant une charrette pleine de petits galets bleus de la rivière. Maigrelet, avec un grand nez et des lèvres minces, Iggy portait des culottes de peau coupées court, de grosses chaussettes et un chapeau de chasseur alpin orné d'une plume de merle. Il avait plus l'air d'un vieux gamin que d'un homme de son âge.

– *Che bella !* s'exclama-t-il avec un sifflement, en regardant la statue de Marie dressée sur son globe.

– C'est ta préférée, Iggy ? demanda Ciro.

– C'est la reine du paradis, n'est-ce pas ? (Iggy s'assit sur le muret du jardin, les yeux levés vers la statue.) Je venais toujours ici la contempler ! Et je dis bien contempler – son visage quand j'étais petit garçon. Je priais Dieu de m'envoyer une belle femme qui ressemblerait à la Vierge Marie de l'église de San Nicola. Comme la plus jolie fille de Vilminore était déjà prise, je suis allé dans la montagne et j'ai épousé la plus jolie fille d'Azzone. Elle avait les cheveux dorés. Elle était jolie au dehors, mais – tirant de sa poche une cigarette roulée à la main – tellement compliquée au-dedans ! N'épouse pas une jolie fille, Ciro. C'est trop de travail !

– Je sais m'occuper d'une femme, dit Ciro, sûr de lui.

– C'est ce que tu crois. Puis tu lui passes la bague au doigt, et c'est autre chose. Les femmes, c'est changeant. Les hommes restent comme ils sont, et les femmes changent.

– Comment ça ?

– De toutes les façons possibles. (Se penchant en avant sur le muret, Iggy déclara d'un air de connivence :) Leur caractère, leur façon de se conduire. Leur désir pour toi. (Tout son corps semblait lancé en avant comme pour bloquer une brouette.) Au début, oh, *si, si, si*, elles te veulent. Puis il leur faut le jardin, la maison, les enfants. Puis elles se lassent de leurs propres rêves et elles veulent que tu les rendes heureuses. (Il ajouta, en levant les mains :) Elles n'en ont jamais assez, Ciro. Jamais ! Crois-moi, à la fin, on ne sait plus que faire pour rendre une femme heureuse.

– Je m'en moque. J'essaierai, et ce sera tout à mon honneur.

– C'est ce que tu dis maintenant. Ne fais pas comme moi. Tu peux faire *mieux*. Tombe amoureux d'une fille ordinaire, ni belle ni moche. Les filles ordinaires ne tournent jamais à l'aigre. Elles sont contentes avec ce qu'elles ont, même si ce n'est pas grand-chose. Une petite perle suffit. Elles ne rêvent pas d'un diamant. Les belles filles voient grand. Tu leur offres des marguerites, il leur faut des roses. Tu leur achètes un chapeau, elles veulent le manteau qui va avec. C'est un puits sans fond impossible à remplir. Je le sais, j'ai essayé !

— Qu'elle soit jolie ou ordinaire, ça m'est égal. Je veux une fille à aimer, c'est tout. Et je veux qu'elle m'aime, dit Ciro, pendant qu'il rinçait la cape de saint Michel à l'eau claire.

— Tu veux, tu veux… ! répéta Iggy, en projetant une bouffée de fumée.

Ciro faisait maintenant briller le plâtre avec un chiffon sec.

— Je trouve que c'est dur, d'attendre.

— Parce que tu es jeune. Les jeunes ont tout sauf la sagesse.

— Ça sert à quoi, la sagesse ?

— À patienter.

— Je n'en veux pas. Je ne veux pas attendre d'être vieux. Je veux être heureux, et c'est tout.

— Si je pouvais, je te donnerais mon expérience, pour que tu ne souffres pas tout ce que j'ai souffert dans ma vie. J'étais comme toi. Je ne croyais pas les vieux. J'aurais mieux fait de les écouter.

— Apprends-moi ce que je ne sais pas, Iggy.

— L'amour, c'est comme un pot de crème, dit Iggy, en tournant une cuillère dans un pot imaginaire. Tu as déjà vu la signora Maria Nilo quand elle en prépare, à travers la vitrine de sa *pasticceria* ? (Iggy roula des hanches comme la signora.) Tu as vu comment elle mélange le chocolat ? Et comment le caramel coule de la cuillère dans le saladier ? Ça paraît *delicioso*. Tu en veux, si tu peux y goûter. Tu passes chaque jour devant la boutique et tu penses : je veux ce pot de crème plus que tout au monde. Je pourrais me battre pour l'avoir. Je pourrais tuer ! Mourir pour en avoir une bouchée ! Le jour où tu touches ta paie, tu vas chercher ton pot de crème. Tu te dépêches de le manger, tu retournes en chercher un autre, et un autre. Tu manges tout le saladier jusqu'à la dernière cuillère. Et la chose que tu voulais le plus au monde te rend malade. L'amour et le pot de crème, c'est pareil !

Ciro éclata de rire.

– Tu auras du mal à convaincre un homme qui meurt de faim tant qu'il n'est pas rassasié. L'amour est le seul rêve qui vaut la peine qu'on le poursuive. Je pourrais travailler dur par amour. Me faire un avenir. Construire pour elle une maison avec sept cheminées. On aurait une famille – cinq fils et une fille. Il en faudra au moins une pour s'occuper de sa mère dans sa vieillesse.

– Tu as pensé à tout, Ciro, dit Ignazio. Moi, j'ai pris ce que la vie m'a donné. (Il levait les mains à nouveau, comme pour indiquer la dimension de son univers.) Et je n'ai pas demandé plus. C'est ce *plus* qui te crée des ennuis.

– Quelle honte ! protesta Ciro. Je veux plus, justement. Je suis logé et nourri en échange de mon travail, mais je veux gagner de l'argent !

– Il te faut combien ?

– Si j'avais une lire pour commencer, ce serait bien.

– Une lire ? Vraiment ? (Ignazio sourit.) J'ai un travail pour toi.

– Je t'écoute, fit Ciro en passant un chiffon mouillé sur la Pietà.

– Le père Martinelli a besoin de faire creuser une tombe à Schilpario.

Iggy ralluma sa cigarette.

– Combien ?

– Il te donnera deux lires, et tu en ristourneras une. L'Église doit toujours prendre sa part.

– Bien sûr. Mais seulement une lire pour creuser une tombe ?

Ciro ne pouvait pas s'empêcher d'être surpris qu'Ignazio n'obtienne pas un meilleur prix. Il comprenait maintenant pourquoi il ne s'était jamais élevé au-dessus de sa condition d'homme de peine au couvent de San Nicola.

Ignazio tira sur sa cigarette.

– Ma foi, c'est mieux que rien, non ? (Il offrit une bouffée au garçon. Ciro aspira.) Don Gregorio te fait creuser dans le jardin pour rien du tout. Que vas-tu faire avec ta lire ? Tu as besoin de chaussures, ajouta Ignazio, en regardant les pieds du garçon.

– J'achèterai une broche en camée à ma Concetta.

– Ne gaspille pas ton argent. Il te faut des chaussures !

– Je peux aller pieds nus, mais je ne peux pas vivre sans amour ! rétorqua Ciro en riant. On y va comment, à Schilpario ?

– Don Gregorio dit que tu peux prendre la carriole.

Le regard de Ciro brilla. S'il avait la carriole, il pourrait peut-être faire une balade avec Concetta.

– Je vais le faire. Mais je veux la carriole pour la journée.

– *Va bene.*

– Tu peux m'arranger ça avec don Gregorio ?

– Je m'en occupe.

Ignazio jeta son mégot par terre et le poussa du pied sous un buisson, où la petite lueur orange ne tarda pas à s'éteindre.

* * *

Ciro maintint les portes de San Nicola grandes ouvertes pour laisser la brise printanière chanter à travers l'église comme les notes du *Kyrie eleison* pendant le carême. Toutes les surfaces brillaient. Les sœurs seraient satisfaites de constater que leur pupille avait nettoyé de fond en comble l'église et tout ce qu'elle contenait, et Ciro comptait bien, aussi, impressionner don Gregorio afin que celui-ci le laisse utiliser la carriole et le cheval du presbytère.

Le jeune homme fit reluire les bancs avec de la cire au citron, lava les vitraux avec de l'eau chaude additionnée de vinaigre blanc, récura les dalles de marbre et épousseta le tabernacle en cuivre. Il nettoya la cire qui avait coulé sur les candélabres en fer forgé et y remit des cierges neufs. L'odeur de la cire emplissait la niche des saints comme l'eau de rose dont Concetta Martocci aspergeait le linge à repasser. Il connaissait bien ce parfum qu'il humait toujours dans son sillage.

Les statues des saints étaient comme neuves. Ciro avait rendu tout leur éclat à ces visages au teint crémeux et ravivé les couleurs de leurs robes et de leurs sandales. Il replaça saint Joseph dans sa niche, fit rouler devant lui les candélabres d'ex-voto, et recula de deux pas pour admirer le résultat de ses efforts. Puis il se retourna en entendant un bruit de pas sur le sol de marbre et vit Concetta Martocci qui s'agenouillait dans l'allée centrale, à mi-chemin entre l'autel et l'entrée. Son cœur se mit à battre. Une mantille de dentelle blanche recouvrait les cheveux de la jeune fille. Le gris délicat de sa longue jupe et le blanc de son chemisier évoquaient l'innocence de la colombe.

Ciro baissa les yeux sur sa propre tenue, sur le bord mouillé de son pantalon, sur les traces de suie le long des coutures, sur ses chaussures élimées et sa chemise maculée de cire, de boue, de pâte à cuivre… Un chiffon à poussière malpropre dépassait de la poche dans laquelle aurait dû se trouver un mouchoir blanc amidonné.

Il passa les mains dans sa tignasse, examina ses ongles noirs… Concetta se retourna, le regarda, et reprit sa position face à l'autel. Une telle rencontre des deux jeunes gens seuls dans l'église était un véritable événement. Il était pratiquement impossible pour Ciro d'engager une conversation avec Concetta. Elle avait un père des plus sévères, un oncle dévot, quelques frères, une bande d'amies qui ne la lâchaient pas d'une semelle.

Ciro retira le chiffon de sa poche et le planqua derrière saint Michel. Décrochant le porte-clés en cuivre pendu à sa ceinture, il le fourra sous le chiffon. Puis il s'approcha de l'allée centrale, fit une génuflexion, la rejoignit sur le banc, s'agenouilla à côté d'elle, et joignit les mains.

– *Ciao*, murmura-t-il.

– *Ciao*, répondit Concetta, tout aussi bas.

Ses lèvres roses au dessin parfait esquissèrent un sourire. La dentelle de la mantille encadrait joliment son visage.

Baissant les yeux sur ses mains sales, Ciro referma les poings pour cacher ses ongles.

– Je viens de faire le ménage de l'église, expliqua-t-il, pour justifier sa tenue.

– C'est ce que je vois. Le tabernacle est comme un miroir, dit-elle, admirative.

– C'est fait exprès. Don Gregorio aime bien se regarder dedans.

Concetta fronça les sourcils.

– Je plaisantais. Don Gregorio est un saint homme, se hâta de tempérer Ciro. (Il se félicita intérieurement d'écouter parfois ce que lui disait son frère.) Un homme *consacré*.

Elle acquiesça d'un hochement de tête et tira de la poche de sa jupe un chapelet de perles ovales.

– Je suis venue pour la neuvaine, fit-elle, en regardant la rosace au-dessus de l'autel.

– La neuvaine, c'est le mardi, observa Ciro.

– Ah. Je vais simplement dire mes prières, alors.

– Tu ne veux pas jeter un coup d'œil au jardin ? proposa Ciro. On pourrait y faire un tour, et tu dirais tes prières dehors.

– Je préfère prier dans l'église.

– Mais Dieu est partout, tu sais. Tu n'écoutes pas pendant la messe ?

– Bien sûr !

Elle sourit.

– Non, tu n'écoutes pas. Tu bavardes avec Liliana.

– Ce n'est pas bien de nous regarder.

– Je ne regarde pas don Gregorio.

– Tu ferais peut-être mieux.

Elle se redressa pour s'asseoir sur le banc. Ciro fit de même. Il regarda les adorables mains de Concetta. Un mince bracelet en or massif ornait son poignet.

– Je ne t'ai pas demandé de t'asseoir avec moi, chuchota-t-elle.

– C'est vrai. Quel malpoli je fais ! Puis-je m'asseoir avec toi, Concetta Martocci ?

– Tu le peux.

Ils se turent. Ciro se rendit compte qu'il respirait à peine depuis qu'elle était entrée dans l'église. Il expira lentement avant de humer le fabuleux parfum de vanille et de rose blanche de la peau de Concetta. Il y avait une chose, enfin, dont il pouvait être reconnaissant à Dieu : Il lui avait permis d'être près d'elle.

– Ça te plairait, de quitter le couvent ? demanda-t-elle, timidement.

Ciro se crispa. La pitié était bien la dernière chose qu'il attendait de cette fille.

– J'ai une bonne vie. On travaille dur. On a une jolie chambre. Don Gregorio me prête la carriole quand je veux.

– C'est vrai ?

– Bien sûr, dit Ciro, en se rengorgeant.

– Tu as de la chance !

– J'aimerais bien aller faire un tour à Clusone, un de ces jours.

– J'ai une tante, là-bas, dit Concetta.

– Ah, bon ? Je pourrais t'emmener la voir !

– Peut-être.

Elle sourit.

Un « peut-être » de Concetta valait tous les « oui » des centaines de filles qui vivaient dans ces montagnes. Ciro en était transporté de joie, mais ne le montra pas. Ignazio lui avait conseillé de se dominer, de ne jamais laisser voir à une fille combien il tenait à elle. Les filles, d'après Iggy, préféraient les garçons qui ne les aimaient *pas*. Ciro trouvait cela absurde, mais il était décidé à suivre les conseils d'Iggy si c'était la meilleure façon de conquérir le cœur de Concetta. Il se tourna vers elle :

– J'aimerais bien rester, mais j'ai promis à sœur Domenica de faire une livraison pour elle avant le déjeuner.

– *Va bene.*

Concetta sourit à nouveau.

– Tu es très belle, murmura Ciro.

Concetta sourit franchement.

– Et toi, tu es très vilain.

– Je ne le serai pas la prochaine fois. Et il *y aura* une prochaine fois.

Il se leva et se glissa hors du banc, en inclinant la tête vers elle comme les sœurs lui avaient appris à le faire en présence d'une dame. Concetta répondit de même, et se retourna vers le tabernacle qu'il avait astiqué pendant une bonne partie de l'après-midi. Ciro sortit d'une traite et se retrouva sur la place.

Un soleil déjà bas jetait une teinte rose pivoine dans le bleu pastel du ciel. En courant à travers la place jusqu'au couvent, il nota que les couleurs du monde qui l'entourait avaient changé : elles étaient plus belles. Il ouvrit la porte à la volée, saisit le paquet de la sœur Domenica pour le signore Longaretti et partit le livrer.

En chemin, des gens le saluèrent, mais il ne les entendit pas. Il pensait à Concetta, à la possibilité d'une longue promenade en carriole avec elle, et à rien d'autre.

Il imaginait le déjeuner qu'il emporterait, la façon dont il lui prendrait la main pour lui dire toutes les pensées qui se bousculaient dans son esprit et dans son cœur. Il aurait les ongles propres, roses et bien coupés car il les aurait fait tremper dans un peu de lessive. Concetta Martocci verrait Ciro sous son meilleur jour.

Il l'embrasserait.

Il déposa le paquet à la porte du signore Longaretti. En rentrant au couvent, il trouva Eduardo en train d'étudier dans leur chambre. Son frère le regarda.

– Tu te promènes à travers le village dans cet état ?

– Fiche-moi la paix. J'ai nettoyé San Nicola, aujourd'hui.

– Tu n'as pas dû le faire à moitié. Tu as toute la saleté du monde sur toi !

– C'est bon, c'est bon, je vais me décrasser à fond.

– Prends de la lessive !

– Qu'est-ce qu'on a pour dîner ?

– Du poulet rôti, dit Eduardo. Je vais dire à sœur Teresa que tu as travaillé dur, et elle te donnera une portion supplémentaire. J'ai besoin des clés de la chapelle. J'ai fini les cartes qu'elle voulait pour la messe.

Ciro plongea la main dans sa poche à la recherche des clés pour son frère.

– Zut ! Je les ai oubliées à l'église.

– Eh bien, va les chercher. La sœur a demandé qu'on les laisse sur les bancs avant le dîner.

Ciro repartit en courant à travers la place. Il faisait déjà plus frais et il se dit en frissonnant qu'il aurait dû prendre sa veste. En arrivant devant la grande porte d'entrée, il trouva celle-ci fermée à clé et contourna le bâtiment pour pénétrer dans la sacristie par la porte latérale.

Il entra, et resta figé par ce qu'il vit.

Concetta Martocci dans les bras de don Gregorio. Le prêtre l'embrassait avec fougue. La jupe grise de la jeune fille était relevée sur la chair mordorée de ses mollets.

Son petit pied se tendait, dressé sur sa pointe. Entre les bras du prêtre, elle était comme une colombe surprise dans les branches noires de l'hiver.

Ciro était pétrifié, le souffle coupé.

– Ciro !

Don Gregorio, relevant la tête, lâcha Concetta, qui s'éloigna de lui comme si elle glissait sur de la glace.

– Je... J'ai oublié mes clés dans le vestibule. La grande porte était fermée, balbutia le garçon, qui se sentit rougir.

– Eh bien, va chercher tes clés, répondit don Gregorio, calmement, en lissant la double rangée de petits boutons qui ornait sa soutane.

Ciro passa devant eux pour pénétrer plus avant dans l'église. Son embarras s'était déjà transformé en fureur. Il se précipita dans l'allée centrale, sans prendre la peine de s'incliner ou de faire une génuflexion. Une fois dans le vestibule, il attrapa le trousseau de clés et le chiffon qu'il avait mis derrière la statue de saint Joseph et les fourra dans sa poche, pressé de quitter cet endroit le plus vite possible. La grandeur et la somptuosité de l'église, le mal qu'il s'était donné cet après-midi-là pour mettre en valeur le moindre de ses détails, tout cela, désormais, ne signifiait plus rien pour lui. Tout cela n'était que du plâtre, de la peinture, du cuivre et du bois.

Ciro avait déverrouillé la grande porte et s'apprêtait à sortir quand il entendit des pas derrière lui.

– Ne dis jamais ce que tu as vu, lui lança le prêtre à voix basse, d'un ton méprisant.

Ciro fit volte-face.

– Vraiment, mon père ? Vous allez m'excommunier. Avec quelle autorité ? (Puis, reprenant son souffle, il ajouta :) Vous me dégoûtez ! S'il n'y avait pas les sœurs, c'est à coups de hache que je démolirais votre église !

– Ne me menace pas. Et ne remets jamais les pieds à San Nicola. Tu n'as plus rien à faire ici.

Ciro s'avança d'un pas, approchant son visage à quelques centimètres de celui du prêtre.
– C'est ce qu'on va voir !
Don Gregorio le saisit par le col de sa chemise. Ciro, à son tour, empoigna de ses mains sales le drap noir et doux au toucher de la soutane de don Gregorio.
– Et vous prétendez être un prêtre !
Don Gregorio relâcha sa prise sur la chemise de Ciro et laissa retomber ses mains. Ciro le regarda bien en face avant de cracher par terre à ses pieds. Dire qu'il avait travaillé avec un tel acharnement pour ce pasteur égaré dont les ouailles ignoraient les turpitudes ! Il ouvrit la porte et sortit dans l'obscurité. Il entendit don Gregorio refermer à clé derrière lui.

Don Gregorio examina sa soutane, les boutons en désordre, la trace à l'endroit où Ciro l'avait agrippée. Plongeant les doigts dans l'eau bénite, il frotta les taches boueuses et lissa ses cheveux avant de remonter l'allée jusqu'à la sacristie, vers sa Concetta.

Elle s'appuyait à la table, les bras croisés sur sa poitrine. Elle avait rassemblé ses cheveux blonds en une torsade sur sa nuque et reboutonné sa veste par-dessus son chemisier.

– Tu vois pourquoi il ne faut pas parler aux garçons ? dit le prêtre d'un ton sévère.
– Oui, don Gregorio.
– Il a cru que tu t'intéressais à lui, lâcha don Gregorio, furieux. Tu l'as encouragé, et maintenant il se sent trahi.

Concetta Martocci mit les mains dans ses poches et baissa les yeux.
– Pourquoi est-ce de ma faute ?
– Tu l'as fait entrer.
– Pas du tout !
– Il était assis avec toi.
– C'est parce qu'il a du travail à l'église, dit-elle, sur la défensive.

– Les sœurs l'ont trop gâté. Il est arrogant. Il ne prend pas les sacrements et n'est pas assidu à la messe. Il est trop familier avec les fidèles.

Elle sourit.

– Vous êtes jaloux de Ciro Lazzari ? Je ne peux pas le croire.

Don Gregorio l'entoura de ses bras et la serra contre lui. Il l'embrassa sur la nuque, puis sur la joue, mais comme il effleurait ses lèvres, elle s'écarta.

– Il vous a vu m'embrasser, dit-elle, en tapotant sa jupe. S'il allait le raconter ?

– Je vais m'occuper de ça, répondit don Gregorio, en tendant la main pour caresser le bras de Concetta.

– Je ferais mieux de m'en aller, reprit-elle, mais sa voix disait clairement qu'elle n'en avait pas envie.

– Je te verrai demain ?

Concetta regarda don Gregorio. Il était beau et raffiné comme les garçons des montagnes ne le seraient jamais. Ses baisers n'étaient pas maladroits, comme ceux de Flavio Tironi, l'été dernier pendant la fête derrière le quatrième pilier de la colonnade, il n'avait jamais les mains moites, et ne disait pas de banalités. Don Gregorio avait voyagé, il avait vu beaucoup de choses et avait des idées sur la politique, et il racontait des histoires extraordinaires sur des endroits qu'elle n'avait jamais visités mais qu'elle comptait bien connaître un jour. Les rues de Rome n'avaient pas plus de secrets pour lui que pour elle celles de Vilminore !

Don Gregorio voyait en elle quelque chose qu'aucun professeur ne s'était jamais donné la peine de voir. Il ne la forçait pas à étudier les mathématiques, ne l'assommait pas avec les sciences. Il lui avait donné, au contraire, le désir de connaître le monde au-delà des montagnes, et tous ces endroits qui l'enchanteraient, il en était certain : les plages de sable rose de Rimini, les boutiques du Ponte Vecchio à Florence et les falaises violettes de

Capri… Il lui prêtait des livres pleins d'histoires, non pas de sinistres manuels académiques, mais des romans d'aventures et d'amour reliés de cuir rouge.

Don Gregorio dînait tous les samedis soir chez les Martocci. En hôte parfait, il arrivait après la messe et restait jusqu'au crépuscule. Il se montrait particulièrement attentionné auprès de la grand-mère de Concetta, écoutant patiemment ses plaintes à propos de sa santé défaillante, de ses douleurs, et des mille et une incommodités physiques dont elle ne lui épargnait aucun détail. Il bénissait leurs champs et leur maison, leur administrait les sacrements, louait leur dévotion, les incitait à faire la charité dans le village et à soutenir l'Église de leurs dons.

Concetta était tombée amoureuse de don Gregorio depuis longtemps, dès le jour de son arrivée à Vilminore. Pendant les mois suivants, elle avait trouvé grisant chaque moment qu'elle passait auprès de lui. À l'école, elle réfléchissait pendant des heures à des prétextes pour aller à l'église avec l'espoir de le voir.

Les garçons de San Nicola étaient généralement ennuyeux et négligés ; ils travaillaient à la vigne ou dans les champs et avaient des idées simples sur l'existence. Ils étaient comme Ciro Lazzari, qui faisait l'homme à tout faire à l'église, était vêtu de haillons, et venait tranquillement s'asseoir à côté d'elle comme si, en lui offrant un billet un jour de carnaval, il avait gagné le droit de lui adresser la parole.

On avait dit toute sa vie à Concetta de choisir le meilleur, qu'il s'agisse d'une longueur de tissu pour faire un tablier ou d'une eau de citron pour se laver les cheveux. Elle savait que don Gregorio était un saint homme qui avait prononcé ses vœux, mais c'était aussi l'homme le plus influent et le plus instruit de son entourage. Elle le voulait. Quand elle aurait quinze ans, elle renoncerait à l'idée d'une vie avec un mari et des enfants. Elle choisirait de rester chez elle auprès de sa mère afin de voir don Gregorio autant qu'elle le pourrait. Elle était folle du prêtre, le moindre moment passé avec lui était un moment d'ivresse, et le moindre de ses regards la transportait littéralement. Elle croyait du fond du cœur qu'un long après-midi de temps à autre et les repas hebdomadaires en sa compagnie lui apporteraient le bonheur.

— Il faut empêcher Ciro de parler de nous, implora-t-elle. Si mon père savait... si n'importe qui...

Don Gregorio la prit dans ses bras, l'embrassa pour la rassurer. Tout contre lui, elle ne craignait plus rien. Son éducation, la morale, le simple bon sens ne pouvaient rien contre un baiser de lui. Les principes qu'elle avait juré à sa mère de respecter jusqu'au mariage s'évanouissaient dans l'atmosphère comme la fumée d'une coupelle d'encens.

Elle se disait qu'elle n'avait rien à craindre. Personne ne croirait la parole d'un domestique contre celle d'un homme consacré.

Don Gregorio l'embrassa dans le cou. Concetta le laissa faire ; puis, lentement, elle s'écarta. Sans s'attarder, elle ramena la mantille de dentelle sur sa tête et sortit de la sacristie pour s'enfoncer dans la nuit.

5

Un chien errant

Un cane randagio

Trois poulets rôtis entourés de pommes de terre et de carottes coupées en cubes trônaient au centre d'un grand plat. Il y avait aussi plusieurs saladiers pleins à ras bord d'une purée de châtaignes salée travaillée au beurre et à la crème fraîche.

La sœur Teresa avait appris de longue date à rendre plus consistants les repas qu'elle préparait avec des châtaignes grillées qui remplaçaient la farine pour faire des tortellinis, ou qu'elle faisait bouillir et servait en purée en guise de solide accompagnement au plat principal. Quant arrivait le printemps, les religieuses et les enfants Lazzari avaient eu leur content de châtaignes.

Ciro fit irruption dans la cuisine en criant :

– Sœur Teresa !

La sœur Teresa sortit de l'office.

– Qu'y a-t-il ?

– Il faut aller voir sœur Ercolina. Tout de suite ! répondit le garçon, tout essoufflé.

– Que s'est-il passé ? demanda la sœur, en lui tendant une serviette.

– J'ai vu quelque chose à San Nicola. (Ciro s'essuya le visage puis se lava les mains.) Don Gregorio... Avec Concetta Martocci. (Le jeune homme se sentit rougir. Il avait honte.) Dans la sacristie... Je les ai surpris !

— Je vois. (Sœur Teresa lui reprit la serviette des mains pour la jeter dans l'eau qui bouillait sur le feu. Elle lui versa un verre d'eau et lui fit signe de s'asseoir.) Inutile de m'en dire plus.

— Vous *saviez* ?

— Je ne suis pas surprise, fit la sœur, d'un ton calme.

Ciro, furieux, éleva la voix.

— Vous voulez dire que les vœux ne signifient rien ?

— Pour certains d'entre nous, les vœux sont un combat, pour d'autres c'est plus facile, répondit-elle, prudemment. Les êtres humains sont capables de sainteté. Mais il leur arrive aussi de pécher.

— Il n'a pas d'excuse. Faites quelque chose !

— Je ne peux rien contre le prêtre.

— Alors, allez trouver sœur Ercolina et dites-lui ce que j'ai vu. Amenez-moi avec vous. Je lui raconterai tout. Elle peut en parler à la mère abbesse. Il sera puni comme il le mérite !

— Ah, je vois. Tu veux qu'on le punisse, dit sœur Teresa en s'asseyant. Est-ce ton amour pour Concetta Martocci qui te fait agir, ou le fait que tu n'aimes pas don Gregorio ?

— Concetta, je ne l'aime plus après ce que j'ai vu... Comment pourrais-je...

Ciro se prit la tête entre les mains. La douleur de l'amour non partagé le frappait au cœur pour la première fois. Rien n'était pire que de ne pouvoir exprimer ses sentiments amoureux à la personne qui en était l'objet. Un instant plus tôt, il était à côté d'elle, plus près qu'il ne l'avait jamais été. Depuis des mois, il imaginait Concetta apprenant à le connaître, répondant à son amitié, et finissant par tomber amoureuse de lui. Que de baisers rêvés dans tous les lieux possibles et imaginables... L'idée qu'elle en avait choisi un autre était insupportable à son jeune cœur. Et le prêtre du village, en plus !

— La pauvre. Elle croit tout ce qu'il lui dit.

– Je savais que c'était un hypocrite. On ne sent pas de ferveur à San Nicola. Tout n'y est que comédie. Il ne se soucie que de ses tenues, des parures d'autel, et des fleurs qui poussent dans les allées du jardin. Il attache de l'importance à des choses qui ne le méritent pas. San Nicola est une vitrine pour lui ! Ce prêtre me fait penser à ces camelots beaux parleurs qui montent du Sud jusqu'aux lacs, chaque été, pour vendre des bijoux de pacotille. Ils n'ont pas leur pareil pour flatter les dames et leur refiler des perles en verroterie. Quand on voit comment les écolières lui tournent autour, c'est exactement la même chose.

– Il est bel homme, et il en profite, fit la sœur Teresa. Concetta s'y est laissé prendre. Mais il ne faut jamais mépriser quelqu'un parce qu'il a mal placé sa confiance. Cela peut arriver à n'importe lequel d'entre nous.

– Je la croyais intelligente.

– Et pourquoi donc ?

Sœur Teresa avait eu Concetta comme élève dès l'âge de six ans. Elle savait très bien le peu d'intérêt que celle-ci avait toujours manifesté pour ses études et l'énergie qu'elle consacrait à sa quête de la beauté physique et de l'élégance vestimentaire. Le désir d'être belle et séduisante la préoccupait beaucoup plus que le souci de développer ses capacités intellectuelles, sa personnalité ou son bon sens.

– Elle était… tout, pour moi !

– Je suis désolée. Même ceux que nous aimons peuvent nous décevoir.

– Je le sais maintenant, dit Ciro.

– Les prêtres ne sont pas parfaits… commença sœur Teresa. Don Gregorio connaît déjà ses propres faiblesses, mieux que tu ne les connaîtras jamais, Ciro.

– Il ne croit pas en avoir ! Il est comme un roi dans son église !

Sœur Teresa poussa un profond soupir.

– Au séminaire, don Raphael Gregorio n'a pas brillé dans ses études et ne s'est pas fait remarquer par sa spiritualité. Tout montre que s'il a fait son chemin, c'est avant tout grâce à ses bonnes manières et à son caractère agréable. Ses vœux prononcés, il a été assigné à la cathédrale de Milan. Il n'a pas été choisi pour écrire dans le journal du Vatican. Il n'a pas été sélectionné pour devenir l'émissaire de l'évêque ou le secrétaire du cardinal. On l'a envoyé le plus au nord possible dans le plus pauvre des villages des Hautes-Alpes italiennes. C'est un joli garçon avec pas grand-chose dans la tête et il le sait : il est juste assez intelligent pour comprendre qu'il ne se fera une place que dans un endroit où il n'aura pas de concurrent. Il dit la messe comme je lis une recette à voix haute quand je cuisine.

– Il a été consacré ! Il est censé être meilleur !

– Ciro, l'habit ne fait pas le moine.

– Alors, pourquoi la sœur Ercolina se donne-t-elle tout ce mal pour repasser ses habits ? Pourquoi dois-je lui apporter toutes ces parures d'autel ? C'est nous qui le faisons passer pour ce qu'il n'est pas.

– Une soutane ne fait pas d'un homme un prêtre, pas plus qu'une jolie robe ne rend une femme vraiment belle – ou bonne, ou généreuse, ou intelligente. Ne confond pas l'apparence des êtres avec ce qu'ils sont *réellement*. La grâce est une chose rare. Je ne porte pas l'habit parce que je suis pieuse mais parce que *j'essaie* de l'être. J'ai quitté ma mère et mon père à l'âge de douze ans pour devenir religieuse. J'avais un grand désir de voir le monde, et je fais maintenant pénitence pour mon égoïsme. Qui aurait dit que je verrais le monde au-dessus d'un vieil évier et d'une planche à découper ? Mais c'est ainsi, et c'est ici. Dans mon désir de participer à une grande aventure, j'ai échangé la cuisine de ma mère pour celle-ci.

Sœur Teresa préparait les repas des autres sœurs et ceux de don Gregorio. Elle était debout à trois heures du matin pour faire le pain, et Ciro le savait puisque lui-même trayait les vaches à ce moment-là. Sœur Teresa, apparemment, faisait le travail d'une mère et d'une épouse sans l'amour et le respect qui allaient avec.

– Pourquoi restez-vous ? demanda Ciro.

Sœur Teresa sourit. Elle était vraiment belle quand elle souriait, avec ses joues roses qui brillaient, et ses yeux noirs pétillants. Elle posa ses mains sur celles de Ciro :

– J'espère que Dieu saura me trouver.

Elle se leva, jeta un fichu sur ses épaules. Elle tendit le grand plat à Ciro pour qu'il le porte dans la cuisine et posa les saladiers de purée de châtaignes sur un plateau.

– On n'est pas si mal. On mange, n'est-ce pas ?

– Oui, ma sœur.

– Il n'y a jamais assez de poulet, mais on se débrouille. C'est Dieu qui nous comble, comme dit sœur Ercolina. Il faut que tu trouves ce qui te comble, Ciro. Qu'est-ce qui pourrait te combler ? Tu peux me le dire ?

Ciro se dit qu'il savait ce qui le comblait, mais qu'une nonne était la dernière personne à qui il pourrait l'avouer. Si Ciro Lazzari comprenait une chose à Ciro Lazzari, c'était son désir de charmer et de conquérir le cœur d'une fille.

– Je croyais que c'était Concetta, avoua-t-il.

– Désolée pour toi. Mais il arrive qu'on ait le cœur brisé et que quelqu'un d'autre vienne le recoller, dit la sœur.

Ciro n'était pas prêt à renoncer à Concetta. Il n'aurait pas su dire pourquoi il l'aimait, il savait seulement qu'il l'aimait. Son désir de gagner son cœur l'avait poussé à travailler plus dur, plus longtemps, et plus assidûment afin de gagner de l'argent, de l'amener ici et là et de lui acheter toutes sortes de choses. Pour quoi, pour qui allait-il travailler désormais ?

Il pensait sans cesse à Concetta, entre les instants fugitifs où il l'apercevait sur la place, à l'école, ou à l'église. Il se demandait comment elle passait son temps en dehors de San Nicola. Il imaginait sa chambre, avec des fenêtres en arrondi, un fauteuil à bascule blanc, un édredon de plume et un papier peint avec des motifs de roses minuscules. Il se demandait ce qui lui plairait le plus : une jolie chaîne en or, un petit anneau d'émeraude, ou une capeline en fourrure pour l'hiver ? Que ferait-elle le lendemain ? Se voyait-elle dans une boutique de la galerie ? Voudrait-elle une maison dans la Via Donzetti ou une ferme au-dessus du village à Alta Vilminore ?

– Débarrassons-nous de don Gregorio, dit Ciro. Aidez-moi. C'est un infidèle. Vous savez comment ça se passe, dans l'église. Aidez-moi à en finir. C'est ce que je ferais pour vous si vous étiez à ma place.

– Laisse-moi réfléchir, répondit sœur Teresa.

Le fait d'avoir vu Concetta dans les bras d'un autre ne rendait pas Ciro jaloux, cela le rendait triste. Il se disait qu'il ne recevrait jamais le baiser qu'il avait si longtemps espéré de cette fille qu'il avait aimée au premier regard. Le curé du village lui avait volé toute chance de connaître le bonheur, et Ciro voulait qu'il paie.

***

Ciro partit à pied pour Schilpario, en direction du nord. Sachant qu'il fallait une heure pour franchir les cinq kilomètres qui le séparaient du col, il aurait tout le temps de se rendre à l'église afin de voir don Martinelli après l'enterrement et de prendre ses instructions pour creuser la tombe.

Sœur Teresa lui remit quelques petits pains fourrés de salami, un morceau de parmesan et un petit bidon d'eau.

Ciro était furieux de devoir aller à pied, mais il savait qu'après ce qu'il s'était passé avec don Gregorio, il ne monterait plus jamais dans la carriole de l'église. Il se demandait qui allait s'occuper de l'écurie du presbytère puisqu'il avait été congédié. Il avait de la peine pour Iggy, qui se faisait vieux et comptait sur son jeune compagnon pour porter les lourdes charges. Le bruit avait très vite couru que Ciro ne travaillait plus à l'église, ce qui n'était pas une petite nouvelle dans ce village où il ne se passait jamais grand-chose.

Jusqu'au col de Presolana, la route s'enroulait autour de la montagne, serpentant sous des ponts de pierre et s'élargissant aux endroits où la gorge traversait des zones rocheuses. Ciro franchit un long tunnel creusé à flanc de montagne dont les parois, jadis élargies à la dynamite, étaient désormais recouvertes d'une mousse verte. Il marchait les yeux fixés sur l'entrée, un ovale de lumière éclatante qui se découpait sur l'obscurité.

Il entendit soudain un bruit de sabots martelant le sol et vit la silhouette d'un attelage tirant une voiture fermée pénétrer dans le tunnel. Les chevaux étaient lancés au grand galop. Ciro entendit le cocher qui lui criait «Attention!» à la seconde où il s'immobilisait dans son champ de vision. Il se jeta contre la paroi humide du tunnel, en s'y retenant de ses deux bras écartés. Les chevaux passèrent à pleine vitesse, les roues de la voiture à quelques centimètres des pieds de Ciro avant de négocier d'extrême justesse le virage en épingle à cheveux.

Le bruit assourdissant de la galopade retomba en s'éloignant tandis que Ciro se penchait en avant, le cœur battant, les mains appuyées sur les genoux pour essayer de reprendre sa respiration. L'idée qu'à quelques secondes près, il venait d'échapper à une mort certaine le fit frissonner.

Dès qu'il eut retrouvé ses esprits, il sortit du tunnel et reprit son ascension. Le printemps fleurissait sur la montagne. D'un côté, les falaises étaient couvertes de marguerites blanches tandis que de l'autre une gorge rocheuse vertigineuse se tapissait d'un fouillis de plantes grimpantes. Ciro regretta d'avoir décliné l'offre d'Eduardo de l'accompagner: l'expédition s'annonçait plus longue et plus périlleuse que prévu, mais son frère devait préparer la liturgie de la semaine de Pâques.

Ciro se mit à siffler tout en grimpant. La pente était raide et la route faisait un coude. Comme il longeait une profonde ravine, il entendit un craquement de branches. Il regarda alentour. Il s'approcha pour scruter le précipice, une véritable crevasse dans laquelle poussait une végétation touffue, et recula d'un pas. Des loups vivaient dans ces montagnes, et il se disait que s'ils souffraient autant de la faim que les pauvres villageois, il risquait de ne pas arriver vivant à Schilpario. Il se mit à courir. Il entendit à nouveau ce bruit, mais plus près, comme s'il était suivi. Il repartit à toutes jambes, avec à ses trousses un petit chien noir et blanc, un bâtard maigrelet au long museau et au regard vif.

Ciro s'arrêta, reprit son souffle et dit:
– Qui es-tu?
Le chien aboya.
– Rentre chez toi, mon vieux.

Ciro scruta la route. Il était bien trop loin de Vilminore pour que ce chien appartienne à quelqu'un du village, et son état de maigreur, d'ailleurs, indiquait que personne ne devait s'occuper de lui depuis un certain temps. Ciro mit un genou à terre.

– J'ai une tombe à creuser, mon vieux.
Le chien levait les yeux vers lui.
– Où est ta maison?
Le chien sortit sa langue rose et se remit à haleter.
– Ah, je comprends. Tu es orphelin comme moi.

Ciro lui gratta le crâne entre les oreilles. Sa fourrure était propre, mais rêche comme de la grosse laine. Ciro ouvrit son bidon d'eau et en versa un peu au creux de sa main. Le chien la lapa puis secoua la tête en l'éclaboussant généreusement.

– Hé, fais attention !

Ciro s'essuya le visage de sa manche. Il se retourna et reprit sa marche. Le chien le suivit.

– Rentre chez toi !

Le chien ignora l'injonction et continua sur ses talons. Le reste du trajet passa beaucoup plus vite, Ciro lançant des bouts de bois que son nouveau compagnon lui rapportait. « Va chercher, donne ! Va chercher, donne !... » Le chien s'amusait bien tandis que Ciro grimpait de plus en plus haut dans la montagne. Ils seraient bientôt arrivés, et Ciro commençait à apprécier la compagnie de l'animal. Schilpario était en vue.

À l'entrée du village, l'église Sant'Antonio da Padova, où Ciro devait se rendre, était construite avec de grands blocs de grès arrachés à la montagne. Depuis la cour de l'église, il vit tourner à toute vitesse en contrebas une roue hydraulique géante actionnée par les torrents furieux qui se jetaient de la montagne avant de former un bassin d'eau claire. Le vaste champ qui s'étendait au-delà ouvrait largement l'horizon de ce village niché au pied du Pizzo Camino.

Ciro examina la rue déserte. Un étrange silence régnait. Il leva les yeux vers les fenêtres et n'y aperçut pas le moindre visage. Les portes des boutiques étaient fermées, leurs rideaux tirés. On avait l'impression d'être dans un village abandonné. Avait-il bien compris les instructions d'Iggy ?

Le chien l'avait suivi jusqu'à la porte de l'église. Ciro lui dit :

– Écoute, j'ai du travail ici. Va chercher une famille qui s'occupera de toi.

Le chien leva le museau vers lui comme pour dire : « Quelle famille ? »

Ciro poussa la porte. Il se retourna et vit le chien assis sur son derrière qui l'attendait. Il secoua la tête en souriant et entra, en retirant sa casquette. On se pressait dans le vestibule. Ciro se fraya un passage jusqu'au fond de l'église. Tous les bancs étaient occupés. Il y avait des gens debout sur les côtés. Plus la moindre place dans les chapelles, sur les escaliers ni même sur l'estrade du chœur. Ciro comprit que toute la population du village était là. On l'avait embauché pour creuser la tombe d'un personnage important, un notable, un *sindaco*, un évêque, peut-être ?

Ciro était assez grand pour voir par-dessus les têtes. Il aperçut au pied de l'autel un petit cercueil ouvert. Et comprit, horrifié, qu'il n'était pas venu enterrer un vieillard, mais un enfant. Une famille au complet était agenouillée devant le cercueil : la mère, le père et cinq enfants. Ils portaient des vêtements de travail propres et bien repassés, mais rien, dans leur modeste apparence, n'expliquait l'événement que semblaient constituer ces funérailles en présence d'une telle foule. Ciro était surpris de voir une famille aussi pauvre, comparable à la sienne, objet d'un tel hommage à l'église.

* * *

Giacomina était à genoux devant le cercueil sur lequel elle posait les mains comme on les pose sur le berceau d'un enfant qui dort. Giacomina n'avait pas eu le septième bébé qu'elle avait promis à son mari. Étrangement, c'est à ce bébé non advenu qu'elle pensait à cet instant devant le cercueil dans lequel reposait le corps de son enfant. L'odeur et les bruits que fait un nouveau-né apportaient toujours de la douceur dans une maison. Les aînés vous donnent joie et bonheur chacun à sa façon, et c'est un plaisir de prendre soin d'eux, mais le foyer se recentre et la famille resserre ses liens autour de l'enfant nouveau-né.

Giacomina avait cru que l'absence d'un septième enfant mettrait les autres à l'abri du mauvais sort. Tel était l'accord qu'elle avait conclu avec le Dieu tout-puissant. En échange de cette septième joie pour laquelle elle avait prié et qui lui avait été refusée, Il lui garderait les autres sains et saufs. Mais Dieu n'avait pas tenu sa promesse. En regardant le visage de ses enfants, elle se rendait compte qu'elle ne pouvait pas les consoler. Ils vivaient la même tragédie qu'elle.

* * *

Agenouillée devant le cercueil, Enza serrait très fort la main de sa mère dans la sienne en regardant pour la dernière fois le doux visage et les boucles folles de sa petite sœur. Elle s'était tant de fois approchée du berceau quand Stella était bébé pour la regarder dormir ! Elle ne lui semblait pas si différente à présent…

Enza garderait dans son cœur cette image de sa petite sœur, comme elle garderait la boucle de cheveux qu'elle avait coupée avant que le prêtre ne laisse entrer la foule dans l'église. Elle se mit à penser à tout ce que Stella avait fait pendant sa courte vie. Elle était en train d'apprendre à lire. Elle connaissait l'alphabet. Elle savait réciter ses prières, *Je vous salue Marie* et *Notre Père qui êtes aux cieux*. Elle connaissait aussi la chanson *Ninna Nanna*, savait danser la bergamasque. Elle apprenait la nature ; elle était capable de distinguer les baies toxiques ou les plantes sacrées des baies comestibles qui poussaient entre les roches. Elle connaissait la différence entre les cerfs et les élans grâce aux dessins qu'on voyait dans les livres de leur père…

Enza savait ce qu'était le paradis, mais on lui en avait parlé comme d'un pays imaginaire, avec un château dans les nuages habité par les anges. Elle se demandait maintenant si Stella, au moment de mourir, avait compris ce qu'il lui arrivait. Imaginer les dernières pensées de Stella était très douloureux.

La vie, se dit Enza, n'est pas ce qu'on reçoit mais ce qu'on vous prend. C'est dans ce qu'on perd qu'on découvre ce à quoi on tient le plus. Enza avait désiré plus que tout au monde garder Stella vivante ; elle se reprochait d'avoir manqué à ses devoirs, elle avait peur d'affronter les années à venir sans Stella.

Elle se jura de ne jamais l'oublier, pas un seul jour.

Le prêtre plongea une longue allumette dans l'urne qui contenait l'encens et des volutes de fumée grise s'élevèrent en tourbillonnant. Il referma doucement le cercueil et en fit le tour à pas lents en levant le calice qui se balançait au bout de sa chaîne et en le bénissant jusqu'à ce qu'il apparaisse comme un petit bateau doré naviguant à travers les nuages. Les membres de la famille l'entouraient comme ils avaient entouré le lit de Stella.

Le prêtre parcourut l'église du regard. Comment faire sortir tout ce monde en permettant à chacun de passer devant le cercueil pour un ultime adieu ? Ciro comprit vite le problème. Il donna un coup de coude à deux jeunes garçons et leur fit signe de le suivre.

Il descendit l'allée centrale avec eux et, se glissant derrière l'autel jusqu'au fond de l'église, les incita par des gestes à en faire autant. Ils ouvrirent les portes latérales, laissant pénétrer l'air frais de la montagne et la lumière du soleil qui dissipa aussitôt la pénombre. La foule se rangea en file d'attente pour passer devant le cercueil. Le prêtre salua Ciro d'un hochement de tête approbateur.

Ciro regarda la fille aînée qui se redressait se placer derrière sa mère éplorée, en posant les mains sur ses épaules pour la soutenir. Il détourna les yeux ; l'image d'une communion aussi étroite entre une mère et son enfant réveillait en lui une souffrance particulière. Il sortit par une porte latérale, avec la foule. Une fois dehors, il respira un grand bol d'air pur. Il se dit que les gens allaient sans doute défiler dans le cimetière pendant la plus grande partie de l'après-midi après la bénédiction finale. Il ne pourrait donc pas commencer à creuser la tombe avant plusieurs heures, et la nuit serait tombée avant qu'il se remette en route pour Vilminore.

Il entendit pleurer un chien et vit son nouveau compagnon qui accourait vers lui. Il se pencha et l'animal se blottit contre ses jambes.

– Eh, Spruzzo, murmura-t-il, ravi de sa compagnie.

Il venait de lui trouver un nom, en voyant le chien l'éclabousser d'eau sur le chemin de la montagne – *spruzzare* signifiait « éclabousser ». Plongeant la main dans son sac à dos, il sortit le salami et en donna un morceau au chien tandis que les villageois quittaient l'église pour se répandre dans les rues de Schilpario.

Il vit plusieurs enfants sortir ensemble et reconnut immédiatement des orphelins. Ils étaient sous la conduite d'une religieuse qui marchait tête baissée, les mains cachées dans les manches de sa grande robe noire. La vue de ces enfants qui se hâtaient derrière la nonne comme par crainte d'attirer l'attention lui déchira le cœur. Sa propre mère lui manquait. Il savait que la douleur, en lui, n'était qu'endormie, et qu'il lui suffisait de voir un enfant au même âge que lui quand elle l'avait abandonné pour que cette plaie se rouvre et se mette à saigner.

Il l'imaginait s'arrêtant par un matin d'hiver devant la porte du couvent, dans un carrosse doré tiré par un attelage de chevaux noirs. Caterina, sa mère... Elle avait son plus beau manteau, celui en velours bleu nuit. Elle tendait la main vers ses fils pour les inviter à la rejoindre. Dans son rêve, Ciro et Eduardo étaient à nouveau des gamins. Et, cette fois, elle ne les laissait pas derrière elle, elle les faisait asseoir dans le carrosse.

Le cocher se retournait sur son siège : leur père, Carlo, souriant du sourire d'un homme heureux et en paix avec sa conscience, qui ne demande rien de plus au monde qu'une femme qui l'aime et les enfants qu'ils ont faits ensemble.

6

Un ange bleu

Un angelo azzurro

Une brume argentée descendit sur le cimetière de Sant'Antonio da Padova quand le soleil se fut couché derrière la montagne. Le portail en fer forgé était grand ouvert sur un vaste champ de tombes autour desquelles se dressaient un certain nombre de chapelles funéraires.

Les familles de notables avaient construit de riches mausolées avec des autels à ciel ouvert en marbre et en granite, des portiques et des fresques peintes à la main. Il y avait aussi des édifices plus sobres, de style roman, avec des stèles portant des inscriptions en lettres dorées.

Ciro savait qu'il ne serait pas facile de creuser une tombe à Schilpario. Il y avait des mines de fer et de barytine en contrebas du village, le sol était donc chargé de schiste. Son pic ne cessait de frapper contre la pierre et il délogeait l'un après l'autre des rochers calcaires semblables à de grosses perles blanches qu'il empilait à côté des tombes.

Le cercueil de Stella était posé non loin de là sur le sol de marbre à l'entrée d'une chapelle. Il était recouvert d'un drap béni, et prêt à être placé dans la tombe quand Ciro aurait achevé sa tâche.

Assis au bord de la fosse prévue pour atteindre une profondeur de deux mètres, Struzzo observait les progrès de son nouveau maître tandis que le monticule de terre extrait du sol ne cessait de croître. On avait auparavant, une fois le rite des funérailles terminé, déposé le petit cercueil qui disparaissait sous les fleurs dans la tombe à peine creusée. Sitôt la dernière personne partie, Ciro l'avait mis de côté. Après deux heures d'efforts contre la roche et la barytine, il atteignit une couche de terre sèche et creusa en un rien de temps les derniers soixante centimètres.

Il ressortit de la fosse pour aller chercher le cercueil.

La famille Ravanelli avait acheté, bien des années plus tôt, un petit carré qu'elle avait marqué par un ange de marbre bleu finement sculpté. Ciro préférait cette concession, élégante dans sa simplicité, aux riches mausolées.

Ciro posa délicatement le cercueil à côté de la fosse avant d'y redescendre.

– Attends. Je vais t'aider, dit une fille.

Il aperçut par-dessus le bord de la tombe l'aînée des filles Ravanelli. Elle avait dans cette lumière quelque chose de surnaturel, quelque chose d'angélique. Ses longs cheveux châtains tombaient sur ses épaules et ses yeux noirs brillaient à travers la brume comme des perles. Elle portait un tablier blanc empesé par-dessus sa jupe de laine. Elle essuya ses larmes avec son mouchoir et fourra celui-ci dans sa poche avant de s'agenouiller.

Ciro comprit que cette fille avait besoin d'aide et que le fait d'enterrer le cercueil, comme une conclusion aux funérailles, lui apporterait un certain apaisement.

– D'accord, fit-il. Tu soulèves d'un côté et moi de l'autre.

Ils soulevèrent donc le cercueil de Stella ensemble, précautionneusement. Ciro le déposa en douceur au fond de la tombe et s'assura qu'il était bien à plat avant de remonter. Enza s'agenouilla et baissa la tête. Ciro attendit qu'elle ait fini sa prière.

– Tu vas peut-être repartir, maintenant, dit-il doucement.

– C'est ici que je veux être.

Ciro regarda autour d'eux.

– Mais je dois recouvrir le cercueil, dit-il, appuyé sur sa pelle.

– Je le sais.

– Tu es sûre que...

Elle hocha vigoureusement la tête.

– Je ne veux pas laisser ma sœur.

Spruzzo poussa un gémissement. Enza tendit la main et le chien se rapprocha aussitôt d'elle.

– J'ai un peu à manger dans mon sac, dit Ciro.

Ciro ouvrit le sac et trouva le reste du saucisson que sœur Teresa y avait mis pour lui.

– Prends-en, si tu as faim, proposa-t-il.

– *Grazie*.

Elle lui sourit.

Le sourire d'Enza fit passer une onde de chaleur sur Ciro, debout à côté du tas de terre froide. Il lui sourit à son tour.

Enza donna de petits bouts de saucisson à Spruzzo pendant que Ciro attaquait le monticule à grandes pelletées. Quand le sol fut aplani au même niveau que les autres tombes, Enza l'aida à repousser les roches sur le côté.

Puis elle remit les fleurs sur la tombe et on ne vit presque plus de terre sous la couverture de genièvre et de branches de pin coupées apportés par les dames de l'église. Elle prit ensuite de longues tiges de myrte qu'elle avait elle-même cueillies le matin pour composer autour de la tombe un cadre au vert plus foncé. Elle recula d'un pas. *C'est ravissant*, pensa-t-elle.

Ciro rassembla ses outils pendant qu'Enza repliait soigneusement le drap béni.

– Il faut que je rapporte ça au prêtre, dit-il.

– Bien sûr, répondit Enza en le calant sous son bras. On s'en sert pour tous les enterrements.

– Tu repasses le linge d'église ? demanda Ciro.

– Quelquefois. Les dames du village s'occupent tour à tour des repas du prêtre et du linge d'église.

– Il n'y a pas de religieuses à Schilpario ?

– Il n'y en a qu'une, et elle dirige l'orphelinat. Elle a trop de travail pour en faire plus.

Enza conduisit Ciro hors du cimetière. Spruzzo trottinait derrière eux en remuant la queue.

– Je peux me débrouiller à partir d'ici, lui dit-il. À moins... que tu veuilles me montrer le chemin. (Son sourire l'y invitait.)

– Le presbytère est derrière l'église, répondit Enza. Comme dans tous les villages de toutes les provinces d'Italie.

– Pour ce qui est des églises, je les connais.

– Tu étudies pour devenir prêtre ?

Enza pensait cela parce qu'il était pauvrement vêtu et que nombre de jeunes gens voyaient dans la vie religieuse une alternative au travail dans les mines ou à d'autres métiers tout aussi durs, comme celui de tailleur de pierre dans la montagne.

– Tu trouves que j'ai l'air d'un prêtre ? demanda Ciro.

– Je ne sais pas... Les prêtres sont comme tout le monde.

– Eh bien, disons que je ne serai jamais prêtre.

– Fossoyeur, alors ?

– C'est la première fois que je fais ça, et la dernière, j'espère. (Puis, conscient d'avoir parlé trop vite, il ajouta :) Excuse-moi.

– Je comprends. Ce n'est pas un travail agréable. (Elle sourit.) Je m'appelle Enza.

– Moi, c'est Ciro.

– D'où viens-tu ?

– De Vilminore.

– On y va pour la fête. Tu habites dans le village ou à la campagne ?

– J'habite au couvent.

Il fut surpris de le reconnaître aussi facilement. Avec les filles, en général, il hésitait à dire où il vivait et comment il avait grandi.

– Tu es orphelin ?
– Ma mère nous y a laissés.
– Nous ? Tu as des frères et des sœurs ?
– Un frère, Eduardo. Pas comme toi. C'est comment, une famille ?
– Bruyant !

Elle sourit.

– Comme au couvent.
– Je croyais que les religieuses ne parlaient pas beaucoup.
– Moi non plus. Avant d'habiter avec elles.
– Alors, elles ne t'ont pas passé un peu de leur piété ?
– Pas beaucoup. (Ciro sourit.) Mais ce n'est pas de leur faute. Simplement, je ne crois pas que les prières reçoivent souvent des réponses.
– C'est pour ça qu'il faut avoir la foi !
– Les sœurs se tuent à me le répéter, mais je ne sais pas où la trouver.
– Dans ton cœur, je pense.
– Il y a d'autres choses dans mon cœur.
– Quoi, par exemple ? demanda Enza.
– Tu le sauras peut-être un jour, dit Ciro, soudain timide.

Enza ramassa un bâton et le lança sur le chemin. Spruzzo bondit pour l'attraper. Ils entrèrent dans le village. Enza remarqua qu'ils marchaient du même pas. Elle ne faisait pas d'effort pour rester à sa hauteur, bien qu'il soit plus grand qu'elle.

– Elle était malade, ta mère ? interrogea-t-elle.
– Non. Mon père est mort. Elle ne pouvait plus s'occuper de nous.
– Comme c'est triste pour elle, dit Enza.

Pendant toutes ces années, Ciro n'avait jamais pensé ainsi. La remarque d'Enza lui alla droit au cœur. Il se mit à réfléchir à ce que sa mère avait vécu. Peut-être que ses fils lui manquaient autant qu'elle leur manquait ?

– Qu'est-ce qui t'a amené à creuser la tombe de ma sœur ? reprit Enza.

– Iggy Farino m'a envoyé. C'est l'homme de service de San Nicola. Je travaille avec lui.

Ciro s'était demandé toute la journée ce qui avait causé la mort d'une si jeune enfant. Il avait entendu des bribes de conversation, mais n'avait pas pu en apprendre plus. On ne parle pas facilement de la mort des enfants.

– Je ne voudrais pas te faire encore plus de peine, mais je voudrais bien savoir ce qui est arrivé à ta sœur.

– Une fièvre. Avec des marques affreuses sur tout le corps. Ça s'est passé très vite. On était partis aux cascades derrière chez nous, et le temps que je la ramène à la maison, elle était déjà brûlante. J'espérais que le docteur pourrait la sauver, mais il n'a rien pu faire. On ne saura jamais.

– Il vaut peut-être mieux, murmura Ciro, gentiment.

– Il y a deux sortes de personnes en ce monde. Celles qui veulent savoir, et celles qui préfèrent se raconter des histoires pour se sentir mieux. J'aimerais faire partie de celles qui se racontent des histoires, avoua Enza. C'est moi qui m'occupais d'elle la veille de sa mort.

– Il ne faut pas t'en vouloir, dit Ciro. Peut-être qu'on ne doit en vouloir à personne, et se dire que c'était son destin et qu'elle devait partir de cette façon.

– Je voudrais bien le croire.

– Si tu passes ton temps à chercher une raison à tout, tu risques d'être déçue. Il nous arrive parfois des choses terribles sans raison. Si je connaissais toutes les réponses aux questions que je me pose, est-ce que ça servirait à quelque chose ? Quand je ne dors pas, je me demande pourquoi je n'ai pas de parents et je me demande ce que nous allons devenir, mon frère et moi. Mais, au matin, je me rends compte qu'on ne peut rien, après coup, contre ce qui est déjà passé. Tout ce que je peux faire, c'est me lever, faire mon travail et profiter de ce que la journée m'apportera de bon.

– Stella faisait partie de notre bonheur. (La voix d'Enza se brisa.) Je ne veux jamais l'oublier ! (Elle fit un effort pour retenir ses larmes.)

– Tu ne l'oublieras pas. Je sais un peu de quoi je parle. Quand on perd quelqu'un, cette personne prend une plus grande place dans votre cœur, et pas le contraire. Elle devient chaque jour plus grande parce qu'on ne cesse de l'aimer. On voudrait pouvoir lui parler. Lui demander son avis. Mais la vie ne nous donne pas toujours ce dont on a besoin, et c'est dur. Ça l'est pour moi, en tout cas.

– Pour moi aussi, dit Enza.

Tandis qu'ils marchaient dans la lumière du jour finissant, Ciro se dit qu'Enza était plus belle que Concetta Martocci. Elle était sombre, comme peut être sombre un lac profond au clair de lune, alors que Concetta avait la légèreté et la transparence de la dentelle, comme l'ancolie au printemps. Ciro se dit qu'il préférait le mystère.

Enza avait des membres déliés et de très jolies mains. Elle se mouvait avec grâce et parlait avec des mots justes. Ses pommettes, son nez droit et son menton décidé étaient ceux d'une fille de l'Italie du Nord. Mais elle avait pour elle quelque chose que Ciro n'avait encore jamais vu chez aucune fille : elle était *curieuse*. Enza se nourrissait de tous les détails du monde qui l'entourait, elle enregistrait ce que ressentaient les autres et y réagissait instantanément. Il l'avait vu ce matin-là à l'église, et depuis en discutant avec elle. Concetta Martocci, elle, mettait toute son énergie à cultiver sa beauté et semblait vivre pour le pouvoir que celle-ci lui conférait.

Ciro avait rencontré Enza au moment où elle était le plus vulnérable et il voulait l'aider. Il se sentait obligé de faire tout ce qu'il pourrait pour elle. Il avait usé de sa force physique pour travailler, il voulait maintenant faire appel à l'émotion. Il n'y avait pas de gêne entre Enza et lui, mais un contact immédiat et serein. Il espérait que le trajet à pied jusqu'au presbytère durerait plus longtemps qu'il ne se le rappelait ; il voulait passer plus de temps avec cette fille si belle.

– Tu fais des études ? demanda-t-il.

– J'ai quinze ans. J'ai fini l'année dernière.

Il nota avec plaisir qu'ils avaient le même âge.

– Tu aides ta mère à la maison ?

– J'aide mon père avec les bêtes.

– Mais tu es une fille !

Elle haussa les épaules.

– J'ai toujours aidé mon père.

– Il est maréchal-ferrant ?

– Il conduit un fiacre entre ici et Bergame. On a un vieux cheval et la voiture est assez belle.

– Vous avez de la chance. (Ciro sourit.) Si j'avais une voiture et un cheval, j'irais dans tous les villages des Alpes. Je ferais des allers-retours à Bergame et à Milan chaque fois que possible.

– Et pourquoi pas à la frontière suisse ? Tu as l'air d'un Suisse, avec tes cheveux blonds.

– Non. Je suis italien. Mon nom, c'est Lazzari.

– Les Suisses ont quelquefois des noms de famille italiens.

– Tu aimes les Suisses ? Alors je serai suisse, plaisanta Ciro.

Enza passa devant lui, puis fit volte-face.

– Tu flirtes avec toutes les filles que tu rencontres ?

– Pas toutes. (Riant, il ajouta :) Et toi, tu demandes toujours ça ?

– Uniquement quand la réponse m'intéresse.

– Je connais une fille... commença Ciro. Il pensait à Concetta, et se sentit de nouveau accablé. Le baiser entre don Gregorio et la fille qu'il aimait était comme une marque au fer rouge sur sa mémoire, semblable à l'image de l'enfer représenté dans la fresque peinte au-dessus de l'autel.

– Rien qu'une ?
– Concetta Martocci, lâcha Ciro à mi-voix.
– Concetta. Quel joli nom !
– *Si*, dit-il. Il lui va bien. Elle est petite et blonde, ajouta-t-il en lançant un coup d'œil à Enza, qui était presque aussi grande que lui. J'avais pris l'habitude de la regarder à l'église. En fait, je cherchais tout le temps à la voir. J'attendais qu'elle passe dans la galerie. Des heures, parfois…
– Elle partageait tes sentiments ?
– Presque.

Ce fut au tour d'Enza d'éclater de rire.

– Excuse-moi, mais c'est la première fois que j'entends quelqu'un employer le mot « presque » pour parler d'amour !
– Je l'aimais de loin, disons. Mais il s'est trouvé qu'elle aime quelqu'un d'autre.
– Et donc ton histoire d'amour finit mal.

Ciro haussa les épaules.

– Il n'y a pas que cette fille à Vilminore.
– Continue à te dire ça, répondit Enza. Et tu seras le Prince de ces montagnes, celui qui fait tomber les filles avec son charme et sa pioche !
– Voilà que tu te moques de moi, maintenant, gémit Ciro.
– Pas du tout. Mais je pense que tu aurais tort de t'inquiéter. Ce ne sont pas les filles qui manquent, dans les Alpes. Il y en a de jolies à Azzone, et encore plus si on va plus haut. À Lucerne, par exemple. Là-bas, elles sont blondes et petites et mignonnes. Exactement comme tu les aimes.
– Tu essaies de te débarrasser de moi ?

Ciro s'arrêta net et mit les mains dans ses poches. Enza se campa devant lui. Elle resserra vivement dans son dos le nœud de son tablier, avant de lisser le plastron d'un geste des deux mains.

– On devrait avoir ce qu'on désire. Tous autant qu'on est !

– Et toi, qu'est-ce que tu désires ? questionna Ciro.

– Rester dans la montagne. Avec mes parents quand ils seront vieux. (Elle soupira :) Avant de m'endormir, le soir, je pense à ma famille. Tout le monde est en sécurité et en bonne santé. Il y a assez de farine dans la huche et assez de sucre dans la réserve. Nos poules se sont dit que la journée était belle et elles ont pondu assez d'œufs pour faire un gâteau. Voilà tout ce que je désire.

– Tu n'as pas envie d'une chaîne en or ou d'un nouveau chapeau ?

– Parfois. J'aime les jolies choses. Mais s'il faut choisir, je préfère avoir ma famille, répondit Enza, les mains dans les poches de son tablier.

– Tes parents n'ont pas quelqu'un en vue pour toi ?

– Si c'est le cas, ils ne m'ont pas dit qui.

Enza sourit. Elle trouvait étrange que Ciro lui pose cette question justement le jour où la mort de sa sœur la forçait soudain à grandir, en tout cas à réfléchir aux choix qui l'engageraient dans l'âge adulte. Elle se rendait compte aussi que, pour vivre pleinement sa vie, il fallait se donner la peine de la construire.

– Peut-être qu'ils ne l'ont pas encore choisi ? fit Ciro, en s'appuyant sur sa pioche.

– Je ne voudrais pas que mes parents me trouvent un parti. Je veux choisir celui que j'aimerai. Et ce que je veux – plus que tout – c'est revoir ma sœur. (Enza commença à pleurer, mais parvint à se maîtriser.) Alors je vais faire de mon mieux dans cette vie pour être certaine de la revoir dans la prochaine. Travailler dur, toujours dire la vérité, me rendre utile pour ceux qui m'aiment. J'essaierai, en tout cas.

Prenant un mouchoir dans sa poche, elle se détourna un instant pour essuyer ses larmes. Ciro, poussé par un mouvement instinctif, l'entoura de ses bras. Il pensait à un tel geste depuis quelques minutes déjà, mais il fut surpris de se rendre compte que cet élan était né d'une authentique compassion et non d'un simple désir.

L'odeur de la terre mêlée à celle de la peau du garçon enveloppa Enza tandis qu'il l'attirait contre lui. Elle se sentit soulagée entre ses bras. Une telle gentillesse était la bienvenue après une journée passée à consoler les autres. Elle s'appuya contre lui et laissa tomber son fardeau en pleurant à chaudes larmes. Les yeux clos, elle s'accrochait à lui avec l'énergie du désespoir.

Ciro, lui, ressentit un immense bien-être. Elle semblait trouver si naturellement sa place entre ses bras... Et cette familiarité spontanée entre eux lui donnait le sentiment d'être utile. Jusque-là, on avait mesuré sa valeur à son ardeur au travail, à la somme des tâches qu'il était capable d'accomplir entre le lever et le coucher du soleil. C'était sa carte de visite et le fondement de sa réputation. Il avait construit ainsi, à la sueur de son front, l'idée qu'il avait de lui-même.

Il ne s'était jamais douté de ce qu'il éprouverait à prendre soin de quelqu'un plutôt qu'en enchaînant toutes sortes de travaux. Son cœur, soudain, lui donnait l'impression de s'ouvrir. Il pensait qu'une fille pouvait être un excitant mystère mais n'imaginait pas qu'elle pourrait aussi se révéler une véritable compagne, et qu'il pourrait se sentir comblé par une conversation avec elle, ou même apprendre quelque chose d'elle.

Enza s'écarta.

– Tu es venu pour creuser une tombe, pas pour bavarder avec moi.

– Mais je t'ai trouvée, dit-il, en la reprenant dans ses bras pour l'embrasser.

Tandis que ses lèvres effleuraient les siennes, les événements de la journée se bousculaient dans son esprit. Quand l'avait-il vue pour la première fois ? Avait-il remarqué d'autres filles dans la foule avant de l'apercevoir, ou était-elle la seule qui ait attiré son regard ? Comment en était-il arrivé là, comment se pouvait-il qu'elle lui permette de l'embrasser alors qu'il avait les mains sales et qu'il était loin d'être à son avantage ?

Enza sentit battre son cœur à l'instant où leurs lèvres se touchèrent, et l'immense tristesse de la journée disparut, comme dynamitée par la surprise de sa rencontre avec ce garçon de Vilminore. Leurs baisers, souffle contre souffle, lui montraient peut-être comment vivre à l'ombre de cette tristesse. Il y avait peut-être une lueur au fond de ce désespoir. Ce garçon n'était-il pas une sorte d'ange rédempteur, avec son visage semé de taches de rousseur à force de travailler au soleil et ses mains calleuses, si différentes de celles des gens riches et instruits ? Il avait, après tout, mis Stella dans la terre, où elle ne risquait plus rien. Il avait peut-être été envoyé pour confier sa sœur à cette montagne qu'elle connaissait et qu'elle aimait, et dont Stella faisait désormais partie pour l'éternité...

Mais peu importait d'où il venait ou qui il était. Enza était certaine qu'il avait un cœur pur, lui qui avait grandi dans un couvent, élevé par des religieuses, et elle sentait un désir puissant la pousser vers lui. Il serait toujours temps, plus tard, de se demander pourquoi elle avait laissé un garçon qu'elle connaissait à peine l'embrasser dans la Via Scalina. Pour elle, il n'y avait pas d'hésitation parce qu'il n'y avait pas de mystère. Elle le comprenait, même si elle ne savait pas pourquoi.

Dans ce petit village, cependant, on ne faisait pas sa cour sans se plier à certaines règles. L'idée qu'on risquait de la voir en train d'embrasser un garçon en pleine rue lui fit très vite reprendre ses esprits. Et son esprit pratique, comme toujours, eut raison des élans de son cœur romantique.

– Mais tu en aimes une autre, dit-elle, en guise d'excuse, pour se détacher de lui malgré elle.

– La sœur Teresa dit que lorsqu'une fille vous brise le cœur, une autre vient recoller les morceaux.

Enza sourit.

– Je suis la meilleure couturière de Schilpario. Tout le monde le dit. Mais je ne vois pas comment je pourrais t'aider à réparer ton cœur brisé. J'en ai un moi aussi, tu sais.

Et elle monta en courant l'escalier du presbytère pour faire tinter la cloche de l'entrée. Ciro se précipita à sa suite.

Le père Martinelli vint leur ouvrir. Il paraissait nettement plus petit dans l'encadrement de la porte qu'à l'autel un peu plus tôt, quand sa grande écharpe et sa longue soutane de cérémonie faisaient de lui un géant.

– Votre drap, don Martinelli.

– *Va bene. Buona sera.*

Comme don Martinelli faisait mine de refermer la porte, Ciro avança le pied pour l'en empêcher.

– Ignazio Farino a dit que vous alliez me payer deux lires.

– C'est cher, pour creuser une tombe. Le prêtre plongea la main dans sa poche et tendit ses deux lires à Ciro. Celui-ci lui en rendit une.

– Pour l'église, dit-il.

Don Martinelli prit l'argent, émit un vague grognement et poussa la porte.

– C'est gentil de ta part, dit Enza.

– Ne te fais pas une trop haute idée de moi. On s'était entendus là-dessus.

Enza leva les yeux vers le vaste ciel nocturne, bleu lavande avec des traînées dorées qui faisaient penser à des broderies. Un somptueux paradis avait accueilli ce soir l'âme de sa petite sœur.

– Où as-tu laissé ton cheval ? demanda Enza.

– Je suis venu à pied.

– De Vilminore ? Tu ne pourras pas repasser le col en pleine nuit, c'est trop dangereux.

Spruzzo renifla bruyamment.

– Et ton chien ?

– Ce n'est pas mon chien.

– Mais il te suit partout !

– Parce que je n'ai pas pu me débarrasser de lui. Il m'a suivi jusqu'ici depuis le col. J'ai commis l'erreur de lui donner à manger.

– Il t'a choisi, déclara Enza, en mettant un genou à terre pour câliner Spruzzo.

Ciro s'agenouilla à côté d'elle.

– Je préférerais que *tu* me choisisses.

Enza le regarda dans les yeux. Était-il le genre de garçon à faire des compliments à toutes les filles, ou lui plaisait-elle *vraiment* ? Elle n'arrivait pas à en décider. Il ne serait pas le premier à profiter d'un moment de tristesse, mais Enza se dit que, plutôt que penser au pire, elle devait faire confiance à ce qu'elle avait déjà perçu de lui.

– Sais-tu que cette église porte le nom de saint Antoine de Padoue, le saint des choses perdues ? C'est un signe. Spruzzo s'était perdu, et il t'a trouvé. Il faut le garder.

– Et sinon ?

– Sinon, saint Antoine t'oubliera. Et le jour où tu seras perdu, où tu auras le plus besoin de lui, il ne viendra pas à ton secours pour t'aider à retrouver ton chemin.

Quand Enza parlait des saints, Ciro avait presque envie de la croire. Il n'aurait jamais cru qu'on pouvait avoir une telle foi, penser ainsi que les saints étaient prêts à répondre aux demandes des mortels. Ciro faisait reluire toutes les statues de San Nicola et il n'avait jamais senti le moindre pouvoir derrière ces effigies de plâtre. Comment cette fille de la montagne faisait-elle pour être aussi sûre que le peuple du ciel gardait un œil sur elle ?

– Viens, dit-elle. Je vais te ramener chez toi.
– Tu sais conduire une voiture à cheval ?
– Depuis l'âge de onze ans, répondit fièrement Enza.
– Je demande à voir !

Ils remontèrent la Via Scalina en suivant Spruzzo qui trottait devant comme s'il avait été officiellement adopté. Une lampe à pétrole éclairait le seuil de la vieille maison en pierre des Ravanelli. Il y avait dans le jardin de nombreux petits groupes de visiteurs venus pour soutenir la famille, et la maison était pleine d'amis et de voisins qui apportaient aussi de la nourriture.

– Je vais prévenir mon père, dit Enza. Il me faut sa permission.

Ciro la suivit à l'intérieur tandis que Spruzzo attendit dehors, sur l'herbe.

Le garçon eut l'eau à la bouche en voyant la table sur laquelle étaient disposés toutes sortes de pains et de beignets faits maison, du fromage, du jambon, de la polenta froide et des plats de tortellinis et de raviolis. Il aperçut sur le rebord de la cheminée divers gâteaux dans leurs moules qui lui rappelèrent les pâtisseries des jours de fête au couvent. (En décembre, il livrait les babas au rhum à travers Vilminore.) Un pichet émaillé contenant du café était posé sur un trépied à côté d'un pot de crème. Tous les fauteuils et toutes les chaises étaient occupés par les villageois.

Il y avait des enfants partout. Ils grimpaient à l'échelle menant à l'étage, rampaient sous la table, jouaient au chat et à la souris, et couraient à travers la maison et le jardin. Ciro se dit que ces cris et ces rires d'enfants devaient être particulièrement pénibles à entendre pour les parents qui venaient de perdre leur petite fille.

Devant cette maison meublée avec simplicité, mais accueillante, devant cette famille et tous ces amis dévoués, Ciro éprouva soudain, et douloureusement, le regret de tout ce qu'il lui avait manqué. Que fallait-il de plus à un homme pour être heureux ? se demanda-t-il.

Une femme qui avait à peu près le même âge que Giacomina servit du café à celle-ci pendant que Marco s'efforçait de ne plus penser à son chagrin en partageant des histoires de la mine avec les hommes qui faisaient cercle autour de lui. Ciro se souvint les avoir vus au pied de l'autel ce matin-là, et sentit une boule se former dans sa gorge.

Enza se faufila jusqu'à son père pour lui glisser quelques mots à l'oreille. Il hocha la tête et regarda Ciro, comme pour le jauger, pendant qu'Enza s'approchait de sa mère et s'agenouillait devant elle, lui caressait la main et posait un baiser sur sa joue.

Puis Enza attrapa deux poires et quelques petits sandwichs qu'elle enveloppa dans un torchon propre avant de rejoindre Ciro à la porte.

– Papa a dit qu'on pouvait prendre la voiture.

– Avant de partir, je voudrais saluer tes parents, dit Ciro.

Tous les sentiments que la jeune fille abritait dans son cœur avaient été, ce jour-là, poussés à leur intensité maximum. Cette dernière attention de Ciro l'émut au plus profond d'elle-même.

– Bien sûr, dit-elle.

Elle noua le torchon et posa l'en-cas sur la table. Puis elle conduisit Ciro à son père. Ciro lui serra la main et lui présenta ses condoléances. Elle l'amena ensuite à sa mère. Ciro n'oublia pas de baisser la tête devant la maîtresse de maison.

Ciro suivit ensuite Enza sur le chemin dallé qui menait à l'écurie. En arrivant devant la porte, Struzzo se mit à aboyer. Enza prit une petite lampe à huile et entra. Tout, sous cet éclairage, prenait une teinte laiteuse et mordorée : le foin, l'abreuvoir, le cheval. Cipi était dans son box, sous une couverture.

– Retire la toile de la voiture, dit Enza, en enlevant elle-même la couverture qui protégeait le dos du cheval du froid, tandis que Cipi lui soufflait dans le cou.

– Veux-tu que j'attelle le fiacre ?

– Je sais faire ça. (Enza fit sortir le cheval de son box pour l'approcher de la voiture.) Toi, tu peux lui donner à manger.

Ciro emplit un seau de foin à la mangeoire pour le présenter au cheval. Enza ouvrit les portes de l'écurie et fixa la lampe à huile au crochet de la voiture. Elle ressortit pour pomper de l'eau fraîche et l'apporta à Cipi, qui but goulûment. Puis elle se lava les mains et le visage et s'essuya avec son tablier. Ciro l'imita, en s'essuyant avec son foulard.

Elle grimpa sur le banc du cocher.

– N'oublie pas le dîner !

Ciro prit le petit baluchon et sauta à son tour sur le banc. Spruzzo l'imita et s'assit entre eux deux.

Enza fit claquer les rênes ; Cipi sortit de l'écurie et s'engagea au petit trot dans la rue qui traversait Schilpario en serpentant entre deux rangées de maisons. La voiture passa de justesse dans cet étroit corridor baigné par la lumière du clair de lune, jusqu'à la sortie du village où la route s'élargissait en direction du col de Presolana pour se dérouler devant eux comme un ruban de velours noir. Le puissant faisceau de lumière blanche projeté par la lampe à pétrole les guidait dans l'obscurité. Ciro observait Enza qui tenait les rênes avec adresse. Elle se tenait bien droite, dans une position irréprochable, pour conduire Cipi.

– C'est quoi, cette bague ? demanda-t-elle soudain.

Ciro fit tourner la chevalière en or sur son doigt.

– Je crains qu'elle ne soit bientôt trop petite.

– Tu l'as depuis longtemps ?
– Depuis que ma mère est partie. C'était sa bague.
– Elle te va bien.
– C'est tout ce que j'ai de ma famille.
– Non, dit Enza. Je suis sûre que tu as ses yeux, ou son sourire, ou la couleur de ses cheveux.
– Non, je ressemble à mon père.

D'habitude, dès qu'on lui parlait de sa mère, Ciro changeait de sujet. Mais il n'y avait rien d'indiscret dans la façon dont Enza l'interrogeait.

– Mon frère lui ressemble, lui. (Et il ajouta, après un court silence :) Je n'ai rien d'elle, vraiment.
– Tu devrais manger, dit Enza. Tu dois mourir de faim.

Il prit une bouchée de pain et de fromage.

– J'ai toujours faim !
– C'est comment, la vie au couvent ? Quand j'étais petite, je voulais devenir bonne sœur.

Ciro passa son bras derrière le siège puis sur les épaules d'Enza.

– Tu n'aurais plus le droit d'embrasser les garçons.
– Ah, le gros malin !

Elle relâcha un peu les rênes et le cheval ralentit.

– Tu n'as même pas besoin de le guider. Il connaît le chemin, observa Ciro.
– Mon père passe souvent par là, quand les affaires marchent.
– Et comment vont les affaires ?
– Très mal. Mais l'été n'est pas loin, et ça va toujours mieux en cette saison.
– Je te verrai, cet été ? demanda Ciro.
– On va au lac Endine.

Ciro se redressa sur son siège.

– Ah, bon ?
– On retrouve nos cousins, là-haut. Tu pourrais nous rejoindre ?

— Je ne veux pas m'imposer, dit Ciro.

— Mes frères adoreraient avoir de la compagnie. Ils pêchent, là-haut. Ils font des excursions, ils visitent des grottes. Battista dit qu'il y a des cavernes avec du sable bleu en haut de la montagne.

— On m'a déjà parlé de ces grottes. Et toi, tu ne pêches pas ? demanda Ciro.

— Non. Je fais la cuisine et le ménage, et j'aide ma tante à s'occuper des petits. Comme tes religieuses. Il y a beaucoup de travail et on me paie avec des clopinettes, dit Enza en souriant.

Ils arrivaient sur la place de Vilminore. Il y avait un peu de monde sur la *passeggiata*. Des vieux jouaient aux cartes sur de petites tables dans la galerie, une femme poussait un landau en parlant à son bébé pour le calmer. Les sabots de Cipi claquèrent sur les pavés quand Ciro, qui avait pris les rênes, lui fit traverser la place jusqu'à l'entrée du couvent.

— Merci de m'avoir ramené, dit-il. Je regrette que tu sois obligée de repartir toute seule.

— Ne t'inquiète pas pour moi. Cipi connaît le chemin.

— Je préférerais t'accompagner, fit Ciro. Il ne bougeait pas. Il n'avait pas envie de quitter cette voiture, pas envie que cette nuit s'achève.

— Je ne vais pas encore t'embrasser, dit doucement Enza.

— Mais...

Elle lui tendit le torchon qui contenait leur repas.

— Bonsoir, Ciro. Et n'oublie pas. Saint Antoine ne t'oubliera pas si tu prends bien soin de Spruzzo.

— Je vais te revoir ? Quand ?

— Quand tu voudras. Tu sais où j'habite.

— La maison jaune dans la Via Scalina, dit Ciro.

Il descendit de la voiture, Spruzzo et le repas sur les bras. Quand il se retourna pour dire un dernier mot à Enza, Cipi et le fiacre étaient déjà hors de portée de l'autre côté de la place.

Les cheveux bruns d'Enza flottaient derrière elle comme un voile. Comme elle paraissait petite, sur le banc du cocher! Quand elle tourna à l'angle de la place, la lampe éclaira le flanc de la voiture. «Attends!» cria Ciro, mais elle avait déjà disparu.

J'ai déjà vu cette voiture, pensa-t-il.

C'était la même que celle qui avait emporté sa mère. Se pouvait-il que ce soit celle-ci? Ciro avait eu le sentiment que sa rencontre avec Enza était un signe du destin, et il savait pourquoi désormais. Il brûlait d'en parler à Eduardo, qui se rappellerait peut-être ce fiacre de manière plus précise. Mais peut-être était-il victime de son imagination, au soir de cette journée chargée de toutes sortes d'émotions?

L'épaisse couche de nuages qui cachait la lune s'éloignait, laissant au centre du ciel une lune dorée comme un écu. Bienheureuse lune. Ce soir, pensa Ciro, la vie était belle. S'il avait été de ceux qui prient, il aurait peut-être remercié Dieu pour sa chance. Il avait une lire dans la poche. Il avait fait la connaissance d'une jolie fille et il l'avait embrassée. Ce baiser ne ressemblait à aucun de ceux qu'il avait déjà reçus, et cette fille à aucune de celles qui l'avaient précédée. Enza l'avait *écouté*, et c'était infiniment plus doux que n'importe quel baiser. Mais il faudrait encore bien des années à Ciro pour s'en rendre compte.

* * *

Ciro poussa la porte du couvent et pénétra dans le vestibule. Eduardo se leva d'un bond.

– Te voilà revenu! Dieu soit loué!
– Qu'y a-t-il? demanda Ciro.

– Qu'est-ce que c'est, ça ? fit Eduardo. (Il regardait le chien.)
– C'est Spruzzo.
– Tu ne peux pas avoir un chien au couvent.
– C'est pour sœur Teresa. Elle dit qu'il y a des souris.
Ciro se tourna vers l'office. Eduardo l'interrompit :
– Elles nous attendent dans la cuisine.
– *Elles ?*
– Les sœurs.
Ciro suivit son frère. Son excitation retombée, il était vaguement inquiet.
La porte de la cuisine était fermée, mais de la lumière passait à travers les fentes du bois. Ciro ordonna à Spruzzo d'attendre.
Les religieuses étaient attablées, certaines debout, d'autres assises sur des tabourets. Sœur Teresa se tenait un peu à l'écart, la mine soucieuse.
– On va voter ? demanda Ciro. Parce que, dans ce cas, je vote pour planter plus d'oliviers et moins de pieds de vigne l'an prochain.
Les sœurs qui, d'habitude, appréciaient son humour, n'étaient visiblement pas d'humeur à rire ce soir-là.
– Bon. Avant de me punir, dites-moi ce que j'ai fait ! (Ciro tira la pièce d'une lire de sa poche.) Voilà pour vous !
Il tendit la pièce à sœur Domenica, dont les cheveux blancs dépassaient sous sa coiffe, signe qu'elle s'était précipitée pour venir à cette réunion.
– Merci, dit-elle, tandis que les autres sœurs murmuraient quelques paroles de gratitude.
– Nous avons un grave problème, annonça sœur Ercolina, longue et mince comme un rameau de palmier le dimanche de Pâques, en rajustant ses lunettes aux verres cerclés de fer. (Elle croisa les bras sous ses manches.) Nous avons été très heureuses de vous avoir ici. Toi, Eduardo, tu as été un merveilleux étudiant. Quant à toi,

Ciro, nous ne savons pas comment nous aurions pu nous occuper sans toi du jardin, du poulailler et entretenir le couvent et l'église…

– C'est don Gregorio, n'est-ce pas… ? l'interrompit Ciro, mais il avait la bouche tellement sèche qu'il pouvait à peine avaler sa salive. (Il prit le pichet et se servit un verre d'eau.)

– Il nous a demandé de te renvoyer du couvent. Immédiatement, dit la sœur.

Ciro regarda Eduardo. Il était livide. Puis, s'appuyant des deux mains sur la table, il secoua la tête, incrédule. Les frères Lazzari avaient connu deux foyers dans leur courte vie. On les avait enlevés du premier parce que leur père était mort et que leur mère ne pouvait pas assurer seule leur subsistance. Et voilà qu'à cause de Ciro, et de son comportement à l'égard du curé du village, ils perdaient leur second foyer. Les garçons, avec les années, s'étaient habitués au service de ces religieuses aussi pauvres que pleines de bonté. Ils trouvaient équitable de fournir de longues heures de travail et d'être logés et nourris en échange. Ils avaient fini par faire partie de cette communauté, et par l'aimer. Les religieuses leur vouaient en toute connaissance de cause un amour maternel et veillaient à ce qu'ils célèbrent les jours de fête comme ils l'auraient fait avec de vrais parents. Et voici qu'on leur retirait maintenant la sécurité qui leur avait permis de reprendre confiance et de trouver leur place dans le monde…

– J'espère que vous avez répondu à don Gregorio d'aller se faire voir ailleurs ! grogna Ciro.

Les novices retenaient leur respiration.

– Il est *prêtre*, dit la sœur Ercolina.

– C'est aussi un imposteur, qui en profite pour séduire des gamines. Vous repassez ses soutanes, mais il n'est pas digne de vous ! Vous… (Ciro se retourna, cherchant le regard de ces religieuses qui étaient sa famille.) Vous êtes dignes de l'habit que vous portez. Toutes, de la première à la dernière. Vous *donnez*, et don Gregorio *prend* !

Eduardo lui agrippa le bras, mais Ciro continua :

– Nous vous remercions, mon frère et moi – la voix de Ciro s'étrangla – de ce que vous avez fait pour nous. Nous ne vous oublierons pas. Mais vous n'avez pas à souffrir de ma franchise à l'égard de don Gregorio. Nous allons faire nos bagages et trouver un autre endroit où aller.

Les yeux de la sœur Ercolina s'emplirent de larmes.

– Vous ne serez pas ensemble, Ciro.

– Don Gregorio a fait en sorte qu'on vous sépare, gémit la sœur Teresa.

– Toi, Ciro, il t'envoie à la maison de correction pour garçons de Parme, expliqua sœur Domenica. Je lui ai dit que tu n'avais rien fait de mal et que tu ne serais pas à ta place avec des garçons condamnés pour vol, ou pire, mais il était hors de lui et il n'a rien voulu entendre.

– Donc, c'est l'infidèle qui nous punit au lieu de faire pénitence pour son propre péché. Et c'est, mes chères sœurs, l'homme qui représente Dieu sur terre ? Je ne trouve pas de mots pour…

– Nous lui devons le respect, coupa la sœur Domenica, mais son regard fixe disait à Ciro que les mots avaient un goût amer dans sa bouche.

– Ma sœur, libre à vous de le lui donner, mais il n'aura jamais le mien.

Sœur Ercolina parcourut la pièce du regard, puis ses yeux se fixèrent sur Ciro.

– Je ne suis pas ici pour discuter du pouvoir du prêtre du village. Je suis ici pour vous aider. C'est pour cela que nous sommes toutes rassemblées.

– Je me demandais pourquoi cette réunion secrète dans la cuisine…, murmura Ciro en regardant autour de lui. (Il y avait sur tous les visages la même douceur qu'ils y voyaient, Eduardo et lui, depuis le jour de leur arrivée et le premier repas partagé avec les sœurs. Il sentit la colère qui montait en lui.) Il ne viendra jamais nous chercher ici. Il n'a que faire du saint des marmites et des casseroles. Non, lui, c'est plutôt l'encens, l'or et l'*argent* !

– Tais-toi, dit Eduardo, tristement. Écoute la sœur.

Sœur Teresa s'avança d'un pas.

– Ciro, nous allons t'aider. Nous avons un projet pour toi.

– Et Eduardo ?

– Eduardo est inscrit au séminaire de Sant'Agostino à Rome.

Ciro se tourna vers son frère.

– Tu vas entrer au séminaire ?

Eduardo hocha la tête.

– Oui, Ciro.

– Et tu me l'aurais dit *quand* ?

– Je comptais t'en parler, dit Eduardo, au bord des larmes. Et maintenant, je vais quitter le couvent en même temps que toi.

– Te voilà donc sacrifié sur l'autel de la prêtrise en échange de mon départ ?

– Don Gregorio tient à ce que vous quittiez tous les deux la région, intervint sœur Teresa.

– Évidemment. Je n'avais que trop bien compris.

– Mais nous avons notre propre projet. Sœur Anna Isabelle a un oncle qui est un excellent cordonnier.

– Vous voulez rire !

– Ciro, s'il te plaît ! dit Eduardo.

– C'était ou bien l'apprentissage chez lui, ou bien la maison de correction à Parme. Et cette maison de correction n'est pas un endroit pour un garçon comme toi, qui n'est pas bête et qui a du cœur, expliqua sœur Teresa, en se mettant à pleurer.

– Nous devons te protéger, ajouta sœur Ercolina. Nous l'avons promis à ta mère.

Finalement, ce couvent n'était pas leur maison, et les religieuses n'étaient pas vraiment leur famille. La sécurité qu'elles leur avaient apportée n'était qu'un prêt.

– Ce cordonnier est-il à Rome, pour que je puisse rester avec Eduardo ? demanda Ciro. (Il pouvait travailler n'importe où, et pour n'importe qui, du moment qu'il était près de son frère.)

– Non, Ciro, dit sœur Teresa.

– À Milan ?

– En Amérique, répondit sœur Teresa d'une voix à peine audible.

* * *

Le sommier grinça sous le poids de Ciro qui se retournait dans l'obscurité.

– Tu es réveillé ?

– Je n'arrive pas à dormir, dit Eduardo.

– Tu as sûrement raison. Garde les yeux ouverts. Don Gregorio va venir nous poignarder dans notre sommeil, dit Ciro. Non, il ne ferait pas ça. Il est bien trop lâche.

Eduardo éclata de rire.

– Tu ne prends jamais rien au sérieux ?

– C'est trop douloureux.

– Je le sais bien, en convint Eduardo.

– Tu veux vraiment te faire prêtre ?

– Oui, Ciro. Bien que je n'en sois pas vraiment digne.

– C'est *eux* qui ne sont pas dignes de toi !

– Eh bien, que tu aies raison ou pas, ils ne tarderont pas à le savoir.

Le ton ironique de son frère fit rire Ciro.

– Je suppose que j'aurais dû m'en douter en voyant que tu servais la messe chaque matin et que tu ne manquais jamais les vêpres. Et que tu lisais ton missel tous les soirs.

— Je ferai de mon mieux pour être parmi les meilleurs. Quand je serai prêtre, je pourrai t'aider si tu as un jour besoin de moi. Ce n'est jamais mauvais, d'avoir un frère qui a fait des études et qui est bien placé dans la carrière ecclésiastique.

— Quoi que tu fasses, je serai fier de toi.

— Tu es un pur, Ciro. Tu l'as toujours été.

— Exact, plaisanta Ciro. Et qu'est-ce qu'on dit dans les Béatitudes ? Ils reçoivent quoi en héritage, les esprits purs ? Des chaussures ?

— Je n'aurais pas cru que tu connaissais les Béatitudes.

— À croire que j'aie fini par piger quelques-uns de vos dogmes !

— Si je veux entrer dans les ordres, c'est pour une autre raison. Je retrouverai maman et je pourrai m'occuper d'elle. L'Église vient en aide à la famille de ses prêtres.

— Tu vas renoncer à tout le reste pour avoir une chance de trouver maman ?

— Oui, Ciro. C'est le premier serment que j'aie jamais prononcé.

— Si je pouvais, je t'aiderais. C'est ce que tu as toujours voulu. Mais voilà : la sainte Église romaine s'est aussi mêlée de ça, et c'est raté, dit Ciro. Elle me manque.

Eduardo se leva, s'approcha du lit de Ciro et se coucha par terre à côté de lui comme il l'avait fait chaque soir après leur arrivée au couvent. C'était, pendant les premiers temps, la seule chose qui pouvait l'apaiser : être près de son frère. Comme ce soir-là.

— Quand tu l'auras trouvée, où que je sois, je reviendrai au pays pour vous, promit Ciro.

Spruzzo sauta sur son lit pour se blottir à ses pieds. Allongé sur le dos, et les bras croisés derrière la tête, Ciro contemplait les poutres du plafond hérissées de clous et de crochets auxquels pendaient jadis des cordes et toutes sortes d'outils. Il se demandait si les sœurs seraient longues à rapporter tout ce matériel dans la pièce après leur départ. Elles passaient leur temps à réaménager l'espace du couvent, comme les dames de la ville à refaire leurs chapeaux.

Cette vieille chambre ne resterait pas vide longtemps.

Les bulbes endormis dans des pots pour l'hiver, les couronnes en fil de fer, les rouleaux de corde et les supports de tonnelle en bois recourbé retrouveraient le chemin des étagères, et les pioches, les râteaux et les pelles pendraient à nouveau aux crochets. Ce serait comme si les frères Lazzari n'avaient jamais vécu à San Nicola.

* * *

Un jour, en remontant la Via Bonicelli, Ciro avait remarqué qu'une nouvelle famille venait d'emménager dans la maison où Eduardo et lui étaient nés. Il allait de temps à autre se promener dans cette partie haute du village, pour jeter un coup d'œil à la maison et ne pas perdre le souvenir du seul endroit où il avait vécu un jour avec ses parents.

Les sœurs allaient replier les matelas, rouler le tapis et rapporter les lampes à l'office. Cette chambre ne serait plus qu'un souvenir. La cuvette et son broc retourneraient dans la chambre d'hôtes. Les sœurs penseraient-elles à eux, seulement, quand ils ne seraient plus là ? Étendu dans l'obscurité, Ciro s'interrogeait.

Il connaissait chaque rue de Vilminore, chaque maison et chaque jardin. Il étudiait chaque détail d'architecture pour inventer la demeure de ses rêves – sa maison. Il voyait ici un escalier, là une véranda, ailleurs des fenêtres à petits carreaux donnant sur le jardin dans lequel il dressait une tonnelle pour la vigne et semait une pelouse avec un figuier au centre… Il préférait une maison en pierre aux maisons de stuc et de bois. Il habiterait en haut de la rue, où on était déjà dans la montagne avec une belle vue sur la vallée. Il ouvrirait les fenêtres, le matin, pour laisser entrer le vent frais et le soleil éclatant qui pénétrerait jusqu'aux moindres recoins. La lumière serait partout, et le bonheur avec elle puisqu'il aurait, pour le combler, l'amour d'une femme et celui de leurs enfants.

Ciro ne connaissait de l'Amérique que ce qu'il avait entendu dire au village. On vantait beaucoup les possibilités qu'elle offrait, l'argent qu'on pouvait y gagner, les fortunes qu'on y amassait. Mais, en dépit de ses promesses, l'Amérique n'avait pas rendu leur père à la montagne qu'il avait quittée pour elle. Elle était pourtant devenue dans l'esprit de Ciro une sorte de paradis, un endroit qu'il ne verrait jamais qu'en rêve. Il avait attendu son père en se persuadant qu'il était encore vivant et en imaginant son retour. Il était peut-être en train d'économiser pour revenir dans la montagne et leur acheter une belle maison… C'était peut-être ce qu'il voulait faire, et puis quelque chose l'en avait empêché… Tout plutôt que la mort au fond d'une mine, tout plutôt que cela… Ciro croyait que son père vivait toujours. Il voulait le retrouver et le ramener au pays. Mais peut-être était-il tombé amoureux de l'Amérique et ne voulait plus revenir dans la montagne ? Cette pensée-là faisait mal à Ciro. Il imaginait une Amérique bruyante et surpeuplée, et se demandait si on y trouvait des jardins, ou même du soleil.

Des foules d'Italiens du Sud étaient partis en Amérique pour trouver du travail ; ils avaient été moins nombreux à émigrer depuis les Alpes. Le voyage pour descendre de ces montagnes était peut-être trop long et semé de pièges, car ils s'y risquaient rarement, voire pas du tout. Ciro, lui, avait le sentiment qu'un homme avait à sa portée tout ce dont il avait besoin à l'ombre du Pizzo Camino, pour peu qu'il ait la chance de trouver l'amour d'une femme et du travail pour faire vivre sa famille.

Et Ciro avait une certitude : il ne resterait en Amérique que le temps qu'il faudrait pour que le scandale soit étouffé ici. Ils reviendraient un jour à Vilminore,

Eduardo et lui, pour vivre dans la montagne qui les avait vus naître. Rien, pas même la sainte Église romaine, ne pourrait les désunir ! Les Lazzari étaient frères de sang, et tout comme leur mère les avait abandonnés ensemble un certain jour d'hiver, ensemble ils resteraient, un océan dût-il les séparer !

7

Un chapeau de paille

Un capello di paglia

Comme les religieuses s'activaient discrètement pour empêcher le départ de Ciro en maison de correction à Parme, elles le cachèrent pendant deux jours. À l'heure où le soleil se couchait derrière les montagnes, la sœur Domenica, la sœur Ercolina et la sœur Teresa traversaient la place avec des plateaux.

Sœur Ercolina frissonna en approchant du presbytère.
– Qu'as-tu préparé ? demanda-t-elle à sœur Teresa.
– Du veau.
– C'est son plat préféré, n'est-ce pas ? souffla sœur Domenica.
– Bien sûr. C'est ce qu'il y a de plus cher comme viande, soupira sœur Ercolina.
– Je sais. Mais j'ai graissé la patte au boucher, dit sœur Teresa.

La porte de la cuisine était fermée à clé. Sœur Domenica l'ouvrit. Sœur Teresa alluma les lampes à pétrole. Sœur Ercolina posa la viande sur le billot de boucher qui se trouvait au centre de la pièce. Le sol de marbre était d'une propreté irréprochable, les murs peints en blanc. Entre deux fenêtres pendait une série de jolies casseroles en cuivre, au-dessus un grand fourneau et un double évier de fonte émaillée. La cuisine du presbytère sentait la peinture fraîche. Elle servait rarement, car les sœurs préparaient tous les repas dans celle du couvent.

Sœur Teresa posa le dîner de don Gregorio sur le comptoir. Elle prit sur les étagères les couverts en argent, la vaisselle de porcelaine, la nappe et les serviettes et emporta le tout à la salle à manger. Sœur Domenica la suivit pour allumer les bougies dans les chandeliers d'argent. C'était une magnifique salle à manger, avec des murs recouverts de papier peint à rayures vert clair et décorés de peintures à l'huile dans des cadres dorés à la feuille.

La table en acajou, qui pouvait accueillir une vingtaine de convives, brillait comme un miroir. Les sœurs avaient brodé le tissu bleu marine des sièges de motifs de muguet et de plantes grimpantes.

Elles travaillaient maintenant en silence pour disposer le couvert de don Gregorio.

Sœur Ercolina entra à son tour dans la salle à manger et jeta un coup d'œil à sa montre.

– Puis-je appeler don Gregorio ?
– Oui, ma sœur.

Sœur Domenica croisa les bras sous les manches de sa robe et se campa sur le côté, regardant droit devant elle. Sœur Teresa entra avec le repas de don Gregorio, qu'une cloche en argent maintenait chaud. Elle le posa sur la nappe empesée et alla se placer à côté de sœur Domenica. Sœur Ercolina entra à son tour et se mit le long du mur opposé, face à sœur Domenica.

Et don Gregorio arriva. « Prions », dit-il, sans un regard pour les trois femmes. Il fit un bref signe de croix, sa main coupant l'air comme une faucille pendant qu'il récitait :

Benedic, Domine,
nos et haec tua dona
quae de tua largitate sumus sumpturi
per Christum Dominum nostrum. Amen.

Les religieuses se signèrent en même temps que lui, et don Gregorio s'assit tandis que sœur Teresa s'avançait pour le servir. Elle souleva la cloche, la passa à sœur Domenica, et chacune reprit sa place à côté de la console.

– Ce veau est fort bien tranché, fit don Gregorio.

– Merci, don Gregorio, dit sœur Teresa.

– En quoi méritai-je un repas aussi opulent en plein carême ?

– Don Gregorio, vous avez besoin de garder vos forces pendant la semaine de Pâques.

– Avez-vous établi le programme des bénédictions, sœur Ercolina ?

– Oui, mon père. Les garçons de La Penna et de Baratta vous accompagneront. Nous avons pensé que vous pourriez commencer à Vilminore Alta, cette année, et descendre de la montagne à partir de là. Ignazio vous conduira avec la carriole. Nous avons astiqué l'argenterie et l'urne est prête à recevoir l'eau bénite.

– Les rameaux sont arrivés ?

– Ils sont partis de Grèce par bateau et nous les attendons d'un jour à l'autre.

– Et la parure d'autel pour le Vendredi saint ?

– Elle est repassée. Et déjà dans l'église.

– Et mes habits ?

– Ils vous attendent dans la penderie de la sacristie. (Sœur Ercolina s'éclaircit la voix.) Recevrez-vous des visiteurs pendant la Semaine sainte, mon père ?

– J'ai écrit au curé d'Azzone pour lui proposer de concélébrer la messe de Pâques avec moi. Je sais que le chœur a répété.

– Oui, ils chantent magnifiquement.

Sœur Ercolina fit signe à sœur Teresa de remplir le verre de vin de don Gregorio.

– Mes sœurs, veuillez nous laisser, s'il vous plaît. J'ai besoin de parler à sœur Ercolina.

Sœur Domenica et sœur Teresa hochèrent la tête et sortirent en silence en refermant la porte de la cuisine derrière elles.

– Asseyez-vous donc, sœur Ercolina.

Sœur Ercolina approcha une chaise de la table et s'assit tout au bord.

– Vous êtes-vous occupée de Lazzari ?

– Lequel ? demanda sœur Ercolina, innocemment.

– Eduardo, répondit le prêtre, une note d'impatience dans la voix.

– J'avais déjà envoyé une lettre au séminaire il y a plusieurs semaines. Ils sont d'accord pour le prendre. Eduardo est un garçon d'une grande piété, dit sœur Ercolina.

– C'est ce que j'ai vu. Je crois qu'il réussira, là-bas.

– Il nous a beaucoup aidées au couvent, reprit sœur Ercolina. Et je sais que sa grande connaissance de la liturgie et de la musique va vous manquer pour la messe dominicale. Il a un véritable talent.

– Je suis d'accord avec vous. C'est pourquoi je l'ai recommandé, dit don Gregorio.

Derrière la porte, sœur Teresa et sœur Domenica tendaient l'oreille.

– Qu'est-ce qu'ils disent ? demanda sœur Domenica.

– Ils parlent d'Eduardo. Don Gregorio se vante de l'avoir fait admettre au séminaire.

– Vraiment ? Il y a des mois qu'il a présenté sa demande, avec une recommandation de sœur Ercolina !

Dans la salle à manger, sœur Ercolina croisa les mains sur ses genoux. Don Gregorio arracha un morceau de pain à la miche posée devant lui pour le tremper dans la sauce faite de vin, de beurre et de champignons.

– Et l'autre ? demanda-t-il, en mastiquant.

– La maison de correction de Parme est d'accord pour le prendre.

– Bien.

– Mais nous avons besoin d'un petit coup de pouce de votre part.

– De quoi avez-vous besoin ? dit-il, en fronçant les sourcils.

Il but une gorgée de vin.

– Il nous faudrait cent lires.

– Quoi ?

Don Gregorio posa son verre.

– Il y a toujours un délai d'attente pour la maison de correction, et ils cherchent à le réduire, mais il va falloir les payer pour cela. Je leur ai dit que l'affaire pressait et que vous vouliez qu'il s'en aille le plus vite possible…

– En effet, dit don Gregorio, méfiant.

– Ils ne le prendront qu'à cette condition. Il me faut l'argent ce soir. (Don Gregorio lui jeta un regard soupçonneux.) Mon père, vous m'avez demandé de faire au plus vite le nécessaire, et je n'ai pas voulu vous importuner. J'ai fait ce que vous demandiez.

– Oui, bien sûr. Nous le devons pour le bien de San Nicola.

Sœur Teresa et sœur Domenica entrèrent pour débarrasser les assiettes. Sœur Domenica revint avec une coupe de crème brûlée pour le dessert.

– Je vais sauter le dessert si vous permettez, dit don Gregorio. Sœur Teresa, j'ai à vous parler en tête à tête.

Sœur Teresa glissa un regard inquiet à sœur Ercolina.

Les deux sœurs plus âgées se retirèrent dans la cuisine en refermant la porte derrière elles.

– Vous avez l'argent ? chuchota fébrilement sœur Domenica.

Sœur Ercolina hocha la tête.

– Il a promis de me le donner. J'espère que sœur Teresa confirmera ce que je lui ai dit.

— Ne vous en faites pas. Elle est aussi fine que sa crème brûlée, répondit sœur Domenica, en plongeant une cuillère dans le dessert de don Gregorio.

Dans la salle à manger, sœur Teresa se tenait debout face au prêtre. Elle croisait les mains et fixait le vide devant elle.

— Sœur Teresa, j'aimerais savoir pourquoi vous êtes allée voir la signora Martocci au sujet de sa fille.

— J'étais inquiète, mon père.

— Vous croyez la petite histoire que le jeune Lazzari a racontée sur moi ?

— Il est au couvent depuis son plus jeune âge, mon père, et je ne l'ai jamais vu mentir.

— *C'est* un menteur !

— Mon père, si vous croyez m'impressionner ou me faire douter de mon instinct, vous ne le pourrez pas.

— Vous avez bouleversé les Martocci et vous leur avez fait beaucoup de peine. Le péché d'envie s'est répandu dans ce village. À moins que vous n'ayez cédé vous-même à la tentation d'une relation coupable ?

— Je peux vous assurer qu'il n'en est rien. Il est pour moi comme un fils ! répondit sœur Teresa, sur la défensive, en élevant la voix.

— C'est bien ce que j'appelle une relation coupable. Vous êtes une religieuse, pas sa mère. Si j'avais été curé de cette paroisse quand leur mère les a laissés au couvent, je n'aurais pas permis qu'on les y garde. Votre couvent n'est pas un orphelinat.

— Nous apportons aide et secours aux nécessiteux qui ont besoin de nous.

— Vous êtes ici pour servir l'Église, sœur Teresa ! Sortez maintenant, et envoyez-moi sœur Ercolina !

Sœur Teresa s'inclina, tremblante de rage, et sortit. Sœur Ercolina fut aussitôt là, face à don Gregorio.

— Je ne veux plus de sœur Teresa dans notre paroisse. Transférez-la ailleurs.

– Désolée, mon père, répliqua sœur Ercolina d'un ton ferme – elle estimait avoir assez marchandé pour la journée. Sœur Teresa est une bonne religieuse et une excellente cuisinière. Rappelez-vous l'époque où c'était sœur Béatrice qui préparait nos repas. Nous avons failli mourir de faim.

– Faites apporter les miens par quelqu'un d'autre, alors !

Don Gregorio consulta sa montre.

– Certainement, mon père, répondit sœur Ercolina, soulagée d'avoir sauvé la tête de sœur Teresa. Mais avant tout, j'ai besoin de cent lires.

– Ah, oui, dit don Gregorio, sans pour autant esquisser le moindre geste.

– J'attends.

Don Gregorio se leva et passa dans le salon. Plongeant la main dans la poche de sa robe, sœur Ercolina serra très fort son chapelet. Elle courba la tête pour prier. Don Gregorio revint après quelques minutes.

– Voici, dit-il, en tendant l'argent. Mais c'est beaucoup ! On vous a roulée.

– Vous m'aviez ordonné de faire vite, don Gregorio. Vous préféreriez peut-être que Ciro…

– Non ! Ce n'est pas trop cher payé pour nettoyer ce village de sa présence.

Sœur Ercolina fourra l'argent dans sa poche.

– Bonsoir, don Gregorio, dit-elle.

Et elle sortit.

En retrouvant ses compagnes dans la cuisine, elle mit un doigt sur ses lèvres et sourit. Les sœurs enlevèrent les plateaux du repas et éteignirent les lampes à pétrole. Sœur Ercolina leur ouvrit la porte.

Ce soir-là, les religieuses de San Nicola se rassemblèrent dans la chapelle de leur couvent. Ciro et Eduardo les y rejoignirent et s'assirent sur un banc derrière elles.

Sœur Ercolina arriva par la sacristie. Elle referma la porte et leur fit face.

– Tout est organisé, commença-t-elle, le cœur gros. Samedi, Ignazio vous conduira tous les deux à Bergame, avec la carriole de l'église.

– Je vais avoir droit à la carriole de don Gregorio ? Je pensais qu'il me ferait descendre pieds nus de la montagne avec une grande croix sur le dos, comme Jésus au Golgotha !

– Ciro, je te prie de tenir ta langue quand je parle.

– Pardon, ma sœur, fit Ciro en souriant.

– Eduardo, ton billet de train t'attendra à la gare. Tu y retrouveras quatre autres séminaristes. Une fois à Rome, tu te rendras avec eux au séminaire de Sant'Agostino. Ciro, tu trouveras aussi à la gare un billet de train pour aller à Venise. Là tu prendras un bateau pour Le Havre, en France, où tu achèteras un aller simple pour New York à bord du SS *Chicago*.

– M'avez-vous réservé une place d'apprenti serveur dans une auberge ? Je n'avais qu'une lire et je l'ai donnée à sœur Domenica qui l'a déjà, si ça se trouve, troquée contre une bouteille de rhum cubain !

– Ciro ! protesta sœur Domenica, en riant.

Les religieuses gloussaient.

– Non, la traversée va coûter une centaine de lires.

Les religieuses retinrent leur respiration, impressionnées par l'audace de sœur Ercolina.

– Les parents de sœur Anna Isabelle nous ont prévenues par télégramme qu'ils t'attendraient à South Port 64, Manhattan, après ton passage à Ellis Island selon la procédure réglementaire. Prends cette lettre. (Elle tendit un papier à Ciro.) Et cet argent. Il y a deux lires en plus, pour toi.

– Merci, dit Ciro. (L'enveloppe et l'argent à la main, il regarda son frère.) Vous avez tous fait un sacrifice pour moi, et je n'en suis pas digne.

– Tu en es digne, Ciro. Mais je dois te demander quelque chose en échange. Je te prie aussi, Eduardo, ainsi que toutes les sœurs, de garder un secret pour moi. J'ai dit à don Gregorio qu'on avait envoyé Ciro à la maison de correction de Parme.

Les sœurs n'en revenaient pas ; elles n'avaient jamais entendu un mensonge de la bouche d'Ercolina.

– J'ai prié à ce sujet, et je dois obéir à ma conscience. Tu es pour moi un garçon honorable, Ciro. Par une ironie du sort, et pour ton bien, j'ai été obligée de mentir. Mais ce prêtre jouit d'une autorité absolue et mille années de supplications ne l'auraient pas fait changer d'avis à ton sujet. Tu n'aurais jamais dû être puni pour avoir dit la vérité.

– Merci, ma sœur, souffla sœur Teresa, émue aux larmes.

– Je vous demande de me pardonner, et de prier pour Ciro et Eduardo au moment où ils nous quittent pour une nouvelle vie. Et priez aussi pour don Gregorio, qui a grand besoin que vous intercédiez en sa faveur.

– Je suis avec vous de tout cœur, tant qu'il ne s'agit pas de prier pour celui-là, grommela Ciro.

– Ciro, rétorqua vivement sœur Ercolina, te rends-tu compte que si je faisais les choses à moitié, je t'enverrais au séminaire avec Eduardo ?

– Il vaut mieux m'expédier en Amérique. Je ne crois pas que la sainte Église romaine et moi, nous soyons faits pour nous entendre.

– Je ne saurais mieux conclure, Ciro, dit sœur Ercolina en souriant.

* * *

La charrette du presbytère attendait devant l'entrée du couvent. Le jour n'était pas encore levé à Vilminore et seuls étaient levés les paysans et le boulanger du village. Le soleil ne se montrerait pas avant une bonne heure.

Ignazio Farino but une tasse de café bien fort additionné de lait chaud, dans laquelle il trempait une tranche de pain rassis. Pendant ce temps, dans la cuisine du couvent, sœur Teresa faisait frire des œufs sur son antique fourneau à bois. Ciro et Eduardo vinrent se joindre à eux.

– C'est le dernier repas des apôtres, ma sœur! plaisanta Ignazio.

– Je n'aurais pas cru qu'on pouvait faire de l'humour de si bon matin, dit la sœur.

Eduardo tira un tabouret pour s'asseoir. Ciro versa une tasse de café à son frère, puis se servit lui-même.

– Merci de t'être levé assez tôt pour traire les vaches, fit sœur Teresa à Ciro.

– Je vais à New York. Je ne sais pas quand je reverrai une vache.

– C'est quelque chose qui pourra te servir n'importe où dans le monde, déclara Ignazio. Ils boivent beaucoup de lait en Amérique, à ce qu'il paraît.

– Je vais devenir cordonnier, Iggy.

– J'ai toujours rêvé d'une paire de souliers en cuir noir avec des guêtres bleues et des boutons en perles. Écoute, je demanderai à ma femme de tracer la forme de mon pied pour toi sur une feuille du boucher, et je te l'enverrai pour que tu me les fasses! Et toi, poursuivit Ignazio en se tournant vers Eduardo, tu pourras prier pour moi et m'avoir quelques indulgences, si j'en ai besoin à l'occasion!

– Je ne t'oublierai pas dans mes prières, promit Eduardo.

Iggy acheva son café et sortit pour préparer la charrette avec laquelle ils allaient descendre tous trois de la montagne. Il avait accepté de transporter plusieurs caisses pour les Longaretti et de livrer des missels à l'église de Clusone.

– Je vais emballer mes livres. Merci, ma sœur, dit Eduardo en déposant son assiette dans l'évier.

– Je t'attends là-bas, lui dit Ciro.

Sœur Teresa, tournant le dos à Ciro, entreprit de nettoyer sa poêle à frire.

– Elle est propre, cette poêle, ma sœur.

– Je ne peux pas te regarder, Ciro.

Il détourna les yeux, s'efforçant de ne pas pleurer. On n'entendait que le léger chuchotement de l'eau qui bouillait sur le feu. Puis Ciro dit :

– Vous saviez que ce jour viendrait. J'espérais seulement m'installer un peu plus haut et venir vous voir souvent. Vous amener ma femme et mes enfants. M'arrêter un moment à l'occasion, et peut-être me rendre utile...

– Tu t'en vas si loin !

– Si seulement don Gregorio savait comme je vais être loin...

Sœur Teresa sourit, en pensant que c'était le dernier trait d'humour de Ciro qui mettrait de la gaieté dans ses matinées.

– Il ne le devinera jamais, et même s'il le savait, tu serais hors de danger.

– Savez-vous ce qui s'est passé pour Concetta ? interrogea Ciro, calmement.

– Sa mère ne m'a pas crue jusqu'à ce que Concetta lui avoue tout. Les Martocci et don Gregorio ne se voient plus. Concetta a cessé toute relation avec le prêtre. C'est pourquoi don Gregorio est si furieux. Nous lui avons gâché son plaisir.

– J'aimais Concetta, vous savez.

– Je le sais.

Ciro essaya, pour lui et pour elle, de rendre à sœur Teresa un peu de sa bonne humeur.

– J'ai du mal à croire que sœur Ercolina a soutiré cent livres à don Gregorio. Il n'a même pas compris ce qu'il lui arrivait. Je regrette qu'elle ne lui en ait pas demandé deux cents, vous auriez pu acheter quelques vaches et quelques cochons pour le couvent !

— Sœur Ercolina n'a pris que ce dont elle avait besoin. C'est le secret du bonheur, vois-tu. Ne prends que ce qu'il te faut...

— Je m'en souviendrai, dit Ciro en souriant. Je crois qu'il me faut maintenant vous dire au revoir. Je vous écrirai. Et un jour, c'est promis, je reviendrai à Vilminore. C'est chez moi, ici, et c'est ici que j'ai l'intention de vieillir.

— Je serai tellement heureuse de te voir quand tu reviendras !

— Merci pour tout ce que vous avez fait pour moi, dit Ciro.

Et il embrassa sœur Teresa. Les yeux de la religieuse s'étaient emplis de larmes. Il essuya les siennes d'un revers de manche.

— Vous avez été ma mère et mon amie. Vous avez été à mon côté depuis le premier jour. Eduardo réussira dans tout ce qu'il entreprendra parce qu'il sait se conformer aux règles. Moi, je ne l'ai jamais su, mais vous m'avez protégé et on a cru que je le savais. Je ne vous oublierai jamais. Je vous laisse un cadeau pour vous souvenir de moi, c'est la moindre des choses.

— Mais non, Ciro.

— Bien sûr que si, ma sœur. (Ciro siffla.) Viens ici, mon vieux !

Spruzzo entra d'un bond dans la cuisine.

— Spruzzo vous tiendra compagnie. Vous n'aurez qu'à lui donner de petits bouts de salami, comme vous le faisiez avec moi. Il ne répondra pas si vous le grondez et ne sera jamais une charge pour vous. Quoi que vous lui donniez, il s'en contentera. Promettez-moi d'être gentille avec lui comme vous l'avez été avec moi.

Sœur Teresa cessa de pleurer pour rire de bon cœur.

– D'accord, d'accord ! Mais quand tu reviendras, tu le reprendras.

– Certainement.

Ciro serra une dernière fois sœur Teresa dans ses bras, puis quitta lentement la pièce. Il ne se retourna pas. Il en avait envie, mais il savait que le plus beau cadeau qu'il pouvait lui faire était de lui montrer qu'il entrait d'un pas décidé dans sa nouvelle vie. Il savait qu'elle comptait par-dessus tout sur son courage pour l'empêcher de souffrir.

Spruzzo leva les yeux vers sœur Teresa. Elle s'assit sur un tabouret, souleva son tablier et y enfouit son visage pour pleurer. Elle avait fait vœu de ne se dévouer qu'à Dieu et ensuite à sa communauté, mais n'avait pas prévu qu'elle aurait à élever un petit garçon perdu qu'elle verrait un jour entrer dans la cuisine du couvent et qui ravirait son cœur. Jamais une mère n'avait autant aimé son fils.

* * *

Les cloches sonnaient au clocher de la chapelle quand la carriole du presbytère s'engagea sur la route qui montait au-dessus de Valle di Scalve. Iggy tira sur les rênes tandis qu'Eduardo et Ciro jetaient un dernier regard sur Vilminore et sur sa montagne.

Le regard de Ciro, pourtant, ne s'attarda pas sur le paysage, car il comptait revenir bientôt. Eduardo, qui n'était pas dans les mêmes dispositions, prit le temps d'inscrire les pentes verdoyantes dans son souvenir. Il avait la certitude que Rome et ses antiquités ne pourraient jamais lui offrir autant de beauté.

– C'est pour vous, les garçons, que ces cloches sonnent ! lança Ignazio. Si on ne m'avait pas chargé de vous descendre de la montagne, c'est moi qui me serais pendu aux cordes dans le clocher pour vous dire au revoir. Je suis devenu sourd d'une oreille à force de sonner ces cloches !

– Je suis désolé pour toi, tu vas être obligé de faire le ménage dans l'église, désormais, dit Ciro.

– Tu la laisses tellement propre que je crois que je vais pouvoir attendre jusqu'à Pâques pour nettoyer tout ça à fond, répondit Iggy. Et quand tu seras en Amérique, n'oublie pas que tous ceux que tu rencontres n'ont qu'une idée en tête, c'est de piquer ce que tu as en poche. Ne bois pas de vin, sauf avec tes spaghettis, et jamais seul dans un bistrot. Quand une femme a trop vite l'air intéressée, c'est qu'elle veut profiter de toi. Demande toujours à être payé comptant, et si on te donne du papier, ne te laisse pas taxer pour ça. Ouvre un compte en banque tout de suite en arrivant et mets-y dix lires. Laisse-les-y, mais n'ajoute rien à cette somme. Tout homme a besoin d'une banque, mais la banque n'a pas besoin de ton argent.

– Je n'aurai plus que deux lires quand j'aurai payé le prix de ma traversée, lui rappela Ciro.

Ignazio mit la main dans sa poche et en tira huit lires qu'il tendit à Ciro.

– Ça t'en fait dix, maintenant.

– Je ne peux pas prendre ça.

– Crois-moi, notre Mère l'Église se passera très bien de cet argent, assura Iggy, qui se fendit d'un signe de croix en levant les yeux au ciel d'un air plein de componction.

– Merci, Iggy.

Ciro glissa les lires dans sa poche.

– Je vous aime bien, toi et ton frère, et depuis longtemps. Je me souviens de ton père, et je crois qu'il serait très fier de vous.

Eduardo et Ciro échangèrent un regard. Jusque-là, Ignazio avait toujours éludé leurs questions au sujet de leur père, en lançant une boutade ou en racontant une histoire drôle pour détourner la conversation.

– Que sais-tu de lui ? demanda Eduardo.

Ignazio, qui ne quittait pas la route des yeux, se tourna une seconde vers les deux garçons. Comme il pensait que l'évocation du passé ne pouvait que raviver la souffrance d'une telle perte, il s'était tu pendant toutes ces années. Mais ce matin-là, Iggy ne demandait qu'à partager tout ce qu'il savait.

– Il ne mettait jamais les pieds à l'église. Si vous avez la foi, ça vous vient plutôt du côté des Montini. Sa famille était de Lepante, près du golfe de Gênes. Il était venu à Bergame pour trouver du travail parce qu'à ce moment-là, on construisait la gare du chemin de fer et on embauchait beaucoup. Les parents de votre mère avaient une petite imprimerie, il passait tous les jours devant pour aller à son travail et il la voyait à travers la vitrine. Il est tombé amoureux, et voilà.

– Pourquoi sont-ils venus à Vilminore ?

– Ton père a trouvé du travail à la mine. Mais on lui a dit qu'il serait mieux payé pour faire la même chose en Amérique. Et puis, les parents de ta mère étaient des gens aisés et elle trouvait qu'il ne lui avait pas donné la vie qu'elle avait connue jeune. Alors il est allé chercher fortune là-bas.

– Sais-tu où ?

– Dans un endroit qui s'appelait Iron Range, dans le Minnesota.

– Sais-tu comment il est mort ?

– Je sais seulement ce qu'on vous a dit, mes garçons. Qu'il est mort dans un accident de la mine…

– Mais on n'a jamais retrouvé son corps, observa Ciro, comme chaque fois qu'il parlait de son père.

– Ciro, répondit gravement Iggy, tu es un homme, maintenant. Ce n'est pas bon de croire qu'il va revenir.

Mets ton espoir dans quelque chose de réel, dans quelque chose qui te rendra heureux.

Ciro regardait droit devant lui, en se demandant si quoi que ce soit pourrait jamais le rendre heureux. Eduardo lui donna un coup de coude pour l'inviter à répondre.

– *Va bene,* Iggy, dit finalement Ciro.

– Fais de ton mieux, c'est tout, et la vie suivra. C'est ce que mon père me disait toujours…

* * *

Ils s'arrêtèrent à Clusone pour livrer un paquet au tailleur de pierre du village. Iggy attacha le cheval à la balustrade devant la poste. Eduardo et Ciro mangèrent leur déjeuner sur un banc. Ciro regardait, de l'autre côté de la rue, échelonnées sur la pente et semblables à des jouets, les maisons peintes en jaune, en blanc ou en bleu pâle avec leurs volets noirs. Il ne se lassait jamais d'admirer ces maisons. Leur architecture le captivait, et plus encore la permanence qu'elles représentaient.

Une jeune fille sortit d'une bâtisse toute blanche. Elle avait un grand chapeau de paille retenu par un ruban bleu foncé noué sous le menton. Ciro vit le bord en dentelle de sa jupe blanche qui effleurait ses bottines de cuir brun. Elle s'éloigna dans la rue. C'était Concetta Martocci.

– Où vas-tu ? s'écria Eduardo en voyant son frère sauter à terre. On va être en retard pour le train !

– Je reviens.

Ciro traversa la rue en courant à la suite de la jeune fille. Concetta se retourna, le vit et accéléra le pas.

– Non, je t'en prie… arrête-toi, Concetta ! lui cria Ciro.

– Je ne veux pas te parler, dit-elle, comme il la rattrapait.

Mais elle s'arrêta.

— Je n'ai jamais voulu te faire de mal, dit Ciro.
— Trop tard.

Concetta le contourna pour reprendre sa marche.

— Pourquoi es-tu à Clusone ? C'est don Gregorio qui t'a envoyée ici ?
— Non, ma mère a décidé que c'était mieux. Je suis chez ma tante.
— C'est lui qui aurait dû partir. Pas toi, ni moi.

Concetta s'arrêta brusquement pour lui faire face.

— Tu avais besoin, vraiment, de tout gâcher comme ça ?
— Il profitait de toi !
— Non. Je ne voulais pas finir femme de mineur. Je voulais autre chose, je voulais mieux !

Elle avait les yeux brillants de larmes.

— Tu n'aurais pas pu faire ta vie avec lui, dit Ciro, choqué. Il est prêtre !
— C'est tout ce que tu vois, rétorqua Concetta. Mais je ne risquais pas de tomber amoureuse de toi. Je n'aime pas ta façon de te pavaner sur la place, de soulever des rochers et de porter du bois, de parler fort et de faire des plaisanteries. Tu as tout le temps des vêtements sales, tu manges avec les mains et comme un affamé, comme si c'était ton dernier repas. Je t'ai observé moi aussi, Ciro, comme tu m'observais toi-même, et je n'ai pas été séduite. Tu mérites la maison de correction. Peut-être qu'on t'y remettra dans le droit chemin.
— Peut-être…

Plutôt que se défendre, tenter de la convaincre, de lui dessiller les yeux, Ciro choisit de poser les armes. Ce qui avait toujours été impossible le resterait à jamais.

Eduardo lui faisait des signes de l'autre côté de la route.

— Au revoir, Concetta, dit Ciro.

Il ne se retourna pas, cette fois parce qu'il n'en avait pas envie.

***

Pendant les jours qui suivirent la mort de Stella, Giacomina ne parla pratiquement pas. Elle prenait soin de la maison, lavait les vêtements, préparait à manger comme elle l'avait toujours fait, mais toute gaieté l'avait quittée en même temps que sa petite fille. Elle savait qu'il lui fallait se réjouir d'avoir cinq autres enfants en bonne santé, mais cela ne compensait pas la perte du sixième.

Enza, de son côté, sentait peu à peu s'alléger le poids du chagrin qui l'avait étouffée. Elle s'occupait des plus jeunes et se chargeait d'une partie des travaux dont sa mère s'acquittait habituellement. Marco ne cessait d'aller et venir entre Schilpario et Bergame avec le fiacre.

— Je dois apporter un paquet à Vilminore, dit-il en rentrant pour le dîner.

— Je le porterai pour toi, papa, proposa Enza.

Elle avait attendu toute la semaine des nouvelles de Ciro Lazzari. Il lui avait promis de venir la voir, et elle ne doutait pas de sa sincérité. Quand une fille a l'esprit pratique, elle ne se languit pas, elle agit, se dit Enza. Elle savait que Ciro habitait au couvent de Vilminore.

Tout en attelant le cheval, elle se rappela combien elle s'était sentie proche de Ciro le soir où ils étaient descendus ensemble au village. Elle avait tout de suite été à l'aise avec lui, et elle adorait son allure, cette épaisse tignasse blonde qui ne le faisait ressembler à personne, le drôle de trousseau de clés accroché à sa ceinture, et le foulard rouge qu'il portait autour du cou à la façon des mineurs quand ils se veulent propres et nets après leur longue journée au fond. Il était original, sur une montagne où les originaux ne couraient pas les rues.

Ciro avait arraché Enza à son désespoir le jour des funérailles de Stella. Il lui avait donné quelque chose à attendre, quelque chose au-delà de cette journée funeste. Dans son baiser, il y avait de l'espoir.

Quand elle fit sortir Cipi de son écurie, il prit d'instinct la direction de Vilminore. Puis il se mit au trot et le vent de la course rafraîchit le visage d'Enza. Il faisait nuit noire le soir où elle avait fait ce trajet avec Ciro, mais la lampe éclairait bien. Elle avait beaucoup aimé discuter avec lui. Plus d'une fois depuis, tout en vaquant à ses occupations dans la maison, elle s'était rappelé ce qu'il lui avait dit, entre autres qu'il espérait ardemment qu'elle l'embrasserait encore.

Elle regrettait maintenant de ne pas l'avoir fait. Parce qu'un seul baiser, ce n'est pas suffisant. Pas plus qu'une seule discussion. Enza avait tant de choses à dire à Ciro Lazzari.

En arrivant dans le village de Vilminore, elle conduisit le fiacre vers l'entrée du couvent, là où elle avait laissé Ciro la semaine précédente. Elle était sûre d'elle, mais, surtout, excitée à l'idée de leurs retrouvailles. Il serait certainement content de la voir. N'avait-il pas dit qu'il y comptait ? Et même si ce n'était pas le cas, même s'il devait se montrer froid et distant, au moins saurait-elle à quoi s'en tenir. Elle ne demandait qu'à cesser de penser à son baiser ou à la façon dont il l'avait entourée de ses bras.

Enza sauta à bas du fiacre, sonna à la porte du couvent et attendit. Sœur Domenica vint rapidement ouvrir la porte.

– Ma sœur, je m'appelle Enza Ravanelli. Je suis de Schilpario.

– Je peux faire quelque chose pour vous ?

– Je cherche Ciro Lazzari.

– Ciro ? dit la sœur, en jetant un regard méfiant autour d'elle. Que lui voulez-vous ?

– Je l'ai rencontré le jour où on a enterré ma sœur. C'est lui qui a creusé sa tombe.

– Je m'en souviens.
– Et je voudrais le remercier.
– Il n'habite plus ici, dit doucement la religieuse.
– Où est-il ?
– Je préfère ne pas le dire.
– Je vois...

Enza regarda ses mains. Ciro était probablement parti pour quelque grande aventure. Peut-être dans une ville portuaire du Sud pour travailler sur un bateau de pêche, ou vers l'ouest pour se faire embaucher dans les carrières de marbre. Enza ne savait qu'une chose : il était parti sans un adieu, ce qui signifiait qu'il ne partageait pas les sentiments qu'elle éprouvait pour lui.

– Je peux peut-être lui transmettre un message ? proposa la religieuse à voix basse, en regardant vers la place.

– Il n'y a pas de message, ma sœur. Excusez-moi de vous avoir dérangée.

Enza remonta dans le fiacre, vérifia l'adresse qui figurait sur le paquet et remonta la rue avec Cipi pour faire sa livraison. Elle se mit à pleurer sans savoir très bien pourquoi. Vraiment, à quoi s'attendait-elle ? Et qu'espérait-elle l'entendre dire ?

Une fois sorti de Vilminore, Cipi s'arrêta et attendit. Enza, avec les rênes, ne lui avait pas indiqué quelle direction prendre. Dressée sur son banc, elle contemplait la vallée et se demandait si elle aurait dû s'y prendre autrement avec Ciro Lazzari.

8

Une robe de moine

Una tonaca del frate

Ce fut sous un ciel de Tiepolo, bleu avec des nuages d'un blanc crémeux, qu'Ignazio Farino dit adieu aux frères Lazzari à la gare de Bergame avant de faire demi-tour avec le cheval et la carriole pour retourner dans la montagne, à Vilminore di Scalve.

Iggy, perché sur sa banquette de cocher, se retourna plusieurs fois vers les deux garçons avant qu'un tournant de la route ne les fasse disparaître. Et les garçons suivirent des yeux Iggy qui s'éloignait, le dos courbé comme le pommeau d'une canne, jusqu'à ce qu'il ne soit plus visible.

Les orphelins ont de nombreux parents.

Eduardo et Ciro traversèrent la gare pour rejoindre les quais. Eduardo avait un pantalon noir en laine et une chemise blanche bien repassés. Sa grosse veste de drap vert foncé ornée d'épaulettes dorées semblait récupérée auprès d'un régiment de chasseurs alpins, mais elle était propre et sans trous de mites et ferait donc l'affaire jusqu'à ce qu'il arrive au séminaire et qu'on lui donne une tenue plus adéquate.

Ciro portait un pantalon de velours côtelé bleu marine et une chemise de batiste au col amidonné sous un manteau gris ourlé de noir. Sœur Ercolina avait déniché ce manteau dans le carton d'une donation laissée sur les marches du couvent, et sœur Anna Isabelle l'avait doublé avec quelques mètres de soie – en fait, une chute en provenance d'une parure de lit offerte en cadeau de mariage au maire de la ville.

Ce matin-là au petit jour, sœur Domenica avait coupé les cheveux des deux frères avant de leur frictionner vigoureusement le cuir chevelu avec une lotion à base d'alcool blanc et de jus de citron.

Les sœurs avaient lavé, repassé et reprisé leurs vêtements avant de faire leurs bagages. Le linge de corps contenu dans leurs sacs, ainsi que les mouchoirs brodés à leurs initiales par sœur Teresa et les chaussettes tricotées par sœur Domenica devraient suffire jusqu'à ce qu'ils parviennent à leur destination respective. Les sœurs avaient ainsi fait de leur mieux pour préparer les deux garçons au monde du dehors, en tout cas à la surface des choses.

Eduardo regarda la grosse horloge de la gare avec ses chiffres romains peints en noir sur un fond gris perle. Tout, à Bergame, semblait plus grand, plus beau, plus important que dans leur montagne ; même la façon de donner l'heure avait une certaine élégance.

Leur village leur manquait déjà. En parcourant la station des yeux, ils savaient ce qu'ils laissaient derrière eux. Les portières du long train de wagons noirs arrêté le long du quai étaient ouvertes et, devant chacune, les marchepieds en bois rappelèrent à Eduardo les chaussures que les sœurs laissaient devant leur porte pour qu'on les cire.

Des voyageurs qui se hâtaient bousculèrent un peu les garçons au passage. Eduardo et Ciro s'efforçaient de ne pas gêner, mais personne ne les entendait s'excuser.

Les gens, ici, n'étaient vraiment pas les mêmes. Les hommes qui se pressaient sur le quai n'avaient rien à voir avec les ouvriers et les hommes de peine qu'ils côtoyaient chez eux. Les riches habitants de Bergame portaient des costumes trois-pièces et des manteaux en laine de soie avec des feutres ceints d'un large ruban avec un nœud ou une petite plume. À Vilminore, les hommes aussi avaient des chapeaux, mais dans un but purement utilitaire : en paille l'été pour se protéger du soleil et en laine l'hiver pour lutter contre le froid.

L'élite, ici, portait des chaussures en veau et cuir gratté, certaines à lacets, d'autres à boutons-pressions. Les femmes étaient elles aussi très bien habillées, avec des jupes longues et des gilets assortis. Elles arboraient des chapeaux spectaculaires avec des plumes extravagantes, des nuages de voilette par-dessus leur large bord et des rubans noués sous le menton. Elles semblaient se déplacer avec lenteur, comme sous l'eau, dans le bruissement de leurs jupes et le claquement étouffé des talons de leurs bottines.

Eduardo chercha du regard les quatre garçons avec lesquels il devait aller jusqu'à Rome et au séminaire, et jeta un coup d'œil au bout de papier sur lequel il avait noté leurs noms pour se les rappeler.

– Tiens, dit Ciro, en lui tendant les lires données par Iggy.

– Non, non, mets-les de côté, Ciro.

– Prends ! insista Ciro.

Bouleversé à l'idée de laisser son frère, Eduardo fixait la grosse horloge, comme pour arrêter le temps. Il voulait donner quelque chose à Ciro, quelque chose en souvenir qui les relierait encore quand ils seraient séparés.

Ciro regarda la chevalière de sa mère, gravée d'un *C*.

– Et ne me donne pas non plus ta bague ! dit Eduardo.

Ciro se mit à rire.

– Comment as-tu deviné ?

– Je ne connais personne d'aussi généreux que toi. Tu me donnerais tes souliers si tu le pouvais. Et tu irais pieds nus jusqu'à Venise sans te plaindre.

– Oui, sauf que mes pieds sont deux fois plus grands que les tiens ! dit Ciro.

– Heureusement pour moi, vu que ces chaussures sont vraiment affreuses !

– C'est tout ce que sœur Domenica a trouvé dans le carton. (Ciro haussa les épaules.) De toute façon, quand tu seras prêtre on te donnera la soutane, le col et les souliers noirs. Tu n'auras plus besoin de chercher des vêtements, c'est sûr.

– Les Franciscains n'ont pas de soutane. Une simple robe de bure, une corde comme ceinture et des sandales.

– Si tu dois te donner tout ce mal pour devenir prêtre, j'espère que tu entreras dans un ordre un peu plus chic. Tu mérites de belles tenues comme celles de don Gregorio. Tu es un pauvre orphelin qui va devenir un pauvre curé. Un crabe qui marche de côté !

– C'est bien l'idée, Ciro. (Eduardo sourit.) Jésus n'était pas connu pour ses tenues brodées.

– Et moi, qu'est-ce que je vais devenir ? demanda calmement Ciro.

– Les parents de sœur Anna Isabelle vont s'occuper de toi, fit Eduardo, mais sa voix se brisa.

Il espérait avoir raison. Il n'avait pas pu, lui-même, protéger son frère comme il l'aurait voulu. D'autres en seraient-ils capables ?

– C'est ainsi, vois-tu, reprit-il. Ils ne peuvent rien donner à une religieuse qui a fait vœu de pauvreté, alors c'est toi qu'ils aideront au lieu de leur fille, puisque c'est elle qui le leur a demandé. Nous avons de la chance, Ciro.

– Vraiment ? C'est ce que tu appelles de la chance ?

Ciro pensait, lui, que le mauvais sort n'avait cessé de s'acharner sur eux. S'il n'avait pas oublié ses clés, un certain soir, il n'aurait pas surpris Concetta et le prêtre dans l'église, et à partir de là…

– Mais oui, mon cher ! On s'en est sortis jusqu'ici.

Eduardo regarda le train en s'efforçant de ne pas pleurer.

Les frères Lazzari n'avaient jamais été séparés, ni de jour ni de nuit. Ils n'avaient guère de secrets l'un pour l'autre. Chacun était un confident et un conseiller pour l'autre. Eduardo avait, à bien des égards, tenu le rôle d'un parent pour son jeune frère, en fixant les principes de morale, l'aidant à se faire une place dans la vie du couvent, le poussant à étudier, ne cessant jamais de l'encourager à voir les bons côtés de chaque personne et les possibilités qu'offrait le monde au-delà de la place de Vilminore.

Eduardo avait maintenant dix-sept ans, une nature contemplative et une attitude humble. Il était, pour un garçon de son âge, extrêmement sérieux et capable de compassion envers autrui.

Ciro allait achever l'année de ses seize ans au cours de sa traversée vers l'Amérique. Plus d'un mètre quatre-vingts, un physique de lutteur et, au-delà du tempérament espiègle dont il avait fait preuve dans ses jeunes années, des qualités viriles qui le faisaient paraître plus vieux que son âge. Eduardo, le jaugeant d'un regard, se dit que son frère était capable de se défendre. Mais il le trouvait aussi trop confiant, et craignait qu'il ne soit victime de gens moins honnêtes que lui. C'étaient toujours les garçons les plus sensibles qui détectaient le mauvais côté des choses dans le monde qui les entourait ; pas les fortes natures comme Ciro.

– Vois-tu, Ciro…, commença lentement Eduardo, j'ai toujours eu l'impression que je n'avais pas complètement perdu papa, parce que tu lui ressemblais tant dans ton sommeil que je le revoyais allongé sur l'herbe quand il faisait la sieste. Et j'étais persuadé qu'il ne nous avait jamais quittés parce qu'il revivait en toi. Mais ce n'est pas qu'une question d'apparence – tu lui ressembles de bien d'autres façons.

– C'est vrai ?

Ciro aurait voulu mieux se souvenir de son père. Il se rappelait son rire et la façon dont il tenait sa cigarette...

– Tu dis toujours la vérité. Tu prends la défense des faibles. Et tu ne crains pas de prendre des risques. Quand les sœurs nous ont annoncé qu'on devait s'en aller et que tu allais partir en Amérique, tu n'as pas bronché. Tu n'as pas essayé de discuter pour obtenir mieux, tu as accepté ce qu'elles te proposaient.

– C'est peut-être que je suis le genre de type qui se laisse faire.

– Non, c'est que tu es un sage à ta façon. Comme papa. La nouveauté ne te fait pas peur et tu es toujours prêt à essayer. Moi, je n'ai pas cette sorte d'audace. Toi, oui. Je ne suis pas inquiet pour toi quand tu seras en Amérique.

– Menteur !

– Disons que *je vais tâcher* de ne pas m'inquiéter...

– Ma foi, je voudrais bien pouvoir en dire autant, soupira Ciro. Ouvre l'œil, en tout cas, Eduardo. Les saints hommes ne se méfient pas assez. Ne les laisse pas te manipuler ou te faire sentir que tu n'es pas de la famille. Tu es plus intelligent que le plus intelligent de toute cette bande. Prends des responsabilités. Montre-leur de quoi tu es capable.

– Je ferai de mon mieux.

– Moi, je vais travailler parce que c'est tout ce que je sais faire, continua Ciro. Mais tout ce que nous ferons, tout ce à quoi nous nous consacrerons, ce sera dans un seul but, revenir à nos montagnes. *Ensemble*.

Eduardo opina de la tête.

– Prie pour moi.

– Papa m'a dit une chose, un soir, juste avant son départ, et je l'ai notée dans mon missel pour ne pas l'oublier.

Les yeux brillants de larmes, il tendit à son frère le missel relié de cuir noir. De son écriture appliquée de petit garçon, Eduardo avait écrit :

*Méfie-toi des choses de ce monde
qui peuvent vouloir dire tout ou rien.*

Ciro referma le missel et le rendit à Eduardo.
— Eduardo, je ne t'ai jamais vu sans ce missel. Il t'appartient. Garde-le.

Eduardo le remit d'un geste ferme dans la main de son frère.
— Non, c'est ton tour maintenant. Quand tu le liras, tu penseras à moi. D'ailleurs, je sais que tu n'es pas de ceux qui vont tous les jours à la messe...
— Ni le dimanche...
— En fait, jamais ! l'interrompit Eduardo en souriant. Mais tu liras le missel, et je pense que tu y trouveras de l'aide et du réconfort.
— Les sœurs de San Nicola, mon frère, le monde entier complote pour faire de moi un bon catholique... Je vous le dis à tous, bonne chance !

Le sifflet d'un train qui entrait en gare déchira l'air. Un employé grimpa sur un escabeau pour inscrire sur le grand tableau noir de la gare le nom du prochain arrêt : ROME
— Il faut que j'y aille, dit Eduardo, et sa voix se brisa.

Les frères s'étreignirent. Longuement. Puis Eduardo se redressa et lâcha son frère, en douceur.
— Va sur le quai numéro deux, c'est là qu'est ton train pour Venise.
— Je sais, je sais, et ensuite je prendrai le bateau pour Le Havre. Eduardo ?

Eduardo souleva son sac.
— Oui ?
— Je ne suis jamais allé en France.

– Ciro ? Tu n'es jamais allé à Venise, non plus.

Ciro se pencha, les mains sur ses cuisses.

– Tu crois que tout le monde le voit ? Est-ce que j'ai l'air d'un gardien de chèvres qui descend de sa montagne ?

– Seulement quand tu portes le short de cuir à bretelles ! dit Eduardo, en jetant le sac par-dessus son épaule. Sois prudent en Amérique, Ciro. Ne laisse personne profiter de toi. Surveille ton argent. N'aie pas peur de poser des questions.

– Compte sur moi.

– Et n'oublie pas de m'écrire...

– Promis !

Quatre garçons, probablement du même âge qu'Eduardo et portant chacun un sac comme lui, se dirigeaient vers le train pour Rome. Eduardo les suivit du regard.

– Tes nouveaux frères t'attendent, lui dit Ciro.

– Ils ne seront jamais mes frères, répondit Eduardo. Je n'en ai qu'un.

Ciro le regarda disparaître lentement, englouti par la foule.

– Et garde-toi de l'oublier ! cria-t-il, en brandissant le missel, avant de traverser le quai pour monter à son tour dans le train qui l'emmènerait vers sa nouvelle vie.

DEUXIÈME PARTIE

Manhattan

9

Un mouchoir de lin
Un fazzolletto di lino

Deux jours après avoir quitté Eduardo à la gare de Bergame, Ciro grimpait sur la passerelle du SS *Chicago*, son gros sac de marin sur le dos. De cette ville portuaire française, il ne devait voir que le chenal dans lequel des canots dansaient sur l'eau en se frottant du nez contre la coque des grands paquebots amarrés le long des quais. De longues files de passagers se formaient sur les embarcadères qu'ils encombraient de leurs bagages tandis que, retenus derrière un mur de filet de pêche, parents et bien-aimés, dressés sur la pointe des pieds, agitaient leurs mouchoirs et leurs chapeaux pour un dernier adieu.

Il n'y avait personne pour souhaiter bon voyage à Ciro. Pour un jeune homme aussi exubérant et qui n'avait jamais rencontré un étranger de sa vie, il se montrait réservé et peu loquace dans ses prises de contact. Il s'offrit de la polenta froide et un verre de lait avant d'embarquer et refusa la saucisse, bien que ce déjeuner consistant ne lui coûtât que quelques centimes : il comptait arriver en Amérique sans entamer son modeste pécule.

Un employé de la compagnie maritime prit son billet et le conduisit vers la troisième classe des hommes, qui se trouvait au pont inférieur. Cette séparation des sexes rassura Ciro, à qui la sœur Ercolina avait décrit un entrepont de troisième classe où hommes, femmes et enfants s'entassaient dans une vaste salle, uniquement séparés par des carrés tracés à la peinture sur le sol du navire.

Ciro poussa la porte métallique de sa cabine, courba la tête et entra. C'était une cellule d'environ deux mètres sur deux dotée d'un lit de camp coincé contre la cloison. Ciro n'y tenait pas debout, et il n'y avait pas de hublot. Mais c'était relativement propre et cela sentait l'eau de mer. Ciro s'assit sur le petit lit pour ouvrir son sac. Le parfum de la lessive du couvent – essence de lavande et amidon – se répandit autour de lui, aussi frais que l'air des montagnes qu'il respirait à Vilminore. Il se hâta de refermer le sac pour ne pas l'éventer : c'était tout ce qu'il avait pour lui rappeler le couvent de San Nicola.

Le bateau au mouillage se balançait doucement avec des grincements en raclant contre le quai. Pour la première fois depuis qu'il était monté dans le train à Bergame, Ciro se détendit avec un long soupir. L'angoisse du changement de train, la crainte de manquer le bateau à Venise, l'obligation d'acheter à temps son billet en arrivant au Havre l'avaient maintenu jusque-là dans un état d'extrême tension. Il n'osait même pas s'autoriser un petit somme pendant la journée, ou laisser libre cours à ses pensées de peur de manquer une correspondance !

Il avait dormi le premier soir dans une église de Venise et la nuit suivante entre deux boutiques sur un trottoir du Havre. Il n'y avait plus désormais que l'océan entre lui et sa nouvelle vie. Il avait évité de discuter avec des inconnus après qu'on l'avait mis en garde contre tous ces individus malhonnêtes à l'affût des voyageurs trop confiants. Qu'ils essaient donc de lui prendre son argent ! Il cachait celui-ci dans une petite bourse qu'il portait autour du cou et avait épinglée à sa chemise pour plus de sûreté.

Ciro avait le cœur lourd à cause de tout ce qu'il laissait derrière lui, surtout Eduardo, la personne qui lui avait permis de se sentir en sécurité dans le monde. Aucun des événements de ces dernières semaines ne lui avait semblé réel, mais, désormais seul, il percevait la finalité de tout cela. Il avait été puni pour quelque chose qu'il avait vu, pas pour quelque chose qu'il avait fait. Il était à bord de ce bateau parce qu'il n'avait pas eu d'avocat et parce qu'il était orphelin. Les religieuses lui avaient épargné la maison de correction, mais le prêtre l'avait condamné à un châtiment autrement pire quand il avait exigé qu'on sépare les deux frères. Ciro enfouit son visage dans ses mains et pleura.

Mais alors qu'il s'abandonnait à son désespoir, les paroles rassurantes d'Eduardo lui revinrent en mémoire. Il prit conscience de sa situation. Et de la dureté du monde. Il se savait capable de travailler dur. Les sœurs ne s'étaient-elles pas maintes fois émerveillées de son énergie et de son ardeur à la tâche ? Il regarda ses mains, si semblables à celles de son père. Ciro était un prolétaire, mais il était intelligent ; il savait lire et écrire, grâce à Eduardo. Il saurait, grâce aux conseils et aux enseignements d'Iggy, ne pas se faire rouler en affaires. La vie au couvent lui avait appris le sacrifice et l'abnégation. Il saurait vivre de peu en Amérique et économiser pour revenir plus vite vers ses chères montagnes. Vu ainsi, son bannissement était aussi un ticket pour l'aventure, pour son avenir.

En devenant quelqu'un, Ciro montrerait à ce prêtre de quoi il était fait. Il ne mangerait que ce dont il aurait besoin pour garder ses forces, paierait le moins cher possible pour se loger, éviterait les tentations. Une bourse bien garnie en impose. Elle vous donne du pouvoir et voix au chapitre. Ciro l'avait appris en voyant passer la corbeille de la quête à l'église San Nicola.

Il mouilla son mouchoir avec l'eau de sa gourde pour se laver le visage. Puis il glissa son sac sous le lit. Après un dernier coup d'œil à la cabine, il sortit, ferma la porte à clé et prit l'escalier qui montait jusqu'au pont. Il n'allait tout de même pas se condamner à la solitude parce que don Gregorio l'avait voulu ! Il profiterait au maximum de l'expérience que lui offrait cette traversée. Il alla donc se placer sur le pont supérieur pour assister au départ, regarda les passagers qui embarquaient, étonné par la diversité des gens qu'il voyait monter à bord.

Chaque fois qu'il y avait une fête à Vilminore, les visiteurs arrivaient en masse des villages alentour. C'étaient des montagnards qui, le reste du temps, trimaient à la mine ou dans les champs, tout comme ceux de Vilminore. Il n'y avait pas entre eux de véritable différence de richesse ou de statut social. Les hommes assuraient le pain quotidien et fournissaient à peu près le même nombre d'heures de travail. Mais, même chez les propriétaires terriens des Alpes italiennes, on ne distinguait pas l'opulence, éclatante aux yeux de Ciro, de ceux qu'il voyait maintenant se presser sur la passerelle.

Les riches Européens étaient magnifiquement habillés de soie et de lin aux couleurs pastel, suivis par leurs bonnes et leurs valets qui portaient leurs bagages. Ciro, d'ailleurs, n'avait jamais vu quiconque à Vilminore d'aussi élégant que les domestiques eux-mêmes ! Une femme plus âgée attira son regard. Elle portait un grand chapeau de paille. Un domestique marchait sur ses talons, un carton à chapeaux dans chaque main, suivi lui-même par une servante qui grimpait la passerelle en poussant une penderie à roulettes aussi grande qu'elle. Ciro n'avait jamais rien vu de tel. Il ignorait jusque-là que les gens riches ne portaient pas eux-mêmes leurs valises...

Il entendait toutes sortes de dialectes italiens. Le sien, le bergamasque de Bergame en Lombardie, devait beaucoup à la Suisse qui bordait la région au nord. Les Vénitiens, contrairement à lui, traînaient sur les voyelles et articulaient clairement chaque mot, ce que Ciro avait su imiter très vite, influencé qu'il était par le français. Il entendait maintenant l'italien parlé avec de nombreux accents, calabrais, toscan, romain, sicilien... C'était très bruyant et il avait l'impression, en regardant autour de lui, d'être le seul à se taire.

Les mots, parfois, ne sont pas nécessaires. Ciro suivit des yeux des jeunes femmes qui glissaient parmi la foule. C'était peut-être leurs robes de dentelle qui donnaient cette impression, ou le doux balancement des nuages de tulle crème sur leur chapeau, mais elles semblaient se déplacer sans effort au-dessus du sol, à la façon des pétales de marguerites qui volent dans les champs, au printemps, sur les hauteurs de Vilminore.

Ciro voyait des gens dont il ne connaissait l'existence qu'à travers les livres. Des Turcs vêtus de tuniques violettes de la couleur des vagues de l'Adriatique, ornées de broderies au fil d'argent. Des ouvriers portugais, trapus et tout en muscles dans leur combinaison de travail sous leur grand chapeau de paille, qui affichaient un air méfiant. Des religieuses françaises, avec leurs grandes coiffes ailées, fendant la foule comme un vol de pigeons gris.

Les sœurs de San Nicola avaient expliqué à Ciro comment prendre contact avec les religieuses vêtues comme elles, qui arboraient une grande croix de bois retenue par un chapelet leur ceignant la taille. Elles lui avaient dit comment il devait les aborder et leur indiquer d'où il venait. Elles lui avaient promis qu'on ne lui refuserait jamais l'entrée d'un couvent de leur ordre le jour où il ne saurait où aller.

Deux vieux messieurs d'allure indubitablement britannique dans leurs vêtements de laine chiffonnés et leurs vestes à carreaux – pour Ciro, l'uniforme du *professore* – gravirent les marches menant au pont de la première classe en échangeant des propos dans un anglais irréprochable. Une famille d'Italiens, la grand-mère trottinant derrière, se dirigea vers la seconde classe. La vieille dame montra à ses petits-fils comment ils devaient s'y prendre pour tirer les paniers de victuailles. Ciro songea que si les hommes se donnaient l'air de diriger leur famille, c'étaient en réalité les femmes qui commandaient. Il se demanda pourquoi cette famille particulière émigrait, alors qu'elle semblait être prospère en Italie. Puis il se dit que la plupart de ces gens ne fuyaient pas, contrairement à lui. Peut-être cherchaient-ils simplement l'aventure pour l'aventure? C'était là, pour lui, un luxe qu'il ne pouvait imaginer.

– *Ciao!*

– *Ciao*, répondit Ciro en se retournant pour faire face à un homme d'une trentaine d'années ou plus. Celui-ci avait d'épais cheveux bruns et portait un uniforme blanc immaculé dont la poche s'ornait de galons multicolores.

– C'est vous, le capitaine? demanda Ciro.

– Non, son second. Je m'appelle Massimo Zito. (L'homme sourit.) C'est moi qui recrute les hommes d'équipage.

– Vous parlez italien, dit Ciro, les oreilles bourdonnantes de toutes les langues qui se mêlaient autour de lui. *Mon* italien.

– Et le français, l'espagnol, le portugais et l'anglais. Et un peu d'arabe, aussi.

– Moi, je ne parle que l'italien, lui dit Ciro. Et le latin, parce que mon frère a tenu à ce que je l'apprenne.

– Pourquoi vas-tu en Amérique?

– Pour gagner de l'argent, répondit Ciro. Y aurait-il d'autres raisons?

– *Si, si.* Les filles sont très jolies en Amérique. Tu aimes les blondes? Il y a de l'or qui brille dans leurs cheveux comme il y a de l'or dans les rues. Et les brunes! Il y en a partout, comme des noisettes! Et les rousses! Comme des pommes aux arbres qui n'attendent que la main qui va les cueillir! Elles travaillent en usine et elles mâchent du chewing-gum!

– Elles peuvent faire ce qu'elles veulent, du moment qu'elles me parlent ! renchérit Ciro en riant.

Une ravissante jeune femme vêtue d'une robe abricot et chaussée de bottines en veau couleur pervenche gravissait d'une démarche aérienne la passerelle menant au pont de la première classe. Ciro et Massimo la suivirent des yeux.

– Je voudrais que cette traversée dure toute la vie si toutes les filles sont aussi belles ! dit Ciro.

Massimo éclata de rire.

– La vie va être courte. On arrive dans neuf jours. Tu es seul ?

– Oui, signore.

– Tu cherches du travail ?

– Ça dépend, signore. Qu'est-ce que vous proposez ?

– Il me manque un homme dans la salle des chaudières. Pour enfourner le charbon.

– Vous payez combien ?

Ciro jeta un regard à l'agitation qui se poursuivait du côté de la passerelle, l'air nonchalant, comme le lui avait conseillé Iggy. Ne jamais laisser voir au patron que le boulot t'intéresse.

– Je peux te donner trois dollars américains pour trois jours de travail.

– Trois dollars ? (Ciro secoua la tête.) Désolé. C'est impossible.

– Pourquoi ?

– Il me faut dix dollars si je fais ça, dit Ciro. Il regardait vers le quai d'un air absent, mais le cœur battant.

– C'est de la folie !

La voix de Massimo était montée d'un ton.

Ciro n'avait pas la moindre idée de la pénibilité de ce travail dans le ventre du navire. Il connaissait sa force, et savait à n'en pas douter se servir d'une pelle. Quand on avait touché deux lires pour creuser une tombe dans un village, un dollar américain par journée de travail représentait un salaire décent pour enfourner du charbon à bord d'un paquebot transatlantique. Ciro décida de camper sur sa position.

— Dix dollars, signore Zito, dit-il, d'un ton détaché.

— Tu délires ! Huit dollars, répondit Massimo.

Ciro se tourna vers lui.

— Je suppose qu'il serait difficile de trouver quelqu'un, maintenant, pour faire ce travail. Nous allons appareiller d'un instant à l'autre. Vous n'avez pas le temps de ressortir pour vider la prison de la ville, ou pour dénicher je ne sais où un garçon ambitieux qui a envie de partir en Amérique. Je crois que vous cherchez quelqu'un de costaud, mais d'après ce que j'ai vu des Français, ils sont aussi maigres que les baguettes de pain hors de prix qu'on vend sur le quai. Je comprends votre problème. Je suis prêt à accepter huit dollars si vous me remboursez ce que j'ai payé pour voyager sur ce bateau.

— Tu veux cent huit dollars ?

— Je suis sûr que les autres membres d'équipage sont logés et nourris gratis, à commencer par vous.

Accoudé à la rambarde, Ciro faisait mine d'observer quelque chose non loin de là et attendait la réponse de Massimo.

Massimo laissa échapper un soupir.

— Quelque chose me dit que tu vas très bien te débrouiller en Amérique.

***

Une chaleur torride accueillit Ciro à l'entrée de la salle des chaudières quand Massimo Zito ouvrit la porte. Lorsque les bonnes sœurs de Vilminore lui parlaient de l'enfer, il imaginait toujours un gouffre béant rempli de flammes. Les entrailles du SS *Chicago* correspondaient assez bien à cette image.

L'immense salle des chaudières courait sur toute la longueur du bateau, sous un plafond bas aux poutres de fer. Elle abritait les fours qui chauffaient la quantité d'eau nécessaire à l'alimentation du moteur à vapeur. Le minerai stocké à fond de cale était amené vers une sorte d'entonnoir géant pour tomber dans la cuve à charbon, et de là dans le fourneau. Il faudrait au SS *Chicago*, pour sa traversée de l'océan, cinq cent soixante-dix tonnes de minerai, qu'une trentaine d'hommes répartis en deux équipes travaillant chacune douze heures d'affilée allaient enfourner vingt-quatre heures sur vingt-quatre. Ciro était le trentième soutier embauché.

Massimo Zito appela le contremaître pour le lui présenter. Christie Benet, un Français, était couvert de poussière de charbon. Ses sourcils semblaient dessinés à l'encre noire, et le contraste avec le blanc de ses yeux lui donnait un regard menaçant.

– Il fera l'affaire, dit-il à Massimo. (Puis, se tournant vers Ciro, il ajouta :) Il y a deux bleus de travail pendus dans le vestiaire.

Benet repartit vers la fosse. Ciro était sidéré par l'aspect monumental de la chaudière, et plus encore par sa propre chance. Il avait déjà du travail avant d'avoir posé le pied en Amérique.

* * *

Massimo Zito prenait soin de ses hommes. Ils recevaient de temps en temps les restes du restaurant de la première classe. Ciro mangea ainsi son premier croissant, découvrit les asperges et les crevettes.

Ils avaient le droit de prendre un bain chaque matin à l'aube, quand l'équipe de jour venait les relayer. Ils montaient alors jusqu'au deuxième pont et, derrière des paravents de bambou, se douchaient avec les lances à incendie et se frottaient à la lessive pour éliminer la poussière de charbon. Au bout d'une semaine, Ciro constata que la lessive ne faisait pas disparaître tous les résidus… Ses mains, son visage et ses oreilles gardaient une couleur grisâtre. Il comprenait maintenant pourquoi ses camarades de travail avaient l'air plus vieux que lui alors qu'ils étaient à peu près du même âge.

Il enfila une combinaison propre au vestiaire avant de retourner à la tâche, et resta un moment à regarder la mer. À mesure que le soleil se levait sur l'Atlantique, l'eau prenait une jolie teinte corail. La ligne d'horizon, au loin, était comme de l'or. Ciro alluma une cigarette et aspira une longue bouffée. Ce matin-là était celui de son seizième anniversaire, et il s'offrait cet instant de répit pour le célébrer.

– Plus que deux jours, dit Luigi Latini, qui travaillait avec lui depuis le départ.

Luigi était du Sud, de la province de Foggia, au bord de l'Adriatique. Il était de taille moyenne et trapu comme une caisse avec ses épaules carrées. Du haut de ses vingt ans, il posait sur Ciro le regard d'un grand frère à qui on peut toujours faire confiance. Luigi avait un petit nez et de grands yeux noirs qui lui donnaient l'air d'un lapin toujours pensif.

– C'est presque fini, Luigi.

Ciro lui tendit sa cigarette.

– Où vas-tu ?

– Je dois rencontrer les gens qui ont payé mon voyage. C'est une famille qui habite à Manhattan. Et toi ?

– Je vais à Mingo Junction, dans l'Ohio. Mes parents m'ont trouvé quelqu'un. Je dois épouser Alberta Patenza, dit Luigi, en rendant la cigarette à Ciro.

– Tu l'as déjà vue ?

– En photo, seulement. *Che bella !*

– Et tu lui as écrit ?

– Oh, oui. Souvent, dit Luigi.

– Je te trouve inquiet, pour un homme qui a une belle fille qui l'attend...

– Et si elle était *brutta* ? On raconte toutes sortes d'histoires, tu sais. Les parents s'écrivent, ils s'arrangent entre eux, et voilà que tout d'un coup, Graciela remplace Philomena. Ce genre de chose. Tu risques de te retrouver avec une mocheté alors que tu croyais avoir une princesse.

– J'espère que ça ne t'arrivera pas.

Luigi haussa les épaules.

– Si ça m'arrive, je pars en courant !

Ciro se mit à rire.

– Si tu cours aussi vite que tu enfournes le charbon, elle ne risque pas de te rattraper !

– Sur les photos, Alberta a un petit nez comme le mien. (Se frottant le bout du nez, il ajouta :) Il faut garder ces nez-là dans la famille. Si je me marie avec une fille qui a un grand nez, j'aurai des bébés avec un grand nez et ça, je n'en veux pas.

Ciro riait. Luigi n'était pas le seul à dresser la liste de ce qu'il voulait et ne voulait pas chez sa future épouse. Ciro, qui avait sa liste aussi, n'avait cessé de la modifier depuis qu'il s'intéressait aux filles. Il n'attachait pas beaucoup d'importance au nez, mais il voulait une fille pleine de douceur, et qui traversait le monde avec grâce. Il fallait qu'elle soit belle, parce que, comme pour les œuvres d'art, la beauté évolue et ne cesse de révéler de nouvelles qualités avec le temps.

– Tu les auras, tes bébés au petit nez, Luigi, assura-t-il, en tirant longuement une dernière bouffée sur la cigarette avant de la jeter dans l'océan. (Le mégot lança une lueur et s'éteignit avant de toucher l'eau.) On devrait tous avoir ce qu'on désire, reprit-il.

Adossé à la rambarde, il revit celle qui lui avait dit cela. Enza Ravanelli, de Schilpario. Le ciel était d'un bleu cobalt le soir où il l'avait embrassée. Il portait une pelle exactement semblable à celle dont il se servait pour jeter du charbon dans la fournaise du SS *Chicago*.

Ciro commençait à entrevoir la ligne de son existence. Les fragments d'expérience apparemment disparates ne l'étaient pas autant qu'on pouvait le croire. Divers événements et accidents ne relevaient pas tout à fait du hasard. Ce qui les reliait était mystérieux et ce mystère l'intriguait, mais sans pour autant le tourmenter – il n'avait pas atteint l'âge où l'on cherche à les analyser. Il se disait que tous les fils finiraient par se rejoindre dans une sorte d'harmonie pour créer quelque glorieuse œuvre d'art. Mais qui saurait coudre ensemble ces fils et ces fragments ? Qui saurait faire de lui un tout ?

Au lieu de prier avant de s'endormir, il pensait aux filles. Les filles étaient pour lui comme une religion. Il voyait leurs charmes et certains détails de leur beauté l'obsédaient littéralement – des yeux noirs à demi cachés par un voile de mousseline, une jolie main sur le manche d'une ombrelle, ou les chevilles de Concetta Martocci le soir où il l'avait surprise dans les bras du prêtre... Ces souvenirs épars dans sa mémoire l'accompagnaient jusqu'au sommeil, mais ensuite, une fois endormi, il retrouvait Enza Ravanelli et ses baisers. Quand il pensait à Enza, il n'imaginait pas ses lèvres, ses yeux ou ses mains. Il la voyait tout entière, dressée devant lui sur le bleu intense du ciel de cette fin d'après-midi, dans tout l'éclat de sa beauté.

10

Un arbre vert

Un albero verde

Le matin où le SS *Chicago* accosta au quai de Lower Manhattan, Ciro eut l'impression qu'un bouchon de champagne venait de sauter au-dessus de New York, faisant pleuvoir une pluie de confettis dorés sur les quais assaillis par les embruns. Les remorqueurs eux-mêmes concouraient à cette arrivée féerique en positionnant à petits coups, avec adresse, sans une secousse et sans un craquement, le grand transatlantique le long du quai. Il toucha celui-ci comme si le mugissement des sirènes et les acclamations des passagers massés sur le pont lui avaient donné un ultime élan d'énergie.

Ciro et Luigi contemplaient la vue qui s'offrait à eux depuis la passerelle du commandant. L'île de Manhattan, en forme de feuille, était couverte d'immeubles en pierre sur lesquels un soleil matinal jetait une lumière rose. Les vagues bleu ardoise de l'Hudson qui roulaient jusqu'à la côte devenaient plus foncées à l'approche du rivage. La ligne des toits de la ville semblait bouger et se déplacer avec les grues et les poulies qui occupaient l'espace comme les ficelles d'un peuple de marionnettes. Des câbles hissaient des dalles de granite, de lourdes poutres d'acier, des planches... De hautes cheminées projetaient dans le ciel bleu des volutes de fumée grise qui s'y dissolvaient comme les bouffées de la pipe d'un gentleman. Les fenêtres, innombrables, renvoyaient une lumière diffractée tandis que les rails du métro aérien circulaient entre les immeubles et autour d'eux comme une immense fermeture Éclair noire.

Bergame, avec sa gare trépidante d'activité, n'avait rien de comparable ; pas plus que Venise avec son port encombré de bateaux, ni même Le Havre, qui comptait plusieurs ports. C'était bien un grand vacarme américain qui les assaillait tandis qu'une foule se rassemblait sur le quai au-dessous d'eux pour saluer leur arrivée. Une fanfare jouait et des jeunes filles faisaient tourner comme des roues de grands parasols à rayures. Mais, malgré la liesse générale, Ciro avait le cœur lourd. Eduardo n'était pas avec lui pour partager ce moment. Plus la musique, les sirènes, le tintement des cloches faisaient de bruit, plus il se sentait seul.

La passerelle de débarquement du SS *Chicago* heurta le sol avec un choc sourd. Les passagers de première classe commencèrent à sortir de leur cabine, sans se hâter, s'attifant et se pomponnant dans leurs beaux costumes, sans un regard pour tous les autres, qui attendaient avec impatience le moment où ils pourraient quitter leurs quartiers surpeuplés et débarquer enfin au grand air. Mais les riches ne semblent jamais pressés. Des automobiles noires à la carrosserie rutilante attendaient les passagers de première classe pour les conduire à leurs destinations respectives. Une fois les dames assises dans ces voitures découvertes avec leurs grands chapeaux ornés de plumes et de cristaux étincelants, elles faisaient penser à des cartons de pâtisseries françaises saupoudrées de sucre.

Massimo Zito se tenait au pied de la passerelle avec trois employés de la compagnie. Chaque émigré devait avoir, épinglé sur sa poitrine, le manifeste du bateau, selon la procédure en vigueur pour toute personne en provenance de l'étranger. Ils étaient ensuite dirigés vers le ferry qui les emmenait à Ellis Island. Après une poignée de main reconnaissante à l'intendant qui lui avait offert son premier travail, Ciro sentit enfin sous ses pieds le sol de New York City.

* * *

Ciro et Luigi respiraient l'air frais du matin, accoudés au bastingage du ferry pour Ellis Island qui fendait les eaux grises de l'Hudson, laissant derrière lui un sillage d'écume blanche. On voyait, à terre, une longue file d'immigrants devant un gigantesque bâtiment semblant occuper à lui seul la petite île. La statue de la Liberté se dressait au-dessus d'eux, telle une maîtresse d'école réunissant ses élèves.

Le ferry s'arrêta brusquement en heurtant le quai, déséquilibrant ses passagers. Ciro se retint au bastingage, se redressa et jeta son sac de marin par-dessus son épaule. Les deux jeunes gens suivirent les flèches rouges qui leur indiquaient la direction du grand hall d'arrivée, d'autant plus facilement qu'il n'y avait rien pour les ralentir : ils n'avaient pas d'enfants à surveiller, de grands-parents à aider ni de famille à rassembler.

La gardienne, à la porte, une forte femme en uniforme gris avec une tresse de cheveux blancs qui lui tombait dans le dos, avait des manières brusques. Elle jeta un coup d'œil à leurs papiers. Ciro plongea la main dans son sac et lui tendit une enveloppe cachetée de sœur Ercolina. Elle l'ouvrit d'un geste en la déchirant, parcourut la lettre du regard et la plaqua sur son bloc-notes.

– Vous (désignant Luigi), mettez-vous là-bas. Et vous (montrant Ciro), là-bas.

Ciro prit place dans la file à côté de Luigi. Les files d'attente étaient longues et n'avançaient pas.

– Bienvenue en Amérique ! lança Luigi, en regardant les centaines de personnes immobilisées. À ce train-là, je ne verrai pas Mingo Junction avant la semaine prochaine.

Le bruit des conversations, accentué par le plafond de l'immense hall, était assourdissant. Ciro fut immédiatement impressionné par ce bâtiment – une merveille architecturale. Il n'existait nulle part une cathédrale d'une telle hauteur avec un plafond voûté. Les fenêtres cintrées laissaient la lumière entrer à flots. Ciro se demanda comment on faisait pour les nettoyer. Sous ses pieds, le carrelage de terre cuite luisait, et son reflet doré lui rappela celui du couvent qu'il avait si souvent ciré.

Ciro observa les gens autour de lui par centaines, répartis en douze files séparées par des barrières à hauteur de taille, leurs sacs entassés à côté d'eux comme des sacs de sable dans un ravin. Des Hongrois, des Russes, des Français et beaucoup de Grecs... tous attendaient patiemment.

Ciro repéra surtout des Italiens. Il se dit qu'il ne devait plus rester personne en Italie du Sud. Tous étaient réunis dans ce lieu – Calabrais, Siciliens, et Napolitains, jeunes, vieux, et nouveau-nés. Il vit, au-delà des files d'attente, des médecins qui les examinaient l'un après l'autre, leur donnant des tapes dans le dos, scrutant leurs amygdales, leur palpant le cou. Une femme, une paysanne, poussa un cri quand une infirmière lui enleva son bébé. Un policier qui parlait italien s'approcha aussitôt et autorisa la femme à sortir de la file d'attente pour accompagner l'enfant pendant qu'on l'examinait.

Ciro entendit une femme expliquer : « Il y a une nursery derrière le bâtiment. C'est là qu'ils emmènent tous les bébés. Ils ont du lait. »

Ciro ôta son manteau et dénoua son écharpe pour se préparer à l'examen. Sa file avait commencé à avancer. Il vit en se retournant que Luigi n'avait pratiquement pas bougé.

Une infirmière lui fit signe d'approcher.

– Taille ? lui demanda-t-elle en italien.

– Un mètre quatre-vingt-huit, dit-il.

– Poids ?
– Quatre-vingt-cinq kilos.
– Signes particuliers ?
– Aucun.
– Toux convulsive ?
– Non.
– Diarrhée ?
– Non.

Tandis que l'infirmière égrenait sa liste de maladies, Ciro se rendit compte qu'il n'avait jamais été malade au cours de son enfance. Sœur Teresa lui donnait des crèmes aux œufs et de la pâte de noisettes en guise de fortifiants.

L'infirmière tourna une page de son bloc-notes.
– Les dents ?
– Ce sont les miennes.

L'infirmière sourit. Ciro lui rendit son sourire.
– Et ce sont de bonnes dents, dit-elle.

Le médecin écouta les battements de cœur de Ciro en lui demandant de pousser de côté sa bourse qui le gênait. Puis il le fit respirer à fond et l'ausculta dans le dos. Il examina ses yeux en braquant une petite torche sur son visage et lui palpa le cou. « Faites-le passer », dit-il finalement en anglais.

Ciro passa de l'autre côté d'une barrière métallique pour se placer dans la file d'attente suivante. Il entendit les policiers poser des questions simples aux immigrants : « D'où venez-vous ? Combien font six plus six ? Où le soleil se lève-t-il ? Où se couche-t-il ? » Certains étaient paniqués, effrayés à l'idée de ne pas répondre correctement. Ciro comprit que si on gardait son calme, on avait déjà à moitié gagné ses papiers. Il prit une profonde inspiration.

Le policier regarda ses papiers, puis Ciro. Il le conduisit vers une salle de rétention. Ciro se mit à transpirer, sachant que c'était mauvais signe. Il fit un geste de la main à l'adresse de Luigi, qui devait encore passer la visite médicale. Luigi lui répondit de même. Il ne pouvait rien faire pour lui.

Et si don Gregorio, averti du complot des religieuses, avait alerté les services de l'immigration aux États-Unis ? Ciro se sentit soudain comme le jeune orphelin qu'il était. Il n'avait personne pour l'aider, nulle part où aller pour trouver du secours. S'il était à nouveau banni, rejeté du sol américain, nul ne pouvait dire où il finirait, et il était certain qu'Eduardo ne le retrouverait jamais.

On leur avait conseillé, à bord du SS *Chicago*, de ne jamais sortir de leur file d'attente à Ellis Island, et de s'efforcer d'attirer le moins possible l'attention. Ne jamais se disputer avec quelqu'un. Ne pas pousser ni bousculer. Baisser la tête et parler à voix basse. Être d'accord avec tout ce qu'on vous proposait et accepter toutes les demandes. Il fallait, à Ellis Island, suivre la procédure en évitant tout incident pour revenir à Manhattan le plus vite possible. Le service de l'immigration avait mille raisons pour vous refouler, pour peu qu'on se mette à tousser ou qu'on fournisse une réponse peu claire à propos de sa destination. Il ne s'agissait pas de laisser quelque fonctionnaire au cœur froid sous son uniforme gris vous renvoyer en Italie d'un simple trait de plume.

Le cœur de Ciro cognait dans sa poitrine. L'homme du service de l'immigration revint avec un autre policier.

– Signore Lazzari ? demanda celui-ci, avec un parfait accent italien.

– Oui, monsieur.

– *Andiamo*, fit-il d'un ton solennel.

Le policier conduisit Ciro dans une petite pièce. Il y avait une table, deux chaises, et une affiche du drapeau américain sur le mur sans fenêtre. Le policier l'invita à s'asseoir. Le nom qui figurait sur sa veste était américain, mais il parlait très bien l'italien.

– Signore Lazzari, dit-il.

– Signore Anderson, enchaîna Ciro en hochant la tête. Qu'ai-je fait ?

– Je n'en sais rien. Qu'avez-vous fait ?

– Rien, monsieur, répondit Ciro. (Puis, remarquant le regard du policier sur ses mains rendues grises par le charbon, il ajouta vivement :) J'ai travaillé dans la salle des chaudières du SS *Chicago* en venant ici.

Le signore Anderson sortit d'une chemise la lettre de sœur Ercolina. Pendant qu'il lisait, Ciro sentait la panique le gagner.

– Vous connaissez donc les sœurs de San Nicola ? demanda le policier.

Ces braves sœurs croyaient bien faire, mais elles semblaient, au contraire, avoir attiré sur lui l'attention de ce loup en uniforme gris.

– J'ai été élevé dans leur orphelinat, avoua Ciro.

– Le diocèse de New York a reçu un télégramme. Vous êtes sur notre liste.

Ciro avait la gorge serrée. Évidemment, ce télégramme venait de don Gregorio. Après ce long voyage, après avoir trimé dans l'enfer de la salle des chaudières... On allait l'extraire du groupe et le déporter. Et il finirait bel et bien dans cette maison de correction !

– Où va-t-on m'envoyer ?

– Vous envoyer ? Vous arrivez à peine ! Ces religieuses ont adressé à l'archevêque une sorte de certificat de bonne conduite. On va vous libérer le plus vite possible.

Le policier prit quelques notes dans son dossier.

En cet instant béni, Ciro comprit que ce signore Anderson n'était pas l'ennemi qu'il avait cru ; il n'allait pas le renvoyer en Italie ni en maison de correction.

– Merci, monsieur, dit-il.

– Tu vas devoir changer de nom.

Et il tendit une liste à Ciro en disant : « Choisis. »

Brown

Miller

Jones
Smoth
Collins
Blake
Lewis

– Prends Lewis. C'est un nom qui commence par un *L*, comme le tien.

Ciro parcourut rapidement la liste des yeux avant de la rendre au signore Anderson.

– Allez-vous me renvoyer si je ne change pas de nom ?
– Ils n'arriveront pas à prononcer le tien, ici, mon garçon.
– Monsieur, s'ils peuvent dire spaghetti, ils peuvent prononcer Lazzari.

Le signore Anderson fit un effort pour ne pas rire.

– Moi, je m'appelais Scoliaferrantella, dit-il. Je n'ai pas eu le choix.
– De quelle province êtes-vous, signore ? demanda Ciro.
– De Rome.
– Mon frère Eduardo vient d'entrer au séminaire de Sant'Agostino, là-bas. Il va devenir prêtre. Alors, voyez-vous, si j'abandonne mon nom, il mourra. Il ne reste plus que mon frère et moi pour le porter, et je ne veux pas qu'il se perde.

Le signore Anderson se renversa en arrière sur sa chaise. Il ajusta ses lunettes sur son grand nez. Ses épais sourcils se haussèrent comme deux accents circonflexes quand il demanda :

– Qui doit t'accueillir ici ?
– Remo Zanetti. 36, Mulberry Street.
– Et tu as un contrat de travail ?
– Comme apprenti chez un cordonnier.
– Quel âge as-tu ?
– Seize ans.

Le policier apposa sur les papiers de Ciro le tampon qui l'autorisait à entrer aux États-Unis. Ils conservaient le nom de Lazzari.

– Tu peux maintenant prendre le ferry, il t'amènera à Manhattan.

Ciro tenait à la main ses papiers marqués du tampon bleu foncé à peine sec. C'était tout ce dont il avait besoin pour commencer une nouvelle vie. La gratitude s'exprime souvent par le désir de partager son bonheur. Ciro s'y sentait obligé.

– Signore Anderson, je ne voudrais pas vous ennuyer…, commença-t-il.

Le policier leva les yeux, l'air amusé et vaguement perplexe. Ce jeune homme n'était-il pas conscient de sa chance ? Il venait de franchir le barrage d'Ellis Island sans encombre et en un temps record, et il gardait même son nom italien intact !

– Pourriez-vous aider aussi mon ami ? Il s'appelle Luigi Latini. Il travaillait avec moi dans la salle des chaudières. C'est un type bien. Ses parents lui ont trouvé une fiancée et il doit prendre le train pour l'Ohio où il va la rejoindre. Il a peur qu'elle se marie avec quelqu'un d'autre s'il n'arrive pas à temps.

Anderson leva les yeux au ciel.

– Où est-il ?
– Dans la file d'attente numéro trois, au fond.
– Reste ici. Je reviens tout de suite.

Une fois seul, Ciro tira de sa poche la médaille que sœur Teresa lui avait donnée comme cadeau d'adieu et la porta à ses lèvres. Ciro n'avait pas trouvé la foi, mais il savait être reconnaissant. Il se rassit et huma le parfum agréable qui se dégageait du chêne ciré des boiseries. Cette pièce était dix fois plus grande que sa cabine sur le bateau.

Luigi Latini entra avec le policier Anderson. Son visage était du même gris que leurs papiers du service de l'immigration.

– Ne t'inquiète pas, Luigi, lui dit Ciro, comme il s'asseyait à côté de lui. Le signore Anderson est là pour nous aider.

– Êtes-vous également un bon catholique, signore Latini ?

Le policier sourit.

– *Si, si*, répondit Luigi en regardant Ciro.

– Je suis content que vous ne m'ayez pas posé cette question, signore Anderson, intervint Ciro en riant.

Quand le policier eut épuisé sa liste de questions, Ciro lui dit :

– Luigi ne veut pas devenir un Lewis, lui non plus.

– Vous voulez garder votre nom, vous aussi ? demanda le signore Anderson.

– Je peux ? questionna Luigi, en observant tour à tour Ciro et le policier.

Anderson tamponna ses papiers.

– Tâchez de bien vous conduire, les gars, dit-il, en plongeant la main dans sa poche pour offrir un chewing-gum à chacun.

– Qu'est-ce que c'est ? demanda Ciro.

– Du chewing-gum.

Luigi et Ciro échangèrent un regard, avant d'examiner les minces plaquettes emballées dans du papier métallisé.

– Vous n'en avez jamais vu ?

Ils firent non de la tête. Ciro se rappelait une phrase d'Iggy disant que les rousses mâchaient du chewing-gum.

– C'est très américain. Comme les hot-dogs et les cigarettes blondes. Goûtez.

Les deux garçons défirent l'emballage et posèrent les plaquettes roses sur leur langue.

– Mâchez, maintenant.

Ils se mirent à mâcher. Un goût de clou de girofle sucré leur emplit la bouche.

– Ne l'avalez pas. Vous attraperiez des vers. C'est ce que dit ma femme, en tout cas, ajouta le signore Anderson en riant.

En repartant avec Luigi, Ciro parcourut du regard le vaste hall d'accueil. Il devait rester jusqu'à la fin de sa vie un fervent admirateur des lignes classiques des bâtiments à grande échelle de l'architecture américaine. Au-delà des buildings et au-delà de cette ville portuaire, pensait-il, il devait y avoir de la campagne, des fermes, de nombreuses mines de charbon, de fer à transformer en acier, des voies de chemin de fer et des routes à construire. Tout homme qui voulait travailler trouvait un emploi. Et, heureusement pour Ciro, tous ces hommes avaient besoin d'une paire de chaussures. Ciro commençait à comprendre ce que signifiait l'Amérique, et sa vision du monde aussi bien que de lui-même en était changée. Rien n'empêchait un homme d'avoir des idées claires dans un endroit qui nourrissait ses rêves.

* * *

Le port de Lower Manhattan regorgeait de toutes sortes de babioles et d'objets-souvenirs à vendre quand Ciro et Luigi débarquèrent du ferry. Les chariots des marchands de rue étaient décorés d'affiches publicitaires et la concurrence faisait rage pour attirer la clientèle des immigrants. Les deux garçons étaient confrontés pour la première fois au moteur de la vie américaine : *tu travailles et tu dépenses*.

Luigi acheta une petite broche de diamants fantaisie pour sa future épouse, et Ciro un bouquet de roses jaunes pour Mrs Zanetti. Puis ils suivirent un trottoir et passèrent sous une arche où on lisait en lettres géantes :

BIENVENUE À NEW YORK

Luigi se tourna vers Ciro :

– Je vais à Grand Central Station prendre le train pour Chicago, et ensuite l'Ohio.

– Moi, je vais à Mulberry Street, dit Ciro.

– J'apprendrai l'anglais en allant à Chicago.

– Et je l'apprendrai une fois que je serai à Little Italy. Tu te rends compte, Luigi ? Je dois aller dans un endroit qui s'appelle l'Italie pour apprendre l'anglais ! plaisanta Ciro, pendant qu'ils se serraient la main.

– Prends bien soin de toi, lui dit Luigi.

– Bonne chance avec Alberta ! Je suis sûr qu'elle sera encore plus belle que sur sa photo.

Luigi émit un sifflement.

– *Va bene*, dit-il, avant de disparaître, happé par la foule qui se dirigeait vers les wagons.

Ciro regarda autour de lui. Les Zanetti auraient dû être là, avec un écriteau portant son nom. Mais il ne le voyait nulle part. Au bout de quelques minutes, il commença à s'inquiéter.

Vu du bateau, l'accueil à terre semblait grandiose, mais à y regarder de plus près, il n'y avait pas grand monde pour acclamer des immigrants. Les costumes rouges et bleus des musiciens de l'orchestre n'étaient pas à leur taille et il leur manquait des boutons ; leurs instruments en cuivre étaient mouchetés de vert-de-gris, les robes des femmes mitées, et les ombrelles qu'elles faisaient tourner, plus ou moins déchirées. Ciro se rendait compte maintenant que tout cela sentait la pacotille : un spectacle de foire.

Une mince jeune fille vêtue d'une robe d'organza et coiffée d'un chapeau orné de marguerites s'approcha de lui.

– Bonjour, beau gosse, fit-elle en anglais.

– Je ne comprends pas, marmonna Ciro en italien, sans cesser de chercher les Zanetti du regard parmi la foule.

– J'ai dit bonjour, et bienvenue. (Elle se pencha pour ajouter quelque chose en anglais, ses lèvres effleurant la joue de Ciro.) Tu cherches un endroit où dormir ?

Elle avait un parfum de musc et de gardénia qui enchanta Ciro après toutes les journées qu'il venait de passer à manipuler du charbon dans une fournaise. Le passage par Ellis Island avait achevé de l'épuiser. Elle était douce et jolie et il semblait lui plaire. L'intérêt qu'elle lui témoignait le rassurait.

– Viens avec moi, dit-elle.

Ciro n'avait pas besoin de comprendre ses paroles pour savoir qu'il la suivrait jusqu'au bout du monde. Elle avait à peu près le même âge que lui, de longs cheveux roux tressés avec des rubans de satin, quelques taches de rousseur sur sa peau au teint laiteux et les yeux noirs. Quant à son rouge à lèvres, Ciro n'en avait jamais vu d'aussi rouge.

– Tu cherches du travail ? demanda-t-elle.

Ciro la regarda sans répondre.

– Boulot. Travail. *Lavoro*. Boulot, répéta-t-elle, en lui prenant les mains pour le guider à travers la foule.

Tirant une rose du bouquet qu'il venait d'acheter, elle la porta à ses lèvres.

Ciro, soudain, aperçut son nom sur un écriteau. L'homme qui le brandissait avançait à grand-peine en jouant des coudes. Lâchant la main de la fille, Ciro lui fit signe.

– Signore Zanetti !

La fille le tirait par la manche pour l'entraîner vers un groupe d'hommes qui se tenait non loin de là sur le quai, mais Ciro aperçut à cet instant une ombrelle rouge qui se déplaçait à travers la foule comme un périscope.

– Non, non, viens avec moi ! insista la fille, sa main gantée de cuir souple sur l'avant-bras de Ciro. (La main de sa mère avait cette douceur.)

— Laisse-le tranquille ! (La voix de la signora Zanetti tonnant sous son ombrelle rouge s'entendait clairement à travers le tohu-bohu.) Va-t'en ! *Puttana !* lança-t-elle à la fille.

Carla Zanetti, un mètre cinquante, les cheveux blancs, la soixantaine trapue, fonçait sur lui, suivie par Remo, son mari à peine plus grand qu'elle. Remo avait une épaisse moustache blanche et une couronne de cheveux blancs autour de son crâne chauve.

Ciro se retourna pour s'excuser auprès de la fille, mais elle avait disparu.

— Elle a bien failli t'avoir, dit Remo.

— Comme une araignée dans sa toile ! renchérit Carla.

— Mais c'était qui ? demanda Ciro, qui continuait à regarder de tous côtés, cherchant à voir la jolie rousse.

— C'est un racket. Tu la suis, elle te fait signer et tu te retrouves à trimer dans une mine de Pennsylvanie pour un salaire de misère, expliqua Carla.

Ciro, sidéré par ce qu'il apprenait, lui tendit ses fleurs.

— C'est pour vous...

Carla Zanetti sourit et prit le bouquet. Elle semblait ravie.

— Eh bien, la voilà conquise, dit Remo. On va prendre un fiacre pour Mulberry Street.

Carla fendit la foule, les deux hommes sur ses talons. Ciro se retourna et aperçut la fille qui discutait avec un autre passager arrivé en même temps que lui. Elle se penchait sur lui pour lui prendre le bras, exactement comme elle l'avait fait avec Ciro. Il se rappelait maintenant les paroles d'Iggy lui disant de se méfier des femmes qui avaient l'air de céder trop vite à son charme.

Le fiacre se frayait un chemin à travers la circulation, évitant les piétons, les autres attelages et les automobiles. Les rues de Little Italy formaient un labyrinthe serré. Les immeubles, modestes d'apparence, n'avaient pas plus de trois étages. Ils étaient construits en bois, et la façon dont ils s'accolaient les uns aux autres faisait penser à des jambes de pantalon rapiécées. On avait scellé les failles dans les murs avec des barres de fer, des gouttières de différente grosseur descendaient le long des façades, reliées entre elles par des plaques métalliques. Certaines maisons étaient fraîchement repeintes; sur d'autres, les couches de couleur successives s'écaillaient sous le coup des intempéries.

Les rues pavées étaient noires de monde et Ciro, en levant les yeux vers les fenêtres, vit qu'il y avait aussi des visages derrière les vitres. Plus loin, des femmes se penchaient au deuxième étage d'une maison pour appeler leurs enfants ou bavarder avec leurs voisins. Les terrasses vitrées étaient bondées de petits groupes d'Italiens du Sud. On aurait dit que le cœur de la ville s'était ouvert pour se répandre dans les rues de Little Italy. Dans les maisons, on devait se chauffer avec du bois de mauvaise qualité, à voir les panaches de fumée noire qui sortaient des cheminées, et les seules touches de vert venaient de la cime des arbres qu'on apercevait çà et là entre les toits.

Le bruit qui montait de la ville était fait de cris, de sifflets, de disputes, de coups de klaxon et de musiques diverses. Un invraisemblable tintamarre, pour tout dire, et Ciro, qui n'y était pas habitué, se demanda s'il le serait jamais. En arrivant à Mulberry Street, il proposa de payer le cocher, mais Remo l'en empêcha. Ciro sauta à terre et tendit la main à Carla. La signora Zanetti lança à son époux un regard assorti d'un hochement de tête pour saluer les bonnes manières de ce jeune homme.

Un gamin pieds nus, vêtu d'un short et d'une chemise en lambeaux, s'approcha de Ciro en tendant la main. Ses cheveux bruns grossièrement coupés laissaient par endroits apparaître le cuir chevelu. Ses sourcils noirs étaient comme deux points d'interrogation et il avait de grands yeux noirs au regard particulièrement vif.

« *Va, va !* » lui lança Carla, mais Ciro avait déjà mis la main dans sa poche pour prendre une pièce qu'il tendait au petit mendiant. Celui-ci la saisit et repartit sur le trottoir pour rejoindre ses copains en la brandissant à bout de bras. La petite bande se précipita sur Ciro. Remo le poussa à l'intérieur sans lui laisser le temps de vider ses poches.

Les pauvres de Little Italy n'étaient pas comme ceux que Ciro avait vus jusque-là. Là-bas, dans la montagne, ils portaient des vêtements en gros drap. La laine bouillie était leur velours ; les boutons et autres breloques, d'extravagants ajouts pour les jours de fête, les mariages, les enterrements. Les Italiens de New York taillaient leurs vêtements dans le même tissu, mais les portaient avec des chapeaux d'allure canaille, des ceintures à boucle dorée, des boutons étincelants. Les femmes mettaient du rouge à lèvres, du rouge à joues et des bagues en or à chaque doigt. Tous parlaient fort et discouraient avec force gestes théâtraux.

Dans les Alpes italiennes, un tel comportement était considéré comme mal élevé. Dans le village de Ciro, quand les marchands installaient leurs étals roulants sous la galerie, il n'y avait pas grand choix dans ce qu'ils proposaient, et guère de marge pour négocier les prix. Ici, les chariots débordaient de marchandise et les clients négociaient. Ciro venait d'un endroit où les gens étaient trop heureux de pouvoir acheter n'importe quelle petite chose. Ici, chacun revendiquait son droit à faire une bonne affaire. Ciro était entré dans la danse ; le spectacle était italien, mais on était en Amérique.

* * *

Au même moment, là-bas dans la montagne, Enza tirait au tonneau le vin rouge produit par la famille pour remplir des bouteilles alignées sur un banc du jardin.

Elle fermait les yeux et approchait chaque bouteille de ses narines pour humer le parfum laissé par le bois du tonneau et la pointe d'amertume du raisin. Comme elle commençait à boucher les bouteilles, elle vit son père et le signore Arduini entrer dans la maison.

Enza défit prestement le nœud de son tablier maculé de taches violettes et remit de l'ordre dans ses cheveux. Puis elle entra à son tour, mais par la porte donnant sur l'arrière de la maison. Tandis que Marco prenait le chapeau du propriétaire et approchait une chaise pour lui, Enza attrapa deux petits verres sur une étagère, y versa du vin et alla les poser devant le signore Arduini et son père.

– Je dis toujours qu'il n'y a pas sur la montagne d'enfants mieux élevés que les petits Ravanelli.

Le signore Arduini sourit. Enza le regardait en se disant que, peut-être, elle l'aimerait bien si elle n'avait pas autant peur de lui et ne s'inquiétait pas autant du pouvoir qu'il avait sur sa famille.

– Merci, dit Marco.

Enza ouvrit une boîte et fit glisser quelques *anginetti* salés sur une assiette. Elle posa sur la table deux petites serviettes en tissu.

– Je voudrais bien avoir une fille aussi gracieuse que la signorina, dit Arduini.

– Maria est adorable ! protesta Marco.

– Adorable et trop gâtée, fit Arduini en souriant. Mais merci.

Enza n'ignorait rien de la coquette Maria Arduini. Elle avait cousu plusieurs robes pour elle quand elle travaillait à la journée à la boutique de mode du village. Quand Maria ne parvenait pas à se décider pour un tissu, on lui faisait trois robes au lieu d'une.

– C'est toujours un plaisir de vous voir. Quel bon vent vous amène, aujourd'hui ? demanda Marco.

— Voilà un moment que je voulais descendre pour qu'on parle de la maison.

— Giacomina et moi aimerions bien l'acheter..., commença Marco.

— J'espérais vous la vendre, dit le signore Arduini.

— Nous comptons vous donner un acompte à la fin de l'été.

Enza mit la main sur le bras de son père.

— Signore Arduini, vous venez de dire que vous *espériez* nous la vendre. C'est toujours votre intention ?

— J'ai bien peur que ce ne soit plus possible.

Il y eut un long silence. Le signore Arduini buvait son vin à petites gorgées.

— Signore Arduini, nous avions un accord, dit Marco.

— Nous voudrions vous faire une offre pour votre écurie, reprit le signore Arduini en reposant son verre. Elle ne vaut pas grand-chose, comme vous le savez, mais je suis sûr que nous pouvons nous entendre sur un prix.

— Si je comprends bien, signore, vous revenez sur l'offre que vous nous avez faite de nous vendre votre maison, mais vous voudriez avoir l'écurie, qui est dans ma famille depuis une centaine d'années ? demanda Marco, doucement.

— C'est une petite écurie, dit Arduini, avec un haussement d'épaules.

Enza n'y tint plus.

— On ne vendra jamais cette écurie !

Arduini regarda Marco.

— C'est votre fille qui parle à votre place ?

— Mon père a travaillé dur pendant des années pour vous payer un loyer parce qu'il comptait acheter votre maison. Vous aviez promis de la vendre dès qu'on pourrait faire un premier versement !

— Enza ! dit Marco.

— C'est mon fils qui la veut, expliqua Arduini.

— Votre fils ? s'écria Enza, hors d'elle. Il gaspille l'argent que vous lui donnez ! Tout passe à la taverne d'Azzone !

— Il élève son fils comme il veut. Et cette maison est à lui, Enza. Il peut en faire ce qu'il veut.

Depuis la mort de Stella, son père avait perdu toute ambition. Ce nouvel avatar ne semblait pas tellement l'étonner, mais plutôt renforcer son sentiment d'impuissance, comme s'il s'inscrivait dans la spirale irrésistible de la malchance.

— Signore, vous revenez sur une promesse. Vous êtes donc un menteur ? insista Enza.

— Je me suis montré bon pour cette famille pendant des années, et voilà comment vous me remerciez. Vous laissez votre fille m'insulter. Vous avez jusqu'à la fin du mois pour déguerpir.

— Il y a cinq minutes, j'étais la fille la mieux élevée de la montagne, continua Enza, mais sa voix tremblait.

Arduini se leva et mit son chapeau sur sa tête – un geste de mépris alors qu'il était encore dans leur maison. Il sortit sans refermer la porte derrière lui.

— Il va falloir trouver un endroit où habiter, lâcha Marco, comme assommé. Il ne s'était pas douté que la rencontre pourrait aussi mal se terminer.

— Cessons de payer des loyers ! Cessons de vivre dans la crainte du propriétaire ! s'exclama Enza. Pourquoi ne pas acheter notre propre maison ?

— Avec quoi ?

— Papa, je peux aller en Amérique et faire de la couture. J'ai entendu les autres filles en parler, au magasin. Il y a des usines, là-bas, et du travail pour tout le monde. Je pourrai vous envoyer de l'argent, et quand il y en aura assez je reviendrai pour veiller sur toi et sur maman.

— Je ne vais pas t'envoyer aussi loin.

— Alors, viens avec moi ! Tu pourras trouver du travail – ça fera de l'argent pour notre maison. Battista te remplacera avec le fiacre pendant ce temps. Il faut que tout le monde s'y mette !

Marco s'assit devant la table. Il se prit la tête à deux mains, dans un effort pour trouver une solution.

– Papa, nous n'avons pas le choix.

Marco leva les yeux vers sa fille. Trop las pour discuter, trop accablé pour proposer autre chose.

– Papa, nous devons avoir notre maison. Nous la méritons. Je t'en prie. Laisse-moi t'aider.

Mais Marco buvait son vin et regardait au-dehors par la porte ouverte, comme s'il espérait un miracle.

* * *

Ciro se rendit avec Remo et Carla Zanetti dans leur boutique. Tout était propre et net. Une pièce était aménagée de manière fonctionnelle, avec un plancher au sol et de la tôle au plafond. On respirait de fortes odeurs de cuir, de graisse pour les machines et de cirage au citron. Un vaste plan de travail occupait le centre sous une scie à couper le cuir entourée de plusieurs lampes.

Plusieurs machines à coudre étaient alignées contre le mur du fond ainsi que les appareils utilisés pour le polissage et les finitions. D'autres fournitures trônaient du sol au plafond sur des étagères : feuilles de cuir, rouleaux d'étoffe, tandis que les bobines occupaient le mur opposé. Comme lieu de travail, c'était infiniment plus plaisant que la soute à charbon du SS *Chicago*... Sans compter que la signora Zanetti avait l'air d'être une excellente cuisinière.

Remo conduisit Ciro au fond de la boutique pour lui montrer une petite alcôve dans laquelle se trouvaient un lit d'une place, une bassine, un broc et une chaise, le tout disposé derrière un épais rideau.

– C'est aussi bien qu'au couvent, dit Ciro, en posant son sac sur la chaise. Et mieux que sur le bateau !

Remo se mit à rire.

– Oui, on est mieux logés à Little Italy ! Mais simplement. C'est comme ça que Dieu nous préserve de l'orgueil. (Tout en parlant, il ouvrit une porte qui donnait sur l'arrière.) Ici, c'est mon petit coin de paradis. Avance.

Ciro suivit Remo dans un petit jardin intérieur. Les pots alignés sur le mur de pierre débordaient de géraniums rouges et d'impatiens orange. Un orme au tronc puissant et aux grosses racines occupait le centre de l'espace. Les branches aux feuilles vert vif qui montaient jusqu'au toit du bâtiment formaient une véritable tonnelle au-dessus du jardin. Il y avait aussi un petit bassin de marbre blanc pour les oiseaux avec, de chaque côté, deux profonds fauteuils en osier.

Remo tira une cigarette de sa poche, en offrit une à Ciro et les deux hommes s'assirent.

– Je viens ici pour réfléchir.

– *Va bene*, dit Ciro en regardant l'arbre. Il pensait aux milliers de sapins qui tapissaient les pentes de ses montagnes. Ici, à Mulberry Street, on vénérait un arbre à l'écorce grisâtre et aux feuilles pleines de trous.

– Signore Zanetti, commença-t-il, je voudrais vous payer mon loyer.

– Il a été décidé que tu travaillais pour moi et que je te fournissais le gîte et le couvert.

– Il y avait le même arrangement au couvent pour mon frère et moi, et ça ne s'est pas très bien fini pour moi. Si je vous paie, je suis tranquille.

– Je n'ai pas besoin d'un locataire ; j'ai besoin d'un apprenti. La lettre de ma cousine, la nonne, est arrivée au bon moment. J'ai besoin d'aide. J'ai essayé de former deux garçons du quartier, mais ce travail ne les intéressait pas. Ils veulent de l'argent tout de suite. Nos jeunes font la queue sur les quais pour travailler à la journée. On les embauche dans des équipes qui construisent des ponts et des voies de chemin de fer. Ils sont bien payés, mais ils n'apprennent rien. Un métier, ça te fait vivre, alors que ces petits boulots te permettent de manger au jour le jour et c'est tout. Je pense qu'il faut savoir faire quelque chose, que ce soit des chaussures ou des saucisses. Se nourrir, se vêtir, s'abriter, voilà le minimum nécessaire pour tout le monde. Si tu connais un métier qui répond à l'un de ces besoins, tu auras toute ta vie du travail.

Ciro sourit.

— Je suis décidé à travailler dur pour vous, signore Zanetti. Mais pour être franc, je ne sais absolument pas si j'ai le moindre talent pour faire ce que vous faites.

— Je vais t'apprendre la technique. Certains, parmi nous, fabriquent des chaussures; et d'autres font plus. Ils ont le même savoir-faire que moi, fabriquer des chaussures solides et de bonne qualité, mais eux, ils font de l'art. Dans un cas comme dans l'autre, tu pourras manger. Le monde ne manquera jamais de pieds et les pieds auront toujours besoin de souliers.

Ciro et Remo se laissèrent aller contre le dossier de leur fauteuil en tirant sur leur cigarette. Le tabac agissait comme un calmant sur Ciro après sa longue journée. Il ferma les yeux et se revit à Vilminore avec Iggy, partageant une cigarette dans le jardin de l'église. Ce petit jardin de Mulberry Street l'aiderait peut-être à surmonter le mal du pays...

— Tu aimes les filles, Ciro? (Remo s'éclaircit la voix.)

— Beaucoup, répondit Ciro en toute franchise.

— Alors, sois prudent, dit Remo en baissant la voix.

— Je vois ce que vous voulez dire. C'est à cause de cette fille rousse sur le quai? (Ciro était gêné.) Au début, je n'avais pas compris. Je la trouvais jolie et... américaine!

— Celle-là, encore, elle travaille... Mais je parle des filles de Mulberry Street, ou Hester, ou Grand Street. Elles ne sont pas beaucoup plus vieilles que toi, mais elles vivent parfois dans trois pièces avec une dizaine de gosses. C'est dur pour elles. Ces filles-là, elles veulent se marier le plus vite possible. Alors elles trouvent un garçon qui n'a pas peur du travail, qui pourra les entretenir et grâce auquel elles auront une meilleure vie.

Remo écrasa sa cigarette sur une pierre au pied de l'arbre.

– Et vous croyez que les filles vont faire la queue dans Mulberry Street pour attendre ce Ciro Lazzari qui va les sortir de la galère ?

Remo sourit à son tour.

– Il y en aura quelques-unes.

– Ma foi, monsieur, si je suis ici, c'est pour travailler, dit gravement Ciro. Je ne veux rien qui m'attache à ce beau pays. Je veux mettre de l'argent de côté pour rentrer chez moi à Vilminore, trouver une bonne épouse et construire une maison pour elle de mes propres mains. Je voudrais avoir un jardin comme celui-là, fumer une cigarette le soir dans un bon fauteuil après ma journée de travail. Je sais que ça n'a pas l'air de grand-chose, mais ce sera parfait pour moi.

– Donc, tu ne joueras pas les Roméo à Little Italy ?

– Ce n'est pas ce que j'ai dit. Mais il n'y aura rien de sérieux, je peux vous le promettre.

Carla franchit la porte avec un plateau sur lequel étaient disposés une assiette d'amuse-gueules et trois verres de vin rouge. Ciro se leva pour lui céder sa place.

– Je me suis dit qu'il fallait fêter l'arrivée de notre nouvel apprenti, dit-elle.

– À l'italienne ! répondit Remo avec un clin d'œil pour Ciro.

* * *

Chaque mois de mai dans Carmine Street, l'église Notre-Dame de Pompéi célébrait la fête de la Vierge. Les cloches sonnaient « Je te salue reine des cieux » et on voyait par les portes grandes ouvertes l'intérieur de l'église plein de corbeilles de roses blanches. C'était une fête très importante pour les filles de la paroisse qui, à seize ans, étaient à l'apogée de leur beauté adolescente.

Elles portaient pour cette occasion une longue robe de soie blanche, et une couronne de boutons de roses tressée par les dames patronnesses ceignait leur front. Elles portaient par-dessus leur robe une écharpe d'une couleur rose pâle appelée cendre-de-rose. On dégageait la chaussée sur leur passage jusqu'à l'église à Carmine Street et leur retour à Bleecker Street derrière le prêtre, les enfants de chœur (tous des garçons) et les fidèles suivant en portant la statue de la Sainte Vierge.

Ce défilé était une façon de célébrer le fait d'être à la fois italien et américain. En tant qu'Américain, on était libre de manifester dans les rues, et en tant qu'Italien on pouvait exprimer librement sa foi et honorer son culte. Tous espéraient que la reine des cieux accorderait la santé, la fortune et le bonheur à leur famille. Mais, il n'y avait pas que l'aspect religieux, cette fête était aussi, pour les jeunes hommes du quartier, l'occasion de choisir la fille de leurs rêves parmi ces Enfants de Marie.

Ciro s'était posté à l'angle de la rue pour regarder passer les jeunes filles. La Reine de Mai était la plus belle du cortège. « Felicità! Felicità! » scandait la foule. Elle portait, par-dessus sa robe en soie blanche, un grand voile de dentelle qui recouvrait son opulente chevelure brune. Le voile, soulevé par un vent léger, qui flottait au-dessus de ses épaules.

Ciro se rappela que Concetta Martocci portait le même voile, l'après-midi où il s'était assis à côté d'elle dans l'église San Nicola. Il ne ressentait plus la morsure du regret quand il pensait à Concetta, tout au plus la vexation du rejet. Le sage avance en laissant le passé derrière lui comme une paire de chaussures hors d'usage.

Ciro suivait Felicità des yeux, comme tous les garçons présents parmi la foule. Prenant une rose blanche dans son bouquet, elle l'offrit à une vieille dame. Ce simple geste était plein de grâce, et Ciro en fut ému.

Les femmes ne connaissent pas leur pouvoir.

La prochaine fois que je tomberai amoureux, se dit Ciro, *je choisirai avec soin. Je m'assurerai que la fille m'aime plus que je l'aime.* C'est alors, en se faisant cette promesse à lui-même, qu'il trouva l'élue de son cœur en la personne de Felicità Cassio, la Reine de Mai.

11

Une médaille bénie

Una medaglia benedetta

Un quartier de lune perçait entre les sapins, semblable à un nœud de ruban rose sur le ciel nocturne violet foncé. Ce 1er mai 1910, après leur rencontre catastrophique avec le signore Arduini, les Ravanelli avaient pris une autre location, à deux maisons de celle où leurs six enfants avaient grandi. Enza n'avait pas perdu de temps pour trouver un nouveau domicile à sa famille, aidée par sa patronne du magasin de couture.

Le passage de la Via Scalina à la Via Gondolfo signifiait moins de place pour les Ravanelli, et un loyer plus élevé. Marco n'avait pas loué l'ensemble du bâtiment mais seulement le rez-de-chaussée de la maison Ruffio, qui comprenait quatre chambres et disposait d'un petit jardin à l'arrière et d'un carré de pelouse en façade. Ils étaient, certes, contents d'avoir pu se reloger aussi rapidement, mais quitter un propriétaire pour en trouver un autre n'était pas ce dont Marco avait rêvé pour les siens.

Il conservait l'écurie de la Via Scalina, qu'il refusait de vendre au signore Arduini. Il avait construit un muret entre les deux bâtiments, et un nouveau chemin dallé de la rue à la porte. Le signore Arduini n'était pas satisfait de la situation, mais Marco était résolu : il ne vendrait pas l'écurie à l'homme qui l'avait chassé de chez lui.

Quand Marco croisait son ancien propriétaire dans les rues de Vilminore, il levait poliment son chapeau.

Le signore Arduini ne répondait pas à la politesse. Les paroles d'Enza restaient en lui comme une brûlure, semblables au feu qui ne s'éteignait jamais dans les fours à coke en contrebas du village. Le dernier coup de malchance des Ravanelli leur tomba dessus un jour où Enza travaillait au magasin de couture de la signora Sabatino. Elle se rappelait le jour où la vieille dame du lac Iseo était venue essayer la robe qu'elle faisait faire pour un mariage. Ida Braido était petite et mince, elle avait les cheveux blancs mais elle savait ce qu'elle voulait, mieux que bien des femmes plus jeunes qu'elle.

Elle avait des yeux bleus au regard clair derrière ses verres de lunettes pendant qu'elle attendait, assise près de la vitrine, que la signora Sabatino vienne s'occuper d'elle. Enza, derrière la machine à coudre, s'appliquait pour amener sous la bobine les deux parties d'une double patte. Ida la regardait faire avec attention.

– Y a-t-il quelque chose qu'une machine ne puisse faire ? demanda la signora Braido.

– Tomber amoureuse, répondit Enza.

– Ou bien mourir, enchaîna la signora Braido.

– Oh si, elles peuvent mourir, dit la signora Sabatino, qui arrivait de l'arrière-boutique. Une machine à faire les boutonnières m'a lâchée la semaine dernière. Voyez dans quel état nous avons le pouce, Enza et moi !

La signora Sabatino brandit la robe, une simple tunique jaune clair ornée, au bas, d'un volant d'organza avec une broderie à motifs de marguerites.

– J'ai tout cousu à la main. Aucune machine n'a touché votre robe, lui dit Enza.

– Voilà qui me plaît, répondit la signora Braido. C'est parfait, pour des adieux.

– Je croyais que vous deviez la porter pour le mariage de votre fils ?

– C'est ce que je vais faire. Mais sa femme et lui partiront ensuite pour Naples, où ils doivent embarquer sur le

SS *Imelda* en partance pour l'Amérique. Je perds un fils, je gagne une belle-fille, puis je les perds tous les deux.

La signora Braido ouvrit sa bourse pour payer la robe à la couturière, et elle sortit. Son fils l'attendait avec une voiture à cheval pour la ramener chez elle.

– Tous ces *pazzi* et leur rêve d'Amérique ! soupira la signora Sabatino. Mais que croient-ils ? Si tous les Italiens s'en vont pour trouver du travail là-bas, il y aura bientôt plus de monde que de travail, en Amérique. Et au total, ils n'auront plus de maison ici et ils n'auront pas de quoi revenir !

La signora repartit dans l'arrière-boutique avec la corbeille des réparations terminées.

Enza prit son petit carnet de notes et son crayon pour calculer la différence entre sa paie et ce que les filles touchaient en Amérique pour le même travail. Il lui aurait fallu travailler plusieurs années chez la signora Sabatino avant de gagner ce qu'elle pourrait économiser là-bas en une seule année. Elle remit le carnet dans sa poche et ajusta sa lampe au-dessus de l'aiguille de la machine à coudre.

Elle rabattit la bobine et amena le tissu sous l'aiguille en s'aidant des deux mains. L'aiguille d'acier montait et descendait le long du trait tracé à la craie sur la double patte. Elle laissa tourner la bobine, écarta doucement l'étoffe et coupa le fil d'un coup de ciseaux. Puis elle examina ce qu'elle venait de faire. Elle avait réussi une couture impeccable, très vite et d'une main sûre, comme une vraie professionnelle.

Elle venait de se rasseoir à sa table de travail quand elle vit Eliana taper contre la vitrine. Elle alla lui ouvrir.

– Vite ! dit Eliana, d'un ton pressant.

Enza sentit son cœur se serrer.

– Quoi ? C'est *Mamma* ?

– Non, non. L'écurie !

Enza prévint la signora Sabatino qu'elle devait partir. Elle courut avec Eliana vers l'écurie de leur père.

Giacomina soutenait Alma qui pleurait à gros sanglots, la tête enfouie dans son tablier.

– *Mamma ?* Qu'y a-t-il ? demanda Enza, qui craignait maintenant qu'un malheur ne soit arrivé à son père.

Mais, se retournant, elle vit Marco à genoux dans le box de Cipi. Battista et Vittorio lui caressaient l'échine en retenant leurs larmes.

Le grand cheval couché sur la paille ne bougea pas pendant que Marco le recouvrait d'une couverture. Le jour tant redouté était venu. Cipi était vieux et son cœur avait fini par lâcher.

– Il est parti, dit Marco, la gorge serrée.

Enza entra à son tour dans le box, Vittorio et Battista se poussèrent sur le côté pour lui faire de la place, et elle s'agenouilla à côté de Cipi, qu'elle avait connu toute sa vie. Sa crinière au poil brillant était encore tiède, et dans ses yeux noirs qui avaient toujours exprimé une infinie patience, il y avait, même dans la mort, de la douceur et une sorte de soumission à son sort. Enza se revoyait, petite, grimpant sur son dos, l'étrillant dès qu'elle avait eu la main assez grande pour tenir une brosse et, plus tard, lui donnant des quartiers de pomme à manger, versant du pétrole dans la lampe, l'hiver, et, à la belle saison, cueillant des bouquets de fleurs pour décorer le fiacre. Cipi avait emmené le cercueil de Stella au cimetière, et descendu de Sant'Antonio à Bergame tous les nouveaux mariés de la montagne. Elle se rappelait comment elle tressait sa crinière avec des rubans les jours de fête – rouges à Noël, blancs à Pâques, bleu pâle pour la Sainte-Lucie. Elle se revoyait sortant de la maison par une nuit où la tempête de neige faisait rage pour jeter sur son dos une couverture supplémentaire. Et elle se souvenait du tintement des clochettes du fiacre pour Noël, quand Cipi promenait les enfants sous la neige à travers les rues du village. Elle avait bien pris soin de ce cheval, et en échange il avait été pour sa famille un serviteur fidèle.

Les ombres de ses frères et sœurs, de sa mère et de son père qui se projetaient sur le mur de l'écurie faisaient penser à des pierres tombales. Enza se serra contre le cheval qu'elle avait aimé toute sa vie, humant l'odeur de sa robe propre et lustrée.

– Merci, Cipi, murmura-t-elle.

***

Avant d'être la Reine de Mai à Notre-Dame de Pompéi, Felicità Cassio était la fille d'un épicier de Greenwich Village qui avait immigré de Sicile avec une épouse aussi solide qu'intelligente pour bâtir à partir d'un stand de fruits dans Mott Street un petit empire qui s'étendait désormais à tous les coins de rue en dessous de la Quatorzième.

Tout comme son père adorait le commerce des fruits, en particulier des fraises et des cerises, Felicità adorait les garçons. Ciro la courtisa pendant les semaines qui suivirent la fête, mais il n'eut guère de mal à faire sa conquête ; tout comme il l'avait choisie, Felicità l'avait choisi aussi.

Elle s'arrangeait pour être toujours à la même heure avec son amie Elizabeth Juviler chez le fromager de Mulberry Street, sachant qu'elle avait une chance d'y rencontrer Ciro. Quand elle apprit que celui-ci livrait dans West Village les chaussures des ouvriers d'usine qu'il avait réparées, elle alla se promener du côté de Charles Street à l'heure où elle pouvait tomber sur lui. Felicità en pinçait très sérieusement pour ce montagnard. Elle craquait pour les cheveux blonds et les yeux bleus de Ciro, et lui était déjà amoureux de cette *bella figura*, que toutes les filles de Little Italy enviaient.

Felicità se disait qu'elle avait bien de la chance d'avoir pu ébouriffer les cheveux de Ciro et contempler son profil tandis qu'il était assoupi. Ses parents consacraient beaucoup de temps à leur commerce et elle avait leur appartement pour elle seule pendant la journée. Enfant unique, elle faisait le ménage et la cuisine, en échange de tout ce qu'une fille de seize ans peut désirer.

Felicità trouvait Ciro plus attirant que tous ces jeunes costauds de Siciliens, qui ne manquaient pas de charme avec leurs gros sourcils et leur nez aquilin, mais ne la dépassaient que de cinq ou six centimètres. Ils étaient aussi trop empressés à son goût. Elle appréciait que Ciro ne fasse pas le paon devant elle ; il savait être distant et néanmoins chaleureux, et Felicità voyait là des signes de maturité. Ciro était grand, trop grand d'ailleurs pour le petit lit de la jeune fille. Et quand les chaussures de Felicità étaient posées à côté des siennes, on remarquait qu'elles pourraient facilement tenir à l'intérieur.

Il s'étira et ouvrit les yeux. Felicità pensa qu'elle avait eu jadis une robe de fête du même bleu.

– Il faut t'en aller, maintenant.

– Pourquoi ? Il l'attira contre lui, le visage posé sur sa nuque.

– Je ne veux pas qu'on te surprenne ici.

Elle s'assit et saisit sur la table de chevet une petite coupelle en cristal pleine de bijoux. Avec des gestes délicats, elle enfila sur ses doigts de fins anneaux d'or, d'autres ornés d'opales rondes et d'éclats de citrine scintillants.

– J'ai peut-être envie qu'on me surprenne...

– Tu ferais peut-être mieux de t'habiller, dit Felicità en remuant ses doigts chargés de métal et de pierres étincelantes. (Rejetant ses longs cheveux sur le côté, elle fit claquer le fermoir d'un collier sur lequel pendait une médaille sainte.) Dépêche-toi, si tu ne veux pas que papa te tue.

Mais son ton était tout sauf pressant. Cira enfila son pantalon et sa chemise. Felicità lui prit la main.

– Je veux cette bague !

– Impossible. (Il retira sa main en riant. Ce petit jeu n'était pas nouveau entre eux.) D'ailleurs, ton nom ne commence pas par un C !

– J'ai toujours voulu une chevalière. Le bijoutier de Carmine Street effacera le C. Il la mettra à ma taille et gravera un F à la place. C'est de l'or à vingt-quatre carats, on dirait ?

– Je ne te donne pas cette bague, dit Ciro, en fourrant la main dans sa poche.

– Alors tu ne m'aimes pas ! (Agenouillée sur le lit, elle s'enveloppait dans le drap.)

– Je t'en achèterai une autre.

– C'est celle-là que je veux ! Pourquoi tu ne me la donnes pas ?

– Elle appartenait à ma mère.

Felicità se radoucit. Ciro n'avait jamais mentionné ce détail.

– Elle est morte ?

– Je n'en sais rien, répondit Ciro, en toute honnêteté.

– Tu ne sais pas où est ta mère ?

– Et la tienne ? rétorqua Ciro du tac au tac.

– À l'angle de la Sixième Avenue, en train de vendre des bananes.

Ciro se pencha pour poser un baiser sur sa joue.

– Je vais t'acheter quelque chose de très joli chez Mingione.

– Je ne veux pas un autre camée.

– Je croyais que tu aimais ça, les camées ?

– C'est bon. Je préférerais quelque chose qui brille.

– C'est ton fiancé qui t'achètera un brillant, dit Ciro.

– Je ne suis pas près de me marier.

– Tes parents ont trouvé quelqu'un, fit Ciro en mettant ses chaussures. Te voilà obligée.

– Je ne fais pas toujours ce qu'ils veulent. Si tu es ici, d'ailleurs…

Comme Felicità se levait, le drap tomba.

Ciro se tut, ébloui. Elle ressemblait aux statues de l'église de San Nicola. L'attirant contre lui, il enfouit son visage dans l'épaisseur de sa chevelure au parfum de vanille.

– Tu sais bien que je suis une âme perdue.
– Ne dis pas des choses pareilles. (Felicità l'embrassa sur la joue.) C'est moi qui t'ai trouvé. Tu t'en souviens ?

Elle acheva de s'habiller et raccompagna Ciro à la porte de l'appartement. Prenant au passage une orange sanguine dans un compotier, elle la lui donna en même temps qu'un long baiser d'adieu. En sortant de chez Felicità, Ciro remonta Mulberry Street. Il éplucha l'orange et la mangea en marchant à travers Little Italy. L'orange était sucrée, l'air de septembre frais et le ciel bleu. Les saisons changeaient, et avec elles le point de vue de Ciro. C'était toujours après l'amour, quand il était calme et comblé, qu'il réfléchissait le mieux.

Il pensait à Felicità. Elle avait beaucoup fait pour lui. Elle l'avait aidé à apprendre l'anglais, qu'elle parlait aussi bien que l'italien. Elle réparait ses vêtements, recousait les boutons sur sa veste. Il se disait qu'il l'aimait, mais cet amour n'avait rien de dévorant, et ce n'était pas seulement parce qu'elle était promise à un autre. Il pensait depuis toujours que le véritable amour était quelque chose qui vous submergeait, et vous emportait pour vous déposer contre vents et marées sur les calmes rivages de la fidélité partagée. Mais ce n'était pas le cas pour l'instant, pas avec Felicità. Il attendait le moment où il sentirait ce sentiment puissant s'emparer de son cœur. Il ne doutait pas de son existence. Il se rappelait l'avoir vu à l'œuvre, là-bas, dans la montagne. Il se rappelait sa mère et son père.

* * *

Le vent sifflait dans les branches quand Enza remonta la Via Scalina pour rentrer chez elle. Comme elle passait devant la vieille maison qu'ils louaient jusque-là, elle entendit le portail grincer sur ses gonds tandis que la lumière d'un nouveau foyer jaillissait aux fenêtres. À la faveur d'une nouvelle volte-face, les Arduini y avaient installé d'autres locataires immédiatement après le départ des Ravanelli. À côté se trouvait l'écurie de son père, ses fenêtres verrouillées et sa porte fermée par une chaîne depuis la mort de Cipi. Il y avait dans l'air comme une odeur de neige, mais on n'était encore qu'en octobre, les tempêtes étaient loin.

En arrivant dans la rue Gondolfo, Enza ouvrit la porte de la nouvelle maison. Ses parents étaient assis à la table de ferme qui occupait presque tout l'espace de la petite cuisine. Tous les papiers de la famille étaient étalés devant eux. La boîte en fer-blanc dans laquelle on conservait l'argent était posée à côté du carnet de comptes de Giacomina, et plusieurs nouvelles opérations figuraient sur la dernière page avec la date du jour. Marco se roulait une cigarette et Giacomina écrivait dans le carnet. Enza retira son manteau et le suspendit.

– Tu rentres tard, Enza, dit Giacomina.

– *Mamma*, c'est à cause d'un cadeau. Tu m'as appris à les accepter avec reconnaissance, même les plus petits. (Passant derrière sa mère, Enza l'entoura de ses bras.) Tu es la meilleure mère de toute la montagne ! Tu m'as appris la politesse… et la patience. C'est pourquoi j'attends si peu d'une patronne comme la signora Sabatino. D'ailleurs, nous n'avons pas besoin de son argent. Avec ce que nous avons économisé pendant toute l'année, il y a de quoi payer notre traversée.

– C'est ce qui nous permettait d'habitude de passer l'hiver sans mourir de faim ni de froid.

– Maman, dès que nous serons en Amérique, papa et moi, nous aurons du travail et nous commencerons à t'envoyer de l'argent, assura Enza. Ne t'en fais pas. D'ici Noël, ta boîte sera pleine !

– On ferait peut-être mieux d'attendre le printemps pour partir, Enza, dit Marco.

Enza était lasse de ces discussions avec son père. Il était d'accord avec son projet, puis il doutait de son raisonnement. Marco avait beaucoup de mal à prendre des décisions depuis la mort de Stella. Enza prenait de plus en plus de responsabilités à mesure que son père s'enfonçait dans le chagrin.

– Papa, dit-elle, gentiment mais fermement. Nous avons bien réfléchi à tout ça. Nous savons que même en travaillant dur jusqu'à la fin de nos jours, nous n'aurons jamais de quoi acheter une maison. Il faut qu'on gagne de l'argent. Avec de vrais salaires. Les trois sous qu'on gagne l'été avec les touristes ne suffiront jamais. On va aller en Amérique pour gagner de l'argent et revenir dès que possible. Un jour, on aura la vie dont on a rêvé.

Giacomina tendit une enveloppe à Enza.

– De la part de mon cousin.

Enza lut au dos de l'enveloppe : *Pietro Buffa, 318 Adams Street, Hoboken, New Jersey.*

– Il est comment, ton cousin, maman ?

– À vrai dire, je ne le connais pas très bien. Je sais qu'il est marié, qu'il a trois fils qui sont mariés eux aussi, et que certains ont des enfants. Tu auras de quoi faire, là-bas.

Enza glissa la lettre dans la poche de son tablier. Elle trouverait du travail dans une usine et ferait le ménage et la cuisine pour les Buffa en échange du gîte et du couvert. En quoi cela serait-il spécialement pénible ? Elle avait toujours aidé sa mère.

Eliana sortit de sa chambre.

– Je voudrais qu'on puisse tous partir avec vous.

— Il faut combien de temps pour avoir de quoi acheter un cheval ? demanda Vittorio, depuis son lit. Parce que je veux que l'écurie et le fiacre continuent à servir en attendant le retour de papa.

— On gagnera assez d'argent pour payer un cheval, promit Enza. Et ensuite pour construire une maison.

— Toi, Vittorio, tu vas rester ici pour aider ta mère, et on sera très vite de retour, dit Marco.

Enza sourit à son père.

— Aussi vite que possible.

— Et si vous nous oubliez ? Si l'Amérique vous plaît tellement que vous y restez ? demanda Alma depuis son lit perché sous le toit au-dessus de la cuisine.

— C'est quelque chose qui n'arrivera jamais, répondit son père.

— Moi, je travaillerai dans la couture, et papa construira un tas de choses : des ponts, des voies de chemin de fer...

— Tout ce dont ils ont besoin, dit Marco.

— Imaginez cette maison, renchérit Enza. Pensez-y très fort, et elle deviendra vraie.

— Et alors, on sera comme le signore Arduini, dit Battista, de son lit.

— Sauf que papa porte mieux le chapeau ! répondit Enza.

* * *

Tout le village de Schilpario semblait s'être donné rendez-vous pour assister au départ d'Enza et Marco Ravanelli.

Leurs amis les comblèrent de présents – savonnettes à la menthe de Valle di Scalve, boîtes de gâteaux secs et des gants tricotés que Giacomina emballa soigneusement dans du papier brun avant de les glisser dans leurs sacs de grosse toile.

Battista amena devant la maison le cheval de Marcello Casagrande – une jolie jument noire appelée Nerina – et l'attela au fiacre des Ravanelli. Il grimpa sur le siège du cocher et prit les rênes.

En grimpant à son tour sur le banc, Enza regarda tous ces visages d'amis et de voisins qu'elle connaissait depuis sa plus tendre enfance. Elle y lut de l'inquiétude et de l'appréhension, mais aussi des encouragements. Leurs sourires lui donnaient confiance. Elle partait en Amérique faire ce qu'elle devait faire pour sa famille ; et en voyant leurs larmes, elle regretta de ne pas pouvoir poursuivre le même but en restant au pays.

Marco s'assit à côté de sa fille. Battista se pencha en avant pour donner une claque sur l'encolure de Nerina.

Tandis que le fiacre s'éloignait, Giacomina agita son mouchoir et se mit à pleurer. Elle était affreusement inquiète, mais n'avait pas partagé cette inquiétude avec sa fille aînée. Enza était courageuse, et Giacomina ne lui aurait jamais demandé de ne pas suivre son cœur. Mais elle avait bien recommandé à Marco de veiller sur leur fille ; quand elle faisait un cauchemar, c'était à propos d'Enza.

Le cauchemar en question était revenu à plusieurs reprises depuis la mort de Cipi et la décision d'Enza et Marco de partir en Amérique. Au point que ces derniers temps, Giacomina avait peur de s'endormir. Comme le cauchemar était toujours le même dans ses moindres détails, il finissait par avoir l'air vrai. Giacomina voyait Enza à bord d'un paquebot transatlantique secoué par une épouvantable tempête avec de violents coups de tonnerre, des éclairs illuminant le ciel et d'immenses vagues de couleur verdâtre s'abattant sur le navire.

Enza était sur le pont, dans sa tenue de voyage, et se retenait au bastingage. Giacomina voyait très nettement les mains de sa fille – le bleu des veines, les jolis doigts fuselés, les ongles polis. La tempête redoublait de violence, Enza pleurait, criait, s'agrippait... Puis Giacomina apparaissait dans son propre rêve, rampant sur le pont pour sauver sa fille. À la seconde où elle l'atteignait enfin et tendait la main pour attraper un pan de son manteau, une gigantesque vague noire aussi haute que le mât balayait le pont, emportant Enza. Giacomina hurlait le nom de sa fille perdue et se réveillait en pleine panique. Elle sautait de son lit et grimpait l'échelle jusqu'à la chambre sous les toits, où elle la trouvait paisiblement endormie. Giacomina avait beau prier et tenter de chasser l'image de sa fille sur ce bateau de malheur pour empêcher le cauchemar de revenir, rien n'y faisait.

En agitant son mouchoir, c'était à cela qu'elle pensait. Elle était persuadée, du fond de son cœur, qu'elle voyait Enza pour la dernière fois.

Tandis que Nerina faisait claquer ses sabots dans les rues étroites de Schilpario, Enza se retourna pour un dernier regard au Pizzo Camino, aux sommets des Alpes italiennes que blanchissaient les neiges éternelles et aux pentes verdoyantes des Préalpes. Elle était née et avait reçu le baptême dans ces montagnes. Elle se jura qu'elle y reviendrait et qu'elle y ferait grandir ses enfants. Et qu'un jour, quand elle serait vieille, on l'enterrerait au côté de Stella sous la statue de l'ange bleu.

Enza ne se dit pas une seconde qu'il était triste que les circonstances les obligent, son père et elle, à quitter leur famille pour gagner de quoi acheter une maison. Comme elle l'avait toujours fait, elle voyait cette maison dans ses rêves éveillés et la construisait pierre à pierre. Le but était maintenant de revenir le plus vite possible. Le rêve serait le moteur de son ambition. Elle travaillerait chaque jour autant d'heures que ses forces le lui permettraient, économiserait chaque penny, et rentrerait à Schilpario. Elle ne nourrissait pas de regret ce jour-là, uniquement de l'espoir. Les Ravanelli n'avaient jamais manqué d'amour, et à présent ils voulaient la sécurité.

Marco et Enza allaient faire en sorte qu'ils aient les deux.

Enza descendit de la banquette, ouvrit le portail en fer forgé du cimetière et suivit le sentier de gravier jusqu'à la tombe familiale. Debout, face à l'ange de pierre, elle pria pour sa petite sœur.

Le gravier crissa derrière elle. Son père la rejoignit devant la tombe.

– Il y a quelque chose avec le chagrin, papa. Il ne vous lâche jamais !

– Il est là pour nous rappeler ce que nous avions, répondit Marco. C'est un sale tour joué aux vivants.

Enza porta la main à la chaîne qu'elle avait au cou et en détacha une médaille du Sacré Cœur. Elle baisa la médaille et la posa sur la tombe de sa sœur.

– Il faut y aller, dit Marco. Sinon, on va manquer notre train.

Il entoura de son bras les épaules de sa fille et ils repartirent ensemble vers la sortie du cimetière.

Tandis que Nerina descendait de la montagne, le vieux fiacre passait en cahotant sur les trous et les bosses. Les fortes pluies avaient inondé le chemin, chassant le gravier et creusant des ornières pleines de boue couleur cannelle. Enza ne devait jamais oublier cette couleur et ses nuances. Elle choisirait souvent, pour ses travaux de couture sur la laine ou le velours, un riche brun teinté de rouge. Des tons chers à son cœur.

Si Enza avait su qu'elle descendait de la montagne et voyait la vallée en contrebas pour la dernière fois, elle y aurait certainement prêté plus d'attention. De même, si elle avait su en la quittant qu'elle serait pour la dernière fois sa mère dans ses bras, elle l'aurait sans doute serrée beaucoup plus fort. Et si elle avait su qu'elle ne reverrait jamais ses frères et ses sœurs, elle aurait écouté plus attentivement ce qu'ils lui dirent ce jour-là. Au cours des années suivantes, chaque fois qu'elle penserait avec regret à la chaleur de sa famille, elle évoquerait cette journée et s'efforcerait de se la rappeler dans ses moindres détails.

Enza aurait tout fait différemment, si elle avait su... Elle aurait pris le temps de comprendre qu'une période de sa vie s'achevait et qu'une autre commençait. Elle aurait gardé la main d'Alma plus longtemps dans la sienne, donné à Eliana la chaîne en or que celle-ci convoitait depuis si longtemps, et lâché une dernière plaisanterie pour faire rire Vittorio. Elle aurait caressé le visage de sa mère. Peut-être, si elle avait su ce qui se préparait, n'aurait-elle jamais décidé de quitter Schilpario.

Enza aurait aussi pu remarquer que l'ombre projetée par le Pizzo Camino était plus menaçante que jamais ; mais elle ne le vit pas. Elle regardait devant elle, pas en arrière. Elle pensait à l'Amérique.

12

Un stylo à plume

Una penna da scrivere

Le SS *Rochambeau* était à douze heures du Havre quand Marco Ravanelli dut quitter l'entrepont pour l'infirmerie du pont supérieur.

L'élégant paquebot aux lignes épurées, avec sa proue bleu foncé, ses ponts au blanc délavé et la part importante faite au cuivre dans son accastillage, était de construction française. Il apportait sur l'océan toute la grâce de la haute couture française, mais ce qui se trouvait sous sa ligne de flottaison ne le cédait en rien aux pires navires grecs ou espagnols de l'époque. Les lits superposés, au nombre de trois par cabine, empestaient le vomi et étaient maculés des taches laissées par les maladies de leurs précédents occupants. Les conditions de vie dans l'entrepont étaient particulièrement sommaires, l'entretien des lieux minimal : on se contentait de laver à l'ammoniaque entre deux traversées, rien de plus.

La troisième classe partageait une grande salle à manger. Les tables et les bancs étaient fixés au sol. En l'absence de hublots ou de fenêtres, l'éclairage était fourni par des becs de gaz qui crachaient des jets de suie noire dans l'atmosphère. L'alimentation était à base de haricots, de pommes de terre, de maïs et on voyait souvent revenir une bouillie d'orge accompagnée de pain noir. On servit une seule fois du ragoût de bœuf – filandreux – au cours de la traversée.

On invitait une fois par jour les passagers logés dans le ventre du navire à se rendre sur le pont pour profiter de l'air frais et du soleil. Nombre d'entre eux préféraient d'ailleurs y dormir pour éviter l'inconfort et la promiscuité des cabines. Il s'avéra cependant que les nuits froides et les tempêtes qui se déchaînaient sur l'océan n'étaient pas moins dangereuses pour leur santé. Ils contractaient des toux persistantes, des rhumes et des fièvres contre lesquels ils avaient pour seuls remèdes des cataplasmes de moutarde et un simulacre de thé.

Depuis l'entrepont, les passagers entendaient le tintement des coupes de champagne, la musique de l'orchestre et les pas des passagers de première classe qui dansaient au-dessus de leur tête. Au matin, ils étaient réveillés par l'odeur du bon café et celle des brioches au beurre et des sablés à la cannelle qui cuisaient dans les fours de la cuisine de la première classe où l'on préparait le petit déjeuner. Et quand les passagers de troisième classe rejoignaient leur salle à manger, ils trouvaient des bassines de café bouilli, du lait froid et des quignons de pain rassis à tartiner de beurre.

L'élégance et la vie facile de la première classe étaient si proches, à portée de main... Ceux du dessous imaginaient sans peine ce qu'elle pouvait être. Les jeunes filles rêvaient de danser dans une robe de mousseline sur le parquet de la salle de bal. Les garçons rêvaient de chariots distribuant des cacahuètes sucrées... tandis qu'ils jouaient au palet sur le plancher ciré de la salle de jeux.

Quand les hommes se retrouvaient sur le pont pour fumer, ils parlaient de leurs projets, et se promettaient de revenir un jour en Italie sur ce même bateau, mais en première classe comme de riches Américains. Leurs femmes seraient bien coiffées, elles auraient des plumes de paon sur leurs chapeaux et elles s'aspergeraient de parfum. Ils voyageraient dans de vastes suites avec des lits profonds, un valet attaché à leur personne pour repasser leurs costumes et leurs chemises et cirer leurs chaussures. Des femmes de chambre viendraient chaque soir faire leur lit.

Les femmes, épouses et mères, rêvaient, elles, de leur nouvelle vie de l'autre côté de l'Atlantique. Elles imaginaient l'Amérique avec des rues larges, des jardins luxuriants, de somptueuses étoffes et de vastes pièces dans des maisons neuves qui n'attendaient que leur touche personnelle. Elles avaient reçu des lettres, on leur avait raconté des choses, et elles pensaient au bonheur domestique qu'elles y trouveraient.

Le tout, apparemment, était de traverser l'océan sans encombre. Et c'était simple : éviter les escrocs et rester bien portant. Enza Ravanelli ne fut pas si chanceuse.

L'infirmerie, à bord du *Rochambeau*, comprenait trois petites chambres signalées par des croix rouge vif peintes sur leurs portes. Les lits étaient propres et il y avait une équipe soignante. Les hublots donnaient une impression de luxe par comparaison avec les cabines obscures de l'entrepont.

Le Dr Pierre Brissot, un Français aux yeux bleus, grand, maigre et toujours légèrement penché en avant, sortit en courbant la tête, laissant Enza dans la chambre pour parler à Marco dans le couloir.

– Votre fille est très malade, dit-il dans un parfait italien.

Marco crut entendre son cœur cogner dans sa poitrine.

– On l'a amenée de sa cabine ici, poursuivit le médecin. Était-elle déjà malade avant de quitter Le Havre ?

– Non, monsieur.

– A-t-elle déjà voyagé par bateau ?

– C'est la première fois.

– Avez-vous déjà voyagé en automobile ?

– Jamais. Elle conduit notre fiacre. Elle a toujours été très solide.

Des ondes de panique traversaient Marco. Allait-il la perdre comme il avait perdu Stella ? Il écouta à peine le Dr Brissot qui continuait :

– Je ne peux pas commander au bateau de revenir au Havre pour une passagère de troisième classe malade. Je suis sincèrement désolé.

– Je peux la voir ?

Le Dr Brissot ouvrit la porte de l'infirmerie. Enza était couchée en position fœtale, et se tenait la tête. Marco s'approcha et mit la main sur son épaule.

Enza voulut regarder son père, mais ses yeux s'emplirent de terreur car elle était incapable de lever la tête et de fixer son regard.

– Eh, Enza…

Marco tenta de la rassurer, en espérant que sa voix n'allait pas trahir sa peur.

Enza essaya de rassembler ses forces pour dire à son père qu'elle avait l'impression d'être un rayon dans la roue d'une charrette emballée. Mais les nausées se succédaient, le bruit de chaque vague frappant la coque du navire était comme une explosion de dynamite, le choc brutal et incessant de la roche contre la roche.

Enza ouvrit la bouche, mais aucun son ne sortit de ses lèvres.

– Je suis là, dit son père. N'aie pas peur.

Nuit après nuit, Marco dormit sur le sol d'acier froid à côté d'Enza. Il dormait peu, d'ailleurs, sans cesse réveillé par les infirmières, le vacarme des moteurs, et les gémissements de souffrance de sa fille. À mesure que passaient les jours, les moments d'extrême fatigue alternaient avec des cauchemars et le Dr Brissot ne se montrait guère optimiste. Les médicaments qu'il prescrivait habituellement pour les cas aigus de mal de mer restaient sans effet sur Enza. Elle ne cessait de s'affaiblir, et la déshydratation menaçait sérieusement. Sa tension se mit à baisser. La teinture de codéine semblait plutôt aggraver son état.

Vers la fin du neuvième jour, Marco tomba enfin dans un profond sommeil. Il rêva qu'il était de retour à Schilpario, mais sur les pentes de la montagne, toute la végétation avait brûlé, et la rivière, au fond de la vallée, charriait des eaux noires. Marco avait mis sa famille en sécurité au bord du précipice, mais il voyait tout en bas Stella qui se noyait, emportée par le flot. Enza sautait pour lui porter secours, et elle disparaissait à son tour dans les eaux noires. Marco se jetait alors dans la rivière la tête la première, et il entendait Giacomina et les autres enfants qui criaient pour le retenir, mais il était trop tard.

Marco se réveilla à l'infirmerie, fiévreux et éperdu. Une infirmière lui donna gentiment une petite tape sur la main.

– Nous sommes au port, monsieur.

Il entendait, bien qu'assourdis, les cris de joie des passagers massés sur le pont tandis que le bateau venait toucher le quai à Manhattan.

Ce ne fut pas une fête pour Marco et Enza. Ils ne s'attardèrent pas à la contemplation de sa majesté la statue de la Liberté dans sa jolie robe turquoise, ils n'exprimèrent ni admiration ni effroi devant le paysage grandiose de Manhattan. Il n'y eut que le crissement du stylo à plume du Dr Brissot complétant un formulaire pour sauver la vie d'Enza quand le bateau fut arrivé à bon port.

– J'ai fait le nécessaire pour que la signorina soit immédiatement transportée à l'hôpital Saint-Vincent de Greenwich Village. Ils pourront peut-être la stabiliser. Mais vous, signore Ravanelli, vous devez suivre la procédure réglementaire à Ellis Island avec les autres.

– Je dois rester avec ma fille.

– Vous deviendriez un immigrant clandestin, monsieur. Vous n'allez pas prendre le risque qu'on vous renvoie en Italie sans votre fille ! Passez par Ellis

Island, suivez les instructions et rejoignez-la ensuite à Saint-Vincent. À l'hôpital, ils feront tout leur possible pour elle. Et nous nous occuperons de la paperasse concernant son entrée aux États-Unis.

Le médecin sortit en toute hâte pour s'occuper de ses autres patients, et on demanda à Marco de libérer la chambre pendant que l'infirmière et deux membres de l'équipage installaient Enza sur une civière pour lui faire quitter le bateau.

Tandis qu'on emmenait sa fille, Marco lui effleura le visage de sa main. Elle était froide, exactement comme Stella le dernier matin où il l'avait tenue dans ses bras.

L'infirmière épingla les papiers d'identité d'Enza sur son drap en vue de la procédure d'admission sur le territoire, puis tendit à Marco un papier sur lequel figurait l'adresse de l'hôpital Saint-Vincent. À la lumière du jour, Enza avait l'air d'aller encore plus mal et Marco sentit de nouvelles ondes de panique s'abattre sur lui en la regardant s'éloigner. Il se tourna vers l'infirmière, désespéré.

— Elle est en train de mourir ?

— Je ne parle pas italien, monsieur, répondit vivement la jeune femme, en anglais, mais Marco comprit ce qu'elle disait.

L'infirmière ne voulait pas lui dire la terrible vérité.

* * *

À Ellis Island, debout dans une interminable file d'attente, Marco se mit à trembler d'angoisse et d'épuisement. Il savait qu'il devait se montrer calme et assuré face à l'agent du service d'immigration, le moindre signe d'affection mentale ou physique pouvant être prétexte à le refouler. Il devait se comporter comme un ouvrier plein d'enthousiasme qui venait offrir sa force de travail à l'Amérique, bien que son âge ne fasse pas de lui un candidat idéal. Mais son cœur saignait, et il était à deux doigts de craquer, accablé par un sentiment d'incapacité et d'échec en tant que père.

Marco rectifia l'angle de la casquette sur sa tête pour donner une impression de confiance en soi. Il mit la main dans la poche de sa veste afin de sentir la douceur du mouchoir en soie cousu par Enza. Il eut les larmes aux yeux à la pensée de sa fille et de tout ce qu'elle faisait pour améliorer le sort de leur famille. On n'avait jamais vu une fille se donner autant de mal pour que les siens restent unis.

Enza veillait sur ses frères et sœurs et avait plus de responsabilités que la plupart des filles de son âge. Mais aurait-elle assez d'énergie pour se rétablir ? Sa maladie n'avait-elle pas une cause inconnue qui la rendait inguérissable ? Que dirait-il à Giacomina si Enza venait à mourir ? Cette pensée le paniquait, comme la lente progression de la file d'attente rendait insupportable chaque moment qu'il passait loin d'elle.

Marco se reprochait d'avoir accepté de venir ici. Mais il savait que s'il avait décidé de rester à Schilpario, Enza serait partie seule pour l'Amérique.

S'il arrivait quelque chose à Marco, Enza reviendrait immédiatement au pays, mais ils n'avaient jamais imaginé, ni l'un ni l'autre, que le malheur pouvait s'abattre sur Enza.

* * *

Le magasin des Zanetti n'avait jamais connu une telle affluence ni une activité aussi intense. Un auvent tout neuf, à rayures blanches, rouges et vertes, protégeait désormais la petite vitrine sur Mulberry Street. Les clients s'arrêtaient pour faire des essayages, pour déposer des chaussures, pour en reprendre, pour demander des réparations… Des fournisseurs se présentaient avec de magnifiques rouleaux de cuir, des cartons de boucles, de lacets, de rubans et autres accessoires. La signora Zanetti marchandait alors, avec talent, pour obtenir les meilleurs prix.

Il y avait une raison à ce regain d'activité : la construction du Hell Gate Bridge venait de démarrer dans le Queens. Tous les hommes disponibles âgés de quatorze à soixante ans s'étaient fait embaucher dans les équipes qui se succédaient vingt-quatre heures sur vingt-quatre. Et chaque nouvel ouvrier sur ce chantier avait besoin d'une paire de chaussures solides, dotées de semelles ultrarésistantes, capables de résister par tous les temps et offrant une bonne adhérence sur les poutres et les parapets de métal qui enjambaient l'Hudson.

Remo enseignait tout ce qu'il savait à son apprenti pendant les longues heures qu'ils passaient ensemble dans la boutique. Ciro apprit à dessiner les patrons, à découper le cuir et à fabriquer les grosses chaussures de chantier. Il s'appliquait ensuite aux finitions, polissait le cuir et le faisait reluire, fier de ce qu'il avait fait et des petits détails qui deviendraient la marque d'un véritable savoir-faire d'artisan.

Carla tenait les comptes, s'assurait que les clients qui achetaient à crédit n'oubliaient pas leur versement hebdomadaire. Quand on lui devait de l'argent, elle se faisait rembourser, même s'il fallait pour cela aller frapper à la porte d'un appartement ou se rendre sur un chantier. Le sac de toile vert qui leur servait pour apporter l'argent à la banque fut bientôt trop petit et on en prit un deuxième.

Ciro était levé depuis l'aube, cousant et jouant du marteau. Il avait passé la journée précédente à fabriquer de petites formes en acier qui se plaçaient à la pointe des chaussures de chantier.

– Il faut manger ! fit Clara en posant un plateau de petit déjeuner sur l'établi.

– J'ai pris du café, dit Ciro.

– À ton âge, on ne grandit pas en buvant du café. Il te faut des œufs. Je t'ai fait une omelette. Mange !

Ciro posa son marteau et s'assit. La signora Zanetti était bonne cuisinière et il appréciait ses repas chauds. Il déplia la serviette sur ses genoux.

– Je suis toujours impressionnée par ta bonne éducation, dit Carla.

– On dirait que vous ne vous y attendiez pas de ma part.

– Quand on sait d'où tu viens…, commença Carla.

Ciro sourit. Ce côté snob de la signora Zanetti l'amusait. Elle cherchait à se distinguer des autres immigrants alors que leur histoire était la même. Ils avaient tous quitté leur pays parce qu'ils étaient pauvres et avaient besoin de trouver du travail. Depuis que la boutique marchait bien, elle avait entrepris le lent et délicat travail de réécriture de son histoire, et trouvait toujours plus de raisons de regarder de haut les autres Italiens.

– Je viens du même endroit que vous, signora, fit remarquer Ciro.

La signora ne parut pas entendre la remarque.

– En tout cas, les nonnes t'ont bien élevé.

– J'avais aussi des parents, signora.

Ciro posa sa fourchette et sa serviette et poussa le plateau de côté.

– Mais tu étais tout petit quand ils t'ont laissé.

Carla se versa une tasse de café. Ces mots touchèrent Ciro en plein cœur.

– N'allez pas croire, signora, qu'on ne nous a pas aimés, mon frère et moi. Nous avons certainement reçu plus que notre part…

– Je ne voulais pas dire, je…, balbutia Carla.

– Bien sûr, vous ne vouliez pas, la coupa Ciro, au moment où Remo entrait à son tour dans l'atelier.

Ciro traitait la signora Zanetti avec respect, mais il n'éprouvait pas d'affection pour elle. Son goût pour l'argent le choquait. Ceux qui en avaient valaient mieux à ses yeux que ceux qui n'en avaient pas. Elle traitait son mari comme un domestique, lançant des ordres et prenant des décisions sans le consulter. Ciro se promettait de ne jamais tomber amoureux d'une femme comme elle. C'était une patronne exigeante, mais comme le disait le proverbe américain, c'était aussi une cliente redoutable.

Certains soirs, il songeait à quitter la boutique des Zanetti pour aller travailler avec ceux qui construisaient des routes dans le Midwest, ou au sud dans les mines de charbon. Mais il ne l'envisagea jamais sérieusement, car il s'était passé, au fil des mois, quelque chose de totalement imprévu : Ciro s'était pris de passion pour le métier de cordonnier. Remo était un bon professeur, et un maître artisan d'une grande compétence. Sous ses directives, Ciro avait découvert qu'il aimait l'arithmétique des mesures, le contact du cuir et du daim, le maniement des machines, et le ravissement du client pour qui il avait bien travaillé et qui glissait ses pieds dans des chaussures confortables, souvent pour la première fois de sa vie. Ciro considérait désormais le superbe savoir-faire artisanal comme une forme d'art en soi. La difficile fabrication d'une botte ou d'une chaussure lui apportait une satisfaction comme il n'en avait jamais connue, et lui procurait le sentiment d'avoir un but et de servir à quelque chose.

Remo voyait le talent du jeune apprenti s'affirmer à travers les techniques qu'il avait lui-même apprises d'un vieux maître à Rome. Ciro était avide d'apprendre tout ce que Reno savait, et d'enrichir cette connaissance avec ses propres intuitions et ses idées. On était en train de mettre au point de nouvelles machines et des techniques modernes prometteuses pour l'avenir de cette activité. Ciro entendait bien y prendre part.

Mais le métier avait deux aspects : le côté créatif, assuré par Remo, et le côté commercial, étroitement géré par Carla. La signora Zanetti était beaucoup moins soucieuse que son mari d'apprendre à Ciro comment faire marcher un commerce. Cela tenait-il à son sens inné de la compétition, se demandait Ciro, ou à son goût du secret ? Dans un cas comme dans l'autre, elle gardait pour elle sa connaissance pratique du commerce. Ciro, cependant, apprenait d'elle, par l'exemple, des méthodes de vente, différentes façons de se faire payer par les clients et de traiter avec la banque. Cette Italienne savait gagner du bon argent américain. À mesure qu'il prenait confiance dans ses propres compétences, Ciro avait de plus en plus envie d'apporter son propre sac vert à la banque. Il avait du mal à se concentrer quand il pensait à l'argent, et un matin la lame de métal lui échappa.

– Aïe !

Il regarda la blessure qui saignait au creux de sa main. Carla se précipita à la recherche d'un chiffon.

– Qu'as-tu fait, Ciro ? demanda Remo, en sautant de son tabouret pour s'approcher de lui.

Ciro fit un tampon du mouchoir propre que lui tendait Carla et referma la main dessus pour étancher le sang rouge vif qui coulait déjà.

– Laisse-moi voir ! dit Clara. (Elle lui prit la main pour soulever le tampon. La blessure était profonde, un lambeau de peau bleue pendait au-dessus tandis que le sang frais coulait en abondance.) On va à l'hôpital !

– Signora, j'ai ces bottes à terminer, dit Ciro, mais il avait très mal et sa voix n'était plus la même.

– Les bottes attendront. Je ne veux pas que tu perdes ta main à cause de la gangrène. Vite ! Remo ! Appelle un taxi !

* * *

Enza ouvrit les yeux dans une chambre d'hôpital qui sentait l'ammoniaque. Mais pour la première fois depuis qu'elle avait quitté Le Havre, la chambre ne tournait pas, et elle n'avait pas l'impression de tomber dans le vide. Un mal de tête lancinant l'avait réveillée et elle ne parvenait pas à fixer un point précis, mais elle n'avait plus la sensation d'être en proie à un mouvement permanent. Elle n'avait aucun souvenir de son transport du bateau à l'hôpital Saint-Vincent. Elle ne se rappelait pas avoir traversé pour la première fois Greenwich Village à l'arrière d'une ambulance tirée par un cheval. Elle n'avait pas remarqué les arbres en fleurs ni, aux fenêtres, les jardinières débordantes de soucis.

Comme elle tentait de se dresser sur son séant, une terrible douleur lui ouvrit la tête en deux.

– Papa? appela-t-elle, épouvantée.

Une jeune religieuse toute mince, en robe bleu marine, l'aida à se recoucher.

– Votre père n'est pas là, dit-elle en anglais.

Déconcertée par cette nouvelle langue, Enza se mit à pleurer.

– Attendez. Je vais chercher sœur Joséphine. Elle parle italien. Ne bougez pas !

Prenant les papiers d'Enza, elle sortit.

Étendue sur le dos entre deux oreillers, Enza parcourut la chambre du regard. On avait soigneusement plié et posé sur une chaise sa tenue de voyage. Elle baissa les yeux sur sa chemise d'hôpital blanche. Elle avait sur le dos de la main une seringue retenue par un pansement. La seringue était reliée par un tuyau à un bocal plein de liquide. Elle sentait une petite pulsation douloureuse à l'endroit où l'aiguille touchait la veine. Elle serra ses lèvres desséchées, tendit la main vers le verre d'eau posé à son chevet et le vida d'un trait. Cela ne lui suffit pas.

Une deuxième religieuse entra.

– *Ciao*, signorina ! dit la sœur Joséphine, avant de continuer en italien : Je suis d'Avelina, sur la Méditerranée.

La sœur Joséphine avait une figure ronde, le teint mat et un nez droit proéminent. Elle tira une chaise près du lit d'Enza, remplit le verre d'eau et le tendit à la jeune fille.

– Moi, je suis de Schilpario, dit celle-ci d'une voix enrouée. Dans la montagne au-dessus de Bergame.

– Je connais ! Te voilà bien loin de chez toi. Comment es-tu arrivée ici ?

– Nous sommes partis du Havre, en France, sur le *Rochambeau.* Pouvez-vous m'aider à retrouver mon père ?

La religieuse hocha la tête, visiblement soulagée de trouver sa patiente aussi lucide.

– On nous a prévenus qu'il devait d'abord passer par Ellis Island.

– Il sait que je suis ici ?

– Oui. On lui a dit de te rejoindre à Saint-Vincent.

– Comment va-t-il faire pour me retrouver ? Il ne parle pas anglais. On devait apprendre quelques phrases utiles pendant la traversée, mais je suis tombée malade.

– Il y a un tas de gens qui parlent italien à Manhattan.

– Mais s'il ne trouve personne ?

Sœur Joséphine était surprise que la jeune fille s'inquiète ainsi pour son père, et cela se voyait sur son visage. Mais Enza savait que Marco n'était plus le même depuis la mort de Stella. Comme tous les membres de sa famille, à vrai dire. Enza se demandait parfois si, Stella vivante, ils auraient décidé de partir en Amérique. Elle ne pouvait pas expliquer à la sœur Joséphine comment cette perte avait débouché sur un projet, et sur sa réalisation, comment tout paraissait précaire depuis la mort brutale de Stella, et combien elle voulait désespérément aider les Ravanelli à se forger un avenir plus sûr.

– Ton père va se débrouiller pour te trouver, assura la religieuse.

– Ma sœur, qu'est-ce qui ne va pas chez moi ? Pourquoi ai-je été si malade ?

– Ton cœur ne battait presque plus tant ta tension était tombée à cause du mouvement. Tu as failli mourir sur ce bateau. Tu ne pourras plus jamais naviguer.

Les paroles de la religieuse lui firent plus mal que tout ce qu'elle avait enduré sur le bateau. L'idée qu'elle ne reverrait plus sa mère était insupportable.

– Je ne pourrai jamais retourner chez moi ! (Enza se remit à pleurer.)

– Ce n'est pas le moment de t'inquiéter de cela, lui dit sœur Joséphine, craignant qu'elle ne se laisse emporter par son désespoir. Tu viens d'arriver ici. Il faut avant tout te rétablir. Je suppose que tu vas à Brooklyn ?

– Hoboken.

– Tu as un correspondant à New York ?

– Un lointain cousin dans Adams Street.

– Et tu vas travailler ?

– Je sais coudre, dit Enza. J'espère trouver rapidement du travail.

– Il y a des usines à chaque coin de rue. On ne te l'a pas dit ? Tout est possible en Amérique.

– Ce n'est pas ce qui s'est passé jusqu'à présent, ma sœur, fit Enza en se laissant retomber sur l'oreiller.

– Encore une qui a les pieds sur terre, reprit la religieuse. Sache qu'il faut avoir un rêve pour qu'on te donne des papiers.

– J'ai écrit « couturière » dans la case « métier ». C'est ce qui figure dans le manifeste du *Rochambeau*, soupira Enza en fermant les yeux. Je n'ai pas écrit « rêveuse ».

***

Marco Ravanelli attendait sur le quai de la station de Lower Manhattan. Il avait quelques lires en poche, son sac de voyage, la valise d'Enza et un bout de papier sur lequel figurait une adresse. Le passage par Ellis Island avait pris la plus grande partie de la journée, les Turcs et les Grecs arrivés en même temps que lui sur le SS *Chicago* ayant tous des familles nombreuses.

Pour Marco, l'hôpital Saint-Vincent aurait aussi bien pu se trouver à mille kilomètres de là. Il était épuisé par cette journée d'interminable attente et terrifié par l'incertitude dans laquelle il se trouvait maintenant. Il se demandait si les médecins américains avaient sauvé Enza. Sa magnifique fille, qu'il avait tenue le jour de sa naissance dans le même panier qui avait servi à le porter lui-même, avait peut-être rendu son dernier souffle pendant les longues heures qu'il venait de passer loin d'elle. Il aurait voulu prier pour la vie de sa fille, mais ne trouvait pas les mots ni la force de le faire.

Cédant à l'émotion accumulée tout au long de cette journée, Marco se mit à pleurer.

La vue de cet immigrant de fraîche date, qui se tenait bien droit à côté de son sac de grosse toile mais avait manifestement des ennuis, émut un homme qui conduisait un petit train de bagages. Sautant à bas de son siège, il vint vers lui.

– Eh, mon vieux, ça va pas ?

Marco leva les yeux et vit un grand costaud d'Américain, à peu près du même âge que lui. L'homme portait une casquette, un blouson à carreaux et une salopette. Le nez aplati d'un champion de boxe et une dent de devant en or qui brillait comme un bijou dans une vitrine. Marco eut un mouvement de recul devant la familiarité de cet inconnu, mais il fut touché par le ton amical de sa voix.

– Vous avez la tête du type qui vient de perdre son meilleur copain... Vous parlez anglais ?

Marco fit non de la tête.

– Moi, je parle un peu l'italien. *Spaghetti*, *ravioli*, *radio*, *bingo !* Et l'homme éclata de rire en renversant la tête en arrière.

Marco le fixa d'un regard inexpressif.

– Vous permettez ? dit l'homme, en prenant le papier. Vous voulez aller à l'hôpital ?

En entendant le mot *hôpital*, Marco hocha vigoureusement la tête.

– Mais, *Joe*, il est à environ deux kilomètres d'ici, cet hôpital ! Tu pourrais y aller à pied si tu n'avais pas tous ces bagages. Tu es catholique ?

L'homme fit le signe de croix. Marco hocha la tête, glissa la main sous sa chemise et en tira une médaille sainte qu'il portait autour du cou avec une chaîne.

– Tu es catholique, très bien. Tu vas travailler là-bas ? Ce n'est pas le travail qui manque, dans cet hôpital. Et en plus elles pourront te loger, les sœurs. Tu ne seras pas le premier ! Elles ne peuvent pas s'empêcher d'aider les gens, c'est leur costume qui veut ça. Avec leurs voiles qui font comme des ailes, on croirait des fées qui volent partout pour faire le bien. Enfin, c'est des nonnes que je parle. Pas des femmes en général, si tu vois ce que je veux dire ! Elles n'ont pas toutes des ailes et elles ne volent pas toutes. Elles ont d'autres qualités. Et la première, c'est qu'elles ne sont pas des nonnes !

Et l'homme se mit à rire à nouveau, la tête en arrière, à gorge déployée. Marco sourit. Il n'avait rien compris, mais la gaieté de cet inconnu était communicative.

– Écoute ce que je vais faire. Je vais faire une bonne action, juste pour le plaisir. Je vais t'amener à Saint-Vincent. (En parlant, il montrait du doigt son cheval et son véhicule. Marco comprit et remercia d'un hochement de tête.) Tu es mon invité. (Puis, faisant claquer ses doigts, il lança :) C'est cadeau. *Regalo !*

Marco joignit les mains comme pour la prière :

– *Grazie, grazie.*

– C'est pas que je sois un bon catholique, reprit l'homme, en prenant les bagages de Marco tandis que ce dernier le suivait jusqu'à la voiture. Je compte me repentir à la fin, avant de rendre mon dernier soupir. Je suis du genre à manger un steak bien saignant le Vendredi saint. D'accord, d'accord, c'est un péché mortel. À moins que ce ne soit véniel. Tu vois ? Je ne fais même pas la différence ! Le problème, c'est que ça ne me gênerait pas de voir la face de Dieu quand je serai passé de l'autre côté, mais tant que je suis de ce côté, j'ai vraiment du mal avec les règles. Tu vois ce que je veux dire ?

Marco haussa les épaules.

– Qu'est-ce qui me prend de te raconter tout ça, alors que tu as tes propres problèmes ? T'as vraiment l'air triste à mourir, mon vieux, comme si tu venais d'entendre l'opéra le plus sinistre qu'on ait jamais écrit.

Marco hocha la tête.

– Tu aimes ça, l'opéra ? Tous ces types italiens, les Puccini, les Verdi... Je les connais ! Et le grand Caruso ? Il était de chez vous, lui aussi ! Je l'ai vu au Met – pour vingt-cinq cents, debout au poulailler. Faudra que t'ailles au Met, un de ces jours.

Marco grimpa dans la voiture et le cocher posa ses bagages à côté de lui sur la banquette. Puis l'homme à la dent d'or, juché sur son siège, fit claquer les rênes.

Pour la première fois depuis son départ de Schilpario, la chance avait souri à Marco. Il se laissa aller contre le dossier en cuir, le cœur plein d'espoir.

* * *

Ciro emplissait presque à lui tout seul la minuscule salle d'examen de l'hôpital Saint-Vincent. Il était tellement grand que sa tête frôla le plafond quand il s'assit sur la table. Une jeune religieuse en tenue bleue, qui s'était présentée comme la sœur Mary Frances, enveloppa dans un bandage immaculé les points qui refermaient la blessure de sa main.

Remo et Carla, debout contre le mur, regardaient opérer l'infirmière. Quelques mois étaient passés depuis l'arrivée de Ciro qui avait apporté à la boutique un nouveau souffle de vie et d'énergie, et le couple retrouvait, sur le tard, les joies et les soucis du statut de parents. Chacun à sa façon, toutefois : Remo pensait à la douleur de Ciro, et Carla aux heures de travail que cet accident allait lui coûter.

– J'aurais fait appel à vous si vous aviez été là ce matin, dit la sœur. Nous avons reçu une jeune Italienne, et je n'arrivais pas à communiquer avec elle.

– Elle est jolie ? questionna Ciro. Je veux bien être son interprète !

– Tu es incorrigible ! gronda Carla.

– Comment avez-vous appris l'anglais ? demanda la sœur à Ciro.

– Avec les filles de Mulberry Street, répondit Carla, à sa place, avec un petit rire.

– Eh bien, je ne vous le fais pas dire, signora ! s'exclama Ciro. Je ne perds pas mon temps avec les filles. J'apprends l'anglais, et j'apprends la vie !

– Tu la connais, la vie, rétorqua Carla, pince-sans-rire.

– Que pensez-vous de cette blessure, ma sœur ? demanda Ciro.

– C'est assez profond. Il faut la laisser couverte. Et ne vous avisez surtout pas de retirer les points vous-même. Revenez ici et c'est moi qui le ferai. Dans trois semaines, environ.

– Trois semaines avec ce pansement ! gémit Ciro. Mais j'ai des chaussures à faire !

– Il vous reste une main, servez-vous-en, dit la sœur. Mais pas de celle-là.

* * *

Enza regardait le soleil descendre au-delà des arbres de Greenwich Village.

De sa chambre d'hôpital sur la Septième Avenue, elle voyait des rangées d'immeubles qui lui offraient les couleurs de New York : orange brûlés, ocres terreux et bruns aux reflets abricot, si différents des bleus vifs et des verts tendres de son village de montagne. Si la lumière elle-même était tellement différente dans ce nouveau pays, qu'en était-il de tout le reste ?

La sœur Joséphine nota *Enza Ravanelli* dans son calepin.

– C'est ton nom complet ?

– *Vincenza* Ravanelli, corrigea Enza, sans quitter des yeux la rue en contrebas.

– Sais-tu que cet hôpital s'appelait San Vincenzo ?

Enza se tourna vers elle et sourit.

– Tu crois aux signes ? demanda la religieuse.

– Oui, ma sœur.

– Moi aussi. Eh bien, c'est un bon présage.

– On est loin de Hoboken, ici ? demanda Enza.

– Pas du tout. Regarde par la fenêtre. C'est de l'autre côté de l'Hudson, là où le soleil se couche.

– C'est comment ?

– Bourré de monde.

– C'est partout bourré de monde, en Amérique ?

– Non, il y a aussi des endroits déserts, des plaines et des montagnes sauvages. Il y a aussi de la campagne avec beaucoup de fermes, comme dans l'Indiana et l'Illinois.

– Je n'irai jamais aussi loin, dit Enza. Nous sommes venus pour gagner de quoi acheter une maison. Dès qu'on aura assez, je rentrerai chez moi.

– Nous sommes tous arrivés ici en pensant repartir au pays. Et puis c'est devenu notre pays.

* * *

Le cocher aida Marco à descendre du fiacre et lui tendit ses bagages. Marco regarda l'entrée de l'hôpital et leva les yeux. L'immeuble de pierre grise courait d'une rue à l'autre. Marco mit la main à sa poche.

— C'est moi qui offre, mon gars ! fit le cocher en souriant.

— Je vous en prie…

— Pas question ! (L'homme était déjà retourné se percher sur son siège.) *Arrivederci*, vieux ! lança gaiement l'inconnu en faisant claquer son fouet avant de s'éloigner avec le cœur léger de celui qui vient de faire une bonne action.

Marco s'approcha de la jeune nonne irlandaise qui se tenait derrière le comptoir de l'accueil, équipé d'un téléphone, d'un grand registre relié de cuir noir et d'un encrier. Les bancs, tout autour de la salle, étaient occupés par des patients.

— *Parla italiano ?* dit Marco.

— Qui cherchez-vous ? répondit la sœur en anglais.

Marco ne comprit pas.

— Vous êtes malade ? demanda-t-elle. Vous n'en avez pas l'air. C'est du travail que vous cherchez ?

Marco fit signe qu'il ne comprenait rien. Saisissant un stylo et un papier sur le bureau, il écrivit fiévreusement le nom de sa fille et agita le papier sous les yeux de la religieuse.

Elle lut le nom, chercha dans son registre.

— Elle est ici. Je vais vous conduire à sa chambre.

Marco s'inclina avec un «*mille grazie*». Il suivit la religieuse dans l'escalier jusqu'au troisième étage en grimpant les marches deux par deux. Comme il passait sur le palier du deuxième étage, une porte s'ouvrit pour laisser passer Ciro, Remo et Carla qui repartaient.

— Tu te rappelles le jour de ton arrivée ? demanda Remo. On a failli te perdre à cause des filles qui racolaient avec leurs parfums français !

Ciro et Remo se dirigeaient vers l'escalier.

– Où allez-vous, maintenant ? leur demanda Carla, toujours sur le palier.

– On retourne au magasin, répondit Remo.

– Mais non ! On va d'abord à la chapelle, rendre grâce pour la guérison rapide de Ciro.

– Carla, j'ai des commandes à livrer, protesta Remo.

Elle le fusilla du regard.

– Bon, dit Remo. On va à la chapelle, Ciro. Suis la patronne.

***

Quand Marco fit irruption dans la chambre d'hôpital de sa fille et la prit dans ses bras, son cœur s'emplit d'une joie comme il n'en avait plus connue depuis le jour où elle était née. Il eut l'impression que la chance commençait à lui sourire pour la première fois depuis qu'ils avaient quitté leur village. L'inspecteur d'Ellis Island avait noté ce qu'il lui disait sans poser d'autres questions, l'homme à la dent d'or l'avait amené gratuitement à l'hôpital, sa fille était guérie…

– Que dit le docteur ? demanda-t-il.

– Il veut que je reste à l'hôpital tant que mon mal de tête n'aura pas disparu.

– On va donc rester.

– Mais je dois trouver du travail !

– Quand tu iras mieux, on ira à Hoboken.

Marco aida Enza à enfiler son peignoir. Elle était chancelante, mais tenait debout avec l'aide de son père. Elle alla faire quelques pas dans le couloir, heureuse d'être à nouveau sur ses jambes.

Le sol vert et blanc, d'une propreté irréprochable, était glissant. On sentait que l'hôpital était nettoyé chaque jour dans ses moindres recoins, aucune pile de draps ne traînait dans un corridor, pas la plus petite trace de graffiti sur les murs. Les religieuses allaient et venaient sans bruit d'un patient à l'autre, leur voile flottant derrière elles.

Les médecins de Saint-Vincent étaient sûrs d'eux, contrairement au vieillard qui était descendu à cheval d'Azzone quand Stella était tombée malade. C'étaient des hommes jeunes, robustes et directs. Ils travaillaient vite et bien, et on les voyait sortir d'une chambre pour entrer dans la suivante sans perdre de temps. Ils portaient des blouses d'une blancheur immaculée et se déplaçaient comme des voiliers sur la mer parmi les nonnes vêtues de bleu.

Dans le décor de cet hôpital, Marco semblait s'être ratatiné. Enza fut envahie par une bouffée de remords à la pensée de l'avoir entraîné dans cette aventure. Là-bas, dans la montagne, Marco était un père comme beaucoup d'autres, dur à la tâche, intelligent et dévoué à sa famille. Un homme comme les autres, qui avait besoin de travailler. Enza se sentait maintenant responsable de lui et s'en voulait de l'avoir poussé à partir pour l'Amérique.

Au bout du couloir, Marco et Enza trouvèrent les portes en verre dépoli de la chapelle. La lumière du dehors qui filtrait à travers le verre jetait un reflet rose sur les bancs. Il y avait quelques personnes dans la chapelle, certaines agenouillées devant des statues de saints, d'autres en prière sur les bancs. L'autel, à la lueur des cierges, était doré comme une pièce de monnaie sur les pavés gris de la rue.

Marco poussa doucement la porte. Ils entrèrent et suivirent l'allée centrale. Enza fit un signe de croix et se glissa sur un banc tandis que Marco faisait une génuflexion et s'asseyait à côté d'elle.

Enfin quelque chose de familier, quelque chose d'exactement semblable à ce qu'on avait là-bas, au pays ! L'odeur de la cire rappelait à Enza la chapelle Sant'Antonio. Au-dessus de l'autel, un grand triptyque en vitrail retraçait l'histoire de l'Annonciation dans des tons bleus, roses et verts profonds. Au plafond, on lisait, en lettres de porcelaine bleue enchâssées dans un cadre doré :

DIEU EST CHARITÉ

Tout, en ce lieu, concourait à les rassurer ; l'autel, les bancs, les fidèles à genoux, et le latin des missels les invitaient à une paix bien méritée après leur longue suite d'épreuves. Les bras grands ouverts de la Sainte Vierge semblaient leur souhaiter la bienvenue, tandis que la grande robe noire de saint Vincent et les perles en bois du rosaire donnaient une impression de calme et de sérénité à ces âmes éplorées de se trouver aussi loin de chez elles.

– On m'a expliqué que je ne reverrai jamais ma montagne, dit Enza, calmement.

– Qu'est-ce qu'ils en savent ? Ils ne nous connaissent pas ! rétorqua Marco.

Il voulait que sa fille reprenne courage, mais à la voir ainsi, elle lui paraissait soudain si petite, si désarmée… Marco aurait voulu que Giacomina soit là pour lui parler. Il avait l'habitude de s'en remettre à sa femme pour régler bien des problèmes : elle savait trouver les mots qui apaisaient les enfants. Qu'allaient-ils faire si Enza ne pouvait pas retourner au pays ? Il poussa un profond soupir et se dit que, pour lui, il n'y avait qu'une chose à faire : soutenir sa fille pour mener leur projet à bien.

– Rappelle-toi, lui dit-il, que nous sommes venus ici avec un but.

Et en prononçant ces mots, il se rendit compte qu'ils s'adressaient autant à lui-même qu'à Enza.

Elle se leva et suivit son père dans l'allée centrale. Marco poussa la porte de la chapelle.

– Enza ? Enza Ravanelli ?

C'était son nom qu'elle entendait, prononcé avec un accent familier. Elle leva les yeux et vit Ciro Lazzari, qu'elle n'avait pas revu depuis qu'elle l'avait quitté à l'entrée du couvent plusieurs mois auparavant. Son cœur se mit à cogner dans sa poitrine. Elle se demanda, un instant, si elle ne rêvait pas – il n'existait jusque-là que dans ses rêves.

– C'est bien toi ! dit Ciro, en reculant d'un pas pour la regarder. Je n'arrive pas à le croire... Qu'est-ce que tu fais ici ? Tu es venue pour voir l'Amérique, ou pour travailler ? Tu as des parents, ici ?

Pendant qu'il la mitraillait de questions, Enza avait fermé les yeux pour mieux écouter les douces intonations de son parler natal, et elle fut encore plus en proie au mal du pays.

– Qui est-ce ? demanda sèchement Carla Zanetti.

– Ce sont mes amis de là-bas. Le signore Ravanelli et Enza, sa fille.

Carla avait déjà jaugé les Ravanelli. Elle avait compris qu'Enza n'était pas comme n'importe quelle fille de Mulberry Street à la recherche d'un garçon auquel passer la corde au cou pour avoir un bébé et un appartement. Cette fille était une vieille amie de la même province que Ciro ; elle voyageait avec son père et était donc respectable.

Ciro expliqua à Carla comment il avait fait connaissance avec la famille Ravanelli, et Carla se radoucit en l'écoutant. Continue à parler, pensait Enza, en buvant les paroles de Ciro comme les premières gorgées d'eau fraîche après un interminable périple.

– Que fais-tu à l'hôpital ? lui demanda-t-il.

– Que fais-tu dans une chapelle ? répondit-elle.

Ciro rit aux éclats.

– On m'a forcé à rendre grâce au Seigneur parce que je n'ai pas perdu ma main tout entière, dit-il, en montrant son pansement.

– Ma fille est tombée malade sur le bateau, expliqua Marco.

– Un petit malaise, dit Enza.

– Elle a failli mourir, la corrigea Marco. Elle est restée à l'infirmerie pendant toute la traversée. On a eu très peur. J'ai cru la perdre.

– Je vais très bien, dit-elle à Ciro. Il n'y a plus de raison de s'inquiéter maintenant, papa.

Carla et Remo quittèrent la chapelle avec Marco, laissant Enza et Ciro derrière eux. Elle prit la main blessée entre les siennes.

– Dis-moi comment tu as fait ça ? Tu es boucher, maintenant ?

– Non. Apprenti chez un cordonnier.

– C'est un bon métier. Tu te rappelles ce qu'on dit chez nous : « Les enfants du cordonnier ne vont jamais pieds nus » ?

Ciro était encore plus beau que dans son souvenir : plus grand, c'était certain, et apparemment plus fort, avec des yeux encore plus clairs qui lui rappelaient les montagnes au-dessus de Schilpario, où le vert sombre des branches de genièvre se détachait sur le bleu du ciel. Elle nota aussi qu'il n'avait plus tout à fait la même allure. Il y avait dans son maintien, dans sa façon de se tenir droit, une sorte d'assurance nouvelle qu'elle identifierait, en y repensant, comme américaine. Il portait même la tenue classique des ouvriers – pantalon de gros drap retenu par une mince ceinture en cuir, chemise en lin par-dessus un tricot de corps et, aux pieds, de solides chaussures montantes à lacets de cuir.

– Je devais t'écrire, dit-il.

Enza décida d'entendre qu'il voulait lui écrire et ne l'avait pas pu, et non qu'il était dans l'obligation de le faire.

– Je suis allée au couvent, et la sœur m'a dit que tu étais parti. Elle n'a pas voulu me dire où, dit-elle.

– Il y a eu un problème, expliqua-t-il. Je suis parti très vite. Je n'ai pas eu le temps de dire au revoir, sauf aux sœurs.

– Eh bien, je ne sais pas ce qui s'est passé, mais je te soutiens de toute façon, dit-elle, avec un sourire timide.
– *Grazie*.
Ciro rougit. Portant la main à son visage, il se frotta la joue comme pour dissimuler sa gêne. Il se rappelait maintenant pourquoi il aimait Enza : ce n'était pas seulement pour sa beauté brune, c'était pour sa façon d'être toujours au cœur des choses.
– Vous allez à Little Italy ? Nous avons une voiture. La plupart des Italiens habitent Brooklyn ou Little Italy.
– On va à Hoboken.
– C'est de l'autre côté du fleuve, dit Ciro. Pas loin d'ici. (Il parut réfléchir un instant.) Tu te rends compte que je t'ai retrouvée ?
– Je ne crois pas que tu m'aies beaucoup cherchée, le taquina-t-elle.
– Qu'en sais-tu ?
– L'intuition... Tu as certainement eu de la peine, en quittant la montagne.
– C'est vrai.
Ciro pouvait l'avouer à Enza, qui avait suivi le même chemin. Il s'efforçait de ne pas trop penser à ses montagnes. Il se jetait dans le travail, et quand il avait fait sa journée, rangeait soigneusement le matériel pour le lendemain. Il s'accordait peu de distractions. Comme si le travail était ce qu'il y avait de meilleur pour lui.
– Pourquoi es-tu partie ? demanda-t-il.
– Tu te souviens de notre maison de la Via Scalina ? Le propriétaire a renié sa promesse de nous la vendre. Il nous faut une nouvelle maison.
Ciro hocha la tête. Il comprenait la situation.
– Et toi ? Elle est comment, ta patronne ? interrogea-t-elle avec un geste vers le couloir où se trouvait Carla Zanetti.
– Je ne savais pas qu'il existait des femmes comme elle dans le monde, reconnut Ciro.

– Il serait peut-être temps de t'en apercevoir ! dit Enza en riant.

– Ah, te voilà ! s'exclama Felicità Cassio en se précipitant vers eux.

Elle portait une ample jupe de soie à rayures mauves et blanches avec un chemisier blanc assorti. Le bord de sa jupe, relevé de quelques centimètres, laissait voir un volant de dentelle et de fines bottines en cuir souple de couleur lavande, ornées de rubans de même couleur en guise de lacets. Elle avait un joli chapeau de paille au ruban de gros-grain blanc et tenait à la main ses gants de chevreau. Enza ne put s'empêcher d'admirer la robe de la jeune femme et ses accessoires.

Felicità saisit la main blessée de Ciro et y déposa un baiser.

– Qu'as-tu fait ?

Enza sentit que le souffle lui manquait en voyant Ciro et Felicità ensemble. Bien sûr, bien sûr, il avait une petite amie. Pourquoi n'en aurait-il pas ? Et, bien sûr, elle était belle... Et élégante, et fière... parfaitement assortie au nouveau Ciro... Ciro l'Américain ! L'embarras d'Enza était tel que son visage s'empourpra. Ainsi, pendant qu'elle rêvait au garçon du couvent, la fille de Schilpario était le dernier de ses soucis.

– Décidément, je ne peux pas te laisser une minute ! s'écria Felicità. Elizabeth m'a dit que tu avais saigné tout le long de Mulberry Street !

– Elle ferait mieux de vendre sa mozzarella plutôt que de raconter n'importe quoi, grogna Ciro, visiblement gêné par ces démonstrations d'affection.

Il lança un coup d'œil à Enza, qui évitait maintenant de croiser son regard. Felicità se tourna vers elle.

– Je crois qu'on ne se connaît pas ?

– Enza Ravanelli est une amie de chez nous, dit doucement Ciro.

Enza le regarda. Elle avait perçu quelque chose dans sa voix – du regret ?

– Il a tellement bon cœur ! dit Felicità, en posant une main gantée sur la poitrine de Ciro. (Enza nota combien cette main paraissait petite.) Je ne m'étonne pas qu'il se fasse un devoir de rendre visite aux malades !

Ciro s'apprêtait à corriger Felicità quand Marco les interrompit.

– Enza, il faut te reposer, maintenant.

Hochant la tête en fille obéissante, Enza remonta sur son cou le col de son peignoir. Elle aurait bien voulu que celui-ci ne soit pas taillé dans une épaisse toile de coton industriel mais, par exemple, dans un de ces crêpes de soie qui faisaient un si joli bruit quand une fille tournait brusquement les talons pour s'éloigner d'un beau garçon qu'elle avait un jour embrassé.

– On va te raccompagner à ta chambre, Enza, dit Ciro.
– Non, non, les Zanetti t'attendent. D'ailleurs, je connais le chemin, répondit Enza, qui repartait déjà.

Elle voulait presser le pas, mais s'aperçut aussitôt que chacun de ses pas lui coûtait. Il n'y avait pas à en douter : Ciro Lazzari était désormais amoureux d'une autre.

13

Une broche en bois

Una molletta di legno

Les feuilles du vieil orme, dans le jardin clos du magasin de chaussures des Zanetti, avaient viré au jaune d'or avant de tomber pour recouvrir le sol comme des confettis à la fin d'un défilé de fête. Ciro maintenait la porte ouverte avec un bidon d'huile pour les machines. Le petit vent frais de l'automne soulevait sur l'établi le fin papier sur lequel on traçait les patrons. Ciro orienta la lampe pour mieux éclairer le livre qu'il était en train de lire.

La cicatrice, sur sa main, avait mis presque six ans à s'estomper. En cet automne 1916, la plaie qui barrait la paume de sa main n'était plus qu'un mince trait rose. Comme Ciro s'inquiétait de ce que pourrait signifier cette nouvelle marque, il avait fait lire ses lignes de la main par Gloria Vale dans Bleecker Street. Gloria lui avait assuré qu'il aurait dans sa vie plus de richesses que son cœur n'en pouvait contenir. Il avait remarqué, toutefois, qu'elle ne lui disait pas combien de temps durerait cette vie merveilleuse. Quand Carla apprit qu'il avait consulté la voyante de Bleecker Street, elle dit avec un haussement d'épaules :

– Encore une femme séduite par Ciro Lazzari !

– J'ai fini, la commande est prête, annonça Ciro, sans lever les yeux, à l'entrée de Remo dans le magasin.

– Qu'est-ce que tu lis ?

— Un manuel sur la fabrication des chaussures pour femmes. Un représentant nous a laissé ces échantillons, et ça m'a donné des idées. (Et, en réponse à Remo qui haussait un sourcil interrogateur, il ajouta :) Il y a beaucoup de gens à New York, et la moitié sont des femmes.

— Exact, répondit Remo. Et tu serais le premier à les compter une par une.

Ciro se mit à rire.

— Regardez, dit-il, en étalant devant lui une dizaine de petits carrés de cuir.

Il y avait du veau très souple de teinte vert pâle, un cuir granité dans des tons réglisse et un daim brun foncé qui avait exactement la couleur du fameux pot de crème.

— *Bella*, non ? Avec les chaussures de femmes, on multiplie tout de suite le chiffre d'affaires par deux. Mais la signora est contre.

— Carla ne veut pas voir de femmes dans la boutique. Elle a peur que tu en oublies de travailler. (Et Remo ajouta en riant :) Ou moi !

— Elle se trompe complètement. Si je veux leur faire des chaussures, ce n'est pas pour rencontrer des femmes, mais pour me surpasser moi-même. Et je prendrai tous les conseils que vous voudrez me donner. Le maître doit rester un maître pour l'apprenti. C'est ce que dit Benvenuto Cellini dans son autobiographie.

— Voilà vingt ans que je n'ai pas lu un livre. Une fois de plus, l'apprenti surpasse le maître. Je serai bientôt dépassé ! Non seulement tu es plus intelligent que moi, mais tu es aussi un meilleur cordonnier.

— Alors, que fait votre nom sur la porte ? se moqua Ciro. Savez-vous que Cellini a dicté son autobiographie à son assistant ?

— Tu devrais noter mes perles de sagesse avant que je meure et qu'on les oublie toutes.

— On ne vous oubliera pas, Remo.

– On ne sait jamais. Voila pourquoi je veux vendre tout ça et rentrer chez moi en Italie, reconnut Remo. Mon village me manque. J'ai de la famille, là-bas. Trois sœurs et un frère. Des tas de cousins. J'ai une petite maison. Et un tombeau avec mon nom gravé dans la pierre.

– Je croyais être seul à rêver du pays.

– Tu sais, Ciro, s'il y a une guerre, nous ne savons pas de quel côté sera l'Italie. Les choses peuvent devenir très difficiles pour nous, ici.

– Nous sommes des Américains, maintenant, objecta Ciro.

– Ce n'est pas ce que disent nos papiers. On veut bien de nous ici pour travailler, mais ça ne va pas plus loin, ensuite ce n'est pas nous qui décidons. Tant que tu n'as pas passé, avec succès, le test de citoyenneté, tu dépends du bon vouloir du gouvernement des États-Unis.

– Si on me chassait d'ici, je serais heureux de retourner à Vilminore. Ça me plaisait, là-bas, de connaître chaque famille et que tout le monde me connaisse. Je me souviens de chaque rue et de chaque jardin. Je me rappelle qui avait la meilleure terre pour faire pousser des oignons doux et chez qui il valait mieux planter des poiriers. J'aimais regarder les femmes qui étendaient leur linge et les hommes quand ils ferraient leurs chevaux. Je les regardais même prier à l'église. Je pouvais dire qui était une vraie croyante et qui n'était là que pour montrer son nouveau chapeau. Il y aurait beaucoup à dire sur la vie à la montagne !

– Tu rêves de ta montagne, et moi je rêve du port de Gênes. C'est là que j'allais chaque été, chez ma grand-mère, dit Remo. Parfois, quand j'examine les échantillons de cuir, je cherche le bleu de la Méditerranée…

– Et moi, le vert des genévriers ! Tout le monde avait la même vue sur le Pizzo Camino. On voyait tout le monde de la même façon. Je n'en dirai pas autant de Mulberry Street.

– Il y a tellement de fainéants, ici. Ils ne travaillent pas assez dur. Ils veulent du brillant sans se donner la peine de frotter.

– Certains, pas tous, fit Ciro.

Il entendait les hommes partir au petit jour sur les chantiers et voyait les femmes s'occuper des enfants. Ils étaient nombreux, dans ce quartier de Little Italy, à trimer pour assurer le quotidien de leur famille.

– J'ai de la chance, admit-il.

– Ta chance, c'est à toi que tu la dois. Sais-tu combien de garçons j'ai essayé de former dans ce magasin ? Ils déplaisaient tous à Carla. Mais elle n'a jamais dit un mot contre toi. Je crois que tu travailles encore plus qu'elle !

– Ne le lui dites pas.

– Tu me crois fou ?

Remo jeta un coup d'œil vers la porte, craignant de voir surgir sa femme.

– Je vous suis très reconnaissant, Remo. Rien ne vous obligeait à m'accueillir.

– Tout gamin a droit à une deuxième chance, dit Remo en haussant les épaules.

– Je ne crois pas qu'il s'agissait de ça. Je n'avais rien fait de mal. Mais j'ai appris que ce que je pense ne compte pas. Ce qui compte, c'est ce que pense le patron.

– On a tous un patron, renchérit Remo en montrant l'escalier. En trente-sept ans de vie commune avec elle, j'ai appris à me taire et à suivre les instructions. (Baissant la voix, il ajouta :) N'épouse pas le patron, Ciro. Trouve une fille gentille qui prendra soin de toi. Une femme ambitieuse te tuera. Elle trouvera toujours quelque chose à te faire faire absolument. Elles ont une liste. Elles font de *toi* une liste. Elles veulent toujours *plus, plus, plus*, et crois-moi, au bout du plus, il y a l'ulcère !

– Ne vous inquiétez pas pour moi. Je fais des chaussures pour vivre, et l'amour… quand ça me chante.

– Petit malin ! dit Remo.

– De quoi parlez-vous ? demanda Carla en entrant avec le courrier. (Elle repoussa les échantillons sur le côté.) Qu'est-ce que ça fait ici, ces trucs ? aboya-t-elle, avec un bref regard pour Ciro. On ne fera pas autre chose que des bottes de chantier dans cet atelier. Sortez-vous ces sornettes de la tête !

Ciro et Remo se regardèrent en riant.

– Heureusement que c'est moi qui tiens les comptes, reprit Carla, sans se démonter. Si je vous laissais faire, vous deux, je vous retrouverais un de ces jours en train de faire de la pâtisserie à la place des chaussures ! Vous êtes des rêveurs, l'un comme l'autre !

Carla remit une lettre à Ciro avant de repartir dans l'escalier.

Ciro se réjouit en découvrant le nom et l'adresse de l'expéditeur : le séminaire Sant'Agostino de Rome. S'excusant auprès de Remo, il sortit dans le petit jardin, s'assit et ouvrit l'enveloppe avec soin. L'écriture régulière d'Eduardo était déjà en elle-même une œuvre d'art.

13 octobre 1916
Mon cher frère,
Merci pour les bottes de chantier que tu m'as envoyées. Je les ai chaussées et j'ai testé les pointes en acier dont tu parlais, à la manière d'une danseuse étoile. Notre vieil ami Iggy n'aurait jamais été capable d'une telle légèreté sur les pointes. J'ai bien sûr examiné ces bottes avec beaucoup d'attention, exactement comme l'aurait fait la sœur Ercolina, et j'ai constaté avec satisfaction que tu es bien un cordonnier accompli comme tu le disais dans ta dernière lettre. Bravo, Ciro, bravissimo ! Même avec

les sandales de Galilée aux pieds, je suis encore capable d'apprécier une bonne paire de bottes !

J'ai des nouvelles de notre mère.

Ciro se redressa dans le fauteuil en osier.

Cette information m'a été transmise par la mère supérieure d'un couvent proche du lac de Garde où notre mère a vécu ces dernières années. Je sais que ceci va être un choc pour toi : maman était tout près de nous, à quelques kilomètres de Bergame. Mais elle était gravement malade. Le jour où elle nous a laissés au couvent, elle allait voir un médecin à Bergame. Après avoir constaté son état, il l'a adressée aux religieuses. Elles ont là-bas un hôpital et un sanatorium. Notre mère souffrait de graves troubles mentaux, suite à la mort de papa, dont elle ne s'était pas remise, et elle ne pouvait pas rester seule. Sœur Ercolina a fait le nécessaire pour qu'elle soit prise en charge et soignée dans les meilleures conditions possibles, et on me dit qu'elle travaille maintenant dans cet hôpital. Je lui ai écrit, je lui ai donné de tes nouvelles et je lui ai parlé du séminaire. Comme tu le sais, les séminaristes sont interdits de tout contact, sauf par lettre, avec les membres de leur famille. Si je pouvais m'envoler tout de suite par-dessus ces murs pour aller voir maman, je le ferais, ne serait-ce que pour t'écrire que je l'ai vue, et que j'ai pu m'assurer qu'elle est en sécurité et qu'elle va bien. Je n'ai malheureusement que la promesse que m'ont faite les sœurs de continuer à veiller sur elle. Nous devons avoir confiance, puisque c'est ce qu'elles ont fait jusqu'à présent.

Ciro avait le cœur lourd. Il se mit à pleurer.

Apprendre que maman est toujours vivante est une bénédiction pour moi. J'avais peur de ne jamais revoir

son visage, et même d'ignorer ce qu'elle était devenue. Soyons reconnaissants pour ces nouvelles et prions pour être, un jour, réunis. Tu es toujours présent dans mes prières, mon cher et unique frère, et rappelle-toi combien je suis fier de toi. Je n'y vois pas un péché d'orgueil et ne m'en repens pas, car je sais de quel bois tu es fait.
Ton Eduardo.

Remo, à la porte du jardin, vit Ciro qui s'essuyait les yeux, repliait soigneusement la lettre et la remettait dans son enveloppe. Il revit le jour où Ciro était arrivé sur le ferry d'Ellis Island. Malgré sa taille et toute l'énergie qu'il avait en lui, c'était un gamin innocent. À présent, c'était un homme que Remo voyait sur le fauteuil en osier, un homme que n'importe quel père serait fier d'appeler son fils.

Au fil des années qui venaient de s'écouler, Remo en était venu à trouver aussi enrichissant pour lui que pour Ciro cet échange de connaissances et de savoir-faire entre le maître et l'apprenti. Cette expérience l'avait rapproché autant qu'il pourrait jamais l'être d'une véritable paternité, et il y avait pris beaucoup de plaisir.

— Ciro, tu as une visite, annonça Remo, à mi-voix. Il me dit d'annoncer un vieil ami.

Ciro suivit Remo dans le magasin.

— Tu n'écris jamais, lança Luigi Latini à Ciro.

Luigi avait raccourci son épaisse tignasse brune pour la rabattre en arrière avec de la gomina et laissé pousser sous son petit nez une moustache carrée à la dernière mode.

— Luigi ! s'écria Ciro en serrant son ami dans ses bras. Tu aurais pu *m'écrire*, toi aussi ! Où est ta femme ?

À ces mots, Ciro regarda derrière Luigi pour voir s'il l'avait amenée.

— Je n'en ai pas.

— Que s'est-il passé ?

– Eh bien... Je suis allé à Mingo Junction comme convenu... (Luigi hocha tristement la tête.) Mais je savais que la photo était trop belle pour être vraie. Je n'ai pas pu me faire à son nez. J'ai essayé. Mais c'était trop me demander, je ne pouvais pas. Alors j'ai inventé un prétexte. Je leur ai dit que j'avais un mauvais sang et que j'allais mourir. J'ai expliqué au père que sa fille ne méritait pas de devenir veuve aussi jeune. J'en étais presque à me coucher dans un cercueil avec une marguerite entre les mains. Mais avant qu'ils se rendent compte que je leur mentais, j'avais sauté à bord d'un cargo en partance pour Chicago. C'est là-bas que je travaille depuis, sur les chantiers de construction des routes. Je prépare le ciment. Je viens de passer six ans dans une équipe. Et je pourrais rester encore vingt ans. On construit des routes pour aller jusqu'en Californie.

– Comment m'as-tu trouvé ?

– J'avais retenu le nom de Mulberry Street, expliqua Luigi. On travaillait si bien ensemble, sur ce bateau, je me suis dit qu'on pourrait peut-être refaire équipe.

– Comme c'est touchant ! (Carla était sur le seuil, en train de nouer un foulard rouge sur ses cheveux blancs.) Mais vous ne pouvez pas rester ici.

– *Mamma*, plaisanta Ciro, avec un clin d'œil à l'adresse de Luigi.

Il n'appelait Carla *Mamma* que lorsqu'il avait quelque chose à lui demander, et ils le savaient l'un et l'autre.

– Je ne suis pas ta mère, répliqua Carla. Et il n'y a pas de place ici.

– Regardez-le, *Mamma*. On peut compter les os sur sa nuque. Il ne mange presque rien. Il prendra peut-être une cuillerée de *cavatelli*, pas plus.

– Ça m'étonnerait ! Quand il aura goûté mes *cavatelli*, il lui en faudra une livre.

– Tu entends, Luigi ? La signora t'invite à dîner, dit Ciro en se tournant vers son ami.

– Il y a une pension près d'ici, dans Grand Street, reprit Carla, en notant l'adresse. Allez y prendre une chambre et revenez ici pour le dîner.

– Oui, signora, dit Luigi.

* * *

Le sixième anniversaire de l'arrivée d'Enza à Adams Street dans le quartier de Hoboken se passa sans une coupe de champagne ni une part de gâteau, et sans que la signora Buffa le remarque.

Quelques mois après l'arrivée d'Enza à Hoboken chez ses cousins Buffa, Marco était parti travailler dans les mines de Pennsylvanie, à six heures de train. Il envoyait consciencieusement, chaque mois, sa paie à Enza. Elle déposait l'argent à la banque, avec ce qu'elle gagnait elle-même, et adressait un chèque à sa mère en Italie.

Chaque fin d'année, Marco venait voir sa fille. Ils fêtaient Noël ensemble, assistaient à une messe, partageaient un repas, et Marco repartait travailler. De son côté, Enza profitait de la période des fêtes pour faire des remplacements en heures supplémentaires.

* * *

Une année, leur projet connut une amélioration à la faveur d'un événement inattendu : Giacomina hérita une petite parcelle de terrain au-dessus de Schilpario. La superficie était tout juste suffisante pour construire une maison, mais Marco décida de saisir cette opportunité. Plutôt qu'acheter une maison modeste en bordure de la Via Bellanca, Enza et lui resteraient en Amérique le temps qu'il faudrait pour économiser de quoi bâtir la maison dont Marco rêvait depuis longtemps. Ce ne serait pas un palais, mais il y aurait une grande cheminée, trois fenêtres pour laisser entrer la lumière et cinq chambres afin qu'Enza, ses frères et sœurs puissent y vivre et élever leurs enfants sous le même toit. Enza savait que ce nouveau projet allait les obliger à travailler en Amérique plus longtemps que prévu.

Avec six années de leurs salaires additionnés, moins leurs dépenses, le pécule de Giacomina à Schilpario commençait à s'arrondir. Vittorio et Battista avaient succédé à leur père sur le siège de cocher du fiacre, et ils trouvaient de petits boulots ici et là, mais sans l'argent qui arrivait d'Amérique, ils n'auraient pas pu survivre.

Les lettres qui traversaient l'Atlantique, écrites sur un fin papier bleu, contenaient mille détails sur la maison à venir : il y aurait une véranda avec une balancelle ; deux jardins, l'un orienté à l'est pour les légumes et les herbes, et l'autre à l'ouest avec un carré de tournesols qui salueraient chaque jour le soleil levant ; une cuisine commune avec une longue table de ferme et beaucoup de chaises ; une cave pour entreposer le vin ; un grand four de brique avec un tournebroche à manivelle.

L'aventure américaine d'Enza et Marco devait rendre tout cela possible dans les moindres détails, jusqu'aux rideaux de dentelle aux fenêtres. Les Ravanelli père et fille étaient des champions en matière d'économies, ils se privaient de beaucoup de choses, ne dépensaient que pour le strict nécessaire ; tout le reste allait à Giacomina et à la future maison. Ce serait le château qui les mettrait à l'abri du besoin, du malheur et de la souffrance.

Enza, comme toutes les filles de son âge, aurait voulu des chaussures en satin et de jolis chapeaux, mais quand elle pensait à sa mère, elle mettait tous ses désirs de côté. Elle écrivait chaque semaine à son père après avoir reçu sa paie, et ne lui donnait que les bonnes nouvelles. Elle lui racontait des histoires amusantes au sujet des filles avec lesquelles elle travaillait à l'usine, ou de l'église qu'elle fréquentait.

Enza parlait très peu de la famille Buffa, parce que la vie avec ces gens était à peine supportable. Elle était maltraitée et accablée de travail – on l'obligeait à faire le ménage, la cuisine et à laver le linge pour Anna Buffa et ses trois belles-filles, qui logeaient dans la même maison un étage au-dessus. Giacomina et Marco n'avaient trouvé que ces lointains cousins pour faciliter l'arrivée du père et de la fille en Amérique. Mais Anna Buffa ne considérait pas Enza comme un membre de sa famille et le lui faisait sentir.

On avait donné à Enza une petite chambre au sous-sol de la maison, avec un lit et une lampe. Elle était soumise à une véritable servitude et ne devait quelques bons moments qu'aux amitiés qu'elle avait nouées à l'usine. Chaque soir avant de s'endormir, elle rêvait au moment où son père et elle auraient épargné assez d'argent pour réaliser leur projet de maison et où ils rentreraient enfin à Schilpario. Tout, alors, redeviendrait comme avant. Marco reprendrait le fiacre, et Enza ouvrirait son propre atelier de couture. Elle évitait de penser à son problème de santé, se disant qu'elle survivrait à une nouvelle traversée. Le désir de revoir ses montagnes, de retourner se blottir dans les bras de sa mère et le souvenir des rires de ses frères et sœurs l'aidaient – mais tout juste – à tenir jour après jour.

Enza referma avec soin l'enveloppe adressée à sa mère et la glissa dans la poche de son tablier.

– Vincenza ! tonna la voix de la signora Buffa depuis la cuisine.

– J'arrive ! cria Enza.

Elle enfila prestement ses chaussures avant de monter l'escalier du sous-sol.

– Mon loyer ?

Plongeant la main dans sa poche, Enza tendit à la signora le billet d'un dollar qu'elle lui devait pour sa chambre. Il avait été entendu qu'Enza serait logée et nourrie et qu'elle travaillerait en échange, mais tout avait changé depuis que Pietro Buffa était parti pour l'Illinois construire des voies de chemin de fer, emmenant ses trois fils avec lui. Enza ne restait que parce qu'elle avait entendu parler de jeunes immigrantes comme elle qui avaient quitté leurs correspondants et s'étaient retrouvées à la rue sans toit ni travail.

– Tu es en retard pour la lessive. Gina n'a plus rien à mettre à son bébé !

La signora Buffa avait des sourcils noirs réduits à un trait de crayon, un nez retroussé et une bouche cruelle. Elle reprit :

– On en a assez d'attendre que tu aies fini ton travail !

– J'ai étendu le linge ce matin avant de partir. Gina aurait pu le ramasser.

– Elle s'occupe de son petit ! glapit Anna.

– L'une des autres filles pouvait le faire, peut-être.

– Dora est en classe ! Jenny a ses enfants ! C'est *ton* travail !

– Oui, signora.

Prenant la corbeille à linge, Enza entra dans la cuisine.

– Le soleil va se coucher et le linge ne sera pas sec ! cria Anna derrière elle. Je me demande pourquoi je t'ai prise ici, espèce d'idiote !

* * *

Ce soir-là, devant son phonographe dans le salon, Anna cherchait un disque dans la pile des vinyles d'Enrico Caruso. Elle finit par le trouver, le plaça sur le plateau et tourna la manivelle. L'aiguille se posa entre les sillons tandis qu'Anna se versait un verre de whisky, et la voix sensuelle du ténor italien ne tarda pas à s'élever. L'usure des sillons et les grattements du disque faisaient ressortir la douceur de cette voix.

Anna fit jouer et rejouer *Mattinata* à plein volume jusqu'à ce que le voisin crie «*Basta!*» à travers la cloison. Elle changea alors de disque pour écouter *Lucia di Lammermoor* et finit par s'assoupir tandis que l'aiguille continuait imperturbablement à creuser la cire du même sillon.

* * *

Enza toucha du doigt les pâtes fraîches qu'elle avait faites ce matin-là et mises à sécher sur des crochets de bois. L'odeur poudreuse de la farine se répandait dans la cuisine. Ce genre de détails lui donnait de folles envies de retrouver la cuisine des Ravanelli à Schilpario, les jours où sa mère couvrait la table de farine et où les filles pétrissaient de longs cordons de *pasta* de pomme de terre pour faire des gnocchis ou de délicats raviolis farcis de fromage et de petits morceaux de saucisse.

Enza s'efforçait de ne pas penser au pays pendant qu'elle se livrait aux travaux domestiques chez les Buffa. Elle aurait tant préféré aider sa mère plutôt que trimer pour cette femme irascible !

Elle traversa la véranda entre des piles de linge sale. Aucune des filles ni des belles-filles Buffa ne travaillait en usine, et aucune ne s'acquittait dans la maison de la moindre tâche domestique. Elles considéraient Enza comme leur bonne et s'étaient rapidement habituées à ce qu'elle fasse tout à leur place, comme si elles étaient nées entourées de domestiques.

Enza souleva la bassine pleine de linge humide qu'elle avait lavé et rincé à la main. Elle poussa la porte moustiquaire qui donnait sur une cour où elle étendait le linge. Chaque pouce de terrain, à l'arrière du bâtiment, avait été troqué ou négocié, y compris la partie dégagée. Les fils des étendoirs, telles les cordes d'une harpe, rayaient le ciel.

Enza releva les coins de son tablier pour les rentrer sous la ceinture. Elle emplit la poche d'épingles à linge. Puis elle tira une couche blanche de la bassine, la fit claquer et l'épingla sur le fil. Tirant sur la poulie pour faire avancer celui-ci, elle étendit une autre couche, et ainsi de suite. Le linge d'Enza était toujours d'un blanc immaculé. Elle utilisait de la lessive et ajoutait de la Javel à l'eau de rinçage.

Elle étendit ainsi l'un après l'autre les caleçons, des culottes et les jupes des dames Buffa. Au début de son séjour, elle mettait un peu d'essence de lavande au dernier rinçage comme elle avait coutume de le faire à Schilpario, mais comme personne ne remarquait ses efforts ni ne l'en remerciait, elle y avait vite renoncé. En fait, elle n'entendait que des reproches : il y avait un faux pli sur un ourlet, elle avait trop tardé à laver le linge, etc. Six bébés étaient nés depuis quatre ans dans la maison d'Adams Street et la charge de travail était trop importante pour Enza seule.

Anna Buffa faisait jouer à plein volume un duo de *Rigoletto* quand Enza mit un bouillon de poule à cuire. Elle coupa une carotte en fines rondelles qu'elle jeta dans la marmite. Elle y ajouta peu à peu une louche de *pastina*, puis une autre. Les pâtes minuscules comme des grains de riz donneraient au potage sa consistance. Giacomina avait appris à sa fille comment couper ou hacher tous les ingrédients pour obtenir une texture uniforme sans qu'aucun ne prenne le dessus sur les autres.

Enza prépara un plateau pour le repas d'Anna. Elle versa un verre du vin maison qu'on gardait dans une bouteille étiquetée « Isabelle Bell », ajouta plusieurs tranches de pain, un peu de beurre doux et le potage. Elle posa une serviette de table sur le plateau et emporta le tout au salon.

Anne Buffa était affalée dans un fauteuil sous une couverture marron en laine, une jambe sur l'accoudoir.

Elle fermait les yeux ; sa robe bleu pâle était relevée jusqu'aux genoux et le grand décolleté bâillait. Enza sentit une bouffée de pitié l'envahir. Le joli visage d'Anna Buffa n'était plus qu'un paysage creusé par les rides de l'angoisse, la chair s'était affaissée avec l'âge et les magnifiques cheveux noirs étaient désormais striés de blanc. Anna tenait à mettre du rouge à lèvres chaque matin, mais le soir venu, il n'en restait qu'une vague teinte orangée qui lui donnait l'air encore plus hagard si c'était possible.

– Votre dîner, signora, annonça Enza, en posant précautionneusement le plateau sur le canapé.

– Assieds-toi avec moi, Enza.

– J'ai beaucoup à faire, dit Enza, avec un sourire forcé.

– Je sais. Mais assieds-toi avec moi.

Enza s'installa au bord du canapé.

– Comment ça va, à l'usine ?

– Ça va.

– Il faudrait que j'écrive à ta mère, dit Anna.

Enza se demandait ce qui lui valait soudain ces manières aimables. Elle regarda le verre de whisky et constata qu'Anna l'avait déjà vidé, ceci expliquant sans doute cela.

– Il faut manger votre potage, dit-elle, en calant un oreiller derrière les reins d'Anna.

Celle-ci, que personne ne dorlotait jamais, lui en fut reconnaissante.

Anna déplia la serviette sur ses genoux et attaqua son potage à petites gorgées.

– Délicieux, dit-elle à Enza.

La boisson ambrée l'avait manifestement mise de bonne humeur.

– Merci.

Enza regarda ses chevilles enflées.

– Vous devriez prendre un bain de pieds, ce soir, signora.

– Ces maudites chevilles ! soupira Anna.

– C'est le whisky, fit Enza.

– Eh, oui… Le vin me fait du bien, mais pas le whisky.

– Il n'y a pas de place dans notre corps pour les alcools forts.

– Comment le sais-tu ? demanda Anna, en plissant les yeux d'un air méfiant.

– Ma mère dit toujours que quand on boit le vin de sa propre vigne, ça ne peut pas faire de mal. Mais il n'y a pas de place pour une treille dans Adams Street, expliqua Enza en souriant.

– Evangeline Palermo a sa propre vigne dans Hazelet Street, et elle fait son vin, et elle va sur ses cent ans, rétorqua Anna, avec aigreur. Mets-moi un disque.

Enza posa le disque de *Tosca*, chanté par Enrico Caruso, sur le plateau du phonographe.

– Ne le raye pas ! aboya Anna.

Enza posa doucement l'aiguille sur le premier sillon, puis tourna le bouton du volume.

– Signora, dites-moi pourquoi vous aimez l'opéra.

– J'avais des dispositions, moi-même, commença Anna.

– Pourquoi ne chantez-vous pas à l'église ?

– Je vaux mieux que ça, siffla Anna. Je ne vais pas gâcher mon talent dans un chœur d'église ! Je préfère ne pas chanter du tout.

Irascible comme une gamine trop gâtée…

Enza se leva du canapé et retourna à la cuisine, en se jurant qu'elle ne serait jamais à la tête d'une maisonnée comme celle-ci. Les belles-filles d'Anna Buffa déjeunaient à l'étage au-dessus à différentes heures, et elles n'avaient pas le moindre respect pour leur belle-mère.

Enza regrettait sa maison et ses frères et sœurs. Ils avaient tout partagé, repas, travaux domestiques et conversations. La montagne elle-même, avec ses falaises majestueuses, ses alpages, ses chemins bien tracés au fil des ans, semblait leur appartenir. Les Ravanelli étaient vraiment une famille, ils n'avaient pas qu'une adresse en commun comme les Buffa.

Les yeux d'Enza s'emplissaient de larmes dès qu'elle pensait à Schilpario. Elle discutait parfois avec sa mère jusque tard dans la nuit, et elle s'étonnait maintenant de voir que, dans la famille d'Anna, on ne recherchait pas la compagnie ni le plaisir de la conversation. Anna Buffa ne savait pas ce qu'elle manquait, se dit-elle. Ou, peut-être, le savait-elle… C'était peut-être pour cela qu'elle buvait du whisky et écoutait de la musique aussi fort. Anna Buffa voulait oublier.

* * *

Carla débarrassa le couvert sur la table du jardin. Elle avait servi ce jour-là un somptueux plat de *rigatoni* en sauce avec des tranches de pain beurrées, une salade de haricots verts et quelques verres du vin produit par Remo. Pour le plus grand plaisir de Ciro et Luigi, qui faisaient des journées de dix heures sans une pause.

Remo faisait griller des châtaignes. Tandis qu'elles éclataient dans leurs cosses brillantes, il regardait les deux jeunes hommes qui discutaient et se racontaient des histoires en riant aux éclats. Ciro avait vraiment l'air plus heureux depuis que Luigi était là, comme si l'arrivée de son vieux copain lui avait donné un regain d'énergie. Remo sentait qu'il lui avait manqué une amitié comme celle de Luigi, avec des souvenirs et des objectifs partagés. Remo tenait à garder Ciro au magasin, et comprenait que le meilleur moyen était d'embaucher son ami.

– Tu sais, Ciro, j'ai eu une idée l'autre jour pendant que tu regardais les échantillons… commença Remo en s'asseyant. On n'a pas besoin de se lancer tout de suite dans les chaussures pour dames. C'est une bonne idée, mais je vois déjà plus loin.

– Ah, bon… dit Ciro, mais Remo avait vu une lueur de déception passer dans son regard.

– Mais on pourrait très bien augmenter notre activité, surtout si je dois verser un salaire supplémentaire, poursuivit Remo en regardant Luigi.

Les traits de Ciro s'illuminèrent.

– J'écoute, dit-il.

– Il faut amener les chaussures Zanetti à la rencontre de la clientèle. Suppose qu'on ait une roulotte aménagée en atelier près du chantier du Hell Gate Bridge. Tu pourrais faire les réparations sur place et prendre les commandes de chaussures neuves. Avec un employé supplémentaire, on peut envisager une vraie chaîne de fabrication, avec livraison de la marchandise sur le chantier.

– On aurait les Grecs d'Astoria, les Russes de Gravesend, les Irlandais de Brooklyn…, dit Ciro. Ils auraient tous des Zanetti aux pieds ! Et on déplacerait la roulotte de chantier en chantier à travers la ville pour trouver de nouveaux clients. C'est une superbe idée !

– Luigi pourra rester au magasin avec moi pendant qu'il se formera, et toi tu iras prendre des commandes. Et vous finirez par reprendre l'affaire, conclut Remo. Le patron se retirera et les employés feront marcher la boutique.

– C'est une formidable opportunité, dit Luigi. Qu'en penses-tu, Ciro ?

– Ça me plaît, dit Ciro.

– Qu'est-ce que vous mijotez, tous les trois ? interrogea soudain Carla.

– Un grand changement pour les chaussures Zanetti, qui vont passer au stade supérieur, expliqua Ciro.
– Est-ce que quelqu'un a pensé à me demander mon avis ?
– Saluez le nouvel apprenti, dit Ciro. Vous allez bientôt réclamer une autre sacoche verte à la banque, parce que cet homme va vous aider à la remplir.

Carla sourit à cette idée.

* * *

Enza acheva la vaisselle du dîner, l'essuya méticuleusement et la rangea sur les étagères. Elle passa de pièce en pièce afin de récupérer les assiettes à soupe, les restes du petit déjeuner et les corbeilles à pain que les belles-filles d'Anna laissaient devant leur porte. Quand elle reviendrait de l'usine, au matin, après son service dans l'équipe de nuit, l'évier déborderait de biberons vides, d'assiettes et de verres sales. Il lui faudrait donc faire bouillir les biberons, laver tout le reste et s'attaquer au nettoyage de la cuisine.

Elle fit un paquet avec un morceau de pain, du fromage et une pomme et le mit dans son sac. Elle traversa le rez-de-chaussée jusqu'à la porte en passant devant la chambre dans laquelle ronflait la signora Buffa, et sortit en refermant à clé derrière elle.

Elle s'éloigna d'un pas rapide dans les rues sombres de Hoboken, en prenant garde de ne pas attirer l'attention des groupes d'hommes rassemblés aux coins de rue ou des femmes assises sous leur véranda qui s'éventaient dans l'air nocturne.

De temps à autre, un jeune homme se penchait à un balcon du premier étage pour siffler sur son passage, et elle entendait les rires de ses amis, ce qui ne faisait que l'effrayer davantage. Enza n'avait jamais dit à son père qu'elle travaillait dans l'équipe de nuit. Il se serait inquiété s'il avait su qu'elle traversait Hoboken à ces heures tardives.

Elle avait appris, par expérience, certains stratagèmes pour se protéger. Elle traversait la rue pour suivre un agent de police qui faisait sa tournée, et quand il n'y en avait aucun en vue, elle savait se cacher sous un porche ou changer prestement de rue quand elle sentait un regard trop insistant sur elle.

Meta Walker était la plus grosse usine textile de Hoboken, installée dans un entrepôt de deux étages à l'allure délabrée. Le rez-de-chaussée était construit en pierre de la région, tandis que les deux autres, avec leurs bardeaux de bois peints en gris, faisaient penser à un chapeau de déguisement posé sur les premières fondations. Des escaliers de secours en fer en jaillissaient, avec des paliers carrés et des portes sur lesquelles on lisait « Sortie ». Les coursiers empruntaient souvent ces escaliers de secours pour porter des messages aux femmes contremaîtres qui surveillaient les ouvrières sur leurs machines.

Trois cents femmes, environ, travaillaient dans cette usine, réparties entre une équipe de jour et une autre de nuit, ce qui permettait de la maintenir en activité vingt-quatre heures sur vingt-quatre les six jours de la semaine. La demande d'ouvrières était constante, et comme elles se succédaient à leur poste, Meta Walker était la première étape pour beaucoup d'immigrantes à la recherche d'un salaire.

L'usine produisait divers modèles de chemises en coton pour femmes. Enza en prit une dizaine, les attacha ensemble avec un ruban récupéré dans les chutes de l'atelier de coupe, les jeta dans un chariot qui contenait déjà une vingtaine de ces ballots et poussa le chariot vers l'atelier de finitions. Tout en conduisant son chargement, elle profitait du vacarme des machines pour pratiquer son anglais à haute voix.

– Jolie métèque ! lui lança au passage Joe Neal, depuis l'atelier de finitions.

Joe Neal était le neveu du propriétaire de l'usine. Trapu et de petite taille, les cheveux bruns gominés et séparés par une raie centrale à la dernière mode, il souriait de toutes ses dents blanches de riche Américain nourri au lait concentré. Il ne cessait d'importuner les filles, et la plupart avaient peur de lui. Il arpentait l'usine comme s'il en était déjà le propriétaire.

– Quand vas-tu sortir avec moi ? souffla Joe Neal, en emboîtant le pas à Enza qui poussait son chariot.

Elle fit comme si elle n'avait pas entendu.

– Réponds-moi, jolie métèque !

– La ferme ! fit-elle, comme son amie Laura le lui avait recommandé.

Joe Neal avait travaillé dans divers services de l'usine, mais il n'y restait jamais longtemps. Les autres ouvrières avaient dit à Enza qu'on l'avait renvoyé de l'école militaire où sa famille l'avait expédié dans l'espoir qu'il s'assagisse. Les filles l'avaient mise en garde contre lui dès le premier jour. Mais il était impossible pour Enza de l'éviter, étant donné qu'elle devait apporter les ballots de vêtements à l'atelier de finitions.

Joe Neal avait d'abord essayé de flirter avec elle. Comme elle ne répondait pas à ses avances, il s'était fait plus agressif. À présent, il l'épiait pour la provoquer et la bousculer, en choisissant avec soin les moments où elle était seule. Il se planquait derrière des portants chargés de vêtements ou à l'angle d'un couloir pour surgir devant elle à l'improviste. Enza subissait ses insultes nuit après nuit. Et elle passait devant lui la tête haute.

Joe Neal était assis sur une table de coupe, les jambes pendantes. Le sourire qu'il adressa à Enza était plutôt une grimace.

– Eh, la petite métèque !

– Je ne parle pas l'anglais, mentit Enza.

– Je vais m'occuper de toi !

Ignorant la remarque, elle poussa les autres chariots pleins de vêtements pour faire une place au sien. Puis, après un coup d'œil à l'horloge, elle se rendit au réfectoire pour prendre sa pause.

– Par ici ! lança Laura Heery en lui faisant signe du fond de la salle.

Le réfectoire était une petite salle aux murs de ciment, meublée de tables de pique-nique et de bancs en bois brut attachés les uns aux autres. D'origine irlandaise, Laura était grande, mince, et d'une beauté incandescente avec ses cheveux roux, ses yeux verts, son petit nez semé de taches de rousseur et ses lèvres rose pâle au dessin parfait. Avec ses longues jupes droites et des vestes assorties portées par-dessus ses chemisiers blancs, elle paraissait encore plus grande qu'elle ne l'était déjà. Comme Enza, elle cousait elle-même tous ses vêtements.

Les filles, à l'usine, avaient en général des rapports cordiaux pendant les heures de travail, mais l'amitié se poursuivait rarement en dehors des ateliers. Enza et Laura étaient donc une exception. Leur sympathie réciproque était née après qu'elles se furent disputé une pièce d'étoffe.

Deux ou trois fois par an, les propriétaires de l'usine se débarrassaient des métrages de tissu non utilisé et des échantillons laissés par des représentants de commerce zélés. Autant de pièces qui ne représentaient aucune valeur pour les patrons mais qui pouvaient servir à des couturières habiles pour confectionner ou embellir des vêtements.

Lors de sa première journée à l'usine, Enza avait été invitée avec les autres ouvrières à récupérer des chutes. Un coupon de cotonnade jaune clair imprimée de petits boutons de roses jaunes avec des feuilles vertes lui avait tapé dans l'œil… en même temps qu'à Laura, qui s'était écriée, en brandissant l'étoffe devant son visage au moment où Enza tendait la main pour la prendre :

– Jaune et vert ! Ce sont mes couleurs !

Enza s'apprêtait à protester en criant à son tour, puis elle s'était ravisée et avait dit calmement :

– Tu as raison. Ça te va parfaitement au teint. Il est pour toi.

Depuis ce jour-là, elles prenaient leur pause ensemble. Et Laura avait entrepris d'aider Enza à lire et à écrire en anglais.

Les lettres d'Enza à sa mère étaient pleines d'histoires avec Laura Heery. Elle lui raconta par exemple le samedi après-midi qu'elles avaient passé au célèbre parc d'attractions Steel Pier d'Atlantic City. Enza avait mangé ce jour-là son premier hot-dog à la choucroute et à la moutarde. Elle décrivit longuement à Giacomina le sable rose de la plage, le phénoménal homme-orchestre du Steel Pier, le vélo tandem aperçu sur un trottoir... Elle évoqua aussi des chapeaux à large bord ornés de grands rubans, de gros bourdons en feutre et d'énormes fleurs de soie, et encore des costumes de bain, des pulls sans manches avec ceintures... Tout était nouveau pour elle, et tellement américain !

Enza avait trouvé une meilleure amie en Laura, et bien plus que cela. Elles adoraient toutes deux les vêtements bien coupés et à la dernière mode. Elles se voulaient élégantes. Quoi qu'elles fassent, chapeau ou simple jupe, elles y mettaient tout le temps nécessaire. Elles râlaient quand les Walker se laissaient refiler une mauvaise toile de coton par quelque représentant et qu'il fallait ensuite mettre au rebut les chemisiers qu'on avait fabriqués avec. Elles travaillaient dur, avec application et sans tricher. Tout ce qu'Enza racontait dans ses lettres montrait qu'elle gardait intactes les valeurs inculquées par sa mère.

— Tu as mauvaise mine, constata Laura en lui tendant un gobelet en carton qu'elle avait empli de café bien chaud additionné d'un peu de crème, comme l'aimait son amie.
— Je suis fatiguée, avoua Enza en s'asseyant.
— La signora Buffa s'est encore saoulée ?
— Oui, soupira Enza. Au whisky. C'est son seul ami.
— Il faut qu'on te sorte de là.
— Ce n'est pas à toi de régler mes problèmes, fit Enza.
— Je veux t'aider.

* * *

Laura Heery, vingt-six ans, avait suivi des cours dans une école de secrétariat et travaillait la nuit au bureau de l'administration. C'était elle qui avait aidé Enza pour compléter les formulaires de demande d'embauche, qui lui avait montré où aller pour qu'on lui donne une blouse de travail à sa taille, où aller chercher ses outils, et qui l'avait aidée à obtenir la promotion lui faisant quitter sa machine pour diriger l'atelier de finitions. C'était Laura, enfin, qui avait appris à Enza comment améliorer son salaire en faisant des heures supplémentaires aux moments où l'usine en avait besoin pour tenir les délais.
Laura coupa un pain au lait en deux et en offrit la plus grosse part à Enza, qui lui dit, dans un anglais irréprochable :
— Merci pour ce petit pain au lait, Miss Heery.
— Bravo, fit Laura en riant. Tu causes comme la reine !
— Merci mille fois, répondit Enza en soignant son accent.
— Continue, et bientôt tu seras royalement traitée.
Enza éclata de rire.
— Prépare-toi. Je vais maintenant t'apprendre à répondre aux questions pour un entretien d'embauche.
— Mais j'ai du travail.

Laura baissa la voix.

— On mérite mieux que cette saleté d'usine. Et on l'aura. Mais garde ça pour toi.

— Entendu.

— Et la signora Buffa ne se doute toujours de rien, n'est-ce pas ? C'est comme ça, vois-tu, qu'ils te gardent sur un lit de camp dans un sous-sol glacé. Tant que tu ne parles pas anglais, tu dépends d'eux. Mais on va bientôt te sortir de ce piège !

— Je l'entends quand elle parle de moi à sa belle-fille. Elle dit des horreurs. Elle s'imagine que je ne comprends rien !

— Tu vois ces filles, ici ? Millie Chiarello ? Championne des boutonnières ! Mary Ann Johnson ? Meilleure repasseuse de tout l'étage ! Lorraine DiCamillo ? Imbattable pour les finitions ! Elles sont compétentes et travailleuses, mais toi, tu as un vrai talent. Tu as des idées. Tu as pensé à passepoiler les chemisiers blancs avec du fil de boulanger, et ça a si bien marché que les boutiques en ont redemandé. On n'a pas besoin de ces machines. Les vraies couturières font tout à la main. Je me suis un peu renseignée, murmura Laura. On peut trouver du travail à la ville.

La ville.

Chaque fois qu'Enza entendait cela, il lui semblait que tout était possible.

Laura était née dans le New Jersey, mais elle rêvait de New York. Elle connaissait les noms de toutes les familles qui avaient construit des hôtels particuliers sur la Cinquième Avenue, elle savait où trouver les meilleurs *cannoli* à Little Italy, et les meilleurs *pickles* dans le Lower East Side, et elle connaissait les horaires des spectacles de marionnettes du *Swedish Cottage* de Central Park.

— Tu crois vraiment qu'on peut y trouver du travail ? s'enquit Enza, inquiète.

– On prendra n'importe quoi jusqu'à ce qu'on trouve quelque chose dans la couture. Tu pourrais être secrétaire et moi servante chez des particuliers. Tu t'imagines, travaillant dans un atelier sur la Cinquième Avenue ?

– Presque, dit Enza, les yeux brillants.

Quand elle discutait avec Laura, Enza avait l'impression d'ouvrir la malle au trésor.

– Eh bien, vas-y, rêve !

Laura attendait depuis un certain temps la partenaire qui l'aiderait à franchir le pas vers Manhattan. Ses parents juraient qu'ils la renieraient si elle s'aventurait seule dans la ville, mais si Enza était partante…

Enza réfléchissait vite.

– Où logerons-nous ?

– On trouvera quelque chose. Il y a des hôtels pour femmes. On pourrait prendre une chambre à deux.

– Ça me plairait.

Enza avait rendu visite aux parents de Laura à Englewood Cliffs. Ils formaient, avec ses nièces et ses neveux, une grande famille qui vivait dans une petite maison rutilante de propreté.

Chaque fin de semaine ou presque, Laura prenait le ferry pour aller faire du lèche-vitrines à Manhattan. Elle ne se lassait pas de contempler, sur Madison Avenue, les devantures des magasins regorgeant de flacons de parfum en cristal, de sacs de cuir et de stylos en argent fabriqués à la main. Elle rêvait qu'elle possédait ces merveilleux objets et en prenait grand soin. Elle admirait les automobiles d'une longueur interminable à la carrosserie étincelante, les dames gantées et chapeautées qui y entraient et en sortaient, aidées par leur chauffeur. Elle levait la tête vers leurs fenêtres et se voyait chez elle, dans un vaste appartement avec des draperies en cascade et, aux murs, des tableaux aux cadres dorés à la feuille d'or.

Quand elle entendait Laura décrire New York, Enza voulait y être, faire partie de tout cela. Quoi qu'il se passe à l'usine, Laura restait optimiste et positive ; elle remontait le moral d'Enza, stimulait son courage, et était toujours là pour la soutenir. Elle était comme un éclat vert émeraude dans un monde gris.

– Il faut rassembler tout notre argent, dit-elle. J'ai quelques économies. Tu crois que tu pourras en mettre un peu de côté ?

– Je vais faire des heures supplémentaires. Et écrire à ma mère qu'elle ne doit rien attendre tant que je n'aurai pas trouvé de travail.

– Bien. (Laura vit la crainte et le doute qui étaient apparus, malgré elle, sur les traits de son amie.) N'aie pas peur. On va se débrouiller.

Quand leurs heures de nuit s'achevaient, Enza et Laura allaient pointer avant de partir. Elles sortaient souvent en empruntant l'escalier de secours du deuxième étage d'où elles pouvaient voir le jour se lever sur l'île de Manhattan. Le silence n'était rompu que par le bruit rythmique et étouffé des trains du petit matin qui passaient derrière elles tandis que la surface de l'Hudson, au loin, restait figée comme un miroir. Et Manhattan, sous les premiers rayons de soleil, lançait des reflets d'argent.

La ville, leur destination, leur rêve, était faite de pierre et de verre. Y aurait-il des visages amicaux derrière toutes ces fenêtres ? Auraient-elles du travail derrière ces portes ? Et, quelque part le long de ces grandes avenues et des rues adjacentes, ou bien dans le labyrinthe des vieilles rues de Greenwich Village, trouveraient-elles un endroit où loger ?

Laura poussait Enza à imaginer une nouvelle vie, à inventer ce qu'elle espérait pour le voir en pensée. Mais Enza réservait ses rêves pour sa famille et n'avait jamais songé à imaginer une autre vie pour elle-même. C'était maintenant ce qu'elle faisait, encouragée par Laura. Un jour, Enza connaîtrait son rêve, elle le tiendrait entre ses mains. Chaque détail serait familier, et l'avenir tout tracé, comme les points d'un ourlet, chacun conduisant au suivant.

Elles rêvaient d'une pièce avec une fenêtre, deux lits, une chaise, un réchaud pour cuire les repas et une lampe pour lire, le simple et le strict nécessaire ; un endroit à elles, un endroit qu'elles appelleraient leur chez-soi.

14

Une guirlande

Una cordia di orpello

Colombus Day, à Little Italy, était une extravagance. On accrochait aux réverbères des guirlandes blanches, rouges et vertes. Des drapeaux italiens, des carrés de soie rouge vif, vert émeraude et blanc virginal bruissaient sur des piquets devant les boutiques et les maisons. Les hommes portaient au revers de leur veste les mêmes drapeaux miniatures, qui se retrouvaient aussi, artistiquement chiffonnés, sous le ruban du chapeau des femmes. Les enfants brandissaient de petits drapeaux montés sur tige ou les fourraient comme des foulards dans la poche arrière de leur pantalon. L'air printanier embaumait la menthe fraîche et le soleil, au loin, scintillait comme une pièce d'or.

– C'est la saison du velours, déclara Enza. Il fait juste assez frais pour porter mon tissu préféré.

– Le velours est de la laine bouillie avec de l'argent, dit Laura.

Enza et Laura passaient le plus d'après-midi possible à New York à la recherche d'un travail. Elles étaient sur liste d'attente pour une chambre à la villa Rosemary, au couvent Saint Mary et à la résidence Evangeline.

Elles avaient aussi présenté des candidatures dans toute la ville pour être aides-infirmières à l'hôpital Foundling, cuisinières et serveuses dans différents clubs de la bonne société de l'Upper East Side, domestiques dans les hôtels particuliers de Park Avenue. Et elles s'étaient présentées dans diverses boutiques de mode et à la salle d'exposition de la Chambre syndicale des chapeliers.

La décision de quitter Meta Walker étant prise, l'attente d'une nouvelle vie devenait quasiment insupportable. Laura se précipitait chez elle chaque matin en espérant que le courrier leur apporte de bonnes nouvelles. Enza ne voulait rien recevoir à Adams Street, de crainte du drame qui ne manquerait pas de se produire si Anna Buffa apprenait que sa servante personnelle songeait à la quitter.

Mais ce jour-là ne se passerait pas à compléter des formulaires ni à courir les pensions ; c'était un jour de fête. Les rues, de Broadway au Bowery, étaient pleines de fiers immigrants italiens en provenance de tous les quartiers dans leurs plus beaux atours – gants et chapeau pour les hommes – qui se mêlaient à la foule venue pour goûter aux spécialités de l'Italie du Sud et fêter Colombus Day.

Enza et Laura traversèrent Grand Street, Laura attirant bien des regards par sa taille et son charme éclatant de rousse, Enza par sa beauté brune et sa fine silhouette. Elles portaient leurs propres créations ; Enza, une jupe de velours gratté avec une veste bun clair ourlée de bleu lavande, et Laura, une jupe de soie verte avec un manteau de brocart assorti et une ceinture dorée en grosse corde tressée. Le chapeau d'Enza était en satin beige et satin gris entrelacés et Laura arborait un feutre doré à large bord. En matière d'élégance, elles n'avaient absolument rien à envier aux femmes qui commandaient leurs toilettes dans les ateliers de la Cinquième Avenue.

Elles se laissèrent entraîner par la foule qui venait pour festoyer, célébrer ses liens avec le pays natal et goûter au plaisir d'être ensemble, entre soi. Les marchands avaient dressé le long de l'avenue des étals très simples avec de grands piquets en bois délavé retenant des auvents de toile au-dessus de légers comptoirs en planches.

Les clients se voyaient offrir tous les mets napolitains possibles et imaginables, préparés sous leurs yeux, frais, chauds, doux, et parfaits. Dans les bassines d'huile bouillonnante nageaient de gros beignets blancs légers comme des nuages qui tournaient au brun doré avant qu'on les recouvre de sucre pour en faire des *zeppole*. Les carrés de tarte à la tomate rappelant les carrés rouges du drapeau italien, arrosés d'un filet d'huile d'olive et décorés de basilic frais, étaient vendus à la pièce dans du papier sulfurisé.

Un stand de pâtisseries proposait des plateaux de *cannoli*, ou sacristains fourrés de crème fraîche et recouverts de copeaux de chocolat ; *sfogliatelle*, petits gâteaux à la ricotta ; biscuits secs aux pignons ; *millefoglie*, mille-feuilles à la crème pâtissière et à la fraise sous une couche de sucre en poudre ; et toutes sortes de glaces et d'entremets. Des guirlandes de noisettes étaient accrochées à l'auvent. Un énorme morceau de *torrone* fait d'amandes, de miel et de blanc d'œuf reposait sur une plaque de marbre suspendue par des cordes comme si on venait de la remonter d'une mine. Le marchand distribuait généreusement des morceaux de caramel aux badauds affamés.

– La signora Buffa adore le *torrone*, dit Enza en s'arrêtant devant le stand.

– On va acheter des douceurs à cette sorcière ? répondit Laura.

– J'espère toujours qu'elle va changer…

– Vas-y, alors. Achète. J'espère qu'elle s'y cassera une dent.

– Tu sais quoi ? Je ne vais rien lui rapporter, décida Enza.

– Voilà qui est mieux. Il ne faut jamais se montrer faible face à l'oppresseur !

Elles ne savaient où aller pour commencer. Enza entraîna son amie vers le stand des saucisses au poivron. Elles regardèrent le cuisinier qui jetait des tranches de poivrons verts et des oignons émincés sur son gril pendant qu'une saucisse cuisait en dégageant son parfum, sa peau se fendillant à la chaleur, puis enfermait le tout dans un petit pain croustillant.

Laura prit une bouchée.

– *Delicioso !* s'écria-t-elle.

– *Delicious*, rétorqua Enza.

– Bien ! Mais c'est le moment ou jamais pour parler ta langue. Tout est italien, aujourd'hui !

Un jeune homme donna un tract à chacune et disparut aussitôt dans la foule pour poursuivre sa distribution. Enza y vit un dessin et, en légende, quelque chose sur les criminels allemands. La Grande Guerre, comme on l'appelait, faisait rage en Europe ; elle commençait seulement à produire quelque effet sur la vie de ces fiers immigrants. L'Italie venait d'entrer dans le conflit, et on disait que les États-Unis n'allaient pas tarder à en faire autant. Enza s'inquiétait pour ses frères, et Laura pour ses neveux, qui attendaient avec impatience de devenir soldats.

Enza glissa le tract dans son sac à main pour le lire plus tard. Elle savait à quel point les gens de son village étaient pauvres. Ils ne survivraient pas à une longue guerre qui ne ferait qu'empirer les choses.

Mais, ce jour-là, on ne parlait pas de guerre. Les Italiens qui luttaient pour vivre en Amérique n'avaient pas de temps pour la politique. Ils travaillaient dur, souvent deux fois plus que les autres, et gagnaient de l'argent américain. Ils gardaient les yeux fixés sur l'aiguille d'une machine à coudre, dépensaient leur énergie sur des chantiers de construction, posaient des rails de chemin de fer et construisaient des ponts, des usines, des maisons ; en équilibre sur des poutres au-dessus des villes, ils bâtissaient des gratte-ciel. Ici, aussi, la guerre serait une interruption malvenue.

– Il y a un tas de beaux garçons à Little Italy, dit Laura.

– Quelques-uns.

– Voilà pourquoi tu attires l'attention. Tu t'en fiches complètement ! lança Laura en riant. Je me souviens que l'été dernier, à Atlanta, tu as discuté pendant trois heures avec ce type qui venait de Metuchen. Tu sais ce qu'il est devenu ?

Enza haussa les épaules.

– On a discuté, c'est tout.

– On en a vu passer, des enveloppes ! Pour Mary Carroll, pour Bernadette Malavy, et pour les deux Linda de l'atelier de finitions, Linda Pazelt et Linda Faria. Elles se sont toutes mariées. Il doit y avoir une mine de diamants tarie en Afrique du Sud, et moi je suis fauchée à force de fêter toutes ces épousailles ! Tu crois que notre tour viendra ?

– Bien sûr. Pour toi d'abord. Et j'espère que tu ne t'assagiras pas trop, une fois mariée.

– Tu te moques de moi ? *Jamais !* Je veux un homme avec un grand avenir. Et ce n'est pas chez nous qu'il faut compter là-dessus, tu sais. Il faut vivre *maintenant*, dit Laura, en souriant à un jeune homme qui la saluait, touchant le bord de son chapeau.

– Je n'attends personne.

– Tu te languis pour ce type qui creuse des tombes, Ciro, c'est ça ?

– Je me demande ce qu'il est devenu. Mais je ne me languis pas.

– D'accord, fit Laura, qui n'était cependant pas dupe. Tu lui écris ?

– Non.

– Les lettres pour l'Italie, ça marche dans les deux sens, Enza.

— Il n'est pas en Italie. Il est ici.
— En Amérique ?
Enza hocha la tête.
— Little Italy.
— Et tu me l'as caché ? hurla Laura. Tu as son adresse ?
— Il était apprenti chez un cordonnier de Mulberry Street. Mais ça ne date pas d'hier...
— Si ça se trouve, il est à une rue d'ici, et tu es là, à manger tranquillement de la saucisse aux poivrons... Je n'y crois pas !
— Qui sait où il est maintenant ? Ça remonte à six ans. Et il avait une petite amie...
— Et alors ? Vous étiez des gamins. Je crois qu'on devrait faire un tour du côté de Mulberry Street.
— Il est probablement reparti en Italie, dit Enza avec un haussement d'épaules. Ça m'est égal. Il n'a pas cherché à me revoir.
— C'est peut-être toi qui devrais chercher à le revoir.
— Je n'en ai peut-être pas envie.
— Ce peut-être veut dire le contraire, insista Laura. Tu ne seras jamais aussi jolie qu'aujourd'hui, alors autant montrer à ce type ce qu'il est en train de manquer.
— Je ne me suis pas habillée pour lui.
— Une fille ne sait jamais à quel moment le destin va lui donner un coup de pouce. Regarde-moi. Je suis toujours prête ! (Laura sortit de sa poche un petit vaporisateur en argent et l'approcha de son cou.) Tu en veux aussi ?
— D'accord, mais un peu seulement, il ne faut pas le gaspiller pour moi. Et s'il n'est pas là, à quoi bon ?
Enza ferma les yeux sous le nuage d'essence de cèdre et de jasmin.
En tournant à l'angle de Mulberry Street, les deux amies furent stupéfaites par l'importance de la foule. On se pressait sur la chaussée, mais aussi sur les trottoirs, sous les porches et même sur les toits. On ne pouvait

pratiquement plus bouger. Le cœur d'Enza se mit à battre plus fort.

– Tu te rappelles l'adresse ? demanda Laura.

– Pas exactement.

– Viens. Je te connais. Tu te souviens du moindre détail chaque fois que tu vois quelqu'un. Réfléchis.

Enza céda.

– Il travaille au magasin de chaussures des Zanetti.

Laura scrutait la rue.

– C'est là !

On voyait l'auvent du magasin et, en son centre, le nom de Zanetti. Laura prit Enza par le bras.

– Viens !

Enza ne croyait guère au succès du plan de Laura, mais avant qu'elle ait le temps de protester, celle-ci lui avait pris la main et la tirait parmi la foule, en direction du magasin.

– Attends.

Enza sentait intuitivement qu'elle n'allait pas aimer ce qu'elle trouverait derrière cette porte. Mais il était trop tard – on n'arrêtait pas Laura quand elle était décidée, que ce soit à l'usine ou dans les rues de Little Italy.

– Laisse-moi faire. C'est moi qui vais parler.

Laura grimpa les marches et passa la tête à l'intérieur. Enza la suivit, partagée entre la crainte et la curiosité. Ses pensées se bousculaient, avec Ciro comme personnage principal de toutes sortes de scénarios, avec ou sans elle. Ciro était sans doute marié, après tout ce temps. Il avait tout de même vingt-deux ans, et semblait travailleur et ambitieux. Enza se montrerait cordiale avec lui et repartirait vite. Voilà tout. Elle lissa le devant de sa jupe avant de pénétrer dans le magasin derrière Laura.

Carla Zanetti était derrière le comptoir. Elle tendit de l'argent à un gamin en posant devant elle un grand plateau chargé de biscuits.

– Ton pourboire est inclus ! lança-t-elle au gamin comme il s'en allait.

– Bonjour. Je m'appelle Laura Heery, et voici mon amie Enza Ravanelli. Nous cherchons un jeune homme, apprenti ici... Ciro Lazzari.

– Il est sorti.

– Ah, fit Laura, décontenancée par le ton sec de la vieille femme et ses manières de gardienne de prison. Enza connaît le signore Lazzari parce qu'ils sont de la même province en Italie.

– Nous étions voisins, dit calmement Enza.

Carla agita les mains.

– Vous avez vu tous ces gens, dehors ? On vient *tous* du même endroit. Si je voulais, je pourrais dire que n'importe lequel de ces *jadrools* est de ma famille ! Mais je ne veux pas. (Les fixant par-dessus ses verres de lunettes, elle ajouta :) Donc, je ne le dis pas.

– Mais ce n'est pas la même chose. Ciro et Enza se connaissent très bien, insista Laura.

– Nous nous sommes déjà vues, signora, intervint Enza, pour ne pas laisser Laura s'enfoncer. Je vous ai rencontrée avec votre mari à l'hôpital Saint-Vincent le jour de mon arrivée à New York. J'étais avec mon père.

Carla regardait Enza et la jaugeait. L'examen minutieux de sa toilette lui fit conclure que cette jeune femme était une vraie dame.

– Le jour où Ciro s'est coupé la main ? demanda-t-elle.

– Oui, signora.

– Comment va votre père ?

– Il a d'abord trouvé du travail dans les mines, mais maintenant il construit des routes en Californie.

– C'est dur, comme travail.

– Mais c'est toujours mieux que les mines de charbon.

– Nous fabriquons des chemisiers à Hoboken, dit Laura avec un sourire. Nous pourrions vous en apporter un la prochaine fois.

– C'est très gentil de votre part, répondit Carla, mais ne cherchez pas à me soudoyer. Ciro a beaucoup de petites amies, en général elles ne me plaisent pas – celles que je connais, en tout cas.

Enza laissa échapper un soupir. Elle ne s'était pas rendu compte qu'elle retenait sa respiration. Ciro n'était pas marié.

– Les filles, de nos jours, ne manquent pas de culot! continua Carla. Elles n'attendent pas qu'on leur fasse la cour dans les règles. Elles s'amènent ici et on sait ce qu'elles veulent. Elles font la queue à ce comptoir pour regarder Ciro Lazzari comme si elles achetaient du fromage!

– Je ne suis pas ici pour acheter du fromage, signora, dit Enza. Je cherchais un vieil ami et je me demandais ce qu'il était devenu. (Elle était soulagée que Ciro ne soit pas là. S'il ne l'avait pas reconnue, comment l'aurait-elle supporté?) Merci, signora. Je vous souhaite une bonne journée, à vous et à votre mari.

Enza et Laura se retournèrent pour sortir.

Au même moment, la porte du magasin s'ouvrit dans le tintement des clochettes accrochées au chambranle. Le signore Zanetti entra, en compagnie d'un couple: Luigi Latini et sa petite amie Pappina, une brune aux traits délicats et au teint de porcelaine. Elle était suivie de Felicità Cassio, vêtue d'un ensemble rouge vif avec un grand chapeau assorti. Et enfin de Ciro Lazzari, arborant un complet trois-pièces bleu marine que complétait une élégante cravate en soie du même bleu céleste que ses yeux. Il tenait deux bouteilles de champagne glacé. Le magasin fut soudain plein de monde.

Enza se détourna. Elle aurait voulu ne pas être là.

– Lequel de ces beaux messieurs est Ciro Lazzari? demanda Laura.

Le signore Lazzari rougit, pris de court par cette jeune Américaine aux manières directes.

— Eh bien, le vieux, en tout cas, c'est le mien, répondit Clara.

— Ne me regardez pas, dit Luigi Latini. Je ne suis ni beau ni… vieux.

— C'est moi, Ciro. Que puis-je faire pour vous ? interrogea Ciro.

— Mon amie vous a connu il y a longtemps, dit Laura. Au pays.

— Avec un peu de chance, ce sera la sœur Teresa de la cuisine du couvent San Nicola ! plaisanta Ciro.

— Cette jeune personne n'a pas pris le voile, rétorqua Laura en retirant ses gants.

— Pas encore, en tout cas. Bonjour, Ciro, dit Enza d'un ton calme.

— Enza !

Il prit ses mains dans les siennes, recula d'un pas pour la regarder. La jolie fille de la montagne était devenue une beauté. Sa silhouette s'était affirmée ; dans son ensemble gris et beige, elle avait la grâce d'une hirondelle.

Felicità, les bras croisés, examinait son propre visage dans le miroir accroché derrière le comptoir.

— Enza, je te présente Felicità Cassio, se hâta de dire Ciro.

Il ne quittait pas Enza des yeux, dans un état de sidération qui se lisait sur ses traits. Et il réfléchissait à toute allure. La métamorphose d'Enza, son allure sophistiquée le stupéfiaient. Elle avait fait du chemin, en six ans, depuis qu'il l'avait vue à l'hôpital Saint-Vincent ! Il n'y avait qu'un immigrant pour comprendre ce que représentait le fait d'arriver ici encore enfant et de grandir dans un endroit si différent de chez soi. Enza, manifestement, avait su faire face à ce défi. Ciro était terriblement impressionné, et le cœur lui battait.

— Felicità a été Reine de Notre-Dame de Pompéi, il y a six ans, dit Carla, sur un ton qui signifiait qu'elle n'était plus au zénith de sa séduction.

– C'est la première fois que je rencontre une vraie reine ! s'extasia Laura.

– Oh, je ne règne pas sur un pays, ni rien de tout ça... Je n'ai fait que couronner la Vierge Marie.

Laura lança un regard à Enza.

– Ma foi, je crois que c'était le bon choix, dit Enza, généreusement.

Elle regardait la porte, pressée d'échapper à cette situation embarrassante. Elle avait la ferme intention de dire deux mots à Laura Heery quand elles seraient à nouveau dehors.

Ciro s'avança.

– Remo, c'est Enza ! Vous vous souvenez ? Vous l'avez rencontrée à l'hôpital le jour où je me suis coupé la main.

– Je ne peux pas croire que c'est la même..., murmura Remo en la regardant des pieds à la tête. *Che bella*...

– J'étais très malade quand vous m'avez vue, dit Enza.

– Hoboken prend un coup de vieux, avec vous, dit Remo.

– Eh oui. C'est la capitale mondiale de la beauté ! s'exclama Laura, provoquant les rires, surtout celui de Carla.

– Carla, tu leur as offert quelque chose à boire ? demanda Remo.

– Je m'apprêtais à monter les plateaux sur la terrasse. (Carla se tourna vers Laura.) Vous voulez bien vous joindre à nous ?

Enza regarda Ciro, qui ne l'avait toujours pas quittée des yeux.

– Ce n'est pas possible. Je dois rentrer.

– Non, tu ne dois pas ! lui chuchota Laura. Le numéro de Cendrillon, ça suffit. C'est jour de fête pour toi aussi. (Et elle continua, plus fort :) Comptez sur nous, signora

Zanetti. Et merci. Vive Columbus Day ! ajouta-t-elle en applaudissant.

– C'est formidable… Quelle surprise. (Ciro prit le plateau des mains de Carla.) Je veux tout savoir au sujet de Cendrillon !

– Je pense bien, dit Felicità, en rajustant son chapeau. Il adore les contes de fées, celui-là.

* * *

La terrasse des Zanetti sur Mulberry Street était de dimensions modestes. Un banc et quelques chaises en bois maltraitées par les intempéries étaient disposés sur le sol couvert de toile goudronnée et une série de grosses ampoules suspendues sur un fil tendu entre le mur et une cheminée.

Les terrasses de Little Italy formaient un village à elles seules, à quelques étages au-dessus du sol mais si proches que les enfants pouvaient facilement passer de l'une à l'autre. La plupart étaient décorées avec simplicité ; on y trouvait parfois des pieds de tomate, des herbes aromatiques, des pots de fleurs et des braseros. Mais, ce soir-là, elles étaient pleines de monde, comme des chœurs d'église au-dessus de l'agitation, et tout ce monde attendait le moment des feux d'artifice.

Carla posa un plateau de biscuits sur la cheminée pendant que Remo débouchait une bouteille de champagne. Puis elle lui tendit les verres pour qu'il les remplisse.

– À Christophe Colomb ! lança Remo.

Enza s'assit sur le banc à côté de Pappina. Elle s'était tout de suite sentie proche de cette petite brune aux yeux noirs et brillants de malice. Pappina avait un sourire chaleureux, et ses boucles brunes rappelaient à Enza celles de Stella.

– J'ai l'impression de te connaître. D'où es-tu ?
– De Brescia.

– Moi aussi je suis du Nord. De Schilpario.
– C'est dans la montagne ? demanda Pappina.
– On ne peut pas aller plus haut !
– On n'est pas très nombreux à venir du Nord, dit Pappina, en tapotant la main d'Enza. Il faut qu'on soit amies.
– Volontiers !

Enza regardait Ciro qui parlait et riait avec Remo et Luigi. Elle aurait pu passer la soirée à l'observer. Il y avait de la délicatesse dans la façon dont il tenait la coupe de champagne dans sa grande main. Et une sorte de bonheur qui semblait l'emplir tout entier tandis qu'il rejetait les épaules en arrière, les pieds solidement plantés sur le sol, et riait. *Elle aura de la chance, la fille qui épousera Ciro Lazzari*, se dit-elle.

Ciro demanda aux deux hommes de l'excuser et rejoignit Enza et Pappina sur le banc. Pappina ne tarda pas à s'excuser à son tour pour rejoindre les autres au bord de la terrasse.

– Tu es ici. Je n'en crois pas mes yeux, dit Ciro.
– C'était une idée de Laura.
– Incroyable... Tu es forte. Je me souvenais d'une fille qui soulevait des rochers dans un cimetière comme on ramasse de la petite monnaie.
– J'étais costaude comme une montagnarde, à l'époque.
– J'aime bien la nouvelle version, dit Ciro.
– Toi, tu n'as absolument pas changé, dit posément Enza. Te voilà en train de faire le joli cœur alors que ta petite amie est à trois mètres. Tu n'as pas peur qu'elle t'entende et qu'elle te jette ?
– Si elle fait ça, c'est toi qui me rattraperas, non ?

Enza éclata de rire, mais elle ne savait vraiment pas pourquoi. Elle avait envie de pleurer. C'était peut-être le champagne... Elle se sentait partagée entre ardeur et regret. Il s'était passé tellement de temps sans qu'elle revoie Ciro, et c'était désormais comme du temps perdu.

— La montagne me manque, à cette période de l'année, dit-il. Pas à toi ?

— Le Vo devient gris argent, et les pentes passent du vert clair au marron.

— Tu crois que quelqu'un, à part nous, pense au Vo, ici ?

— Ils trouvent l'Hudson magnifique. Mais il n'est beau que pour ceux qui n'ont pas vu les rivières de la montagne. Je ne peux pas m'en empêcher, je fais tout le temps des comparaisons.

— Comment va ta famille ?

— Ils sont toujours là-bas, sauf mon père qui travaille en Californie. Et ton frère ?

— Il est au séminaire, à Rome.

— Un prêtre dans la famille ? C'est une bénédiction.

— Tu crois ? Je préférerais l'avoir en Amérique avec moi. Mais je sais qu'il fait ce qu'il voulait, alors je l'accepte.

Enza parcourut les terrasses du regard. Elle était si heureuse sur ce banc, à cet instant, avec Ciro à côté d'elle... Après tant d'années à se demander comment ce serait. Elle aurait voulu que ce moment dure la vie entière.

Ciro parut deviner ce qu'elle ressentait.

— Le monde est devenu plus petit, n'est-ce pas ? Tu m'as retrouvé, murmura-t-il.

— Ce n'était pas difficile. Il m'a suffi de descendre Mulberry Street.

— Je sais, je sais. C'est arrivé par hasard. Mais le hasard existe-t-il vraiment ? Ou bien est-ce le destin qui choisit le lieu, l'heure et l'opportunité ?

— Je n'en sais rien. Mais pour un apprenti cordonnier, tu parles comme Plutarque.

— Je ne le connais pas. Je lis Benvenuto Cellini.

— L'autobiographie ? demanda Enza.

— Tu la connais ?

– Je l'ai lue, là-bas. Mon professeur me l'avait prêtée. Il croyait que je deviendrais une artiste.

– Et… ?

– Je ne sais pas. Il y a beaucoup d'artistes qui travaillent dans les usines. (Enza sourit.) Et il y en a même qui fabriquent des chaussures.

– Je suis bien loin d'être un artiste comme Cellini, répliqua Ciro, soudain timide.

– Mais en tant qu'homme, tu vaux certainement mieux que lui. Cellini était épouvantable avec sa femme et avec ses enfants. Il était jaloux, il a tué des gens, il a pratiquement inventé la vendetta. Alors, tu ferais bien de cesser de me parler et de t'occuper un peu de la reine, sinon les malédictions siciliennes vont nous arriver dessus comme les serpentins à un bal masqué.

Ciro éclata de rire.

– J'adore ton chapeau !

– Tu as raison.

Des fusées illuminèrent le ciel de Little Italy tandis que de grandes fleurs de lumière bleues, jaunes et roses éclataient au-dessus des toits et des terrasses. Ciro et Enza rejoignirent les autres invités. Enza but du champagne et grignota quelques douceurs avec les femmes tandis que Ciro fumait en compagnie de Remo et Luigi tout en admirant le feu d'artifice.

Enza jetait des coups d'œil au ciel, mais elle ne pouvait s'empêcher de regarder Ciro. Comme si elle avait voulu se souvenir de lui dans les moindres détails. Quel bel homme il était devenu ! Comment s'étonner si toutes les filles de Little Italy rêvaient de l'épouser ?

Le feu d'artifice s'acheva dans une orgie de couleurs et de coups de canon dont les détonations firent trembler tout le quartier.

– Fin du spectacle, dit Clara, en sifflant une dernière coupe de champagne.

Enza s'approcha des Zanetti.

— Merci pour cette merveilleuse soirée, les remercia-t-elle, puis elle prit congé de Felicità, Pappina et Luigi.

Enza n'avait pas oublié qu'il était important de savoir quitter une soirée. Aussi important que d'arriver au bon moment. Il fallait saisir le court instant où il n'y avait pas encore de gêne, avant qu'on sache clairement qui partait avec qui. Il n'y avait pas grand-chose à débarrasser sur la terrasse, les verres étaient déjà rangés sur un plateau et il ne restait plus de biscuits. Il était temps de s'en aller.

— Je vous raccompagne, mesdemoiselles, dit Ciro, avant de traverser avec elles l'appartement plongé dans la pénombre, puis la boutique.

À l'instant où ils atteignaient la porte, Enza se retourna vers lui.

— Où habites-tu ? interrogea-t-elle.

— Je vais te le montrer.

— J'attends ici, dit Laura, l'air innocent, en cherchant ses gants dans son sac à main.

Ciro prit Enza par la main et l'entraîna à l'arrière du magasin. Il tira un rideau pour lui montrer le lit, le lavabo, le miroir et le fauteuil – le tout propre et rangé – qui constituaient son univers.

— C'est impeccable. Les sœurs seraient fières de toi.

— Tu n'as pas vu le meilleur, dit-il, en repoussant le rideau de côté pour ouvrir la porte qui donnait sur le jardin. Enza le suivit dehors.

Un accordéon jouait au loin, accompagnant les éclats de rire et la rumeur des conversations dans les cours et les jardins alentour. L'air nocturne sentait le caramel et la fumée des cigares. Des nuages de fumée grise laissés par le feu d'artifice stagnaient encore au-dessus des toits de Little Italy tandis que la lune, pleine et bleue, éclairait le jardin à travers cette brume.

— Vous avez un arbre ! s'exclama Enza.

— Combien en avions-nous, là-bas ?

– Un million ?

– Plus ! Ici je n'ai que celui-là, et il m'est plus précieux que tous ceux des forêts du Pizzo Camino. Qui aurait cru qu'un seul arbre pourrait m'apporter tant de bonheur ? J'en ai presque honte.

– Je comprends. La moindre petite chose qui me rappelle le pays devient un trésor. C'est parfois minuscule – un bol de soupe qui me fait penser à ma mère, ou même une couleur... Cet après-midi, j'ai vu dans la foule une ombrelle bleue du même bleu que le lac de Schilpario près du moulin. C'est ce genre de chose qui te tombe dessus à l'improviste et te fait regretter tout ce que tu as laissé là-bas... Ne t'excuse pas si tu adores cet arbre. Si j'en avais un, ce serait la même chose.

Ciro aurait voulu avoir plus de temps pour discuter avec elle.

– Il faut s'en aller, maintenant, reprit Enza en repassant par la porte qui donnait sur le magasin.

Ciro raccompagna les deux amies jusqu'à Mulberry Street. La chaussée était jonchée de confettis, de lambeaux de papier crépon et de bouts de ruban. Quelques traînards s'étaient rassemblés à l'angle de Grand Street, où un orchestre de rue jouait dans la nuit. Laura, par discrétion, marchait la première.

– Il faut que je te quitte, dit Enza, qui n'en avait pas la moindre envie. Et que tu retournes auprès de ton amie.

– C'est seulement une vieille amie, je la connais depuis que je suis arrivé à Mulberry Street, dit Ciro. On s'amuse ensemble, Enza. On rit. On passe de bons moments. Ce n'est absolument pas sérieux.

– Ce n'est pas une histoire d'amour ?

– Impossible, répondit-il, en toute franchise. Elle est fiancée depuis l'âge de douze ans.

– Quelqu'un a pensé à le lui rappeler ? demanda Enza en riant.

Elle réfléchit un instant à ce qu'il venait de dire. L'amusement ? C'était si loin dans la liste de ses priorités qu'elle en avait à peu près oublié l'existence.

– Tu as besoin de t'amuser, bien sûr, reprit-elle. Tu travailles dur, on peut le comprendre. Ne t'occupe pas de moi. Je suis trop sérieuse. Je porte mes responsabilités comme une vieille selle sur un vieux cheval.

Ciro lui prit la main.

– Ne t'excuse pas de ce que tu es. Tu travailles pour ta famille, et il n'y a rien de plus noble.

– Par moments, je voudrais être jeune moi aussi.

Enza avait parlé sans réfléchir. Elle était la première surprise de ce qu'elle venait d'exprimer. En fait, elle ne pensait jamais à ce qu'elle voudrait, mais à ce qui serait bien pour ceux qu'elle aimait. Quant à penser au choix de son cœur, elle se disait qu'il serait toujours temps.

Enza voyait bien comment les choses se passaient à l'usine. Certaines filles étaient fiancées depuis leur jeune âge par des parents qui avaient choisi pour elles une alliance servant leurs intérêts, afin de mettre en commun les maigres biens de deux familles. D'autres choisissaient pour elles-mêmes, quand elles avaient la chance de fréquenter un garçon et de tomber amoureuse. Mais d'autres étaient obligées de se marier très vite pour n'avoir pas suivi les règles de l'Église… Quand on ne publiait pas les bans, les jeunes gens n'avaient droit qu'à une cérémonie privée, sans messe ni réception, au cours de laquelle ils prononçaient hâtivement leurs vœux derrière les portes closes de la sacristie, frappés par une honte dont ils porteraient la marque leur vie durant. C'était peut-être pour cela qu'Enza avait tant de mal à être jeune. Ce n'était pas seulement l'argent qu'il fallait gagner, la maison qu'il fallait construire à Schilpario, mais aussi que la jeunesse était dangereuse.

Ciro lui prit les mains.

– Je ne voudrais pas que tu sois comme elles.

– Qui ?

– Les filles de Mulberry Street. Elles veulent se marier pour se marier. Moi, je veux plus.

– Et c'est quoi, *plus*, pour toi, Ciro ?

– Quelqu'un avec qui je peux parler.

– Et depuis quand as-tu décidé que c'était important ?

– Je viens d'y penser ! (Et Ciro éclata de rire. Une minute passa, puis il prit le visage d'Enza dans ses mains.) Tu n'es pas comme les autres, Enza.

– La signora Zanetti dit que tu fréquentes un tas de filles.

Prenant les mains de Ciro, elle les écarta de son visage et les tint dans les siennes.

– Elle exagère. Mais c'est normal. La signora a peur que je me fasse avoir sur un coup de cœur et que je la laisse avec un monceau de chaussures à réparer et tous ses clients furieux devant le magasin.

– Et ça pourrait arriver ?

Il ne répondit pas. À cet instant, comme là-bas, dans la montagne, quelques années auparavant, la lune, à la faveur d'un déplacement imperceptible, éclaira Ciro tel un vitrail dans une chapelle obscure. Ce fut pour Enza comme si son univers avait changé en un instant, comme s'il avait glissé sur son axe, juste assez pour lui montrer ce qu'elle désirait depuis longtemps. Ciro se pencha vers elle. Elle se sentait bien dans son ombre, à l'abri de tout. Comme il lui effleurait la joue de ses lèvres, il reconnut le parfum de sa peau.

Enza comprit en cet instant que pas un homme sur mille ne pourrait se comparer à Ciro Lazzari. C'était à lui que son cœur appartenait. Elle le savait depuis ce premier soir dans la montagne. Mais Felicità fit soudain irruption dans ses pensées, et elle se demanda comment elle pourrait jamais savoir quels sentiments il nourrissait vraiment pour elle. De ce point de vue, elle ne connaîtrait jamais de paix. Mieux valait donc porter la croix d'un amour non partagé que d'enchaîner sa vie à un homme au cœur divisé. Son baiser tendre et délicat lui donna le courage de dire ce qu'elle pensait.

Elle recula d'un pas en lâchant sa grande main.

— Je ne viendrai plus te chercher, Ciro. Je suis fatiguée de courir après ce que je veux. C'est trop dur. Je sais, je l'ai appris, qu'il faut avoir des désirs, des attentes et des espérances, mais je voudrais bien que, de temps en temps, les choses viennent à moi sans que j'aie à lutter pour les obtenir. Si tu veux que nous soyons amis, c'est ton droit. Je n'ai rien d'autre à offrir que de la compréhension. Et je ne te poursuivrai pas à travers toute la ville pour te convaincre que ce que j'ai à donner a une quelconque valeur pour toi. Je crois comprendre ce qui a fait de toi l'homme que tu es comme ce que tu attends de la vie, et je sais parfaitement d'où tu viens. Ce ne sont pas toujours les cadeaux qu'un homme espère d'une femme, mais c'est ce que moi, j'attends chez un homme. Et si tu veux être cet homme, c'est à toi de décider.

— Où loges-tu ?

— 318, Adams Street.

— Je peux venir te voir ?

— Tu peux.

— J'ai promis à Remo d'emmener un stand de réparation dans le Queens. On lance une nouvelle affaire là-bas avec le chantier de la route. Je ne pourrai peut-être pas venir avant plusieurs semaines. C'est possible ?

Enza sourit.

— Bien sûr.

Elle l'avait attendu toute sa vie. Quelques semaines ne feraient qu'ajouter au plaisir de leur prochaine rencontre.

15

Un diamant jaune

Uno brillante giallo

Le nouveau service mobile de réparation de chaussures des Zanetti servait l'objectif de Clara, qui était de garder Ciro sous son toit tout en faisant prospérer ses affaires. Ciro déambulait avec leur marchandise dans les cinq faubourgs de New York, effectuant des réparations et vendant des chaussures aux centaines d'ouvriers recrutés sur les gigantesques chantiers de construction des ponts, des gares et des nouveaux bâtiments.

Remo attacha la roulotte à sa voiture à cheval pour conduire Ciro et Luigi à Astoria, dans le Queens, avant le lever du jour. Les rues de Manhattan étaient calmes, et le silence troublé par le seul tintement des bouteilles sur les charrettes de livraison de lait.

Ciro dut payer Paboo, le *padrone* du quartier, pour qu'on lui permette de stationner la roulotte sur Steinway Plaza, mais cela en valait la peine. C'était un emplacement idéal, au pied du Hell Gate Bridge.

Luigi ouvrit les volets de la roulotte pendant que Ciro installait son établi à l'intérieur. La roulotte était peinte en vert et on lisait en lettres blanches sur ses flancs : « Zanetti – réparation de chaussures ». Luigi ouvrit ensuite des tiroirs placés sous le comptoir dans lesquels se trouvaient des dizaines de chaussures réparées et munies d'étiquettes portant le nom de leur propriétaire.

— Sais-tu où je pourrais acheter un diamant ? demanda-t-il à Ciro.

— Pour quoi faire ?

— Qu'est-ce que tu crois ? Pour une bague de fiançailles !

— Tu vas te marier ?

— Je suis plus vieux que toi.

— D'une année, dit Ciro.

— Une longue année.

— *Va bene*. Ciro posa ses outils sur l'établi. Il faut aller à Mingione dans le Bowery, le quartier des diamantaires.

— Comment le sais-tu ?

— Felicità, dit Ciro. S'il y a un diamant à vendre à Manhattan, elle a déjà essayé de l'avoir.

— On nous en vendra peut-être deux. On aura un double mariage. Pappina est une fille simple qui a des goûts simples. Felicità voudra sûrement un gros diamant.

— Il lui en faudra un qui soit gros comme un pavé de *torrone*. Mais je ne vais pas me marier avec Felicità.

— Pourquoi pas ?

— Elle vise plus haut qu'un cordonnier, dit Ciro, en prenant une semelle à recoudre.

— Elle a du culot, tout de même ! Son père vend du raisin dans la rue avec une voiture à bras.

— Il en vend beaucoup, Luigi. Il est riche.

— Il crache les pépins comme toi et moi.

— Une femme choisit l'homme qu'elle pense mériter. Puis elle essaie de le faire changer à sa convenance. Je ne suis pas assez bien pour Felicità. Mais, ajouta-t-il, avec un large sourire, elle non plus n'est pas assez bien pour moi !

— Je ne sais pas comment tu t'y prends, dit Luigi. Mais j'ai de la chance d'avoir trouvé une gentille fille qui aime cette figure. Tu en as trouvé tellement, toi…

Ciro pensa aux filles qu'il avait connues. Il ne lui semblait pas avoir eu un si grand nombre de liaisons.

Il craignait, en fait, d'avoir trop bridé ses sentiments. Il se demandait s'il saurait jamais ce que c'était que de se donner corps et âme à une femme.

– Comment as-tu trouvé Enza ?

– La fille sur la terrasse ? Pas mal.

– Belle ?

– Je n'ai pas le droit de regarder, dit Luigi. Mais j'ai tout de même jeté un coup d'œil, et je l'ai trouvée belle.

– Nous venons récupérer nos chaussures. (Un grand costaud d'Irlandais se penchait au-dessus du comptoir.) John Cassidy.

– Et moi, c'est Kirk Johannsen, annonça un petit blond qui devait avoir l'âge de Ciro. C'est un ressemelage.

Ciro trouva les chaussures. Cassidy examina les siennes et dit :

– Elles ont l'air neuves.

– Les miennes aussi, constata Kirk. Et je vais en avoir bien besoin.

Les deux hommes plongèrent la main dans leur poche pour prendre de la monnaie.

– Vous quittez le chantier du pont ? demanda Ciro.

– Je vais à l'armée, répondit Kirk. Il faut que je fasse mon temps.

Ciro et Luigi échangèrent un regard. Ils se seraient engagés s'ils l'avaient pu, mais ils n'étaient pas citoyens américains.

– Garde ton argent. C'est nous qui offrons, dit Ciro.

– Merci ! fit Kirk. Mais vous, les gars, avec votre accent, vous pouvez y aller aussi. Si vous vous engagez et que vous faites votre temps de service, en rentrant vous aurez la citoyenneté américaine. C'est automatique. L'armée a besoin de plusieurs milliers de recrues par semaine. En ce moment, on en fait venir de Puerto Rico.

– On sait qu'on peut battre les Allemands à plate couture, en France, dit John Cassidy. Si j'étais jeune, vous me verriez à Cambrai dans les tranchées. Je serais pressé d'y aller !

Tout en parlant, John Cassidy regardait Ciro, puis Luigi. Il y avait dans son regard comme une invitation aux deux jeunes hommes pour qu'ils franchissent le pas et s'engagent dans la défense de ce pays qui était si bon avec eux. Ciro avait déjà vu ce regard, de la part d'Américains bien établis pour des immigrants de fraîche date, d'un employé de l'Administration chargé de délivrer une carte de travail, ou même chez la femme qui lui avait vendu un billet pour l'Opéra. Il y avait dans ce regard comme un coup de froid, l'idée que les immigrants étaient un mal nécessaire, qu'il fallait tolérer, mais qu'on n'acceptait jamais tout à fait. Le seul moyen de faire partie de la grandeur de l'Amérique serait de la défendre.

Cassidy et Johannsen prirent leurs chaussures et grimpèrent jusqu'au pont, à la rencontre des ouvriers que les trains déversaient en masse sur le quai situé au-dessus.

– Tu le pensais vraiment ? demanda Luigi.
– J'ai eu de la chance, ici, répondit Ciro.
– Moi aussi.
– Tu crois aux signes ? lui demanda Ciro.
– C'est selon… Je devrais donner mon sang ?
– Peut-être. (Ciro regarda Luigi.) On est assez costauds, on est résistants. Les Allemands ne nous feraient pas peur.

* * *

Le ciel nocturne d'Astoria était piqueté de petites étoiles jaunes semblables à des éclats de citrine. Luigi ne fut pas long à s'endormir dans son sac de couchage, à côté de la roulotte. Ciro acheva le dernier *calzone* à la saucisse empaqueté pour eux par la signora Zanetti. Les deux garçons comptaient rester deux semaines dans le Queens jusqu'à ce que Remo les ramène à Mulberry

Street, en remorquant la roulotte derrière eux comme on tire une charrue avec un tracteur.

Ciro et Luigi avaient fermé la roulotte la nuit venue, après le départ de la dernière équipe au travail sur le chantier. Ciro avait rabattu les volets et verrouillé la porte ; Luigi s'était couché sitôt son repas avalé.

Adossé à la roulotte, Ciro écrivait une lettre. Écrire n'était pas facile pour lui, peut-être parce qu'il ne le faisait pas souvent. Eduardo étant à la fois un scripteur et un écrivain de talent, il s'était toujours chargé de la correspondance des deux frères. Ciro avait du mal à trouver les mots.

Il écrivait à Enza Ravanelli pour lui expliquer qu'il ne serait pas en mesure de la voir aussi tôt qu'il l'avait espéré. Il y avait bien sûr ses obligations envers les Zanetti, et ce travail acharné avec la roulotte, grâce auquel il comptait échapper à son statut d'apprenti. Mais il avait d'autres soucis, concernant ce qu'il se sentait capable d'offrir à Enza. Il continuait à voir Felicità, et ils avaient tous deux des difficultés pour mettre fin à leur liaison.

Et puis il y avait la guerre, et la nécessité d'achever l'œuvre des Anglais et des Français pour ramener l'Europe dans le droit chemin des peuples, à commencer par le sien dans les montagnes de l'Italie du Nord. Tout jeune homme avait naturellement à l'esprit l'idée de se faire soldat. Luigi et Ciro voulaient « faire leur temps », mais ils voulaient aussi se battre pour quelque chose et prouver leur valeur.

Ciro ne savait pas comment le dire à Enza, comment la préparer au fait qu'il s'apprêtait à s'engager dans l'armée. Elle s'était montrée parfaitement claire sur ses sentiments à son égard. S'il allait la voir, ce ne pourrait être que pour faire totalement allégeance. Il avait simplement espéré gagner un peu de temps en écrivant cette lettre. Pour peu qu'on lui laisse quelques mois, la brume se dissiperait, la voie serait dégagée et il pourrait proposer à Enza de s'y avancer avec elle. Il en avait la certitude.

*＊＊

Les premières chutes de neige de décembre, à Hoboken, n'avaient pas grand-chose à voir avec celles des livres d'images. Les gros flocons, en fondant, provoquaient des fuites dans des toits mal réparés et qu'on n'avait manifestement pas construits pour résister à la violence des intempéries. Enza plaçait des seaux au dernier étage de l'usine Meta Walker. Levant les yeux, elle vit que de nouvelles auréoles de couleur rouille apparaissaient au plafond, annonciatrices de fuites. *Il n'y aura bientôt plus assez de seaux à Hoboken*, se dit-elle en empruntant l'escalier métallique pour redescendre au rez-de-chaussée. Mais si les fuites atteignaient les fils électriques, les ouvrières qui travaillaient sur les machines courraient un grave danger.

Enza avait pris un double service depuis que Laura et elle avaient décidé de quitter Hoboken. Avec la fatigue accumulée, il lui semblait éprouver jusque dans ses os le sentiment d'échec et de désespoir. Son moral était si bas qu'elle commençait à douter du plan de Laura. Et de ses projets grandioses.

Ce coup de cafard était peut-être dû à la lettre de Ciro Lazzari qu'elle venait de recevoir. Il s'excusait de ne pas venir la voir, en expliquant que son travail allait le retenir dans le Queens plus longtemps que prévu ; il ne pourrait peut-être pas venir avant Noël. Le baiser qu'ils avaient échangé le soir de Columbus Day avait signifié quelque chose pour elle, mais ce n'était pas le cas pour lui. Peut-être s'était-elle montrée trop directe ? On lui avait déjà fait ce reproche...

Une lettre de son père lui apprit qu'il ne viendrait pas, lui non plus, pour Noël. Marco travaillait à la construction d'une autoroute en Californie et pouvait faire des heures supplémentaires pendant les vacances. Ils économisaient tout ce qu'ils gagnaient, cent après cent, pour construire la future maison familiale de Schilpario. Mais, dans des moments comme celui-ci, Enza se demandait si les Ravanelli seraient à nouveau réunis un jour.

Les vieilles maisons ouvrières de Hoboken, faites de contreplaqué sous des toits de tôle, prenaient l'eau dès qu'il pleuvait et on y étouffait de chaleur pendant l'été. L'hiver était synonyme de chauffage en panne, de tuyaux gelés, le tout dans un tel état que les gens se décourageaient avant même de tenter d'y remédier. Personne ne se souciait de dégager les rues, et Enza traversait des congères pour se rendre au travail à pied.

De petites bandes d'enfants affamés erraient librement à longueur d'année en demandant l'aumône. De temps en temps, pendant les périodes scolaires, un agent municipal venait frapper aux portes pour rappeler aux parents que la loi leur imposait d'éduquer leurs enfants. Mais ces interventions étaient rarement suivies d'effet. On laissait les pauvres se débrouiller comme ils le pouvaient.

Le ciel de Hoboken était chargé de lourds nuages de fumée en provenance des usines et des innombrables poêles domestiques qui brûlaient à longueur d'hiver du bois, de mauvaise qualité. Le ciel bleu manquait à Enza, mais les toits et les fumées industrielles qui stagnaient au-dessus formaient une sinistre protection. La nuit, cette même brume empêchait de voir les étoiles et Enza ne pouvait pas, comme dans le ciel de Schilpario, contempler le dessin des constellations.

Il lui arrivait de craquer, assaillie d'idées noires et d'inquiétudes pour son père, pour son travail, et aussi pour ses propres chances de survie le jour où elle voudrait retourner en Italie. Elle tentait de prier, mais la prière ne lui apportait pas la paix, même à l'église où elle avait toujours trouvé du réconfort.

Pour Enza, la seule satisfaction venait de son salaire, du fait d'en réserver une partie pour s'installer à Manhattan, et du plaisir de poster chaque semaine pour sa mère une enveloppe contenant un mandat. Elle était heureuse de recevoir chaque semaine une lettre confirmant l'arrivée de l'argent, et toutes sortes de nouvelles écrites par ses frères et sœurs :

Je m'occupe bien de ton jardin. Tendrement, Alma.

Je suis tombée amoureuse de Pietro Calva. Je t'embrasse, Eliana.

Ne crois pas Eliana. Pietro Calva n'aime pas Eliana. Tendrement, Alma.

On a acheté un nouveau cheval. On l'a baptisé Enzo en ton honneur. Ton frère, Battista.

J'ai trouvé plein de truffes. Battista en a apporté une à Bergame. Elle s'est vendue deux cents lires ! Tu me manques. Ton frère Vittorio.

Ces petites nouvelles, même par bribes, étaient comme des cuillerées de miel dans une bouche affamée.

On a enlevé les pierres sur le terrain. Tout le monde a aidé Battista et Vittorio à abattre un bouleau et à faire des planches pour les fenêtres. Alma m'a aidée à bêcher dans le jardin. Je fais des économies. Je t'aime. Maman.

Enza pouvait tout supporter en sachant qu'elle rendait la vie de sa mère plus facile. Elle pensait à elle ce jour-là, en montant à l'échelle pour accéder à la réserve qui se trouvait au-dessus de la salle des machines. Alors qu'elle se hâtait de mettre dans son tablier des rouleaux d'étiquettes destinées aux chemisiers terminés, elle sentit des mains sur elle et fut projetée contre le mur, les mains dans le dos.

Elle appela à l'aide, mais le bruit des machines à coudre de l'étage au-dessous couvrit ses cris. Sentant des mains qui remontaient le long de ses jambes pour se glisser sous sa jupe, elle voulut donner des coups de pied en arrière, mais perdit l'équilibre et tomba par terre, la figure contre le plancher. Elle sentit la chaleur du sang qui se répandait sur son visage.

— Sale métèque ! Tu vas me parler maintenant ! gronda à son oreille la voix de Joe Neal.

Dégageant ses mains de son étreinte, elle roula sur elle-même et plia les genoux, sans cesser de lancer des coups de pied. Il se jeta de nouveau sur elle, parvint à l'immobiliser alors qu'elle tentait de ramper vers l'échelle.

— *Mai !* hurla-t-elle en italien. Jamais ! répéta-t-elle en anglais.

Après avoir été pendant des mois ridiculisée, insultée et humiliée par Joe Neal, elle sentit monter en elle une véritable fureur et le repoussa de toutes ses forces. Elle vit passer un éclair de colère dans ses yeux au moment où il se laissait tomber sur elle. Écrasée sous son poids, dégoûtée par le contact de son corps sur le sien, Enza entendit son jupon qui se déchirait tandis qu'elle tentait de se dégager, mais en vain.

— Lâche-la, Joe Neal ! (Enza vit Laura sur le dernier barreau de l'échelle, brandissant une paire de grands ciseaux.) J'ai dit : lâche-la ! Si tu ne la lâches pas, je te plante ces ciseaux dans le dos. Écarte-toi !

Il roula sur lui-même.

— Ne bouge plus maintenant ! Reste où tu es ! ordonna Laura, ses ciseaux pointés sur Neal qui s'était tassé à l'angle de la pièce.

— Viens, Enza. On va descendre. Toi, Joe, tu ne bouges pas. Je ne te le dirai pas deux fois !

Enza se releva, chancelante. Elle prit le bord de son tablier pour l'appliquer sur la plaie qui saignait sur son visage. Puis elle s'approcha de l'échelle, et tomba dans les bras de Laura. Celle-ci la soutint pour descendre, un barreau après l'autre, vers ses collègues ouvrières qui tendaient les bras pour la recevoir, rassemblées au pied de l'échelle.

– Descends de là, Joe ! ordonna Laura.

Les ouvrières, sans lâcher Enza, sifflèrent sur son passage.

* * *

Laura se tenait debout dans le réfectoire. Les jeunes femmes de l'équipe de nuit se pressaient autour d'elle et celles qui n'avaient pas pu entrer faute de place écoutaient de l'extérieur.

– Tout le monde m'entend ? demanda-t-elle en élevant la voix. Gardez vos ciseaux dans la poche de votre blouse. À partir de maintenant, déplacez-vous toujours deux par deux pour aller aux toilettes, et soyez toujours trois, ou plus, pour prendre votre déjeuner. Si on vous menace, parlez-en. On est toutes habituées à se faire siffler ou à entendre des réflexions plus ou moins grossières, mais si n'importe qui vous touche, vous avez le droit de vous défendre. Qu'ils sachent que nous avons des ciseaux et que nous sommes prêtes à nous en servir !

Les ouvrières étaient pour la plupart des adolescentes, toutes étrangères, et souvent ne comprenaient pas l'anglais. Elles avaient trouvé un bon refuge dans cette usine en raison du nombre d'Italiennes, de Yougoslaves, de Tchèques, de Grecques et de Juives qui avaient appris à se protéger mutuellement. Elles faisaient confiance à Laura pour les défendre.

Chaque immigrante pauvre cherchait un moyen de survie. Certaines avaient leur père ou des frères pour les protéger; d'autres leur jeune mari; mais pour toutes, les ciseaux constituaient la première ligne de défense. Les filles rassemblées dans le réfectoire exposèrent leur stratégie : Imogene May Haegelin rédigea une lettre à la direction pour expliquer les dangers que couraient les filles de l'équipe de nuit; Patte Rackliffe voulait amener son fiancé et ses amis à l'usine; le frère d'Alanna Murphy connaissait «certaines personnes»; le père de Julia Rachel était boxeur; le beau-frère de Lena Gjonaj, policier; et Orea Koontz était une fine gâchette, qui possédait un pistolet et proposait de s'en servir contre Joe Neal ou tout autre individu qui l'aborderait avec de coupables intentions.

Les ouvrières étaient liées par ce qu'elles avaient fui – la misère sous toutes ses formes, le désespoir, la faim, des familles décimées – autant que par les espoirs qu'elles nourrissaient toutes. Leur imagination débordait de merveilles américaines : maisons peintes, boîtes de chocolats, bouteilles de soda, plages de sable blanc, grandes roues foraines, strapontins, bas de soie et les mots «*une vie meilleure*».

Meilleur était synonyme d'américain. *Meilleur* voulait dire sûr, propre, franc, honnête et vrai. Des rêves petits et grands et de toute nature les emmenaient vers un sommeil réparateur et leur donnaient la force de tenir jusqu'au soir de leurs journées de travail éreintantes.

À la fin de leur service, les ouvrières prenaient des aimants pour extraire les épingles tombées dans les fentes du plancher de l'usine, récupérant ainsi autant de pennies pour la direction. Les petits segments de métal brillaient parfois comme des trésors en jetant des reflets argentés et les filles s'imaginaient qu'il pourrait y avoir autre chose sous les grosses lattes de bois, quelque chose qui leur serait tout spécialement destiné…

* * *

La plaie d'Enza n'était pas profonde, mais elle faisait une sorte d'apostrophe au-dessus du sourcil. Laura revint du bureau avec la trousse de premiers secours.

– Voilà. J'ai fait prévenir Mr Walker. Il arrive. On lui a tout raconté.

Tout en parlant, Laura ouvrait la trousse et versait de l'alcool sur un carré de gaze.

– Il était en colère ? demanda Enza.

– On est au milieu de la nuit. Il n'était pas content, répondit Laura, penchée au-dessus du lavabo pour tamponner la plaie. Ça va piquer.

– Laisse-moi faire, dit Enza, en lui prenant la gaze pour la presser sur son front.

– Pourquoi tu ne pleures pas ? Ça te ferait du bien.

– Je ne suis pas triste.

– Mais il t'a fait mal.

– Non, tu es arrivée à temps. Voilà des mois qu'il me harcèle. Heureusement que tu étais là, dit Enza, avec de la fureur dans la voix. Tu crois qu'on est encore ici pour longtemps ?

– On peut s'en aller tout de suite, si tu as assez d'argent de côté. Tu crois que tu pourras t'en sortir ? Parce que dans ce cas, c'est le moment. Comme on vient de toucher notre paie, j'ai de l'argent. Dès que Mr Walker arrive, je donne ma démission. J'ai besoin d'une heure pour aller chez moi faire mes bagages. On prendra une chambre à la nuit et on se mettra à la recherche de boulot. On partagera tout, promit Laura. Va faire ta valise et retrouvons-nous à onze heures devant le 318, Adams Street. Ça te suffit, comme temps ?

– Oui !

Des larmes jaillirent des yeux d'Enza.

– C'est *maintenant* que tu pleures ? s'écria Laura, incrédule.

— De bonheur, répondit Enza, en s'essuyant les yeux avec son mouchoir.

Elle venait de décider que, pour la première fois depuis six ans, elle garderait sa dernière paie afin d'assurer son départ vers une nouvelle vie, au lieu de l'envoyer à sa mère. Ce jour-là, elle avait appris ce qu'elle valait. Et surtout, qu'elle ne valait rien si elle continuait à accepter d'être maltraitée à l'usine et à Adams Street. Une époque s'achevait et elle n'était pas près de la regretter.

Tandis qu'Enza reprenait le chemin d'Adams Street, un épais brouillard pesait sur Hoboken, obscurcissant le jour qui peinait à se lever. Elle aperçut un groupe de gamins faméliques qui jouaient pieds nus avec un vieux bidon en le poussant à travers la chaussée à coups de bâton.

En d'autres temps, elle se serait arrêtée afin d'acheter du pain pour ces petits miséreux, ou des beignets ou des bretzels chauds. Mais ce matin-là, Enza s'arrêta à l'angle de la rue et acheta un grand sachet d'oranges. Elles coûtaient cher, mais elle voulait faire quelque chose de spécial, puisqu'elle ne serait pas là pour Noël. Elle fit signe aux gamins. Ils accoururent et l'entourèrent, tels des pigeons affamés pour picorer des miettes, en tendant les mains.

Dans la grisaille de ce froid matin d'hiver, les oranges rondes et brillantes comme le soleil lui-même apportaient la seule touche de couleur.

En leur tendant ces fruits, Enza crut voir dans ces jeunes visages ceux de ses frères et sœurs. Elle vit Eliana dans une blouse brune en lambeaux. Vittorio sous les traits du plus grand du groupe, qui allait pieds nus sur le sol gelé, et enfin Stella, dans la petite brune aux cheveux bouclés qu'on avait visiblement confiée à la garde de sa grande sœur, laquelle ne devait pas avoir plus de huit ans. Elle dut retenir ses larmes à cette vision.

Elle posa les oranges une à une dans chaque paire de mains qui se tendait – un petit signe d'espoir en ce lieu où il n'y en avait plus depuis si longtemps, et où les enfants avaient oublié ce qu'on ressentait quand on recevait un cadeau. Ravis, ils criaient: «*Grazie mille!*» – mille mercis pour une si petite chose... Ils suceraient le jus de l'orange et mangeraient la pulpe et l'écorce.

* * *

En préparant son bagage, Enza songea qu'elle avait vécu une irremplaçable partie de sa jeunesse dans un endroit qui n'en était pas digne, et elle en ressentit comme un poids sur ses épaules. Le pansement qu'elle avait au-dessus de l'œil lui tirait la peau, mais elle voyait déjà la cicatrice qu'elle allait garder comme la marque signalant la fin de son ancienne vie et l'entrée dans la nouvelle. Elle plia avec soin ses vêtements avant de les ranger dans son sac. Puis elle enfila son pull-over et son manteau par-dessus.

La porte du sous-sol s'ouvrit à la volée, provoquant chez elle une crainte dont elle savait qu'elle l'éprouvait pour la dernière fois. Elle se sourit à elle-même.

La signora Buffa était campée en haut de l'escalier.

– Mais qu'est-ce que tu fais?

– Je quitte cette maison, signora.

Enza grimpa les marches et passa devant elle.

– Tu ne vas pas partir! Tu ne peux pas! aboya la signora.

– J'ai largement payé ma dette envers vous. J'ai préparé tous les repas, fait toutes les vaisselles, lavé le linge, étendu le linge, repassé le linge, plié le linge pour trois familles tous les jours pendant six ans, dit calmement Enza.

– Va t'occuper de mon déjeuner, ordonna la signora Buffa d'un ton lourd de menaces.

– Occupez-vous-en vous-même, signora.

– Enza, je te préviens. Je me plaindrai de toi.

– J'ai déjà mes papiers. Vous ne pouvez rien y faire.
– Ingrate !
– Peut-être. Mais je ne suis pas la seule, ici.

Enza traversa la cuisine et le salon, en boutonnant son manteau d'une main.

– Qu'est-ce que tu veux dire par là ? Réponds-moi ! (La signora avait soudain l'air fatiguée et pathétique.) Je te demande de me répondre !

Enza songea à cet instant que son père avait raison : la brute recule si on lui fait face.

Enza entendit les pas de Dora et de Gina derrière elle dans l'escalier. Elles se suivaient comme les wagons d'un train, Gina tenant son enfant par la main, Dora portant son bébé sur sa hanche, Jenny serrant la ceinture de la robe de chambre qu'elle n'était pas censée porter à une heure aussi tardive.

– Elle nous quitte ! gémit Anna.
– Tu ne peux pas t'en aller ! s'écria Dora, menaçante.
– Les couches ! protesta Gina. Qui va laver les couches ?
– Tu devais faire du pain, aujourd'hui, se plaignit Gina. Où vas-tu ?
– Ça ne vous regarde pas. (Enza se tourna vers Anna.) Signora, vous habitez dans un appartement, et vous vous conduisez comme si vous aviez de la fortune. Vous prenez de grands airs mais vous n'avez ni le pedigree ni l'éducation qui pourraient les justifier. Vous avez gâté vos fils et vous vous étonnez qu'ils aient épousé des mégères…

Gina s'avança d'un pas.

– Qui insultes-tu ?

Enza leva la main et Gina recula.

– Vous avez aujourd'hui une vieillesse misérable et vous l'avez cherché. Vos belles-filles sont des fainéantes. (Regardant ces dernières, elle ajouta :) Dans cette maison, vous élevez vos enfants comme des animaux, et vous comptiez sur moi pour faire la cuisine, le ménage et m'occuper d'eux. C'est à votre tour, maintenant.

Elle ouvrit la porte.

– Reviens ici immédiatement, Enza! cria la signora Buffa.

Enza franchit le seuil.

– Vous êtes une ivrogne. Pas étonnant que votre mari reste en Virginie de l'Ouest.

– Il travaille, là-bas! Tu es une ingrate!

– À force de donner des coups de pied à un chien, il arrive qu'il vous morde. Je vous dirais bien merci, mais c'est un mot que je ne vous ai jamais entendue prononcer pendant toutes ces années. Alors, laissez-moi plutôt vous dire, signora: «Imbécile! Imbécile! Imbécile!» Qu'est-ce que ça vous fait, signora? Ah! Vous le savez, maintenant... (Puis, se tournant vers les belles-filles, elle ajouta:) Maintenant, vous le savez *toutes*.

Et Enza sortit sur la véranda, laissant derrière elle sa vie de servitude, ces horribles femmes et leurs enfants insupportables, les berceaux malpropres, les biberons à demi pleins de lait tourné, les monceaux de couches sales, le sous-sol obscur suintant d'humidité et le mauvais lit.

Laura Heery l'accueillit au bas des marches avec un grand sourire. Les femmes Buffa apparurent aussitôt derrière elle sur la véranda pour lancer de leur voix suraiguë des insultes en italien:

Puttana!
Strega!
Pazza!
Porca di miserable!

Des portes s'ouvraient de haut en bas d'Adams Street sur des regards curieux et des voisins se penchaient à leur fenêtre, alertés par ces cris au 318. D'autres s'assirent carrément sur les marches de leur maison pour ne rien manquer du spectacle, trop heureux que le malheur, pour une fois, n'ait pas frappé à leur porte.

Enza, pour la première fois, se sentit envahie par un merveilleux sentiment de liberté. La bonne, la gentille Laura, enlaça la taille de son amie, qui portait d'une main son sac et de l'autre un carton à chapeaux.

Les femmes de la famille Buffa continuèrent à lancer des invectives à l'adresse des deux amies qui s'éloignaient fièrement dans la rue. Des voisins se joignirent au concert de cris hostiles. Enza et Laura les ignorèrent. Elles allaient la tête haute, pendant que les insultes pleuvaient autour d'elles comme des flèches qui manquent leur but.

Quand elles quittèrent Adams Street pour s'engager dans Grand Concourse, elles souriaient. Puis elles se mirent à courir jusqu'au ferry et embarquèrent pour une brève traversée du fleuve jusqu'à Manhattan.

16

Une truffe en chocolat

Un tartufo di cioccolata

Il n'y avait pas d'endroit plus calme le matin de Noël que la ville de New York ; un tel silence régnait dans les rues qu'on les aurait crues pavées de velours.

Ciro stationna la roulotte dans le garage d'Hester Street. Il récupéra son sac de couchage, sa gamelle et une boîte de truffes au chocolat qu'il avait achetée à Astoria avant de reprendre le chemin de Mulberry Street.

Carla et Remo devaient assister à la messe de Noël à l'église Saint-François-Xavier, et ils prendraient ensuite le train pour rendre visite aux cousins de Clara à Brooklyn.

Ciro prit sa clé pour ouvrir la porte du magasin et alla directement dans sa chambre. Il étala sa plus jolie chemise, un pantalon, des chaussettes et des sous-vêtements sur le lit et ôta sa chevalière, qu'il posa sur la table de chevet. Il prit une serviette propre et monta à l'étage, dans le coin cuisine. Pendant que l'eau coulait dans le baquet, il se rasa en prenant soin de ne pas se couper. Il se brossa les dents avec une pâte à base de sel et de bicarbonate de soude, se rinça longuement la bouche. Il retira ses vêtements, les mit de côté, entra dans le baquet et, en commençant par le visage, le cou et les cheveux, se savonna et se frotta tout le corps, y compris sous les ongles des mains et des pieds qu'il récura avec une petite brosse, et les talons sur lesquels il s'attarda plus longuement. Les bonnes chaussures qu'il portait désormais avaient changé ses pieds – plus de cals ni d'ampoules, même s'il restait debout treize heures par jour. Il avait compris que de bonnes chaussures à sa pointure, faites d'un cuir de qualité, pouvaient changer la vie d'un homme, et en tout cas sa capacité à rester de longues heures sur ses deux pieds.

Il vida le baquet et le nettoya, le laissant sans une trace alors qu'il ne s'était pas vraiment baigné dedans. C'était une habitude qui datait du couvent. Où qu'il aille, y compris lorsqu'il logeait dans la roulotte, Ciro laissait les choses plus propres et mieux rangées qu'il les avait trouvées. C'était aussi la signature de l'orphelin qu'il était, soucieux de ne jamais avoir l'air d'abuser de ce qu'on lui laissait.

Il ramassa ses vêtements, noua la serviette autour de sa taille et redescendit dans sa chambre, où il se rhabilla avec soin en s'appliquant pour rabattre le col bien à plat sur sa chemise avant de nouer la cravate en soie. Il remit la chevalière en or à son doigt, enfila sa veste, puis son manteau, et prit la boîte de chocolats avant de sortir.

Sur le ferry qui l'emmenait vers le New Jersey, il s'assit sur un banc pour regarder le fleuve. L'Hudson était ce matin-là du même gris que le ciel, agité de vagues couronnées d'écume blanche. Il pensa au Vo, qui tombait en cascade de la montagne avant de se perdre au loin, mince comme un trait à la mine de plomb, dans la vallée en contrebas. Il se demanda si quelqu'un avait déjà eu l'idée de fabriquer une pâte à nettoyer les statues des églises à partir des ingrédients recueillis au fond de ce fleuve. Et il sourit au souvenir d'Iggy, de son rire profond et de ses petites cigarettes.

Les rues de Hoboken étaient pleines de monde en cette matinée de Noël. Lavé et rasé de près, ses vêtements bien repassés, grand, fort et l'air en bonne santé, Ciro ne passa pas inaperçu des habitants du quartier, qui le voyaient se frayer un chemin parmi la foule en examinant le numéro de chaque maison. Parvenu au 318, Adams Street, il sonna.

Une femme vint. Elle le regarda à travers l'écran grillagé de la porte, chose bizarre puisqu'on était en hiver et que la moustiquaire aurait dû être retirée. Il manquait sans doute un homme dans cette maison pour faire ce genre de chose, pensa-t-il.

– *Ciao*, signora.

Anna Buffa lui sourit. Son peignoir et son chemisier étaient froissés comme si elle avait dormi avec. Il remarqua qu'il lui manquait deux dents d'un côté de la bouche. On voyait que cette femme avait été belle, jadis, ce qui n'était plus le cas.

– *Buon Natale*.

– *Buon Natale*, signora. Je cherche Enza Ravanelli.

En prononçant ce nom, la voix de Ciro s'étrangla. Il se préparait depuis des semaines à ce moment. Il avait rompu avec Felicità, mis de l'argent à la banque, et il était décidé à épouser Enza, si elle le voulait et quand elle le voudrait. Il avait repensé à tout ce qu'ils s'étaient dit, avait relu la lettre qu'elle lui avait écrite en réponse à la sienne dans laquelle il lui demandait d'être patiente. C'était lui, désormais, qui ne pouvait plus attendre pour la voir et pour lui ouvrir son cœur.

– Vous cherchez *qui*? demanda la signora Buffa.

– Enza Ravanelli, répéta Ciro plus fort.

Le sourire d'Anna disparut.

– Elle n'est pas là.

– Excusez-moi. J'ai dû me tromper de maison.

– Non. C'est bien cette maison.

– *Va bene*. Pourriez-vous me dire où elle se trouve?

– Je ne sais pas qui vous êtes.

– Ciro Lazzari.

– Elle n'a jamais parlé de vous.

– Pouvez-vous me dire où elle est allée?

— Elle est repartie en Italie.
— En Italie ? répéta Ciro, incrédule, en écarquillant les yeux.
— Elle a pris ses affaires et elle nous a quittés. Comme ça. Elle me doit son loyer, en plus, dit la signora Buffa, en lorgnant sur la boîte de chocolats.
— Quand est-elle partie ?
— Il y a des semaines. Quelle scène elle nous a faite ! Je ne sais plus. Elle m'a crié dessus, et aussi sur mes belles-filles, elles en étaient malades ! Elle est affreuse, cette fille, affreuse ! Elle me volait depuis des mois. J'ai été contente qu'elle déguerpisse !
— Ça ne ressemble pas à Enza.
— Vous ne la connaissez pas comme je la connais ! Elle recevait des hommes, ici, à toute heure du jour et de la nuit. Une vraie *puttana* ! Une traînée, cette fille-là !

Ciro sentait sa colère monter à entendre parler ainsi d'Enza, mais il voyait que cette vieille femme était saoule et qu'il perdrait son temps à protester. Et il était trop catastrophé en pensant à l'amour qu'il venait de perdre pour avoir trop tardé à se déclarer. Il avait laissé passer sa chance avec Enza. Elle avait dit clairement ce qu'elle voulait, mais il arrivait trop tard.

Il se tourna pour redescendre les marches.
— Vous ne voulez pas boire quelque chose ?
— Pardon ?
— Entrez donc, que je vous offre un verre, dit Anna Buffa en ouvrant la porte en grand. C'est Noël !

Un désordre indescriptible régnait à l'intérieur de la maison. Elle se passa la main sur la hanche et releva le bord de sa jupe pour montrer sa cuisse.

Ciro se précipita au bas des marches, et dans la rue. Il ne se retourna pas vers l'étrange créature dans sa maison jaune ; il regarda autour de lui en se demandant s'il avait une chance de trouver quelqu'un qui lui dise ce qu'il était arrivé à Enza Ravanelli. Il s'approcha d'une voisine, mais celle-ci lui tourna instantanément le dos, puis d'un homme, qui fit de même. Comme il s'attardait, les petits mendiants le virent et l'entourèrent.

– *Dolci! Dolci!* s'écrièrent-ils, en voyant la boîte bleue.

D'autres enfants accoururent. Ciro ouvrit la boîte et posa un chocolat enveloppé de papier doré dans chaque main qui se tendait. Il les donna tous jusqu'au dernier.

Une fillette leva ses grands yeux noirs sur lui et demanda, son chocolat à la main : « C'est toi, Santa Claus ? » avant de se sauver en courant.

Ciro enfonça ses mains dans ses poches et reprit le chemin du ferry. Si Enza s'était enfuie de chez la signora Buffa, pourquoi n'était-elle pas venue à Mulberry Street ? Était-elle donc repartie au pays sans lui ?

* * *

Laura poussa les portes vitrées de Horn & Hardart Automat sur Broadway et parcourut du regard le restaurant bourdonnant d'activité, à la recherche d'Enza.

Les deux amies étaient des habituées de l'Automat, qui avait l'avantage d'être au centre de Manhattan, et bien placé par rapport aux petits boulots qu'elles trouvaient, la plupart du temps dans les petites annonces des journaux.

– On se gèle, dehors, dit Laura en ôtant ses gants puis son manteau, avant de s'asseoir à côté d'Enza. La nouvelle année commence bien. Mille neuf cent dix-sept, l'année du grand froid !

– Des nouvelles de l'agence ? demanda Enza. (Elles s'étaient inscrites chez Renee M. Dandrow associés avant Noël dans l'espoir que ce bureau de placement les aide à trouver un emploi.)

– Que dirais-tu de travailler à la plonge ?

– Tu m'as appris l'anglais, mais pas ce mot-là.

Laura se mit à rire.

– Je ne t'ai pas tout appris ! La plonge, c'est ce qu'on fait dans l'arrière-cuisine. Il ne s'agit pas de préparer des plats, mais de laver la vaisselle, les sols, tout ça…

– Je peux le faire, dit Enza.

– Voilà qui tombe bien, vu qu'on est déjà prises pour le week-end, chez des particuliers de Carnegie Hill dans l'Upper East Side.

Laura étala sur la table la page des petites annonces à la rubrique des offres d'emploi.

– Ils paient combien ?

– Cinquante cents par service, répondit Laura. Et ça tombe à pic, puisqu'on a le loyer à payer ce vendredi. Tu partages une part de tarte ? Ça reste dans le budget.

– Tu ne veux pas un café avec ?

– D'accord, fit Laura, sans quitter le journal des yeux.

Les arômes de chicorée, de cannelle et de chocolat donnaient à ce restaurant l'ambiance chaleureuse d'un chez-soi. Le café coûtait cinq cents, la tarte dix, et c'était suffisant pour rassasier les deux filles. Il n'y avait pas de serveuses à l'Automat.

Laura régla la tarte et le café, ramassa quatre pièces d'un cent et en glissa deux dans une fente à côté du comptoir des plats. Celui-ci était couvert d'assiettes contenant des portions individuelles ; cela allait des macaronis au fromage au simple biscuit. Le client choisissait son assiette, déposait les pièces et se servait lui-même. Laura prit deux fourchettes qu'elle emporta à leur table avec la tarte, et repartit pour verser le café. Les tasses de porcelaine blanche à bordure verte lui plaisaient particulièrement et la mettaient toujours de bonne humeur. Elle les posa en équilibre sur leurs soucoupes – café noir pour elle, café crème pour Enza.

– Tu vois, Enza, on ne se débrouille pas si mal, finalement, dit-elle. On a une chambre à l'auberge de jeunesse et on travaille.

Enza craignait de ne pas pouvoir envoyer d'argent chez elle si elles n'avaient pas un emploi permanent.

– Rien du côté de la couture ?

– J'ai l'impression que cette Marcia Guzzi nous a remarquées chez Matera Tailoring.

– Et j'ai laissé nos noms chez Samantha Gabriela Brown, dit Enza. Ils font des vêtements pour enfants.

– Oui, mais ils payent mal. On ne peut pas travailler des journées entières pour cinquante cents. Et ils ne donnent pas de travail à la pièce tant qu'on n'a pas passé six mois chez eux.

– On devrait peut-être discuter avec le directeur de l'auberge de jeunesse pour qu'il baisse le loyer de la chambre, suggéra Enza.

– Je sais bien qu'à l'auberge, ce n'est pas le luxe. Mais c'est toujours mieux qu'un sous-sol à Adams Street ou ma chambre pour quatre du New Jersey.

– Je ne me plains pas, dit doucement Enza.

– On est sur liste d'attente dans les bonnes pensions – ça finira par marcher. Essayons de voir le bon côté des choses : c'est une aventure ! On n'avait jamais fait la plonge, et voilà qu'on a une occasion de s'y mettre. Nous faisons notre éducation ! conclut Laura en riant.

***

Enza et Laura quittèrent leur pension du centre-ville, bien emmitouflées sous leur écharpe, leur veste et leur manteau, leur chapeau-cloche rabattu sur le front, pour remonter la Cinquième Avenue à pied.

Les hôtels particuliers de la Cinquième avaient l'air de hauts-de-forme géants rangés les uns à côté des autres à l'heure où les réverbères allumés par les portiers jetaient des ombres sur leur façade. Enza et Laura passaient d'une flaque de lumière à l'autre sous les marquises et recevaient au passage une petite bouffée de chaleur en provenance des poêles à charbon portatifs que les veilleurs de nuit plaçaient aux entrées des immeubles afin que leurs riches propriétaires ne prennent pas froid en franchissant les portes de cuivre rutilant pour s'engouffrer dans les automobiles qui les attendaient dehors.

Les deux jeunes filles observèrent le passage de relais entre les domestiques. Les servantes noires s'en allaient par les entrées de service tandis que l'équipe de nuit arrivait pour les remplacer. Les bonnes irlandaises partaient vers l'est et les trains qui les ramèneraient dans leurs banlieues. Un vent froid et mordant soufflait sur la ville et s'engouffrait en sifflant entre les immeubles, avec des rafales qui s'abattaient sur Laura et Enza comme des coups de fouet chaque fois qu'elles se risquaient à traverser une rue.

Elles trouvèrent facilement le numéro 7 dans East Street. La demeure, de style Renaissance italienne, était éclairée de l'intérieur et des torches, à l'entrée, jetaient une lumière dorée. L'ensemble, outre son élégance, donnait une impression d'opulence, pourtant, comme la plupart des nouveaux bâtiments nés de la dernière tendance architecturale de la ville, il avait un côté neuf et relativement banal, peut-être parce que ceux qui l'habitaient l'imprégnaient de ces qualités. Les fenêtres à linteau semi-circulaire étaient enchâssées comme des joyaux dans la pierre coquille d'œuf. Les lourdes portes cochères de château en acajou, bardées de ferrures, étaient grandes ouvertes, et festonnées de guirlandes de cèdre et de grappes de noix et de canneberges. Enza s'étonna que ces simples fruits qu'on trouvait partout et gratuitement dans ses montagnes soient des ornements pour les maisons de la haute société new-yorkaise.

– Résidence James Burden. C'est ici, dit Laura, en consultant ses notes. On doit entrer par la porte cochère à l'arrière et demander Helen Fay. C'est elle qui s'occupe de tout dans la maison.

– Ce n'est pas une maison, c'est un palais, fit Enza en examinant la façade.

– Un palais avec une cuisine. Allons-y.

Enza suivit Laura dans l'entrée de service. Laura s'adressa au majordome, qui les dirigea vers un petit corridor. À peine s'y trouvaient-elles qu'elles durent se plaquer contre le mur pour laisser passer une équipe de domestiques qui transportaient de gigantesques compositions florales dans de grands vases, des bouquets de pivoines, de roses et de verdure. Enza et Laura échangèrent un regard incrédule.

Le majordome ouvrit les portes du salon en rotonde et les deux filles purent y jeter un coup d'œil. C'était une pièce de réception aux vastes dimensions, dont le sol de granite, les murs de marbre et même les marches étaient d'un gris perle presque blanc, sur lequel se détachait un grand escalier qui faisait penser au clavier d'un piano. Les larges marches en marbre d'Hauteville dessinaient un S jusqu'au palier doté d'une balustrade gainée à la feuille d'or. La rampe de l'escalier était, elle, recouverte de velours noir ; Enza se dit que les hôtes qui prenaient cet escalier devaient avoir l'impression de saisir une main gantée.

On avait posé des grands vases sur des piédestaux à travers l'atrium, les couleurs vives des bouquets éclatant sur le marbre clair des murs. Des photophores en cristal protégeaient de hautes bougies en cire d'abeille qui jetaient une lumière chaude et fractionnée sur le marbre des murs, faisant briller tout l'atrium.

– Où trouvent-ils des pivoines en plein hiver ? murmura Laura, tandis qu'elles suivaient le couloir de service en direction de la cuisine.

La cuisine était aussi grande que l'étage des machines à l'usine Meta Walker. De longues tables d'aluminium dans lesquelles étaient enchâssées des planches à découper en occupaient le centre. Des casseroles et des poêles impeccablement astiquées pendaient du plafond. Le long du mur, un personnel en tenue blanche sous les ordres du chef coiffé d'une toque s'activait devant une succession de plaques de cuisson. Après la cuisine se trouvait un office où attendaient des plateaux chargés de belle vaisselle en porcelaine, prêts pour le service. Au-delà de la cuisine, on apercevait par les portes ouvertes une cour dans laquelle un serviteur noir en blouse blanche et bonnet de laine tournait une manivelle pour faire de la crème glacée dans un antique tonneau en bois. Son souffle, dans l'air froid, produisait des bouffées de fumée.

La cuisine fonctionnait comme les rouages bien huilés d'une machine à coudre, les différentes opérations se succédant mécaniquement. Les employés parlaient peu et se coordonnaient à l'aide d'une série de gestes de la main.

La première personne qu'Enza et Laura rencontrèrent fut Emma Fogarty, une jeune femme aux manières directes qui avait à peu près le même âge qu'elles : des cheveux châtains tressés et ramenés sur le haut du crâne, des yeux bleu vif, un visage sans trait particulier en partie caché sous une coiffe de coton marron, et, aux pieds, des sabots en bois sur des bas de laine montant jusqu'aux genoux.

– C'est l'agence Dandrow qui nous envoie, dit Laura.
– Toutes les deux ?
– Oui, madame.
– Vous allez faire la vaisselle et nettoyer. Je vais vous montrer.
– On nous a dit de nous présenter à Helen Fay.
– Vous ne la verrez pas. Elle est à l'étage et s'occupe des serviettes de table.
– Je m'appelle Laura Heery, et mon amie Enza Ravanelli.
– Emma Fogarty. Je suis chef de cuisine.

Emma leur montra un placard dans lequel elles laissèrent leurs vêtements de ville, et elle leur donna à chacune une blouse semblable à la sienne. Puis elles la suivirent à travers les dédales de la cuisine. Le long d'un interminable corridor, des placards allant du sol au plafond éclairés par de petites fenêtres contenaient des piles de plats, d'assiettes, de coupes, de terrines, de bols et de verres de toutes sortes.

Emma leur fit descendre un escalier aux marches de bois jusqu'à une pièce mal éclairée au centre de laquelle se trouvait une grande table en bois entourée de tabourets. Sur le mur du fond s'ouvrait la gueule d'un monte-plats, plein de plateaux vides. Sous le monte-plats, une auge en métal reliée à un trou au niveau du sol recevait les restes et les déchets. Une série de profonds éviers, séparés par des égouttoirs en bois et dont les robinets étaient prolongés par des tuyaux amovibles, dessinait un L au-delà du trou.

– C'est important, ce soir. Deux cents personnes. Vous devez faire vite, et attention. Nous utilisons le service en porcelaine de Russie, que je ne sais plus quel tsar a envoyé quand les Burden se sont passé la corde au cou. (Levant la main, elle poursuivit:) Ne posez pas de questions. Il a un décor doré. Helen Fay regardera s'il n'y a pas de rayures, et elle vous donnera votre compte demain, une fois que tout sera retourné sur les étagères. Alors, ne cassez rien. Vous devez d'abord rincer la vaisselle, puis la laver – si vous manquez d'eau chaude, prévenez-moi; c'est déjà arrivé. Vous laissez ensuite la vaisselle s'égoutter, puis vous l'essuyez avec des torchons en coton que vous trouverez là, sur l'étagère. Puis vous l'empilez en intercalant des peaux de chamois – ne mettez jamais une assiette sur une autre sans une peau de chamois entre les deux, ou c'est moi qu'on enverra en enfer. Après la soirée, nous mettrons tout dans le passe-plat et tout sera rangé dans les placards.

Enza avait la tête qui tournait. Cette femme parlait à la vitesse d'une machine à écrire. Enza comprenait à peine ce qu'elle disait.

– C'est clair ?
– Oui, absolument ! répondit Laura.

– Je serai là-haut dans la cuisine, si vous avez besoin de moi. Pour le moment, c'est calme, mais tout va commencer dans une heure avec le service des cocktails. Ne laissez pas le passe-plat se reposer. Il ne doit pas rester en bas – je veux dire, ici. Le majordome a failli tuer la dernière personne qui est venue faire la vaisselle. Il était fou de rage parce que le monte-plats était resté en bas et qu'il ne pouvait plus renvoyer les verres. Comprenez bien ça, les filles : l'ennemi, c'est l'embouteillage.

S'approchant du monte-plats, Emma tira sur la corde. Les plateaux en vermeil s'élevèrent lentement dans l'ascenseur actionné à la main.

– Merci, dirent d'une même voix Enza et Laura.

– Ne me remerciez pas. Vous allez me détester quand vous verrez la quantité de vaisselle que vous avez à faire. Mais c'est comme ça. Les gens riches se régalent, et nous, on passe derrière pour nettoyer. Tout dépend de la carte qu'on a tirée, disons.

Quand la vaisselle sale commença à leur arriver, Laura et Enza mirent rapidement au point une méthode qui leur permettait de faire le maximum en un minimum de temps, exactement comme elles en avaient fait l'expérience à l'usine. Laura chassait les restes d'une main en tendant l'assiette à Enza, qui la plongeait dans l'eau savonneuse, frottait et passait à un autre évier pour rincer, puis mettait à égoutter.

Entre les plats, elles pouvaient rattraper leur retard pendant que les convives mangeaient. Elles se rendirent vite compte qu'elles pouvaient laisser la vaisselle sur les égouttoirs.

Aussi dur que soit le travail, Enza et Laura ne se plaignaient pas. Elles avaient toutes deux connu pire, et quelque chose, dans le fait de travailler dans cet hôtel particulier, leur rendait la tâche plus plaisante. C'était peut-être la magnificence de cette rotonde éclairée aux chandelles, la beauté et la légèreté de la porcelaine russe peinte à la main, l'idée de partager l'espace avec des pivoines au plus fort de l'hiver qui les mettaient de bonne humeur... Allez savoir. Ce qu'elles savaient, c'est qu'elles étaient ensemble ; elles pouvaient bavarder, faire des projets et rêver tout en travaillant.

Enza essuya les assiettes égouttées, puis les glissa dans leurs pochettes en peau de chamois avant de les empiler. Elle nota combien il y en avait dans la pile. Un nouveau plateau chargé d'assiettes descendit dans le monte-plats, elle tendit les mains pour le prendre, puis se figea pour écouter. C'était une voix de ténor au timbre magnifique. Les notes arrivaient par le conduit du monte-plats comme si elles étaient enveloppées dans du velours : l'homme chantait *Tosca*, dans sa langue maternelle.

Amaro o sol per te m'erail morire

– C'est Mr Puccini qui accompagne les chanteurs, dit Emma Fogarty derrière elle. Laura prit le plateau dans le monte-plats.

– Il est ici ?

– Vous venez de laver son assiette, acquiesça Emma. Il joue sur un grand Steinway dans la salle de musique. Alessia Frangela et Alfonso Mancuso chantent en duo sous la fresque de Bonanno. Maria Martucci est à la harpe. Les invités sont autour d'eux comme pour un feu de camp.

– Mon ancienne patronne avait l'habitude d'écouter *Tosca* de Caruso.

– Je ne peux pas vous envoyer là-haut. Vous êtes à la plonge, reprit Emma. Mais vous savez quoi ? Si vous voulez monter par l'escalier jusqu'aux placards à vaisselle, j'ouvrirai des volets du monte-plats et vous serez juste sous la musique.

Les filles chargèrent des plateaux de vaisselle en porcelaine et empruntèrent le petit escalier. Emma les conduisit aux placards à vaisselle. Elle posa les assiettes et ouvrit les volets qui donnaient accès au conduit du monte-plats.

– Allez-y. Passez la tête là-dedans. C'est comme ça que j'écoute les Burden sans qu'ils s'en doutent.

Enza tendit l'oreille. Les notes cristallines de Puccini lui parvenaient aussi clairement que si elle s'était trouvée dans la pièce : le volume était parfait.

Laura rangea les assiettes sur les étagères pendant que Puccini et ses chanteurs se produisaient pour la foule des invités. Elle regarda Enza qui écoutait. La tête légèrement penchée, elle buvait chaque note, les voix, les cordes, les élans de la musique…

Enza était déjà impatiente d'écrire à sa mère pour lui raconter ce coup de chance.

C'est mon Italie, pensait-elle. La force et la beauté de l'art antique, les fresques fourmillantes de détails, les statues imposantes taillées dans la roche blanche, le calice en or martelé de don Martinelli, les grands maîtres de l'opéra, l'Italie de Puccini et de Verdi, de Caruso et de Toscanini, pas l'Italie des âmes perdues de Hoboken et de la malheureuse Anna Buffa. C'était l'Italie qui comblait son âme, où l'espoir renaissait et où les cœurs brisés pouvaient revivre entre les mains des grands artistes.

Pour la première fois depuis son départ pour l'Amérique, Enza se sentait chez elle. Elle comprit à cet instant comment marier l'ambition américaine au talent artistique des Italiens. Elle s'était nourrie de l'un comme de l'autre et ils l'avaient aidée à grandir. Ce soir-là, la musique de Puccini alluma la mèche de son ambition, et elle prit conscience de sa détermination.

À la fin de l'aria de Puccini, les applaudissements éclatèrent. Enza tendit les mains dans le monte-plats et applaudit aussi.

– Il ne peut pas t'entendre, dit Emma Fogarty.

– Mais je lui dois ça, répondit Enza, en se retournant vers Laura et elle.

– Renvoie le monte-plats, dit Emma.

Enza tira sur la corde et le plateau remonta à l'étage du dessus.

– Lavez et essuyez les verres en cristal pour les digestifs, et vous en aurez fini, les filles, dit la chef. (Puis elle consulta sa montre de poche.) Le jour n'est pas loin. Quand tout ce monde sera parti, je n'aurai plus qu'à fermer la cuisine. Il y a un bain chaud qui m'attend.

– Vous avez une baignoire ? demanda Laura, surprise.

– Je loge à la pension Katharine, dans le Village. On a des baignoires. Et une bibliothèque. J'aime lire. Et faire deux repas par jour. J'aime manger.

Enza et Laura se regardèrent.

– Comment avez-vous fait pour y entrer ?

– Comme pour tout dans cette ville. J'ai eu le tuyau en prenant le bus.

– Sur quelle ligne ? demanda Enza.

– Peu importe. Parlez avec des filles de votre âge. C'est un circuit d'informations.

– On a fait une demande à la pension Katharine, mais on n'a pas eu de réponse, dit Laura. On est à l'auberge de jeunesse.

– Vous finirez par trouver quelque chose. Il suffit d'attendre les vacances comme chaque printemps, leur confia Emma. La fièvre maritale frappe à partir du mois d'avril, les filles s'en vont et il y a des chambres à la pelle. Vous trouverez ce que vous cherchez. Qu'est-ce que vous comptez faire ici ?

– Gagner notre vie, répondit Enza.

– Non, je veux dire, quel est votre rêve ? Que voulez-vous vraiment ?

– Nous sommes couturières.

– Alors, il vous faut une pension dans le genre artistique. À votre place, j'essaierais la résidence Milbank. Ils prennent des auteurs dramatiques, des danseurs, des actrices, des créatrices de meubles… Vous savez, des filles débrouillardes. Voulez-vous que je leur dise un mot pour vous ?

– Vous feriez ça ? s'exclama Laura. Vous pouvez nous aider à trouver une place à la résidence Milbank ?

– Mais oui. Je vais en parler à la directrice.

Emma les paya cash, un dollar chacune au lieu des cinquante cents prévus, comme elle le nota scrupuleusement sur le registre de la cuisine : on leur accordait cette prime parce qu'elles n'avaient rien cassé et avaient fait le travail sans importuner le majordome. Elles n'en croyaient pas leur chance.

Le parfum de cire des chandelles qu'on venait d'éteindre flottait dans le couloir de service qu'Enza et Laura empruntèrent pour sortir, boutonnant leur manteau et se hâtant d'enfiler leurs gants. Elles avaient mal au dos, aux épaules et aux pieds, mais elles n'en avaient cure, ce matin-là, tandis qu'elles rentraient chez elles, portées par leurs rêves.

Elles descendirent la Cinquième Avenue sans échanger un mot. Elles allaient d'une rue à l'autre avec la certitude tranquille qu'il venait de se passer quelque chose : cette nuit à faire la plonge s'était révélée un tournant.

Le soleil se levait sur Manhattan. Ce n'était pas ses rayons qui les réchauffaient mais son idée ; un froid glacial régnait en réalité. Des stalactites étincelantes pendaient aux arbres dénudés qui bordaient l'avenue.

Les trottoirs que le verglas rendait dangereux semblaient maintenant saupoudrés de diamants et la neige grise piétinée se teintait de bleu lavande à la lumière du petit matin.

— Automat ? dit Laura, comme elles arrivaient à la Trente-huitième Rue.
— Tarte ? dit Enza.
— Deux parts, ce matin. On a les moyens.
— Et on les mérite, renchérit Enza.

17

Une aiguille à coudre

Un ago da cucire

Les rameaux de bignone dégringolaient en cascade le long de la gouttière avec des éclats d'orange vif et de vert tendre sur fond de briques. Les jacinthes violettes débordaient des urnes romaines en marbre blanc encadrant la porte à deux battants de la résidence Milbank, au numéro 11 de la Vingtième Rue dans Greenwich Village.

Les hautes fenêtres du hall d'entrée étaient habillées d'une fine soie blanche derrière laquelle les doubles rideaux Jacquard de teinte or pâle étaient tirés pour laisser entrer la lumière en provenance de la rue bordée d'arbres. On aurait cherché en vain une enseigne, pas une plaque ou une boîte aux lettres collective montrant que la résidence Milbank était autre chose qu'une élégante maison de grès brun appartenant à quelque richissime famille.

Planté derrière les arbres au milieu d'un grand pâté d'immeubles cossus, entre une église épiscopale à l'architecture pompeuse à l'angle de la Cinquième Avenue d'un côté et les charmantes maisons de Patchin Place de l'autre, ce bâtiment avait à la fois du caractère et de la fantaisie, une alliance rare à New York City en ce début de siècle.

La résidence Milbank comprenait en fait deux bâtiments, avec vingt-six chambres, une bibliothèque, un grand jardin, une vaste cuisine en sous-sol dotée d'un monte-plats et un salon de réception. Elle était tenue par la Ladies' Christian Union et offrait le gîte et le couvert, pour un prix raisonnable, à des jeunes femmes qui se trouvaient à New York sans famille ni relations.

Emma Fogarty était venue voir la directrice et lui avait vanté les mérites de ses deux amies pleines de talent et travailleuses, la jeune immigrante italienne et la fougueuse Irlandaise aux cheveux roux, qui avaient besoin d'une bonne adresse afin de poursuivre leur rêve de carrière dans la couture au service de la haute société de la Cinquième Avenue pour la première, sur les scènes de Broadway pour la seconde.

Le petit déjeuner et le dîner étaient compris dans le prix de la pension, où il y avait également un lave-linge avec essoreuse ainsi qu'un étendoir dans le sous-sol. Mais, plus important que ces aimables commodités, il régnait dans cette pension une véritable camaraderie entre les jeunes femmes qui aspiraient à une vie meilleure grâce à leur talent et à leur créativité. Laura et Enza étaient enfin avec des filles qui leur ressemblaient, qui comprenaient leurs élans et les sentiments qui les portaient.

Miss Caroline DeCoursey, la directrice, était petite, élégante sous ses cheveux blancs, et d'une excellente éducation. Laura Heery lui plut tout de suite : Miss DeCoursey était elle aussi de mère irlandaise, et originaire du même comté que les Heery.

On conduisit Enza et Laura au quatrième étage, où le grand couloir était éclairé par des lucarnes ouvertes dans le toit et tout au long duquel se trouvaient des placards dotés d'une simple poignée de cuivre. Miss DeCoursey en ouvrit un. Il révéla de grandes étagères, dont la dernière pour les chapeaux, ainsi qu'une penderie avec plusieurs cintres en bois, et de la place pour des chaussures et des sacs.

— Prenez celui-ci, Miss Ravanelli, dit Miss DeCoursey. Et celui-là sera le vôtre, Miss Heery, ajouta-t-elle, en ouvrant le suivant.

Les deux filles échangèrent un regard, sidérées par leur bonne fortune. Des placards ! Enza n'avait eu que son sac depuis son départ d'Italie, et Laura partageait un unique placard avec ses sœurs et ses cousines dans la maison où vivait toute sa famille.

— Suivez-moi, continua Miss DeCoursey, en ouvrant une porte dans un renfoncement à côté des placards.

Enza découvrit alors la plus belle chambre qu'elle ait jamais vue. Le plafond descendait en pente douce sous la lucarne, une cheminée et un miroir occupaient le centre de la pièce. La lumière qui tombait de la petite fenêtre éclairait le plancher de noyer ciré. Chacun des deux lits, séparés par une table de chevet avec une lampe, était recouvert d'une courtepointe. Un bureau sous la lucarne et un autre près de la porte permettraient aux filles de disposer de toute la place nécessaire. La calme simplicité du décor, l'odeur de la cire au citron et le petit vent qui montait du jardin en contrebas créaient dans cette chambre une ambiance tellement douillette qu'on s'y sentait tout de suite chez soi.

— J'ai pensé que deux couturières aimeraient une chambre bien éclairée, même si c'était au quatrième étage. La plupart des jeunes filles préfèrent le deuxième…

— Non, non, c'est la plus belle chambre que j'aie jamais vue ! s'écria Enza.

— Nous ne vous remercierons jamais assez ! ajouta Laura.

— Tenez bien votre chambre, et ne mettez pas vos bas à sécher dans la salle de bains commune, fit Miss DeCoursey en tendant à chacune une clé. Nous nous reverrons au dîner.

Et elle sortit en refermant la porte derrière elle.

Laura se jeta sur l'un des lits, Enza sur l'autre.
— Tu entends ? demanda Laura.
— Quoi ?
— C'est la cloche qui annonce le dîner... et qui dit que notre chance a tourné.

* * *

Ciro pensait que Luigi pourrait tenir seul, pendant quelques heures, leur atelier mobile de réparation. Le commerce marchait bien, mais ils n'étaient tout de même pas débordés, à côté du port marchand du bas Manhattan, où les ouvriers des chantiers venaient déjeuner.

Ciro décida de rentrer à pied vers Little Italy en traversant le Village. C'était le printemps, il faisait bon, et il aimait bien parcourir ces petites rues tortueuses en admirant les maisons de style georgien de James Street avec leur perron à double volée de marches, et les demeures de style Renaissance de Charles Street avec leurs balcons en fer forgé et leurs petits jardins privés pleins de pots de jonquilles et d'iris mauves.

La vue de ces magnifiques demeures l'apaisait. C'était peut-être en rapport avec l'époque où il était homme à tout faire, quand il peignait et jardinait à San Nicola, mais quelle qu'en soit la raison, ces jardins bien tenus et ces maisons amoureusement entretenues le rassuraient en lui donnant une impression d'ordre dans un monde où il y en avait si peu.

Au moment où il passait devant l'église Notre-Dame de Pompéi, une noce envahit le trottoir. Un Roadster Nash flambant neuf était stationné devant, avec sur son capot un opulent bouquet de roses blanches dans un nid de tulle et de rubans en satin.

Ciro s'arrêta pour admirer la voiture bleu nuit et ses sièges de cuir rouge. Le design élégant du tableau de bord en bois et les boutons en cuivre avaient de quoi faire rêver n'importe quel garçon de son âge. Cette Nash était presque aussi belle que la plus belle des femmes.

Tandis que l'organiste jouait l'hymne de fin de cérémonie, une ravissante collection de jeunes beautés portant de grands arums blancs, le front ceint de bandeaux en soie piqués de faux diamants et vêtues de longues robes de mousseline rose pâle, vinrent se placer sur les marches pour faire une haie d'honneur.

Ciro en reconnut plusieurs qui habitaient dans le quartier – des filles d'Italie du Sud, brunes aux yeux noirs et aux cheveux tressés en des coiffures compliquées. Les silhouettes, à la fois délicates et rebondies, faisaient penser à des tasses à thé en fine porcelaine. Il revit Enza Ravanelli sur la terrasse des Zanetti au-dessus de Mulberry Street. Mais il chassa promptement cette image de son esprit, aussi vite qu'elle y était apparue ; il n'était pas homme à se désoler sur ce qu'il ne pouvait avoir – ni, en l'occurrence, sur ce qu'il avait perdu.

Les mariés apparurent en haut des marches sous une pluie de grains de riz et de confettis. Ciro, stupéfait, reconnut Felicità Cassio sous le voile de tulle qui flottait derrière elle, dans une robe d'une blancheur virginale. Elle contempla la foule, sourit à ses invités. Il ne l'avait pas revue depuis le Noël précédent, lorsque, avant de se rendre à Hoboken, il lui avait annoncé sa décision de mettre fin une fois pour toutes à leur relation.

Felicità venait d'épouser un Sicilien brun, musclé et beau garçon, qui ne tarda pas à prendre congé de sa jeune épouse d'un petit baiser sur la joue pour se faire photographier avec ses parents.

Ciro tourna les talons pour s'éloigner, mais trop tard. Felicità avait croisé son regard, la surprise se lisait sur son visage et elle la dissimula aussitôt sous un beau sourire de mariée. Elle fit un grand signe à Ciro. Ses bonnes manières et l'éducation qu'il avait reçue au couvent ne lui permettaient pas de s'en aller sans la saluer comme il convenait.

Felicità confia promptement son bouquet à sa demoiselle d'honneur, comme on se débarrasse d'une contrainte. Ciro baissa les yeux sur sa salopette maculée de graisse et de blanc de craie après une journée de travail. Ce n'était pas la tenue idéale pour congratuler son ex-petite amie dans sa robe de mariée. Une robe en satin avec une coupe en biais qui mettait en valeur les courbes du corps de Felicità. Ciro fut envahi par une violente bouffée de désir.

– Tu viens de quitter ton travail, susurra-t-elle, consciente de l'effet que sa voix basse et sensuelle produisait toujours sur lui.

– J'étais au port. Félicitations, dit Ciro. Je ne savais pas…

– Les bans sont publiés depuis des semaines. Mais comme tu ne vas jamais à l'église… (Baissant encore la voix avec coquetterie, elle ajouta :) Je voulais t'écrire…

– Tu aimes écrire comme moi, ou à peu près. Ça ne fait rien. Je suis content pour toi. Tu fais une mariée magnifique. C'était lui, ton promis ?

Baissant les yeux sur ses chaussures en satin gansées d'organdi, Felicità répondit :

– Oui. Il possède la moitié de Palerme.

– Ah, un prince sicilien… Il te faudra peut-être un an ou deux mais je pense que tu peux en faire un roi.

– C'est ce que ma mère a fait pour mon père, donc je devrais y arriver, dit-elle, manifestement peu pressée de s'atteler à cette tâche.

Ciro se retournait pour partir quand elle l'arrêta d'une question :

– Tu vas donner à cette fille de la montagne la bague que j'ai toujours voulue ?

– Prie pour moi, tu veux bien ? répondit Ciro en souriant.

* * *

La bibliothèque de la résidence Milbank était de style anglais, décorée avec goût dans des tons vert pâle et corail avec des rayonnages vitrés et un grand piano entre les deux fenêtres.

Eileen Parrelli, dix-huit ans, jeune prodige du Connecticut, chantait en faisant des gammes au piano. Ses boucles cuivrées et ses taches de rousseur trahissaient l'origine irlandaise de sa mère, mais la voix, faite pour chanter l'opéra italien, venait du côté de son père.

Enza, assise sur une chaise avec un carnet et un crayon, écoutait Eileen. Sa vie avait tellement changé en quelques semaines qu'elle n'en revenait toujours pas.

Personne, hormis Laura et peut-être les autres filles qui occupaient ces chambres, ne saurait jamais tout ce que son arrivée dans cette pension signifiait pour elle. Sa chambre de la résidence Milbank était la dernière chose qu'elle aurait voulu perdre. Laura et elle avaient besoin de travailler, mais ne pouvaient pas vivre éternellement de petits boulots. Il leur fallait à chacune un emploi stable qui leur assure un salaire régulier.

Eileen acheva ses exercices, et Enza alla s'asseoir devant le secrétaire. Elle posa du papier et des enveloppes sur la tablette. Puis elle tira d'une pochette en mousseline deux carrés d'étoffe, l'un en velours noir brodé d'or et l'autre en soie à la doublure brodée de fleurs de lis tout en perles et petits cristaux. Tout en écrivant, Enza vérifiait l'orthographe de certains mots dans le dictionnaire de la bibliothèque.

À toute personne intéressée :
Veuillez trouver sous ce pli deux échantillons. Enza Ravanelli et Laura Heery ont une bonne expérience du travail à la machine à coudre, mais sont aussi créatrices

de motifs, couturières et brodeuses de perles expérimentées.

Nous avons une bonne connaissance des livrets d'opéra, intrigues et personnages, après avoir beaucoup entendu les disques du signore Caruso.

Nous aimerions vous rencontrer en vue d'un emploi dans votre entreprise. Merci de nous écrire à la résidence Milbank, 11, West Tenth Street, New York City.

Merci.
Sincèrement vôtres,
Enza Ravanelli et Laura Heery

* * *

Ciro prit sa décision au printemps 1917, à l'instar de nombreux Italiens titulaires d'une carte de travail. Il irait à la guerre. Faute d'une amoureuse pour le retenir aux États-Unis, il irait voir le monde et faire son temps sous les drapeaux.

Le bureau de recrutement de l'armée de terre américaine se trouvait dans la Vingtième Rue, reconnaissable au drapeau accroché dans sa vitrine poussiéreuse. À l'intérieur, une installation de fortune avec bureaux provisoires et tabourets à roulettes composait l'un des services de recrutement officiels nés de la loi dite *Service Selective Act.*

Ciro retrouva Luigi avant d'entrer. Une longue file de jeunes hommes serpentait autour du pâté d'immeubles. La plupart étaient bruns, comme Luigi.

– Je n'ai rien dit à Pappina, prévint Luigi.

– Pourquoi ?

– Elle ne veut pas que je parte. Elle pense que je suis trop lent et que je vais me faire arracher la tête par le premier obus.

– Elle a sans doute raison.

– Mais je veux me battre pour le pays. Je veux avoir la citoyenneté américaine, et comme ça, Pappina aura la sienne aussi.

– Tu vas te marier avant de partir ?

– Oui. Veux-tu être mon témoin ?

– On ne m'a jamais posé une question avec autant d'enthousiasme.

– Excuse-moi. Je m'inquiète pour un tas de choses. Je n'aime pas les médecins. Ils vous serrent les *noce*, fit-il avec une grimace, en protégeant son entrejambe de ses mains.

– Je sais tout ça.

– C'est de la barbarie, voilà ce que c'est !

Ciro se contenta d'un gloussement amusé. Si Luigi trouvait de la barbarie dans la visite médicale, que penserait-il de la guerre elle-même ?

Une fois à l'intérieur, les hommes complétaient des formulaires, puis faisaient de nouveau la queue pour se présenter devant le médecin. Très peu se voyaient éliminés, quand on diagnostiquait une infirmité incompatible avec le service armé. Certains, parmi ceux-là, se montraient agressifs lorsqu'on leur demandait de s'en aller, alors que d'autres ne cachaient pas leur soulagement.

– Tu as déjà tenu un fusil ? demanda Luigi.

– Non. Et toi ?

– Je tirais des oiseaux à Foggia, avoua Luigi.

Il suivit le médecin derrière un rideau. Ciro attendit son tour, pendant un moment qui lui parut long.

Finalement, Luigi écarta le rideau et secoua la tête.

– Je suis sourd d'une oreille. Ils ne veulent pas de moi.

– Oh, mon vieux, désolé pour toi.

Un quart d'heure plus tard, Ciro rejoignait son ami sur le trottoir. Il avait sa convocation pour le 1er juillet à New Haven, dans le Connecticut. Il plia le papier et le fourra dans sa poche.

– C'est bon ? demanda Luigi.

– Oui.

Ciro se félicitait que l'armée l'ait accepté, sachant que c'était le plus court chemin vers l'obtention de la citoyenneté américaine. Mais il ressentait également une certaine tristesse, ayant le sentiment obsédant de fuir quelque chose qu'il ne pouvait pas nommer. C'était dans ces moments qu'il songeait à Enza et se demandait quel autre chemin aurait pris sa vie si elle l'avait attendu à Adams Street.

– Je voulais me battre, moi ! (Luigi donna un violent coup de pied dans un caillou, le projetant sur la chaussée.) Je me demande si je ne devrais pas emmener Pappina et rentrer chez moi en Italie.

– Et que ferais-tu, là-bas ?

– Je n'en sais rien. Je n'ai nulle part où aller. Mais si l'armée américaine ne veut pas de moi, c'est tout ce qu'il me reste à faire.

– Reste à Mulberry Street et travaille. Quand je reviendrai, tu seras un maître cordonnier.

– La signora prend tout ce qu'on gagne. Elle pourrait partager. C'est tout de même toi qui as eu l'idée de la roulotte !

– Remo m'a tout appris du métier. Je lui suis redevable, répondit Ciro d'un ton ferme. Mais je crois qu'on a largement payé notre dette. Il va falloir créer notre propre entreprise, Luigi. Et je vais compter sur toi pour préparer ça pendant que je serai de l'autre côté de l'océan.

La sage proposition de Ciro parut apaiser Luigi. Pour des jeunes gens comme eux, la guerre offrait une chance de devenir des hommes, de découvrir le monde et de revenir en citoyens américains. Il ne leur vint jamais à l'esprit que des vies pourraient se perdre, que le monde qu'ils voulaient défendre allait changer sous leurs pieds et ne serait plus jamais le même. Ils ne rêvaient que d'aventure.

***

Une charrette de fleurs était stationnée à l'angle de la Cinquième Avenue et de la Quarantième Rue. Elle débordait de marguerites blanches et de jacinthes roses dans des pots ornés de rubans dorés. Le buis luisant et vernissé bordait les jardins des hôtels particuliers. Les jardinières étaient pleines d'œillets, d'impatiens et de soucis jaune vif. Enza prit une profonde inspiration en s'engageant dans la Dixième Rue. Au moment où elle grimpait les marches de la résidence Milbank, Miss DeCoursey était en train de prendre le courrier dans la boîte aux lettres de l'entrée. Elle tendit une enveloppe à Enza, qui lut le nom de l'expéditeur : Metropolitan Opera House. Elle se précipita au quatrième étage pour l'ouvrir avec Laura.

– Ah… enfin, dit Laura, ôtant une épingle de son chignon et en la tendant à Enza, qui ouvrit l'enveloppe avec soin.

Chère Miss Ravanelli,
Miss Serafina Ramunni voudrait vous voir ainsi que Miss Heery le 29 avril 1917, à dix heures. Merci d'apporter votre nécessaire à couture et d'autres échantillons de vos travaux, en particulier avec des paillettes, des ornements de soie et des perles de verre.
Sincères salutations
Miss Kimberley Meier,
Directrice

Les filles coururent aussitôt à l'église Saint-François-Xavier et allumèrent tous les cierges disponibles aux pieds de sainte Lucie, la patronne des couturières. Il leur fallait cette place. Les petits travaux qu'elles faisaient ici et là en cuisine ne suffisaient pas, et il ne leur restait plus qu'une semaine avant de perdre leur chambre à la résidence.

Le matin du rendez-vous, elles prirent un solide petit déjeuner milbanquesque avec toasts et œufs brouillés avant de préparer leurs nécessaires à couture et leurs échantillons, et de quitter la Dixième Rue pour aller à pied, à trente pâtés d'immeubles de là, trouver Serafina Ramunni, la directrice de l'atelier des costumes du Met. Enza et Laura portaient, pour l'occasion, ce qu'elles avaient de plus joli : un chapeau en paille de gondolier vénitien ceint d'un bandeau rouge vif pour Enza et une capeline ornée d'un bouquet de cerises en soie pour Laura.

Elles avaient passé la soirée à imaginer une stratégie pour l'entretien. Si cette Miss Ramunni semblait préférer l'une des deux et lui offrait la place, celle-ci devait l'accepter. S'il n'y avait dans l'immédiat aucune possibilité d'embauche de couturières, elles étaient d'accord pour prendre tout ce qu'on pourrait leur proposer. Elles rêvaient toutes deux de travailler dans cet atelier, mais elles savaient qu'il leur faudrait peut-être des années pour se faire une place dans cette maison *si* on leur donnait d'abord une chance d'y entrer.

Le Metropolitan Opera House, construit avec la pierre jaune des vallées situées au nord de l'État de New York, occupait à lui tout seul l'espace d'un bloc d'immeubles sur la Trente-neuvième Rue Ouest. Sa grandeur architecturale se retrouvait dans les moindres détails : portes aux riches décors, corniches ouvragées, arches palladiennes... L'Opera House avait les dimensions d'une gare de chemin de fer.

Au rez-de-chaussée, une succession de portes en bois et cuivre permettait de remplir la salle de spectacle en quelques minutes. La vaste esplanade circulaire accueillait tous les modes de transport roulants : automobiles, taxis, fiacres et autres voitures à cheval avaient toute la place nécessaire pour déposer des spectateurs avant le lever de rideau et les reprendre après les dernières ovations.

Pour franchir les portes de l'entrée principale, où l'on était accueilli par des valets de pied, la foule était canalisée par des cordons de velours. Enza et Laura entrèrent par le foyer, où un employé brossait le sol de marbre avec un engin à moteur.

Un escalier en colimaçon s'élevait au-dessus d'elles, avec ses marches moquettées de rouge et sa rampe de cuivre impeccablement astiquée. On avait descendu à hauteur d'homme, sur de minces filins, un chandelier géant semblable à une pièce montée et dégoulinant de pendeloques en cristal étincelant qu'une domestique essuyait délicatement avec des chiffons de flanelle.

La porte du bureau était ouverte. À l'intérieur, les vendeurs de billets prenaient leur pause-café en fumant leur cigarette. Laura s'avança vers eux.

– Nous cherchons Serafina Ramunni. Nous avons rendez-vous.

Un jeune homme en manches de chemise et cravate marron secoua sa cigarette avant de répondre :

– Elle est sur la scène.

Laura et Enza traversèrent le foyer intérieur en passant devant une série de tableaux de la Renaissance. Elles poussèrent une porte et se retrouvèrent dans la salle éteinte, qui était comme un gigantesque coffret à bijoux chargé de dorures. Des odeurs de peinture fraîche et d'huile de lin mêlées à de coûteux parfums à l'essence de gardénia formaient des effluves entêtants. Les rangs de fauteuils recouverts de velours cramoisi s'inclinaient comme les pétales d'une rose vers la scène plongée dans l'obscurité. Enza se dit qu'il n'y avait qu'une église pour imposer un silence aussi respectueux.

Le plancher de la scène était laqué de noir, avec des lignes blanches pour indiquer l'emplacement des décors.

Il y avait aussi, au bord du plateau, une série de petits « X » aux endroits où les chanteurs devaient se tenir pour les duos. Les projecteurs, fixés au plus haut balcon de la salle, étaient braqués sur ces marques comme des canons.

Le balcon des loges privées, que Cholly Knickerbocker et d'autres écrivains mondains appelaient « le fer à cheval de diamant », était réservé aux plus riches abonnés. Ces loges étaient accrochées comme de fins carrosses au-dessus des sièges de l'orchestre et décorées de riches médaillons. Des draperies de velours rouge pendaient derrière les sièges, pour étouffer le bruit en provenance des couloirs et des escaliers. Des appliques de verre à facettes, en forme de tiares, éclairaient chaque niveau.

Les filles descendirent l'allée centrale et regardèrent le balcon supérieur. L'Opera House pouvait accueillir quatre mille personnes, dont plus de deux cents debout, qui avaient des billets vendus très bon marché, mais jamais pour un spectacle au rabais.

Laura était, elle aussi, impressionnée par le côté grandiose de l'Opera House. Il fallait des milliers de personnes pour que vive un endroit comme celui-ci. Des centaines d'artistes travaillaient derrière les scènes – ouvriers de plateau, électriciens, constructeurs de décors, accessoiristes, costumières, habilleuses, perruquières, modistes…

Il y a une ruche derrière chaque pot de miel, songea Enza.

Laura était galvanisée par les possibilités de travail qui s'offraient au Met, mais Enza, elle, était inquiète. Elle avait peur de son anglais, regrettait d'avoir choisi la jupe et le chemisier qu'elle portait ce jour-là. On était très loin, au Met, des troupes de théâtre ambulant qui plantaient leur tente dans un pré à Schilpario, comme des théâtres dits de vaudeville que Laura se souvenait d'avoir connus lorsqu'elle était enfant dans le New Jersey.

Serafina Ramunni discutait sur la scène déserte avec un marchand de tissus. La directrice de l'atelier des costumes avait une trentaine d'années, c'était une belle femme à la silhouette mince mise en valeur par sa veste cintrée et sa longue jupe portefeuille. Elle était chaussée de bottines en veau marron et un bandeau de velours noir retenait ses cheveux bruns et brillants. Elle choisissait des étoffes parmi les rouleaux exposés, en mettant une épingle sur celles qu'elle allait acheter. Les mousselines, les velours épais et les satins fluides étaient déployés devant elle comme des oriflammes. Elle sentit le regard des filles sur elle.

– Qui êtes-vous ?
– Laura Heery et Enza Ravanelli.
– C'est pour des places de couturières ?
Elles hochèrent la tête.
– Je suis Miss Ramunni. Suivez-moi jusqu'à l'atelier, dit-elle, en se dirigeant vers le fond de la scène.

Enza et Laura se regardèrent, ne sachant où aller.
– Vous pouvez monter. Il y a des marches, là-bas.

Enza suivit Laura, avec l'impression de ne pas être digne de fouler cette scène. Comme quand on s'approche d'un tabernacle dans une cathédrale. Elle jeta un coup d'œil à la fosse d'orchestre éclairée par de toutes petites lampes en contrebas. Sur chaque lutrin laqué de noir, une partition blanche comme les pages d'un livre était ouverte.

Laura suivit Miss Ramunni en coulisses, puis dans un escalier qui descendait au sous-sol, mais Enza, parvenue au centre de la scène, prit le temps de se retourner pour admirer la salle. Les derniers balcons faisaient penser à un vaste champ de coquelicots.

– C'est vous qui avez écrit cette lettre ? demanda Serafina.

— Oui, c'est moi, répondit timidement Enza.
— Je l'ai fait circuler au bureau.
Laura regarda Enza et sourit. Bon signe.
— Ça nous a bien plu. Personne n'avait jamais postulé pour une embauche en se vantant d'écouter les disques de Caruso.
— J'espère que je n'ai pas mal fait, dit Enza.
— Vos échantillons vous ont sauvée. En général, on n'apprécie guère l'humour dans les demandes d'emploi.

Au sous-sol du Met, l'atelier des costumes était une grotte qui s'étendait sur toute la longueur du bâtiment. Depuis les tables de coupe jusqu'à une longue série de cabines d'essayage courait un corridor tapissé de miroirs dans lesquels l'acteur pouvait se voir sous tous les angles, au-delà des machines à coudre et d'un atelier de finitions où les costumes étaient nettoyés à la vapeur, repassés et suspendus. C'était pour les deux amies une véritable caverne d'Ali Baba. Tous les tissages et toutes les matières possibles et imaginables – rouleaux de satin duchesse crème, coupons de coton dans des tons de pierres précieuses, de faille argentée et d'organza bleu pâle – étaient rangés sur des établis, serrés dans des rouleaux, pliés dans des coffres ou découpés sur la table des patrons en attendant d'être cousus.

Des mannequins étaient disposés tout autour de la salle, vêtus de costumes à divers stades de leur réalisation. Aux murs, les principaux personnages des productions en cours – Tristan, Léonore, Mandrake et Roméo – s'affichaient en aquarelle comme les saints dans une galerie de portraits au Vatican.

Une vingtaine de machines à coudre Singer noires et brillantes sous la laque, équipées de puissantes lampes et flanquées de tabourets à dossier bas, étaient alignées comme des chars d'assaut avant la bataille tout au fond de la salle. Un miroir à trois faces et une estrade circulaire pour les essayages se trouvaient à côté avec un rideau pour s'isoler. Trois longues tables de travail, suffisantes pour accueillir une cinquantaine de couturières, divisaient le centre de la salle en deux, de part et d'autre d'un passage.

Une femme était en train de repasser de la mousseline ; une autre, à la machine à coudre, gardait la tête baissée ; d'autres, dans la salle voisine, faisaient marcher l'essoreuse d'un lave-linge et mettaient de volumineux jupons à sécher sur des cintres.

En découvrant tout cela, Laura et Enza furent immédiatement et irrévocablement séduites. Il fallait qu'elles travaillent là.

– Vous, ici, dit Serafina à Enza. Et vous, là.

Elle tendait à chacune un carré d'étoffe et un coffret plein de verroterie. Elle posa devant elles du fil, des ciseaux et des aiguilles. Puis elle ouvrit un carnet à dessins sur une reproduction d'un arlequin brodé de perles, créé par la célèbre Vionnet.

– Refaites-moi ça, ordonna-t-elle. Que je voie de quoi vous êtes capables.

Les filles mesurèrent les triangles à travers l'étoffe, en faisant des marques à la craie. Laura prit une aiguille et l'enfila. Enza chercha les bonnes perles dans le coffret. Elle les rassembla et les passa à Laura, qui lui tendit l'aiguille, et en enfila une deuxième pour elle-même. Sans échanger un mot, elles se mirent au travail pour coudre les perles de verre, très vite et avec dextérité.

– Je pense que vous savez broder, d'après vos échantillons ? interrogea Serafina.

– Nous savons tout faire. À la main, à la machine, lui répondit Laura.

– Pouvez-vous reproduire un motif de perles à partir d'un dessin ?

– Oui, Miss Ramunni, lui répondit Enza. Je peux reproduire n'importe quel dessin exécuté par un créateur.

– Je me débrouille très bien avec les perles, dit Laura.

– Et je suis excellente comme essayeuse, continua Enza.

– L'opéra, vous savez, ce n'est pas que le signore Caruso, c'est bien plus. Mais c'est lui le roi, ici. Nous montons les opéras qu'il veut chanter, et nous engageons les sopranos qu'il choisit lui-même. Il est à Londres jusqu'au mois prochain, au Covent Garden avec Antonio Scotti.

– Le baryton, se souvint Enza. Il a chanté *Tosca* ici, au Met, avec Caruso en 1903.

– Vous connaissez bien votre opéra !

– Elle a écouté du Puccini dans un monte-plats, l'autre jour, dit Laura. On faisait la plonge pour une soirée chic, et il était là en personne.

– Je ne savais pas que le signore Puccini se produisait dans des soirées.

– Oh, il ne se produisait pas. C'était une soirée en son honneur, expliqua Enza. Et il a joué quelques arias de *Tosca*.

– Votre passion et votre curiosité vous seront d'un grand secours pour vous faire une place ici, dit Serafina à Enza. (Puis, se tournant vers Laura, elle demanda:) Et vous ?

– Moi, je serais plutôt du style Gerry Flapper, répondit Laura. Vous savez, l'Irlande…

– Geraldine Farrar est notre meilleure soprano. Mais ici, chacun doit rester à sa place. Vous faites partie des costumières. Vous n'êtes pas des admiratrices. Pas de regards énamourés, pas de plaisanteries, pas de familiarités, même quand les artistes en ont avec vous. Traitez chaque chanteur comme votre patron. S'il y a un problème, vous en parlez à votre chef.

– C'est qui ? demanda Laura.

– Moi. Mais d'abord, il y a un problème. Le budget me permet d'embaucher une personne, pas deux. Qui veut le plus cette place ?

Enza et Laura se regardèrent avec tristesse.
— Non, non, non, murmura Laura en secouant la tête.
Un rêve s'écroulait.
— Elle ! répondirent-elles en même temps.
— C'est Enza qui rêve de travailler ici. Prenez-la, je vous en prie.
— Mais toi aussi tu en rêves ! protesta Enza. (Se tournant vers Serafina, elle ajouta:) Laura et moi nous sommes rencontrées dans une usine à Hoboken. Elle m'a appris l'anglais, et j'essaie de lui apprendre l'italien. Elle m'a protégée, là-bas. Nous sommes parties ensemble à New York et nous avons pris tout ce qui se présentait comme travail. Mais notre rêve à toutes les deux, c'est de travailler au Metropolitan Opera House.
— Pourquoi ?
— Parce qu'il n'y a rien de mieux, répliqua Enza. Nous pensons posséder un excellent savoir-faire, et il nous semble que nous avons notre place dans un endroit où notre talent sera utile.
— Même s'il nous reste encore beaucoup à apprendre, ajouta Laura.
— Bon, dit Serafina, en caressant les échantillons de broderie. Mes parents sont venus de Calabre. Et j'ai été formée par Joanne Luiso, qui était une grande couturière. Elle avait beaucoup de patience, elle m'a tout appris et sans elle je ne serais pas ici. C'est elle qui m'a permis d'y entrer.
— Il faut donner cette place à Enza, dit Laura.
— Mais j'ai été embauchée ici par une Irlandaise du nom d'Elizabeth Parent, reprit Serafina, avec un sourire à l'adresse de Laura. Et je vais vous prendre toutes les deux, même si j'ai des problèmes avec les patrons. Il faudra que je mette le dépassement de budget sur le compte de Caruso, mais Dieu sait que c'est arrivé plus d'une fois.

Laura et Enza étaient folles de joie. Elles tombèrent dans les bras l'une de l'autre, puis se tournèrent vers Miss Ramunni.

– Vous commencerez à dix dollars par semaine. Je n'aime pas qu'on regarde trop la pendule ni qu'on fasse trop souvent des pauses. J'aime les filles qui s'assoient à la machine et qui cousent. Si vous êtes aussi fortes que vous le dites, vous pourrez peut-être monter en grade et passer essayeuses, ou même costumières. Mais d'abord, vous allez faire le travail d'assemblage. Il nous arrive de travailler toute la nuit. Il n'y a pas d'heures supplémentaires.

– Nous sommes embauchées, vraiment ? demanda Laura.

Serafina lui répondit avec un brusque hochement de tête, avant de prononcer les mots les plus doux de la langue anglaise :

– Vous avez la place. (Puis, se tournant vers Enza :) Et vous avez la place. Bienvenue au Met.

***

Après leur essai, Enza choisit la première machine à coudre de la rangée, comme elle l'avait fait à l'usine, et Laura s'installa à côté d'elle en jetant dans le tiroir le sac qui contenait leur déjeuner. Derrière elles, attendaient une douzaine de tuniques militaires destinées au chœur, qu'il fallait démonter et dont il fallait remplacer les épaulettes, refaire les boutons, les cols et les revers en vue d'une représentation exceptionnelle donnée par la compagnie pour lever des fonds au profit des soldats américains enrôlés dans la Grande Guerre.

Le spectacle étant prévu pour le dernier jour du mois de juin, il ne restait que quelques semaines pour le produire. Les deux filles, suivant le modèle affiché au mur derrière elles, le dessin d'un uniforme militaire, commencèrent par arracher tous les vieux ornements, qui avaient servi pour une production de *Don Giovanni*, en prenant soin de préserver les empiècements, les boutons de cuivre et les boutons de col en fer. On ne jetait jamais un bouton à l'atelier des costumes.

– Je crois que j'ai trouvé mon futur mari, annonça Laura.

– Où ?

– Dans le hall, ce matin.

– Ce n'est pas le portier ?

– Non, celui-là est décidément trop petit pour moi. J'en ai trouvé un grand. Il s'appelle Colin Chapin. Il travaille à la comptabilité.

– Comment le sais-tu ?

– Je le lui ai demandé.

– Tu l'as abordé et tu lui as parlé… comme ça ?

– J'ai entendu l'appel du destin. Je ne suis pas comme toi. Je n'ai pas besoin qu'on me traîne vers l'amour en me tirant par les tresses. Il va m'emmener au cinéma. Il aime les westerns, surtout Tom Mix.

– Je ne savais pas que tu aimais les westerns.

– Oh, non, dit Laura. Mais lui, je l'aime bien. Il a l'air raisonnable. Et a dix ans de plus que moi.

– Tu lui as demandé son âge… comme ça ?

– Non ! (Laura se mit à rire.) Je sais me tenir, tout de même ! Mais je me suis renseignée auprès de Janet Megdadi, qui travaille dans le même bureau.

– Tu es culottée !

– Il le faut bien. En plus, j'ai découvert qu'il était veuf.

Enza secouait la tête, amusée. Laura Heery, décidément, ne manquait pas de culot.

– Enza, sais-tu de quoi je rêverais pour toi ? Je voudrais que tu cesses de vivre comme tu vivais à Hoboken. Tu es libre, maintenant ! Personne ne t'empêchera plus jamais d'être heureuse !

La liberté, pour Laura, était quelque chose de naturel. Enza aurait voulu qu'il en soit de même pour elle. Laura savait dénicher ce qu'il y avait de meilleur pour Enza, et Enza savait comme personne soutenir Laura dans sa détermination.

Enza étala sur la table une veste surchargée de décorations. Elle traça des marques à la craie sur les revers et le long des manches.

— Celui-là, c'était un général, dit-elle. Prenant une paire de petits ciseaux, elle entreprit de démonter le plastron. Elle défaisait les minuscules points de couture en tirant prestement sur les fils.

— Tu l'as connu en personne ?

Enza cessa de couper et leva la tête.

— À voir comment vous déchirez ça, il aurait mieux valu qu'il prenne une balle, dit une voix masculine, à la fois grave et caressante.

Enza croisa le regard de l'inconnu. Il avait les yeux bleus. Il sourit en passant la main dans ses cheveux bruns et raides. *Il est beau*, pensa Enza. D'après sa voix, c'était certainement un baryton.

Il y avait en lui quelque chose de géométrique : épaules et mâchoire carrées, nez droit, et une très belle bouche aux lèvres charnues qui souriait sur des dents d'une blancheur éclatante. Son costume bleu marine à fines rayures était parfaitement ajusté sur son corps mince et élancé. La veste cintrée à la taille avait des boutons en ivoire. Enza nota également que les manches avaient exactement la longueur qu'il fallait pour laisser voir les manchettes immaculées de la chemise fermées par des boutons carrés de lapis-lazuli bleu foncé sertis d'or.

— Je me présente. Vito Blazek, dit-il.

— Vous faites partie des chanteurs ? demanda Enza.

— Je m'occupe de la publicité. C'est un métier formidable, vous n'en trouverez pas de meilleur dans la maison. Je n'ai qu'à prévenir les journaux que le signore

Caruso vient chanter et on vend quatre mille billets dans la minute qui suit. Alors je viens de temps en temps voir le vrai travail qui se fait à l'Opéra.

– J'ai une paire de ciseaux pour vous, si vous voulez, plaisanta Enza.

Décroisant les bras, il se pencha au-dessus de la table.

– Vous me tentez, dit-il, avec un sourire carnassier.

– Et comment ! intervint Laura. Moi, c'est Laura Heery, et je suis sa meilleure amie. Alors, si vous voulez flirter avec elle, il vous faudra ma permission.

– Que dois-je faire pour vous impressionner ?

– J'y réfléchis, dit Laura, en le scrutant du regard.

– Ma foi, c'est vous qui m'impressionnez, mesdemoiselles. (Puis, souriant, il ajouta :) Mais je m'aperçois que je ne connais toujours pas vos noms.

– Enza Ravanelli.

– Voilà qui sonne comme un opéra. Ravanelli… C'est d'Italie du Nord, non ? Moi, je suis hongrois et tchèque, né à New York. Un intéressant mélange !

– Je n'en doute pas, dit Laura, sans le quitter des yeux. Pour ce qui est des mélanges, vous pouvez faire confiance aux Irlandais, aussi !

– Eh, Veets, faut qu'on y aille, maintenant ! lança un autre garçon depuis le seuil.

– J'arrive ! répondit Vito, sans se retourner, puis il dit : J'espère qu'on se reverra.

– Nous serons ici, en train de découdre nos petits cœurs, dit Laura, tandis qu'elles le regardaient s'éloigner.

– Décidément, ce boulot a des avantages ! souffla Laura. Si tu décides de sortir un soir avec Mr Blazek, promis, je te fais un nouveau chapeau !

Enza était en train de marquer à la craie la doublure d'une veste.

– J'aime le bleu, dit-elle. Quelque chose de vif – un bleu paon…

Laura sourit, en défaisant une couture sur une autre veste.

Serafina ouvrit la porte de l'atelier et posa une liasse de fiches sur la table. Elle jeta un coup d'œil au travail de la double rangée de couturières. Soulevant la veste militaire restaurée, elle l'examina avec un hochement de tête approbateur.

– J'ai un travail pour toi, Enza. Le signore Caruso doit revenir ce matin. Ses costumes sont prêts, mais ils ont besoin de quelques ajustements. Je voudrais que tu m'aides.

– C'est un honneur d'être au service du signore Caruso, répondit Enza, en s'efforçant de cacher sa surprise.

Quand Serafina fut repartie en emportant la veste terminée, les filles qui travaillaient sur les machines à coudre félicitèrent Enza. Laura était si excitée pour son amie qu'elle laissa échapper un cri de triomphe.

Enza respira un grand coup. Elle comprenait que c'était, à ce jour, le moment le plus important de sa vie professionnelle : on l'avait distinguée et choisie pour son talent. Elle travaillait depuis l'âge de quatorze ans dans l'attente de cette opportunité. Son savoir-faire, acquis dans la boutique de couture de la signora Sabatino et perfectionné en travaillant à la chaîne dans un atelier de finitions à l'usine, avait fini par se révéler. Son talent était reconnu au-delà de la sphère privée. Tout le monde pourrait l'admirer sur la scène du Metropolitan Opera. Elle avait du mal à le croire. Si seulement Anna Buffa pouvait la voir...

18

Une flûte à champagne

Un bicchiere da spumante

Enrico Caruso, assis sur le tabouret d'essayage dans sa loge du Metropolitan Opera House, tirait sur un cigare.

Dans l'espoir de plaire à son idole, l'équipe de décorateurs avait pillé les meilleures idées de l'architecte d'intérieur Elsie de Wolfe en créant pour le chanteur une tanière aux couleurs de la côte méditerranéenne de l'Italie, où Caruso était né. Un décor de mer, de soleil et de sable.

Un canapé de deux mètres, recouvert de velours bleu turquoise et orné de gros boutons corail, évoquait l'eau du port de Sorrente. Les lampes étaient des globes de verre teinté de blanc dotés d'abat-jour mandarine ; le lustre, un soleil de cuivre portant des ampoules rondes et blanches à la pointe de ses rayons. Et l'été italien se retrouvait derrière le décor, avec les costumes et les accessoires de scène.

– Je vis dans un coquillage, disait Caruso. Je suis un véritable crustacé !

La table de maquillage peinte en blanc d'Enrico était gigantesque, et surmontée d'un grand miroir rond entouré d'ampoules. Sur la table, rangés comme des instruments chirurgicaux dans un ordre précis sur des serviettes en coton d'une blancheur immaculée, se trouvaient brosses, poudres, khôl et autres crèmes. Une petite boîte de colle pour perruques, moustaches et barbes était restée ouverte. Un tabouret bas en bois doré recouvert de tissu à rayures blanc et corail était glissé sous la table.

– J'ai un *bagno* comme le pape, lança Caruso, debout sur son estrade d'essayage. Tu l'as déjà rencontré, Vincenza ?

– Le pape ? Non, signore.

Tout en plaçant des épingles dans le dos du costume, Enza sourit à l'idée qu'elle pourrait rencontrer un pape.

– J'ai la même salle de bains, reprit Caruso. Mais chez moi c'est en argent, et chez lui c'est tout en or !

Caruso mesurait un mètre quatre-vingts. Il avait la taille épaisse et un torse puissant qui se dilatait d'une dizaine de centimètres quand ses poumons s'emplissaient d'air pour donner à sa voix de ténor la puissance qui faisait sa gloire. Il avait aussi des jambes vigoureuses aux mollets et aux cuisses musclés, comme les hommes qui portaient des blocs de granite dans les villages de l'Italie du Sud. Ses mains étaient expressives, ses biceps saillants et ses avant-bras minces donnaient quelque grâce à l'ensemble. Ses gestes étaient accordés à son physique, comme sa voix.

La caractéristique la plus remarquable du visage du grand Caruso était ses immenses yeux noirs lui faisant un regard intense et expressif. Un regard si pénétrant qu'on voyait clairement le blanc de ses yeux depuis le balcon, comme si le faisceau des projecteurs émanait de lui au lieu de simplement l'éclairer. Il y avait derrière ce regard l'intelligence d'un artiste puissant capable d'exprimer toute la gamme des émotions, et du plus grand chanteur de son époque.

Caruso savait ce que voulait le public : il voulait sentir quelque chose, et il voulait que l'artiste l'y amène, aussi donnait-il sans compter cet immense talent, qui semblait jaillir du gouffre sans fond de la musique. Il fut le premier chanteur d'opéra à enregistrer des disques et à en vendre des millions. Il voyait dans l'art un cadeau offert au plus grand nombre et non une simple distraction pour la haute société. Giulio Gatti-Casazza, le directeur général du Met pendant le règne de Caruso, s'émerveillait de la capacité de celui-ci à remplir la salle jusqu'au dernier fauteuil et à combler chaque spectateur. On aurait eu du mal à trouver quelqu'un qui n'aimait pas Caruso, et c'était ce qui faisait le bonheur du ténor.

Caruso pouvait toucher le public d'un simple geste, d'une larme ou d'un clignement d'yeux. Parfois, il ne craignait pas d'improviser, comme son excellent ami Antonio Scotti eut l'occasion de s'en apercevoir un jour où il était entré en scène trop tôt ; loin de se laisser décontenancer, le maître l'étreignit et inventa derechef un salut *a capella*, que Scotti lui rendit en chantant. Le public se déchaîna.

– J'ai demandé une Italienne, dit Caruso, en projetant vers le plafond un nuage de fumée grise.

Il se tenait debout dans un pantalon d'officier de marine aux jambes soulignées par un galon de satin rubis. Enza marquait les ourlets à la craie.

– Nous sommes nombreuses à l'atelier, signore Caruso, répondit Enza.

– Mais Serafina me dit que c'est toi la meilleure.

– C'est très gentil de sa part, signore.

– Aimes-tu l'opéra, Vincenza ?

– Beaucoup, signore. J'ai travaillé chez une femme, à Hoboken, qui écoutait vos disques. Parfois, elle les mettait trop longtemps et les voisins criaient *Basta !* pour la forcer à arrêter.

Caruso rit de bon cœur.

– Tu veux dire que les maisons de Hoboken ne sont pas toutes pleines d'admirateurs du grand Caruso ? Mais, toi, tu as l'âme musicale, Vincenza. Sais-tu pourquoi je le devine ? À tes sourcils ! Ce sont deux *ré* mineurs. Ils montent très haut, et retombent sur la portée. Tu fais la cuisine ?

– Oui, signore.

– Que sais-tu faire ?

– Les macaronis.

– Et encore ?

– Les gnocchis.

– Ah ! Du manger paysan pour tenir pendant les longs hivers. Bien. Tu les fais avec de la pomme de terre ?

– Bien sûr.

– Et la sauce… ?

– Je la préfère avec du beurre et de la sauge. Et j'ajoute parfois une pincée de cannelle.

– Très bien. Tu vas faire des gnocchis pour la troupe !

– Pour tout le monde ? demanda Enza.

– Oui. Antonio, Gerry. Le chœur. Ils chantent. Ils ont besoin de se nourrir.

– Mais où voulez-vous que je les fasse ?

– Tu n'as pas de cuisine ?

– Je loge dans une pension.

– Et moi à l'hôtel Knickerbocker, qui ressemble de plus en plus à une pension. Il n'y a plus rien de grand dans cette ville !

– Je crois tout de même que c'est un grand hôtel.

– Je suis trop gâté, Vincenza. C'est terrible d'être vieux et gâté !

– Vous n'êtes pas vieux, signore.

– Je suis chauve.

– Il y a aussi des jeunes hommes qui deviennent chauves.

– C'est à force de chanter haut – l'air que je souffle chaque fois les fait tomber.

Enza sourit.

– Ah, tu vois, tu peux sourire ! Tu es trop sérieuse, Vincenza. Nous travaillons dans le spectacle, que diable ! Ce ne sont que de la fumée, des miroirs, du rouge et des gaines. J'en porte une moi aussi, tu sais.

– Vous n'en aurez pas besoin si je fais vos costumes, lui dit Enza.

– Vraiment ?

– Vraiment, signore. C'est seulement une question de proportions. Si je vous fais un costume pour *Tosca*, je hausserai les épaules, je rallongerai les manches, je ferai une pince dans le dos au niveau de la taille avec une grande fente, et je prendrai des boutons deux fois plus grands. Vous paraîtrez plus mince, là-dedans. Si je fais le pantalon du même drap que la veste et que je vous donne des chaussures pointues, vous ferez encore plus mince.

– Ah, la *bella figura,* style Caruso ! Je veux bien mincir, mais je ne veux pas renoncer aux gnocchis !

– Ce n'est pas la peine. Moi, je ferai tout à l'illusion – tout ce que vous espérez.

– Seigneur. Dis au vieil homme ce qu'il a envie d'entendre !

Geraldine Farrar se tenait sur le seuil, une cigarette à la main. Elle portait une grande jupe en mousseline pour la répétition. Ses cheveux châtains, tressés comme ceux d'une fille de ferme, pendaient sur une chemise de coton blanc par-dessus laquelle elle avait noué les manches d'un tricot noir en cachemire. Enza n'avait jamais vu une femme aussi belle, et aussi peu consciente de l'être. Elle affichait un style décontracté comme on porte un vieux pull. Quant à ses couleurs, c'étaient celles des reflets dans une perle : un teint hâlé, des yeux bleu clair. Avec le grand sourire d'une Américaine.

– Sors d'ici, Gerry, dit Caruso.

– Je cherche quelque chose qui m'amuse, dit-elle, en fouillant dans la boîte de boutons qui se trouvait sur la table.

– Tu ne le trouveras pas là-dedans.

– Sans rire !

– Vincenza va nous faire des gnocchis.

– Tu es censé boire du thé et manger de la salade verte. Le médecin t'a mis au régime, lui rappela Geraldine.

– Vincenza va me faire des costumes magiques. J'aurai l'air plus mince, vu du balcon.

– Même un éléphant a l'air plus mince, vu du balcon, répliqua Geraldine en parcourant la table du regard. Et moi, que vais-je mettre pour cette soirée ?

– Du satin beige.

– Je préférerais du bleu. Du bleu vif. À qui dois-je le dire ?

– À Miss Ramunni.

– Cette vieille carne ?

– Vous avez exactement un an de moins que moi, Miss Farrar, dit Serafina Ramunni, qui arrivait par le couloir.

– Ah, vous m'avez eue ! s'écria Geraldine, en tombant en arrière sur la table de coupe comme si elle avait reçu un coup de fusil.

– Et vous ne porterez ni beige ni bleu, mais du vert, lui déclara Serafina. Le décor est rose framboise et je ne veux pas que la soprano, sur ce fond, ait l'air d'une marionnette à quatre sous. Le vert ira très bien.

– Pour une fois, laissez-moi donc porter ce que je veux ! explosa Geraldine.

– Elle fait des drames, dit Caruso à Enza. Elle demande trop.

– Eh, fais attention à ce que tu dis. Je n'ai pas besoin qu'on me critique. Je te rends service avec cette soirée. Tu peux me remercier.

– Permets-moi de te rappeler que moi, je suis italien, et que je fais cela pour les soldats américains. C'est un geste généreux de ma part. Tu peux donc *me* dire merci.

– La dernière fois que je me suis renseignée, vous les Italiens, vous étiez de notre côté dans cette guerre, dit Geraldine.

– Je fais donc de deux pierres deux coups.

— D'une pierre deux coups ! Seigneur, ces gens-là ne sont pas capables d'apprendre nos proverbes !

— J'essaie d'apprendre l'anglais au Grand Caruso, mais le Grand Caruso ne veut pas apprendre, dit Serafina.

— Elle, au moins, me donne du Grand Caruso, dit-il, avec un clin d'œil à Enza. C'est quand elles se mettent à m'appeler Enrico que je m'inquiète.

***

Enza était face au mannequin de Geraldine Farrar auquel on avait mis une robe de satin vert émeraude.

Sur le torse, une série de petits « X » indiquaient les endroits où il fallait coudre les paillettes. Enza, qui travaillait depuis deux jours sur les broderies de perles, espérait finir avant le matin de cette longue nuit. Prenant une aiguille, elle entreprit de fixer les délicats ornements. Elle cousait chaque sequin avec précision, en faisant deux tours de fil. Geraldine Farrar devait briller, même pour les spectateurs du balcon les plus éloignés, quand les lumières danseraient sur les perles et les paillettes.

Enza ne réfléchissait jamais aussi bien que lorsqu'elle travaillait sur des détails. Giacomina avait appris à sa fille qu'on devait toujours chercher un sens aux épreuves de sa vie afin que ces épreuves, loin de vous abattre, vous galvanisent. Pendant les années passées dans la famille Buffa, Enza avait cherché un sens aux mauvais traitements qu'elle subissait, mais elle n'y était pas parvenue.

À présent, tout en cousant les petites perles de verre, elle comprenait mieux la sagesse de sa mère. La signora Buffa écoutait à longueur de journée les disques de Caruso sur son phonographe. Le Grand Caruso accompagnait ainsi jour après jour chaque geste de la jeune fille malheureuse qui trimait dans cette maison d'Adams Street, qu'elle torde le linge, qu'elle passe la serpillière sur le linoléum, qu'elle tranche des tomates ou manie le rouleau avant de découper des rubans de *pasta*.

Pendant qu'elle travaillait à Adams Street, Enza avait appris les histoires que racontaient les opéras – *Fra Angelico*, *Pagliacci*, *Carmen*, *La Bohème*... Elle avait entendu le maître chanter les grands airs de Verdi, Puccini et Wagner. La musique, dès lors, avait fait partie d'elle. La musique lui avait permis de décrocher un emploi au Metropolitan Opera House.

Enza fit glisser sa jupe à ses pieds et déboutonna son chemisier. Elle ouvrit la fermeture Éclair de la robe verte sur le mannequin, et l'enfila. Puis, soulevant le bas de la jupe, elle monta sur l'estrade d'essayage pour examiner la robe sous tous ses angles dans le miroir à trois faces. Le plissé du satin vert faisait penser aux vaguelettes courant à la surface d'un lac de montagne, un effet qu'Enza avait accentué en faisant de petites fronces au corsage et en abaissant la taille dans le dos. La traînée de perles brillantes tombant à l'arrière de la longue jupe accrochait la lumière au moindre mouvement et donnait à la soie un aspect liquide. Enza examina le corsage et la taille, les emmanchures et les manches. Elle se courba comme pour un salut, jusqu'à terre, pour juger du tombé de la jupe.

Bellissima, pensa-t-elle.

* * *

Ciro, assis sous le vieil orme dans le petit jardin de la boutique de Mulberry Street, tirait de longues bouffées sur sa cigarette. La lune avait des reflets argentés comme un œillet incrusté dans du cuir noir. Il se renversa en arrière pour contempler le ciel. Peut-être lirait-il quelque chose sur l'astronomie, en partant pour la France, et apprendrait-il ainsi à suivre les étoiles. Il se disait qu'il aurait besoin d'un tel savoir dans des lieux inconnus ;

les seuls repères à rester fixes seraient au-dessus de sa tête. Il ne connaissait pas les villages, les champs, les montagnes de France.

La signora Zanetti, cette semaine-là, lava, repassa et suspendit l'uniforme de Ciro, qui était d'un brun indéfinissable, en vue de son départ. Dans cette guerre de tranchées, les soldats devaient prendre la couleur de la terre. La vareuse lui allait bien quand il serrait la ceinture, et le pantalon était trop large aux cuisses mais il avait la bonne longueur. Sa taille lui était utile, dans la vie comme dans les uniformes.

Remo avait acheté pour lui des chaussettes supplémentaires et un caleçon épais, sachant que les nuits, en France, pouvaient être froides. Pappina avait repassé des mouchoirs, et Luigi lui avait offert un nouveau stylo. Ciro avait souri en le recevant : Luigi savait comme lui qu'il y avait fort peu de chances pour que des lettres traversent l'Atlantique, venant de Ciro en tout cas. Le contenu de son sac n'était pas si différent que lors de sa première traversée à l'âge de quinze ans après son départ du couvent. Bien des choses avaient changé depuis, mais pas ses besoins élémentaires.

Ciro pensait à sa mère. Il se demandait comment elle verrait cette guerre, et le fait que son fils se soit engagé. Ce terne uniforme ne lui plairait pas, se dit-il. Eduardo, le conciliateur, le soutiendrait, mais ne voudrait pas que son frère donne sa vie, sinon pour la gloire de Dieu. Et Ciro, même Ciro, voyait bien que toute cette affaire n'avait pas grand-chose à voir avec Dieu. C'était plutôt une question d'obligation, et de remboursement de dette.

Quand Ciro pensait à son père, il pleurait sur tout ce qu'il avait manqué. Son père aurait su trouver les mots pour le préparer au pire. Un père est là pour apprendre à son fils à être courageux, à bien se comporter, à défendre le faible. Ciro éteignit sa cigarette et enfouit son visage dans ses mains, penché en avant sous l'épais feuillage.

Les sanglots succédèrent aux larmes et son cœur, dans sa poitrine, était lourd comme du plomb, lourd de tant de larmes retenues, de tant de tristesse pour tout ce qu'il avait perdu.

Après avoir essuyé ses larmes au revers de sa manche, il se redressa dans le fauteuil, sans se sentir mieux ni plus mal. Il leva les yeux vers le ciel. La lune était plus brillante, et son éclat faisait pâlir les étoiles, qui étaient comme des épingles piquées sur une carte – avant la bataille.

* * *

La mini-cuisine de la suite d'Enrico Caruso à son hôtel n'avait pas de fenêtre. Enza pétrissait la pâte des gnocchis sur la table, comme le faisait sa mère. Elle avait vraiment eu du mal à éplucher et à faire cuire le sac de pommes de terre dans cet espace confiné, mais elle était arrivée de bonne heure et avait pris tout son temps pour les écraser après cuisson. À présent, tandis qu'elle ajoutait des œufs et de la farine, la pâte prenait une parfaite consistance, exactement comme sur la table de la cuisine à Schilpario.

– Comment ça se passe ? demanda Laura, en posant des sachets de salade sur le comptoir.

Elle était flanquée de Colin Chapin, trente-cinq ans, le comptable érudit et cultivé de l'Opéra qui lui avait tapé dans l'œil dès le premier jour. Il portait ce soir-là un élégant costume-cravate. Il avait soigneusement coiffé ses cheveux blonds et, avec ses yeux gris et ses lunettes à grosse monture, il avait l'air d'un professeur studieux.

– Nous sommes allés chercher du pain chez Veniero, dit-il, en ouvrant le sachet de papier brun pour montrer les miches à Enza.

– C'est parfait.

– Et nous avons pris de la sauge chez le père Cassio, ajouta Laura. C'est bizarre, je ne vois jamais Felicità en train de fourguer son basilic dans ce coin-là ?

– Elle ne te voit pas non plus, dit Enza.

– Vous connaissez les Fruits Cassio ? demanda Colin.

– S'il y a des Fruits Cassio, alors je suis le Coton Heery et Enza, la Toile à sac Ravanelli, dit Laura en riant.

– Je vaux un peu mieux que de la toile à sac, protesta Enza, en s'essuyant les mains sur son tablier. Elle jeta du sel dans la grande casserole d'eau qui bouillait sur le feu.

On sonna. Colin alla répondre. Un maître d'hôtel entra en poussant une table roulante chargée de bouteilles de vins fins, d'alcools, de verres en cristal, de flûtes à champagne et d'un luxueux seau à glace. Il apporta le tout devant le canapé.

– Ah, de quoi boire ! s'écria Colin, ravi, tandis que Laura, sur le seuil, le couvait des yeux.

– Te voilà amoureuse, lui dit Enza en souriant.

– Ça m'est tombé dessus comme la foudre, répondit Laura, rêveuse.

– Il va falloir que je demande une chambre seule à la résidence Milbank ? Quand va-t-il te présenter à ses fils ?

– Bientôt, j'espère. Mais attends un peu pour chercher une autre colocataire.

Enza aplatit au rouleau une énième boule de pâte, découpa les derniers gnocchis et fit sur chacun une marque à la fourchette pendant que Laura rinçait les salades vertes et les mettait à égoutter dans l'évier.

Enza prépara la sauce, en rinçant les feuilles de sauge qu'elle mit ensuite sur le feu dans une poêle avec de l'huile d'olive et de l'ail. Elle baissa le gaz et se mit à tourner lentement le mélange en incorporant du beurre par petites quantités. L'odeur qui se répandit dans la suite était exactement celle qui s'élevait dans une ferme de la campagne italienne à l'heure du dîner.

– Tout va bien, les filles ? demanda Colin.

– Je crois que nous avons tout ce qu'il nous faut, répondit Laura, en parcourant la cuisine du regard.
– Alors je m'en vais.
– Merci, dit Enza. Vous nous avez bien aidées.
– C'était un plaisir pour moi.

Il fit un clin d'œil à Laura, prit son chapeau et sortit.

– Entre cet homme et ma famille, ça ne pourra *jamais* marcher. Il est allé en pension à Phillips Exeter, il a fait ses études à Amherst, et il était capitaine sur un bateau dans des régates sur la côte du Rhode Island. Sa mère descend de gens qui sont arrivés ici depuis si longtemps qu'ils avaient des boîtes aux lettres au Jamestown Settlement. Avec eux, je ne fais pas le poids. Mais je suis folle de lui ! Pourtant, crois-moi, quand il aura vu mes parents et qu'il saura qu'on fait notre propre bière, il ne m'invitera plus au cinéma !

– Fais-les plutôt venir à Manhattan pour le leur présenter.

– Mais ils sont sept mille dans cette famille ! C'est une péniche qu'il me faudrait, pas un ferry ! Non, merci bien, moins il en verra, mieux ça vaudra. S'ils arrivent en masse, il partira en courant.

– Toute la population de l'Irlande ne l'arrêtera pas, s'il t'aime.

– C'est là que tu es naïve, dit Laura avec un soupir. On a horreur des mélanges chez les gens de la haute – sauf pour leurs cocktails.

Les portes de la suite s'ouvrirent à la volée pour laisser entrer dans la pièce les plus belles voix du Metropolitan Opera.

La suite était tapissée de soie blanche damasquinée de velours noir, l'ensemble étant supposé reprendre le graphisme des partitions musicales de Caruso. Les meubles étaient tout en courbes et lignes fluides, comme des instruments de musique. Deux canapés anglais profonds recouverts de velours blanc se faisaient face, séparés par une ottomane à dossier rond orné de perles. Les seules couleurs de la pièce étaient, dans un vase d'argent, celles d'un bouquet de roses rouges éclatant au cœur d'un nid de feuilles vernissées. La table était dressée dans la partie salle à manger avec la vaisselle en fine porcelaine et l'argenterie de l'hôtel. Les verres à eau étaient pleins et les verres à vin, vides, n'attendaient plus que le chianti.

– Je suis au paradis ! s'exclama Enrico Caruso, depuis le salon. De la sauge ! De l'ail ! Du *burro* !

– Ils sont en avance, gémit Laura, en remuant la sauce. On a encore tellement de choses à faire !

– Du calme, lui dit Enza.

– J'espère que c'est bon, Erri, dit Geraldine, en retirant son sweat et en plongeant la main dans la poche de sa jupe à la recherche de ses cigarettes.

– J'ai besoin d'un verre de vin, dit Antonio Scotti à leur hôte, en retirant son chapeau.

Scotti était de taille moyenne, avec des traits typiquement italiens : un nez qui s'enfonçait dans son visage comme une route de montagne dans un paysage, de très belles lèvres et de petits yeux noirs comme ceux d'un oiseau.

– Je vais servir ! annonça Caruso, en débouchant une bouteille.

Il versa du vin à chacun, sans oublier son propre verre, et rejoignit les filles à la cuisine. Enza plongea les petits paquets de pâte dans l'eau bouillante.

– Je vais enfin manger comme un paysan, dit Caruso.

Antonio entra à son tour.

– Où as-tu trouvé ta cuisinière ?

– Derrière une machine à coudre.

– Ça n'augure rien de bon, fit Antonio.

– Les femmes n'ont pas qu'un talent, Antonio. Quand on a de la chance, elles en ont deux. Elles savent faire des gnocchis… et d'autres choses.

– Attention, les garçons. Il y a ici une ou deux dames, prévint Geraldine en buvant une gorgée de vin. Que faites-vous ?

– Des gnocchis à la sauge, répondit Enza.

Caruso plongea les doigts dans le bol de parmesan fraîchement râpé.

– Je me déplace toujours avec une meule de mon fromage préféré.

– C'est mieux qu'une épouse, dit Geraldine.

– Ça pèse plus lourd, rétorqua Caruso. Ma petite Doro préfère rester en Italie. Elle repeint la villa.

– Toi tu travailles, et ta Doro refait la décoration, dit Antonio en haussant les épaules.

– Il te faudrait une femme, Antonio, déclara Caruso.

– Jamais de la vie ! Je repeindrai ma villa moi-même.

– Les femmes donnent un sens à l'existence, affirma Caruso.

– Tu dis ça, mais tu es tout le temps avec moi, lui fit observer Antonio.

Enza transféra les gnocchis dans un plat de service pendant que Laura continuait à tourner lentement la sauce. Elle donna la cuillère à Enza, qui ajouta une tasse de crème dans la poêle, puis enveloppa le manche dans un torchon et versa la sauce sur les gnocchis fumants.

– Les Italiens se retrouvent toujours dans la cuisine, remarqua Antonio. Tel est notre destin !

On entendit sonner à l'entrée.

– J'y vais – c'est peut-être mon cher et tendre, dit Geraldine en se précipitant vers la porte.

– Ça m'étonnerait, laissa tomber Antonio. Il est en Italie avec sa femme.

Laura gardait les yeux baissés, comme il convient à une fille de cuisine, et mélangeait la salade en faisant mine de ne rien entendre de la conversation.

– S'il vous plaît, veuillez passer à table, dit-elle à la cantonade.

Enza et Laura se hâtèrent pour râper du parmesan qu'elles jetaient sur les gnocchis avec des brins de sauge.

– Je vais servir, tiens le plat pour moi, dit Enza.

– Volontiers. Mais laisses-en un peu de côté pour nous, lui souffla Laura à voix basse. Ce parfum...

Après qu'Enrico Caruso lui eut proposé de venir lui faire «un plat de gnocchis», Enza était immédiatement allée voir Serafina. Celle-ci s'était d'abord opposée à cette idée. Puis, Caruso lui en ayant lui-même fait part, elle avait compris qu'elle ne pouvait que donner son autorisation à Enza. Le personnel de l'Opéra ne devait jamais rien refuser à Enrico Caruso, quoi qu'il lui demande. Serafina avait recommandé à Enza de rester à sa place, de servir le maestro et ses amis, mais de ne pas se mettre à table avec eux, ou penser que c'était le désir de Caruso.

Enza fut très surprise en découvrant Vito Blazek assis à la droite de Caruso, face à Geraldine. Antonio se tenait à l'autre extrémité de la table. Vito releva la tête et son regard croisa celui d'Enza. Elle rougit.

– *Delicioso*, Enza! s'écria Caruso, comme elle apportait la salade.

Enza acheva de servir et se dépêcha de retourner dans la cuisine.

– Tu as vu? dit-elle, en posant les plats dans l'évier.

Laura regarda vers la porte.

– Vito Blazek. L'homme de la publicité. Il est partout. C'est son travail qui veut ça, je suppose.

– Il va me prendre pour une domestique, dit Enza, déçue.

– Tu *es* une domestique. Et moi aussi, d'ailleurs.

– Tu crois qu'il sort avec Geraldine?

– J'en doute. Le signore Scotti a dit qu'elle avait un amoureux en Italie. Tu n'écoutes pas?

– J'essaie.

Laura versa un verre de vin à Enza, tout en tendant l'oreille aux bruits de conversation qui leur parvenaient par la porte ouverte. Antonio parlait des changements qui s'étaient produits en Angleterre depuis que le pays était entré en guerre, et disait que les gens n'avaient jamais autant aimé la musique. Caruso pensait que la guerre était une mauvaise chose pour tout, sauf pour les arts, qui prospéraient dans les périodes sombres. Geraldine se dit inquiète pour l'Italie. Enza et Laura se regardèrent. Laura fut prise de fou rire à l'idée qu'elles venaient de faire des gnocchis dans une kitchenette pour la plus grande star mondiale d'opéra alors que, l'hiver précédent, elles arpentaient les rues de Hoboken vêtues comme des pauvresses. Enza la fit taire pour continuer à écouter.

Caruso brandit un gnocchi à la pointe de sa fourchette.

— Mon excellent ami Otto Kahn n'a pas droit à une loge parce qu'il est juif. Pourtant, il a payé pour tout ce que vous voyez là, y compris la loge, les rideaux, le décor, les costumes, les chanteurs... Sans lui, il n'y aurait pas d'Opéra.

— Pourquoi donne-t-il de l'argent au Met si on le traite aussi mal ? demanda Vito.

— L'amour. Caruso sourit. Il aime l'art comme j'aime la vie.

— Tu veux dire qu'il aime l'art comme tu aimes les femmes, corrigea Antonio.

— Les femmes *sont* la vie, Antonio, lui rétorqua Caruso en riant.

— Mr Kahn a déclaré qu'un piano dans chaque appartement ferait plus pour prévenir le crime qu'un policier à chaque coin de rue, dit Vito.

— Et il serait capable d'acheter tous ces pianos. Croyez-moi, je me verrais bien en Mrs Kahn, mais il a déjà une femme, une beauté du nom d'Addie. Je suis une fois de plus en retard d'un jour et d'une aria, dit

Geraldine, en levant son verre de vin pour se porter un toast à elle-même.

– Pauvre Gerry ! dit Caruso, qui n'en pensait pas un mot.

Enza et Laura se servirent une assiette de gnocchis et s'assirent à la table de la cuisine. Laura goûta.

– C'est divin ! murmura-t-elle.

Elles mangèrent sans se presser, en savourant chaque bouchée.

– Bonjour ! Je n'avais pas compris que c'était vous, les Italiennes qui prépareraient le repas de Caruso, quand il m'a invité à dîner. (Vito se tenait sur le seuil de la cuisine. Il s'appuyait d'une main, nonchalamment, au chambranle de la porte donnant sur le salon.) C'est le meilleur repas que j'aie jamais fait.

– Elle finira peut-être par lâcher l'aiguille pour les fourneaux, dit Laura.

– Celui qui aura la chance de vous épouser sera sûr de se régaler jusqu'à la fin de ses jours.

– Et celui qui m'épousera... aura toujours une cuisine propre ! dit Laura.

– Que faites-vous après dîner ? demanda Vito.

– Je suis occupée ! plaisanta Laura.

– Êtes-vous occupée vous aussi, Enza ?

Enza sourit, mais ne répondit pas. Laura avait peut-être raison. Vito Blazek apparaissait chaque fois qu'Enza était quelque part, que ce soit sur la scène, à l'atelier ou au balcon. Personne ne l'avait jamais poursuivie ainsi, et cela ne lui déplaisait pas. Vito était bien élevé, toujours soigné de sa personne, et beau garçon, mais ce qu'il avait de plus charmant, aux yeux d'Enza, était son obstination. Une qualité qu'elle comprenait, et appréciait.

Laura lui donna un coup de coude.

– Réponds au monsieur ! Il vient de t'inviter.

– Je ne serai pas occupée très tard, monsieur Blazek.

– Formidable ! fit-il avec un sourire.

* * *

Pendant qu'Enza et Laura remettaient de l'ordre dans la cuisine, la fumée des cigarettes et le parfum du café qui passait se répandirent dans la suite. Enza pensait à Anna Buffa. Les repas qu'elle cuisinait chez elle ne faisaient jamais l'objet du moindre compliment, elle n'avait droit qu'à des critiques. Elle se dit qu'une personne reconnaissante était une personne heureuse.

Le signore Caruso devait demander maintes fois à Enza de lui préparer des pâtes, et les deux filles seraient appelées à faire des spaghettis dans des endroits aussi inattendus que la cafétéria du Met, ou sur une plaque chauffante dans la loge du maestro. Souvent, le soir, Enza préparait un plat qu'il rapportait à son hôtel après une répétition. Les grandes stars privées de contact avec les gens, sauf dans les moments où elles peuvent, depuis la scène, toucher le public dans les confortables fauteuils de velours, ont souvent le mal du pays. Caruso pensait au chaud soleil de l'Italie, à la douceur des clairs de lune dorés du Caravaggio, et s'en sentait un peu plus proche quand la couturière lui préparait des macaronis.

* * *

Quand elle eut accepté de sortir avec lui, Vito Blazek ne lâcha plus Enza. Il lui offrit ce que Manhattan avait de meilleur, comme on offre une flûte en cristal éternellement débordante de champagne. Il avait des invitations pour les premières à Broadway, pour des soirées chics dans de fastueux appartements et des places dans les loges de Carnegie Hall. Ils passaient beaucoup de temps à l'Automat, à parler d'art jusque tard dans la nuit. Il lui donnait des livres à lire, l'emmenait au zoo du Bronx ou dans de longues promenades sur la Cinquième Avenue. Enza était l'objet d'une cour assidue, et elle en savourait chaque instant.

Vito lui tendit un cornet de pop-corn en s'asseyant à côté d'elle au Fountain Theatre de la Quarante-cinquième Rue. Ce cinéma était ouvert vingt-quatre heures sur vingt-quatre ; l'après-midi était le meilleur moment pour s'y rendre, car on pouvait rester pour voir le film une deuxième fois, tout le monde étant au travail à cette heure-là. Les dernières séances étaient pratiques pour les employés du Met, quand les répétitions les retenaient de longues heures et finissaient parfois très tard. Vito enlevait Enza pour l'emmener à la séance de minuit, en sachant qu'il devrait la garder toute la nuit puisque la porte de la résidence Milbank serait ensuite fermée jusqu'au petit déjeuner. Et il savait occuper ces petites heures de la nuit par de magnifiques excursions. Enza n'en revenait pas. Elle ne se serait jamais doutée qu'on pouvait autant s'amuser, se distraire, s'émerveiller à l'époque où elle était prisonnière chez les Buffa à Hoboken. Et il n'y avait rien de tout cela, là-bas, dans ses montagnes. Tout était nouveau pour elle ; Enza pouvait enfin profiter de sa jeunesse, au bras d'un gentleman qui savait vivre. Lui était heureux de lui montrer son propre monde, enchanté de voir son plaisir.

– J'espère que ce film va te plaire, dit-il, à voix basse.
– C'est la première fois, avoua Enza.
– Comment ? Tu n'es jamais allée au cinéma ?
– J'ai déjà vu de petits films, avec Laura, à Atlantic City. Mais jamais un grand.

Elle souriait.

– Charlie Chaplin est un dieu pour moi, affirma-t-il. Il me fait rire... presque autant que toi !

Enza sourit intérieurement. Apparemment, elle ne trouverait jamais un homme pieux. C'était peut-être son destin, se dit-elle.

Un employé en uniforme brun tirait sur le rideau. Les lourdes draperies dorées s'écartèrent, révélant un gigantesque écran argenté. Enza sentit les battements de son cœur s'accélérer, avec le même sentiment d'impatience qu'on éprouve parfois en tournant la première page d'un nouveau livre. On lisait sur l'écran :

L'Immigrant
Un film de Charlie Chaplin

L'image d'un bateau à vapeur voguant à travers l'Atlantique en fendant les vagues couronnées d'écume emplit l'écran. Puis on voyait le pont du bateau ; Chaplin, vêtu comme un clochard, folâtrait avec de pauvres immigrants qui portaient le même genre de vêtements que les compagnons de voyage d'Enza à bord du *Rochambeau*. Quand le public éclata de rire en voyant Chaplin attraper un poisson et le jeter sur un immigrant endormi dont il mordait le nez, Enza ne trouva pas la chose si drôle. L'image du navire secoué par le roulis ne tarda pas à réveiller le souvenir des souffrances qu'elle avait endurées pendant sa traversée. Craignant de s'évanouir, elle retira ses gants pour plonger les mains dans les poches de son manteau. Puis, après s'être excusée, elle se leva et sortit dans le hall.

– Enza, qu'y a-t-il ? demanda Vito en la rejoignant.

– Désolée. Je ne peux pas regarder ça.

Il l'entoura de ses bras.

– Non, c'est moi qui m'excuse. C'est moi qui suis un imbécile. Tu es arrivée à bord d'un bateau comme celui-ci, n'est-ce pas ?

– Je ne m'en souviens plus très bien. J'étais très malade.

– J'aurais dû te prévenir. Tu as besoin de respirer.

Il la conduisit dehors, en la tenant par des épaules. L'air frais de cette soirée d'été la revigora, et elle eut honte d'elle-même.

– Je suis affreusement gênée, dit-elle. Tu dois me trouver idiote.

– Non, pas du tout, répondit-il. Mais j'aimerais savoir pourquoi tu as eu une réaction aussi violente.

– Je suis venue ici pour gagner de l'argent afin de construire une maison dans la montagne. On ne devait pas rester très longtemps. Sept ans après, nous sommes toujours là, et mon père continue à trimer pour construire des routes. Mais la maison est presque terminée, et il va pouvoir rentrer au pays.

– Tu repartiras avec lui ?

– On m'a dit que je ne pourrais plus jamais traverser l'océan.

Enza n'en dit pas plus ce soir-là. Elle travaillait toujours autant pour garder la tête hors de l'eau, en envoyant de l'argent chez elle. Mais elle se disait maintenant, pour la première fois, qu'elle n'y retournerait peut-être jamais. Et elle voulait pourtant être heureuse.

– Je crois qu'il va falloir que je te rende heureuse ici. Tellement heureuse que ta montagne ne te manquera plus.

– Crois-tu qu'une personne peut faire le bonheur d'une autre ?

– Je t'ai dit que Chaplin était mon dieu, je sais bien. Mais mon dieu, en vérité, s'appelle *amour*. J'ai une belle vie, mais elle est frivole. Je suis un crieur public. Je parle aux journalistes et je m'efforce de remplir le Met. Parfois, certains m'envient. Je fréquente des starlettes, des danseuses et des chanteuses d'opéra. Mais la vérité, c'est qu'il suffirait d'une couturière sachant cuisiner pour faire de moi un homme heureux.

– Tu sembles tellement convaincu de ce que tu dis…

– Il suffit d'avoir une certaine fille à aimer.

– Tu crois à l'amour comme je crois aux saints du paradis.

– À quoi d'autre crois-tu ?

Vito espérait qu'Enza croirait en lui.
— À la famille.
— Non, toi. À part ta famille, à quoi crois-tu ?

Enza fut obligée de réfléchir. Sa première pensée était toujours pour ses parents, pour les besoins de sa mère, pour la santé de son père. Elle s'inquiétait pour ses frères, pour ses sœurs, pour leur bien-être et leur avenir. Elle vivait pour eux depuis si longtemps qu'elle ne savait plus comment faire autrement. Elle avait traversé l'océan pour leur apporter la sécurité. Ils étaient son unique souci.

Vito l'avait compris.

— Tu devrais te demander ce que *tu* veux, Enza. Que veux-tu faire de *ta* vie ? À part coudre les costumes du signore Caruso et les agrandir parce que tu le fais trop bien manger ?

— Personne ne m'a jamais demandé cela.

— C'est peut-être que personne ne t'a jamais aimée assez pour te donner la priorité.

— Peut-être. Tu me fais découvrir un tas d'endroits formidables, mais tu me pousses à réfléchir, aussi. C'est tout aussi important.

— Tu es importante, lui dit Vito. Pour moi.

Comme ils arrivaient à l'angle de la Quarante-sixième Rue et de la Cinquième Avenue, il s'arrêta et l'embrassa. Enza ne savait pas où cela allait finir, mais pour une fois, elle ne se posa pas la moindre question et lui rendit son baiser.

19

Une carte de visite

Un biglietto da visita

Les guirlandes de glycine mauve qui enlaçaient les cordons de velours à l'entrée du Metropolitan Opera House étaient là pour rappeler les tonnelles des jardins de Toscane.

Avec leurs broches d'émeraudes et de saphirs, leurs tiares de platine étincelantes de perles et de diamants, les dames qui se pressaient pour entrer donnaient l'impression d'arriver dans une forêt enchantée, peuplée de fées aptères rassemblées sous le ciel nocturne.

À l'intérieur, dans un pandémonium bien organisé, les costumiers demandaient des retouches de dernière minute aux couturières qui émergeaient des sous-sols pour apporter leurs tenues de scène aux chanteurs, lesquels relisaient à la hâte leur partition avant de se précipiter dans les escaliers pour entrer en scène.

Les États-Unis étaient entrés dans la Première Guerre mondiale, Caruso s'en félicitait et voulait le montrer. Il avait donc composé avec Antonio Scotti le programme de ce gala avec des arias de leurs opéras préférés, en faisant appel à des choristes du Met et à quelques amis comme Geraldine Farrar. Elia Palma lui-même était venu de l'Opéra de Philadelphie, entraînant les meilleures sopranos dans son sillage, pour participer à cette soirée prestigieuse. Tous les amis de Caruso devaient se produire sur scène ou dans l'orchestre. Personne n'aurait jamais refusé une demande du Grand Caruso.

Lui-même aurait grand plaisir à tenir plusieurs rôles dans un spectacle, il l'avait déjà fait lors de soirées privées ou devant des publics plus restreints. Dans la loge, ses costumes étaient rassemblés sur un portant à roulettes. Assis dans un fauteuil en caleçon de coton blanc, chemise et chaussettes de soie beige comme ses bretelles, il fumait un cigare en relisant le programme qui indiquait, en écriture manuscrite, l'ordre des apparitions sur scène et les airs qu'il devait chanter. Bruno Zieato, son secrétaire, prenait des notes pour transmettre au chef d'orchestre les instructions du chanteur.

Les fauteuils d'orchestre révélaient une mer d'uniformes bruns flambant neufs. Les soldats en partance pour l'Europe avaient reçu des places en priorité. Ils semblaient envahir le parterre avec une méthode et avec une précision militaires, comme à la manœuvre.

Les rivières de diamants affluèrent avec les membres de la haute société new-yorkaise, les robes du soir rebrodées de corail ou de turquoise prenant des airs de somptueux coffrets cadeaux.

Des cartes de visite imprimées à la main sur papier de lin étaient posées sur une table ronde dans le vestibule menant aux loges. Les noms calligraphiés à l'encre bleu foncé étaient ceux de membres de familles royales, de politiciens, de militaires de haut rang et de rejetons des familles qui avaient construit la ville de New York et continuaient à soutenir la culture : Vanderbilt, Cushing, Ellsworth, Whitney, Cravath, Steele et Greenough… Tous se glissaient dans leur loge, où on leur servait du champagne et des fraises, et attendaient que le rideau se lève avec la même impatience fiévreuse que les ouvriers qui avaient acheté leur place pour entendre, debout derrière le dernier rang de fauteuils, chanter la Grande Voix.

Geraldine Farrar passa dans sa robe de satin, en tortillant des hanches et en tirant le corsage sur sa poitrine.

– Je ne regrette pas le bleu, dit-elle. Vous aviez raison, Serafina.

– Merci, répondit la chef costumière, qui croisait les bras en l'examinant d'un regard approbateur.

Elle ajusta les miroirs pour permettre à la chanteuse de voir l'arrière de sa robe. Geraldine hocha la tête, satisfaite, tandis que Serafina lui tendait une paire de boucles en diamant qu'elle accrocha à ses oreilles comme si elle rabattait les fermoirs d'une valise.

Antonio Scotti, en smoking, étala une serviette sur sa chemise et sur sa large ceinture pour boire à petites gorgées un consommé de volaille bien chaud tout en feuilletant une liasse de partitions, passant en revue ses interventions, en s'arrêtant ici et là sur un accord.

Enza et Laura soulevèrent le bas de leur robe du soir pour traverser en courant le sous-sol de la scène. Enza portait une robe droite en satin rose coupée en biais, et Laura une jupe de soie de jaune, retenue à la taille par un énorme nœud de tulle lilas, avec un chemisier de soie blanche aux boutons recouverts de tissu.

– Allez-y, mes jolies ! leur lança Colin à l'autre bout de la vaste salle.

Les filles le rejoignirent en riant.

– Vito nous attend pour monter !

Elles suivirent Colin dans des escaliers dérobés pour arriver derrière le balcon des loges. Elles entendirent au-dessus de leur tête les raclements de pieds des abonnés qui prenaient place dans leurs fauteuils.

Colin les conduisit vers une petite échelle par laquelle on accédait au dernier tiers du balcon. Elles relevèrent une fois de plus leur jupe pour grimper jusqu'à la cabine des éclairages, en passant devant la rangée de projecteurs qui, ce soir-là, brillaient comme une succession de joyeuses pleines lunes.

Vito, en smoking, tendit la main pour aider Enza à se hisser jusqu'à la cabine et lui donna un baiser sur la joue.

– Tu es superbe, dit-il.

– Toi aussi !

– Tu n'es même pas essoufflée après cette escalade ? s'étonna Vito.

– Tu ne sais pas qu'elle a du sang de chèvre des montagnes ? dit Laura, encore perchée sur l'échelle. Nous autres Irlandaises, nous ne courons qu'en terrain plat et jamais très loin – tout juste de porte à porte pour une tasse de thé.

Colin poussa Laura par les hanches pour qu'elle rejoigne Enza et Vito.

– J'ai droit à des acclamations à l'arrivée, moi aussi ? demanda-t-elle en rabattant sa jupe.

– Non. À une flûte de champagne tiède.

– Magnifique. Ça valait le déplacement !

Vito fit sauter le bouchon et leur tendit des gobelets en carton tandis que les cymbales sonnaient dans la fosse d'orchestre comme le lointain appel de quelque vallée oubliée. Assis sur les tabourets, ils virent le grand rideau s'ouvrir et un projecteur bleu emprisonner Caruso dans un unique faisceau de lumière cristalline.

Le public se leva. Caruso était debout dans cette lumière bleue, ses yeux comme des diamants noirs, et souriait du sourire d'un homme qui adore ce qu'il fait pour gagner sa vie. Les violons jouèrent crescendo et la première note de la soirée, un vigoureux *la*, partit clair et net au-dessus de la foule comme un coup de canon.

* * *

Vito abandonna la cabine des éclairages avant le dernier rideau pour conduire les journalistes à la loge de Caruso. Les spectateurs applaudirent pendant dix minutes avant que Caruso les salue définitivement et leur dise en riant que s'il continuait à chanter et eux à applaudir, ils auraient bientôt perdu la guerre.

Laura et Colin rejoignirent la caisse, où Colin devait collecter la recette de la soirée, établir un compte et remettre les sacs d'argent liquide au directeur de la compagnie. La recette servirait à acheter des bons pour les familles des soldats. Laura s'assit près de lui pendant que Colin tapait sur la calculatrice. Plus tard, elle dit à Enza : « Je pourrais le regarder jouer avec des allumettes pendant deux heures. »

Comme Vito devait s'occuper pendant quelques heures de la publicité, on appela un fiacre pour ramener Enza chez elle, mais la nuit était si belle qu'elle décida de rentrer à pied. Tout en se frayant un chemin à travers la foule des soldats pour rejoindre la Cinquième Avenue, elle ajusta son léger châle de satin rose sur ses épaules pour se protéger de la fraîcheur nocturne.

Soudain, elle s'entendit appeler : « Enza ! » Elle regarda autour d'elle mais ne vit que des visages inconnus. Cela lui arrivait assez souvent. Elle se disait qu'à force de penser à sa mère, le désir profond de la revoir se manifestait ainsi, sous la forme de son nom dans les bruits de foule.

« Enza ! » C'était bien elle qu'on appelait à nouveau, et cette fois elle s'immobilisa et attendit. Elle sentit une main qui se posait sur son avant-bras, releva la tête et rencontra les yeux bleu-vert de Ciro Lazzari qui, dans son uniforme brun de l'armée américaine, paraissait plus grand que jamais. Ce fut un choc pour elle.

– Que fais-tu ici ? lui demanda Ciro en regardant ses cheveux, son visage, sa robe.

Il avait tant pensé à elle qu'il se demandait s'il ne rêvait pas. Il craignait de partir pour la France sans l'avoir revue, et voici que le destin semblait soudain de son côté.

– Tu t'es engagé ? demanda Enza, en regardant son uniforme, ses cheveux coupés court et ses bottes lacées jusqu'aux genoux. Il offrait l'image du parfait soldat, mais elle ne voulait pas l'admettre. Elle ne voulait rien ressentir, rien éprouver à son égard ; cette partie de sa vie était passée. Il ne l'avait pas choisie ; il n'était pas venu à Hoboken, comme promis dans sa lettre, et malgré son affection grandissante pour Vito, cela restait douloureux.

– J'ai pensé que c'était la meilleure chose à faire, et la plus honorable.

Ciro était en proie à des sentiments trop nombreux et trop confus pour les démêler rapidement : l'appréhension vis-à-vis de la guerre et, à parts égales, l'admiration et le désir pour la ravissante jeune femme qu'il avait devant lui, mais aussi la surprise de la trouver là alors qu'il la croyait repartie en Italie, et enfin l'ignorance, voire la confusion, quant à ce qu'elle pouvait ressentir pour lui. Tout cela se bousculait dans son esprit au point qu'il était incapable de parler ou de réfléchir clairement. Mais il savait qu'il devait lui parler – ce soir, avant de partir faire son devoir – et lui dire ses sentiments et ses pensées.

– Où vas-tu ?

Elle était si jolie, il y avait en elle tant de douceur qu'il mourait d'envie de tendre la main pour la toucher. Il fallait absolument qu'il la prenne dans ses bras.

– Chez moi, dit-elle. Dans la Dixième Rue.

– Je peux t'offrir un café, peut-être ?

Son instinct lui disait de répondre non. Après tout, elle fréquentait assidûment Vito Blazek ; ils se conduisaient comme des amoureux. Elle s'était lancée dans une nouvelle vie, et tout se passait bien. Pourquoi déchirer maintenant l'ourlet du vêtement qu'elle commençait à coudre pour le cas où Ciro aurait mieux à offrir ? Mais Ciro partait à la guerre, et elle ne voulait pas laisser subsister de non-dits entre eux.

– D'accord, allons prendre un café.

L'Automat était plein de soldats venus passer une dernière soirée avant leur départ. Ciro lui fit part en chemin des instructions qu'il avait reçues. Au matin, il prendrait le train pour New Haven, où il embarquerait pour l'Angleterre à bord de l'USS *Olympic*, et de là prendrait un ferry pour la France. Son unité devait rejoindre à pied le nord du pays.

Enza versa le café pendant que Ciro allait chercher un petit pain pour elle et une part de tarte à la noix de coco pour lui. Il s'assit en déplaçant sa chaise pour croiser ses grandes jambes dans l'étroit espace entre leur table et la table voisine.

– Je veux que tu saches que je suis allé à Adams Street au moment de Noël, l'hiver dernier. La signora Buffa m'a dit que tu étais repartie en Italie.

– Eh bien, non, dit Enza en se forçant à sourire alors que son cœur s'emplissait de regret.

Elle ne pouvait s'empêcher de penser que tout projet avec Ciro était voué à l'échec par un coup du sort. Elle était lasse de ce qui ressemblait trop à des atermoiements du destin. Et Ciro, maintenant, partait se battre… Non seulement elle devrait se languir de lui pour un temps indéterminé, mais elle le perdrait peut-être. Cette idée lui faisait trop mal. Il fallait qu'elle le laisse s'en aller.

– Non, tu n'étais pas partie, fit-il avec un pâle sourire, en pensant à tout le temps qu'il aurait pu passer avec elle.

– Quand t'es-tu engagé ?

– Il y a quelques mois, déjà. Tu te souviens de mon copain Luigi ? Il a essayé lui aussi, mais il entend mal, si bien que je vais partir me battre tout seul.

– Ah. On ne te prend que si tu es parfait ?

– Tu sais bien que je ne suis pas parfait. (Ciro prit une profonde inspiration.) Je pourrai t'écrire ?

Enza sourit malgré elle, puis elle prit un crayon dans son sac, mais elle hésita en le lui tendant.

– Tu ne devrais peut-être pas, Ciro. Je ne veux pas que tu te sentes obligé de m'écrire.

– Mais je le veux ! S'il te plaît, donne-moi ton adresse.

– Mais si je donne mon adresse et que tu n'écris pas ? Je m'inquiéterai, je penserai qu'il est arrivé quelque chose. Ou bien, je me demanderai si c'est à cause de quelque chose que j'ai dit ou que j'ai fait et qui t'a peiné. Je penserai que c'est peut-être parce que j'ai renversé ton café, ou que tu n'aimes pas les filles qui s'habillent en rose...

– J'aime le rose, dit-il doucement.

– Tu aimes toujours tout de moi, tant que je suis là. Puis tu m'oublies. C'est comme ça, entre nous. (Les yeux d'Enza s'embuèrent.) C'est...

– Difficile.

– *Si*. Difficile, admit-elle. Ce n'est pas parce que nous venons du même endroit que tu me dois quoi que ce soit. C'est comme un fil qui nous relie, mais rien de plus, Ciro. Je peux le couper avec mes dents.

– Je ne voudrais pas que tu le fasses.

– C'est comme si tu me voulais parce que tu as enterré ma petite sœur.

– Stella ? Il y a d'autres fils entre nous, dit Ciro.

– Tu te rappelles son nom.

– Je ne l'oublierai jamais.

– J'ai l'impression de ne t'avoir attendu toute ma vie que pour être déçue à la fin.

– Je suis là maintenant, dit Ciro en prenant sa main.

– Mais demain tu seras parti.

– Nous avons une histoire.

– Non. Nous avons des moments.

– Les moments sont l'histoire. Si on en a suffisamment, ils deviennent une histoire. Je t'ai embrassée dans la montagne quand on avait quinze ans, dit Ciro. Et depuis, je n'ai cessé de penser à toi.

– Et moi, Ciro, je me souviens de chacun des mots que tu as prononcés. Je pourrais te dire ce que tu portais ce soir-là sur le Passo della Presolana et dans la chapelle Saint-Vincent, et sur la terrasse des Zanetti. Comment aurais-tu pu ignorer ce que je ressentais pour toi ? Je croyais avoir été claire ce soir-là, à Mulberry Street.

Enza regarda ailleurs, en se disant qu'avec tout ce monde dans la salle de l'Automat, il lui serait difficile de sortir rapidement dans la rue si elle devait pleurer. Elle ne voulait pas pleurer devant lui.

– Tu as été très claire – je le sais bien. Et je t'ai écrit ensuite. Je te disais que j'allais venir dans quelques semaines, et je suis venu – j'étais là-bas, Enza ! Mais la signora Buffa m'a menti.

Enza retira sa main et la posa sur ses genoux.

– Non, Ciro ! Écoute. Quand un homme veut une femme, il fait tout ce qu'il faut pour l'avoir. Si tu me croyais repartie à Schilpario, pourquoi n'as-tu pas écrit ? Pourquoi n'as-tu pas remué ciel et terre pour me retrouver ? Si tu m'avais voulu, aucun océan, aucun obstacle ne t'aurait arrêté !

– Ce n'est pas vrai, dit-il, mais il avait le cœur de plus en plus lourd car il se rendait compte qu'elle avait raison – il savait de quel acharnement il était capable lorsqu'il poursuivait une femme ; pourquoi ne l'avait-il pas mis en œuvre pour retrouver Enza ?

– Mais il n'y avait même pas un océan. Il n'y avait même pas *deux kilomètres* qui nous séparaient. Je t'avais vu avec d'autres filles, Ciro. Je t'imaginais heureux. Et voilà que tu tombes sur moi à l'improviste...

– C'est le destin.

– Ou un simple hasard, rétorqua Enza. Je revois ton air quand tu es arrivé au magasin avec Felicità. Tu étais ravi. Tu avais une flûte de champagne à la main et une jolie fille à ton bras et tu étais ravi. Tu m'as aperçu, et je t'ai vu tout de suite mal à l'aise.

– Mais non ! J'étais heureux que tu sois là !

– Eh bien, tu n'en avais pas l'air, Ciro. Il n'y a rien de mal à préférer les filles qui te rendent heureux. Tu en as parfaitement le droit.

– Tu veux en voir d'autres ? s'écria Ciro, en sentant qu'il perdait patience. C'est rare ça, de la part d'une fille !

– Je te rappelle sans doute des choses auxquelles tu ne veux pas trop penser, insista Enza.

– Tu veux savoir ce que je pense ?

– Je peux seulement croire ce que les gens *font* dans ce monde, pas ce qu'ils disent. Tu dis tout ce qu'il faut, et puis tu disparais, répondit calmement Enza. Au moment où j'étais prête à t'accueillir, je ne t'ai plus trouvé.

– Et si je te dis que je te veux, maintenant ? demanda Ciro, penché sur elle.

Elle sourit.

– Je penserai que tu es un courageux soldat qui part à la guerre et qui aimerait bien laisser derrière lui une gentille fille qui prie pour lui. Rappelle-toi d'où tu viens. Ne confond pas cela avec de l'amour. C'est quelque chose qui nous unit profondément, mais ce n'est pas ce que tu crois.

Retirant ses mains qu'il avait prises dans les siennes, Enza les posa sur ses genoux et recula sur sa chaise.

Il la raccompagna chez elle à Greenwich Village. Elle lui parla de sa vie à l'Opéra, le fit rire en imitant Enrico Caruso, Geraldine Farrar et Antonio Scotti. Il lui parla de l'atelier-roulotte et de ses projets à son retour de l'armée. Il s'étonnait une fois de plus de pouvoir se promener avec elle en discutant aussi librement et en toute franchise.

Ils s'étreignirent sur les marches de la résidence Milbank. Ciro voulait un baiser d'adieu, mais elle l'embrassa sur la joue. Et, ce soir-là, elle eut une pensée pour lui dans ses prières mais ne se languit pas du jeune homme.

20

Une boîte à chapeaux

Una cappelliera

Dix décembre 1917
Cambrai, France
Cher Eduardo,
J'espère que cette lettre te trouvera, étant donné que c'est la seule que j'ai écrite depuis que je suis au front. Tu sais, plus que tout autre, que j'ai toujours du mal à décrire le monde avec des mots, mais je vais tout de même essayer.

J'ai vécu dès les tout premiers moments de mon arrivée sous les drapeaux dans une telle incertitude qu'il m'était impossible d'en rendre compte. Nous nous sommes embarqués pour l'Angleterre le 1er juillet à bord de l'USS Olympic. *Nous étions deux mille sur ce bateau. Je suis dans le régiment du général Finn « Landing » Taylor. Sa fille Nancy Finn Webster a vérifié que chaque recrue avait des chaussettes neuves. Nous en avons tous reçu une paire en arrivant à bord. Cela m'a rappelé la sœur Domenica et le petit bruit de ses aiguilles à tricoter quand elle nous faisait des chaussettes et des pull-overs.*

On faisait des exercices pendant la journée. Ensuite, on a pris un ferry jusqu'à Tours, en France. Et de là on a marché des centaines de kilomètres, on s'arrêtait pour établir un camp et pour creuser des tranchées, et quand on ne creusait pas de tranchées, on sautait dans celles que des soldats avaient faites avant nous. Et on ne pouvait pas s'empêcher de se demander : « Que sont devenus ces hommes ? »

Heureusement, je me suis fait quelques bons amis. Juan Torres a grandi à Puerto Rico mais il habite à New York dans la Cent seizième Rue. Chaque fois qu'il rencontre une nouvelle personne, il se présente fièrement comme le fils d'Andres Corsino Torres. Il a trente-deux ans, six enfants et une épouse et il prie avec beaucoup de ferveur Notre-Dame de Guadalupe. Quand je lui ai dit que mon frère était prêtre, il a mis un genou à terre et m'a baisé la main. Aussi je compte sur toi pour ne pas l'oublier dans tes prières.

Ce que je vois ici, je n'en crois pas mes yeux. Nous passons autant de temps à enterrer les morts qu'à combattre l'ennemi. Nous sommes tombés sur un champ dans lequel on ne voyait même plus la terre sous les cadavres. Un soldat doit avoir la sagesse d'endurcir son cœur contre ce qu'il voit, mais je n'y suis pas arrivé, je ne crois pas que je le pourrai, mon frère.

La terre est retournée, des forêts ont flambé et les rivières sont tellement pleines de débris à cause de ces combats qu'elles ne sont plus qu'un filet d'eau. On tombe parfois sur un petit lac où l'eau est bleue, ou sur un bout de forêt intact, et on comprend que la France était jadis un beau pays. Mais c'est fini. On nous a dit que notre régiment avait reçu du gaz moutarde. Ce matin-là, je m'étais assoupi, assis sur mon casque (c'est mieux que dans la boue !) et j'ai rêvé que j'étais dans la cuisine du couvent pendant que sœur Teresa faisait son pain à l'aïoli. Mais en fait, c'était l'odeur de ce gaz empoisonné. Notre commandant nous a dit qu'il y en avait eu très peu sur la zone, mais les soldats ne le croient pas. Moi je ne ressens aucun effet pour le moment, et c'est bien. Comme je ne fume pas beaucoup de cigarettes, je sens bien mes poumons.

J'espère te voir à Rome au printemps pour tes vœux définitifs. Je pense à toi chaque jour et je t'envoie toute mon affection,

Ciro

Ciro pensait qu'il y avait, pour un soldat, deux façons de ne pas mourir à la guerre. Il en avait des exemples dans son régiment.

Il y avait le deuxième classe Joseph DeDia, qui gardait son fusil chargé, son casque bien droit et regardait fixement devant lui comme si son regard avait été en lui-même un message à l'ennemi. L'ordre et son adresse au tir le sauveraient.

Il y avait d'un autre côté le major Douglas Leibacher, qui patrouillait dans les tranchées comme un humble deuxième classe, passait ses soirées à discuter avec les soldats et à les faire rire malgré le froid de l'hiver en France. Si le major Leibacher était capable de relever le moral de ses troupes, il pouvait aussi les conduire à la victoire. Un objectif précis le sauverait.

Ciro était un bon soldat – il obéissait aux ordres, restait vigilant et faisait tout ce qu'on attendait de lui, mais il était sceptique quant à la conduite de cette guerre sur le terrain. On déplaçait souvent les hommes d'un endroit à l'autre sans préparation, et il ne semblait pas y avoir de véritable planification. Ciro s'attendait au pire en cas d'événements imprévus car il ne faisait pas confiance aux chefs.

Ciro était conscient du sacrifice qu'ils faisaient, les autres soldats et lui, mais il n'avait jamais pensé à l'éventualité de sa propre mort, même quand les balles sifflaient à ses oreilles. C'est le cas de tous les soldats, quand ils comprennent le sort qui les attend. Ciro écoutait la petite voix en lui et restait concentré. Il voyait l'épouvantable gaspillage de vies humaines fauchées sur la terre de France. Il pensait à la vie qu'auraient pu avoir tous ces hommes. Et il décida qu'il allait défendre à tout prix sa propre vie et celle de ses camarades soldats. Mais il ne tuerait pas d'ennemi pour gagner la guerre. Il ne tuerait que pour défendre.

La plupart des victoires paraissent presque accidentelles. En se déplaçant sur le terrain, le régiment tomba sur un dépôt d'armes dans une vieille grange, et plus tard sur une usine dans laquelle on produisait des chars d'assaut là où on faisait jadis de la dentelle. Ce n'était pas un service de renseignement qui les guidait, mais le grand nombre d'hommes qui cherchaient dans les petits villages de France tout ce qu'ils pouvaient trouver, prendre et garder pour eux.

Ciro avait parfois l'impression pendant des journées entières que la guerre était finie. On n'entendait plus un coup de feu, rien ne bougeait à l'horizon. Puis la bataille reprenait, et toujours de la même façon ; des bruits lointains se faisaient plus forts, et après quelques heures, le monde qui les entourait explosait tandis que s'abattait sur eux une pluie de balles et d'éclats d'obus. Les chars fonçaient dans le même bruit que les marteaux-piqueurs qui brisaient les rochers dans la montagne. Leurs chenilles aplatissaient tout sur leur passage. Ciro, pourtant passionné par les machines, les trouvait affreux. Comment voir de la beauté dans ces engins faits pour détruire et semer la mort ?

Une fois dans les tranchées de Cambrai, le régiment y resta. Il se disait parfois qu'il allait devenir fou pendant ces interminables heures d'attente, sans rien d'autre à faire que se demander quand aurait lieu la prochaine attaque.

Les sœurs de San Nicola lui avaient appris qu'on ne devait jamais prendre une décision importante en état de fatigue. Mais, dans les tranchées, les hommes qui commandaient étaient en permanence épuisés, affamés, trempés et mourant de froid.

La mort ne vous laisse pas en paix. Il n'était question que d'elle dans les conversations. Certains hommes demandaient à leurs camarades de les abattre au cas où ils perdraient une jambe ou un bras. D'autres se promettaient de retourner leur arme contre eux s'ils étaient faits prisonniers. Chacun semblait avoir une idée sur la façon de rester maître de la situation, tout en sachant qu'il ne pouvait rien savoir de ce que le sort lui réservait.

Jour après jour, ils évitaient la mort, se dérobaient à elle, se protégeaient d'elle, se montraient plus malins qu'elle. Pourtant, la mort finissait par les trouver.

Ciro comprenait maintenant pourquoi il fallait envoyer dix mille hommes par jour d'Amérique sur les champs de bataille de France. On était décidé à vaincre par le nombre, avec ou sans véritable plan pour remporter cette guerre. Certains, qui ne se voyaient pas d'avenir, s'accrochaient à leurs rêves. D'autres en venaient à voir la mort comme seule échappatoire à l'horreur qu'on leur faisait vivre. Mais pas Ciro ; il supportait le froid, la peur et la fièvre parce qu'il savait qu'il lui fallait revenir chez lui.

* * *

Enza glissa dans sa pochette de soirée l'invitation qu'encadrait un mince filet d'or fin. Elle se regarda dans le miroir et examina d'un œil critique sa robe de brocart gris perle. La coupe droite et ajustée, qui laissait une épaule nue, était provocante, même pour elle qui l'avait dessinée.

Enza avait relevé ses longs cheveux bruns en un haut chignon. Elle retira les gants de soirée en satin qui lui couvraient les bras jusqu'aux épaules, le contraste avec le tissu guidant le regard vers le délicat incarnat de l'épaule. L'effet était à la fois raffiné et osé.

Dawn Gepfert donnait une soirée pour tous les collaborateurs du Met, y compris le conseil d'administration, les acteurs, chanteurs et autres créateurs. C'était le seul moment de l'année où tous les services, tous les départements, tous les ateliers se retrouvaient, et c'était pour quiconque travaillait au Met ou pour le Met l'occasion à ne pas manquer.

Mrs Gepfert possédait sur Park Avenue un duplex de vingt pièces, dont les fenêtres et les plafonds voûtés étaient si hauts qu'Enza ne les voyait jamais sans penser à une cathédrale. Les murs des pièces de réception étaient tendus de chintz anglais rouge cerise, avec du papier peint aux rosiers grimpants en trompe-l'œil, des tapis de haute laine et des éclairages bas qui créaient une ambiance chaleureuse en dépit des proportions.

La soirée battait son plein – un quartet à cordes jouait, des rires fusaient sur la rumeur des conversations, toutes les pièces étaient pleines de monde –, mais Enza, Colin, Laura et Vito avaient trouvé un coin tranquille.

Enza se laissa choir dans un fauteuil bas en velours vert pâle face à la cheminée de la bibliothèque, tandis que Vito remettait une bûche dans l'âtre. Les portes-fenêtres donnant sur la terrasse panoramique étaient ouvertes, on avait déployé les auvents et disposé de petits radiateurs tout autour du périmètre. Le temps, ce soir-là, hésitait entre l'automne et l'hiver ; le fond de l'air était frais, mais il faisait encore assez doux pour rester dehors avec quelque chose sur les épaules. Colin apporta un verre à Laura.

– C'est ce qui s'appelle vivre, dit-elle.
– De bons amis et du bon vin, convint Colin.

Vito s'assit sur le bras du fauteuil d'Enza. Elle tenait une coupe de champagne et il leva la sienne.

– À nous ! dit-il.

Colin, Laura et Enza levèrent leur coupe.

– Je voudrais que cette nuit dure toujours, soupira Enza.

Il lui arrivait d'être tout entière dans l'instant au point d'oublier les peines du passé et de s'adonner librement à son plaisir sans se sentir coupable. Sa nouvelle vie reposait sur des bases solides, mais elle la voulait pleine de choses légères comme les couleurs de l'appartement de Dawn Gepfert.

– C'est ce qui va arriver, dit Laura.

– Voilà qui me convient tout à fait, dit Colin, en l'attirant contre lui.

– À moi aussi, fit Vito en entourant les épaules d'Enza de son bras.

– J'ai coincé la porte de Milbank avec une vieille chaussure pour qu'elle reste ouverte, expliqua Laura, en levant sa coupe pour un toast à elle-même. Nous pouvons rester dehors aussi longtemps qu'il nous plaira sans être obligées d'attendre le matin devant l'entrée comme si on était les copines du livreur de lait.

– Je sors avec la fille la plus intelligente du monde, dit Colin en riant.

– Tâche de ne pas l'oublier !

La semaine s'était bien passée pour Laura. Elle avait finalement rencontré les fils de Colin, et les avait trouvés aussi pleins de vie que ses petits frères. Ils étaient allés à Central Park, où Laura leur avait montré de quoi elle était capable : faire un lancer de base-ball, courir vite et jouer dur, ce qui avait conquis les garçons et impressionné Colin. Laura avait pour sa vie amoureuse la même approche que pour ses travaux de couture. Le motif était toujours dessiné avec soin pour éviter des surprises ultérieures. Mais elle aurait besoin de souplesse si elle épousait Colin et devenait du jour au lendemain une mère pour ses garçons, car ce serait entrer dans une famille déjà bien unie.

Enza se laissa retomber dans son fauteuil, la tête appuyée contre Vito. Elle était comblée par cette soirée sous les étoiles, avec l'immense scintillement de la ville à ses pieds, et autour d'elle des amis qu'elle chérissait et sur lesquels elle savait pouvoir compter.

– As-tu répété à Vito ce que le signore Caruso a dit ? lança Laura, en lui donnant un coup de coude.

– Qu'a-t-il dit ? demanda Vito.

– Il lui a demandé si elle allait bientôt se mettre à créer des costumes au lieu de seulement les coudre.

– Vraiment ? (Vito était impressionné.)

– Il trouve que j'ai l'œil, dit Enza avec un sourire timide.

– Il faut faire quelques dessins, suggéra Vito.

– Elle en a déjà deux cartons à chapeaux à Milbank, dit Laura.

– Et ils y resteront, fit Enza en buvant une gorgée de champagne.

– Voilà maintenant que notre infatigable Italienne a honte de ce qu'elle fait ! Je n'en crois pas mes oreilles ! s'exclama Vito en secouant la tête.

– J'ai encore beaucoup à apprendre, déclara Enza.

Des applaudissements et des acclamations leur parvinrent depuis la salle de réception.

– Il est là, dit Vito en se levant.

Enza, Colin et Laura le suivirent, en emportant leur verre.

Le grand salon des Gepfert était plein comme une église un jour de fête. Les invités s'étaient regroupés face à Enrico Caruso, qui se tenait sous un grand lustre chargé de bougies pour recevoir leurs manifestations d'amour et d'admiration. Vito entraîna Enza sur le seuil de la pièce tandis que Colin et Laura jouaient des coudes pour être encore plus près de lui.

– Vous savez toute l'affection que j'ai pour vous tous et pour chacun d'entre vous. Je veux vous remercier de tout le travail que vous avez fait sur *Lodoletta*. Gerry et moi, nous vous sommes profondément reconnaissants de vous être ainsi donnés sans compter.

Geraldine Farrar leva son verre.

— Merci à tous de nous avoir faits si beaux à voir ! Et je tiens à remercier aussi l'armée des États-Unis, qui est en train de renvoyer les Allemands à leur niche !

Les invités répondirent par un tonnerre d'acclamations.

— Nous attendons avec impatience le retour du chauffage dans cet Opéra, reprit-elle. L'hiver promet d'être long sans cela. Nous participons comme nous le pouvons à l'effort de guerre en maintenant la chaudière à son plus bas niveau afin d'envoyer notre charbon au front. Mais je n'ai plus beaucoup d'occasions d'embrasser Enrico Caruso face au public en faisant comme si c'était une scène d'amour. Franchement, j'ai besoin de sa chaleur pour me protéger du froid !

Caruso se fraya un chemin à travers la foule, serrant des mains, embrassant son habilleuse, s'inclinant profondément devant l'hôtesse pour lui témoigner sa gratitude. Vito se pencha pour lui murmurer à l'oreille : « N'oubliez pas vos couturières. »

— Ma Vincenza et ma Laura ! dit-il, en les étreignant toutes les deux ensemble. Vous avez été tellement gentilles avec moi ! Je n'oublierai ni vos points invisibles sur mes ourlets, ni vos gnocchis !

— C'était un honneur de travailler pour vous, signore, lui dit Enza.

— Nous ne l'oublierons jamais, nous non plus, affirma Laura.

Caruso plongea la main dans sa poche pour prendre deux médailles qu'il leur remit à chacune.

— Ne dites rien à personne, chuchota-t-il, avant de se fondre à nouveau parmi les invités.

Enza regarda sa pièce. C'était un disque d'or massif gravé à l'effigie du chanteur.

— C'est du vrai, dit Laura à voix basse. Je vais m'offrir un vison !

– Je ne la vendrai jamais, déclara Enza.

Et ce fut une promesse qu'Enza Ravanelli allait tenir toute sa vie.

* * *

Ciro trouva une petite chambre à l'hôtel Tiziano près du Campo Fiori où des marchands ambulants vendaient des oranges sanguines, du poisson frais, des herbes et du pain. Il ne possédait que l'uniforme qu'il avait sur le dos, des sous-vêtements propres dans son sac à dos, un papier lui garantissant un voyage gratuit pour retourner chez lui sur n'importe quel bateau au départ de Naples, ainsi que sa dernière solde de l'armée des États-Unis. La guerre était officiellement terminée depuis quelques semaines, et après tout ce qu'il avait subi, il avait hâte de reprendre sa vie à Mulberry Street. Mais il devait d'abord trouver son frère.

Dans la dernière lettre qu'il avait reçue de lui, Eduardo disait qu'il allait être ordonné prêtre de l'ordre franciscain dans la basilique Saint-Pierre à la fin du mois de novembre.

Ciro savait que l'armée des États-Unis possédait une énorme bureaucratie, mais rien sur l'Église catholique romaine. Pas la moindre information concernant, par exemple, les cérémonies d'ordination. Il n'obtint, dans le meilleur des cas, que des réponses vagues sous un voile de secret.

Quand son frère était parti pour le séminaire, Ciro savait qu'ils auraient peu de contacts. Mais ils espéraient tous deux que cela change une fois qu'il serait devenu prêtre.

Sur le conseil d'un secrétaire du Vatican, qui, par chance, avait de la famille à Bergame et l'avait pris en pitié, Ciro avait écrit à tous les diacres et à tous les prélats de l'annuaire dans l'espoir que l'un d'eux aurait des renseignements sur l'ordination de son frère.

Il prit garde de ne pas faire de traces d'encre en écrivant sur la dernière enveloppe. Puis il la déposa au soleil sur l'appui de la fenêtre pour que l'encre sèche pendant qu'il s'habillait. En enfilant ses bottes, il vit que la couture avait craqué à l'endroit où la semelle était fixée au cuir. Il l'examina, et regarda autour de lui, à la recherche de matériel pour réparer. Il prit des ciseaux et une grosse aiguille dans son sac. Il s'en était servi, la dernière fois, pour recoudre la plaie que s'était faite son ami Juan en marchant sur du fil barbelé invisible sous la boue.

Mais une aiguille chirurgicale comme celle-ci ne permettrait pas de coudre le cuir. Ciro chercha à travers la pièce une tige en fer qui pourrait en faire office. Il s'apprêtait à en prendre une sur le store quand son regard tomba sur son sac. Il coupa une vingtaine de centimètres de cordon qu'il noua à l'extrémité. Puis il enfila le cordon dans l'aiguille et répara sa botte, en raboutant adroitement le cuir à la semelle.

Ciro enfila sa botte, satisfait de la réparation. Elle tiendrait bien jusqu'à ce qu'il retrouve les machines de l'atelier Zanetti. Il prit ses lettres et sortit de l'hôtel.

Les petites rues de Rome étaient pleines d'étrangers qui avaient été repoussés de France à travers l'Italie pour rejoindre leurs pays respectifs. Ciro croisait de temps à autre un soldat américain qui le saluait d'un mouvement de tête, mais la plupart de ceux qui portaient l'uniforme s'étaient battus dans l'armée italienne.

Partout où il y avait des soldats se trouvaient des filles comme la rouquine qui avait accueilli Ciro à son arrivée en Amérique. Il ne les regardait plus du même œil désormais, sachant qu'elles avaient besoin de travailler, tout comme lui. Et il y en avait apparemment beaucoup plus dans les rues de Rome qu'il n'en avait vues à New York.

Ciro était à son aise ici, non parce qu'il était italien de naissance, mais parce que le bruit lui rappelait Manhattan. Il se surprit à regarder les visages qu'il croisait, au cas où il reconnaîtrait un prêtre, ou une religieuse qui pourrait l'aider à trouver son frère.

Les adresses figurant sur les enveloppes l'emmenèrent dans divers quartiers, et il dut marcher longuement pour s'y rendre. Depuis la première adresse au centre de la ville, il parcourut un kilomètre jusqu'à la basilique sise dans les jardins de Montecatini, puis il dut remonter au-delà de Viterbe jusqu'à la petite chapelle située à flanc de colline et déjà en dehors de Rome. Il arriva à la tombée de la nuit, poussé par l'espoir déraisonnable que son frère pourrait passer là, par miracle, en route pour le Vatican. Mais il y avait en permanence à Rome des centaines de prêtres et de séminaristes, et Ciro savait que ses chances de retrouver Eduardo allaient s'amenuisant au fil des jours.

Il revint vers la ville et s'arrêta dans un restaurant bondé de clients – une simple terrasse entre quatre murs à l'ombre d'un olivier. Les pichets de vin maison pleins à ras bord faisaient des éclaboussures violettes sur les nappes blanches chaque fois que les serveuses en posaient un devant un client. Le lieu était chargé de bruit, de rires et d'appétissants plats de risotto aux noix et aux champignons servis avec du pain chaud et croustillant à une clientèle de paysans, d'ouvriers du bâtiment et de manœuvres. Ciro était le seul soldat. Son uniforme lui valut quelques regards intrigués.

Il mangea de bon appétit après avoir marché toute la journée sans s'arrêter pour se sustenter parce qu'il voulait déposer toutes ses enveloppes jusqu'à la dernière. Il espérait que ce repas allait le rassasier, et même le soulager du fardeau qui pesait sur son cœur. Il n'avait pas perdu tout espoir de revoir Eduardo. Le vin l'apaisa un peu. Mais il savait qu'il se passerait de nombreuses années avant qu'il revienne en Italie.

La serveuse posa une coupe de figues sur sa table. Ciro la regarda. Il lui donnait environ quarante ans. Ses cheveux bruns striés de quelques fils bancs formaient un chignon bas sur sa nuque. Elle portait un tablier blanc par-dessus une jupe noire en cotonnade et un chemisier rouge. Et elle était jolie, avec ses yeux noirs de Romaine. Elle sourit à Ciro, qui lui répondit par un hochement de tête respectueux. Il but son café en se disant que s'il avait encore été soldat, il lui aurait souri à son tour pour qu'elle reste plus longtemps à sa table et lui aurait proposé de s'éclipser un moment avec lui plus tard dans la soirée. Ciro secoua la tête. Il avait changé ; ses réactions lui étaient désormais aussi imprévisibles que l'humeur d'un fonctionnaire du Vatican.

***

Accoudé au comptoir de la réception de l'hôtel Tiziano, Ciro observa les boîtes de courrier qui se trouvaient derrière. La plupart étaient bourrées de lettres et de journaux, mais quand il indiqua son numéro de chambre au réceptionniste, celui-ci lui répondit qu'il n'y avait rien pour lui.

Ciro rejoignit sa chambre. La porte refermée, il s'assit et retira ses bottes. Puis il s'étendit sur le dos. Quel mal il s'était donné, en pure perte, dans cette ville de Rome ! Il rougit de honte en pensant à l'histoire compliquée qu'il avait racontée à ce fonctionnaire du Vatican, citant des noms de prêtres et d'ordres religieux qu'il connaissait depuis le couvent. Et toute cette hypocrisie n'avait servi à rien. Un soldat chaussé de bottes rapiécées ne pourrait jamais impressionner un gardien du souverain pontife. Ciro se reprochait maintenant de ne pas les avoir achetés d'un pourboire – cela aurait peut-être marché.

On frappa doucement à la porte. Ciro se leva pour répondre, s'attendant à voir la femme de chambre. Mais son cœur s'emplit de joie en croisant le doux regard qu'il n'avait pas vu depuis sept ans.

– Mon frère ! s'écria-t-il.

Eduardo étreignit Ciro et entra. Ciro referma la porte derrière lui et regarda son frère, qui portait la robe de bure des Franciscains et une ceinture blanche de chanvre tressé. Il était chaussé de sandales faites de trois bandes de cuir marron couvrant le cou-de-pied. Eduardo rejeta son capuchon en arrière d'une secousse ; ses cheveux bruns étaient coupés ras. Les lunettes, qu'il ne mettait, avant, que pour lire, étaient perchées sur son nez. Les verres ronds à monture dorée donnaient à Eduardo un air austère... *professoral*, pensa Ciro.

– Je t'ai cherché partout ! J'ai laissé des lettres dans tous les presbytères de Rome !

– C'est ce qu'on m'a dit.

Eduardo examinait son frère et n'en croyait pas ses yeux. Ciro était affreusement maigre, et son épaisse chevelure grossièrement tondue, mais le plus inquiétant, pour Eduardo, c'était les cernes qui marquaient ses yeux, dans les creux occupés jadis par ses joues rebondies.

– Tu as une mine épouvantable.

– Je le sais, fit Ciro. Je ne fais pas un très joli soldat. (Et, parcourant la chambre du regard, il ajouta :) Et je n'ai rien à t'offrir.

– Ça va. Je ne suis même pas censé être ici. Si le père supérieur l'apprend, je serai viré de l'ordre. Cette visite est interdite et je dois me dépêcher de rentrer au presbytère avant qu'ils s'aperçoivent de mon absence.

– Tu n'as pas le droit de passer un moment avec ton unique frère ? Est-ce qu'ils savent que tu es tout ce que j'ai au monde ?

– Je ne pense pas que tu le comprennes, mais il y a une raison à cela. Pour devenir prêtre, je dois renoncer à tout attachement séculier, et malheureusement tu en fais partie. J'ai désormais autre chose pour me combler d'une tout autre manière, mais je comprends cela, et toi non. Si tu m'aimes, prie pour moi. Parce que je prie pour toi, Ciro. Tout le temps.

– Tout sauf la sainte Église ! Tu aurais pu faire carrière dans n'importe quoi. Être écrivain. Peintre. Nous aurions pu acheter de vieux livres reliés et les revendre, comme les Montini. Mais il te fallait cette robe. Pourquoi, Eduardo ? J'aurais été content si tu t'étais fait percepteur – n'importe quoi plutôt que la prêtrise !

Ciro se laissa tomber en arrière sur le lit. Eduardo se mit à rire.

– Ce n'est pas une carrière, c'est une vie.

– Quelle vie ! Cloîtré. Condamné au silence par ses propres vœux. Je n'arrivais jamais à te faire taire… comment peux-tu vivre de cette façon ?

– J'ai changé, dit Eduardo. Mais toi non, à ce que je vois. Et ça me fait plaisir.

– Tu ne le vois pas, c'est tout, mais je ne suis plus le même, dit Ciro. Et je ne sais pas comment je pourrais rester celui que j'étais après ce que j'ai vu. (Il s'assit à côté d'Eduardo.) Parfois, après une bonne nuit de sommeil, je me réveille et je pense : *Tout peut arriver. Tu n'es pas dans les tranchées. Tu n'as pas de fusil. Ton temps t'appartient à nouveau.* Mais il y a quelque chose de lourd en moi. Je ne crois pas que le monde soit devenu meilleur. Et pourquoi, sinon, serions-nous allés faire la guerre ? Quelle raison peut-il y avoir pour se conduire comme des animaux ? Je ne connaîtrai jamais la réponse à cette question.

– Te voilà américain, désormais, dit Eduardo.

– Exact. Je serai bientôt un citoyen à part entière. Et au moins, j'étais du côté des plus forts. Je voudrais que tu viennes vivre en Amérique avec moi.

– Il va falloir que tu sois dans le monde pour moi, Ciro.

– Je me demande si je sais toujours faire ça.

– J'espère que tu te marieras, que tu auras des enfants, comme tu en as toujours rêvé. Donne-leur l'enfance que tu aurais voulu avoir. Sois le père que nous n'avons pas eu. Il y a forcément une fille pour toi quelque part. Tu m'as parlé dans une lettre de la Reine de Mai de ton église.

– Si je t'ai écrit à propos de Felicità, c'était simplement pour t'impressionner. Je voulais te faire croire que j'avais trouvé la religion grâce à une princesse dévote. J'ai trouvé beaucoup de choses, mais pas Dieu. Elle a épousé un gentil Sicilien.

– Désolé. Il y a quelqu'un d'autre ?

– Non, répondit Ciro, mais au moment où il dit ce mot, une image d'Enza Ravanelli surgit à son esprit, et la souffrance avec.

– Je ne te crois pas. Personne n'aime autant les femmes que toi.

– Crois-tu qu'il y a de quoi être fier ?

– Tu étais doué pour ça. Il était clair que tu finirais par te marier. Ce n'est pas si différent de ma propre vocation. Nous cherchions tous les deux ce dont nous avions besoin, que ce soit d'essence spirituelle ou temporelle, pour nous apporter la plénitude.

– Sauf que toi, tu vas passer ta vie dans une cellule.

– Je vis très bien, dans cette cellule.

Eduardo mit la main dans sa poche.

– Les sœurs de San Nicola m'ont fait suivre cette lettre. (Eduardo déplia la lettre.) Elle en a bavé, tu sais, Ciro.

Ciro se doutait que sa mère avait souffert et cette pensée, comme toujours, lui perçait le cœur.

– J'ai toujours désiré plus que tout au monde qu'on soit un jour tous réunis. Papa nous a été enlevé, mais maman, toi et moi aurions pu nous retrouver, dit Ciro, en essuyant ses larmes.

– Je prie chaque jour pour l'âme de papa, Ciro. On ne peut pas oublier tout ce qui a été fait pour qu'on ne soit pas malheureux, et en sécurité. Maman a essayé de nous protéger, elle a fait ce qu'elle a pu. Quoi qu'il se soit passé, nous devons lui être reconnaissants d'avoir compris ce qui serait le mieux pour nous.

– C'était *elle* que je voulais! s'écria Ciro. Et aujourd'hui encore, elle ne veut pas qu'on sache où elle est? Pourquoi?

– C'est ce qu'elle essaie d'expliquer dans cette lettre. Elle était malade quand elle a quitté la montagne en nous laissant à San Nicola, et elle pensait revenir.

– Mais elle n'est pas revenue, dit Ciro. On a perdu papa, puis on a perdu maman. Et demain je vais te perdre.

– Tu ne vas pas me perdre, Ciro. Jamais. Je risque mon ordination pour venir te voir, ce soir. Je suis venu pour te dire d'être fort. N'aie pas peur. Tu es mon frère, et tu seras toujours la personne la plus importante de ma vie. Dès que je serai ordonné, je trouverai maman, je veillerai sur elle et tu pourras la revoir. C'est tout ce que je peux faire.

– C'est vraiment cette vie que tu veux?

– Je veux être utile. Me servir de mon esprit. Je ne sais pas le dire autrement. Viens à mon ordination demain, Ciro. Je veux que tu sois là. Dix heures. Basilique Saint-Pierre.

Eduardo se leva et ouvrit grands ses bras. Ciro se rappela l'époque où il nettoyait la statue de saint François, et le mal qu'il se donnait pour ne pas négliger le drapé de la robe dans lequel l'artiste avait tracé avec soin des plis qu'il avait ensuite recouverts à la feuille d'or. Il avait maintenant devant lui son humble frère, le meilleur des hommes et le seul qu'il verrait jamais dans la robe de bure de l'ordre de Saint-François d'Assise. Ciro l'étreignit, et sentit, dans un élan, les grandes manches de la robe d'Eduardo se refermer sur lui comme des ailes.

Eduardo rabattit le capuchon sur sa tête. Il ouvrit la porte, le dos tourné à Ciro.

– Je t'écrirai dès que je saurai où on m'envoie. Si tu as un jour besoin de moi, je viendrai, quoi qu'en dise l'Église.

– Et moi je viendrai te voir, et avec grand plaisir, que ça plaise ou non à l'Église ! répliqua Ciro en souriant.

– Je n'en doute pas.

Eduardo sortit et referma doucement la porte derrière lui. Ciro s'assit sur le lit et déplia la lettre de sa mère.

Cher Eduardo et cher Ciro,
Je suis vraiment fière de mes garçons. Ciro, tu es maintenant cordonnier et Eduardo, prêtre. Une mère veut avant tout que ses enfants soient heureux et sachez que c'est ce que j'ai toujours voulu pour vous.

Quand je vous ai laissés au couvent, je comptais revenir à l'été. Mais j'ai eu un terrible problème de santé et j'ai été incapable de retourner à Vilminore. Les sœurs ont eu la bonté de me tenir au courant de vos notes et de votre vie au couvent. J'ai été heureuse de savoir que les cheminées n'attendaient jamais qu'on vienne allumer le feu. Les sœurs m'ont dit qu'elles ignoraient jusque-là combien c'était agréable de les entendre ronfler toutes en même temps et réchauffer le couvent. Je suis tellement fière de vous deux ! J'espère que j'irai assez bien pour vous voir un jour prochain.

Votre maman qui vous aime.

* * *

Le ciel bas chargé de nuages noirs pesait sur la place Saint-Pierre et la pluie frappait les pavés comme des myriades d'aiguilles de pin argentées. La place était déserte, chacun s'étant mis à l'abri dans la galerie, y compris les pigeons alignés sur un fil comme des notes de musique sur leur portée.

Ciro se tenait debout à côté d'un obélisque rouge dans son uniforme brun et la pluie tintait sur son casque. Il tira une dernière bouffée sur sa cigarette, jeta celle-ci loin de lui et se dirigea vers l'église tandis qu'une cohorte de religieuses en noir et blanc s'engouffrait en bon ordre dans la basilique. Ciro se découvrit, les salua d'un hochement de tête et entra avec elles. Il sourit en pensant à sœur Teresa, qui lui avait conseillé de chercher les personnes vêtues en noir et blanc quand il serait dans une ville où il ne connaissait personne. Ciro Lazzari se sentait désormais inconnu où qu'il aille.

Il s'agenouilla sur un prie-Dieu derrière les religieuses. Elles avaient toutes la tête baissée pour prier ; Ciro, lui, regarda autour de lui, examinant la basilique comme si c'était l'église de San Nicola et qu'il se préparait à un grand nettoyage de printemps. La vie de son frère allait changer du tout au tout et pour toujours, mais les pénitents et les touristes ne cessaient d'entrer et de sortir par les portes monumentales, allaient, venaient, s'arrêtaient pour prier devant les châsses et les tombeaux comme si de rien n'était.

Un groupe de prêtres africains aux robes chamarrées d'or entra par le transept de gauche et disparut dans la chapelle qui se trouvait derrière l'autel principal. Le Vatican, songea Ciro, était comme une gare dans laquelle, sous un même toit, des groupes disparates se détachaient les uns des autres pour rejoindre toutes sortes de destinations.

L'allée centrale ne tarda pas à s'emplir de centaines de prêtres vêtus de la robe de bure des Franciscains, la taille ceinte d'une corde blanche. Ciro regarda ces prêtres déjà ordonnés se glisser en silence entre les bancs.

Vinrent ensuite des enfants de chœur portant les cierges gainés de cuivre des acolytes. Les nouveaux ordonnés suivaient, dans leur robe blanche, en deux longues files. Ils emplirent la chapelle du Saint-Sacrement dans le transept de droite, les mains enfouies dans leurs larges manches, la tête baissée.

Ciro s'était placé derrière un cordon installé par des gardes du Vatican, afin de mieux voir le visage des séminaristes. Il les dévisagea tous, l'un après l'autre, jusqu'à découvrir Eduardo, resplendissant dans sa tenue blanche.

Ciro tendit la main par-dessus le cordon pour toucher le bras de son frère. Eduardo lui sourit, avant que les deux gardes le prennent par le bras pour le tirer sur le côté, puis l'emmènent au fond de l'église. Mais peu importait, pour Ciro, qu'ils le refoulent ou qu'ils le jettent dans le Tibre si bon leur semblait ; il avait vu Eduardo le jour le plus important de sa vie. C'était tout ce qui comptait.

Il expliqua aux gardes, à voix basse, que son frère recevait les saints ordres. Ils eurent pitié du soldat et l'autorisèrent à regarder la suite, du moment qu'il restait derrière les rangées de bancs.

Eduardo était étendu sur le sol de marbre, les bras en croix et le visage contre les dalles glacées, pendant que le cardinal coiffé de sa calotte rouge se penchait sur lui pour lui administrer le chrême et les saintes huiles. Les larmes jaillirent des yeux de Ciro quand il se leva pour recevoir la bénédiction du prélat. En voyant celui-ci tracer un signe de croix sur le front d'Eduardo, Ciro comprit qu'il avait perdu son frère pour de bon.

Ciro s'attarda longuement dans la basilique après la cérémonie. Il espérait que son frère sortirait de la sacristie et entrerait dans l'église, comme il l'avait si souvent fait le matin à San Nicola, pour préparer le Livre saint et le calice, et allumer les cierges avant la messe.

Mais la sainte Église romaine en avait décidé autrement. Sitôt ordonné prêtre, Eduardo fut emmené ailleurs. Il était déjà en route pour sa paroisse, et celle-ci pouvait se trouver n'importe où, en Sicile comme en Afrique, ou aussi près de là que les jardins de Montecatini en plein centre de Rome. Proche ou lointaine, quelle importance ? Eduardo était parti. C'était fini.

* * *

L'armée américaine avait organisé le retour de Ciro, et il devait partir de Naples. Il prit donc à la gare un aller simple pour cette ville.

En attendant son train sur le quai, il imagina ce qu'il se serait passé s'il avait pris l'ancienne voie romaine, la Via Tiberius, pour sortir de la ville, remonter vers Bologne et prendre un train pour Bergame. Il serait ensuite monté en voiture à cheval jusqu'au Passo della Presolana et, en regardant l'étroite vallée en contrebas, aurait trouvé les bruns de cette fin d'automne tout aussi beaux que les fleurs du printemps. C'était de là qu'il venait et là, tout lui plairait, pensa-t-il, mais s'il souffrait dans son cœur, ce n'était pas parce qu'un endroit lui manquait plutôt qu'un autre ; c'était tout autre chose... Et il savait qu'il lui fallait maintenant retourner en Amérique pour en finir avec cette souffrance.

* * *

Enza éteignit la lampe de sa machine à coudre. Elle se redressa sur son tabouret et s'étira le dos.

– Eh ! lança Vito, en passant la tête par la porte de l'atelier. Que dirais-tu d'aller dîner ?

– Je dirais oui !

Enza passait déjà son manteau et attrapait son sac à main.

– Où est Laura ? demanda Vito.

– Colin l'a emmenée voir les garçons, ce soir.

Vito, fit un clin d'œil en chantonnant les premières notes de la marche nuptiale. «*Pom, pom, pom...!* »

– Où va-t-on ? demanda Enza, Tu crois que j'ai besoin de gants ?

– Oui. Et d'un chapeau.

– C'est un endroit chic ?

– Peut-être.

– Je suis très chic, comme fille.

– Depuis quand ?

– Il y a un certain gentleman qui n'arrête pas de m'emmener ici et là. Et maintenant, je ne peux plus boire dans autre chose que dans du cristal de Bohême, et si le caviar n'est pas glacé, je n'y touche pas.

– Pauvre de toi !

– J'ai peur de ne jamais revoir Hoboken.

– Mais si. En passant, depuis ta cabine de première classe sur le *Queen Mary*.

En quittant le Met, Vito prit Enza par la main. Il l'entraîna vers l'est ; Enza se dit qu'ils se dirigeaient sans doute vers l'un des bistrots préférés de Vito dans le quartier des cinémas – petites salles, murs de brique vernissée, lumières tamisées et steaks saignants. Mais il continua vers les quais et la Trente-huitième Rue.

Un vaste chantier les accueillit, sur une aire de gravier recouvrant la vase extraite du fleuve. Des camions chargés des détritus de démolition étaient stationnés le long de la berge, et une bétonneuse trônait en travers de la chaussée. Les lieux étaient encombrés de piles de poutres d'acier, de bobines de tuyaux géantes, de grands coffres remplis de pioches et de pics, et de pelles posées sur des brouettes.

Enza attendit à côté d'une cabine de chantier dans laquelle Vito s'était engouffré. Elle riait toute seule. Vito organisait des aventures. Quand il ne louait pas, pour eux seuls, la grande roue de Coney Island, il l'emmenait dans des bars où le jazz était aussi moelleux que le gin. Vito était un homme qui savait vivre et voulait que tout le monde autour de lui en profite. Il reparut après un instant avec deux casques. Il lui en tendit un.

Elle ôta son chapeau et se coiffa du casque.

– Tu m'avais dit que c'était chic ?
– Attends.

Il la fit entrer dans l'ascenseur de chantier, referma la porte grillagée et pressa un bouton. Enza retint sa respiration pendant qu'ils s'élevaient dans le ciel nocturne. Elle avait l'impression qu'elle allait s'envoler, même si Vito la tenait d'une main ferme. Le paysage changea très vite : la ville de New York se déroulait à leurs pieds avec toutes ses lumières comme une immense pièce de soie bleue nuit constellée de diamants.

– Qu'en penses-tu ? demanda Vito.

– Je pense que tu es un magicien. Tu enchantes la réalité.

– Je veux t'offrir quelque chose.

– Cette vue, c'est déjà bien…

– Non, ce n'est pas assez. Je veux tout te donner. Je veux te donner le monde.

– C'est déjà fait. (Enza posa la tête sur son épaule.) Tu m'as donné confiance en moi, et tu m'as donné l'aventure. Tu m'as donné une nouvelle manière d'être.

– Et je veux te donner plus. (Vito l'attira contre lui.) Tout ce que je suis. Tous mes rêves. Et tout ce que tu pourras imaginer. Je ne vivrai que pour t'apporter de la joie et du bonheur. Veux-tu m'épouser, Enza Ravanelli ?

Enza se tourna vers les lumières scintillantes de Manhattan. Se pouvait-il qu'elle soit venue de si loin pour monter aussi haut ? Elle avait des milliers de raisons de répondre oui, mais une seule lui suffisait. Vito Blazek veillerait toujours à ce qu'elle s'amuse. La vie serait une fête. Après des années passées à s'occuper de tout le monde, Vito voulait s'occuper d'elle. Enza avait travaillé dur, et désormais elle était prête à faire l'expérience de la vie auprès d'un homme qui savait vivre.

– Que dis-tu, Enza ?
– Oui ! Je dis oui !

Il l'embrassa. Sur le visage, l'oreille, le cou. Il prit sa main et lui passa au doigt un rubis serti de diamants.

– Le rubis, c'est mon cœur, et les diamants, c'est toi – tu es ma vie, Enza.

Il l'embrassa, et elle sentit son corps s'abandonner entre ses bras.

– Je te ferais l'amour ici, si tu voulais, lui murmura-t-il à l'oreille.
– J'ai peur du vide, Vito !
– Changeras-tu d'avis en revenant sur terre ?
– Marions-nous d'abord.

Enza était loin de son pays, mais l'espoir des siens vivait à travers elle. C'était une vraie jeune femme, élevée par des parents pieux dans un foyer chrétien. Elle continuerait à vivre selon leurs principes, même si elle avait gagné depuis longtemps le droit de décider par elle-même. Enza voyait dans les sacrements une beauté qui mettait de la grâce dans l'existence. Elle voulait vivre dans le raffinement, la sérénité et la certitude, et elle savait que Vito, qui voyait l'avenir en grand, comprenait cela. Il pensait qu'Enza méritait ce qu'il y avait de mieux parce que, sans même un nom, une éducation ou une position, elle était l'incarnation de la véritable élégance. Sa grâce était née avec elle. On n'aurait pu la fabriquer ni l'acheter. Elle était, tout simplement.

L'air vif de cette soirée d'automne était à la fois doux et rafraîchissant, comme des effluves de vanille. Enza, au-dessus de la ville, n'était plus l'esclave de Hoboken, mais une Américaine d'origine italienne, dure à la tâche, qui avait conquis un nouveau statut – non pas en grimpant au premier étage par l'escalier de service, mais par l'ascenseur jusqu'à l'appartement de maîtres.

Enza allait épouser Vito Blazek.

En tant qu'équipe, ces deux jeunes professionnels – elle, l'artisan et lui, le passeur de talents – continueraient à travailler au Metropolitan Opera House, à prendre leur petit déjeuner à l'hôtel Plaza et à aller danser au Sutton Place Mews. Ils avaient des amis délicieux ; ils portaient de la soie, buvaient du champagne et savaient où acheter des pivoines en plein hiver. Ils n'étaient qu'au début de leur ascension.

21

Une tresse en or

Una treccia d'oro

Vu du pont du SS *Caserta* où se tenait Ciro, l'océan était vert bouteille. Les eaux profondes, au loin, devenaient d'un gris charbonneux, et les vagues qui frisaient en surface avaient des reflets argentés.

C'était une tout autre vue que celle qu'il avait eue deux ans plus tôt en arrivant à New Haven. À vingt-quatre ans, Ciro était maintenant un ancien combattant de la Grande Guerre. Le peu de famille qu'il avait jamais eue avait disparu, la mère qui lui manquait toujours autant restait absente et son unique frère, son dernier lien avec Vilminore di Scalve, avait renoncé au monde pour se faire prêtre ; tout avait disparu, avec son rêve d'une maison dans la montagne.

Il avait rêvé qu'il serait toute sa vie un confident pour Eduardo et deviendrait un jour l'oncle de ses enfants, mais ce rêve aussi s'était dissipé avec la fumée d'encens dans laquelle ce cardinal bénissait des séminaristes dont quelques gouttes de saintes huiles étaient censées faire des hommes de Dieu.

Eduardo valait mieux que n'importe lequel des prêtres que Ciro connaissait. Eduardo était généreux alors que don Martinelli était avare, et chaste, alors que don Gregorio ne l'était pas. Eduardo, lui, était intelligent, honnête et réfléchi, et il avait en lui une sagesse aussi profondément enracinée que l'était chez Ciro l'amour de la vie – et de la bonne cuisine et des belles femmes.

Ciro se désolait du choix d'Eduardo qui signifiait pour lui qu'il avait perdu son frère. Ils se verraient peut-être quelques fois au cours des dix prochaines années. Il y aurait des lettres, mais elles ne seraient pas fréquentes. Pour deux frères qui avaient été inséparables et avaient vécu longtemps dans une véritable osmose, mener deux existences séparées était un terrible sacrifice. Et Ciro ne pouvait s'empêcher d'en vouloir à l'Église : c'était elle, après tout, qui avait, par l'intermédiaire de don Gregorio, provoqué la séparation des deux frères.

Tout l'amour qu'Eduardo portait à Ciro irait désormais aux prêtres de l'ordre de Saint-François d'Assise, et ce qu'il en resterait à la sainte Église romaine. En se faisant prêtre, Eduardo avait renoncé à toute possibilité de trouver une épouse et de fonder une famille. Ciro aurait tant voulu que son frère connaisse un jour le bonheur et la sérénité que pouvait lui apporter la compagnie d'une femme et sache comment de telles relations, simples mais glorieuses, amenaient un homme à demander plus au monde et non le contraire !

Ciro pensait qu'Eduardo allait tenter de sauver le monde en sauvant une âme après l'autre, mais pourquoi le voulait-il ?

Avant la guerre, Ciro s'était cru lui aussi capable de faire de grandes choses. Mais à présent, après avoir vu le paysage de France bouleversé et défiguré à jamais par les tranchées dans lesquelles s'empilaient des cadavres, Ciro voulait se tenir le plus loin possible du gouvernement et des hommes qui y siégeaient. Rome l'avait terriblement déçu. Les Italiens, pensait-il, n'étaient plus eux-mêmes. On sentait l'Italie fragile, désormais. Après avoir été longtemps pauvre, le peuple italien ne se croyait plus capable de changer le pays dans lequel il vivait. Même dans ces lendemains de victoire, ils n'espéraient plus dans des temps meilleurs. Ils étaient prêts à se saisir de la première idéologie venue, comme un homme qui se noie s'agrippe au moindre petit bout de bois. Mieux vaut n'importe quoi que rien du tout, diraient les Italiens avec un haussement d'épaules, ouvrant ainsi la voie aux dictateurs, à leurs régimes impitoyables, à leurs guerres et à leurs paysages dévastés.

Ciro avait appris que la vie n'était jamais meilleure après une guerre, seulement différente.

Il regretterait toujours l'Italie qu'il avait connue avant cette catastrophe. Les frontières étaient amicales ; les Italiens venaient en France sans papiers, les Allemands allaient en Grèce, les Grecs arrivaient en Italie. Le nationalisme avait mis fin à ces rapports de bon voisinage.

En tant que soldat, Ciro avait appris que les bons ne peuvent pas réparer ce que les brutes veulent détruire. Il avait appris à choisir ce qui valait la peine d'être défendu, et ce qui valait la peine qu'on se batte pour le sauver. Il n'avait pas survécu à la Grande Guerre pour revenir chez lui tel qu'il en était parti.

Ciro avait vu la mort en face. C'est dans ces moments-là qu'un homme est le plus susceptible d'en appeler aux anges pour qu'ils intercèdent en sa faveur. Mais Ciro s'était refermé sur lui-même. Il avait été plus d'une fois paralysé par la peur. Il avait senti la mort jusque dans ses os quand le gaz moutarde s'était répandu sur les champs de bataille, avec son odeur d'ammoniaque et d'eau de Javel somme toute familière et plutôt inoffensive – plus proche de celle de l'ail qui bouillait dans la cuisine de sœur Teresa que d'un souffle annonciateur de mort. Mais le nuage gazeux s'était insinué dans les tranchées qui traçaient une frontière à travers la France.

Il avait pensé à l'époque où il diluait de la lessive dans l'eau et nettoyait les fentes du marbre avec une petite brosse pour éliminer les taches. C'était la même odeur, mais plus âcre et plus puissante, qui envahissait l'espace, lentement mais obstinément. Ciro était soulagé, parfois, en voyant que le vent chassait le poison loin du front au lieu de l'y amener. Mais il savait aussi, d'expérience, qu'un soldat ne pouvait compter sur rien ni personne – ni sur son officier de commandement, ni sur ses camarades fantassins comme lui, ni sur son pays ni sur le temps. Ciro s'était aperçu qu'il pouvait tenir pendant des journées entières sans se nourrir, ou à peine. Il s'était habitué à chasser de son esprit l'image d'un steak-frites, d'un verre de vin accompagnant des gnocchis au beurre. Il lui semblait maintenant que la faim, elle aussi, avait plus à voir avec l'esprit qu'avec le corps.

Il ne se revoyait pas ramassant des œufs, comme il l'avait fait, gamin, au couvent, et évitait de penser à l'œuf battu au fond d'un bol avec un peu de crème et de sucre dans la cuisine de sœur Teresa. Il s'efforçait de ne pas penser à cette dernière et ne lui écrivait pas pour lui demander de prier pour lui. Il souffrait tellement de la faim qu'il ne voulait pas se souvenir d'elle, avec son grand tablier, en train de préparer sa pâte à beignets ou de couper des légumes pour la soupe. On ne pouvait pas se consoler avec les souvenirs heureux. Ils ne faisaient que rendre le présent plus difficile à supporter.

Ciro, au front, pensait chaque jour aux femmes qui avaient jalonné sa vie. Ce qui l'avait apaisé par le passé l'aidait plus encore en temps de guerre. Il se rappelait sœur Teresa le faisant manger et l'écoutant d'une oreille attentive dans la cuisine de San Nicola. Il pensait à Felicità, à la douceur de sa peau, à son souffle régulier quand ils s'assoupissaient après l'amour. Il se souvenait de femmes qu'il n'avait pas connues, mais qu'il n'avait fait que croiser dans Mulberry Street ; d'une fille de dix-huit ans coiffée d'un chapeau de paille et qui portait une jupe de cotonnade rouge boutonnée de la taille à l'ourlet. Il se rappelait la finesse de ses chevilles et ses jolis pieds dans des sandales retenues par une bande de cuir bleu clair entre les orteils tandis qu'elle passait devant la boutique. Il imaginait mille fois la force d'un baiser, et se disait que s'il sortait un jour de ces tranchées, il n'en recevrait ni n'en donnerait jamais plus un seul à la légère. La main d'une femme dans la sienne valait un trésor ; s'il en tenait encore une un jour, il saurait l'apprécier, apprécier à sa juste valeur ce contact doux et rassurant.

Un jour où il s'était rendu avec ses camarades dans un village réputé pour ses *belles femmes*, il avait fait l'amour avec une blonde coiffée d'une tresse qui lui tombait jusqu'à la taille. Après, elle avait défait cette tresse et avait laissé Ciro la brosser. Il garderait jusqu'à son dernier jour l'image de sa tête penchée pendant qu'il caressait sa chevelure abondante et dorée.

Il n'avait jamais été aussi lucide que le jour où il avait cru mourir. Une rumeur était parvenue jusqu'à sa section, disant que les Allemands répandaient du gaz moutarde et que leur intention était de ne pas laisser en France un homme, une femme ni un enfant vivant. Il s'agissait de rayer tout un peuple de la carte en éliminant les civils comme les militaires. Dans ces instants que beaucoup pensaient être leurs derniers, de nombreux hommes se mirent à prier ; certains écrivirent des lettres à leur femme, qu'ils mirent soigneusement à l'abri avec leur ordre de mission et leur plaque d'identité, en espérant que quelqu'un transmettrait le message après qu'on aurait enterré leur corps. Et on vit de jeunes hommes pleurer sans se cacher à l'idée qu'ils ne reverraient pas le visage de leur mère.

Mais, pour Ciro, il semblait quelque peu hypocrite de demander à Dieu de le sauver quand tant d'autres soldats méritaient plus de vivre – ceux qui avaient des enfants, une épouse, de vieux parents. Ils pouvaient prier. Quelqu'un les attendait.

Ciro espérait que Caterina, sa mère, était en sécurité quelque part. À Rome, les robes de bure protégeraient

Eduardo ; Ciro était certain qu'il n'arriverait rien à son frère.

Il y avait un autre visage, un seul, qu'il revoyait à cet instant. Il se souvenait d'elle à quinze ans avec une blouse, à seize ans en tenue de voyage, et à vingt-deux ans avec une robe de tulle rose. Il l'imaginait à cinquante ans, les cheveux gris mais toujours solide, avec des petits-enfants. Des petits-enfants à *eux*.

Ciro comprit à cet instant qu'une seule chose valait qu'on meure pour elle, une personne pour laquelle il donnerait sa vie. Enza Ravanelli. Celle à qui son cœur n'avait jamais cessé d'appartenir.

Quelle ironie du sort, tout de même : Enza lui avait dit de ne pas lui écrire et de ne pas penser à elle ! Mais il pensait sans cesse à elle, c'était plus fort que lui. S'il était assez chanceux pour survivre à ce chaos et à ce carnage, il n'aurait pas besoin d'autre chose que de l'amour d'une femme. Souffrir de la faim, dépérir, tomber malade à en mourir, se battre contre les fièvres, les poux et les rats, la crasse et la dysenterie, tout ce qui allait avec la guerre, tout cela en valait la peine s'il pouvait passer le reste de sa vie avec Enza.

C'était Enza. Depuis toujours. La vie sans elle serait aussi sinistre que les tranchées qui lui avaient servi d'habitation pendant la guerre, où un morceau de pain était un diamant et un bol d'eau claire, un rêve réalisé. Il comprit à cet instant que rien – pas même une âcre odeur de gaz moutarde dans l'air ou les cadavres qui se décomposaient autour de lui – ne l'empêcherait de retourner chez lui auprès de la femme qu'il aimait. Et, désormais, face à l'océan sur le pont du SS *Caserta*, il se félicitait d'avoir cette chance d'être encore en vie, et se promettait de profiter de ce cadeau du destin en consacrant sa vie à une femme qui en était digne. Il espérait seulement qu'elle l'avait attendu.

* * *

Laura aida Enza à passer sa robe de mariée. Elle avait choisi un drap de laine d'un brun cannelle inspiré d'une toile du Tintoret, galonné de velours noir et orné de boutons noirs. Le brun teinté de rouge de la laine bouclée était exactement de la couleur de la terre sur le Passo della Presolana. Enza avait pensé à sa mère, et au nombre de fois où elle lui avait fait raconter le jour de ses noces. C'était son tour, à présent. Comme elle aurait voulu que Giacomina soit là! Tout lui aurait plu, jusqu'au plus petit détail… Enza s'était fait un chapeau en feutre à large bord, de couleur assortie, avec un gros nœud de satin noir retenu par une perle noire.

Vito avait écrit à Marco en Californie et à Giacomina à Schilpario pour leur demander la main de leur fille aînée. Il lui avait fallu une page entière pour leur dire quel être merveilleux elle était et leur parler de la vie qu'il voulait lui offrir.

En lisant la lettre de Vito, Giacomina pleura. Elle comprit qu'Enza ne reviendrait jamais dans la montagne. Sa fille adorée avait une autre vie devant elle. Giacomina pria de toute son âme pour que cette fille qui avait tant travaillé à leur apporter la sécurité connaisse le bonheur. Elle ne s'inquiétait pas pour Enza, elle lui faisait confiance pour choisir un époux. Mais elle s'inquiétait pour leur famille: les Ravanelli, sans Enza à leur tête, ne seraient plus aussi forts!

Marco pleura, lui aussi, en recevant la lettre de Vito. Les siens lui manquaient, il attendait le moment de les retrouver et il avait espéré qu'Enza l'accompagnerait malgré la terrible menace qu'une nouvelle traversée faisait peser sur elle. Il venait de passer sept années en Amérique, sept années à travailler afin de gagner assez d'argent pour construire leur maison. La construction était terminée, et Marco, une fois là-bas, pourrait s'asseoir devant un feu de cheminée dans cette maison rendue possible par ses sacrifices et ceux de sa fille. Mais savoir qu'Enza ne serait pas avec eux dans leur nouveau foyer le rendait amèrement triste.

En épousant Vito, Enza acceptait le fait qu'elle ne retournerait jamais dans ses montagnes. Elle avait longtemps évité de penser à son handicap, mais elle s'avouait maintenant à elle-même qu'elle n'emmènerait jamais son mari ni leurs futurs enfants voir les fresques de Clusone ni se promener dans les champs au-dessus de Schilpario, et qu'ils n'iraient jamais écouter ensemble l'orchestre d'Azzone. Vito l'avait conduite chez les meilleurs médecins et ils avaient tous confirmé le diagnostic. C'était donc à elle qu'il reviendrait de parler des montagnes, et de sa famille, à Vito et aux enfants et de faire vivre dans leur cœur, malgré la distance, ceux qu'elle avait laissés là-bas.

Le soleil était rose, ce matin de novembre, dans un ciel bleu clair. Enza s'en étonna mais n'y vit pas un signe. Sa mère avait coutume de scruter le ciel de Schilpario et d'interpréter chaque mouvement et chaque changement de couleur comme un présage. Mais il n'en était pas question ce jour-là. Enza était d'un grand calme, et Laura remarqua sa sérénité tandis qu'elles se préparaient à la résidence Milbank.

– Tu es bien calme, Enza.

– Je m'apprête à tout changer dans mon existence, répondit Enza, en enfilant ses gants. Je suis triste de te quitter. De quitter notre chambre. Je ne serai plus jamais une jeune femme libre.

– Tu savais bien qu'on finirait par tomber amoureuses et par se marier, dit Laura. C'est le cours normal des choses. Et tu es heureuse avec Vito, n'est-ce pas ?

– Bien sûr. (Enza sourit.) Justement ! Voila ce qui est dommage. Pourquoi, lorsque la vie est belle, les choses ne peuvent-elles pas rester comme elles sont ? Chaque décision qu'on prend nous pousse en avant, comme au temps où je sautais d'un rocher à l'autre, dans la montagne, pour traverser une rivière. Je faisais un pas, puis un autre, et un autre, et j'arrivais de l'autre côté.

– Normal…

– Oui, mais il m'arrivait aussi de faire un pas alors qu'il n'y avait pas de rocher où poser le pied. Et l'eau était glacée !

– Tu te sortiras toujours de tous les ennuis.

– Parce que nous savons qu'il y en aura.

– Pour nous comme pour tout le monde. (Laura sourit.) Mais ce n'est pas un jour à être triste, Enza. C'est un jour de fête ! Laisse ton sérieux dans cette chambre. Tu es une mariée magnifique, et cette journée est la tienne.

Les deux amies firent leurs adieux aux filles de la résidence qui s'étaient rassemblées sur les marches de l'entrée pour féliciter Enza. Ces futures danseuses, dramaturges et actrices étaient enthousiastes à l'idée de la vie qui attendait Enza, et y voyaient la confirmation que les histoires qui finissaient bien au théâtre et au cinéma pouvaient aussi arriver dans la vie. Enza, ce matin-là, était pour elles l'incarnation de la réussite.

Enza et Laura parcoururent à pied la courte distance qui séparait Milbank de Notre-Dame de Pompéi. Vito et Colin, son témoin, devaient les retrouver dans la sacristie. La petite cérémonie se déroulerait dans la chapelle de la Sainte-Vierge avec le père Sebastianelli comme officiant.

Enza et Laura passèrent devant les marchands de fruits et légumes, le balayeur de rue, les hommes en complet-cravate et chapeau de feutre qui se rendaient à leur bureau… Tout était pareil aux autres jours dans Greenwich Village. Cette journée était identique à toutes les autres, sauf pour Enza et Vito. La terre continuait à tourner, et ce n'étaient pas deux amants échangeant leurs alliances qui y changeraient quelque chose.

– Attends-moi ici, dit Laura. Je vais voir à l'intérieur si tout est prêt.

– Merci, Laura. (Elle la serra dans ses bras.) Tu seras toujours ma meilleure amie.

– Toujours !

Laura sourit et entra dans l'église.

Enza attendit dans Carmine Street. Elle pensait à la signora Buffa et à tout ce qu'elle avait enduré à ses débuts en Amérique, à ces mois puis à ces années pendant lesquels elle avait eu le mal du pays. Elle revit sa chambre à l'hôpital Saint-Vincent, qui se trouvait tout près de là. Après chaque décision, elle avait avancé d'un pas, puis un autre, un autre… comme des points de couture posés avec soin et avec constance. Elle pouvait maintenant reculer d'un pas pour voir, enfin, un vêtement terminé. Sa vie était quelque chose de beau à porter, et elle l'avait faite elle-même.

– Enza ? fit une voix derrière elle.

Elle se retourna, pensant voir Vito avec des fleurs.

– Enza, répéta Ciro Lazzari. Il portait le triste uniforme brun des soldats, le ceinturon serré à la taille, les bottes soigneusement lacées – mais Enza vit que les lacets étaient usés et qu'on les avait noués et renoués pour les rallonger. L'uniforme était élimé, les poignets effrangés. Le jeune homme était maigre, les traits creusés par la fatigue et l'inquiétude, mais propre : ses cheveux étaient coupés court et ses yeux étaient plus bleus que le ciel de ce matin-là. Il tenait un bouquet de violettes dans sa main droite, son casque de la main gauche. Il lui tendit les fleurs.

– Ciro, que fais-tu là ?

– Je m'en suis sorti. (Il parvint à sourire. Il savait qu'il n'arrivait pas trop tard. Les filles, à Milbank, l'avaient mis au courant.) Je suis passé à la résidence Milbank. Elles m'ont dit que tu serais ici. Je ne suis pas étonné de te trouver à l'église, dit-il, sachant parfaitement pourquoi elle était là. Mais que se passe-t-il ? C'est un jour de fête religieuse ?

Elle fit non de la tête. Il lut de l'inquiétude dans son regard.

– Que tu es belle ! reprit-il, en se penchant pour l'embrasser.

Elle recula d'un pas.

– Je me marie, dit-elle.

– Je le sais.

– Il faut que j'entre. Le prêtre attend.

– Le prêtre peut attendre. Il ne se sauvera pas. C'est lundi, aujourd'hui. Qui se marie le lundi ?

– Il n'y a rien à l'Opéra, ce soir, expliqua-t-elle. Alors, nous...

Elle n'alla pas plus loin, arrêtée par ce « nous » qui, soudain, excluait Ciro.

Ils restèrent à se regarder. Laura poussa la porte de l'église, mais ils ne l'entendirent pas. Et Enza n'entendit pas Laura qui l'appelait à voix basse. Ciro, d'un geste, lui demanda de refermer la porte. Laura battit en retraite en tirant la porte derrière elle.

– Tu ne peux pas faire ça, dit Ciro.

– Bien sûr que si. Je vais me marier.

– Ce n'est pas l'homme qu'il te faut, Enza. Tu le sais bien.

– Je l'ai décidé, et je vais le faire, dit-elle, d'un ton ferme.

– Tu en parles comme d'une punition.

– Ce n'était pas mon intention. C'est un sacrement. Il demande du respect et de la réflexion. (Enza voulait s'éloigner, mais elle ne le pouvait pas.) Je dois...

Elle regarda son poignet. Elle avait oublié sa montre. Il lui montra l'heure à la sienne.

– Rien ne presse, dit-il calmement.

– Je ne veux pas être en retard.

– Tu ne le seras pas, dit-il. Laisse-le.

– Je ne peux pas, répondit-elle, mais sans pouvoir affronter le regard de Ciro.

– J'ai dit laisse-le.

– Je me suis engagée.

– Désengage-toi.

– Si je romps la promesse que je lui ai faite, que penseras-tu de moi ?

– Que tu es à moi.

– Mais c'est à lui que j'appartiens !

Enza se tourna vers la porte. Que faisait Laura ? Pourquoi ne venait-elle pas la chercher ?

– Ne dis pas ça. Ce n'est pas vrai.

– Cette bague est là pour le dire.

Elle tendit la main. Le rubis et les diamants étincelaient au soleil.

– Enlève-la. Tu n'es pas obligée de m'épouser, mais tu ne peux pas te marier avec lui.

– Pourquoi ? (Sa voix était montée d'un ton vers l'aigu sous le coup de l'émotion.)

– Parce que je t'aime. Et moi, je te *connais*. Le type qui t'attend dans cette église connaît Enza l'Américaine, pas l'Italienne qui sait atteler un cheval et conduire la voiture. Tu crois qu'il connaît la fille qui est allée couper des branches de genièvre pour couvrir la tombe de sa sœur ? Moi, je la connais, cette fille. Et c'est à moi qu'elle appartient.

Enza pensa à Vito, et se demanda soudain pourquoi elle ne lui avait jamais parlé de sa petite sœur Stella. Vito ne connaissait que la couturière de Caruso ; il ignorait tout de l'ouvrière de l'usine de Hoboken, ou de la fille aînée d'une famille pauvre qui passait l'hiver en mangeant des châtaignes et en priant pour que le printemps ne tarde pas. Elle n'avait pas dit tous ses secrets à Vito, si bien que Vito ne faisait pas vraiment partie de son histoire. Peut-être ne voulait-elle pas, depuis le début, que Vito connaisse cette fille ?

– Tu ne peux pas revenir ici, maintenant, pour me dire ça ! (Les yeux d'Enza étaient brillants de larmes.) J'ai ma vie. Elle me plaît. J'aime ce que je fais. Mes amis. Mon monde !

– Quel monde veux-tu, Enza ? demanda doucement Ciro.

Elle ne pouvait pas lutter contre le passé. La vie était une suite de choix qu'on faisait avec les meilleures intentions, souvent avec espoir. Mais elle comprenait soudain que *la vie*, celle dont elle rêvait depuis toujours était la vie d'une famille et pas seulement celle de deux personnes amoureuses. C'était une fresque, pas un tableau, fourmillante de détails et dont la création demandait des années de collaboration.

Une vie avec Ciro serait une vie de famille, au plein sens du terme ; une vie avec Vito serait une vie pour elle. Elle aurait un appartement avec vue sur le fleuve, de belles robes dans ses placards, une automobile pour l'emmener dans tous les endroits chics, et des fauteuils d'orchestre pour tous les spectacles. Comme la vie serait facile avec Vito ! Mais était-elle faite pour cette vie-là ? Ou était-elle faite pour vivre aux côtés d'un homme qui la comprenait parce qu'il avait d'elle une telle connaissance intime et immédiate qu'à cet instant même il la bouleversait ?

Elle éprouva une brusque bouffée de nostalgie pour la fille qu'elle avait été. La fille qui avait quitté son village et travaillé dur, semaine après semaine, en envoyant ponctuellement une large portion de son salaire à sa mère pour construire la maison familiale, comme un cadeau en remerciement pour sa propre vie. Et elle aurait été prête à recommencer. Méritait-elle un prix pour cela ? Ce prix n'était-il pas une vie à New York avec toute sa modernité, son raffinement et son éclat, au bras d'un homme amoureux d'elle ?

Pourquoi n'épouserait-elle pas Vito Blazek ? *C'était un type bien.*

Enza se rendait compte qu'elle était faite pour se marier ; elle ne se voyait pas vivre seule, tel n'était pas son destin. Elle ne vieillirait pas devant une machine à coudre, à faire des costumes pour des personnages de contes de fées, à coudre des capes, à fixer des collerettes et à accrocher des ailes, et elle ne serait pas non plus de celles qui vivent auprès de leur mère jusqu'à sa mort, au service de la famille, en se dévouant pour tout le monde sans jamais penser à elles.

Enza ne serait pas la tante méticuleuse qui repasse des billets de dix dollars et les amidonne pour les glisser dans une enveloppe avec des cartes de vœux pour les baptêmes et les premières communions. Elle ne signerait jamais une carte : «Affectueusement, Tante Enza.» Elle n'était pas destinée à porter le petit chapeau tout simple ou la modeste broche en or de la vieille fille à qui nul n'a jamais offert une bague ni un diamant.

Enza vivait pour aimer.

Mais elle ne le savait pas avant de revoir Ciro Lazzari.

Enza était faite pour tracer son propre chemin, et vivre avec un homme amoureux... Elle avait cru que c'était Vito, avec sa gentillesse et son bon goût. Vito qui lui offrait une bonne situation, des amis du même niveau social que lui et probablement une vue en hauteur sur le monde comme sur la ville. Jusqu'à ce moment, elle avait cru qu'elle ne désirait rien de plus, qu'il n'y avait pas d'autres chemins vers le bonheur et qu'elle n'avait qu'à le suivre.

Vito ne comptait pas sur elle pour faire des enfants, ou pour qu'elle apporte dans son univers autre chose que les joies et les plaisirs de deux carrières à succès : petits déjeuners sereins, dîners en ville et glorieuses soirées du lundi quand les portes du Metropolitan Opera étaient closes, la scène plongée dans l'obscurité et qu'ils pouvaient aller se promener dans Central Park et achever leur soirée par un souper dans l'un de ces luxueux restaurants aux murs de brique vernissée, éclairés aux bougies dans une pénombre étoilée par la pointe incandescente des cigarettes...

Voilà ce que promettait d'être sa vie avec un homme qui l'adorait, dans une ville qui n'en finissait pas de célébrer ce que l'existence avait de meilleur à offrir. Pourquoi renoncer à la stabilité du monde de Vito pour retourner vers un homme qui s'était prétendu maître de son cœur avant de seulement la connaître ? Que savait Ciro Lazzari de la femme qu'elle était désormais ? Il semblait plus que déraisonnable de croire à nouveau ce que disait Ciro, idiot d'écouter ses supplications et de se plier à son désir.

Mais Enza se dit que c'était justement le propre de l'amour, de vous prendre par surprise et de jouer sur les touches de votre passé une mélodie lancinante qu'on finissait par reconnaître comme sa propre musique, et aussi comme son avenir.

Mais comment pourrait-elle briser le cœur de Vito ?

Elle savait toutefois que si elle avait fait tout ce chemin jusque-là, c'était justement en écoutant toujours parler son cœur et sans jamais suivre d'autres conseils que les siens. Quand Enza descendait profondément en elle-même, elle y trouvait toujours la vérité. C'est ainsi que, comme un cordage glisse hors de son crochet pour tomber sans un bruit dans la mer et libère la barque qu'il retenait, Enza retira calmement la bague de ses fiançailles avec Vito Blazek. Elle la tint un instant entre ses doigts et regarda le rubis rouge sang qui brillait au soleil.

La vérité était simple. Enza n'avait jamais cessé d'aimer Ciro Lazzari, depuis qu'elle l'avait vu pour la première fois, entre quatre murs de terre dans le cimetière de Sant'Antonio. Elle l'avait laissé s'éloigner et aimer d'autres filles en se disant qu'ils ne cherchaient pas la même chose. Puis elle avait pleuré sur ce qui aurait pu être et n'avait pas été, et avait fui sa douleur en s'inventant un personnage qui n'était pas elle.

New York, la magie de l'Opéra, les amis qu'elle s'était faits, les maisons où elle était reçue – pourquoi abandonnerait-elle ce monde que Vito lui avait fait découvrir pour tomber dans les bras d'un Ciro Lazzari ? Ce soldat sans mère et sans le sou qui n'avait à lui que ses paroles – pourquoi jouer son avenir sur Ciro Lazzari ? Quelle femme dotée de bon sens prendrait jamais un tel risque ?

Enza regarda la bague entre ses doigts.

Ciro lui prit le visage dans ses mains.

– Je t'ai aimée toute ma vie. J'étais un gamin qui ne savait rien, mais quand je t'ai rencontrée, j'ai eu l'impression de tout comprendre. Je me souviens des chaussures que tu portais, de tes cheveux, de la façon dont tu croisais les bras sur ta poitrine, de cette façon de te tenir, un pied légèrement en avant, comme une danseuse. Je revois ton visage quand tu t'es penchée au-dessus de la tombe de ta sœur. Je me souviens que ta peau avait un parfum d'eau citronnée et de rose et que tu m'as offert un verre de menthe à l'eau chez tes parents après l'enterrement de ta sœur. Je me rappelle ton rire quand j'ai parlé bêtement, pour plaisanter, de t'embrasser sans ta permission. Je te revois recevant la communion pendant la messe, et aussi de tes pleurs parce que Stella te manquait déjà.

Je n'ai rien oublié, Enza. Je sais que je t'ai déçue en ne venant pas te voir, mais ce n'était pas parce que je ne t'aimais pas, c'était parce que j'ignorais encore à quel point je t'aimais. Je ne t'ai jamais oubliée. Pas un seul jour. Où que j'aille, j'espérais toujours te trouver. Je t'ai cherchée dans chaque village, chaque train, chaque église. J'ai suivi une fille, une fois, parce qu'elle avait les mêmes tresses que toi. Quand je dormais, je t'imaginais à côté de moi. Et quand j'étais avec une autre, ce n'était pas pour l'aimer mais pour me souvenir de toi.

J'aurais pu retourner à Vilminore, après la guerre. Je suis sorti de Rome pour aller là-bas, mais je n'ai pas supporté l'idée de la montagne sans toi.

Je ne sais pas ce que je dois dire pour que tu me croies. Moi-même, je ne crois pas beaucoup en Dieu. Il y a longtemps que les saints m'ont abandonné. Et la Vierge Marie m'a oublié, comme ma mère, mais ni les saints ni la Vierge n'ont jamais pu me donner quelque chose d'aussi précieux qu'une seule pensée de toi. Et si tu viens avec moi, je promets de t'aimer toute ma vie. C'est tout ce que j'ai à t'offrir.

Enza était tellement émue par ce qu'elle entendait qu'elle ne pouvait parler. Elle savait que pour une femme amoureuse, la seule vérité est ce qu'elle voit chez l'homme qu'elle aime, l'avenir qu'elle aperçoit à ses côtés. Pendant toute sa période de fiançailles, Enza n'avait pas senti une seule fois chez Vito ce qui la frappait maintenant quand elle regardait Ciro. La taille de Ciro et l'impression de force qu'il dégageait lui rappelaient ses montagnes ! Avec lui, elle se sentait protégée. Son corps tout entier se souleva vers lui, et son esprit avec.

Quelques gamins jouaient au ballon dans Carmine Street. Un coup de pied projeta le ballon vers l'église à travers le trottoir. Voyant l'uniforme de Ciro, ils l'entourèrent. Ils examinèrent avec curiosité son casque, ses bottes, son sac à dos.

Le désir d'Enza pour Ciro était si bouleversant qu'elle courba la tête de crainte qu'on ne lise dans ses pensées. Ce besoin de sentir son corps contre le sien était si intense qu'elle en avait presque honte.

Enza savait qu'en épousant Vito elle perdrait *son* Italie pour toujours. Et quand bien même elle braverait l'océan, quand bien même Vito lui ferait découvrir Capri, les antiquités de Rome et la magie de Florence, il n'y aurait pas les montagnes, les lacs et les rivières du Nord. Elle était du pays des mandolines ; elle n'avait que faire des délicats violons de la Scala.

Si Enza devait se construire une nouvelle vie, elle devrait le faire avec conviction et selon ses valeurs, avec un homme capable de la ramener au pays, même s'il fallait pour cela inventer ailleurs que dans la montagne un foyer qui soit à leur image. Ciro avait son cœur. Il était sa part de montagne.

Pour Ciro, Enza ferait des sacrifices, se battrait pour qu'il y ait à manger sur la table, s'inquiéterait et se démènerait pour les bébés, et vivrait pleinement. Elle n'avait qu'une vie à partager et qu'un cœur à donner à l'homme qui le méritait le plus. Avec Ciro, son existence serait un combat, comparée à la vie que lui offrait Vito, mais elle aurait choisi l'amour.

Ciro l'attira contre lui et l'embrassa. Les gamins sifflèrent, plaisantèrent, et parurent disparaître comme le bruit qui s'éloigne à la surface de l'eau. Le goût de ses lèvres était exactement comme dans son souvenir. La chaleur du visage de Ciro et le contact de sa peau bouleversaient Enza et l'apaisaient tout à la fois.

Pour Ciro Lazzari, elle irait jusqu'au bout de la terre. Son costume de mariée deviendrait sa tenue de voyage. Elle avait toujours eu l'impression que ses vêtements étaient faits pour servir à plusieurs usages. Elle glissa les violettes de Ciro sous la ceinture de sa veste. Elles s'y placèrent naturellement, comme si le costume n'avait attendu que cette dernière touche.

– Je t'appartiens, Ciro, dit-elle.

Et avec ces mots, Enza laissait une vie derrière elle pour en commencer une autre.

TROISIÈME PARTIE

Minnesota

22

Un bouquet de violettes

Un mazzolino di viole

Un rayon de lumière entrant par la fenêtre traversait la pénombre dans la chambre d'Enza et Laura à la résidence Milbank. Enza, en chemise de nuit, remua dans son lit.

– Ma mère disait toujours que dormir sous la lune porte malheur.

– Trop tard! dit Laura, en se levant pour s'agenouiller devant la cheminée. Aujourd'hui est un jour de chance.

Elle donna quelques coups de pique-feu dans les braises, une flamme jaillit. Elle ajouta une bûche et retourna dans son lit.

– Hier soir à la même heure, on cousait l'ourlet de ta robe de mariée. (Se laissant retomber en arrière sur son oreiller, elle reprit:) Et j'étais censée prendre une chambre seule en revenant ici! Quelle mouche t'a piquée, par tous les saints?

– Pardonne-moi.

Enza posa le bouquet de violettes sur sa table de nuit de manière à avoir les petites fleurs veloutées face à son visage.

– C'est à Vito qu'il faut dire ça!

– Il ne me pardonnera jamais et il aurait tort de le faire, répondit Enza.

Elle avait du mal à croire qu'elle rendait Vito malheureux, elle qui avait toute sa vie fait passer le bonheur des autres avant le sien. Mais quelque chose s'était joué au plus profond d'elle-même. Quand une fille capable d'un tel dévouement se trouve confrontée à un choix irréversible et qui engage toute une vie, elle ne peut qu'être honnête. En cherchant la vérité dans son propre cœur, Enza avait compris qu'elle ne pouvait se marier que par amour, ce qui voulait dire choisir Ciro.

— Vito est reparti de Notre-Dame de Pompéi comme s'il y avait le feu.

— ... Après m'avoir dit ce qu'il pensait. Tu ne l'as pas entendu ?

— Non. Les portes de l'église sont épaisses. Mais on ne pouvait pas lui en vouloir d'être furieux.

— Bien sûr. Mais c'était très bizarre, justement. Il était très calme. Et il m'a dit : « Tu ne m'as jamais vraiment aimé. » Et je le savais.

— Ceci te ressemble si peu, Enza. Tu es tout sauf impulsive... Et encore moins volage.

— Mais j'aime Ciro depuis l'âge de quinze ans. Je n'ai jamais cessé de l'aimer. J'ai voulu construire une sorte de bonheur avec Vito en le chassant de mon esprit. Mais il est revenu me chercher, Laura. Aujourd'hui, *il est venu me chercher*. Il m'a choisie.

— *Tu* n'y es pas pour rien non plus.

— Tu sais Laura, là-bas dans la montagne, on essaie de construire des barrages pour retenir l'eau des torrents. Mais il y a toujours, tôt ou tard, une fuite ou un trop-plein et le barrage finit par craquer. Comme si l'eau allait toujours *où elle veut*. C'est exactement ce qui s'est passé quand j'ai vu Ciro ce matin. Je ne peux pas lutter contre cette volonté.

— Et tu ne veux pas essayer, dit Laura avec un soupir. Qu'est-ce qui n'allait pas avec ce que t'offrait Vito ? demanda-t-elle, en se redressant sur son séant et en ramenant la couverture sur elle.

— Rien, répondit calmement Enza.

– Mais alors, pourquoi le refuser ? Es-tu si certaine de Ciro ? Il n'est pas venu te retrouver à Hoboken comme il l'avait promis, quand on travaillait là-bas, alors que tu lui avais dit clairement ce que tu ressentais pour lui et ce que tu attendais de lui. Tu as été malheureuse pendant des mois, à cause de ça, je m'en souviens parfaitement et j'ai pensé que c'était un salaud. Tu n'es pas inquiète ? Tu crois qu'on peut se fier à lui ?

Enza s'assit sur le lit à son tour.

– Il a un projet.

– Alléluia ! s'écria Laura, en retombant sur son oreiller.

Au ton de sa voix, Enza éclata de rire pour la première fois de la journée.

– Ciro a de l'ambition, poursuivit-elle. Il parle d'ouvrir un jour son propre magasin. Il veut apprendre à faire des chaussures pour femmes. Mais ce n'est pas seulement un cordonnier, Laura. Quand j'étais avec lui aujourd'hui, j'ai compris que son regard sur le monde était celui d'un artiste.

– Comme *le tien* ! A-t-il la moindre idée de ce dont tu es capable ? A-t-il déjà vu ton travail de près comme moi, ou de loin sur la scène, comme le voient les millionnaires qui font vivre l'Opéra ? Tu es une grande couturière. À côté de toi, nous avons toutes l'air d'une bande de débutantes, dans cet atelier des costumes ! Le signore Caruso aime peut-être tes gnocchis et tes macaronis, mais ce n'est pas pour ça qu'on t'a demandé de travailler pour lui. Il a vu comment tu savais créer des costumes et il t'a choisie pour diriger son équipe. Tu inventes. Tu *es* une artiste ! Pendant la guerre, au moment des restrictions, on t'a vue ramasser des chutes de tissu par terre et en faire de somptueuses capes et des tenues pour Caruso ! Ciro sait-il qui tu es, et le chemin que tu as parcouru depuis le jour où il t'a quittée sur la terrasse des Zanetti ?

Saisissant son oreiller, Laura l'enfonça sur sa tête et roula sur elle-même pour faire face à Enza.

– Je ne vais pas m'arrêter de travailler, dit Enza.

– J'espère que ça te plaira, de faire des chaussures.

– Je l'aiderai et il m'aidera.

– Vraiment ! Un homme va partager *son* travail à égalité avec *toi* ? Je rêve !

– C'est ce que j'espère, Laura.

– C'est ça. C'est merveilleux, l'espoir.

– Tu ne l'aimes pas, c'est tout.

– Je ne le *connais* pas. Mais ce n'est pas le problème. Le problème, c'est que j'aime mon amie et que je veux pour elle ce qu'il y a de mieux. Tu ne sais absolument pas dans quoi tu t'engages avec cette histoire. Tu vas te retrouver à Mulberry Street à faire la lessive pour ses patrons. Je ne sais pas comment il a fait pour te convaincre de renoncer en quelques minutes à la vie que tu as mis des années à te construire. Il a dû te faire de sacrées promesses.

– Il m'a promis de m'aimer. Et pour ce qui est de mon ancienne vie, je vais faire la chose la moins sage et la plus déraisonnable qui soit. Je vais prendre une décision fondée sur ce que je ressens dans mon cœur et non sur ce qui semble mieux sur le papier ou ce qui plaît plus à telle ou telle personne. Je vais faire quelque chose pour moi, je vais vivre avec ce que Ciro apportera dans mon existence, et je serai contente de ce que j'aurai fait.

Laura se retourna sur son lit en remontant la couverture jusqu'à son menton.

Enza ne dormit pas cette nuit-là. Au lever du jour elle pensait encore à Vito, à Ciro et à la vie qu'elle avait choisie.

Le feu jetait une faible lueur sur les murs où la peinture, ancienne, se fendillait. Il n'y avait pas d'ombres fantastiques ou autres signes annonciateurs d'avenir pour Enza tandis qu'au soir de ce qui aurait dû être le plus beau jour de sa vie, elle pleurait en silence pour ne pas réveiller son amie.

* * *

Ciro s'étira sur son lit étroit dans l'arrière-boutique des Zanetti. Il croisa les bras et fixa le plafond, comme il l'avait fait pendant des nuits et des nuits avant de partir à la guerre.

Remo et Carla étaient allés se coucher après avoir mangé des steaks accompagnés de pain aux oignons croustillants et un gâteau avec leur café. Ciro leur avait parlé pendant des heures de la guerre et de son séjour à Rome. Il pensait leur parler aussi d'Enza, mas il s'était abstenu en voyant que Carla comptait apparemment sur lui pour qu'il se remette au travail sans attendre. La signora n'avait pas oublié que la sacoche qu'elle portait à la banque n'était jamais aussi rebondie que lorsque Ciro faisait des chaussures à la vitesse d'une machine.

Il entendit une clé tourner dans la serrure de la porte d'entrée de la boutique. Il se leva et jeta un coup d'œil en écartant le rideau.

– Ne tire pas ! lui lança Luigi, en brandissant la clé. (Il regarda Ciro.) Mon Dieu que tu es maigre ! dit-il, en embrassant son ami.

– Pas comme toi. C'est comment, la vie d'homme marié ?

– Pappina est enceinte.

– *Congratulations!* s'exclama Ciro avant de se reprendre immédiatement en italien: *Auguri!*

– *Grazie, grazie.* On habite dans Hester Street.

– C'est comment ?

– Pas terrible. Beaucoup de bruit. Pas de jardin. Je veux sortir Pappina de là.

– Où irez-vous ?

— On pensait rentrer chez nous en Italie, mais il n'y a pas de travail, là-bas. Et depuis la guerre, c'est pire. (Baissant la voix, il ajouta :) Et j'en ai marre de travailler sept jours sur sept et qu'elle me paie pour cinq.

La signora veut que je me remette sur les machines ce matin – au même salaire. Elle dit que les temps sont difficiles.

— Pour nous. Pas pour elle, rétorqua Luigi. Elle attendait ton retour avec impatience. J'ai cru qu'elle allait louer une mule pour partir à ta recherche à travers la France ! Elle t'a fait un steak ?

Ciro fit oui de la tête.

— Voilà comment elle nous tient. (Se caressant le ventre.) Quand elle veut que tu travailles deux fois plus pour le même prix, tu as droit à la côte de bœuf. Il serait temps d'arrêter un peu.

— Remo dit qu'il veut rentrer au pays.

— Et tu crois qu'ils nous vendront l'affaire ? Jamais ! La signora aime trop l'argent. Elle le fera travailler jusqu'à ce qu'il en crève et elle passera le reste de ses jours à compter les billets.

— On avait parlé d'ouvrir notre propre boutique, dit Ciro. Qu'en penses-tu ?

— J'adorerais qu'on travaille ensemble.

— Où s'installer ? À Brooklyn ? Dans le New Jersey ?

— Je voudrais aller le plus loin possible de la ville, dit Luigi. Voir de la terre. Respirer un air frais. Pas toi ?

Pendant ses longues nuits en France, Ciro s'était mille fois demandé où il pourrait aller. En l'embrassant, la veille, Enza ne se doutait pas du cadeau qu'elle lui faisait. Il était prêt à vivre pour elle une vie qu'il n'aurait jamais imaginée pour lui seul. Et avec Luigi comme associé, il pouvait aller n'importe où.

— Pourquoi pas en Californie ?

— La moitié de la Calabre est en Californie ! Sur la côte ouest, il y a plus de cordonniers que de pieds.

Ciro hocha la tête.

– Il y a des mines au Kentucky et en Virginie de l'Ouest. On a peut-être besoin de cordonniers, là-bas.

– Je ne veux pas aller dans le Sud, déclara Luigi. Je viens de l'Italie du Sud, et j'ai eu mon content de chaleur et d'humidité pour une vie entière.

– Allons au nord, alors ! J'adore les endroits comme Vilminore. Avec de la verdure, des lacs...

– Il y a une quantité de lacs dans le Minnesota.

– C'est là que mon père est parti travailler, dit Ciro d'une voix calme, tandis qu'une expression de souffrance assombrissait brusquement ses traits.

– Que s'est-il passé ? demanda doucement Luigi.

– Je ne sais pas. Et à vrai dire, Luigi, je ne tiens pas à le savoir. On m'a dit qu'il était mort dans une mine, mais tout ce qu'on sait, c'est qu'il n'est pas revenu. Sa mort a brisé notre famille, ma mère est tombée malade et ne s'en est jamais remise, et mon frère et moi sommes partis de notre côté.

– D'accord. On n'ira pas dans le Minnesota.

– Mais non, mais non, il faut tout envisager, dit lentement Ciro.

Le Minnesota était depuis toujours une sorte de mythe, le pays qui lui avait pris son père et ne l'avait pas rendu, sans autre forme de procès. Pourtant, son père avait choisi cette région, et elle exerçait sur lui une certaine fascination. Serait-ce tenter le destin que d'offrir un autre Lazzari à l'Iron Range, cette partie nord de l'État ainsi nommée pour ses mines de fer, ou au contraire une façon de conjurer le mauvais sort ?

– J'ai entendu des types parler de Puglias, dit Luigi, sans se rendre compte du dilemme qui agitait son ami. Les mines de fer sont en activité vingt-quatre heures sur vingt-quatre. Elles attirent beaucoup de monde. Ça mérite qu'on y réfléchisse. Il y a des milliers de mineurs et il faut bien que quelqu'un leur fasse des chaussures ou les leur répare. On gagnerait bien notre vie. Et il y aurait sûrement quelques lacs pour toi.

C'était peut-être tous les endroits qu'il avait vus pendant et après la guerre – les collines romantiques de l'Angleterre, les vignobles impeccablement tenus de France, les antiquités impériales de Rome – qui lui donnaient ce vif désir de quitter New York. Ou bien c'était le fait de dormir encore, après des années, dans ce lit minuscule derrière un mince rideau qui ne lui offrait qu'un minimum d'intimité… mais il avait envie d'un endroit qui soit bien à lui. Les choses, soudain, ne pouvaient plus rester les mêmes. Il fallait qu'elles changent. Il voulait donner à Enza une vie qui lui convienne, et d'abord un foyer. Il fallait voir large, il fallait oser, s'ouvrir à des idées nouvelles ; et il espérait qu'Enza, elle aussi, verrait plus loin que les rives de l'île de Manhattan.

Il secoua la tête.

– Enza ne voudra jamais quitter New York, dit-il.

– Qui ?

– Enza Ravanelli. Je vais l'épouser.

– L'épouser ? répéta Luigi, stupéfait. Enza… ? (Puis, se rappelant, il demanda :) La fille de la montagne ? Je n'arrive pas à y croire. Elle a beaucoup de classe, celle-là… Pas du tout le genre des filles avec lesquelles tu sortais d'habitude.

– Justement.

– Tu es comme tous les anciens combattants qui reviennent du front. Tu as posé ton fusil et tu as foncé dans une bijouterie pour acheter des alliances. Tu ne vas pas un peu vite en besogne ?

– Je ne sais pas…, mentit Ciro.

Il s'était promis de retourner à New York et vers Enza dès qu'il aurait posé le pied sur le sol français. L'épouvantable chaos de la guerre l'avait aidé, de ce point de vue, en le poussant à réfléchir et à se projeter dans l'avenir. L'alternative lui était apparue plus clairement : la vie ou la mort, l'amour ou la solitude. Il s'était mis à penser comme un général, même s'agissant de son propre cœur. Il n'avait rien à gagner en tardant encore à prendre ce qui était pour lui la décision la plus évidente.

— Elle veut faire sa vie avec moi, dit-il à Luigi.

— Comme toutes les filles d'ici à Bushwick! Mais, Enza… que s'est-il passé, Ciro?

— J'ai changé, Luigi.

— En effet. Tu as reçu un coup sur la tête, en France? Tu as toujours eu toutes les filles que tu voulais, et…

— Et il n'y en a qu'une pour moi, et c'est Enza.

— Te voilà rangé. *Va bene*. J'espère que tu sais à quoi tu renonces. Pendant que tu étais là-bas, il ne se passait pas un jour sans qu'une fille vienne à la boutique et nous demande à quelle adresse on pouvait t'écrire.

— Je n'ai pas reçu une seule lettre! s'exclama Ciro avec une indignation feinte.

— Parce que la signora leur disait que tu étais à Tanger.

— Je n'ai jamais mis les pieds à Tanger, dit Ciro. Je ne sais même pas si je trouverais cette ville sur une carte.

— Eh bien, il doit y avoir à Tanger une montagne de lettres parfumées à l'eau de rose et adressées à Ciro Lazzari qui ne reverront jamais la lumière du jour. Quel dommage!

Plus tard dans la soirée, Ciro vint fumer une cigarette sous le vieil orme de la cour. Il se renversa en arrière dans le fauteuil, les pieds calés contre le tronc et les yeux levés au ciel, comme il le faisait chaque soir avant de partir à la guerre. Il aimait ces instants de détente après une dure journée de travail. Mais, depuis qu'il était revenu, tout était différent. Ciro avait l'impression que tout avait changé à Little Italy pendant son absence, y compris l'arbre. L'écorce, sur le tronc, avait commencé à se détacher pour laisser apparaître une surface de bois gris strié de coulures qui faisaient penser à de la cire de bougie déjà ancienne. Les feuilles dorées de l'automne étaient tombées et avaient viré au brun, laissant des branches sèches et nues.

Ciro comprenait à quel point ce vieil arbre avait compté pour lui ; il lui avait offert un abri de verdure dans une ville de pierre, un endroit où appuyer ses pieds en fumant une cigarette, mais il se rendait compte maintenant qu'il n'avait jamais été si beau que cela. Il l'avait seulement accompagné dans les moments où il pensait au pays.

Le temps d'une cigarette, Ciro comprit qu'il voulait partir avec Enza, pour vivre et travailler ailleurs, dans un endroit où ils seraient vraiment chez eux. Il leur fallait de la terre, et du ciel, et des lacs. Une terre fertile peut donner de nombreuses récoltes. Si un homme s'entoure de beauté, il peut créer, et quand il crée, il prospère. Enza et lui n'étaient pas de Mulberry Street. Il ne pouvait pas lui offrir un grand et bel appartement dans l'Upper East Side, comme Vito Blazek, et ne voulait pas s'en aller vivre à Brooklyn ou dans le Queens parmi les Italiens. Il ne se voyait pas non plus dans le New Jersey, à Rhode Island, ni à New Haven dans le Connecticut, où les artisans italiens étaient légion : il pourrait espérer, tout au plus, travailler pour l'un des nombreux cordonniers italiens bien établis dans ces endroits-là. Mais à quoi bon changer si c'était pour se retrouver dans la même situation que chez les Zanetti ? En outre, c'était la vie de la grande ville que Ciro souhaitait laisser derrière lui. Il ne se contenterait pas plus longtemps d'un arbre planté dans le ciment d'une arrière-cour, et il espérait qu'Enza soit dans les mêmes dispositions que lui.

Il s'interrogeait sur la façon dont elle allait réagir à l'idée de renoncer à sa position au Metropolitan Opera, et se demandait même s'il devait lui en parler. Mais il savait aussi qu'il pouvait lui-même réussir dans un endroit où on aurait besoin de ses services, et qu'ils étaient libres de choisir où ils voulaient vivre pour les années à venir.

Quand il aurait les poches pleines de dollars américains, il pourrait lui proposer de retourner en Italie, et de s'installer dans la montagne. Il était temps pour Ciro de devenir son propre maître – un patron ; il ne pouvait pas faire moins pour Enza.

L'Iron Range lui revint à l'esprit. Le mot *Minnesota* résonnait en lui comme le titre d'un livre qu'il n'avait pas encore lu mais dont il savait qu'il le dévorerait à la lueur de sa lampe. C'était là, en Amérique, que son père était mort. Des événements survenus dans ce pays lointain avaient changé le sort de sa famille. Peut-être trouverait-il la paix s'il marchait sur les traces de son père au bord des lacs du Minnesota ? Peut-être serait-il enfin chez lui, là-bas ?

En jetant sa cigarette, Ciro pensa à Eduardo. Son frère veillerait sur leur mère. Ciro n'avait devant lui qu'une obligation, et elle était simple : offrir une belle vie à sa femme et à leurs enfants à venir. Ce qui signifiait pour lui ouvrir un nouveau chapitre, tout en comblant le vide créé par la mort de son père. *Minnesota*.

* * *

Laura, habillée et prête à reprendre le travail, rejoignit Enza à la table du petit déjeuner dans la salle à manger de la résidence Milbank. Enza s'était levée de bonne heure, avait pris un bain, et était déjà vêtue de pied en cap en buvant sa troisième tasse de café.

– Je crois que nous devrions mettre une annonce sur le tableau au sujet de ton mariage. Il y a plus de caquetages ici que lorsqu'Emmerson, le concierge, s'est cassé la figure dans l'escalier le soir du Jour de l'an parce qu'il avait trop bu.

– Inutile de répondre à ma place si on t'interroge, dit Enza.

— C'est ce que fait normalement la meilleure amie, non ?

Enza posa sa tasse et regarda Laura. Celle-ci avait paisiblement dormi toute la nuit, comme toujours quand elle parlait franchement et soulageait sa conscience. Pour Enza, c'était l'inverse ; elle avait passé bien des nuits à se tracasser face à des décisions à prendre, et la dernière avait été particulièrement pénible. Elle avait besoin de Laura et n'imaginait pas la vie sans elle – c'était impossible.

— Sommes-nous toujours les meilleures amies l'une pour l'autre ? demanda-t-elle.

Elle espérait que Laura ne l'obligerait pas à choisir entre son amitié pour elle et l'amour de sa vie.

— Oui, répondit Laura en s'asseyant. Je me demande seulement ce que tu vas dire à ton père quand il arrivera, tout à l'heure. Tu as décidé de remplacer ton fiancé par un autre. Le cher papa risque d'avoir la tête qui lui tourne.

— Je vais faire ce que j'ai toujours fait. Lui dire la vérité.

— Le travail m'attend. Veux-tu que je dise quelque chose aux filles ? Elles te croient en voyage de noces.

— Dis-leur simplement que je suis heureuse.

— Entendu. (Laura se leva et but sa dernière gorgée de café. Elle enfila ses gants.) Dois-je prévenir Serafina que tu vas revenir plus tôt que prévu ?

— Ne la laisse pas donner ma machine à qui que ce soit, répondit Enza.

— Alléluia ! lança Laura, en applaudissant de ses mains gantées.

***

Le tic-tac de la pendule qui ornait le manteau de la cheminée dans l'élégant salon de la résidence Milkank résonnait dans le silence pendant qu'Enza préparait un plateau de thé. Elle plia les petites serviettes, disposa les coupelles de porcelaine pleines de délicats biscuits et de petits sandwichs. Elle inspecta le contenu du sucrier et celui du pot de crème. Puis elle sortit la boule à thé de la théière et la déposa sur la soucoupe en argent prévue à cet effet.

La sonnerie de l'entrée retentit. Miss DeCoursey alla ouvrir. Enza n'attendit pas son père ; elle bondit du canapé pour se précipiter vers lui. Le père et la fille s'étreignirent longuement.

Marco examina Enza, puis recula d'un pas pour regarder autour de lui. La résidence Milbank était richement meublée. Dans le salon, derrière Enza, le grand escalier qui s'élançait vers le premier étage était entièrement en acajou. Les petites portes qui coulissaient dans l'épaisseur des murs étaient ouvertes sur l'entrée et le salon. La bibliothèque, avec sa cheminée de marbre noir, était somptueuse. Marco n'avait rien vu d'aussi luxueux depuis le jour où il avait déposé un colis à la résidence du cardinal, bien des années plus tôt. Il fut rassuré de voir que sa fille habitait dans ce bel hôtel particulier.

Il remarqua également que sa fille avait acquis de très bonnes manières depuis qu'il l'avait laissée chez les Buffa à Hoboken, il y avait de cela huit ans. Il se demanda si cela n'avait pas quelque chose à voir avec son récent changement de fiancé.

– Dis-moi pourquoi tu as annulé ton mariage ? Qu'est-ce qu'il t'a fait ? (Marco serra le poing en prononçant ces mots.) Il va avoir affaire à moi s'il t'a fait du mal !

– Non, papa. C'est moi qui lui ai fait du mal.

– Raconte-moi ce qui s'est passé.

Marco approchait maintenant de la cinquantaine. Ce n'était plus l'homme robuste dont Enza gardait le souvenir. Il avait le dos voûté d'un cantonnier et la peau burinée de ceux qui travaillent dans des endroits où le soleil tape tout au long de l'année. Il avait rempli son contrat avec le département routier de la Californie, la maison de Schilpario était enfin construite et il était prêt à repartir dans la montagne pour y passer le restant de ses jours. On lisait sur ses traits tout le bonheur que lui procurait la perspective de ce retour auprès de sa femme et de ses enfants.

— Papa, viens t'asseoir à côté de moi.

Enza le conduisit au salon et lui indiqua un fauteuil à côté de la table à jeu.

Marco lui prit les mains.

— Raconte-moi tout.

— Eliana a envoyé une longue lettre à propos de la maison. Vittorio l'a peinte en jaune comme les tournesols. Il a installé des placards, et les portes sont solides. Il y a un tas de fenêtres. La cave est déjà pleine de patates douces et de châtaignes. Maman a fait des conserves de poivrons et de cerises pour l'hiver.

— Enza, tu sais que Battista a signé un contrat avec les Ardingos ? Il les transportera gratuitement et on aura en échange autant de jambon et de saucisses qu'on pourra en manger.

— Ce Battista, quel dégourdi ! s'exclama Enza, en riant.

— Et il le sera toujours. Je meurs d'impatience de revoir mes enfants. Et j'ai surtout envie de revoir ta mère, dit Marco. Tu ne serais pas prête à affronter l'océan encore une fois, puisque tu ne te vas pas te marier ?

— Je le voudrais bien, papa, si je le pouvais.

— La vieille montagne ne peut pas lutter contre l'opéra de Caruso ?

— Ce n'est pas ça.

Enza baissa les yeux, incertaine de ce qu'elle devait dire.

– Tu vas donner une deuxième chance à ce signore Blazek ?
– Non.
– Alors, tu n'as qu'à rentrer chez nous avec moi, dit Marco d'un ton calme.
– Papa, tu sais bien que c'est impossible.
Marco prit la main de sa fille.
– Je sais que tu as été très malade en venant ici, commença-t-il.
– Papa, j'ai failli mourir, dit-elle doucement.
La seule personne au monde qui avait partagé son enfer pendant cette traversée pouvait comprendre pourquoi elle ne voulait pas s'y risquer.
– Tu vas tout de suite aller voir le médecin et tu t'assureras qu'il peut faire le nécessaire avant que le bateau quitte le port, fit Marco.
– Et s'il n'y peut rien, papa ? Si je suis tellement malade que je n'arrive pas vivante ? Je veux que tu rentres chez nous, que tu retrouves maman et toute la famille, et que tu découvres tous les coins et les recoins de cette maison. Je veux que tu ouvres les fenêtres, que tu allumes le feu, que tu fasses pousser des fleurs et des légumes dans le jardin ! *Voilà* ce qui me rendra heureuse !
– Mais cette maison, c'est aussi la tienne… Tu as travaillé aussi dur que moi pour la construire. Je ne veux pas croire que tu ne l'habiteras jamais.
– C'est mon choix, papa. Je vais rester ici. Et ce n'est pas seulement pour mon travail. Est-ce que tu te souviens d'un garçon qui s'appelait Ciro Lazzari ? On l'avait envoyé à Vilminore pour creuser la tombe de Stella. Et je l'ai amené à la maison ensuite.
– Je ne me souviens pas très bien de ce moment-là, Enza.
– Tu l'as revu à l'hôpital Saint-Vincent, dans la chapelle, quand j'étais malade. Ciro a un frère qui s'est fait prêtre. Ils habitaient tous les deux à San Nicola.

– Les Lazzari de Vilminore, dit Marco, lentement, en faisant un effort de mémoire. J'ai conduit une fois une veuve Lazzari à Bergame. Il neigeait, je me rappelle... Elle avait deux fils, et elle les a amenés au couvent. Je me rappelle... Les sœurs m'ont donné trois lires. C'était une fortune, en ce temps-là.

Enza retenait sa respiration. Les liens qui la reliaient à Ciro étaient si forts qu'il semblait inévitable qu'on en découvre de nouveaux avec le temps.

– Un autre signe qu'on est faits pour être ensemble.

– Qu'est-ce qui te fait penser que ce jeune homme saura veiller sur toi ? Il est de la montagne, lui aussi, mais ça ne veut pas dire qu'il est assez bien pour toi. Il a été élevé dans un couvent. Il n'y est pour rien, mais comment veux-tu qu'il sache s'occuper d'une famille s'il n'en a jamais eu ? Comment être sûre qu'il ne va pas te quitter comme sa mère l'a quitté lui-même ?

– J'ai confiance en lui, papa.

– Et tu crois qu'il sera un bon mari ?

Marco connaissait sa fille. Toute petite, déjà, elle avait du caractère, et n'écoutait que son cœur. Il s'approcha de la fenêtre et observa la rue en contrebas – il prenait du temps pour chercher ses mots. Enza était à un moment décisif de sa vie et elle avait besoin de la sagesse de sa mère, mais celle-ci n'était pas là pour la lui prodiguer. C'était donc à Marco de faire de son mieux.

À cet instant, Ciro, baigné, rasé de près et vêtu d'un costume, franchissait en deux bonds les marches de l'entrée.

– C'est ce Lazzari qui vient pour me voir ?

– Oui, papa.

– Eh bien, tu l'as choisi grand, celui-là !

Miss DeCoursey conduisit Ciro au salon. Il avait mis avec son costume bleu, une chemise blanche, une cravate et un gilet. Sur ses chaussures rouges, des lacets bleu marine. Marco se retourna pour voir son futur gendre et ils échangèrent une poignée de main.

— Je suis content de vous revoir, signore.

— Enza, je voudrais parler seul à seul avec le signore Lazzari, dit Marco.

Enza quitta la pièce, en refermant la porte derrière elle.

— Lazzari ? dit Marco d'une fois forte.

— Oui, signore.

— Que faisait ton père ?

— Il était mineur. Il a travaillé dans les carrières de marbre de Foggia puis il est allé dans la montagne pour descendre dans les mines de fer des Alpes.

— Qu'est-ce qu'il est devenu ?

— Il est venu en Amérique il y a vingt ans pour trouver du travail. On m'a dit qu'il était mort dans une mine de fer du Minnesota.

— Et ta mère ?

— C'est une Montini.

— Les imprimeurs ?

— Oui, signore.

— Ils faisaient les missels pour la semaine sainte, se souvint Marco.

— Pour toutes les églises de la montagne, Bergame et de la Citta Alta.

— Pourquoi n'es-tu pas imprimeur ?

Ciro baissa les yeux sur ses grandes mains, qui ne semblaient pas idéalement faites pour manipuler les lettres minuscules de l'imprimerie.

— Je ne suis pas *delicato*, signore.

Marco s'assit et, d'un geste, invita Ciro à en faire autant.

— Explique-moi comment tu gagnes ta vie.

— Je travaille comme cordonnier chez le signore Zanetti dans Mulberry Street.

— Tu te débrouilles bien ?

– Oui. J'ai fini mon apprentissage. Ma dette au signore Zanetti est payée, et je suis prêt à me lancer avec ma propre boutique.

– Il y a beaucoup de concurrence en ville. On dit que si on lance une pierre à Brooklyn, elle tombe sur un cordonnier.

– Je le sais, signore. J'ai un associé, Luigi Latini, et on compte obtenir un prêt bancaire pour démarrer une affaire dans un endroit où on manque de cordonniers.

– Tu as besoin d'un associé ?

– Je préfère, Signore. J'ai grandi avec un frère auquel j'étais très attaché. Et quand j'ai été volontaire pour la Grande Guerre, je me suis fait de bons amis. J'en avais un, en particulier, le signore Juan Torres, qui veillait sur moi comme je veillais sur lui. Hélas, il n'en est pas revenu, mais il me reste cher. J'ai dû longtemps me débrouiller seul, et il me paraît naturel de vouloir un associé. Luigi Latini est un type bien, on travaille ensemble et je m'entends parfaitement avec lui. Je pense qu'à nous deux, on pourra créer une affaire solide.

Marco avait écouté avec beaucoup d'attention. Il pensait maintenant à sa propre expérience depuis qu'il était en Amérique ; des années d'efforts et de travail solitaire. Un associé en affaires, voilà qui n'était pas une mauvaise idée. On partageait la tâche, et on se sentait moins seul. Ciro avait raison.

Marco se pencha en avant sur sa chaise et le regarda attentivement. La taille de Ciro et sa force le désignaient comme un leader naturel. C'était un garçon séduisant, qui devait plaire aux dames.

– Tu as déjà eu beaucoup de petites amies ?

– Quelques-unes, signore.

– Ma fille était fiancée à Vito Blazek.

– Je le sais. Je pense que mon ange gardien était avec moi ce matin-là. Je suis arrivé à l'église juste avant qu'elle y entre.

— Le signore Blazek m'a écrit pour me demander la main d'Enza et il m'a fait bonne impression, reprit Marco. Sa lettre m'a touché.

— Il vaut toujours mieux connaître une personne, signore. Je n'aurais pas pu vous faire une bonne impression par écrit, et je n'aurais sans doute pas essayé. Dans la famille, j'ai toujours compté sur mon frère Eduardo quand il fallait écrire.

Ciro sourit. Marco se redressa sur sa chaise, sans le quitter des yeux.

— Je vois l'homme que tu es, Ciro.

— J'espère que vous me ferez confiance pour épouser Enza.

Marco regarda ses mains. Il ne voulait pas laisser partir Enza, mais il avait confiance dans son jugement. Il se demandait si Ciro Lazzari était conscient de la force de caractère de la fille qu'il voulait prendre pour femme.

— Ma fille est indépendante. Il y a déjà longtemps qu'elle décide toute seule.

— Je l'aime parce que je la vois si forte… C'est l'une des choses que j'admire le plus chez elle. Quand je pense au mariage et à la longue vie qu'on passera ensemble, je veux pouvoir me dire qu'elle serait là pour veiller sur notre famille s'il m'arrivait quelque chose.

Marco sourit. Il pensait à sa Giacomina, qui avait pris soin de leur famille pendant qu'Enza et lui vivaient en Amérique. Il dit donc :

— On travaille dur dans la famille. Toi aussi ?

— Oui, signore.

— Et on a la foi. Pas toi ?

Ciro s'agita sur sa chaise. Il ne voulait pas mentir, mais il ne voulait pas non plus que son futur beau-père se fasse des idées fausses.

— J'essaie, signore.

— Essaie plus fort, lui dit Marco, d'un ton ferme.

— Oui, signore.

– On est fidèles, aussi. Voilà des années que je n'ai pas vu ma femme, et je ne suis jamais allé avec une autre. Serais-tu aussi loyal envers ma fille dans les mêmes circonstances ?

– Oui, signore.

Ciro se mit à transpirer.

– Tu me donnes ta parole ?

– Vous avez ma parole, signore, répondit Ciro d'une voix étranglée.

– Il y a autre chose que j'ai besoin de savoir avant de donner mon consentement pour que tu épouses ma fille.

– Demandez-moi ce que vous voudrez, signore.

– Je voudrais savoir pourquoi tu aimes Enza.

Ciro se pencha en avant. Il ne s'était pas posé la question sous cette forme. Il savait que les hommes apprennent à aimer ; ils ne le savent pas de naissance. Il savait que les qualités d'un homme digne de ce nom comprenaient toutes ces choses auxquelles Marco attachait de l'importance : loyauté, fidélité, ambition et gentillesse. L'homme qu'était devenu Ciro avait été façonné par la perte de son père, l'absence de sa mère, l'ordination de son frère et sa propre décision d'aller se battre lors de la Grande Guerre. Chacun des choix de Ciro avait modifié le paysage de son cœur et sa capacité à aimer. À bien des égards, il se trouvait chanceux de le pouvoir encore.

Enfant, Ciro avait appris au couvent à se donner sans retenue. Il savait être fidèle parce qu'il avait grandi avec Eduardo, qui lui avait montré ce que pouvait être un frère aimant. Ciro avait renoncé à chercher l'amour dans l'espoir de combler le vide et d'apaiser le terrible regret qu'il avait en lui après avoir été abandonné par sa mère, mais il était assez avisé pour savoir qu'on ne peut pas éternellement faire grief de sa propre tristesse à autrui. Après toutes ces pertes, ces abandons, ces périodes d'errance et de solitude, Ciro avait enfin compris ce qui lui manquait. Il ne voulait pas que Marco pense qu'il avait choisi Enza pour qu'elle le sauve, mais il sentait tout au fond de lui que c'était la vérité. Ciro aimait Enza, mais était-ce suffisant pour Marco, qui s'était entièrement consacré à sa famille ? Il ne pouvait se prévaloir d'aucun immeuble, ni pont, ni paquebot ni d'aucune chaussure portant le nom de Marco Ravanelli, seulement du parcours exemplaire et sans histoire d'un homme de bien ayant vécu au service de la famille qu'il avait fondée. Ciro hésitait à lui dire ce qu'il avait au fond du cœur parce que Marco en savait plus que lui sur ce qu'il faut donner de soi pour aimer une femme et construire une vie avec elle.

Aussi Ciro répondit-il :

– J'ai beaucoup voyagé, signore Ravanelli. Je n'ai jamais rencontré une femme comme Enza. Elle est intelligente mais jamais condescendante. Elle est belle mais sans une once de vanité. Et elle est drôle sans se forcer à l'être. Je l'aime et je veux lui offrir une belle vie. Votre fille stimule ce qu'il y a de meilleur en moi. Quand je suis avec elle, c'est la grâce que je côtoie et c'est à elle que j'aspire.

Marco prit un temps pour réfléchir aux paroles de Ciro. Il comprenait qu'il avait devant lui un honnête garçon. Mais pour être tout à fait franc, il lui fallait reconnaître qu'il devinait chez Ciro une tristesse à laquelle il ne pouvait pas donner de nom. Devait-il y voir le fait que Ciro n'était toujours pas en paix avec lui-même, ou quelque présage beaucoup plus grave pour l'avenir ? Il sentait chez Ciro un sérieux tout à fait naturel de la part de quelqu'un ayant subi des épreuves que lui-même n'avait pas connues. Sans chercher plus loin, Marco voyait en Ciro un bon parti, auquel Giacomina ne trouverait rien à redire. Ciro était lui aussi de la montagne, il connaissait le dialecte d'Enza et son style de vie. Cela comptait beaucoup dans cette matinée riche en surprises. Il trouverait quelque consolation dans le fait que sa fille épouse quelqu'un qui comprenait d'où elle venait, et ce fut ce qui, aux yeux de Marco Ravanelli, emporta la décision en faveur de Ciro.

Ciro attendait, assis au bord de sa chaise. Son avenir et la réalisation de ses rêves étaient entre les mains d'un autre.

Marco plongea lentement la main dans sa poche et en sortit une enveloppe. Il la posa sur la table et laissa sa main dessus. Puis il regarda Ciro.

– C'est pour Enza.
– Ce n'est pas nécessaire, dit Ciro.
– Pour moi, si. Je te donne mon accord pour épouser ma fille aînée. Les hommes espèrent toujours qu'ils auront des fils, mais je peux te dire qu'aucun fils n'a jamais donné à son père plus de joie qu'Enza m'en a donné. Il y a des tas de filles, mais il n'y a qu'une Enza. Je te confie ma chair et mon sang. J'espère que tu seras digne de cette confiance.

– Je le serai, signore.

– La construction de notre maison est achevée depuis bientôt un an. J'aurais pu repartir à ce moment. J'ai choisi de rester parce que je voulais économiser cette somme pour ma fille. Je suis content de me dire que ce petit sacrifice pourra l'aider dans son départ pour une nouvelle vie. Ce n'est jamais qu'une année sur les quarante-six que j'ai déjà passées sur cette terre, et très peu de chose comparé à ce qu'elle représente pour moi.

– Je vous remercie, signore. Et je n'oublierai pas que vous avez travaillé dur pour offrir cela à Enza.

Marco se leva. Ciro aussi. Enza entra dans le salon.

– Tout va bien, Enza, dit Marco.

Enza se précipita vers son père pour le serrer dans ses bras.

– Ton bonheur est le mien, murmura-t-il à l'oreille de sa fille. Sois heureuse, Enza.

* * *

Plus tard, ce même soir, Enza descendit sur la pointe des pieds à la bibliothèque de la résidence Milbank. Elle craqua une allumette pour allumer une petite lampe, prit une feuille de papier de lin et un stylo dans le tiroir du secrétaire, et s'assit pour écrire.

30 novembre 1918
Chère signora Ramunni,
C'est d'un cœur lourd que je vous remets ma démission en tant que couturière à l'atelier des costumes du Metropolitan Opera House. J'ai adoré chaque minute que j'ai passée à y travailler, même quand les journées étaient longues et que nous avions peur de ne pas finir à temps pour le lever du rideau. Je n'oublierai jamais le privilège qui m'a été donné d'assister à des représentations depuis les coulisses et de voir les costumes que nous avions créés enchanter le public par leurs couleurs, leur coupe, leurs drapés et leur allure – toutes choses que vous m'avez apprises.

Nous évoquons souvent, Laura et moi, le jour où vous nous avez embauchées. Nous avons pensé, comme nous le pensons encore, que l'Opéra avait une chance unique de compter en son sein une femme comme vous. Vous avez fait de notre travail un bonheur de chaque jour.

À l'instant de vous quitter, de quitter mes camarades de travail, les autres équipes, et tous ces grands chanteurs, sachez que je vous garderai toujours une place dans mon cœur et que lorsque je penserai à vous, je dirai toujours une prière chargée de reconnaissance. Je vous souhaite d'être le plus heureuse possible dans tous les aspects de votre vie, sachant que personne ne le mérite plus que vous. La générosité que vous m'avez témoignée vous sera rendue au décuple pendant les prochaines années. Mille grazie, signora. Auguri ! Auguri !

Sincèrement vôtre
Enza Ravanelli
Poste 3, machine Singer 17

Enza déposa avec soin la lettre sur le buvard. Pendant que l'encre séchait, ses yeux s'emplirent de larmes. Le sacrifice était fait. Ciro avait méticuleusement préparé leur installation dans le Minnesota. Il lui avait expliqué où il comptait ouvrir une boutique avec Luigi. Comme Enza aimait bien Pappina depuis la première fois qu'elle l'avait rencontrée, des années plus tôt chez les Zanetti, elle savait qu'elle aurait une amie avec elle, celle-ci serait d'ailleurs sur place avant qu'elle y arrive elle-même.

Elle ne regrettait pas du tout de partir dans le Minnesota, ni son mariage avec Ciro, mais savait qu'elle garderait toujours la nostalgie du Metropolitan Opera. Elle se revoyait, assise à ce même bureau, écrire une demande d'emploi à l'Opéra. Elle sourit en pensant aux ridicules petits échantillons qu'elle avait glissés dans l'enveloppe pour montrer leur talent de brodeuses et de couturières, à elle et à Laura. Serafina Ramunni, passant outre à tant de naïveté, les avait embauchées sur-le-champ. Et quelle belle et fulgurante carrière elles avaient connue ensuite, au service de chanteurs et d'acteurs prestigieux qui portaient les costumes qu'elles créaient pour eux afin de raconter au public les histoires éternelles du grand opéra !

Enza savait ce qu'on ressent quand on se tient au bord du faisceau bleu clair d'un projecteur pour servir la Grande Voix et, désormais, pleine d'espoir, elle ne demandait qu'à servir l'homme qu'elle aimait.

* * *

Ciro Augusto Lazzari et Vincenta Ravanelli se marièrent à Little Italy le 7 décembre 1918 en l'église du Saint-Rosaire. Le marié avait pour témoin Luigi Latini, et la mariée Laura Heery.

Colin Chapin lut un passage des Écritures. Pappina Latini, que sa grossesse empêchait de marcher jusqu'à l'autel pour recevoir la communion, déposa un bouquet aux pieds de la Vierge Marie. Enza était en bleu et tenait le livre de prières relié de cuir noir qu'Eduardo avait offert à Ciro, sur lequel elle avait posé un bouquet de roses rouges.

Après la cérémonie, ils accompagnèrent Marco jusqu'au Quai 34 où il devait embarquer sur le *SS Taormina* en partance pour Naples. Il prendrait ensuite, au terme d'une traversée de neuf jours, un train pour Bergame, où il retrouverait enfin sa femme et ses enfants qui mouraient d'impatience de lui montrer la maison qu'Enza et lui avaient rendue possible.

Enza fit ses adieux à son père au pied de la passerelle. Tirant une rose rouge de son bouquet, elle coupa la tige et la passa dans la boutonnière de Marco.

Marco se souvenait d'avoir débarqué sur ce quai des années plus tôt, avec la crainte qu'Enza meure. Il se souvenait aussi d'avoir à cet instant glissé la main dans la poche de son vieux manteau de laine bouillie pour toucher la petite pièce de soie qu'Enza avait cousue à l'intérieur. Cette fille-là cherchait toujours et par tous les moyens à dire la beauté du monde, apportant une consolation au moment où on s'y attendait le moins et du bonheur quand on en avait le plus besoin. Il avait le cœur brisé de ne pouvoir la ramener avec lui, mais il savait qu'un bon père se devait de soutenir son enfant dans son désir de bâtir sa propre maison et sa nouvelle vie avec l'homme qu'elle aimait.

– Papa, écris-moi.

– Je t'écrirai, promit-il, en mettant la main dans la poche où se trouvait le mouchoir brodé de la date de son mariage et de ses initiales entrelacées avec celles de Ciro.

Marco prit sa fille dans ses bras. Elle reconnut l'odeur de tabac et de citron frais qui lui était si familière, et le retint ainsi un court instant, jusqu'à ce que la sirène du navire retentisse. Marco se retourna et gravit la passerelle. Enza ne bougea pas, scrutant les différents ponts jusqu'à apercevoir enfin son père et la rose. Il avait ôté son chapeau et l'agitait dans sa direction. Elle répondit à ses signes et sourit, sachant que d'aussi loin, il ne verrait pas ses larmes. Et qu'elle ne verrait pas les siennes non plus.

Enza rejoignit son mari et ses amis de l'autre côté du filet de pêcheur qui séparait l'embarcadère du quai. Ciro la prit dans ses bras et l'y garda longtemps. Elle accueillit avec soulagement la force et la douceur de son étreinte après la souffrance qu'elle venait d'éprouver.

Plus tard, Laura, Colin, Luigi, Pappina, Enza et Ciro allèrent fêter le mariage autour d'un petit déjeuner dans l'atrium de l'hôtel Plaza, sous le magnifique dôme Tiffany. Ciro expliqua ses projets et Colin fit quelques suggestions. Laura, pendant ce temps, observait Enza qui souriait en regardant la chevalière en or marquée d'un C que Ciro portait déjà enfant et qui brillait désormais au doigt de sa femme.

On porta de nombreux toasts, on fit de nombreux vœux de longue vie et de bonheur. Et parmi ces toasts, il y en eut un pour saluer la nouvelle nationalité d'Enza. Ciro avait obtenu la sienne le jour de sa démobilisation. Son épouse partageait maintenant cette récompense. Le sacrement du mariage, les vœux, l'alliance et le passeport faisaient enfin d'Enza une Américaine.

L'entrée du Plaza était chauffée par des poêles en fonte placés discrètement derrière les cordons gainés de velours rouge le long des marches du hall. Une fine neige s'était mise à tomber. En repartant, Colin entraîna Ciro, Luigi et Pappina à l'écart pour laisser Enza faire ses adieux à Laura.

– Tu es heureuse ? demanda Laura. Ne me réponds pas. Tu ferais bien de l'être et je sais que tu l'es. (Sa voix se brisa.)

– S'il te plaît, ne pleure pas ! (Enza s'efforça de la rassurer :) Ce n'est pas la fin de tout…

– Mais on a fait nos débuts ensemble. Et je ne peux pas imaginer ma vie sans toi, dit Laura, en cherchant son mouchoir dans son sac à main. Je ne veux pas que tu t'en ailles. C'est incroyable ce que je suis égoïste !

– Je ne pourrai jamais assez te remercier après tout ce que tu as fait pour moi. Tu m'as fabriqué les plus beaux chapeaux que j'aie jamais portés. Tu as partagé ta tarte avec moi à l'Automat, même quand tu étais morte de faim. Tu as failli tuer un homme, à l'usine, avec une paire de ciseaux pour me sauver du déshonneur. Tu m'as appris cette langue. Je ne pouvais ni lire ni parler anglais avant qu'on se connaisse.

– Et je n'aurais pas pu parler à Enrico Caruso sans l'italien que tu m'as appris. Alors, tu vois, on est quittes.

– Vraiment ? dit Enza, les larmes aux yeux.

– Bon. Je me suis peut-être figuré qu'on serait toujours ensemble, et ça arrivera peut-être un jour. Mais sache que si tu as besoin de moi, n'importe quand, tu m'écris et j'arrive. À pied, s'il le faut. Compris ?

– Et c'est la même chose pour moi. Je serai toujours là si tu as besoin de moi, promit Enza.

– Commence par m'écrire une lettre demain matin dans le train. Tu pourras la poster à Chicago.

– Allons, les filles, il ne faut pas manquer ce train ! dit Colin.

Il fit monter tout le monde dans son Ardsley dernier modèle. Il y eut beaucoup de rires pendant le trajet entre la Cinquante-cinquième Rue et la gare – assez pour que ce jour de mariage qui était aussi un jour d'adieux s'achève dans la bonne humeur.

À quinze heures précises, cet après-midi-là, les Lazzari et les Latini achetèrent quatre billets pour Chicago, où ils devraient changer de train pour Minneapolis dans le Minnesota. Colin et Laura regardèrent le train s'éloigner jusqu'à ne plus être qu'une aiguille à coudre dans une pelote de laine.

Ciro et Luigi étaient désormais associés. Ils fabriqueraient et répareraient des chaussures, comme à Mulberry Street, mais ce seraient eux, désormais, qui tiendraient les cordons de la bourse.

La Caterina Shoe Company était née.

* * *

Le wagon-restaurant était élégant, avec ses cloisons en noyer ciré et ses banquettes de cuir ; il faisait penser à quelque adresse chic de Manhattan. Sur les nappes empesées à la blancheur immaculée, la vaisselle était en porcelaine blanche et verte, les verres en cristal et les couverts en argent massif.

De petits vases garnis de roses blanches étaient accrochés entre les fenêtres, les tables disposées en deux séries de quatre de part et d'autre de l'allée centrale. Le cuir des sièges était du même vert foncé que celui de la vaisselle.

– Je passe de justesse ! rit Pappina en se glissant entre la table et la banquette. Il y en a pour combien de temps ?

– Vingt heures en tout, répondit Luigi en arrangeant un coussin pour que sa femme soit mieux assise.

Enza et Ciro s'assirent face à eux.

– Ils viennent de se marier, dit Luigi au serveur noir.

– Mes félicitations, dit le serveur à Enza et Ciro. (Son impeccable uniforme noir orné d'un gallon doré en travers de la poitrine lui donnait l'air d'un général.) Je vais vous faire apporter un gâteau.

Ciro embrassa Enza sur la joue.

– Bon, les gars, dit-elle. Vous avez eu tout ce que vous vouliez. On sait ce que vous allez faire dans le Minnesota, mais nous ? (Regardant Pappina.) Toi, tu auras bientôt de quoi t'occuper – mais moi ? Qu'est-ce que je vais faire ?

– Ma femme, dit Ciro.

– J'aime travailler. Il n'y a pas de compagnie d'opéra à Hibbing, mais je pourrais gagner ma vie en cousant. On vient de New York, tout de même : je pourrai me tenir au courant des dernières tendances de la mode avant qu'elles arrivent dans l'Ouest. Je pourrai créer quelques jolies robes et quelques manteaux pour les filles d'Iron Range.

– Je sais un peu coudre, dit Pappina. Mais rien d'extraordinaire.

– Eh bien, on fera des vêtements, des rideaux, de la layette – tout ce qu'il leur faudra ! dit Enza avec enthousiasme.

Ciro lui prit la main et y posa un baiser.

Enza était étonnée par sa propre excitation à la perspective d'une nouvelle vie dans un endroit inconnu. New York, jusque-là, était tout pour elle. Elle avait vécu intensément la fièvre, la séduction et le raffinement de cette ville ouverte sur la mer et n'aurait jamais, avant le retour de Ciro, songé à s'installer ailleurs aux États-Unis.

Mais elle commençait à comprendre que son amour pour Ciro transcendait tout autre désir. Elle avait déjà entendu parler de la force de cette sorte d'amour, mais elle était certaine que cela ne lui arriverait jamais. Elle comprenait aussi pourquoi son père avait pu quitter sa montagne et la femme qu'il aimait depuis tant d'années. C'était uniquement pour son bien qu'il l'avait laissée. Et Enza était à présent dans la même position. Construire une nouvelle vie impliquait des sacrifices, mais cela signifiait aussi qu'il y aurait des surprises et des réussites, et un merveilleux mari avec qui les partager. Elle ne pouvait concevoir une meilleure raison pour repartir de zéro.

Enza faisait confiance à Ciro pour leur avenir. Il ne s'agissait pas d'un vœu d'obéissance comme celui que le prêtre avait invoqué à leur mariage. Il y avait longtemps qu'elle avait rejeté l'idée d'un statut inférieur pour les femmes. Elle avait laissé cette notion derrière elle en touchant son premier salaire. Quand elle se voyait couturière dans une nouvelle ville, elle ne l'imaginait pas comme un passe-temps ou comme une façon de ne pas perdre la main, ou encore de se faire de l'argent de poche. Elle entendait contribuer financièrement et à part égale à la vie de leur foyer dans le cadre de ce mariage tout neuf dont ils n'avaient pas encore dessiné les contours.

Ciro avait fait un pari en lui proposant de l'épouser, et Enza avait fait le même jour son propre pari. Elle mettait son argent, son énergie et son avenir dans une association dont elle estimait qu'elle ne pouvait que réussir. Elle allait se donner tout entière à ce mariage : l'amour en ferait la force, avec la confiance comme moteur. Elle le croyait, c'était dans cette sorte de croyance qu'elle avait été élevée. Quand elle faisait tourner l'alliance sur son doigt, elle avait l'impression qu'elle était faite pour elle, mais le plus important à ses yeux était que son mari la portait déjà dans son enfance. Elle était sa femme et faisait partie de son histoire, désormais.

* * *

Sur la couchette supérieure du wagon-lit, Ciro tenait Enza dans ses bras. Il écarta le rideau. Le train filait à travers les petites collines de Pennsylvanie qui semblaient rouler comme des vagues et se teintaient de violet sous la lune.

De temps à autre, la lueur d'une lampe dans une lointaine grange ou la flamme d'une bougie à une fenêtre traversait la nuit comme la danse fugitive d'une luciole. Mais le monde, surtout, semblait s'éloigner d'eux tandis qu'ils fonçaient vers leur avenir.

Ils avaient fêté leur mariage avec des gâteaux et du champagne, des plats d'argent pleins de petits chocolats saupoudrés de sucre et parsemés de violettes cristallisées. Ils avaient beaucoup ri en racontant des histoires en italien, emportés par le rythme de leur langue natale.

En retournant au wagon-lit, Enza avait passé le costume de nuit que Laura lui avait confectionné : une longue chemise de satin blanc et une veste en ruché de mousseline. Enza trouvait cela un peu trop habillé pour le train, mais elle savait que Laura aurait été malheureuse si elle ne l'avait pas porté. De plus, elle avait l'impression d'être Mae Murray dans les bras de Rudolph Valentino.

Le ronronnement obstiné du moteur et le doux balancement du train sur ses rails les berçaient comme une musique tandis qu'ils filaient dans la nuit. Et pendant qu'ils faisaient l'amour pour la première fois, Enza pensa que c'était comme s'ils volaient, et que l'amour ressemblait à un rêve qui l'emmenait vers un état et en un lieu qu'elle espérait ne jamais quitter. Elle comprenait enfin pourquoi cet acte, à la fois si naturel et si universel, était considéré comme sacré.

Ciro ne manquait pas d'expérience en la matière, mais il se sentait complètement enveloppé par Enza et savourait chacun de ses baisers. L'amour, pour lui, tel qu'il le lisait sur ses traits, signifiait plus qu'il ne l'avait jamais imaginé. Son corps ne lui appartenait plus, c'était à *elle* qu'il appartenait et il n'y avait rien qu'il puisse lui refuser ; quoi qu'elle veuille, et quelque petit bonheur qu'il puisse lui donner, il le lui donnerait, dût-il pour cela parcourir le monde entier pour le lui apporter. Ciro savait qu'Enza faisait un sacrifice pour lui ; elle avait renoncé à une vie qui s'annonçait belle, parce qu'elle le croyait capable d'en construire une plus belle encore. Il savait la valeur de la confiance qu'elle lui accordait, et il savait qu'elle pouvait la lui retirer.

Enza, entre ses bras, réagissait sans retenue. Son amour comblait ce qu'il y avait de plus profond dans le cœur de Ciro, comme le sentiment de solitude qui ne l'avait plus quitté depuis qu'il avait laissé Eduardo à la gare de Bergame. Entre les bras d'Enza, Ciro redevenait un tout. Il sentait tout ce qu'ils pouvaient devenir ensemble, ce qu'il désirait, ce qu'il espérait, une famille. Sa propre famille.

La famiglia.

Ciro laissa sa main glisser sur la hanche d'Enza jusqu'à sa taille, et l'attira contre lui.

– Quand on aime quelqu'un, on croit tout connaître de cette personne. Dis-moi une chose de toi que j'ignore.

– J'ai cent six dollars dans mon sac.

– Je suis content pour toi! dit Ciro en riant.

– Ils sont à toi, pour ouvrir la boutique.

– À *nous*, tu veux dire.

– À nous, répéta-t-elle en riant.

– Je ne t'ai pas enlevée à une vie que tu adorais? demanda Ciro.

– Laura et l'opéra vont me manquer. Et les cacahuètes au sucre à l'angle de la Quarantième Rue, sur Broadway Avenue.

– Je te trouverai des cacahuètes.

– Merci, mon mari.

– Et le signore Caruso?

– Oui, il va me manquer, lui aussi. Mais je crois que j'ai compris quelque chose qu'il chantait. Il faut de l'amour pour être heureux – c'était plus vrai à chaque note. Ce qui va me manquer, c'est sa façon de faire de vous quelqu'un de spécial. Je suis devenue capable d'apprécier une bonne plaisanterie et la conversation des gens intelligents. Mais j'ai ça avec toi.

– Tu n'as pas peur?

– Pourquoi aurais-je peur ?
– Peut-être qu'une fois à Hibbing, tu ne te plairas pas.
– Eh bien, si ça ne me plaît pas, on ira ailleurs.
Ciro éclata de rire.
– *Va bene !*
– Ce n'était pas du tout comme je le croyais, dit-elle.
– Le mariage ?
– Faire l'amour. C'est vraiment un bonheur, tu sais. On est si proches... il y a une certaine beauté là-dedans.
– Comme toi, dit-il. Tu sais, mon père a dit une chose à mon frère et jusqu'ici je n'avais pas compris ce que ça signifiait. Il lui a dit : « Méfie-toi des choses de ce monde qui peuvent tout vouloir dire ou rien. » Je sais maintenant que c'est mieux quand ça veut tout dire. (Ciro l'embrassa. Il dessina du bout du doigt la petite cicatrice au-dessus de son œil. On la voyait à peine, épaisse comme un fil et pas plus longue qu'un cil.) D'où vient cette cicatrice ?
– De Hoboken.
– Tu es tombée ?
– Tu veux vraiment le savoir ?
– Je veux tout savoir de toi.
– Eh bien, il y avait un type qui courait après toutes les filles, à l'usine Meta Walker, et il m'a sauté dessus. Comme j'en avais assez de subir depuis des mois ses insultes, je me suis défendue. J'étais tellement hors de moi que je me croyais capable de le battre. J'ai voulu lui donner un coup de pied, je suis tombée par terre et il y avait un clou sur le plancher qui m'a blessée près de l'œil. Mais Laura m'a sauvée. Elle a menacé le type avec ses ciseaux de coupe.
– Moi, je l'aurais tué !
– Elle a failli le faire. (Enza sourit au souvenir de la bravoure de Laura. Cet incident avait scellé leur amitié.) Je regarde cette cicatrice chaque matin quand je me lave la figure. Elle me rappelle ma chance. Je ne pense plus

au mal qu'on m'a fait, je pense à mon amie et à son courage. Elle m'a appris l'anglais, mais je me rends compte aujourd'hui qu'elle m'a appris les mots dont j'avais besoin, pas forcément ceux que je voulais apprendre. Ceux-là sont venus plus tard, quand elle m'a offert *Jane Eyre*. Elle me demandait de le lui lire à haute voix. Elle faisait parfois un commentaire, quand Rochester boudait, et on riait. Tout comme Jane, on n'avait pas de relations, mais Laura me disait comment faire. Elle me poussait à créer, à inventer, à être plus rigoureuse, à choisir des tissus culottés, à ne jamais avoir peur de la couleur. Mon univers, c'étaient d'abord les tons et les nuances de notre montagne, puis grâce à Laura, je me suis inspirée de cette grande palette américaine, et je n'aurais jamais osé aller si loin sans elle. Si j'ai de l'assurance aujourd'hui, c'est grâce à Laura.

– Il faut rester proches. On ira les voir, et ils viendront chez nous.

– Bien sûr, mais on sera contentes de s'écrire, parce que c'est de cette façon qu'on est devenues amies. Sur le papier, avec des mots. Je ne crois pas que ça changera.

– Je ne pense pas qu'un homme pourra jamais se mettre entre vous, dit Ciro, en l'embrassant. Ou deux, si on compte Colin.

Enza regarda par la fenêtre tandis que Ciro s'endormait, le visage contre son cou. Elle se dit qu'il y aurait beaucoup de nuits comme celle-ci – rien que pour eux, serrés l'un contre l'autre dans un monde qui s'enfuit.

Avant de connaître Ciro, Enza passait ses moments de loisir à réfléchir sur des faits et sur des chiffres, à chercher des solutions de bon sens à ses problèmes, à se demander de quel métrage de tissu elle avait besoin pour confectionner tel ou tel vêtement ou comment envoyer un peu plus d'argent chez elle. Elle ne rêvait guère à autre chose qu'à offrir le bien-être et la sécurité aux siens. Mais il y avait désormais une dimension mystique dans le grand amour romantique qu'elle partageait avec Ciro. Il avait finalement fait d'elle une rêveuse. Mais l'amour était, aussi, concret et durable, comme un velours que l'usure patine. Elle ne connaissait pas son avenir, mais elle savait au plus profond d'elle-même que cet amour serait toujours là.

Il y avait quelque chose de constant et de fiable chez Ciro Lazzari. Elle sentait, auprès de lui, qu'il ne pourrait rien lui arriver de grave tant qu'elle l'aimerait.

En disant ses prières cette nuit-là, Enza pensa à son père qui voguait paisiblement vers Naples à bord d'un bateau à vapeur, et prendrait ensuite un train rapide pour remonter de Naples, au sud, vers Bergame en Italie du Nord. Elle imagina sa famille au grand complet l'accueillant dans le jardin de leur nouvelle maison.

23

Une carte pour la bibliothèque

Una tessera della biblioteca

Enza vit à peine la plaine de l'Iron Range sous la neige, à travers la vitre du train qui ralentissait pour s'arrêter à la gare de Hibbing. Le long des rails, le sol était couvert de traces grises laissées dans la neige par des remorques et des camions à ordures. Des tracteurs et des grues étaient regroupés non loin de là dans un champ avec toutes sortes de machines pour labourer et creuser la terre.

Les installations minières occupaient plus de cinq mille kilomètres carrés de terrain au nord de l'État. Les entrées de mines étaient plantées comme des clous le long de la chaîne montagneuse. Les équipes se relayaient vingt-quatre heures sur vingt-quatre, et des centaines d'hommes extrayaient le minerai de fer dans une sorte de fureur mécanique. Ledit minerai, composant essentiel de l'acier, était précieux et faisait l'objet d'une forte demande. L'acier était la clé de voûte du futur, nécessaire pour construire des ponts, fabriquer des automobiles et des avions. Le minerai de fer alimentait le boom industriel d'après-guerre et le développement de l'armement avec les tanks et les sous-marins. On ouvrait donc la montagne et on creusait profondément, le minerai constituant une source de revenu des plus lucratives.

À Hibbing, un vent glacé accueillit les deux couples sur le quai de la gare, et le chapeau d'Enza faillit s'envoler.

Ciro passa un bras autour de sa taille pour l'empêcher de glisser en marchant sur la glace. Luigi suivait en soutenant Pappina, terrifié à l'idée qu'elle pourrait tomber. Il faisait si froid qu'ils peinaient à respirer. Le ciel était d'un bleu profond, sans la moindre étoile. Enza avait toujours cru qu'il n'y avait aucun endroit sur terre aussi froid que les Alpes italiennes, mais elle savait désormais qu'il suffisait de venir dans le Minnesota.

Comme ils traversaient Main Street, Enza comprit que Hibbing était une ville construite à la va-vite autour des puits de mines. Plusieurs nouveaux bâtiments, dont un hôpital, une école, un hôtel et quelques magasins, se dressaient là comme des piquets plantés dans le désordre. L'architecture de ces constructions était simple et fonctionnelle, avec d'épaisses fenêtres, des portes massives et des toits hérissés de pointes destinées à briser la glace qui ne manquait pas de s'accumuler pendant l'hiver. Hibbing n'avait rien de grandiose ; elle était faite pour résister à la violence des éléments.

En passant devant *le* grand magasin, Enza nota que les mannequins, dans les vitrines, ne portaient pas des robes de soie et de brocart comme chez B. Altman à Manhattan ; c'étaient plutôt de gros manteaux, des bottes et des écharpes – tout ce qu'il fallait pour survivre au-dessous de zéro.

Pappina regardait les immeubles en construction le long de Pine Street, où une école de brique rouge faisait face à la bibliothèque Carnegie. Des échafaudages, des échelles et des pièces de charpente métallique en cours de montage se détachaient en noir sur le ciel comme des crayonnages. Hibbing était en pleine croissance, et même le blizzard du Minnesota n'en ralentirait pas la progression.

En tant que future mère, Pappina voulait savoir avant tout où ses enfants iraient à l'école. Elle observait aussi les maisons plus modestes qui bordaient les rues, pleines d'enfants appelés à devenir des camarades de jeux. Elle vit des pelouses couvertes de neige et des buttes sur lesquelles on avait creusé des pistes de luge. La ville était propre, les trottoirs balayés, les parkings déneigés. La lumière brillait devant les écuries de Main Street, signe que même en zone industrielle, on bénéficiait tout de même du confort des grandes villes. La voiture à cheval restait un mode de transport populaire dans cette partie du monde.

– On arrive ! lança Ciro, en luttant contre le bruit du vent, et ils s'engouffrèrent dans l'hôtel Oliver.

Ciro tint la porte pour laisser entrer Pappina et Enza, qui étaient si contentes de se retrouver à la chaleur qu'elles tombèrent dans les bras l'une de l'autre.

Luigi suivait, en bon porteur, chargé des bagages que Ciro récupéra. Ils ôtèrent leur chapeau, leurs gants, leur manteau. L'hôtesse les installa dans la salle à manger de style victorien avec rideaux de dentelle, tables en noyer ciré et chaises assorties. L'odeur du bois de pin qui flambait dans la cheminée et la chaleur des flammes qui les réchauffèrent aussitôt furent comme un message de bienvenue. On avait remplacé, sur les tables, les bougies traditionnelles par des lampes de mineur.

– On comprend vite qui dirige la ville, ici, remarqua Luigi en dépliant une serviette de table sur ses genoux.

– Le pic et la pioche, dit Pappina.

– Mr Latini ? interrogea un homme d'une quarantaine d'années qui portait un costume en drap de laine avec une cravate et des après-ski aux pieds.

– Mel Butorac, je suppose ? répondit Luigi, en se levant pour lui serrer la main.

Il avait télégraphié de New York à ce Mr Butorac, un homme d'affaires de Hibbing qui louait des terrains aux nouveaux venus et les aidait avec les banques locales à installer leur entreprise.

– Ciro, voici l'homme qui nous a convaincus de venir faire des chaussures ici, dit Luigi.

Ciro se leva à son tour pour échanger une poignée de main avec Mel Butorac. Ils lui présentèrent leurs épouses et approchèrent une chaise pour qu'il se joigne à eux.

– Avez-vous fait bon voyage ?

L'homme semblait chaleureux et débordant d'énergie.

– La traversée de l'océan m'a paru rapide, dit Pappina en souriant.

– Je ne sais pas, répondit Mel en souriant à son tour. Je ne suis jamais descendu plus bas que Saint-Paul et Minneapolis. Mais j'espère aller voir mes cousins en Croatie, un de ces jours.

– Rien ne vaut la mer Adriatique en été, fit Luigi.

– Il paraît. Mais je suis là pour vous faciliter ce changement. La municipalité vous fournira toute l'aide nécessaire. Nous voulons que vous vous sentiez chez vous.

– Vous disiez que vous pourriez nous indiquer des endroits où nous installer ? demanda Luigi.

– Bien sûr. Et j'ai une idée à vous proposer. Je sais que vous voulez ouvrir une boutique ensemble, mais en fait, on a besoin d'un cordonnier à Hibbing et d'un autre plus loin, vers Chisholm. En vous séparant, vous pourriez ouvrir deux magasins et vous auriez beaucoup de travail.

Enza se redressa sur sa chaise. Ils venaient tout juste de poser leurs bagages, et on leur proposait déjà autre chose que ce qui avait été convenu avant leur départ de New York.

Ciro vit l'inquiétude d'Enza, et dit :

– Ce n'est pas ce que vous aviez promis.

– Nous allons bien sûr vous montrer l'emplacement prévu pour la boutique de Hibbing. Je vous demande seulement de réfléchir à cette opportunité avec un esprit ouvert. (Son ton laissait entendre qu'il avait déjà tenu ce discours à d'autres commerçants attirés ici pour offrir leurs services à l'industrie minière.) Comprenez-moi. Je ne cherche aucunement à vous tromper. La situation dans l'Iron Range ne cesse de changer. De nouvelles mines se créent, nous devons faire face à un afflux de travailleurs et répondre à leurs besoins. Laissez-moi simplement vous *montrer* de quoi je parle. Prenez votre repas, une bonne nuit de sommeil, et je vous emmènerai demain matin voir les deux propriétés. J'ai un fourgon pour aller à Chisholm et vous pourrez jeter un coup d'œil. Il se pourrait bien que ce que vous y verrez vous plaise. Et sinon, nous reviendrons au projet initial. Est-ce que ça vous va ?

Ciro et Luigi échangèrent un regard. Ils ne s'attendaient pas à ce que tout se passe exactement comme prévu, mais leur projet reposait sur l'idée que, quoi qu'il arrive, ils seraient ensemble pour y faire face. Cependant, ils n'en étaient pas moins venus dans le Minnesota pour faire du commerce et, éventuellement, des choix audacieux dans ce domaine. Ciro parla pour tous les deux :

– Très bien, Mel. On garde l'esprit ouvert et on se voit demain matin. À sept heures, si ça vous convient ?

– Je vous attendrai à la réception. Nous sommes contents de vous avoir ici, et nous vous présenterons à la communauté italienne de l'Iron Range.

Mel serra la main aux deux hommes et salua les dames d'un hochement de tête avant de sortir.

– Je n'aime pas trop cette idée de se séparer, dit Pappina.

– Moi non plus, répliqua Luigi. Vous croyez que je devrais me renseigner sur les horaires de train pour repartir à New York ?

– On décidera demain matin, déclara Ciro, en prenant Enza par la main. Allons voir de quoi il s'agit avant de repartir.

* * *

Le lendemain, à Chisholm, Enza découvrit le lac Longyear qui s'étendait de l'autre côté du pont et lui rappela Schilpario, les eaux bleu sombre du lac de Côme et les vagues que le vent couronnait d'écume sur le lac de Garde. À son grand étonnement, elle se sentit immédiatement chez elle à Chisholm.

Ciro lui entoura les épaules de son bras.

– Viens voir à l'intérieur.

La maison de deux étages, vide, comportait deux ateliers en rez-de-chaussée, séparés par une vitrine. Une petite cour pouvait faire office de jardin, mais elle était couverte de glace. Ciro et Enza rejoignirent Luigi et Pappina dans la pièce donnant sur la façade. Ils étaient en pleine conversation avec Mel.

– Je vous laisse discuter entre vous. Je serai au café Valentini's, dit-il en prenant son chapeau, et il sortit.

– Alors, qu'en penses-tu ? demanda Luigi.

– Je pense que Mel n'a pas tort. Si on se sépare, on aura la clientèle de deux sites miniers. Je peux m'occuper de Buhl et Chisholm, et toi tu prends Hibbing.

Luigi réfléchit un instant en faisant les cent pas, les mains dans les poches de son pantalon.

– C'est vrai. Avec la roulotte, on gagnait deux fois plus d'argent pour les Zanetti.

– Oui. Mais c'était grâce à nous ou au fouet de la signora Zanetti ?

– Un peu des deux…, en convint Luigi.

– Mel dit qu'on peut obtenir de la banque un prêt suffisant pour ouvrir deux boutiques, dit Ciro. Le seul inconvénient, c'est qu'on ne sera pas ensemble, même si on reste associés sur le papier. Qu'en dis-tu, Enza ?

– Il y a un hôpital à Hibbing, et il ne faut pas que Pappina soit loin quand le bébé va arriver. Avec le trolley, on va facilement d'un endroit à l'autre. Je pense que plus vous ferez de chaussures, mieux ce sera pour nous quatre. C'est simple, vraiment.

Ciro et Luigi prirent l'avis d'Enza au sérieux. Elle savait, par expérience, évaluer les options commerciales. Elle avait vu le grand Caruso lui-même à l'œuvre. Il chantait à l'Opéra mais se produisait aussi dans des concerts privés et faisait des enregistrements. Et Enza avait une idée de ce que représentaient deux hommes capitalisant sur deux villes qui avaient toutes deux besoin de cordonniers.

– Hibbing m'a bien plu, intervint Pappina en souriant. Mais je laisse les chaussures aux cordonniers et à toi, les affaires, Enza. Tu sais de quoi tu parles. Moi, je n'ai jamais travaillé que chez ma mère et je ne connais rien aux chiffres ni aux banques.

Ils décidèrent une chose ce matin-là. Ils ne repartiraient pas à New York au premier souffle de vent contraire. Luigi et Pappina allèrent au rendez-vous avec Mel et signèrent un bail pour la boutique de Hibbing. Ils occuperaient l'appartement du premier étage, qui était spacieux et en parfait état. Ciro et Enza passèrent l'après-midi au 5, West Lake Street, à Chisholm.

Un escalier en bois, peint dans des tons acajou, menait à l'appartement situé au-dessus de la boutique. Les trois fenêtres du vaste salon donnaient directement sur le lac. La partie salle à manger communiquait avec la cuisine. On accédait par un corridor à trois chambres et à une galerie sur laquelle s'ouvrait la plus grande. Une petite salle de bains – l'une des seules dans cette ville – était équipée d'éléments modernes émaillés blancs.

Enza découvrit avec bonheur qu'en dépit du ciel gris, l'appartement était lumineux grâce aux lucarnes aménagées dans le plafond de chaque pièce.

– Alors ? interrogea Ciro, en la rejoignant dans la pièce qui allait être leur chambre à coucher. Le loyer est de trois dollars par mois.

– Dis à Mr Butorac que tu le prends. Tu feras des chaussures dans l'atelier qui donne sur la rue, et moi, de la couture à l'arrière. On se débrouillera très bien.

Ciro embrassa sa femme, persuadé d'être l'homme le plus chanceux du monde depuis qu'il l'avait épousée. L'esprit pratique d'Enza l'aidait à dompter les émotions qui l'avaient toujours dominé. En sa présence, Ciro oubliait le sentiment de solitude dont il avait souffert pendant son enfance, et l'injustice qu'on lui avait infligée en le chassant de sa montagne. Il laissait même derrière lui toute l'angoisse de la guerre. Il était amoureux d'une fille merveilleuse qui était désormais son associée, et ils allaient, ensemble, construire leur vie comme on construit sa maison.

* * *

Ciro déballa les caisses dans son nouvel atelier. Il avait monté un établi éclairé par de puissantes lampes suspendues, acheté des planches pour construire des étagères et des coffres à rangement, une scie de précision pour découper les formes, une polisseuse et une machine à coudre le cuir.

Il avait également fait l'acquisition d'une machine à coudre pour Enza, avec assez d'aiguilles, de fil et de boutons pour qu'elle démarre son propre atelier de couture.

– *Buon giorno!* Tu aurais peut-être besoin d'un coup de main? lança Emilio Uncini en entrant.

Appuyé des deux mains sur l'établi, il souriait à son nouveau voisin. Emilio avait dans les quarante-cinq ans, une épaisse tignasse blanche, une petite moustache brune et un sourire de vainqueur. Il se renversa en arrière, les mains sur les hanches.

– C'est pour quoi faire, ce bois?
– Des étagères. Je m'appelle Ciro.

— Lazzari. J'ai entendu parler de toi. Nos prières ont été entendues. On avait bien besoin d'un cordonnier.

— Et toi, que fais-tu ?

— Je suis maçon. J'habite à une rue d'ici. Je suis en train de construire un mur en pierre de taille autour de la bibliothèque.

— Très bien. Parle-moi donc de cette ville.

Ciro hissa les planches sur la table, avec l'aide d'Emilio.

— On est bien ici. Mais fais tout de même attention, question affaires. La banque n'est pas mal, évite simplement le troisième guichet et Mrs Kripnick. Elle raconte tout chez Tiburzi, au bar, le vendredi après le boulot, alors si tu ne veux pas que tout le monde sache combien tu as sur ton compte, ne la laisse pas voir ce que tu déposes.

— *Va bene*, dit Ciro en riant.

— Les hivers sont rudes, continua Emilio, mais le printemps et l'été valent le coup. Tu vas adorer le petit vent frais qui vient des lacs quand l'été se fait chaud. Il y a un tas d'Italiens, ici. *Molte famiglie...* les Maturi, les Costanzi, les Bonato, les Falcone, les Giaordanino, les Enrico, les Silvestri, les Bonicelli, les Valentini, les Ongaro et... ah ! j'oubliais : les Sentieri et les Sartori. Il faut faire attention, parce qu'ils se vexent ! On a aussi des Autrichiens de Trentino, qui sont aussi italiens que toi et moi.

— Je les connais, j'ai vécu quelques années dans Mulberry Street, à Little Italy.

— Alors tu connais ceux d'Europe centrale. Ici, on a des Tchèques, des Hongrois, des Roumains, des Polonais, des Yougoslaves, des Serbes et des Croates. Ils sont là depuis peu de temps. Les Finlandais et les Scandinaves, ici, sont *chez eux*. Ils sont arrivés les premiers, et ça se voit. Ils te battent froid si tu viens d'ailleurs, mais c'est parce qu'ils ont ouvert la première mine de fer et qu'ils sont devenus propriétaires. Mais ils sont gentils si on est poli avec eux.

– Je fais des chaussures pour tous les pieds, y compris les finlandais, dit Ciro.

– Voici déjà un ami ? demanda Enza depuis le seuil de l'atelier.

Ciro présenta sa femme à Emilio.

– Ida, ma femme, se fera un plaisir de vous montrer la ville, dit Emilio à Enza.

– Volontiers. *Grazie*. Ciro, il nous faut deux ou trois choses pour l'appartement. Je sors, je ne serai pas longue.

Enza s'éclipsa. Ciro avait puisé dans la bourse de Marco pour verser une avance sur le loyer du 5, West Lake Street. Enza, qui n'avait rien lâché de ses économies, était contente de les dépenser pour leur nouveau chez-eux. Elle appréciait aussi le fait de ne pas avoir à demander de l'argent à son mari – un goût de l'indépendance qui faisait son charme pour Ciro, et donnait à Enza une certaine confiance en elle.

Enza remonta West Lake Street en regardant les vitrines. Chisholm état une coquette petite ville comparée à New York, mais c'était une grande cité à côté de Schilpario. Elle trouvait intéressant que sa nouvelle vie d'épouse l'ait amenée en un lieu qui se situait quelque part entre le petit village de montagne qui l'avait vue naître et la grande métropole internationale.

Elle admira, dans la vitrine de la bijouterie Leibovitz, les perles disposées sur un présentoir de velours. Elle fut subjuguée par la beauté des magnifiques bagues en or serties de diamants et d'aigues-marines bleues, par les fines chaînes de platine répandues sur le velours et les bracelets accrochés sur un chevalet. Une ville dans laquelle on vendait d'aussi beaux bijoux avait forcément une clientèle pour les acheter. Voilà qui était de bon augure pour son futur atelier de couture. Elle passa devant le Valentini Supper Club, le magasin d'alimentation Five and Dime et plusieurs bars (activité commerciale de base en pays minier), y compris le bruyant Tiburzi avant d'arriver au grand magasin Raatamas.

Le Raatamas appartenait à un couple de Finlandais qui avaient toujours vécu à Chisholm. C'était un immense hangar au plafond de tôle peint en bleu ciel. Le blanc nacré des murs offrait un fond uniforme et paisible à une infinie variété de marchandises.

Contrairement aux grands magasins chics de New York, dont les étages étaient reliés par des escalators, tout, au Raatamas, s'entassait au rez-de-chaussée. Les rayons étaient séparés par de simples rideaux. Il y avait un rayon *tissus et mercerie*, un rayon *mobilier*, et un autre *équipement de la maison*. Des vitrines regorgeaient de gants, de sacs à main, de chapeaux et de foulards. Enza parcourut les différentes allées pour un premier inventaire.

– Puis-je vous aider ?

La vendeuse était une jeune beauté nordique d'environ seize ans, avec un petit nez et de grands yeux bleus.

– Je suis jeune mariée, répondit Enza en souriant. Et nous venons d'arriver à Chisholm.

La vendeuse accompagna Enza qui choisissait un sommier et un matelas, deux lampes boules en céramique jaune, une table au plateau laqué blanc, quatre chaises et deux fauteuils confortables recouverts de velours vert tendre. C'était la couleur dominante dans le salon de la résidence Milbank, et Enza la choisit pour ses fauteuils en souvenir de Laura et des jours heureux qu'elles y avaient passés ensemble.

Enza voulait ce qu'il y avait de mieux et elle était prête à faire des folies dans la limite de ses moyens. Elle avait de l'argent américain, mais en bonne Italienne, elle voulait acheter des articles qui dureraient longtemps. Elle n'était pas partie sans rien, au contraire : elle avait, avec Laura, empli une malle de tout ce qu'elles jugeaient nécessaire dans une maison : linge divers, draps, serviettes de toilette, torchons, serviettes de table, nappes confectionnées dans l'atelier des costumes du Met. Elles avaient bourré une autre malle de tissus : métrages de drap de laine, de soie, de coton et de velours côtelé – tout ce dont Enza aurait besoin si elle devait se mettre à coudre dès son arrivée.

Le long d'un mur, avec le mobilier, étaient alignés trois modèles de phonographes encastrés dans des meubles en bois. Enza caressa de sa main gantée l'acajou et les ferrures en cuivre de l'un d'eux. Elle souleva le capot et fit doucement tourner le plateau.

– Je voudrais acheter aussi ce phonographe. Pouvez-vous le livrer au 5, West Lake Street ?

– Bien sûr, dit la jeune vendeuse, tout sourire. (Elle savait que son père et sa mère, les propriétaires du magasin, seraient ravis de cette vente.) Voulez-vous voir les disques ? demanda-t-elle à Enza, en ouvrant un meuble rempli de disques rangés par ordre alphabétique.

Enza trouva rapidement les disques d'Enrico Caruso et découvrit avec plaisir des compilations dans lesquelles figuraient des duos avec Geraldine Farrar et Antonio Scotti. Leurs visages, de profil, dans de grandes étoiles argentées au-dessous desquelles se trouvaient leurs noms, ornaient la pochette en carton. Enza acheta les extraits de *La Traviata*, d'*Aïda* et de *Cavalleria Rusticana*, et décida de ne pas faire livrer les disques – elle les porterait elle-même. Elle les serra contre sa poitrine, emballés dans un épais papier brun, avec l'impression de retrouver quelque chose de l'époque où elle était à l'Opéra.

Elle remonta la rue jusqu'au sommet de la pente. La neige tombait à nouveau, recouvrant la ville d'une poudre légère et brillante. Enza s'imagina que c'était la manière de la séduire de la petite cité. Elle traversa la rue en direction du bâtiment qui avait le plus piqué sa curiosité lorsqu'ils étaient passés devant dans l'automobile de Mel Butorac, et grimpa les larges marches en demi-lune pour entrer dans la bibliothèque publique de Chisholm. C'était un grand immeuble en brique rouge de style georgien, en demi-cercle.

Enza adorait les bibliothèques publiques. Elle avait d'abord connu celle de New York, où la signora Ramunni l'avait envoyée avec Laura faire des recherches sur les tissus. Laura avait insisté pour qu'elle prenne une carte, et jusqu'à ce qu'elle devienne citoyenne américaine par son mariage, celle-ci lui avait servi de pièce d'identité.

En poussant la porte, elle reconnut l'odeur familière des livres, du cuir et de la cire parfumée au citron. Elle parcourut du regard la grande salle principale, les nombreux recoins dans lesquels on se nichait pour lire, la grande baie vitrée du mur du fond, ouverte sur le jardin qui blanchissait sous la neige, les longues tables en noyer ciré semées de lampes à abat-jour, et les murs recouverts du sol au plafond de livres reliés dans diverses nuances de vert foncé, de rouge ou de bleu. En s'approchant du comptoir, Enza songea qu'elle pourrait passer ici des heures délicieuses.

– Bonjour, dit-elle, en lisant le nom de la bibliothécaire inscrit sur une étiquette, Mrs Selby.

Mrs Selby, une femme corpulente aux cheveux blancs, portait une simple robe de serge et un pull blanc tricoté à la main. Elle ne se donna pas la peine de lever la tête pour regarder Enza après avoir reconnu son accent.

– Je n'ai pas de livres en italien. Si vous en voulez, il faudra que je fasse une commande spéciale à Minneapolis.

Enza eut brièvement l'impression d'être de retour à Hoboken, où les Italiens étaient tous considérés comme des illettrés. Elle prit une profonde inspiration.

– Je voudrais m'inscrire pour avoir une carte de la bibliothèque, dit-elle, d'un ton poli mais ferme.

Mrs Selby consentit à lever les yeux, regarda son chapeau, son manteau de bonne coupe et ses gants.

– Vous délivrez bien des cartes pour la bibliothèque ?

– Oui, bien sûr, répondit Mrs Selby, avec un froncement de narines.

Enza compléta le formulaire sous le regard en coin de Mrs Selby. Quand ce fut fait, elle le posa sur le bureau.

– Je regrette, mais la carte ne sera pas prête avant demain, dit la bibliothécaire, manifestement ravie de ce délai.

– Pas de problème, je reviendrai, répondit Enza. J'adore lire, voyez-vous, et quelque chose me dit que vous avez ici assez de livres pour occuper mes longues soirées d'hiver. Attendez-vous à me revoir souvent !

Et Enza souligna ses mots de son plus beau sourire à l'adresse de la dame, avant de tourner les talons sans lui laisser le temps de répondre.

Elle sortit de la bibliothèque, soulagée de se retrouver dehors. Elle se rendait compte que la vie ne serait peut-être pas facile dans cet endroit nouveau, dans cette partie du pays qu'elle ne connaissait pas. Elle se promit d'apporter un mouchoir brodé à Mrs Selby pour sa prochaine visite à la bibliothèque. La conquête de l'étranger par la gentillesse était une méthode qu'elle avait expérimentée avec succès à Schilpario, et elle était certaine qu'elle fonctionnerait aussi à Chisholm.

* * *

Enza et Ciro étaient dans le Minnesota depuis deux semaines quand ils furent invités à une soirée. Les Knezovich habitaient, de l'autre côté du lac Longyear, une vieille ferme avec des rideaux de cotonnade rouge gansés de blanc. Ana, la maîtresse de maison, avait fait peindre par son mari tous les meubles – très simples – de la maison d'une laque rouge vif. Et il avait peint au sol, au pochoir, un faux carrelage noir et blanc. Le contraste avec les meubles était du meilleur goût. Enza se rappela l'effet saisissant que donnait parfois, sur la scène du Met vue du balcon, la peinture du sol que le décorateur faisait réaliser par son équipe.

Elle mourait d'impatience d'écrire à Laura pour lui décrire le style de cette maison serbe. Tout brillait, tout étincelait chez les Knezovich, comme les bijoux dans la vitrine de Leibovitz. Enza s'était trouvée dans bien des soirées fastueuses à New York, mais aucune n'égalait le sens du théâtre de cette femme d'Europe centrale.

Alors que les catholiques romains célébraient paisiblement leurs saints par une visite à l'église ou une messe matinale, les Serbes faisaient une fête de vingt-quatre heures au cours de laquelle ils offraient de l'eau-de-vie de prune maison et un robuste vin de cerise dans des verres qui ne restaient jamais vides.

Les invités étaient si nombreux qu'ils ressortaient dans la nuit froide de l'hiver pour se répandre à travers les champs où on avait allumé des feux et dressé une tente à l'intention des danseurs.

Les femmes serbes portaient de longues jupes de soie multicolores et des chemisiers blancs bordés de dentelle avec des gilets de velours aux boutons recouverts de soie d'or. Les hommes, le pantalon de laine traditionnel et des chemises brodées main avec des manches bouffantes. Ces vêtements avaient la même fonction que les costumes de théâtre : ils s'inspiraient du même thème, ils étaient hauts en couleur et ils se prêtaient bien à la danse.

De longues tables chargées de mets serbes étaient disposées sous la tente et dans la maison, et un groupe de femmes veillait à ce que les plats restent pleins tandis que leurs filles s'activaient pour laver et essuyer la vaisselle avant l'arrivée des prochains convives.

Les plats serbes étaient agrémentés d'épices et d'aromates très parfumés comme la sauge, la cannelle et le curcuma. Le pain de fête, ou *kolach*, était croustillant et délicieux. On le mangeait avec du *sarma*, un mélange de viande et de jambon hachés, d'oignon et d'œuf enveloppé dans des *kupus*, feuilles de chou tendres macérées dans des pots de terre. Le *burek*, un pâté à la viande enrobé d'une fine croûte, était coupé en carrés et servi avec des pommes de terre cuites au four. La table des desserts offrait une incroyable variété de pâtisseries garnies de fruits, saupoudrées de sucre et glacées au beurre. Les gâteaux secs au gingembre et au chocolat voisinaient avec les dates confites. On offrait dans des corbeilles les *kronfe*, petits beignets ronds saupoudrés de sucre à la cannelle à peine sortis de la friture. Les *povitica*, faits d'une pâte feuilletée fourrée au sucre brun, au beurre et aux raisins secs puis passée au four et découpée, étaient servis dans de grands plateaux qui ressemblaient à des soleils de feu d'artifice.

Emilio et Ida Uncini retrouvèrent Enza et Ciro devant cette table des desserts. Ida, petite brune d'une quarantaine d'années, portait une jupe longue de couleur turquoise avec une veste courte en velours doré. Bien qu'italienne, elle participait avec enthousiasme à la fête serbe. Enza n'était pas à Chisholm depuis longtemps, mais Ida lui avait apporté une aide précieuse pour nettoyer les sols, peindre les murs et disposer les meubles dans la maison. Ida ayant connu elle-même un déménagement de grande ampleur quelques années plus tôt, elle comprenait la nécessité de rendre le nouveau foyer confortable le plus vite possible.

– Je vais demander à Ana d'apprendre à Enza comment on fait la *povitica*, dit Ciro, en prenant une bouchée.

– Elle a déjà assez de choses à faire, lui rétorqua Ida. Il faut qu'elle monte les rideaux et qu'elle assemble une machine à coudre. Je le sais bien, puisque j'ai promis de l'aider.

– Et j'en ai besoin, dit Enza.

— Quelle soirée ! s'exclama Ciro. Tout Chisholm est ici ?

— Presque. Mais je vous préviens. Ce n'est encore rien. Attendez de voir les Journées serbes, en juillet. Tous les Serbes d'ici à Dubrovnik viennent chanter, expliqua Emilio.

— Mon mari adore cette fête, surtout parce qu'il y a beaucoup de filles. Il faut voir comment toutes ces jeunes beautés des pays baltes, plus magnifiques les unes que les autres, font des claquettes, tapent du pied et se trémoussent ! leur dit Ida.

— Ce qui me plaît dans la danse, c'est le côté artistique, se défendit Emilio avec un clin d'œil.

— Le côté artistique ! On aura tout entendu ! s'exclama Ida.

— Depuis combien de temps êtes-vous à Chisholm ? demanda Enza.

— Depuis 1904, dit Ida.

— On était déjà là au moment de la catastrophe, ajouta Emilio. Bienvenue dans l'Iron Range... Des centaines d'hommes ensevelis sous la terre. Quelle tragédie...

Enza regarda Ciro, dont le regard se perdit au loin. Une expression de souffrance passa sur ses traits. Il se força à sourire.

— Tu viens fumer une cigarette avec moi, Emilio ?

Emilio suivit Ciro hors de la tente.

— Emilio a dit une bêtise ? demanda Ida.

— Son père est mort dans la mine, à Hibbing en 1904.

— Quelle horreur ! Je suis sûre qu'Emilio ne le savait pas.

— Bien sûr. Ciro n'en parle jamais. C'est encore très lourd à porter. Surtout que sa mère, *poveretta*, ne s'en est pas remise. Elle n'avait plus d'argent, pas de famille pour lui venir en aide, et elle a dû confier ses fils à un couvent.

— Le minerai de fer donne de l'acier et des veuves, remarqua Ida.

Elle montra à Enza les tonneaux de vin installés au fond de la tente et accessibles des deux côtés. Enza se servit un verre et but le vin doux. Mais sa bonne humeur avait disparu en voyant Ciro malheureux. Elle ne savait que dire, que faire ; toute allusion à son père entraînait un silence et un accès de tristesse ou une colère froide, jamais dirigée contre elle mais qui s'exerçait contre les outils, le cuir, voire lui-même. Elle aurait voulu trouver un moyen de guérir son cœur blessé. Peut-être avaient-ils commis une erreur en venant s'installer là où son père était mort ?

Ida, happée par un groupe de femmes, laissa Enza circuler toute seule sous la tente. Soudain, la musique retentit, les couples se formèrent et bondirent sur le parquet de danse fait de grandes planches posées à même le sol.

Enza, dressée sur la pointe des pieds, chercha Ciro parmi les invités qui se pressaient. Elle l'aperçut, seul, à l'entrée de la tente et lui fit signe de la main. Il semblait la chercher lui aussi, mais son regard ne croisa pas celui de sa femme.

Une jeune personne d'une vingtaine d'années aux cheveux d'un blond soyeux rassemblés en une longue tresse qui lui tombait dans le dos prit Ciro par le bras pour l'entraîner vers la piste.

– Tu ferais bien de surveiller ton mari, dit Ida, en passant près d'Enza pour se mêler au cake-walk.

Enza n'avait pas besoin qu'on la prévienne. Elle pouvait toujours repérer Ciro, aussi dense que soit la foule, en raison de sa taille. Elle tenta de le rejoindre, mais il y avait trop de monde et il lui fut impossible de se frayer un passage.

Elle regarda Ciro qui passait un bras autour de la taille de la jeune beauté balte désireuse de lui apprendre le pas de danse. Elle le vit rire tandis que la fille prenait ses mains, et le revit en un éclair à Mulberry Street bien des années auparavant, le jour où il était entré dans la boutique avec deux bouteilles de champagne et, à son bras, la délicieuse Felicità. Il y avait alors sur ses traits exactement la même expression insouciante et joyeuse. La fille à la tresse n'était guère plus jeune qu'Enza, mais elle se sentit soudain plus vieille de cent ans en la voyant se hausser sur la pointe des pieds pour dire quelque chose à Ciro, qui se pencha à son tour pour lui glisser quelques mots à l'oreille. Enza ressentit un élancement de douleur à la poitrine qui lui coupa le souffle.

Ciro et ses larges épaules s'accordaient parfaitement à la souplesse de la fille, dont les yeux brillaient comme des émeraudes. À un moment, les couples se rapprochèrent des invités qui s'étaient regroupés pour regarder, et Enza tenta à nouveau d'attirer l'attention de son mari, mais en vain. Il ne la cherchait plus. Il riait de bon cœur tandis que sa partenaire tournait autour de lui et pivotait sur elle-même, soulevant le bas de son ample jupe de velours vert, montrant ses mollets et ses chevilles fines. Rien de tout cela n'échappait à l'attention de Ciro, et Enza dut réprimer un haut-le-cœur.

– Elle n'a pas l'air de se douter qu'il est marié, dit Ida.

Cette remarque ramena brusquement Enza à la réalité.

– Il ne porte pas d'alliance. C'est moi qui l'ai, dit-elle en faisant tourner l'anneau sur son doigt.

– Tu devrais arrêter ça tout de suite, insista Ida. Il y avait trop de tonneaux d'alcool à cette soirée, et les tonneaux sont tous vides. Vas-y. Va le chercher.

Si Laura avait été là, elle aurait probablement dit la même chose. Mais Enza, bizarrement, ne pouvait se résoudre à aller récupérer son mari. Elle regardait la scène qui se déroulait sous ses yeux comme si ce n'était pas Ciro qui dansait avec une autre, mais le personnage d'un roman qu'elle avait lu un jour. Aussi, ce qu'elle voyait lui paraissait moins réel, presque supportable. Ce qu'il faisait ne voulait rien dire. Ce n'était pas possible. N'était-ce pas le propre de la confiance, justement, de laisser faire ? Enza chercha à se rappeler comment le roman se terminait, mais n'y parvint pas.

L'une des filles Knezovich s'approcha avec un plateau et Enza y posa son verre vide. Quand elle releva les yeux, elle ne vit plus son mari sur la piste de danse. Elle voulut s'avancer, mais la foule refluait maintenant et elle ne pouvait lutter. Elle fut finalement rejetée vers l'endroit où elle avait vu Ciro danser avec la fille, mais ils n'y étaient plus.

Enza se sentit rougir. Elle se répétait que Ciro l'aimait, et qu'elle avait confiance en lui, mais quelque chose se tordait en elle, une souffrance, peut-être une prémonition comme en avait sa mère, et qu'elle avait ignorée jusque-là. Elle ferma les yeux et se dit que le sucre fermenté dans le vin doux lui montait à la tête.

Enza, soudain, fut prise de panique. Elle se sentit si désespérée qu'elle se mit à pleurer. Elle frissonna en se disant qu'elle n'avait pris que de mauvaises décisions ; elle était dans un endroit qu'elle n'avait pas choisi, mariée à un homme qui venait de disparaître, et son esprit, livré au doute, divaguait.

Elle se mit à jouer des coudes pour rejoindre Ida et Emilio, mais ils n'étaient plus là non plus. Elle respira profondément et à plusieurs reprises pour retrouver son calme ; se dit qu'elle était tout simplement victime de la fatigue, qui l'empêchait de penser raisonnablement, et que ses larmes étaient une conséquence de la fumée dégagée par les feux de plein air.

Elle sortit de la tente. Elle ne savait plus combien de temps était passé. Il lui semblait que Ciro avait dansé très longuement avec cette fille. Elle retourna dans la maison, espérant l'y trouver, et le chercha dans toutes les pièces. Le bruit des conversations et les rires faisaient un vacarme assourdissant, mais son mari n'était pas là.

Il y avait beaucoup moins de plats et de plateaux sur les tables. Ana, l'hôtesse, était en train de s'assurer qu'il restait du café, signe que la nuit ne tarderait pas à s'achever. Enza songea à lui demander si elle n'avait pas vu Ciro, mais elle ne voulait pas que ses voisins la voient comme une écervelée ou, pire, comme une femme jalouse. Elle ressortit.

Elle se rappela ce que son père lui avait dit un jour : si tu es perdue, ne bouge pas. Quelqu'un te trouvera. Enza voulait que Ciro la trouve. Mais les minutes passaient, chacune lui semblant une éternité. Elle attendait dans le froid, au bord de la tente, tandis que la piste de danse se vidait peu à peu et que les accordéons se taisaient l'un après l'autre.

Ciro n'était pas revenu la chercher. Ida et Emilio étaient partis. Ses nouveaux voisins lui souriaient en s'entassant dans leurs voitures pour rentrer chez eux. Mrs Selby, la bibliothécaire, la salua en agitant le mouchoir qu'Enza avait brodé pour elle. Elle proposa de la raccompagner, mais Enza refusa. Elle resta encore quelques minutes, jusqu'à ce que la colère qui montait en elle l'emporte. Elle serra la ceinture de son manteau rouge, tira une écharpe en soie de sa poche et en enveloppa son chapeau. Elle enfila ses gants, remonta son col pour se protéger du froid, et repartit seule, à pied, pour West Lake Street.

* * *

Enza se coucha seule dans leur lit tout neuf entre les draps qu'elle avait sortis de sa malle, la tête reposant sur l'un des deux oreillers de duvet qu'elle avait apportés de New York. Laura avait brodé « Mrs » sur l'une des taies et « Mr » sur l'autre. L'appartement sentait la peinture fraîche. Tout, y compris leur mariage, était neuf. Enza regarda à côté d'elle, à la place de Ciro. Il était quatre heures du matin ; elle était rentrée à une heure.

Les paroles de son père lui trottaient dans la tête. Sans les soins d'une mère ni d'un père, et sans avoir sous les yeux l'exemple d'un véritable amour conjugal, comment Ciro pouvait-il savoir ce que signifiait être un mari ? Il ne l'avait pas été ce soir, en tout cas. Se pouvait-il qu'il soit retombé dans ses habitudes de coureur de jupons, que son vœu de fidélité n'ait exprimé qu'un espoir passager après l'épreuve de la guerre, et une promesse qu'il ne pourrait jamais tenir ? Elle s'endormit sur ces pensées déprimantes.

Ciro arriva plus tard. Quand il ouvrit la porte de la boutique au rez-de-chaussée, la clochette retentit et il mit la main dessus pour la faire taire. Il referma la porte derrière lui, monta lentement l'escalier. Il avait trop bu et pas assez mangé. La tête lui tournait et il n'avait aucune idée de l'heure qu'il pouvait être. Il parvint tant bien que mal jusqu'à la chambre, se déshabilla sans bruit. Il regarda Enza qui dormait, se glissa dans le lit et tira le drap sur lui. Sa tête tomba sur l'oreiller parfumé à la lavande. Les draps étaient doux, le matelas ferme. Il sourit en pensant qu'il avait une femme qui lui avait aménagé un charmant appartement. Il roula sur le côté pour déposer un baiser sur sa joue.

– Te voilà, dit-elle.

– Tu ne dors pas ? demanda Ciro. Pourquoi as-tu quitté la fête ?

– Je ne t'ai plus trouvé.

– J'étais dans la grange.

– Que faisais-tu là-dedans ? (La voix d'Enza tremblait.)

– Je jouais aux cartes avec un certain Orlich, un Polonais du nom de Milenski, un vieux du nom de Zahrajsek et un quatrième type dont j'ai oublié le nom.

– Et la fille ?

– Quelle fille ?

– Celle avec qui tu dansais.

– Je ne vois pas de qui tu veux parler, dit Ciro, mais il le voyait fort bien. Cette fille lui avait rappelé la Française qu'il avait connue pendant la guerre. Elle avait la même tresse blonde et le même sourire.

– Je t'ai cherché.

– Désolé. J'aurais dû te prévenir que j'allais faire une partie de cartes.

– Oui, tu aurais dû.

– J'avais trop bu, dit Ciro.

– Ne te cherche pas des excuses.

– Mais c'est la vérité ! rétorqua Ciro, en se retournant pour lui faire face. J'avais trop bu, c'est tout.

– Tu veux que je te dise ce que je pense ?

Il fit oui de la tête.

– Quand Emilio a parlé de 1904, j'ai vu que tu l'avais mal pris.

– Je ne veux pas parler de ça, dit Ciro, en s'écartant. Ça sert à quoi, maintenant ?

– Si tu acceptes ce qui est arrivé à ton père, tu seras en paix.

– Je suis en paix, dit-il, sur la défensive.

– Eh bien, non. Quand tu vas mal, tu disparais. Je suis rentrée en espérant te trouver ici. Tu n'y étais pas, et j'ai attendu des heures en me demandant ce qu'il se passait. J'avais peur que tu sois parti avec cette blonde.

Enza frissonnait en pensant qu'elle s'était crue abandonnée, cette soirée l'avait replongée dans un sentiment d'insécurité comme elle en avait déjà connu.

– Pourquoi ferais-je une chose pareille ? demanda-t-il doucement.

– Parce que tu le pourrais. Tu pourrais disparaître de ma vie, exactement comme tu l'as déjà fait. Alors je me suis demandé, qu'est-ce que je sais de lui, au fond ?

– Tu sais tout, lui dit Ciro.

Ciro eut une sorte de révélation. Était-ce le franc-parler de sa femme et ses remarques lucides sur son comportement ? Non seulement il se mettait à la place d'Enza, mais il se comprenait lui-même. En fait, il voyait leur passé romantique comme une série de ratés, provoqués par la malchance ou un défaut de synchronisation. Une fois marié, il avait oublié qu'ils étaient passés si près de vivre leur vie séparément. Elle, non. Il y avait chez Enza quelque chose de compliqué qui lui échappait. Ils étaient de la même montagne, mais le sentiment d'insécurité qui les habitait l'un comme l'autre ouvrait des gouffres impossibles à combler.

Ciro se retourna et entoura Enza de son bras.

— Je regrette vraiment que tu ne m'aies pas trouvé. J'ai dansé avec elle sans penser à l'effet que ça pouvait te faire. Je ne savais pas que tu aurais de la peine. Je dansais, c'est tout. Ma *vie*, c'est toi.

Il l'embrassa tendrement. Il sentit au coin de sa bouche qu'elle souriait.

— Plus jamais ça, Ciro, dit-elle, d'un ton ferme.

— Par pitié, ne me joue pas les femmes qui courent après leur mari avec un rouleau à pâtisserie !

— Je ne te ferai pas ça, promit-elle, en lui rendant son baiser avec la même fièvre. Je prendrai une pelle !

Enza se laissa retomber en arrière et enlaça ses doigts entre les siens.

— Il nous reste un peu d'argent de mes économies.

— C'est magnifique, la façon dont tu as arrangé la maison. Achète-toi un chapeau !

— Je n'ai pas besoin de chapeau. Mais toi, tu as besoin de quelque chose.

— J'ai tout ce qu'il me faut, répondit Ciro.

— Non. Il te faut une alliance.

— Enza, je t'ai donné la seule bague que j'aie jamais eue. C'était celle de ma mère. Pour moi, c'est très important que tu la portes.

— Et je la porterai toujours, parce qu'elle dit que je suis à toi. Mais il te faut à toi une alliance qui dira que tu es à moi. Demain, nous irons chez Leibovitz t'acheter une alliance. La plus grosse alliance en or que je trouverai.

Ciro se mit à rire.

– Je n'ai pas besoin d'une alliance pour prouver que je suis à toi ! Tu le sais bien, Enza.

– Je le sais. Mais je veux que le monde entier le sache aussi.

***

Enza avait si bien décoré la vitrine de la boutique Caterina pour Noël que de nombreuses femmes vinrent y acheter des chaussures. Elles furent déçues en découvrant les grosses machines de Ciro et les piles de chaussures de mineurs à réparer. Comprenant qu'il s'agissait d'une boutique pour hommes qui n'avait rien à leur proposer, elles repartaient aussi vite qu'elles étaient venues après avoir entendu les excuses de Ciro. Parfois, il leur promettait que la vitrine s'emplirait prochainement de jolies chaussures pour dames faites par lui. Puis il les envoyait chez Raatamas, un peu plus haut dans la rue. Et il ne pouvait que compter le nombre de clientes qu'il offrait au grand magasin.

Enza était dans l'arrière-boutique, en train de coudre une couverture en satin pour le bébé de Pappina, quand elle entendit Ciro discuter avec l'une de ces clientes dépitées. Elle attendit que la dame soit ressortie pour le rejoindre.

– Pourquoi ne pas vendre des chaussures pour femmes ?

– Parce que je n'en fais pas, répondit Ciro en mesurant une pièce de cuir.

– On n'a pas besoin de les faire, dit Enza. On pourrait en acheter à un représentant et les vendre en faisant un bénéfice, comme n'importe quel magasin. Je chargerais

Laura de trouver de la marchandise pour nous à New York. Il y a assez de place dans la boutique. On pourrait ajouter deux vitrines à l'intérieur.

– Je n'ai pas le temps de vendre des chaussures, répliqua Ciro.

– Moi j'en ai, fit Enza. Nous envoyons plus de clients chez Raatamas que nous en gardons. Je ne t'embêterai pas avec ça. J'ai simplement besoin de place à l'avant de la boutique.

– Très bien. Mais quand je me mettrai à faire des chaussures pour femmes, il faudra que tu cesses d'en vendre de toutes faites.

– Je te donne ma parole.

Enza prit le trolley pour Hibbing et se rendit à la Security State Bank dans Howard Street. Elle avait mis son plus beau chapeau et ses gants, et elle demanda à voir Mr Carl Renna au service des prêts.

– Mrs Lazzari ? fit Mr Renna en levant les yeux au-dessus de ses papiers. (Il portait un costume, un gilet, une cravate et des lunettes perchées à l'extrémité de son grand nez.) Tout se passe bien ?

Enza sourit. La dernière fois qu'elle était venue à la banque, c'était pour cosigner avec Ciro les emprunts afin de lancer l'affaire et de se porter caution pour Luigi.

– Les deux magasins marchent bien, répondit-elle, en s'asseyant.

– Voilà qui fait plaisir à entendre. Que puis-je faire pour vous aujourd'hui ?

– Beaucoup de dames viennent nous voir pour acheter des chaussures de confection. Mais j'ai besoin d'un prêt afin de constituer un stock.

– Il y a déjà trois boutiques qui vendent des chaussures à Chisholm.

– Je le sais, mais on n'y vend pas le genre d'articles auxquels je pense. J'ai un contact à New York qui me permettra de proposer aux dames de l'Iron Range des chaussures à la mode. Si, bien sûr, vous m'aidez à me lancer.

— Qu'en pense votre mari ?

— Comme il a déjà beaucoup à faire, c'est moi qui m'occuperai de cela.

Renna avait l'habitude de voir des veuves qui venaient à la banque solliciter un prêt, mais pas des femmes mariées. C'étaient généralement les époux qui géraient les affaires. Mrs Lazzari était visiblement une femme qui sortait de l'ordinaire.

— Jetons un coup d'œil à ce que vous devez déjà. (Mr Renna se leva et revint avec un dossier. Il défit le ruban qui le maintenait fermé et, s'armant d'une règle, scruta les colonnes de chiffres écrits à la main.) Nous y voici. (Tournant la page, il lut.) Votre mari et son associé ont ouvert un compte qui me semble encore bien garni. Mr Latini et vous-même avez cosigné pour le prêt. Ils ont emprunté à un taux raisonnable. Je pense donc qu'il reste une marge suffisante pour vous aider.

Mr Renna rédigea quelques papiers. Elle le regarda remettre à la secrétaire les formulaires à compléter, puis il revint quelques minutes après avec le contrat.

— Emportez ceci chez vous. Lisez-le attentivement. Mettez-vous bien d'accord avec votre mari, car il me faut également sa signature. Puis vous me direz de combien vous avez besoin.

Enza sourit.

— Ainsi, je vais pouvoir tenter ma chance.

Renna lui montra un dossier avec une note dans la marge.

— Votre mari a-t-il un frère ?

— Oui. Mais il est en Italie.

— Non, je veux dire, ici. Nous avons à la banque un coffre au nom de C. A. Lazzari.

— Son père, Carlo Lazzari, était à Hibbing il y a environ quatorze ans.

– Voulez-vous que je vérifie ? proposa Mr Renna.
– Merci.

Renna consulta un registre pour savoir s'il y avait encore des comptes ouverts au nom de Carlo Lazzari. Enza était mal à l'aise, comme toujours lorsqu'il s'agissait du père de Ciro. Elle pensait au dicton italien qui disait : « Si on aime vraiment quelqu'un, on saigne quand il se coupe. » Elle ne savait pas si ce malaise venait de son empathie pour son beau-père ou du mystère qui planait encore sur les circonstances de sa mort et de sa disparition. Quelques minutes plus tard, Renna revint s'asseoir à son bureau.

– Tous les comptes sont clos, expliqua-t-il. Mais il reste ce coffre.

– Je ne vois pas où je pourrais chercher la clé.

– Nous en avons une ici. (Renna tira une petite clé argentée de sa poche et la lui tendit.) Je peux vous accompagner à la chambre forte.

– Je devrais peut-être attendre que mon mari soit là, se demanda Enza à voix haute en fixant la petite clé dans sa main.

– Vous n'avez que des comptes joints avec votre mari. Vous pouvez donc ouvrir ce coffre si vous voulez.

Enza suivit Mr Renna qui lui fit passer une grille pour pénétrer dans une vaste salle au sol dallé de marbre. De petits coffres métalliques portant chacun un numéro étaient encastrés dans les murs.

Enza chercha le coffre 419 et glissa la clé dans la serrure. Sa main tremblait. Elle regarda à l'intérieur. Il y avait une enveloppe cachetée. Elle la prit. C'était une enveloppe ordinaire, légèrement jaunie par le temps, qui ne portait ni adresse ni nom d'expéditeur.

Enza tira une épingle de son chignon, détacha précautionneusement le cachet et sortit un document. Elle lut :

Société minière Burt-Sellers
Hibbing, Minnesota
100 actions cotées en Bourse
Carlo A. Lazzari

Elle replia le certificat et retourna au bureau de Mr Renna.

– Excusez-moi, dit-elle, mais pouvez-vous me dire ce que c'est ?

Mr Renna examina le document.

– Mrs Lazzari, c'est votre jour de chance. Cette action, aujourd'hui, cote un dollar. Vous pouvez donc vendre tout de suite, ou garder ce capital et le laisser prendre de la valeur. À vous de choisir.

– Je ne comprends pas.

– Il y a dans cette banque de nombreux coffres dont personne n'a réclamé le contenu. Après la catastrophe de 1904, Burt-Sellers a évité la faillite de justesse. La société n'avait pas de fonds suffisants pour indemniser les familles des victimes en argent liquide. Elle leur a donc offert des actions. Certains mineurs étaient morts sans laisser d'héritiers. D'autres en avaient mais n'avaient pas laissé de consignes qui auraient permis de les retrouver. Mais chacun avait un coffre dans cette banque. Nous avons bien fait d'aller voir celui-ci aujourd'hui. Nous n'y avions pas pensé quand votre mari et Mr Latini sont venus contracter leur emprunt.

Dans le trolley qui la ramenait à Chisholm, Enza examina plusieurs fois l'enveloppe et le certificat qu'elle contenait, sidérée par ce coup de chance. Quand le trolley s'arrêta à la station, elle descendit West Lake Street en courant et pénétra en trombe dans la boutique. Ciro achevait de polir une paire de chaussures sur la cireuse. Elle se précipita vers lui et rabattit l'interrupteur de sa machine.

– Ciro, tu ne vas pas le croire ! Je suis allée à la banque pour leur parler de mon projet, et Mr Renna a trouvé un coffre au nom de ton père. Je l'ai ouvert, et regarde ! (Lui tendant l'enveloppe, elle expliqua :) Ton père t'a laissé des actions. (Ciro s'assit sur son tabouret pour ouvrir l'enveloppe pendant qu'elle continuait à parler, en pleine excitation.) Chéri, il y en a pour cent dollars !

Ciro posa le certificat sur l'établi. Il se leva, prit la chaussure qu'il venait de lâcher, releva d'une pichenette l'interrupteur de la cireuse et reprit son travail de polissage. Enza était décontenancée, son excitation et son impatience se transformant peu à peu en colère. Elle arrêta de nouveau la machine.

– Qu'est-ce que tu as ?
– Je n'en veux pas.
– Pourquoi ? C'était à ton père. Tu me dis toujours que tu aurais voulu avoir quelque chose de lui. Ces actions ont été données en dédommagement pour sa mort.
– Et ça ne change rien, n'est-ce pas, Enza ?
– Il voudrait que tu les aies.
– Achète des meubles avec ça. Ou envoie-le à mon frère pour les pauvres. Il y a du sang sur ces actions. Ça aurait eu un sens il y a quatorze ans, au moment où ma mère n'avait pas d'argent pour payer nos dettes et où elle a été obligée de nous laisser au couvent, Eduardo et moi. Mais elle n'est plus là, Eduardo s'est fait prêtre, et je n'en ai pas besoin. (Il posa la chaussure qu'il était en train de faire briller et se tourna vers les étagères qu'il avait construites. Elles étaient chargées de chaussures, chaque paire portait une petite étiquette indiquant le nom du client et la date de remise.) Voilà mon héritage. C'est mon travail. Toi. Nous. Le reste ne compte pas. C'est de l'argent, rien de plus. Et pas de l'argent que j'ai gagné. Il ne fera que me rappeler tout ce que j'ai perdu et que je ne retrouverai jamais.

Enza resta un moment sans faire un geste, le certificat à la main. Puis elle le replia et le mit dans sa poche. Elle ne revint plus sur le sujet. Elle vendit les actions et ouvrit un compte à leur nom à la banque de Chisholm. Puis, comme Ciro, elle n'y pensa plus.

* * *

Luigi ouvrit la porte de son appartement à Hibbing, décorée de verdure et sur laquelle était accroché un grand ruban bleu.

– Joyeux Noël, dit Luigi en embrassant Enza, puis Ciro.

Il aida ensuite Enza à porter son paquet.

Pappina avait dressé une table de fête avec des bougies et de la vaisselle en porcelaine blanche. Le parfum de l'ail et du beurre qui mijotaient sur le feu flottait dans tout l'appartement. Un berceau en osier vide était posé dans un coin de la pièce sous une profusion de rubans blancs. Dans la cuisine, Pappina, qui était dans les dernières semaines de sa grossesse, était ravie de voir Enza et Ciro.

– Qu'est-ce que tu nous prépares ? demanda Ciro.

– Des escargots.

– Tu n'as pas oublié de mettre la pièce de monnaie, au moins ?

– Vas-y, dit Pappina.

Plongeant la main dans sa poche, Ciro en tira une petite pièce qu'il jeta dans la casserole où les escargots mijotaient dans leur coquille blanche et cuivrée.

Un instant plus tard, Pappina retira la pièce et la rendit à Ciro. Au soulagement général, elle était toujours aussi brillante : les Italiens ne mangent jamais d'escargots si, par malheur, la pièce noircit dans la casserole. Cela veut dire qu'ils sont pourris.

– Ils sont bons !

– Heureusement, on meurt de faim ! dit Enza, en se levant pour aider Pappina à cuisiner la *pasta*.

Luigi versa un verre de vin à Ciro dans le salon et ils rejoignirent leurs épouses dans la cuisine.

– Ciro m'a accompagnée à la messe, ce matin.

– C'est une blague ! dit Luigi.

– On est allés à Saint-Alphonse, déclara Pappina.

– Bien obligés, fit Luigi. Si on veut que le bébé soit baptisé, il faut donner à la quête.

– Oh ! À t'entendre, l'Église ne s'intéresse qu'à notre argent, protesta Pappina.

– Ils ne crachent pas sur votre argent, même s'ils préfèrent votre âme, intervint Ciro.

– Ton frère est prêtre, et c'est tout ce que tu trouves à dire ? s'écria Enza, en donnant un simulacre de gifle sur la joue de son mari. Tu sais bien que ça t'a plu. Tu as aimé le *Kyrie eleison* et les cantiques, n'est-ce pas ?

– C'est vrai. Et les statues m'ont rappelé San Nicola. C'est étrange, comme on n'oublie jamais les choses qu'on faisait quand on était jeune.

– J'espère qu'il y en a quelques-unes que tu as oubliées ! le taquina Luigi.

– Je suis un mari comblé, désormais. Je n'ai d'yeux que pour Enza.

– Flatteur ! dit Pappina en riant.

– C'est difficile, pour une statue, de changer de pose, dit Luigi.

– J'ai changé en mieux, mon cher, répliqua Ciro en souriant.

– On te croira donc sur parole, promit Pappina. Tu veux bien porter le plat sur la table ? J'ai besoin d'un homme fort. J'ai laissé les os dans la dinde.

Ciro souleva le plat et l'emporta dans la salle à manger. Enza l'observa. Il était de plus en plus beau, et elle se dit que quand il serait vieux et que ses cheveux blonds seraient devenus blancs, il serait encore plus séduisant.

Elle voyait bien les regards que lui jetaient les autres femmes, et elle savait que celles-ci ne voyaient que de manière superficielle ce qu'elle avait toujours su : il n'y en avait pas deux comme lui. Elle le suivit dans la salle à manger, où il posa le plat sur la table. Il se redressa en se massant les reins.

– Chéri, ça va ? demanda Enza.

– C'est la crampe du cordonnier, dit Luigi. Place donc des plots sous ton établi pour le rehausser. Il suffit de quelques centimètres pour sauver ta nuque et tes épaules. J'avais horriblement mal au dos avant d'en mettre, et depuis, ça va beaucoup mieux.

– Je vais essayer, dit Ciro. Tu crois que tes plots pourraient me donner un coup de main, aussi, pour répondre aux commandes ?

– Ça, je ne pense pas ! répondit Luigi en riant.

– Ça marche vraiment, les plots ? demanda Pappina.

– Absolument, répondit Luigi.

– Alors, fais-m'en pour mes pieds, dit Pappina en riant. Voilà sept mois que je souffre du dos !

* * *

Enza se rendit à la messe de bonne heure le jour de Noël. Ciro était fatigué après le dîner chez les Latini qui s'était prolongé très tard, et il avait fait la veille sa visite annuelle à l'église. Enza ne le réveilla pas et laissa un mot pour le prévenir qu'elle rentrerait plus tard après la messe.

Elle ne pouvait pas parler du cadeau qu'elle lui avait fait avant d'être certaine qu'il lui plaisait.

Enza serra son écharpe autour de son cou et enfonça le chapeau-cloche en laine sur sa tête. Elle suivit, à pied, le chemin du cimetière Saint-Joseph qui se trouvait à un peu moins de deux kilomètres en dehors de Chisholm.

Elle aimait marcher, cela lui rappelait les routes de montagne au-dessus de Schilpario.

Le sol était gelé et la neige crissait sous ses pas. Il y avait dans l'air cristallin une odeur de pin et, de temps à autre, celle d'un feu de bois brûlant dans une ferme à l'écart de la route. L'hiver, à Chisholm, offrait une palette de blancs et de gris comme le plumage de la chouette blanche ou des jais qui revenaient avec le printemps. Les sapins qui bordaient le chemin étaient hauts et touffus, avec des troncs si épais qu'elle n'aurait pas pu en faire le tour avec ses bras. Cette forêt était restée vierge depuis une centaine d'années, exactement comme dans les Alpes italiennes. Elle avait vu les endroits où les bûcherons avaient abattu la forêt, au nom du progrès, entre Chisholm et Hibbing. Ces vieux arbres avaient toutes les chances de connaître un sort identique, ce n'était sans doute qu'une question de temps. Mais ce matin-là, ils étaient là pour elle.

Elle poussa le vieux portail rouillé du cimetière. Il y avait çà et là des arbres dénudés, quelques statues de la Vierge et des anges en prière, mais elle remarqua surtout de jolies stèles en marbre poli encastrées dans le sol et portant des inscriptions. Contrairement au cimetière de Schilpario, il n'y avait pas ici de riches chapelles de marbre aux autels et aux fresques colorés ni de grilles dorées entourant des pierres tombales. Ce cimetière était d'une simplicité paysanne.

Le prêtre lui avait donné un plan. Au centre, sous un bouquet d'arbres, se trouvaient les tombes des hommes morts dans les mines. Elle entreprit d'épousseter la pierre avec son gant pour découvrir les noms : Shubitz, Kalibabky, Paulucci, Perkovich. Ceux-là, lui avait-on dit, avaient travaillé dans les mines de Mahoning, Stevenson à Stutz, Burt-Pool, Burt-Sellers et Hull. On avait rapatrié par train à Hibbing les corps de ces catholiques pour leur offrir une messe et une sépulture décente. On avait pris des photographies pour les envoyer à leur famille en Europe, mais certains mineurs n'avaient rien laissé permettant de joindre les leurs.

On n'avait pas retrouvé les restes de Carlo Lazzari. Il avait brûlé dans l'incendie.

Enza se pencha pour repousser la neige sur une tombe.

CARLO LAZZARI
1871-1904

Elle sourit. Le granite était doux au toucher, les lettres dorées incrustées dans la pierre. Elle se signa.

– Enza! appela Ciro depuis l'entrée. (Il vint vers elle sur le chemin, une expression inquiète sur le visage.) Tu ne devrais pas être dehors par ce froid. Mgr Schiffer m'a dit que je te trouverais ici. (Baissant les yeux sur la tombe, il vit le nom de son père gravé dans le granite brillant.) Qu'est-ce que… ?

– Je l'ai fait poser ici. Je l'ai achetée avec l'argent des actions. Il m'a semblé que c'était la chose à faire, bien qu'on ne l'ait jamais retrouvé. (Sa voix trembla à ces mots, car elle redoutait sa réaction.) Pardonne-moi. Comme j'avais peur que ça te bouleverse, je ne t'ai rien dit.

Enza s'agenouilla.

– À quoi bon une tombe, alors que son corps n'a pas survécu au feu?

– Parce qu'il a vécu. Parce que c'était ton père. J'y ai mis un coffret avec une photo d'Eduardo et toi, une lettre de moi et une mèche de tes cheveux. Le prêtre l'a béni et on a placé la pierre tombale il y a deux jours. Je ne l'avais pas encore vue.

Enza releva la tête et fut frappée par le contraste entre le ciel gris et le bleu-vert des yeux de Ciro. Elle songea qu'elle ne connaîtrait jamais tout à fait son mari: elle n'était jamais sûre de ses réactions. Il était profondément sensible et émotif, et la force physique, chez lui, n'était en rien un signe de dureté. Il avait tant perdu dans sa vie qu'il n'avait plus de place pour le chagrin.

Ciro s'agenouilla à son tour dans la neige à côté d'elle, face à la tombe de son père, et se mit à pleurer comme un petit garçon. Enza se pencha vers son mari pour le serrer dans ses bras.

– Pendant tout ce temps, j'ai espéré que ce n'était pas vrai.

– Il le fallait, dit Enza. J'aurais fait comme toi.

– Toute ma vie, on m'a dit que je lui ressemblais et que j'avais son caractère… (La voix de Ciro se brisa.) Mais je ne l'ai pas connu. Je me souviens de lui, mais ce sont de petites choses, et je ne sais même pas s'il s'agit de vrais souvenirs. Eduardo m'en a parlé si souvent que j'ai fini par les faire miens. On pourrait croire qu'un homme, une fois adulte, n'a plus besoin d'un père, ni de se raccrocher à son image… C'était idiot de ma part, je le sais bien, de prétendre que, peut-être, il était encore en vie. Mais j'en avais besoin. Comment accepter l'idée qu'il ne verra jamais l'homme que je suis devenu, qu'il ne connaîtra pas ma femme ni mes enfants ? Pour moi, c'est pratiquement impossible !

Enza sortit de sa poche une feuille de papier et un crayon. Elle demanda à Ciro de maintenir le papier sur la pierre et frotta le crayon sur l'inscription gravée dans le granite. Le nom de son beau-père apparut lentement sur la feuille blanche, ainsi que les années de sa naissance et de sa mort – comme un palimpseste attestant qu'il avait eu une sépulture digne de lui. Elle replia soigneusement la feuille pour la glisser dans sa poche et aida son mari à se relever.

– Rentrons chez nous, dit-elle.

Ils sortirent du cimetière et refermèrent le vieux portail. Sur le chemin du retour vers West Lake Street, ils se serraient l'un contre l'autre pour lutter contre le vent de l'hiver. Celui qui les aurait vus passer en ce matin de Noël n'aurait pas su dire si cet homme portait sa femme ou si c'était elle qui le soutenait.

* * *

Enza craignait que Pappina ne soit prise de douleurs et n'accouche avant qu'elle soit là pour l'assister. Luigi avait donc retenu un coursier qui devait, au premier signe, sauter dans le trolley à Hibbing pour aller à Chisholm prévenir Enza.

Pendant les deux semaines précédant la date prévue pour l'accouchement, il ne tomba pas un seul flocon de neige sur l'Iron Range. Il restait tout de même depuis le mois de janvier des congères de six mètres de haut, les routes étaient verglacées et la température polaire, mais du moment que les trolleys roulaient encore, Enza savait qu'elle serait en quelques minutes auprès de son amie.

Elle avait aidé sa mère et la sage-femme de Schilpario à la naissance de Stella. On ne lui avait pas permis de rester avec Giacomina quand les autres enfants étaient nés, mais quand Stella était arrivée dans la famille, Enza avait été comme une seconde mère pour ses frères et sœurs.

Giacomina avait à peine gémi à la naissance de Stella. En fait, Enza se souvenait que la chambre était silencieuse et plongée dans la pénombre et qu'il y régnait une ambiance pleine de respect au moment où le bébé avait glissé dans les mains de la sage-femme.

Enza tint la main de Pappina pendant qu'elle criait et se tordait de douleur, jusqu'à ce que son fils apparaisse, parfaitement constitué, déjà grand et protestant à pleine voix. Les infirmières de l'hôpital de Hibbing étaient accommodantes et Pappina put y rester plusieurs jours en convalescence avant de retrouver son appartement, qu'Enza avait réaménagé en prévision de son retour.

Enza renoua ainsi avec d'anciennes habitudes. Elle s'occupait de la layette, faisait en sorte que Luigi ait des repas réguliers, que la lessive soit faite, lavait les cheveux de Pappina et veillait à ce que l'appartement reste propre et en ordre. Elle faisait régulièrement une grande quantité de soupe avec des tomates et d'autres légumes pour aider Pappina à reprendre des forces. Elle se disait que celle-ci en ferait autant pour elle – un jour.

Enza reprit le trolley pour rentrer chez elle après être restée cinq jours auprès de Pappina. Elle sourit en se regardant dans la vitre, se rappelant qu'il n'y avait rien d'aussi épuisant pour une femme que de s'occuper d'un bébé.

Quand elle poussa la porte de la boutique, Ciro leva les yeux et posa son outil sur l'établi.

– Comment va le jeune John Latini ?

– Il pèse presque dix livres, et moi, j'ai mal au dos ! répondit Enza en riant.

– C'est un bébé de la Saint-Valentin.

– Tu devrais prendre le trolley et aller les voir. (Enza se dirigea vers l'escalier, puis fit volte-face en se rappelant qu'elle avait un message pour Ciro.) Luigi m'a chargée de te dire que le bébé avait un petit nez. Il a dit que tu comprendrais.

Ciro éclata de rire.

– *Va bene !*

– Petit nez ou pas, il est sacrément costaud, reprit Enza.

– Ça valait la peine qu'elle boive tout ce lait.

– On ferait bien d'acheter une vache, dit Enza.

– Mais où mettre une vache ? Ce bout de terre, derrière la maison, va donner quelques tomates, et c'est tout…

– Ce serait une petite vache… continua Enza, doucement, en posant les mains sur ses hanches, puis sur ses reins.

– Est-ce que tu…

Ciro la regarda de la tête aux pieds, cherchant à distinguer les signes de cette plénitude censée caractériser une femme qui attend un bébé. Elle était aussi belle que d'habitude ; seules ses mains, sur ses hanches, évoquaient un changement.

Elle fit oui de la tête. Elle attendait un bébé.

Un bébé du clair de lune.

Le bébé de leur nuit de noces.

Quelque part entre Paoli, Pennsylvanie, et Crestline, Ohio, sur la route du Broadway Limited qui fonçait vers Chicago, Enza avait conçu leur enfant. Ciro s'approcha d'elle et la souleva de terre.

– Je ne croyais pas possible d'être plus heureux que je ne l'étais déjà.

Ciro sentait monter en lui une joie indescriptible. C'était soudain, bouleversant, et cela durerait la vie entière.

Un bébé à eux, il n'avait pas de plus grand rêve. Ciro se souvenait qu'il imaginait jadis sa femme et ses enfants et la maison qu'il construirait pour eux à Vilminore, avant de connaître Enza. Mais tous ces rêves n'étaient plus désormais des rêves, c'était la réalité ! Il avait tant d'amour pour sa femme et pour l'enfant qu'elle portait qu'il était porté par une ambition nouvelle. Et c'était à cet instant tout ce qu'il désirait : de nombreux enfants et une longue vie pour veiller sur leur bonheur.

24

Un billet de train

Un biglietto per il treno

L'été du Minnesota fut cette année-là aussi beau que ceux des Alpes italiennes dans les souvenirs d'Enza. Le lac Longyear étincelait comme un saphir sous un ciel au bleu aussi intense qu'une soie de Marrakech. Les sapins toujours verts bordaient l'horizon et les fourrés étaient déjà tachetés de noir par les mûres qui ne seraient sucrées qu'à l'arrivée de l'automne. Les huards lançaient leur cri au-dessus de l'eau.

Enza ouvrait en grand toutes les fenêtres et toutes les lucarnes de la maison. Elle avait mis beaucoup d'énergie à faire son nid pendant les dernières semaines de sa grossesse, lavant toutes les vitres, récurant les planchers et aménageant la chambre du bébé sans négliger le moindre détail. Elle avait cousu une layette avec de la peau de chamois, du coton blanc, du gros-grain et de la soie. Ciro avait fabriqué un petit lit et l'avait peint en blanc. Il avait aussi peint les murs de la chambre du bébé avec des rayures au pochoir dans des tons crème et sable, en imitant le papier peint – un truc qu'Enza avait appris au Met en voyant Neil Mazzella réaliser des décors.

Quand la clochette de l'entrée tinta ce matin-là dans la boutique, Ciro leva les yeux. Il fut tellement surpris qu'il laissa bruyamment tomber ses ciseaux sur l'établi.

Laura Heery se tenait sur le seuil, une valise d'une main et un carton à chapeaux de l'autre. Elle portait un tailleur en crêpe bleu marine, un chapeau assorti et des gants blancs.

– Je ne pouvais tout de même pas laisser mon amie avoir un bébé sans moi, dit-elle.

Ciro l'embrassa et appela Enza du bas de l'escalier. Laura retira ses gants et les mit dans son sac à main. Elle traversa la pièce, regardant à travers la vitre l'atelier de couture d'Enza. Ciro alla chercher celle-ci au premier étage. En les entendant parler dans l'escalier, Laura alla se mettre à l'avant du magasin. Quand Enza la vit, elle poussa un cri de joie. Laura se précipita pour l'embrasser et elles ne tardèrent pas à pleurer toutes des deux. Laura recula pour admirer Enza, qui était éclatante de beauté.

Un client, un mineur d'une cinquantaine d'années, apparut sur le seuil de la boutique, vit les deux femmes en pleurs, tourna les talons et repartit.

– Les filles, vous me faites rater des affaires ! plaisanta Ciro. Si on montrait l'appartement à Laura ? proposa-t-il en prenant sa valise et son carton à chapeaux.

– Tu dois être épuisée, dit Enza à son amie, en suivant avec elle Ciro dans l'escalier.

– Pas du tout, je suis en pleine forme. J'ai cru mourir d'impatience, dans ce train ! J'espère que j'aurai un tas de choses à faire ici.

– Tu peux te reposer maintenant, et ma femme devrait peut-être faire de même, dit Ciro.

– Tout est prêt, et je suis bien contente. On va pouvoir profiter de ta venue en attendant le bébé, ajouta Enza, en ouvrant la porte de la chambre d'amis. Installe-toi, je vais faire du café.

– Bonne idée, dit Laura.

Enza referma la porte sur elle et resta immobile au milieu du couloir, elle avait l'impression d'être dans un rêve. Ciro la prit dans ses bras.

– Tu le savais ? demanda-t-elle.

– Je n'aurais pas été capable de garder le secret, avoua-t-il en l'embrassant.

Enza prit le mouchoir caché dans sa manche pour s'essuyer les yeux.

– J'ai beau être heureuse de l'arrivée de ce bébé, j'avais tout de même peur d'être seule. Tu ne peux pas savoir le plaisir qu'elle me fait.

– Eh bien, je ne sais pas si je pourrai repartir. J'adore ma chambre ! lança Laura en les rejoignant.

– Je retourne travailler, leur dit Ciro. Appelez-moi si vous avez besoin de quoi que ce soit.

– Viens, que je te montre la chambre du bébé, dit Enza.

– Les filles de l'atelier des costumes ont fait quelques petites choses pour lui.

Laura repartit dans sa chambre et revint avec un carton. Elle suivit Laura dans la chambre d'enfant, face à celle des parents. Enza s'assit dans le rocking-chair pendant que Laura prenait un tabouret, et lui tendait le carton. Elle déplia une couverture en satin, puis un bonnet en coton tricoté main, de minuscules mitaines et un oreiller de feutrine en forme de note de musique. Laura avait brodé sur la portée : « De la part de tes amis du Metropolitan Opera. »

– Comment va Colin ? demanda Enza.

– Qui ? répondit Laura, en feignant de ne pas avoir entendu.

– Que se passe-t-il ?

– Il ne m'a pas demandée en mariage, et je ne crois pas qu'il le fera.

– Pourquoi ?

Laura haussa les épaules. Mais elle faisait visiblement un effort pour ne pas pleurer.

– Je suis partie sans savoir pourquoi.

– Tu n'en as pas parlé avec lui ?

— C'est très difficile d'aborder cette question. Tu sais bien ce qui arrive aux filles qui posent un ultimatum. Elles restent plantées avec leur ultimatum. Colin est adorable avec moi au travail. Je croyais avoir été sympa avec ses fils. J'ai essayé. Je les emmène au parc et au cinéma. Quand ils viennent au Met, je leur fais de la place dans un coin de l'atelier et je les aide pour leurs devoirs pendant que Colin travaille dans son bureau. Je me suis vraiment prise d'affection pour eux.

— Mais qu'y a-t-il, alors ?

— Sa mère. Elle ne veut pas que son veuf de fils épouse une couturière de l'atelier des costumes.

— Ce n'est pas possible ! dit Enza.

— Si, c'est possible. Je ne suis pas une fille *bien* – je suis irlandaise. Je l'ai entendue dire ça à la bonne dans sa cuisine de Long Island alors que j'étais en train d'aider à débarrasser la table.

— Tu l'as dit à Colin ?

— Je n'ai pas pu m'en empêcher. Je le lui ai raconté dans la voiture, en rentrant. Il m'a expliqué qu'elle était de la vieille école, comme les mondaines décrites par Edith Wharton. Elle se prend pour une aristocrate et on ne la fera pas changer. Je ne dois pas le prendre personnellement.

— Tu *dois* le prendre personnellement, insista Enza.

— C'est ce que j'ai dit à Colin ! Mais, franchement, je ne sais que faire. Je l'aime.

— Et il t'aime.

— Mais je n'ai pas de pedigree. Je ne suis pas une Vanderbilt ni une Ford.

Il ne faisait aucun doute, pour Enza, que le parcours professionnel de Laura valait un pedigree. N'avait-elle pas traversé l'Hudson pour décrocher un poste à responsabilité au Metropolitan Opera de New York ? Cela ne comptait pas pour rien !

– Les Ford étaient des paysans irlandais, et les Vanderbilt sont arrivés par Staten Island, répondit-elle. Ils se sont enrichis parce qu'ils ont travaillé dur dans un pays qui le leur a permis. Tu peux donc dire à cette Mrs Chapin que les Heery sont en pleine ascension, et que tu les conduis vers les sommets.

– Sa mère vise une autre fille pour lui, dit doucement Laura. Et Colin l'emmène faire une régate à Newport ce week-end.

– Comment le sais-tu ?

– Il me l'a dit. C'est comme ça que j'ai décidé de prendre mes congés et de venir te voir. Je n'ai plus rien à faire à New York. C'est fini.

Ce soir-là, après être passée dans la chambre d'amis pour s'assurer que Laura ne manquait de rien, Enza rejoignit Ciro dans la leur et se mit dans le lit. Ciro cala les oreillers de plume autour d'elle comme des sacs de sable dans une tranchée.

– Emilio et Ida proposent de vous emmener au lac Bemidji, Laura et toi.

– Je me demande ce qui pourrait remonter le moral de Laura.

– Je ne savais pas que les Américains mariaient les gens comme nous dans nos montagnes.

– C'est pire ! On doit grimper à l'échelle, ne jamais redescendre ? Il faut non seulement être riche, mais avoir fréquenté les bonnes écoles. Laura est hyper intelligente, mais elle n'est pas allée à l'université. C'est apparemment nécessaire pour épouser un Chapin.

– Je ne veux pas que tu te fasses de souci en ce moment.

– C'est plus fort que moi. Laura est ma meilleure amie. Et elle est malheureuse.

– Alors, essaie de t'amuser un peu avec elle. Tu as encore du temps avant que le bébé soit là. Il va y avoir la fête serbe, tu peux l'emmener voir le Canada, les lacs – il y a une foule de choses à faire.

Ciro l'embrassa et lui souhaita bonne nuit, mais Enza ne s'endormit pas tout de suite et continua à réfléchir, la tête entre deux oreillers et les yeux fixés au plafond. Laura était plus âgée qu'elle de quelques années, et Enza savait que son amie avait l'impression qu'il lui fallait se marier impérativement. Laura n'avait rien d'une vieille fille, mais Enza savait qu'elle subissait cette pression : à son âge, il fallait qu'elle se marie. Le bébé d'Enza allait l'aider à se sentir utile, mais Enza craignait qu'il ne fasse qu'accroître sa tristesse, maintenant qu'elle avait perdu tout espoir avec Colin.

* * *

Les Journées serbes drainaient traditionnellement un afflux de visiteurs en provenance du Minnesota du Nord, du Wisconsin et même de Chicago et sa région. La plupart des familles se réunissant et prenant leurs vacances d'été pendant cette semaine de fête, l'Iron Range voyait sa population doubler. Les boutiques de West Lake Street dressaient des étals sur les trottoirs ; ravie de prendre part à cette animation, Enza exposa des bavoirs, des couvre-berceau et des habits pour bébés qu'elle avait confectionnés elle-même. Laura, impressionnée par la foule des touristes, lui promit pour l'année suivante une boutique de vêtements pour femmes bien approvisionnée.

Au lac Longyear, différents orchestres se produisaient chaque soir dans le kiosque à musique. On lançait des feux d'artifice sur l'eau, et on donnait des spectacles qui culminaient avec le concours de danse du dernier soir. Pappina et Luigi amenèrent John, qui, à cinq mois, était déjà un enfant particulièrement remuant. Laura et Enza étalèrent pour lui une couverture sur le sol tandis que Ciro allait chercher des beignets et des sodas.

— Le bon air, le lac, les amis... Voilà qui me plaît, dit Laura. Je m'y verrais bien... ajouta-t-elle en souriant.

— Reste ici, alors, proposa Pappina.

— Sais-tu à quel point c'est dur de garder sa chambre quand on en a une à la résidence Milbank ?

— Ça vaut de l'or, acquiesça Enza.

— Je n'ai jamais été une ouvrière, et je le regrette. Je suis passée directement de chez ma mère à cet appartement avec Luigi. Qu'est-ce que j'ai manqué ?

— Si tu penses que tu aurais aimé ne jamais savoir quand va tomber ta prochaine paie, faire tes robes toi-même dans des chutes de tissu, boire du champagne tiède dans des gobelets en carton les soirs de première à l'Opéra, alors tu peux regretter de ne pas avoir été une ouvrière.

— Je ne saurai jamais ce que c'est, mais ça m'intéresse vraiment de vous entendre en parler, dit Pappina.

— On dirait que les filles veulent toujours ce qu'elles n'ont pas, soupira Laura, en étirant ses longues jambes sur la couverture et en lissant les plis de sa jupe. J'aurais voulu être petite et brune, et je suis une grande bringue de rouquine. Je voudrais bien avoir un bébé sur les genoux, mais je ne suis pas mariée, non par choix mais parce que... les circonstances. Alors, vois-tu, on n'a pas toujours ce qu'on voudrait mais on a toujours *quelque chose*.

Enza rit, comme toujours quand Laura se mettait à philosopher. Elle s'efforçait de ne pas trop penser à ce qui attendait celle-ci à son retour à New York. Les deux amies venaient de passer deux semaines merveilleuses, Laura étant aux petits soins pour Enza et la poussant à se reposer.

Ciro posa un sachet de *pierogies* et des sodas frais sur la couverture. Enza, qui était assise avec les pieds surélevés, ressentit à cet instant une brusque douleur lui irradier le ventre. Elle changea de position, pensant qu'elle n'était pas bien positionnée. Mais quelques minutes plus tard, la douleur revint.

– Tu n'es pas bien, Enza ? s'inquiéta Laura.

L'orchestre attaqua une marche patriotique dans une explosion de cuivres. Laura se pencha sur la couverture pour secouer le bras de Ciro.

– C'est le moment ? demanda-t-il, mais il le savait déjà.

Laura hocha vigoureusement la tête, et remit le petit John dans les bras de Pappina. Ciro aida Enza à se relever et Laura et lui la conduisirent à pas lents vers la sortie du parc, où il demanda à un policier de les emmener à l'hôpital. Par chance, l'officier Grosso était un habitué de la cordonnerie où il venait jouer au poker quand il n'était pas de service, et il se fit un plaisir d'escorter le trio quelque peu angoissé à l'hôpital de Chisholm.

* * *

Ciro poussa la porte de la chambre d'Enza. Il s'immobilisa en la voyant avec sa chemise blanche avec un petit paquet de tissu bleu dans les bras. Sa beauté avait pris une autre dimension depuis qu'elle était mère de son premier fils. Il se souviendrait toute sa vie de ce 28 juillet 1919. Le jour où ils étaient devenus *una famiglia*.

Laura sourit et donna au passage une petite tape dans le dos de Ciro avant de quitter la pièce, les laissant seuls avec leur bébé. Ciro s'approcha d'Enza, glissa une main sur ses reins et entoura de son autre bras la mère et le bébé pour attirer sa petite famille contre lui dans une seule étreinte. Son fils avait un parfum de talc. Son petit corps était fin et rose, et ses doigts se refermaient comme pour attraper l'air.

Quand il fallut donner un nom à leur fils, Enza voulut l'appeler Ciro. Son mari avait d'autres idées. Il avait pensé à Carlo, comme son propre père, ou à Marco, comme le père d'Enza. Ou encore à Ignazio, qui avait été bon pour lui, ou à Giovanni, en l'honneur de Juan Torres, son ami mort dans les tranchées. Mais plutôt que de choisir entre ces hommes qui l'avaient aidé à se construire, il décida de donner à son premier fils le nom d'Antonio, le saint patron des choses perdues et retrouvées.

Il se rappelait la nuit de sa première rencontre avec Enza, et comment l'orphelin qu'il était avait senti à la fois le vide de l'abandon et une forme de sérénité dans son cœur d'adolescent. Or il était père désormais.

Enza lui passa le bébé comme on tend une tasse de fine porcelaine, avec la crainte qu'elle ne tombe.

– Je suis ton père, Antonio. Je ne te laisserai jamais.

– Il te ressemble, dit Enza. Quand je pense qu'il va y en avoir deux comme toi !

Laura avait apporté un potage de légumes pour redonner des forces à Enza. Et elle avait tout préparé dans l'appartement en vue de son retour afin que la jeune maman n'ait rien d'autre à faire que de veiller sur son bébé et se reposer.

Puis vint le jour fixé par Laura pour son retour à New York. Ce matin-là, elle prépara lentement ses bagages pendant qu'Enza la regardait faire, le petit Antonio dans les bras.

– Vraiment, tu ne veux pas mon sweat ? demanda Laura, en montrant son nouveau cardigan.

– Cesse de me donner des choses, répondit Enza en souriant.

– Je ne sais pas quand je te reverrai, fit Laura en s'asseyant au bord du lit.

– Tu peux revenir quand tu veux.

– Et toi, tu pourrais venir à New York, dit Laura.

– Un jour. (Enza sourit et demanda :) Que vas-tu faire en arrivant ?

– Repartir de zéro. (Le regard de Laura s'embua. Elle s'essuya les yeux avec son mouchoir.) J'ai l'intention de laisser mes larmes entre ici et la gare de New York. Dès que je serai sortie du train, tout ira bien.

Ciro apparut sur le seuil.

– Je sais, je sais, Ciro. Il est temps d'y aller si je ne veux pas rater mon train.

Laura se releva, fit claquer les fermoirs de sa valise.

– Ce train-là, après tout, je pense qu'il se pourrait bien que tu le rates.

– Pourquoi ? Il y a eu un accident ?

– Non. Mais un empêchement provisoire est toujours possible, répondit Ciro, adossé au chambranle de la porte.

– Que veux-tu dire ?

Laura regarda son billet, comme pour y trouver une explication.

– Il y a ici quelqu'un qui te demande, reprit Ciro. Vous voulez bien descendre toutes les deux à la boutique ?

Décontenancées, les deux jeunes femmes suivirent Ciro dans l'escalier. Enza portait le bébé et Laura fermait la marche. Elle fut donc la dernière à entrer dans la boutique. Debout à côté de l'établi se tenait Colin Chapin, toujours aussi séduisant mais fatigué dans un costume en coton chiffonné après sa longue journée de voyage. Laura le regarda comme si elle voyait un fantôme. Elle repartit à reculons vers la porte.

– Où vas-tu ? dit Colin. J'ai fait tout ce chemin pour toi.

– Pourquoi ? dit Laura d'une voix blanche.

– Parce que je t'aime, et je veux qu'on se marie.

– Ah, bon ?

– Si tu veux bien de moi. (Colin sourit en ajoutant :) Et de mes garçons. Ils font partie du lot.

– Et ta mère ?

— Je lui ai rappelé que sa propre mère était une Fitzsimmons et qu'elle travaillait dans une usine de verre.

— Elle fait partie de ces Irlandais qui se pensent meilleurs que les autres ?

— Pire que ça ! dit Colin en riant. Alors, veux-tu m'épouser ou faut-il que je te supplie ?

Ciro et Enza se regardèrent, puis regardèrent Laura. Celle-ci prit une profonde inspiration, puis dit :

— D'accord, je prends le lot.

Colin éclata de rire, vite rejoint par Enza et Ciro. Mais Laura avait fondu en larmes.

— C'était toi que je voulais, et personne d'autre !

— Alors, pourquoi pleures-tu ?

Colin s'approcha d'elle, la prit dans ses bras et l'embrassa.

— Parce que je n'ai jamais ce que je veux !

— Tu ne pourras plus dire ça, Laura, dit doucement Ciro.

— Plus jamais ! renchérit Enza.

Laura Maria Heery et Colin Cooper Chapin se marièrent le 29 décembre 1919 en la chapelle de la Vierge Marie de la cathédrale Saint-Patrick sur la Cinquième Avenue. Colin remarqua que c'était le *Boxing Day*, ce qui signifiait qu'ils se battraient beaucoup, ou pas du tout. Ils avaient choisi ce jour parce que le Met faisait relâche pour la fin de l'année et que les garçons étaient en vacances. Ils prirent tous les quatre une semaine de congé à Miami Beach, qui fut aussi un voyage de noces. Laura envoya dans le Minnesota une carte postale avec trois mots tracés de sa parfaite écriture : « Heureuse comme jamais. »

* * *

Enza avait installé le parc du bébé dans l'atelier à côté de sa machine à coudre. Ciro et elle n'avaient pas à proprement parler d'horaires de travail, celui-ci faisant partie intégrante de leur vie, ce qui leur convenait parfaitement. Le jeune Antonio aimait bien boire son biberon en regardant la lumière qui dansait entre les branches et la vitrine en jetant des ombres au plafond. Pendant sa sieste, Enza aidait Ciro à mettre la dernière main à son travail. Elle faisait briller le cuir et plaçait une tige en bois à l'intérieur des chaussures pour qu'il soit bien tendu.

Ciro s'interrompait souvent pour jouer avec Antonio, le faire sauter sur ses genoux ou l'emmener dans la cour à l'arrière de la maison pour le laisser crapahuter. L'enfant n'en finissait pas de les émerveiller. À deux ans, il jouait déjà avec des copains que leurs mamans amenaient à la boutique. Grâce à son expérience avec ses frères et sœurs, Enza se révélait une très bonne mère. Et ils étaient entourés de parents déjà aguerris. Ida Uncini, qui avait déjà de grands enfants, se faisait un devoir de passer de temps à autre pour donner un coup de main. Et des amies comme Nykaza Albanase venaient souvent prendre le café avec un gâteau et emmenaient Antonio faire un tour dans son landau.

La boutique de Ciro dans West Lake Street était aussi un lieu de rendez-vous pour les mineurs, qui aimaient faire une partie de cartes après une longue journée de travail. Ciro préparait des sandwichs à la mozzarella et à la tomate ; il faisait lui-même son fromage, comme jadis au couvent. Enza cuisait son pain tous les deux jours, et veillait à ce qu'il y en ait pour les compagnons de jeu de son mari.

Ciro et Enza préparaient le déjeuner chacun à leur tour. Ciro mettait l'écriteau « Fermé » dans la vitrine et ils s'installaient pour une demi-heure dans la cour à l'ombre de l'arbre pendant que leur fils jouait à côté d'eux sur une couverture. Par une chaude journée du mois d'août, Enza rejoignit son mari et son fils avec le plat préféré de

Ciro : des œufs pochés dans un coulis de tomates fraîches sur un lit de pissenlits. Elle avait sous le bras le courrier qui venait d'arriver.

– Tiens, Antonio, attrape ! (Ciro lança une balle à son fils, qui tendit les bras et saisit la balle.) Quelles grandes mains tu as ! dit Ciro.

– Comme son père.

– Et tu as vu comme il est rapide ?

– Tous les pères pensent que leur fils est un champion.

– Tous les pères n'ont pas un fils comme Antonio !

Enza tendit le plateau à son mari, qui appela Antonio pour qu'il mange. Elle donna un petit pain beurré à son fils, s'assit sur le banc et examina le courrier.

– Des factures, déplora-t-elle.

– Mange, plutôt, Enza.

Mais elle avait une enveloppe à la main.

– Oui. Quand j'aurai lu la lettre de Laura.

Elle prit la barrette qu'elle avait dans les cheveux pour l'ouvrir.

2 août 1921
Ma chère Enza,

C'est le cœur gros que je t'écris, après la mort du signore Enrico Caruso. Je ne peux pas penser à lui sans penser aussi à toi. Te souviens-tu quand on lui faisait des gnocchis ? Et la fois où il a sauté du tabouret pendant que tu plaçais des épingles sur son ourlet et où il s'est piqué les mollets et s'est mis à sauter comme un gamin ? Tu mettais toujours des bols de peaux d'oranges et de citrons dans sa loge pour chasser les odeurs de cigare. Te souviens-tu qu'il t'appelait Uno et moi Duo ? « Vous êtes toujours ensemble, comme le un et le deux », nous disait-il…

Cet homme était une bénédiction pour nous tous. Il va terriblement me manquer. Mais je me souviendrai de lui le soir du gala de collecte de fonds pour la Grande

Guerre et je le reverrai toujours, sur la scène de l'Opéra, les bras grands ouverts pour recevoir l'amour des cinq mille spectateurs debout comme on reçoit des roses.

J'ai le cœur qui se brise en pensant à vous, car il était l'un des vôtres... un homme plein de bonté et un grand chanteur pour la plus grande fierté du peuple italien.

À toi, à Ciro et Antonio, toute mon affection,

Laura

P.-S. : Le signore est mort en Italie, comme il le souhaitait.

Sur le banc où elle s'était assise, la lettre à la main, Enza fondit en larmes. Ciro prit la lettre, la lut rapidement, et attira sa femme contre lui.

– Je suis tellement triste..., dit-il.

La mort d'Enrico Caruso marquait la fin d'une époque qui avait vu la vie d'Enza changer de cours. Son passage à l'Opéra lui avait apporté de belles amitiés et avait fait de la petite couturière immigrée d'Italie une véritable professionnelle... et une Américaine.

Tandis qu'Antonio jouait à côté d'elle sur sa couverture, elle se rappela quelques détails qui l'avaient frappée chez le Grand Caruso. Sa façon de fumer le cigare en projetant des bouffées de tabac comme des notes musicales, avec une régularité de métronome ; ses mollets musclés et ses chevilles fines ; les efforts qu'elle faisait pour le rendre plus mince dans ses costumes en allongeant le torse. Elle se souvint du soir où il avait mis une pièce dans son gant de satin argenté – elle ne l'avait plus revu depuis.

Pour la première fois depuis leur installation dans le Minnesota, Enza regretta de ne pas être à New York, à l'Opéra, avec Laura, et avec les filles qui travaillaient à l'atelier des costumes sur les machines à coudre, les peintres, les décorateurs, les musiciens et les acteurs. Privée de ce réconfort, elle était ici avec une famille et des amis qui savaient à peine ce qu'avaient été sa vie et son quotidien avant son mariage.

Enza pleurait aussi sur l'Italie de Caruso. Ils avaient eu de longues conversations à propos de cuisine, dans leur langue maternelle – comment cultiver les oranges sanguines ; comment déchiqueter le basilic frais, et surtout ne jamais le couper au couteau si on voulait qu'il conserve tout son parfum ; et comment sa mère chantait tous les versets de *Panis Angelicus* quand elle faisait bouillir la *pasta* et, arrivée au dernier, la retirait du feu car elle était alors cuite *al dente*, *perfetta*...

La voix de Caruso allait manquer au monde entier, et bien sûr à Enza, et pourtant ce n'était pas à son immense talent artistique qu'elle penserait d'abord, mais à *lui*. Caruso avait su vivre, extraire chacune des gouttes de bonheur que lui offrait chaque instant de son existence. Il s'était intéressé aux autres, non pour les juger, mais pour découvrir ce qui faisait de chacun un être unique et recueillir ainsi ce qu'il y avait de meilleur en lui, dans le seul but de le restituer à travers son art lorsqu'il était sur scène.

Enza ne pouvait pas croire à la mort de Caruso, parce qu'il représentait de mille façons la vie même. Il était le souffle et la puissance, l'émotion et le rire avec une force telle que Dieu lui-même devait l'entendre au paradis.

* * *

Pappina tenait son nouveau-né dans ses bras. C'était son quatrième enfant mais, pour la première fois, le bonnet était rose. Angela Latini n'avait que deux semaines quand sa mère l'amena à la boutique pour la présenter aux Lazzari.

Ciro et Enza étaient en pleine admiration devant le bébé quand Antonio fit irruption.

– Regarde ta nouvelle cousine ! dit Enza. C'est Angela !
– Une fille ? dit Antonio. Qu'est-ce qu'on va faire avec une fille ?

À sept ans, le dernier des Lazzari était mince et élancé avec de longues jambes et des cheveux noirs de jais. Ciro trouvait qu'il ressemblait beaucoup à son oncle Eduardo. Du côté d'Enza, personne n'était grand, mais son fils promettait de l'être.

– Tu le sauras un jour, mon fils, répondit Ciro.

Jenny Madich entra dans la boutique, sa fille Betsy sur ses talons. Betsy allait en classe avec Antonio, et ils étaient amis de cœur depuis le premier jour. Betsy, elle aussi, était grande pour son âge. Elle avait jeté par-dessus son épaule ses roller-skates en cuir blanc. Elle avait les cheveux bruns, les yeux bleus, un tout petit nez et un sourire ravageur auquel personne ne résistait.

– Tu viens patiner, Antonio ? demanda-t-elle.
– Je peux, maman ? demanda Antonio en regardant Enza.
– Oui, mais restez sur le trottoir. Pas sur la chaussée.

Betsy suivit Antonio dans l'escalier.

Jenny Madich avait une quarantaine d'années. Grande et mince, les yeux bleus, les cheveux très noirs, cette beauté serbe avait deux filles plus magnifiques l'une que l'autre. On la connaissait dans le quartier comme la reine de la *povitica* et chaque fois qu'elle faisait une fournée, elle apportait un gâteau à la boutique. Ce jour-là, elle leur en offrit deux.

– Les chaussures sont arrivées ? interrogea-t-elle.
– Je les ai, dit Enza. Elles sont superbes. (Elle passa derrière le comptoir et tendit les boîtes à Jenny, qui en sortit deux paires de ballerines en cuir verni. Celles qu'elle destinait à sa fille aînée, seize ans, avaient un petit talon. Les autres étaient classiques.) C'est exactement ce que tu as demandé. Et comme dans la publicité

d'*Everybody Magazine* qui était juste à côté de la nouvelle d'Edna Ferber.

– Tu vends des chaussures, maintenant, Enza ? demanda Pappina.

– Uniquement sur commande.

– Enza me sauve la vie avec celles-ci, affirma Jenny. Jusqu'à présent, on prenait le train avant les vacances de Pâques pour aller en acheter en ville. Je ne trouvais jamais de ballerines noires pour mes filles. Et il leur en faut pour le concours de danse des Journées serbes.

– Vous allez jusqu'à Minneapolis pour acheter des chaussures ? demanda Pappina.

– Comment faire autrement ? On met des mois à leur faire des costumes, et on ne voudrait pas tout gâcher avec des souliers moches !

– Tu vois les soucis qu'on a, avec les filles ? fit Enza en souriant à Pappina.

Elle avait essayé d'avoir un deuxième enfant quand Antonio eut fêté ses deux ans, mais n'avait pas eu cette chance. Pappina, en revanche, semblait avoir des bébés les uns après les autres sans le moindre problème. Et voici que son amie réalisait son rêve le plus cher : une petite fille. Enza tendit les bras et Pappina lui passa le bébé. Enza regarda le petit visage et se dit qu'on lui avait donné le nom parfait. Elle était vraiment un ange.

Antonio et Betsy redescendirent l'escalier à grand fracas, perchés sur leurs roller-skates, et se précipitèrent dehors. La clochette retentit derrière eux.

– Soyez prudents ! leur lança Jenny. (Puis, se retournant vers Enza, elle dit :) Écoute. J'ai réfléchi. Si tu vendais des chaussons pour la danse, ça marcherait très bien. Je peux mettre une annonce dans le bulletin paroissial de notre église orthodoxe et tu auras tous les Yougoslaves, les Roumains et les Serbes qui feront la queue à la porte de la boutique.

Enza regarda Ciro.

– Qu'en penses-tu, chéri ?
– Vas-y, si c'est ce que tu veux.
– Jenny, mets cette annonce dans le bulletin. Je pourrai prendre des commandes. Et voici ma proposition : si je vends vingt-cinq paires, tes filles auront les leurs gratuitement !
– Marché conclu, dit Jenny, en prenant ses boîtes pour se diriger vers la porte. Je vais récupérer Betsy au passage.

Ciro attrapa une boîte dans l'arrière-boutique et la posa sur l'établi.
– Comment va ton dos ?
– Le sel d'Epsom m'a un peu soulagé, dit-il.
– Tu travailles trop.
Enza l'entoura de ses bras.
– Essaie l'alcool de camphre, Ciro, suggéra Pappina. Luigi trouve que ça lui fait du bien.
– Regardons les choses en face. Il y a trop de mineurs, et chacun a deux pieds. Pas étonnant que Luigi et moi ayons mal au dos.

* * *

Ciro avait ouvert en grand la porte de la boutique pour laisser entrer la brise d'été. Toutes les fenêtres étaient également ouvertes, et on avait débarrassé la table pour une partie de poker. Les amis de Ciro, deux mineurs, Orlich et Kostich, examinaient leurs cartes. Emilio Uncini plongea la main dans le pot, prit la grappa et se versa une rasade.
– Je me couche, annonça-t-il.
– Va donc aider ta femme à gagner de l'argent, dit Orlich, sans lâcher ses cartes du regard.
Il avait les ongles noirs après sa journée dans la mine de Burt-Sellers, et une fine poussière de charbon s'était déposée dans les petites rides de son visage. Avec ses

traits burinés et sa petite bouche, son visage avait l'air d'un dessin à la plume.

– Je ne m'approche pas d'elle, dans l'état où je suis, répondit Emilio.

Ciro avait fermé la porte donnant sur le couloir, mais les quatre hommes entendaient tout de même les rires et le bavardage des femmes – une cinquantaine, mères et filles pour la plupart – qui attendaient dans l'escalier menant à l'appartement pour passer commande de leurs chaussons de danse. Ida faisait office de secrétaire pour Enza, qui avait fort à faire pour prendre les mesures.

Enza avait largement dépassé son objectif de vingt-cinq paires vendues. Elle en était à soixante-seize paires depuis la publication de l'annonce dans le bulletin paroissial de l'église orthodoxe.

Une femme de forte corpulence coiffée d'un chapeau de paille entra dans la boutique, flanquée de sa fille. Ciro leva les yeux de ses cartes.

– Je cherche la femme du cordonnier, dit la dame. Vous n'avez pas l'air d'être Mrs Lazzari.

Ciro montra du doigt la porte d'où venait le bruit. La dame s'y précipita avec sa fille, et quand elle fut hors de portée de voix, il dit :

– Et vous, m'dame, vous n'avez pas l'air d'une danseuse.

25

Un porte-bonheur

Un ciondolo portofortuna

Ciro suivait son fils sur la route montante pour aller voir le Dr Graham. Antonio gravissait la pente raide avec une légèreté de gazelle.

En voyant son fils, Ciro se rappela sa jeunesse avec Eduardo, à l'époque où il était obligé de courir pour ne pas se laisser distancer par son frère. Tant de choses le ramenaient aussi à ce lointain passé. Antonio était un beau brun comme son oncle, il avait la même taille que lui, et son adresse.

À onze ans, il mesurait déjà un mètre soixante-dix et ne semblait pas près de cesser de grandir. Ciro sourit et secoua la tête en regardant son fils, qui s'était révélé excellent dans tous les sports auxquels il s'était essayé jusque-là, qu'il s'agisse de basket, de base-ball, de patinage de vitesse ou de ski. Ciro se souvenait d'avoir été un solide gaillard, mais il était loin, au même âge, d'avoir les mêmes dons athlétiques que son fils.

– Allons, papa, on va être en retard ! lui lança Antonio en arrivant au sommet de la pente.

Ciro se demanda pourquoi il était essoufflé. Il fumait peu désormais, une cigarette à l'occasion, quand il jouait au poker, mais il n'en sentait pas moins le poids des ans. Il était désagréablement surpris de voir que les changements physiques qu'il avait toujours remarqués chez des hommes plus vieux de vingt ans se produisaient si vite chez lui.

– Va devant, mon garçon. J'arrive, dit-il.

Antonio ouvrit la porte du cabinet du Dr Graham et prit un siège dans la salle d'attente. L'assistante vint le chercher.

– Pourrez-vous dire à mon père…, commença Antonio.

– Mais bien sûr. Je vais le prévenir que vous êtes déjà avec le docteur.

Antonio la suivit en salle de consultation. Il grimpa sur la balance, dont l'aiguille s'immobilisa en indiquant soixante-neuf kilos. Quand l'infirmière lui dit combien il mesurait, Antonio applaudit carrément. Ciro les rejoignit, son chapeau à la main.

– Le docteur va vous recevoir dans un instant, dit l'assistante, en prenant le dossier d'Antonio.

– Papa, je fais presque un mètre soixante-quinze !

– Tu feras bientôt un mètre quatre-vingts, mon gars, lui dit Ciro. Et tu seras aussi grand que ton oncle Eduardo. Il mesure un mètre quatre-vingt-dix. Je suis tout petit avec mon mètre quatre-vingt-cinq.

– Je veux être plus grand que vous deux.

Antonio sourit. La ressemblance avec Eduardo était frappante. Les épais cheveux bruns, les grands yeux noirs et le nez droit étaient comme un reflet d'Eduardo dans un miroir. Et il avait aussi ses manières calmes, cette honnêteté foncière, ce bon cœur. Ciro devait convenir que si Antonio portait le nom de Lazzari sur ses papiers, il était en fait un Montini.

Le Dr Graham ouvrit la porte. L'homme, entre deux âges, avait les cheveux blancs et les sourcils très noirs, et arborait un sourire chaleureux.

– Alors, tu feras du basket à la fac, Antonio ?

– Il paraît que je suis assez fort, pour mon âge.

– Mr Rukavina, notre entraîneur, sait repérer les talents, dit le docteur, en prenant sa tension à Antonio.

– *Dottore*, je m'inquiète de le voir grandir aussi vite.

– Pas de problème, s'il veut faire aussi bien que les Finlandais.

Les Finlandais avaient cette réputation : grands, forts et intelligents, ils faisaient de formidables athlètes et donnaient du fil à retordre aux fils des immigrants italiens.

Le Dr Graham tata les glandes lymphatiques dans le cou d'Antonio, avant de scruter le fond de sa gorge, ses oreilles, et ses yeux, puis il prit son pouls.

– Je te déclare en parfaite santé !

– Je peux jouer ?

– Tu peux jouer.

Antonio remercia le docteur et remit son tee-shirt.

– Je te retrouve à la maison, papa. J'ai un entraînement.

Ciro se leva, porta les mains à ses reins.

– Comment va ce dos ? demanda le Dr Graham.

– Pas mieux que la dernière fois, dit Ciro. J'ai fait tout ce que vous m'avez dit de faire, j'ai pris de l'aspirine, je me suis allongé par terre avec les jambes en l'air, et j'ai appliqué des compresses de sel d'Epsom. Ça ne va pas mieux, il y a des moments où c'est supportable, mais la douleur est toujours là.

– Laissez-moi jeter un coup d'œil.

– *Grazie, Dottore*.

Ciro passait de l'anglais à l'italien comme souvent quand on lui témoignait de la bonté ou de la sympathie.

Le Dr Graham lui fit retirer sa chemise. Il tâta les points douloureux dans le dos de Ciro. L'un en particulier, du côté droit au-dessus du rein, arracha un cri au patient.

– Quel âge avez-vous, Ciro ?

– Trente-cinq ans.

– Vous avez fait la guerre ?
– Oui.
– Où ?
– À Cambrai, principalement.
– Vous avez respiré du gaz moutarde ?
– Pas beaucoup, dit Ciro, en se redressant et en rejetant les épaules en arrière à la recherche d'une position moins douloureuse. (Il évitait depuis longtemps de parler de la guerre, et le cabinet du médecin était le dernier endroit où il avait envie de le faire.) J'ai vu des hommes gravement brûlés par ce gaz. Mais pas ma section. On mourait de façon traditionnelle. Balles perdues et fils de fer barbelés.

Le Dr Graham examina la peau sur le dos de Ciro avec une petite lampe qui diffusait une lumière bleue. Puis il lui demanda de respirer.

– Ciro, je vais vous envoyer à l'hôpital Saint-Mary de Rochester. C'est une annexe de la clinique Mayo. Ils sont spécialisés dans les problèmes de santé des anciens combattants. Je vais les appeler, et prévenir un ami que j'ai là-bas. Il vous recevra tout de suite.

Le médecin arracha une feuille de son bloc et la tendit à Ciro :

Dr Renfro, oncologue
Hôpital Saint-Mary, clinique Mayo

* * *

Enza ne parvint pas à dormir la nuit qui précéda le départ de Ciro pour Rochester. Elle était inquiète pour de multiples raisons. Ciro ne s'était jamais plaint de quelque douleur que ce fût, hormis celles qui lui venaient de ses courbatures après de dures journées de travail. Mais, depuis peu, il souffrait réellement. Un mois plus tôt, elle avait dû, un soir, l'aider à s'extraire de la baignoire.

Une autre fois, il s'était réveillé au milieu de la nuit avec des élancements douloureux dans une jambe. Elle se demandait si cela tenait au fait de prendre de l'âge, mais il n'avait pas quarante ans et elle en était très inquiète. Elle écrivit donc au médecin de la clinique Mayo :

6 septembre 1930
Cher Dr Renfro,
Merci de recevoir mon mari, Ciro Lazzari. Comme je sais qu'il ne vous donnera pas beaucoup d'informations, je vais tenter de répondre aux questions que vous risquez de vous poser. Nous avons un jeune fils et un magasin qui doit rester ouvert, sinon j'aurais accompagné mon mari.

Il souffre du dos depuis que nous nous sommes mariés en 1918. Depuis un an, environ, la douleur n'a cessé de croître et les anciens remèdes – alcool de camphre et sel d'Epsom – ne le soulagent plus guère. Comme il est cordonnier, il travaille debout plusieurs heures par jour, et cela n'est peut-être pas étranger au problème.

Mon mari est très intelligent. Pourtant, il ne vous posera pas de questions cruciales et ne cherchera pas à en savoir plus, quel que soit le traitement que vous serez amené à lui prescrire. C'est pourquoi je vous prie de le renvoyer chez lui avec une liste précise des choses à faire et je veillerai à ce qu'elles soient bien faites.

Bien à vous,
Mrs Lazzari

* * *

Rochester, dans le Minnesota, se trouvait au bord d'un fleuve si capricieux que les sœurs franciscaines avaient dû, pour construire un hôpital, contrevenir aux règles de l'habitat traditionnel.

Le modeste hôpital Saint-Mary était désormais le meilleur centre médical du Midwest quand Ciro

Lazzari pénétra dans le hall d'entrée d'une propreté irréprochable. Les bâtiments de brique rouge de l'ancien campus, en train de s'agrandir derrière une forêt d'échafaudages, abritaient des laboratoires aux équipements dernier cri, des salles d'examen et les médecins les plus demandés du pays. L'ambiance était celle d'une ruche en pleine activité.

En voyant les sœurs dans leur costume noir et blanc semblable à celui des religieuses de San Nicola, Ciro se sentit tout de suite à l'aise. Il reprit confiance et se détendit complètement. Il plaisanta avec elles pendant qu'elles le soumettaient à de fastidieux examens.

On lui remit un dossier et il passa la journée à aller d'une salle d'examen à l'autre. Radiographie, absorption de substances colorantes... On le tâta, le tapota, le fit étendre sur une civière, le soumit à une prise de sang, on examina ses os au scanner, les médecins scrutèrent toutes les cellules de son corps et en discutèrent, ce fut en tout cas ce qu'il lui sembla.

À la fin de la journée, on conduisit Ciro dans un bureau pour qu'il rencontre le Dr Renfro. Il fut surpris en voyant entrer un jeune homme d'une trentaine d'années. Il s'attendait à quelqu'un de plus vieux, comme le Dr Graham.

– Vous êtes un jeune homme, dit-il.

– Pas pour ce métier. On sent tous les jours son âge.

– C'est le Dr Graham qui m'a envoyé ici. Pourquoi ?

– Il a vu dans votre dos quelque chose qui l'a inquiété. Vous ne vous en êtes jamais rendu compte, mais la texture de la peau, au-dessous des omoplates, n'est pas la même qu'autour. Seul un médecin très attentif pouvait le voir.

– Voir *quoi*, au juste, *Dottore* ?

Le Dr Renfro posa le dossier sur le bureau, et alluma un écran pour montrer à Ciro une radiographie de sa colonne vertébrale. Ciro regarda, étonné, l'image grisâtre de l'intérieur de son corps, sans la moindre idée de ce que le médecin y voyait.

– C'est moi, ça?

– C'est votre colonne vertébrale. Les ombres grises semblaient dessiner un rang de perles noires. (Le médecin montra du doigt les parties plus sombres.) Voilà votre problème. (Il traça un cercle avec la gomme d'un crayon.) Cette tache noire, c'est une tumeur. Elle est petite mais elle est cancéreuse.

Le Dr Renfro retira la plaque de l'appareil et en mit d'autres. Les poumons de Ciro faisaient penser au soufflet de cuir noir avec lequel il attisait le feu dans la cuisine du couvent.

– Mr Lazzari, vous avez été exposé au gaz moutarde pendant la guerre.

– Mais ça ne m'a pas brûlé comme les autres soldats. (La voix de Ciro s'étrangla.)

– Non, mais cette sorte de cancer est insidieuse. Le gaz moutarde que vous avez respiré agit par incubation pendant une longue période, en général dix ou douze ans. Le poison détruit lentement les cellules, ce qui altère jusqu'à la façon dont le corps humain lutte contre la maladie. Je peux vous montrer...

– Non, non, merci, *Dottore*. J'en ai assez vu, dit Ciro en se levant.

– Nous avons certains traitements très prometteurs, dit le jeune médecin, plein d'ardeur.

– Vous me donnez combien de temps à vivre?

– C'est difficile à dire...

– Dix ans?

– Non, non, pas dix ans.

– Ah. Donc, je n'en ai pas pour longtemps.

– Ce n'est pas ce que j'ai dit. Mais le pronostic n'est pas bon, Mr Lazzari. Je pense que vous devriez essayer notre traitement.

– À partir de tout ce que vous savez, de tout ce que vous avez examiné et prélevé sur mon corps aujourd'hui, vous pensez que c'est une question de mois ?

– Un an, dit calmement le Dr Renfro.

Ciro enfila son manteau et prit son chapeau. Il tendit la main au médecin, qui la prit.

– Merci, *Dottore*.

– J'envoie votre dossier au Dr Graham.

Depuis le train, Ciro observa la plaine du Minnesota se teinter de bleu au crépuscule. Bizarrement – il trouvait cela idiot – la mauvaise nouvelle lui semblait moins difficile à encaisser de jour que de nuit. L'idée de la nuit le faisait paniquer. Ce train n'allait pas assez vite. Il aurait voulu être chez lui, où la vie était ordonnée et avait un sens. Il ne savait comment en parler à Enza, et n'avait pas la moindre idée de ce qu'il dirait à Antonio. C'était comme si un ennemi lui avait tendu une embuscade. Il avait enfoui toutes les traces de la Grande Guerre et des horreurs dont il avait été le témoin. Il avait senti que le Dr Renfro pouvait parler des heures de ce sujet, mais Ciro ne portait pas le moindre intérêt aux mille et une séquelles des intoxications au gaz moutarde. Comme dans la guerre elle-même, la seule chose qui comptait était le résultat final. Il s'avérait que Ciro n'avait pas survécu à la guerre, mais qu'on lui avait seulement accordé un bref sursis.

Il avait lutté de toute son âme pour ne pas subir les dégâts spirituels de la guerre ; la beauté de sa vie avec Enza avait effacé les dures images des pertes qu'il avait subies avant. Mais son corps avait nourri le poison que Ciro avait écarté de son esprit. Il poussa un soupir. Il n'y avait pas de victoire. La douleur, à l'idée de perdre Enza et Antonio, le submergea.

En gravissant les marches de sa maison du 5, West Lake Street, Ciro défit son nœud de cravate et sentit un parfum de sauge et de beurre chaud. Il vit la lumière qui tombait de la fenêtre de la cuisine et entendit sa femme qui chantonnait. Il s'appuya contre le mur, en sachant qu'il allait jeter sa femme et son fils dans une épouvantable tristesse. Laissons-les *un moment de plus à leur bonheur*, pensa-t-il. Puis il rassembla ses forces pour rentrer et se présenter à eux.

Il laissa tomber son sac en haut des marches.

– Ciro ! cria Enza.

Elle sortit de la cuisine en s'essuyant les mains avec un torchon.

Elle portait une nouvelle robe à pois bleu marine et blanc et de coupe très simple, faite par elle-même. Elle s'était coiffée et avait mis une touche de rose sur ses joues. Elle était plus belle, alors, que lorsque Ciro l'avait épousée.

– Alors, que dit le médecin ? demanda-t-elle, avec un sourire plein d'espoir.

– J'ai un cancer. Ils disent que c'est à cause du gaz moutarde que j'ai respiré pendant la guerre.

En lâchant cette nouvelle, Ciro eut l'impression de manquer d'air. Il se tassa sur lui-même, agrippant le dossier d'une chaise qui se trouvait dans le couloir.

Enza était abasourdie. La nouvelle la prenait complètement par surprise. Elle avait prié toute la journée et avait fini par se convaincre que l'inquiétude du Dr Graham n'était pas fondée. Elle prit Ciro dans ses bras. Il transpirait, et avait la peau moite et glacée de quelqu'un qui doit faire face au pire et n'attend plus aucun secours. Il respira le parfum propre et frais de ses cheveux alors qu'elle enfouissait son visage dans son cou.

– Où est Antonio ? demanda-t-il.
– Au basket. Il s'entraîne.
– Tu crois qu'on doit lui dire ?

Enza entraîna Ciro dans la cuisine. Elle lui versa un verre de vin, puis un autre pour elle-même. Comme toujours face à une crise, Enza réagit avec un esprit pratique.

Elle sécha ses larmes, ne chercha pas à biaiser avec la vérité, et décida d'être forte pour relever le défi. Ce qui ne l'empêchait pas d'être éperdue, terrifiée, furieuse. Elle se pencha sur sa chaise, les bras entourant ses genoux.

– Je trouvais qu'on avait de la chance, Ciro.

– On en a eu. Un certain temps.

– Il y a forcément un médecin, quelque part, qui pourra t'aider. Je vais appeler Laura.

– Non, ma chérie. Les médecins de la clinique Mayo sont les meilleurs du monde. Les gens viennent de New York pour les consulter. Et j'en suis certain, parce que j'ai discuté avec quelques personnes pendant que j'attendais les résultats de mes examens.

– Tu ne peux pas renoncer comme ça ! s'écria Enza, qui réfléchissait à toute allure.

Tous ces maux de dos, pendant toutes ces années... elle aurait dû se douter de quelque chose. Elle se disait qu'il travaillait trop, qu'il avait simplement besoin de repos. Mais Ciro et elle n'avaient jamais pris de vacances – il fallait rembourser l'emprunt –, puis il y avait eu les études d'Antonio, les sports... Ils fonçaient, ils fonçaient et ils n'avaient pas vu les signes. Peut-être ne voulaient-ils pas les voir ? Peut-être Ciro se croyait-il maudit depuis toujours et préférait-il qu'on le laisse seul jusqu'au moment où il s'écroulerait ? Ce moment était arrivé, il avait fallu passer aux rayons X, subir toutes ces manipulations, ces examens, ces prises de sang... Tout leur tombait dessus comme une tornade, l'angoisse, les choix à faire, les traitements. Elle ne pouvait pas s'empêcher de s'en vouloir, elle se reprochait de ne pas avoir agi plus vite. Pourquoi ne l'avait-elle pas envoyé plus tôt voir le Dr Graham ? Il aurait pu, peut-être... Elle se cacha le visage dans ses mains.

– Tu ne pouvais rien faire, dit Ciro, qui lisait dans ses pensées. Rien.

– Qu'allons-nous dire à Antonio ? demanda Enza. Je ferai ce que tu voudras.

– Je vais tout lui dire. J'ai toujours répondu franchement à toutes les questions qu'il me posait. Il sait ce qui est arrivé à mon père et à ma mère. Je lui ai parlé de son oncle et du couvent. Il sait ce que j'ai, comment et pourquoi j'ai été chassé de Vilminore. Je ne vais pas me mettre à lui raconter des histoires maintenant.

Enza pleurait.

– Tout ?

– *Tout*, répéta Ciro.

Ils entendirent, au rez-de-chaussée, le bruit d'une clé dans la serrure. Enza regarda Ciro, désespérée.

– Tu en es sûr ?

Ciro ne répondit pas.

Antonio pénétra en trombe dans le salon et se débarrassa de son sac de sport, pressé de raconter les événements de sa journée.

– M'man, j'ai marqué douze points, et j'ai fait quatre passes gagnantes ! L'entraîneur dit que je peux passer en équipe 1 junior. C'est génial, non ? (Antonio entra dans la cuisine.) Papa, tu es là ? dit-il, en voyant ses parents assis côte à côte à la petite table.

Ciro tendit les bras à son fils. Ils s'embrassèrent.

– Comment ça s'est passé à Rochester ?

Antonio s'approcha du comptoir, prit un morceau de pain, y étala du beurre et mordit dedans. Ciro sourit. Il se revoyait lui-même dans la cuisine du couvent de San Nicola. Il se dit que c'était *cela* qu'il allait manquer quand il serait mort. Son fils mordant dans un morceau de pain.

– Tu en veux un peu ? demanda le garçon, en tendant le pain à son père.

– Non, Tony. Merci.

– Bon. C'est quoi, le problème ?

Antonio regardait sa mère, et ses yeux pleins de larmes. La nouvelle l'avait frappée en plein cœur, elle était submergée par la douleur, encore plus pour son fils que pour elle-même.

– Maman ? Papa ? Qu'est-ce qu'il y a ?
– Tu te rappelles ce que je t'ai dit à propos de la Grande Guerre ?
– Tu étais en France, et tu disais que les filles de là-bas étaient jolies, mais pas autant que maman.

Antonio ouvrit la porte du réfrigérateur pour se verser un verre de lait froid.

– Oui. Mais je t'ai parlé des armes, aussi.

Enza prit le verre de lait des mains d'Antonio, approcha une chaise et, d'un geste, l'invita à s'asseoir.

– Écoute ton père.
– Je l'écoute. Il parle des armes dans la Grande Guerre. Il y avait des tanks, des mitrailleuses, du fil de fer barbelé et du gaz moutarde.
– Eh bien, j'ai été touché par le gaz moutarde. Et j'ai un petit mal de dos qui va et qui vient.
– Tu as bonne mine, papa. Le Dr Graham va te soigner. Il soigne tout le monde. Et quand il ne peut pas, il vous envoie au Dr McFarland.
– C'est plus grave que ça, Tony. Je suis très malade. Je sais bien qu'aujourd'hui j'ai bonne mine, mais avec le temps j'irai de plus en plus mal. Le gaz moutarde a pénétré dans mes os, et j'ai maintenant un cancer. C'est une question de temps. Je vais en mourir.

Antonio entendait les paroles, mais secouait la tête comme si ce qu'on lui disait n'était tout simplement pas possible. Ce fut seulement en croisant le regard de sa mère qu'il comprit. Il se leva, lentement, et étreignit son père. Ciro tremblait, mais Antonio aussi, qui ne pouvait croire cette affreuse nouvelle. Enza se leva et les entoura tous deux de ses bras. Elle voulait dire quelque chose pour consoler Ciro, et quelque chose pour donner du courage à Antonio, mais il n'y avait pas de mots. Ils se serraient les uns les autres et pleuraient, et il n'y eut pas ce soir-là d'autre échange de paroles, ni de musique sur de phonographe, ni même de dîner.

***

Plus tard dans la soirée, Antonio se coucha, enfouit sa tête dans son oreiller et pleura. Il avait regardé les papiers rapportés de Rochester par son père et avait lu le diagnostic. Il avait vu aussi une image de la colonne vertébrale de Ciro avec ces cercles bizarres dessinés dessus et, chaque fois, écrits à l'encre, les mots *tumeur* et *métastase*.

Antonio avait étudié la Grande Guerre à l'école. Il se souvenait d'une question sur le gaz moutarde dans un exercice, et de la réponse que lui avait faite son père : le gaz sentait l'ail et l'ammoniaque. Antonio n'avait pas pensé, sur le moment, que si son père en connaissait l'odeur, c'était parce qu'il en avait respiré lui aussi. Il comprenait, maintenant.

Il roula sur le flanc, essuya ses larmes avec la manche de son pyjama et fixa le plafond. Ce qu'il redoutait le plus allait arriver. Ils allaient rester seuls, sa mère et lui. Comment feraient-ils, sans son père ?

Antonio ne s'était jamais disputé avec Ciro. Pour certains, c'était parce qu'Antonio était un enfant unique et que les causes de conflit étaient rares. D'autres le voyaient comme un enfant exceptionnellement calme, et même serein, qui n'éprouvait pas le besoin de défier l'autorité. Mais la raison était plus profonde que cela. Antonio, chaque jour de fête, se rendait au cimetière avec son père pour prier sur la tombe de son grand-père. Il avait vu dans ces occasions Ciro pleurer à côté de lui. Antonio s'était juré de ne jamais rien faire pour ajouter à la tristesse de son père.

Il savait ce qu'avait été la vie de celui-ci au couvent, privé de parents. Il savait que son oncle Eduardo avait été envoyé au séminaire, et Ciro forcé à partir en Amérique alors qu'il était à peine plus âgé que lui-même. Les récits qu'il avait entendus sur cette partie de la vie de son père lui avaient brisé le cœur, et avaient achevé de le convaincre qu'un fils rebelle était la dernière chose dont celui-ci avait besoin. La discipline était du ressort d'Enza, qui laissait ainsi Ciro libre d'aimer et de gâter son fils comme lui-même ne l'avait jamais été. Antonio avait toujours su qu'il grandissait dans un foyer heureux. Qu'allaient-ils devenir maintenant ?

* * *

Un clair de lune argenté entrait par la lucarne du toit dans la chambre d'Enza et Ciro. Le vent frais du Minnesota se chargeait des parfums du printemps.

Ciro et Enza étaient étroitement enlacés après avoir fait l'amour, leurs corps mêlés comme deux écheveaux de soie enchevêtrés, inséparables. Ciro posa un baiser sur la joue de sa femme et ferma les yeux pour se rappeler.

– Veux-tu que je tire le store ? demanda-t-il, et Enza comprit qu'il pensait aux histoires que racontaient les vieilles femmes de la montagne.

– La malchance, on l'a déjà. La lune n'y changera rien, dit Enza.

– Comment va Antonio, à ton avis ?

– Il ne te laissera jamais voir à quel point il a peur, répondit Enza. Il vaut mieux ne rien changer à ses habitudes. On ira assister aux matchs, et on sera là quand il rentrera après les entraînements. C'est tout ce qu'on peut faire. Être là pour lui.

– Je regrette qu'il n'ait pas un frère. Eduardo était toujours présent dans les moments difficiles.

— Il s'entend bien avec les fils Latini. Ils sont très proches.

— Luigi et Pappina vont mettre les deux aînés au courant, pour qu'ils puissent aider Antonio. Je ne savais pas comment leur dire…

— Je suis sûre que tu as dit ce qu'il fallait, Ciro, l'interrompit-elle en l'embrassant.

* * *

Pappina et Enza étalèrent sur le sol la nappe à rayures bleu marine et blanc, la calant d'un côté avec un panier de pique-nique et de l'autre par les chaussures des enfants.

John Latini et Antonio avaient quasiment le même âge. Les deux autres fils Latini – Robert, six ans et Sebastian, neuf ans – s'avancèrent dans l'eau peu profonde en lançant des galets et en échangeant des passes avec un ballon. La jeune beauté de la famille, la petite Angela, avait maintenant quatre ans, des cheveux bruns, de grands yeux noirs et de petites lèvres semblables à des pétales de rose. Loin de partager l'agitation de ses frères, elle jouait tranquillement au bord de la nappe avec sa poupée.

— C'est comment, quand on a une fille ? demanda Enza.

— Angela est mon porte-bonheur. À elle, au moins, je peux transmettre mes recettes de bonne femme, répondit Pappina, en tendant une pêche à la petite fille qui la prit et en offrit une bouchée à sa poupée.

Ciro et Luigi étaient partis marcher le long des rives du lac. De loin, on aurait dit deux vieux messieurs qui se promenaient en discutant.

Enza déballa des blancs de poulet tandis que Pappina tranchait des tomates de son jardin, ajoutait de la mozzarella, et arrosait le tout de citron avant d'effeuiller du basilic par-dessus. Elles avaient apporté des miches de pain croustillant, du vin pour les adultes et de la limonade pour les enfants. Pappina avait fait une tarte à la pêche et préparé un thermos de café.

— J'ai parlé aux deux garçons. Ils savent ce qu'ils doivent dire à Tony, dit Pappina.

— Il a besoin d'eux. Ils sont comme des frères.

— Ils ne le laisseront pas tomber. Et nous non plus, on ne vous laissera pas tomber.

— Pappina, je le regarde et je ne peux pas croire qu'il est malade. Il mange bien, il travaille toujours autant, il a des douleurs ici et là, mais rien de terrible. J'espère toujours que les résultats des tests étaient faux. Je suis même allée voir le Dr Graham, mais il m'a expliqué à quoi on devait s'attendre. Je ne sais pas si je serai capable de tenir le coup, Pappina.

Pappina se pencha vers elle pour la consoler.

— Tes amis seront là pour t'aider. Compte sur moi.

— Je le sais, et je l'apprécie. J'essaie de ne pas pleurer, pour Ciro.

— Tu peux pleurer autant que tu veux, avec moi.

— J'ai tellement de regrets, dit Enza entre ses larmes.

— Pourquoi ? Ton mariage est une belle réussite.

— Je n'ai pas eu d'autre bébé.

— Mais tu as essayé, fit Pappina, avec un regard vers Angela.

Elle avait de la peine pour son amie, qui n'avait pas connu la joie d'avoir une fille.

— Ciro l'aurait tant voulu ! C'était son rêve. Moi, je n'ai pas pu et j'en ai pris mon parti. Je ne suis pas du genre à me rendre malade pour ce que je n'ai pas. Mais Ciro, oui.

— N'oublie pas que les enfants vous arrivent de bien des façons et pendant toute notre vie. Antonio est un enfant unique, mais qui sait, un jour il se mariera et il aura peut-être une maison pleine de petits.

Luigi et Ciro revenaient de leur promenade.

— Bon, les filles, qu'avez-vous fait pour le déjeuner ? demanda Luigi. La bête est affamée !

– La bête devrait manger un peu moins, rétorqua Pappina, en faisant passer une assiette à son mari.

– Tu me trouves gros ? demanda Luigi, en se donnant une petite tape sur le ventre.

– Voilà deux ans que le troisième trou de ta ceinture ne sert plus à rien ! répliqua Pappina.

Ciro se mit à rire.

– Très drôle..., bougonna Luigi, en s'asseyant.

– Luigi et moi, on parlait du temps où on était chez les Zanetti, dit Ciro.

– La signora était une bonne cuisinière, poursuivit Luigi, en mordant dans le poulet. Pas aussi bonne que toi, Enza, mais tout de même.

– On voudrait bien être encore ensemble comme dans cette boutique.

– Moi, je me plais, ici. Mais Hibbing grandit trop vite. Les garçons aiment bien le lac et ils voudraient aller en classe avec Antonio. Et ils veulent faire du foot.

– Ah. C'est ce qui les intéresse ? demanda Enza.

– Non, c'est ce qu'on a pensé pour eux.

– Pappina et moi serions ravies d'être voisines.

– C'est vrai, acquiesça Pappina.

– Alors, on ferme Caterina Un et on agrandit Caterina Deux, dit Ciro.

Pappina tendit un gobelet de vin à son mari, et en donna un à Ciro. Puis elle leva son propre gobelet et Enza le sien.

– Un dieu. Un homme. Une boutique ! lança Pappina au ciel.

* * *

Enza cala un oreiller sous le dos de Ciro.

– Tu t'occupes bien de moi, dit-il, en l'attirant contre lui pour l'embrasser.

– Tu me prends pour une idiote ? On agrandit la boutique. Tout le monde travaille sous le même toit. J'ai parfaitement compris ce que tu manigances. Tu as ton plan. Et tu le mets en place. Tu installes un *homme* à ta place.

– Pour des raisons pratiques, dit Ciro.

– J'ai mon avis là-dessus. Mais tu fonces et tu organises tout sans moi. Comme ça, Luigi fera marcher la boutique, et tu pourras mourir tranquille en sachant qu'il y a quelqu'un pour s'occuper de nous.

– Mais ce que je fais, c'est pour vous ! s'écria Ciro, stupéfait. Pourquoi es-tu furieuse ?

– Parce que tu as accepté ton sort alors que tu peux le changer ! Tu ne vas pas mourir. Mais si tu le crois, tu mourras.

– Pourquoi faut-il que tu me répètes jour après jour que j'y peux quelque chose ?

– Parce que c'est la vérité ! Mais tu renonces ! Tu renonces à moi, à ton fils et à notre famille. Moi je ne renoncerai jamais à toi. Jamais !

– Je voudrais bien que les choses ne soient pas ce qu'elles sont.

– Si tu veux faire venir Luigi ici parce qu'il y a des affaires à faire, d'accord. Mais ne le fais pas venir pour s'occuper de moi. Je ne veux pas de ça. Je peux m'occuper de moi toute seule. *Je* peux m'occuper de notre fils.

Sur ces derniers mots, Enza éclata en sanglots.

– Viens, dit doucement Ciro.

– Non. Viens, toi, répondit-elle.

Ciro s'approcha, la prit dans ses bras.

– Pardonne-moi. Mais je veux que vous soyez en sécurité. Je ne voulais pas t'offenser. Bien sûr que tu es capable de t'occuper de toi-même. Tu as survécu à Hoboken. Sans moi.

– Qu'est-ce qui pourrait t'aider à aller mieux, Ciro ?

– Un miracle.

– Je crois que j'ai une idée.

– Mgr Schiffer a déjà apporté un flacon d'eau de Lourdes. Il n'y a qu'un curé allemand pour offrir de l'eau bénite à un Italien, plaisanta Ciro.

– Ce n'est pas à un miracle en bouteille que je pense. Je veux prendre l'argent qu'on a économisé pour t'envoyer là-bas, dans la montagne. Tu seras chez toi et tu verras ton frère. Tes amis. Le couvent. Tu pourras te baigner dans le Vo. Cette eau-là te guérira plus vite que celle de Lourdes.

– Qu'est-ce que tu racontes, Enza ? Ma place est ici, avec toi et Antonio.

– Non, Ciro, écoute-moi. (Le serrant contre elle, elle poursuivit :) Tu te rappelles, les baies, à la fin de l'été ? Les petites pousses vert tendre, sous les branches des genévriers, qui deviennent comme du velours à mesure qu'elles se rapprochent du ciel ? Si quelque chose peut te faire du bien, ce sera de retourner d'où tu viens et auprès de ceux qui t'ont aimé. Ton ami Ziggy…

– Iggy, la corrigea Ciro.

– Tu ne serais pas heureux de le revoir ?

– C'est lui qui m'a appris à fumer.

– Il faut que tu le remercies, dit Enza, sans rire. Et les sœurs, aussi.

– Mes sœurs ! lâcha Ciro en riant. Je me demande qui il reste, au couvent de San Nicola…

– Il faut que tu y ailles, on t'accueillera à bras ouverts. Cette montagne est autant à toi qu'à n'importe qui. C'est un prêtre corrompu qui a voulu t'en chasser à jamais. Ce n'est pas juste.

– Mon adorable femme en viendrait-elle à renier la sainte Église catholique romaine ?

– Non. Mais un mauvais prêtre est un mauvais prêtre.

– Je rêvais de bâtir une maison, là-bas dans la montagne, comme celle que tu as bâtie pour ta famille. Je voulais un jardin.

– Et moi, j'étais où, dans tout ça ?

– Tu as toujours été là. Je ne le savais pas encore, c'est tout. Je ne savais pas que la femme que j'aimerais toute ma vie, c'était toi.

– Si tu m'aimes, tu vas retourner là-bas et laisser la montagne te guérir.

* * *

Les jours qui suivirent cette discussion, Pappina et Luigi se mirent d'accord avec Ciro et Enza pour agrandir la boutique. Les Latini s'installeraient à Chisholm dès l'été suivant et loueraient une maison dans Willow Street. Les deux hommes établiraient un inventaire et fabriqueraient des chaussures de travail ainsi que des bottes fourrées pour les raquettes.

Enza assurait les retouches de vêtements pour les deux grands magasins, Raatamas et Blomquist, et Pappina aidait à la boutique quand elle le pouvait. Enza avait développé la vente de chaussons de danse pour avoir du stock en permanence et plus seulement sur commande.

Ciro et Enza se disputaient maintenant, et souvent, à propos de son retour en Italie. Chaque fois qu'elle sortait la boîte en fer contenant leurs économies pour la poser sur la commode de leur chambre, il la remettait dans le placard. Le jour où elle la descendit dans la boutique et la posa sur son établi, il la repoussa doucement d'un geste. Et quand elle se retrouva dans la cuisine sur la table du petit déjeuner, il fit comme s'il ne la voyait pas.

Ciro maintint qu'il ne retournerait jamais au pays, jusqu'au dernier jour du mois d'août, où ils reçurent une lettre d'Eduardo.

Mon cher frère,
J'ai dit une messe pour toi ce matin.
Nos prières ont finalement été exaucées : j'ai revu notre mère. Elle va bien, mais porte des séquelles des

années qu'elle a passées dans un couvent dans des conditions épouvantables. Elle voudrait te voir, tout comme moi. Peut-être un voyage sera-t-il possible ?
Avec toute ma tendresse, Eduardo.

D'abord, Ciro ne parla pas de cette lettre à Enza. Il la gardait dans sa poche et la relisait en cachette, comme pour y trouver une ligne qui l'aiderait à changer d'avis. Il était soulagé de savoir sa mère toujours en vie, mais ce soulagement était vite recouvert comme les vagues sur le Lac Longueur, par des ondes de regret. Il aurait aimé en vouloir à Caterina au point de l'abandonner comme elle les avait abandonnés, mais dans ce cœur qu'Enza avait depuis des années nourri de sa tendresse, il n'y avait plus de place pour la rancœur. Il aimait Caterina et il souhaitait ardemment la revoir. Il avait plus que jamais besoin de sa mère.

Ciro finit donc par accepter de repartir au pays, pour voir sa famille avant de mourir.

Quand il annonça à Enza qu'il avait pris sa décision, elle bondit de sa chaise et le prit dans ses bras.

– Il va falloir payer ce voyage, lui dit-il.

– Tu te souviens des actions de la société minière Burt-Sellers ? Tu ne voulais pas de cet argent. Je l'ai mis de côté. C'est ton père qui va payer la traversée de ton retour au pays, lui dit Enza, enchantée.

Ciro s'était plié jusque-là à toutes les décisions concernant sa santé. Mais l'idée que c'était finalement son père qui était mort jeune et n'avait pas pu subvenir aux besoins de sa famille, qui maintenant, avec l'argent versé en dédommagement de sa mort, payait pour réunir enfin sa femme et ses fils avait de quoi le bouleverser au plus profond de lui-même.

– Voilà des années que tu me dis de dépenser de l'argent en chapeaux. Je n'ai jamais été aussi contente de ne pas mettre ma coquetterie dans les chapeaux ! s'exclama Enza.

Cet après-midi-là, elle se rendit au bureau du télégraphe, où elle dicta un télégramme à l'adresse de Laura H. Chapin, 256, Park Avenue, New York City.

RÉSERVE CE JOUR ALLER-RETOUR USA-ITALIE-USA POUR CIRO – LETTRE SUIT AVEC EXPLICATION – JE L'ACCOMPAGNE À NEW YORK – PEUT-ON LOGER CHEZ TOI JUSQU'AU DÉPART ? – ENZA.

* * *

Dans le train de nuit qui reliait Minneapolis à New York, Enza et Ciro s'installèrent dans le wagon de lecture. Elle se plongea dans *Le Sheik* d'Edith M. Humma tandis que Ciro tirait sur son cigare en regardant les yeux de sa femme courir sur les lignes.

Enza ramena sur elle le châle en lainage bleu qu'elle portait avec son tailleur, sans détacher les yeux de la page. Ciro adorait la regarder lire ; on avait l'impression que les mots s'emparaient d'elle et que le monde qui l'entourait n'existait plus.

– Tu me regardes, dit-elle, toujours sans lever les yeux.

– Tu imagines Rudolph Valentino, en lisant ?
– Non.
– John Gilbert ?
– Non.
– Qui, alors ?
Elle posa le livre.
– Si tu tiens à le savoir, chaque fois qu'on parle d'un homme séduisant, je pense à toi.
– Dans ce cas, pourquoi ne pas venir avec moi dans notre couchette ?

***

Ciro ferma la porte de leur compartiment sans bruit et rejoignit Enza. La retenue de leur nuit de noces avait disparu depuis longtemps, remplacée par la joyeuse familiarité née des années de mariage. Ils savaient tout l'un de l'autre, et chaque surprise révélée en cours de route n'avait fait que les rapprocher.

Pappina et Luigi avaient pris Antonio chez eux jusqu'au retour d'Enza, qui avait ainsi l'esprit tranquille. Elle savait qu'il serait bien avec ses amis, qui étaient pour lui comme des frères.

En embrassant sa femme, Ciro se rappela le voyage depuis New York après leur mariage, et ce souvenir lui apporta un sentiment de paix comme il n'en avait plus éprouvé depuis son passage à la clinique Mayo. En repensant à cette nuit, il sentit monter tout son désir pour Enza. Mais ses douleurs au dos ne tardèrent pas à revenir, et avec elles la conscience de son sort et l'impression de désastre qui l'accompagnait. Il parvint tout de même à chasser ces pensées, en embrassant sa femme et en lui faisant l'amour comme il l'avait fait jadis, quand ils étaient jeunes et que tout était nouveau pour eux.

26

Un tour en fiacre

Un giro in carrozza

Colin Chapin attendait Enza et Ciro à leur descente du train sur le quai de Grand Central Station. Colin avait désormais les cheveux tout blancs et ses complets venaient de chez Savile Row, mais son sourire était toujours aussi chaleureux. *Cet homme est solide comme un roc*, songea Enza. Colin occupait les fonctions de directeur général du Metropolitan Opera, ce qui allait de pair avec des conférences et de lucratives coproductions avec des compagnies d'opéra du monde entier. Colin et Laura faisaient partie de la crème de la haute société new-yorkaise, mais Enza ne l'aurait jamais deviné à la façon dont il se jeta sur eux pour les embrasser. Il n'avait pas changé depuis l'époque de leur première rencontre, quand il était un simple comptable.

Colin prit leurs bagages et les conduisit vers sa voiture, une Packard bicolore bleue et marron faite sur commande, fin du fin du chic et de l'opulence. En arrivant à l'angle de la Cinquième Avenue et de la Soixante-dix-neuvième Rue, Enza aperçut Laura qui attendait devant l'entrée d'un immeuble. Colin s'arrêta sous la marquise et Enza bondit hors de la voiture pour se précipiter dans les bras de son amie.

– L'automne à New York, dit Laura.
– Notre saison préférée !

Enza la regarda. Son manteau de velours, en s'ouvrant, révélait une grossesse si avancée qu'on pouvait s'attendre à ce que le bébé naisse le soir même.

– Mais tu es enceinte ! s'écria Enza en la serrant dans ses bras. Et c'est pour bientôt !

– Eh oui ! Ne m'en veux pas, Enza. Je voulais te le dire, mais la grossesse a été difficile. Tout semble aller beaucoup mieux depuis la semaine dernière, mais j'ai été inquiète depuis le début. Le médecin disait que je n'aurais jamais ce bébé, et... nous y sommes presque ! Colin, le médecin, moi, et on peut dire toute la communauté médicale de New York, on est tous tombés de haut. Mais c'est bien réel, et on est terriblement contents.

– J'ai des fils à la fac et on aura bientôt un bébé au berceau. On ne sait pas s'il faut en rire... ou en pleurer, plaisanta Colin.

Laura n'avait jamais été aussi belle. Le contraste entre ses cheveux roux et la blancheur de sa peau était saisissant.

– Tu devrais être dans ton lit en train de te reposer, lui dit Enza.

– Comment pourrais-je me reposer alors que ma meilleure amie arrive ?

Ciro et Colin les rejoignirent et Laura embrassa Ciro.

– Très bien, on monte avec vous, dit Colin.

Ciro voulut l'aider avec les bagages, mais un portier les avait déjà emportés. En se retournant, il vit un domestique qui conduisait la Packard de Colin au garage. Il secoua la tête. Ils étaient bien loin de Chisholm.

L'ascenseur les déposa dans l'entrée de l'appartement. Laura avait décoré celui-ci dans des tons vert tendre et jaune pâle, conformément à la règle si souvent proclamée par Miss DeCoursey à la résidence Milbank : peignez votre intérieur aux couleurs qui vous vont le mieux.

Les vastes pièces étaient garnies de meubles cirés Chippendale, de tapis d'Aubusson, de lustres en cristal, de chandeliers en verre dépoli et de peintures à l'huile comprenant des scènes pastorales dans la campagne irlandaise, la mer du Nord en furie malmenant un bateau dans ses vagues écumantes, et de délicates miniatures de fleurs – une marguerite, un hortensia et un gardénia.

– Tu as fait du chemin, depuis Hoboken, constata Enza.

Ciro et Colin étaient sortis sur la terrasse.

– Retourne dans ton lit, maman ! lança Colin.

– Tout de suite ! répondit Laura sur le même ton.

Elle montra la chambre d'amis à Enza : une pièce très gaie, avec un lit à baldaquin recouvert de chintz.

– Viens avec moi, dit-elle à son amie.

Enza la suivit dans leur chambre, toute bleue avec un motif de treillis aux murs et un couvre-lit de satin bleu. Laura laissa tomber son manteau, révélant la chemise de nuit qu'elle avait dessous. Elle grimpa dans le lit.

– C'est prévu pour quand ? demanda Enza.

– D'un instant à l'autre.

– Où est la chambre du bébé ?

– Je ne l'ai pas aménagée.

Enza s'assit sur le lit.

– Par superstition ?

– Le docteur est inquiet, dit Laura, en essuyant une larme. Et moi, j'ai la frousse.

Elle ne contint pas ses larmes plus longtemps ; dans les bras de son amie, elle pouvait enfin dire la vérité.

– Avant la naissance d'Antonio, j'avais d'affreux pressentiments. Je suis certaine que ce bébé va très bien.

– Tu crois ?

– J'ai appris une chose importante dans ma vie, et je vais te la confier. Ne t'inquiète pas pour les malheurs qui ne sont pas encore arrivés, et tu t'épargneras bien des angoisses.

Colin arriva avec, sur un plateau, un thé pour ces dames.

— Je sais que vous avez du temps à rattraper, les filles. Mais il sera bientôt l'heure de dormir pour la petite mère que voici.

— Ah, qu'il est autoritaire ! se moqua Enza, au moment où il repartait. Alors, tu m'as dit que tu avais un tas de potins ?

— Vito Blazek a quitté le Met. Il travaille maintenant au Radio City Music Hall. Il en est à son troisième divorce.

— Pas possible !

Laura hocha la tête avec solennité.

— Les trois étapes obligées de l'amour romantique : épouser une danseuse de music-hall, divorcer, épouser la fille d'un producteur, divorcer, épouser une danseuse de music-hall plus jeune et divorcer après avoir remis les pieds sur terre.

— C'est affreux, dit Enza en buvant son thé.

— Tu ne veux pas savoir comment il est devenu ?

— Si. Je veux tout savoir !

— Magnifique.

Enza se mit à rire.

— Voilà qui paraît logique, après ce que tu viens de me dire !

— Ce n'est tout de même pas Ciro Lazzari. Question beau gosse, tu as tiré le gros lot. Des hommes comme celui que tu as épousé, il y en a un pour un million. Mais tu le sais.

— Et je ne veux pas le perdre, Laura.

— Il a l'air en forme, dit Laura.

— Je prie pour lui. Je continue à me dire que toute cette histoire est peut-être une erreur. Mais quand je le dis à Ciro, il me regarde comme si j'étais folle. Il connaît la vérité, et il l'accepte. Il n'a jamais été croyant, mais il y a en lui une force contre laquelle la foi elle-même ne peut rien.

— Peut-être que ce voyage va le guérir ? dit Laura.

– C'est ce que je lui dis. Et c'est ce que je vais te dire à toi aussi. Ton bébé va très bien. Crois-le, et tout se passera pour le mieux.

* * *

Colin se leva de bonne heure car on devait livrer au Met un décor pour une nouvelle production de *La Bohême*. Ciro laissa Enza et Laura après le petit déjeuner pour aller se promener. Il voulait traverser Central Park, et il se retrouva en train de descendre la Cinquième Avenue, sur le chemin de Little Italy. Il songea un instant à prendre un trolley, mais il se sentait bien et était décidé à aller voir ce qui avait changé depuis qu'il était parti douze ans plus tôt.

Broadway Avenue s'élargissait pour devenir Lower Manhattan. Les trottoirs étaient occupés par des vendeurs de fruits, de fleurs et de journaux. En arrivant à Grand Street, il prit la direction de Little Italy. Il se souvenait des immeubles et fut surpris de constater que si Upper Manhattan semblait changer, son ancien quartier était resté le même.

Il retrouva sans mal le 36, Mulberry Street. L'enseigne de la boutique des Zanetti avait disparu, tout comme le drapeau italien. Il y avait dans la vitrine vide un écriteau À LOUER. Ciro recula pour mieux regarder cet endroit où il avait travaillé en arrivant en Amérique. Puis il se rapprocha pour scruter à travers la vitrine. Les planchers et le plafond en métal repoussé de style victorien étaient toujours les mêmes, et il aperçut l'alcôve dans laquelle se trouvait jadis son lit, derrière un rideau qui avait disparu. La porte de l'arrière-cour étant restée ouverte, Ciro vit que le vieil orme qu'il aimait tant avait été abattu. Cette disparition lui fit l'effet d'un mauvais présage. Ciro tourna les talons et repartit chez les Chapin, le cœur lourd, en laissant le passé derrière lui.

Laura faisait un somme tandis qu'Enza attendait le retour de Ciro. Quand elle le vit apparaître, son cœur bondit dans sa poitrine, comme toujours. Mais cet élan joyeux se heurtait tout de suite, désormais, à un pressentiment de malheur imminent. Elle vint vers lui, prit ses mains dans les siennes.

– J'ai une surprise pour toi, dit-elle. Tu n'es pas fatigué ?

– Absolument pas.

Saisissant son manteau, son chapeau et ses gants, elle poussa Ciro vers la porte.

Souvent, la nuit, il ne dormait pas, elle lui racontait des anecdotes de l'époque où elle travaillait au Metropolitan Opera House. Il ne s'y était rendu qu'à deux reprises : une première fois pour un concert quand il était très jeune, et le jour où il était allé voir Enza avant son départ pour la guerre. Ces deux visites lui avaient laissé un souvenir très fort et il n'imaginait rien de plus bouleversant que le spectacle des riches et des privilégiés, debout pour rendre hommage au Grand Caruso, ce petit Italien pauvre qui s'était hissé au sommet.

Enza prit Ciro par la main pour grimper l'escalier menant au foyer du Metropolitan Opera. Des années après, elle aurait pu décrire dans les moindres détails la façon dont Laura et elle étaient habillées le jour où elles s'étaient présentées pour un entretien d'embauche. Elle se rappelait ce qu'elles avaient pris pour leur petit déjeuner, et elle se revoyait traversant tout l'Opéra avec son amie.

Enza refit le chemin avec son mari. Et quand ils pénétrèrent dans la grande salle plongée dans la pénombre, elle retrouva les effluves mêlés de parfums coûteux, de peinture, et d'essences de lys et de citron qu'elle connaissait bien. Elle entraîna Ciro dans l'allée centrale puis sur la scène, où les veilleuses luisaient le long du mur de brique. Le décor qu'on venait de livrer était contenu dans de grands cartons plats empilés contre ce mur comme des enveloppes géantes dans l'attente du facteur.

Ciro se retourna pour regarder les rangs de fauteuils recouverts de velours rouge qui montaient jusqu'au balcon. Enza l'emmena au centre de la scène, à l'endroit exact où le Grand Caruso avait chanté la veille du départ de Ciro pour New Haven. Il ferma les yeux pour imaginer le final.

Enza le conduisit ensuite dans les coulisses et ils descendirent jusqu'à l'atelier des costumes, alors en pleine activité. Personne ne les vit traverser la salle. Enza s'arrêta pour lui montrer du doigt certains endroits dont elle se souvenait. La cabine d'essayage dans laquelle Geraldine Farrar avait passé la première robe qu'Enza avait réalisée pour elle, les planches à repasser devant lesquelles, avec Laura, elles restaient des soirées entières à bavarder, et pour finir, sa machine à coudre, une magnifique Singer en acajou avec sa roue argentée et ses ferrures dorées. Une jeune couturière achevait un ourlet au poste 3, machine 17. Elle avait peut-être vingt-trois ans ; en la regardant, Enza se sentit redevenir une jeune fille. C'était elle, sur ce tabouret. Elle leva les yeux vers Ciro et eut la certitude qu'il était, lui aussi, reparti une douzaine d'années en arrière.

* * *

Après quelques jours à revenir sur les lieux de leur passé, y compris, pour une tarte et un café, l'Automat de Broadway Avenue, on fit les bagages de Ciro et il fut prêt à partir pour l'Italie. Sa valise attendait dans l'entrée de l'appartement. Il dormit cette nuit-là, mais Enza, elle, ne put fermer l'œil. Elle entendait le tic-tac de la grande horloge du destin, avec le sentiment que chaque seconde où elle dormirait serait une seconde où elle ne serait pas avec lui.

Si elle pouvait seulement, se disait-elle, retarder le pire, si elle pouvait savourer ces moments où Ciro se sentait assez bien pour marcher jusqu'à Little Italy et en revenir, se régaler d'un repas, et fumer une cigarette… Elle ne voulait pas penser au jour où il ne pourrait plus le faire. D'où l'urgence de ce voyage en Italie. Enza pensait que le cours de son existence en serait changé, tout comme il l'avait été par son départ. Ce voyage ne lui sauverait peut-être pas la vie, mais son âme en serait plus forte.

Enza essayait parfois d'imaginer ce que serait la vie sans Ciro, se disant que cela pourrait l'aider à accepter l'absence le moment venu, mais elle n'y parvenait pas. La souffrance qui s'annonçait était bien trop forte pour qu'elle s'y projette.

On frappa quelques coups précipités à la porte qui réveillèrent Ciro. Enza alla ouvrir.

Colin entra dans la chambre.

— Laura accouche ! annonça-t-il.

— Appelez le médecin, lui dit calmement Enza. Qu'il vienne ici.

— Il faudrait qu'elle aille à l'hôpital, gémit Colin, affolé.

— Faites-le venir ici.

Enza se tint près de son amie pour l'assister tout le temps de l'accouchement. Le médecin ne tarda pas à arriver, accompagné d'une infirmière qui examina la pièce d'un regard et se mit aussitôt en devoir de la transformer en salle de travail.

Le médecin demanda à Enza de sortir, mais Laura insista pour la garder auprès d'elle. Enza s'assit et lui tint la main, exactement comme elle l'avait fait avec sa mère à la naissance de Stella. Se remémorant la venue au monde de sa petite sœur à chaque contraction, chaque effort et chaque plainte de Laura, les larmes ruisselèrent bientôt sur son visage au souvenir de cette nuit dans la montagne.

Le corps de Laura ne fut pas long à s'ouvrir et son fils glissa entre les mains du médecin, qui trancha adroitement le cordon ombilical tandis que la nurse prenait le bébé pour le nettoyer et l'envelopper dans ses langes.

– Tu as un fils, Laura. Un fils ! lui annonça joyeusement Enza.

Elle entendit l'infirmière discuter avec le médecin. Puis l'infirmière sortit en emportant le bébé, et Laura lui cria de lui ramener son fils. Le médecin s'approcha de Laura.

– Nous l'emmenons à l'hôpital.
– Qu'est-ce qui ne va pas ? s'écria Laura.

Colin entra dans la chambre.

– Ils sont obligés de l'emmener, Laura. Il a des difficultés à respirer.
– Va avec eux, Colin !

Enza vit Ciro derrière Colin dans le couloir.

– Accompagne-le, Ciro. Je reste avec Laura, dit-elle.

Ciro emboîta le pas de Colin tandis que Laura pleurait dans les bras d'Enza avant de s'endormir, épuisée. Enza remit de l'ordre dans la chambre et revint plus tard pour aider son amie à prendre un bain, l'habiller, changer les draps et lui donner des couvertures chaudes. Puis elle éteignit les lumières, approcha une chaise du lit, prit son chapelet et se mit à prier, la main de Laura dans la sienne.

* * *

En arrivant à l'hôpital Lenox Hill dans les bras de son père, Henry Heery Chapin fut immédiatement placé dans une couveuse. Colin pouvait, à travers le voile de mousseline, toucher ses doigts roses et lui caresser la joue. Henry pesait deux kilos cinq cents, mais comme ses minuscules poumons étaient encombrés, le médecin pratiqua une aspiration et ils ne tardèrent pas à fonctionner normalement. Colin eut l'impression que, les heures passant, le bébé allait de mieux en mieux.

À l'aube, le médecin examina le jeune Henry et déclara que le pire était derrière lui. Il voulut le garder quelques jours pour s'assurer que tout allait bien avant de le rendre à ses parents. Ciro resta à l'hôpital pour permettre à Colin de rentrer chez lui avec ces nouvelles rassurantes. L'hôpital n'était pas loin de chez eux, mais Colin alla tout de même téléphoner depuis le bureau des infirmières. Quand Enza réveilla Laura, celle-ci versa des larmes de joie en apprenant que son bébé se portait bien. Enza remit son chapelet dans sa poche, plus assurée dans sa foi que jamais.

Le bateau quitta le port de Manhattan ce même jour en fin d'après-midi. Ciro avait songé à différer son départ, mais puisque le bébé était tiré d'affaire, il y avait renoncé. Il avait cependant veillé Henry toute la nuit, et en voyant les infirmières lui prodiguer des soins, puis en regardant Colin qui, à nouveau père d'un bébé, suivait avec une attention passionnée le moindre progrès de son enfant, il s'était dit que la vie continuait. Henry avait survécu. C'était peut-être un signe du destin.

Il fit ses adieux à Enza sur le trottoir de la Cinquième Avenue avant de se rendre au port et ils restèrent un long moment dans les bras l'un de l'autre.

– Je veux que tu dormes, sur ce bateau. Respire l'air de la mer. Promets-moi de bien manger.

– Et de boire du whisky et de fumer des cigarettes ! ajouta-t-il en riant.

– Tout ce que tu voudras, sauf les filles qui vont danser !

– Mais elles m'amusent tellement, dit-il, pour la taquiner, en l'attirant contre lui. Et elles m'aiment bien.

– Oh, ça, je le sais ! (Elle rit.) Bon. Il faudra te rappeler la maison de ma mère dans les moindres détails.

Et je veux que tu ailles sur la tombe de Stella et que tu embrasses l'ange bleu pour moi. Tu iras ?

— Bien sûr, promit Ciro.

— Et tu regarderas bien le Pizzo Camino ? Je l'ai oublié, je veux que tu le voies pour moi.

— Je serai tes yeux, et tes oreilles, et ton cœur à Schilpario. Prends bien soin de Laura, elle a besoin de toi. Arrange la chambre du bébé. Aide-la à s'occuper de lui. Et ne t'inquiète pas. Ta montagne est un miracle à elle toute seule, dit Ciro, en l'embrassant une dernière fois.

* * *

Ciro fit presque toute la traversée dans une chaise longue sur le pont de seconde classe du SS *Augustus*. En temps normal, il se serait trouvé chanceux d'avoir Augusto comme deuxième prénom. Mais pas cette fois. Chaque fois qu'il entendait la cloche, il se revoyait en train d'enfourner des pelletées de charbon dans les entrailles du SS *Chicago*. Il se rappelait sa rencontre avec Luigi, et de la couleur grisâtre qu'avait pris, au bout d'une semaine, sa peau incrustée de poussière de charbon.

Il était plus vieux désormais, et ne voyageait plus dans la cale ni en troisième classe. Certes, il n'était pas non plus en première avec les passagers qu'on dorlotait, mais il avait une cabine confortable, et les hublots étaient au-dessus de la ligne de flottaison. Il souriait tout seul, le premier soir, en allant se coucher : il n'avait jamais traversé l'océan à cette hauteur.

Chaque moment du voyage faisait resurgir des souvenirs. Il fut surpris de se trouver ému aux larmes en entendant sa langue maternelle le jour de son arrivée à Naples. Dans le train qui l'emmenait vers le nord, il ne se lassait pas de regarder les gens, les moindres détails lui parlaient et il se souvenait qu'il avait été italien, lui aussi. Il se rendait compte de tout ce qui lui avait manqué, et une douleur lui traversa la poitrine à l'idée qu'il ne mourrait pas dans le pays qui l'avait vu naître. Il n'était plus désormais ni italien ni américain. Il était un homme en train de mourir qui s'était donné pour mission de rassembler ce qui avait été séparé et de guérir une blessure pour laquelle n'existait ni baume ni potion.

Ciro décida de gravir à pied la dernière partie du Passo della Presolana. Il laissa le fiacre apporter ses bagages au couvent de San Nicola, où les sœurs avaient préparé une chambre pour lui.

Il reboutonna son manteau en attaquant la montée qui menait aux premières maisons de Vilminore. Une fois en haut, il s'arrêta pour regarder l'étroite vallée en contrebas, où la végétation, dépouillée de ses feuilles en cette fin d'été, apparaissait comme un enchevêtrement de gris. Vues de cette hauteur, les branches formaient une masse semblable à des gribouillages tracés par un gamin qui découvre l'usage du crayon.

Ciro sourit au souvenir des filles qu'il emmenait se promener sur ces pentes, où l'étroitesse du chemin lui donnait un prétexte providentiel pour leur prendre la main. Il se souvint du jour où Iggy les avait conduits, Eduardo et lui, jusqu'au pied de la montagne – ils n'avaient pas vu grand-chose, mais Iggy l'avait laissé fumer une cigarette. Ciro avait quinze ans au moment où on l'avait chassé. Le fait d'avoir manqué de respect une seule fois au prêtre de l'Église de Rome avait bouleversé son existence.

Il y avait vingt ans que Ciro n'était pas revenu sur la place de Vilminore. En observant la galerie, il constata que peu de choses avaient changé. Certaines boutiques avaient été reprises par les fils, mais le village restait pour l'essentiel tel qu'il l'avait quitté, avec ses façades de stuc entourant l'église San Nicola et le presbytère, et en face le passage vers le couvent. La hiérarchie semblait être ce qu'elle avait toujours été ; la même ambiance régnait.

Il frappa à la porte du couvent, puis tira sur la chaîne pour faire tinter la cloche. La porte s'ouvrit et sœur Teresa prit doucement le visage de Ciro entre ses mains. Les traits de la religieuse n'avaient pas changé en vingt ans, hormis la présence de fines rides autour des yeux qui trahissaient son âge.

– Ciro Lazzari ! s'écria-t-elle en le serrant dans ses bras. Mon garçon !

– Je suis vieux maintenant. J'ai trente-six ans, lui dit-il. Regardez mes mains. Vous voyez les cicatrices que le tour m'a laissées ? Je suis cordonnier.

– C'est bien ! Enza m'a écrit. Elle m'a dit que si je comptais sur toi pour écrire une lettre, je pourrais l'attendre jusqu'au Jugement dernier !

– C'est ma femme…

– Tu as de la chance.

Les mains de la sœur disparurent dans les grandes manches de sa robe. Ciro pensa qu'il était tout sauf chanceux. Sœur Teresa ne voyait-elle pas que ses jours étaient comptés ? Elle lui prit la main pour l'entraîner à l'intérieur du couvent.

– Vous m'avez fait de la *pastina* ?

– Bien sûr ! Mais tu sais, je travaille au bureau maintenant. C'est sœur Bernarda la nouvelle cuisinière. On l'a fait venir de Foggia. Donne-lui une tomate, et tu verras ce qu'elle en fait. Et elle est tellement plus forte que moi pour le pain et la pâtisserie !

– Vous étiez une excellente cuisinière !

– Non, j'étais bonne pour la crème brûlée et le tapioca, mais mes gâteaux… c'étaient des cailloux.

Les religieuses s'étaient rassemblées dans le foyer. Les visages des novices lui étaient inconnus, mais quelques-unes, qui étaient jeunes à l'époque où il vivait au couvent, s'y trouvaient encore. Sœur Anna Isabelle était désormais leur mère supérieure, et sœur Teresa son adjointe.

Sœur Domenica était morte peu de temps après le départ de Ciro, et sœur Ercolina récemment. Ces femmes en noir et blanc étaient sa famille – des tantes un peu toquées, parfois drôles ou bizarres, cultivées pour la plupart, brillantes à l'occasion, quand ce n'était pas des survivantes comme lui, qui pouvaient se distinguer par leur humour mordant, leur vivacité d'esprit, voire leur entêtement, mais qui toutes, contrairement à lui, s'agenouillaient devant l'autel avec la même dévotion. Ciro, avec le recul du temps, appréciait plus encore leur bonté et la sagesse de leurs choix. Jeune, il ne comprenait pas qu'une femme choisisse de prendre le voile en renonçant au monde que lui offriraient un époux, des enfants et une famille à elle. Mais il comprenait à présent qu'elles formaient une famille entre les murs du couvent ; il ne le percevait pas ainsi, jadis.

– *Ciao*, mère Anna Isabelle, dit-il, en lui prenant les mains et en s'inclinant devant elle. *Grazie mille* pour Remo et Carla Zanetti.

– Ils m'ont dit mille choses gentilles à propos de toi. Tu as travaillé très dur pour eux. Ils sont revenus dans leur village depuis et y ont passé une retraite heureuse jusqu'à leur mort.

– C'était le rêve de Remo.

Sœur Teresa précéda Ciro dans le long corridor menant au jardin et à la cuisine. Il se souvenait de chaque carreau vernissé du sol et de chaque fente dans les portes en noyer. On avait protégé le jardin sous des bâches pour l'hiver après la cueillette du raisin. En voyant qu'on maintenait la porte de la cuisine ouverte avec la même vieille boîte de conserve, il éclata de rire.

– Je sais. Nous n'avons pas changé grand-chose, ici. Ce n'est pas nécessaire.

Sœur Teresa s'assit à la grande table après avoir passé un tablier. Ciro approcha un tabouret. Elle plongea la main dans le coffre à pain pour prendre une baguette, l'ouvrit, y étala du beurre et la lui tendit. Elle ne lui versa pas un verre de lait, mais un verre de vin.

– Explique-moi pourquoi tu es ici.

– Ma femme ne vous l'a pas dit dans sa lettre ?

– Elle disait que tu avais besoin de revenir au pays. Mais pourquoi ?

– Je suis en train de mourir. (La voix de Ciro s'étrangla.) Je sais bien que dans un couvent, on prend ça comme une bonne nouvelle, puisque vous avez, vous, la clé de la vie éternelle. Mais pour le sceptique que je suis, c'est la pire des choses. J'essaie de faire comme si ce moment ne devait jamais arriver, pour gagner du temps. Mais quand j'entends le tic-tac de la pendule, je reviens à la réalité et je panique. Je ne prie pas, ma sœur, je panique.

L'expression de sœur Teresa avait changé. Une tristesse profonde se lisait sur ses traits.

– Ciro, dit-elle, j'ai prié pour bien des gens, mais pour personne autant que pour toi, parce que j'espérais que tu aurais une longue vie. Tu le méritais. Et comme tu as toujours su être heureux, t'accorder une longue vie ne serait jamais un gaspillage. Tu saurais user de ce temps avec sagesse.

Puis, comme la bonne religieuse qu'elle était, sœur Teresa enveloppa la terrible nouvelle dans la couverture chaude de ses croyances. Elle voulait donner à Ciro l'assurance de la vie éternelle. Elle voulait qu'il croie.

– Il faut prier.

– Non, ma sœur, dit-il, avec un pâle sourire. Je ne suis pas un bon catholique.

– Tu es un homme bien, Ciro, c'est tout ce qui compte.

– Si le curé vous entendait…

Elle sourit.

– Ne t'en fais pas. Nous avons le père D'Alessandro qui vient de Calabre. Il est sourd comme un pot.

– Qu'est devenu don Gregorio ?

– Il est parti en Sicile.

– Pas sur l'île d'Elbe ? On ne l'a pas banni comme Napoléon ?

– Il est secrétaire de l'évêque, là-bas.

– Il a fait son chemin, il était assez rusé pour ça.

– Sans doute. (Sœur Teresa se versa un verre d'eau.) Et Concetta Martocci, tu ne veux pas savoir ce qu'elle est devenue ?

Ciro sourit.

– C'est une histoire qui finit bien ?

– Elle a épousé Antonio Baratta, qui est médecin, maintenant. Ils vivent à Bergame et ils ont quatre fils.

Ciro regarda au loin, en songeant combien tout avait changé pour lui et pour ceux qu'il avait connus. Même Concetta Martocci avait su échapper au pire. Cette pensée amena un sourire sur ses lèvres.

– Concetta Martocci te fait toujours sourire ! observa sœur Teresa en riant.

– Pas tant que ça, ma sœur. Mais il y a d'autres choses. Je suis pressé de voir mon frère. J'ai le cœur qui bat à l'idée de rencontrer ma mère. Je veux aller voir la famille de ma femme. J'ai promis à Enza que je monterais à Schilpario. Est-ce que les choses ont beaucoup changé, là-haut ?

– Non, pas beaucoup. Mais viens avec moi, dit sœur Teresa. Je vais te montrer comment nous tenons nos promesses.

Ciro la suivit au-delà de la cuisine jusqu'au cimetière du couvent. Elle s'arrêta devant une petite tombe au bout d'une allée.

– Le pauvre Spruzzo ! dit Ciro. Il a erré dans la montagne comme un orphelin, jusqu'à ce qu'il trouve un autre orphelin.

– Ne dis pas le pauvre Spruzzo. Il a vécu heureux. Il était mieux logé que le curé. Je lui donnais les meilleurs morceaux de viande.

– Saint François aurait trouvé ça très bien, dit Ciro en souriant.

* * *

Le couvent avait fini par récupérer une voiture à cheval après que le curé s'était vu attribuer une automobile. Rollatini, le cheval qui tirait le fiacre, était un don d'un paysan local. Ciro l'attela en pensant à sa femme, qui se serait certainement mieux débrouillée que lui avec les rênes et le harnais.

Il grimpa sur le siège et s'engagea sur le Passo pour monter à Schilpario. Il se souvint de la première fois où il avait embrassé sa femme, quand ils n'étaient tous deux que des adolescents. Autour de lui, tout l'émerveillait : chaque pâquerette, chaque rocher et chaque ruisseau était comme une pierre précieuse dans un coffret qu'il était le seul capable d'ouvrir. Il aurait tant aimé qu'Enza soit avec lui !

C'était un soulagement de se déplacer en voiture à cheval après des semaines de mer et le long trajet en train depuis Naples. Le rythme n'était pas le même, et la compagnie du cheval avait quelque chose d'apaisant. Ciro se sentait moins seul.

Enza lui avait dit où se trouvait la nouvelle maison des Ravanelli, et lui avait conseillé de chercher la couleur jaune.

Tandis qu'il remontait la rue principale et passait justement à l'endroit où il l'avait embrassée, il fut envahi par les souvenirs. L'ancienne maison des parents d'Enza dans la Via Scalina, l'écurie dans laquelle Enza avait attelé le cheval pour le raccompagner après l'enterrement de Stella... Les volets de l'écurie étaient fermés.

Ciro allait lentement car la pente était de plus en plus raide. Il repéra la maison jaune dans la Via Mai, dressée contre la montagne comme un livre relié de cuir. C'était pratiquement la même que celle qu'il voulait, enfant, construire un jour pour la femme de ses rêves ! Il mourait déjà d'impatience à l'idée de dire à Enza combien la nouvelle maison des Ravanelli, pour laquelle elle avait donné des années de travail, était magnifique.

Ciro fit arrêter le cheval sur le côté de la maison. Le jardin dénudé, fermé par des blocs de pierre, faisait penser à un feu de camp abandonné. Ciro suivit le chemin dallé jusqu'à la porte. Avant qu'il ait le temps de frapper, celle-ci s'ouvrit et toute la famille d'Enza se précipita sur lui pour l'accueillir.

Giacomina, bientôt soixante ans, petite et bien en chair, portait ses cheveux blancs rassemblés en une longue tresse. Ciro reconnut les traits délicats d'Enza dans ceux de sa mère, et certains de ses gestes, même, lui parurent immédiatement familiers. Giacomina embrassa son gendre.

– Bienvenue chez nous, Ciro !

– Ce baiser est de la part d'Enza. Elle est en ce moment à New York, pour aider Laura Heery qui vient d'avoir un bébé.

Marco se leva de son fauteuil. Ciro avait le souvenir d'un homme moins robuste, le retour à sa montagne lui avait été bénéfique. Ciro s'approcha.

– C'est Enza qui vous embrasse avec moi, papa.

Tandis que Giacomina lui présentait chacun de ses enfants, Ciro nota mentalement toutes les informations qu'il pourrait rapporter à Enza. Les garçons, désormais des adultes, exploitaient un service de transport automobile et les affaires marchaient très bien. Eliana avait trente-cinq ans et attendait son quatrième enfant. Elle avait de longs cheveux bruns et raides qui lui tombaient dans le dos et portait une robe de grossesse avec des bottines marron. Elle présenta ses fils à Ciro : Marco, onze ans, Pietro, neuf ans et Sandro, cinq ans. Son mari, expliqua-t-elle, regrettait de ne pas être là, il travaillait à Bergame au service des eaux et n'avait pas pu se libérer.

Vittorio était marié à une fille du pays, Arabella Arduini, cousine du maire.

Alma avait vingt-six ans, et espérait aller à l'université. Elle voulait être peintre, et avait un véritable talent ; elle avait peint une magnifique fresque de tournesols sur le mur du jardin. Elle prit les mains de Ciro dans les siennes.

– Je t'en prie, dis à ma sœur que je la remercie de tout ce qu'elle a fait pour nous. C'est grâce à elle que je vais aller à l'université.

La porte s'ouvrit et Battista entra. Grand, brun et musclé, il n'était pas encore marié à l'âge de trente-six ans et ne manifestait aucun intérêt pour la chose. Il affichait une mine sombre et Ciro nota qu'il avait l'air d'en vouloir à tous et que sa présence semblait être une cause de tension dans la pièce. Ciro ne l'en embrassa pas moins, en l'appelant *fratello*.

Eliana, qui habitait désormais au pied de la montagne, fit visiter la maison à Ciro. Celle-ci n'avait rien de grandiose, mais elle était parfaite pour la famille – cinq chambres, une grande entrée, une cuisine et un salon. Quatre fenêtres en façade laissaient entrer la lumière à l'intérieur. Ciro se rappela les fenêtres qu'il voulait pour la maison de ses rêves. Elles étaient là, ouvertes sur la lumière bleu clair d'un après-midi italien.

Vittorio et Marco emmenèrent Ciro au fumoir, construit en pierre de taille et encastré dans la pente de la montagne. Un autre petit bâtiment servait de fontaine ; l'eau fraîche et pure du torrent jaillissait de deux abreuvoirs dans un bassin creusé à même la roche.

Giacomina avait préparé un repas qu'Enza n'aurait pas renié : une soupe, des gnocchis, un plat de crudités, des gâteaux et du café.

Eliana servit une tasse d'espresso à son beau-frère.

— Alma, pourrais-tu me faire un dessin de la maison ? Enza serait heureuse de la voir.

— Volontiers. Tu es ici pour combien de temps ?

— Une semaine.

— Tu auras mis autant de temps pour arriver ici que tu y seras resté.

— C'est dur pour moi d'être aussi loin d'Enza et d'Antonio.

— Je le comprends, dit Giacomina.

— Je suis sûr qu'elle vous a parlé de ma santé.

Giacomina et Marco opinèrent de la tête.

— Antonio est un fils adorable. Il vous plairait.

— Je l'aime déjà, dit Vittorio. C'est notre neveu.

— C'est un sportif. Et il est intelligent. J'espère que vous trouverez un moyen de venir voir Enza et Antonio dans le Minnesota, un jour.

Ciro ne voulait surtout pas gâcher le plaisir de cette visite. Il leur raconta des anecdotes amusantes à propos d'Enza, leur parla de New York et de la vie à Mulberry Street. Il évoqua aussi la Grande Guerre et les raisons qui les avaient décidés à s'installer dans le Minnesota. Il revint sur quelques épisodes de la vie d'Antonio et répéta que c'était un garçon formidable. Ils échangèrent des photographies et des souvenirs de la jeunesse d'Enza. Après le repas, toute la famille sortit pour la *passeggiata* et ils allèrent au cimetière où Ciro, comme il l'avait promis à Enza, s'agenouilla pour embrasser l'ange bleu qui veillait sur la tombe de Stella. Puis il se redressa et recula d'un pas, les mains dans ses poches. Tandis que le soleil amorçait sa descente sur l'horizon, le ciel prit exactement la même couleur bleue que le soir où il avait embrassé Enza après avoir creusé la tombe de sa petite sœur. Tout cela semblait si lointain et pourtant, debout dans ce cimetière, il eut brièvement l'impression que tout recommençait. L'impression que la vie consistait pour une grande part, non pas à retenir mais à laisser aller, et que, ce faisant, la beauté du passé et le bonheur qu'il avait éprouvé lui revenaient comme dans un cercle magique. Le ciel nocturne, le cimetière, le souvenir des lieux et des êtres du passé qui étaient toujours là pour en témoigner lui apportaient la constance que son cœur réclamait. *Voilà ce que cela signifie*, pensa-t-il, *faire partie d'une famille.*

* * *

Quand Ciro alla atteler le cheval, ce soir-là, avant de redescendre à Vilminore, Eliana sortit pour l'aider. Ciro grimpa dans la voiture et s'assit sur le banc du cocher.

Eliana lui tendit un petit livre relié de cuir aux pages de garde illustrées de motifs florentins.

– Ceci appartient à Enza. Tu voudras bien le lui remettre ?

– Bien sûr.

En redescendant vers Vilminore, Ciro fut pris d'un violent désir d'avoir sa femme auprès de lui. Il aurait tant aimé qu'elle puisse l'accompagner dans ce voyage ! En faisant rentrer Rollatini dans son écurie pour le dételer, il ne put retenir ses larmes. Il était revenu à son point de départ, et il était frappé par l'ironie du sort qui voulait qu'il finisse là où il avait commencé.

Sœur Teresa avait fait le lit dans la petite chambre près de la chapelle. Ciro vit la religieuse agenouillée à l'intérieur de celle-ci, mais passa sans s'arrêter devant les portes vitrées pour rejoindre sa chambre et referma sans bruit derrière lui. Il se dévêtit, s'assit sur le lit et ouvrit le livre d'Enza.

Il vit, en tournant les pages, sa femme grandir et s'épanouir. Elle avait croqué des robes, écrit de drôles de poèmes, et tenté de dessiner tous les membres de sa famille. Ciro sourit en voyant ces essais de portraits.

Il s'arrêta en lisant le nom « Stella » en haut d'une page. Enza avait quinze ans quand elle avait écrit :

Stella
Ma sœur est morte, et on l'a enterrée aujourd'hui. J'ai ardemment prié Dieu pour qu'il la sauve. Il ne m'a pas écoutée. J'ai promis à Dieu que s'il épargnait Stella, je ne lui demanderais pas d'enfants pour moi plus tard. Je renoncerais à être mère pour la garder ici. Mais il n'a pas écouté. J'ai peur que papa meure, le cœur brisé. Maman est forte, lui non.
Aujourd'hui j'ai fait la connaissance d'un garçon qui s'appelle Ciro. C'est lui qui a creusé la tombe de Stella. Je n'avais pas peur de lui bien qu'il soit deux fois plus grand que moi. Il n'a pas de père, et sa mère l'a laissé.
C'est tout ce que je peux te dire à son sujet. Il a des yeux bleus. Ses souliers étaient trop petits et son pantalon trop grand. Mais je n'ai jamais vu un garçon plus beau que celui-là. Je ne sais pas pourquoi Dieu l'a envoyé sur la montagne, mais j'espère que ce n'était pas par hasard. Il ne croit pas beaucoup en Dieu. On a l'impression qu'il n'a besoin de personne. Mais je crois que s'il y réfléchit, il se rendra compte qu'il a besoin de moi.
Ma Stella n'est plus, et je ne l'oublierai jamais car je vois bien ce qu'il se passe quand quelqu'un meurt. Il y a d'abord les larmes, puis le chagrin, et bientôt le souvenir se trouble et disparaît. Pas Stella. Pas pour moi. Jamais. E.

Ciro referma le livre et le posa sur la table de chevet. Il avait mal au dos. C'était par moments une douleur intense, qui disparaissait sans qu'il sache pourquoi. Il connaissait alors un répit. Et quand il ne souffrait plus, Ciro reprenait espoir.

Il leva la main pour faire un signe de croix, ce qui ne lui était plus arrivé depuis des années. Il ne l'avait pas fait une seule fois pendant la guerre. Il ne l'avait pas fait quand son fils était né. Enza faisait le signe de croix avec son pouce sur le front du bébé, mais pas lui. Il n'avait pas prié en quittant Enza pour faire ce voyage. Il trouvait hypocrite d'en appeler à Dieu dans le malheur. Mais, ce soir, il ne se signait pas pour que Dieu exauce un vœu, ou qu'il ait pitié et vienne à son secours ; il le faisait par gratitude.

Enza l'avait aimé depuis le premier jour, et il ne l'avait pas compris. Il croyait l'avoir séduite par son charme dans Carmine Street le matin où elle s'apprêtait à en épouser un autre. Il croyait que sa vaste expérience auprès de jolies filles lui avait conféré une sorte d'aura romantique grâce à laquelle il pouvait choisir et conquérir la plus belle de toutes, pour peu qu'il le veuille. C'était lui, croyait-il, qui avait gagné ce cœur et cet amour. Mais il savait désormais que ce cœur s'était déjà donné et attendait qu'il le prenne.

Il n'y avait rien d'étonnant à ce qu'elle ait été blessée en ne le voyant pas venir à Hoboken, et qu'elle ne l'ait pas poursuivi après lui avoir avoué ses sentiments. Elle craignait de l'embarrasser. En vérité, Enza n'avait cessé de se dévouer pour lui faciliter la vie, et elle y avait parfaitement réussi, y compris en le poussant à faire ce voyage. Il savait que si quelque chose devait le guérir, ce serait la montagne. Il se retourna dans son lit et constata qu'il ne ressentait aucune douleur. Enza, comme toujours, avait raison.

27

Un camée bleu

Un cammeo blu

Quelqu'un frappait très fort, avec insistance, à la porte de Ciro. Il se leva et attrapa sa montre de poche. Il venait de dormir, d'un trait, neuf heures d'un délicieux sommeil. Il n'avait jamais aussi bien dormi depuis qu'on lui avait communiqué son diagnostic à la clinique Mayo.

– Oui ?
– C'est Iggy !

Ciro bondit vers la porte et l'ouvrit. Après vingt et un ans, Ignazio Farino se tenait devant lui, le même chapeau sur la tête.

– Tu n'as pas changé de chapeau, Iggy !

Iggy haussa les épaules.

– Tant qu'il me va...

Ciro l'embrassa.

– Fais attention. J'ai les os comme des allumettes, dit Iggy. Je risque de me casser en deux sous tes yeux.

– Tu as bonne mine, Iggy.
– Toi, tu es maigre.
– Je sais. (Ciro enfila sa chemise et son pantalon, et glissa les pieds dans ses chaussures.) J'étais plus en forme avant de respirer du gaz moutarde. Mais je mange toujours comme quatre. Allons à la cuisine prendre un petit déjeuner.

Ciro suivit Iggy dans le couloir. Il avait les jambes arquées, mais il marchait bien pour un homme qui avait dépassé les quatre-vingts ans.

– Tu n'en reviens pas, hein, de me trouver encore en vie ? Je suis plus vieux que la cloche de San Nicola !

– Ça ne se voit pas.

– Je couche toujours avec ma femme, dit Iggy, avec un clin d'œil.

– Iggy, je viens d'arriver dans la montagne, et la première chose que tu trouves à me dire c'est que tu fais toujours l'amour à ta femme ?

– Je ne me suis pas ratatiné, insista Iggy. D'ailleurs, elle dit que ça ne la gêne pas.

– Eh bien, pourquoi pas, si ça ne la gêne pas ?

– C'est ce que je dis – pourquoi pas ? Ça fait partie des joies du mariage. Je l'ai encore dur comme du *torrone*. Pas trop souvent, mais tout de même. Comment va Enza ?

– Bien. C'est une épouse merveilleuse, Iggy.

– Tant mieux pour toi.

Iggy s'assit dans la cuisine du couvent et alluma une cigarette. Une jeune religieuse entra pour leur préparer un petit déjeuner. Elle versa à chacun une tasse de café. Ciro mit de la crème dans chaque tasse, et Iggy ajouta trois petites cuillerées de sucre dans la sienne. La religieuse leur apporta ensuite du pain, du beurre et de la confiture, posa des œufs coque sur la table dans une coupelle en verre, et coupa un morceau de fromage pour chacun. Puis elle repartit vers le bâtiment principal pour aider aux travaux ménagers.

– Don Gregorio..., commença Iggy avec un gloussement.

– Je sais. Il est en Sicile.

– J'ai eu une bonne prise de bec avec lui après ton départ.

– Qu'est-ce que tu lui as dit ?

– Je lui ai dit : « Un jour vous aurez à répondre devant Dieu de ce que vous avez fait. »

– Tu le crois ?

– Bah... Je suis sûr qu'il fait dire des prières pour lui par tous les curés de Rome. C'est comme ça que ça marche. Quand ils se conduisent mal, ils s'excusent et ils mettent une nonne à prier pour leur salut. Quelle escroquerie ! (Iggy tendit sa cigarette à Ciro, qui tira une bouffée.) En tout cas, s'il est devant moi le jour où on fera la queue pour entrer au paradis, ils vont m'entendre gueuler ! Le type qu'on a maintenant, par contre, il est très bien.

– Don...

– Oui. Don Bacci-ma-coolie. Je le vois quand il prie à genoux dans le jardin et qu'il récite son chapelet. Je suis allé dans sa chambre, c'est tout propre et rangé. Il est net comme un fil de fer. Je crois qu'il est bien. Enfin un vrai curé après toutes ces années... Je n'y croyais plus, ma parole !

Ciro riait. Il but une gorgée de café et se tourna vers son vieil ami.

– Je ne prie pas, Iggy.

– Il faut y aller carrément, sinon ça ne marche pas.

– Que veux-tu dire ?

– Sois clair. Demande exactement ce que tu veux à Dieu. Laisse tomber les pauvres crétins et leurs problèmes qui ne sont pas les tiens. Que celui qui a faim se débrouille pour manger. Que celui qui a le cœur brisé se trouve une femme. Tu as soif ? Saute dans le lac ! Occupe-toi de toi-même. Prie pour ce qu'il te faut, et vois si tu peux l'avoir.

– Je t'ai manqué, Iggy ?

– Je m'inquiétais pour toi comme pour un fils. Eduardo aussi.

– Tu as reçu mes lettres ?

— En vingt ans, j'en ai eu trois. On peut faire mieux, grogna Iggy avec un sourire.

— On peut faire mieux. Mais tu savais que je pensais à toi.

— Oui, oui, je le savais. Je le sentais.

* * *

Ciro attendait sur la place, Eduardo devait le rejoindre avec leur mère. Il faisait les cent pas dans la galerie, en résistant à l'envie de courir à la rencontre du fiacre. Il ne cessait de regarder sa montre. Contrairement à Enza qui voulait arrêter la pendule, lui aurait aimé accélérer le temps pour se rapprocher de cette rencontre dont il avait tant rêvé.

À l'heure prévue, un fiacre noir arriva sur la place, se dirigeant vers le couvent. Ciro s'élança en courant.

Quand la voiture s'arrêta, Ciro tendit la main pour ouvrir la portière noire et vernissée. Vingt-six années avaient passé depuis la dernière fois qu'il avait vu sa mère. Elle sortit du fiacre, vêtue de bleu comme le jour où elle était partie. Elle avait les cheveux blancs désormais, mais toujours longs, tressés et rassemblés dans un chignon.

Son visage était encore beau. Le nez aquilin, les lèvres charnues, exactement comme il s'en souvenait. Sa beauté avait perdu de son éclat, mais elle demeurait. Ses mains, ses doigts longs et fuselés, la grâce de son maintien et sa silhouette fine étaient restés les mêmes. Mais ses mains tremblaient et elle était anxieuse – comme elle ne l'avait jamais laissé voir auparavant.

— Maman…, dit Ciro.

Il pleurait, alors qu'il s'était promis de se retenir.

— Aide donc ta mère, Ciro.

Elle sourit tandis qu'il l'aidait à descendre de la voiture. Il la prit dans ses bras et se pencha, le visage contre sa nuque. Elle avait toujours le même parfum de freesia. Ciro n'avait plus envie de bouger.

Eduardo sortit à son tour du fiacre, dans la robe brune des Franciscains. Ciro, tout à sa joie, laissa échapper un véritable cri.

– Mon frère !

Eduardo étreignit Ciro.

– Entrons, dit Ciro.

Les religieuses avaient préparé une chambre pour Caterina, et Ciro logerait avec Eduardo. Sœur Teresa les conduisit dans la bibliothèque, où les attendait un plateau avec du café et des gâteaux. Les Lazzari la remercièrent, et son regard croisa celui de Ciro au moment où elle ressortait, refermant les deux portes derrière elle.

Ciro et Eduardo s'agenouillèrent à côté de leur mère qui s'était assise dans un fauteuil. Elle se mit à pleurer doucement, tendrement, comme il pleut quelquefois après les tempêtes. Elle ne voulait pas se montrer triste devant ses fils ; elle voulait être une bonne mère pour eux, et faire comme si les souffrances qu'ils avaient connues étaient terminées, les blessures de leur enfance refermées. Elle ne se faisait pas d'illusions, mais elle voulait qu'ils trouvent une consolation dans cette rencontre, tout en sachant qu'elle-même n'en trouverait jamais.

Elle les embrassa l'un et l'autre, puis se leva et s'approcha des fenêtres pour reprendre sa respiration. Ciro et Eduardo échangèrent un regard. Eduardo avait prévenu son frère que sa mère pouvait parfois se conduire bizarrement mais qu'il ne devait pas s'en formaliser : elle avait longtemps souffert d'une grave dépression et ne pouvait pas toujours rester loin de sa douleur pour soulager la leur.

Caterina s'éloigna des fenêtres pour s'approcher des étagères chargées de livres, et en examina les titres.

— Certains de ces livres ont été reliés dans notre atelier, dit-elle. Je reconnais les motifs et le cuir. Les Montini soignaient les détails.

— Du café, maman ? proposa Eduardo.

— *Grazie*, dit-elle.

Eduardo regarda Ciro, qui suivait sa mère des yeux comme on admire une œuvre d'art à distance respectueuse.

— Maman, Ciro arrive d'Amérique, il a fait tout ce chemin pour nous voir.

Ciro voyait que sa mère avait souffert de graves troubles psychologiques, mais elle restait pour l'essentiel la femme dont il se souvenait. Il se dit qu'il voulait garder tout ce qu'il y avait en elle de merveilleux, ignorer les ravages du temps, de l'insécurité, de l'instabilité et de l'angoisse. Il avait tant de choses à lui dire.

— J'ai quelque chose pour toi, maman. (Ciro tira de sa poche le dessin de la tombe de son père avec, en lettres dorées, son nom et la date de sa mort.) C'est ma femme, Enza, qui a tenu à ce que papa ait une sépulture digne de ce nom. Il est mort dans la catastrophe de la mine Burt-Sellers en 1904. Il y a eu un terrible incendie. Mais, aujourd'hui, papa a sa tombe.

Il lui tendit la feuille.

— C'est magnifique. Merci, dit-elle, à mi-voix, en glissant son bras autour de la taille de son fils.

— Maman, quand il est mort, la société minière a versé un dédommagement. Sous forme d'actions. On les a vendues et on a mis l'argent à la banque. (Il lui tendit une enveloppe.) Voilà ce qu'il reste. J'en ai pris un peu pour payer mon voyage.

Elle lui rendit l'enveloppe sans l'ouvrir.

— Garde-le pour mon petit-fils. Et embrasse-le de ma part.

— Maman. Tu n'as pas besoin de cet argent ?

Caterina prit le visage de son fils entre ses mains.

– Tu es comme ton père. Il était toujours prêt à donner tout ce qu'il avait pour aider les gens.

– Garde cet argent pour les tiens, Ciro, dit Eduardo. Maman a ce qu'il lui faut.

– Parle-moi de toi, maman. Explique-moi ce que tu as fait pendant ces années.

– Dis à Ciro où tu étais, maman, suggéra Eduardo.

– J'ai travaillé au couvent de Montichiari-Fontanelle, au bord du lac de Garde.

Ainsi, elle n'était pas loin d'eux et il aurait pu aller la voir facilement. La perte qu'il avait subie n'était pas seulement douloureuse, elle était irréversible et son cœur blessé à jamais.

– J'étais trop malade pour vous retrouver, Eduardo et toi. Quand je me suis sentie mieux, tu étais parti en Amérique et Eduardo s'était fait prêtre. Les sœurs ne m'ont pas dit grand-chose, parce qu'elles avaient peur que je tente de quitter l'hôpital. Elles me disaient que je n'avais qu'à vous imaginer dans la montagne, heureux et en bonne santé chez les gentilles sœurs. Je priais pour guérir, pour devenir plus forte afin qu'on soit à nouveau réunis.

– Maman, tu ne seras plus jamais seule. Je vais t'emmener vivre près de moi, et je pourrai venir te voir souvent, dit Eduardo.

Caterina s'assit sur le canapé en invitant ses fils à la rejoindre et elle les serra contre elle en leur prenant les mains.

– Eduardo et moi, nous avons encore de nombreuses années à vivre ensemble. Mais je suis triste de ne pas être avec toi, Ciro. Nous avons perdu tant de temps... le temps d'une vie. Et par ma faute. Je vois partout de fortes femmes, certaines avec six ou sept enfants, et je les trouve formidables. Mais je n'avais pas cette force, c'est tout. Et je savais que si vous restiez chez les sœurs, elles vous aideraient à développer vos talents, comme je l'aurais fait si je l'avais pu. Mais la mort de votre père m'a prise au dépourvu. Tout s'est assombri et je suis tombée dans le désespoir.

Ciro n'avait rien su des problèmes de sa mère. Il avait toujours pensé qu'il était trop turbulent et qu'elle ne pouvait pas s'occuper de lui. Eduardo avait intériorisé sa souffrance et y avait puisé une force spirituelle, car il pensait que seul le sacrifice menait à la rédemption. Il avait renoncé à l'idée de sa mère pour se rapprocher de Dieu tandis que Ciro n'avait rien eu à quoi se raccrocher.

Ce soir-là, les fils Lazzari et leur mère se retrouvèrent au dîner autour d'une *casoeula*, un ragoût de porc cuit avec des oignons, du céleri et des carottes qu'on servait sur des tranches de pain frais. Ciro montra à sa mère une photo d'Antonio et Enza. Il lui parla de Laura, qui avait aussi travaillé au Metropolitan Opera et qui était pour Enza comme une sœur, et il raconta la naissance du bébé Henry. Comme sa mère l'interrogeait sur sa santé, il n'eut pas le cœur de lui dire qu'il se savait condamné ; son frère, le prêtre, saurait trouver les mots pour cela. Il voulait laisser à Caterina le souvenir de moments heureux.

* * *

Ciro grimpa dans le lit de sa chambre du couvent. Eduardo était assis par terre à côté du sien. Les deux frères avaient grandi, vieilli, ils approchaient tous deux de la quarantaine, mais ils retrouvaient, intact, ce qui les avait unis dans leur enfance. Quoi qu'ait fait ou n'ait pas pu faire leur mère, et quel qu'ait été le sort tragique de leur jeune père, ils avaient toujours été là l'un pour l'autre et c'était ce qui les avait sauvés.

– Eduardo, dis-moi ce que tu penses de notre mère ?

– Si elle réfléchit et se rend compte de ce qu'elle a fait, elle risque de s'effondrer.

– Elle est digne, elle a tellement l'air de se contrôler…

– C'est sa façon de nous montrer qu'elle est forte.

– Elle n'a pas eu une larme en voyant la tombe de papa.

– Elle lui en veut encore.

– Tu crois que nous devrions lui en vouloir, à elle ?

– À quoi bon, Ciro ?

– Elle m'a manqué.

– À moi aussi. Mais quand on a été en âge de quitter le couvent et de la rechercher, on t'avait déjà envoyé en Amérique et j'étais au séminaire. Pourtant, il faut comprendre qu'elle a froid au cœur, elle aussi, Ciro. Elle a besoin d'amour. Comme nous tous.

Ciro hocha la tête. Oui, il comprenait sa mère, enfin. C'était ce souci de l'apparence qui l'avait toujours tenue. Elle paraissait forte, mais sous la surface, qu'en savait-on ?

Caterina était en train de se brosser les cheveux dans la chambre voisine, le visage ruisselant de larmes. Elle pleurait toutes les années perdues. Elle avait cru que d'autres pourraient élever ses fils mieux qu'elle. Elle s'était dit que, sans un sou, sans la moindre économie, elle ne pouvait rien pour ses enfants et elle avait fait confiance à l'Église pour la remplacer. Elle s'arrêta – au centième coup de brosse – et rangea la brosse dans son sac de voyage. Elle ne s'assit pas, ne chercha pas à lire. Elle allait et venait dans la chambre comme une bonne sœur consciencieuse, en espérant que le matin lui éclaircirait les idées pour parler à ces garçons qu'elle avait abandonnés. Elle espérait que les mots lui viendraient ; qu'elle serait capable de leur expliquer pourquoi elle les avait laissés dans ce couvent, changeant ainsi le cours de leurs trois existences.

De l'autre côté de la cloison, Ciro tira la couverture sur ses jambes et cala l'oreiller. Puis il roula sur le flanc, retrouvant la position qui était la sienne dans sa jeunesse lorsqu'il voulait discuter avec son frère.

– Tu lui as dit, pour moi ?

– Non. Tu devrais le faire.

– Tu le crois, ce qui m'arrive, Eduardo ? demanda Ciro. Décidément, on a fait cette guerre et il n'en est rien sorti de bon.

– Tu ne peux pas dire ça. Tu as eu du courage, tu as été brave.

– C'était ça, ou mourir. Et à la fin, quand je suis arrivé, quand les Américains sont arrivés, il ne restait plus rien. Plus d'ennemis, plus rien. On avait de quoi manger, on avait des fusils, des uniformes, des chars, de l'artillerie, et les Allemands n'avaient rien. Et on leur est passé dessus comme un rouleau compresseur. Pourquoi ? Le bonheur pour lequel je me suis battu, je ne le connaîtrai pas. Alors je me dis que c'était pour l'avenir, pour mon fils…

– Aucun de nous ne peut savoir ce que Dieu lui réserve.

– Voila le problème, mon vieux. Dieu ne pense pas à moi.

Eduardo voulut parler, mais Ciro l'arrêta.

– Tu es un type bien, Eduardo. Que tu portes la calotte du prêtre ou le bonnet du paysan, pour moi, tu es un seigneur. À mes yeux, ce que tu crois compte moins que ce que tu es. Tu m'as toujours beaucoup impressionné. Tu as la force et l'honnêteté qui font un homme digne de ce nom, et pourquoi pas un prêtre. Mais n'essaie pas de me convaincre que Dieu sait que je suis là. Je ne le crois pas, c'est tout.

L'inquiétude qui se lisait sur les traits d'Eduardo fit place à un sourire. Il leva les deux mains comme pour une bénédiction, mais son geste disait qu'il renonçait au combat avec son frère sur cette question de foi.

— Parle-moi de ton fils.

— Il est superbe. Il tient de sa mère. Il s'engage dans la vie avec de la sensibilité. Les filles ne feront jamais sa perdition.

— Et le sport ?

— Il est brillant. Il joue à tout comme on danse. Mais il est calme de nature, même au plus fort de la compétition. On dit de lui qu'il a l'esprit sportif. Il est toujours correct, même sur un terrain de basket.

— Et Enza ? Parle-moi de ma sœur.

— Enza a voulu que je vienne en Italie pour revoir les genévriers en fleur, les cascades et les asters, afin de rapporter ces images en prévision des jours mauvais. Mais, vois-tu, mon frère, quand je ferme les yeux, c'est son visage que je vois. Ici ou ailleurs, maintenant ou plus tard, c'est d'elle dont j'ai besoin.

— Tu l'aimes vraiment.

— Je ne sais pas pourquoi elle m'aime, mais elle m'aime.

— De quoi as-tu peur, Ciro ?

— Maintenant ?

— Maintenant, et dans les mois à venir.

— Du moment où la mort va arriver, dit Ciro, très simplement.

— Du moment où ta mort va arriver ?

— Ma foi, je crois que je n'aurai pas envie de partir. Les médecins m'ont prévenu que c'était une mort douloureuse. Mais Enza a appris à faire bouillir les aiguilles et à remplir une seringue, et j'aurai tous les remèdes qu'il faudra pour m'aider à passer de l'autre côté. Les médecins me l'ont promis. Mais que dire à Dieu si on ne veut pas mourir ? Si on préfère élever son fils, et aimer sa femme, et devenir un vieil homme ?

– J'ai de la peine pour toi, Ciro. Je prendrais ta place, si je le pouvais.

– Je le sais bien, dit Ciro, en essuyant une larme.

Il n'avait jamais douté que son frère serait prêt à mourir pour lui.

– Tu verras la face du Seigneur avant moi.

– Désolé. Avec tout le mal que tu t'es donné pour arriver le premier !

Eduardo éclata de rire.

– Il n'y a pas de justice sur cette terre !

– C'est vrai.

– Y a-t-il quelque chose que je puisse faire ?

– J'espère qu'un jour tu pourras emmener mon fils dans la montagne. Je veux qu'il connaisse ces routes, ces chemins, ces rochers et ces falaises comme je les ai connus. Je veux que tu l'instruises de la religion – je veux qu'il connaisse Dieu, contrairement à son père.

– Tu Le connais, dit Eduardo. Tu Le connais parce que tu fais partie de Lui. Depuis toujours. Même quand tu faisais de ton mieux pour être mauvais, tu étais bon. Tu es fait de Sa lumière. Je ne suis pas devenu prêtre parce que j'avais cette lumière ; je le suis devenu parce que je l'ai vue en toi.

– Je devrais être pape, alors ? demanda Ciro.

Ils se mirent à rire, le rire d'un frère stimulant celui de l'autre qui repartait de plus belle, exactement comme dans leur jeunesse et que chacun regardait l'autre en se disant qu'il ne pourrait rien leur arriver de mal tant qu'ils seraient ensemble.

Caterina entendit le rire de ses fils à travers la cloison. Elle l'écouta un moment, et pensa de nouveau à ce qu'elle avait manqué. Mais la joie d'un enfant est doublement joyeuse pour sa mère, et le rire de ses fils finit par l'apaiser – un bonheur qu'elle n'aurait jamais cru possible.

***

Ciro se réveilla de bonne heure et regarda son frère, qui dormait profondément dans son lit. Il s'habilla et se rendit à la cuisine du couvent. Il y trouva Caterina assise à la table sur un tabouret, habillée et prête pour la journée. Elle versa une tasse de café à Ciro.

– Bonjour, maman, dit-il en l'embrassant sur la joue.
– Tu as bien dormi ?
– Comme le vieux couvent, répondit Ciro. C'est calme, ici.
– C'est bon d'être ensemble. Tu es un homme bien, Ciro. Je le pense vraiment. Je suis fière de ce que tu es devenu.

C'étaient les paroles qu'il avait attendues toute sa vie. Le gamin plein de vie était à présent un homme plein de bonté. Il n'aurait peut-être pas quitté la montagne si sa mère ne l'avait quittée, et quand il regardait en arrière, il se rendait compte que son plus grand bonheur était advenu parce qu'il avait pris un risque. Il ne pouvait pas changer le passé, mais il pouvait le faire sien.

– Maman, sais-tu que j'ai appelé ma boutique Caterina Shoe Company ?

Les yeux de Caterina s'emplirent de larmes.

– Mais je n'ai rien fait…, dit-elle, tristement.
– Peu importe, maman. C'était tout pour toi. Tout.

Elle lui versa une autre tasse de café. Puis elle s'assit, bien droite.

– Parle-moi d'Enza, dit-elle, en posant le pain et le beurre à côté de lui.
– Elle est belle, et elle est forte. Brune comme les filles de Schilpario. Et honnête comme elles.
– Est-ce qu'elle aime les belles choses ?

– Elle crée partout de la beauté, maman. Elle fait des merveilles avec la laine comme avec le satin. Et c'est une bonne mère...

Ciro s'arrêta net, la gorge serrée.

– Je veux que tu donnes quelque chose de ma part à Enza. Quand ton père est mort, j'ai tout vendu, mais j'ai pensé qu'il me fallait au moins une chose pour me rappeler ma mère. J'espérais qu'un jour l'un de mes fils aurait une fille et que je pourrais le lui donner. Mais après tout ce que j'ai entendu au sujet de ta femme, je pense que j'en avais déjà une.

Caterina plongea la main dans sa poche pour prendre une petite boîte recouverte de velours qu'elle lui donna. Il l'ouvrit. Elle contenait le camée bleu que sa mère portait quand il était petit.

– Ça lui plaira beaucoup, maman.

– Si je pouvais te donner les montagnes pour elle, je le ferais. Mais, pour le moment, je me contenterai de ce pendentif.

Caterina posa la main sur celle de Ciro ; il sentit une douce chaleur l'envahir à ce contact.

* * *

Enza attendait sur le quai tandis que le SS *Conte Grande* accostait. Elle regarda les passagers débarquer. Quand elle vit Ciro s'engager à son tour sur la passerelle, elle le trouva beau et il lui parut en pleine forme. Elle lui fit signe de la main.

Ciro se fraya un chemin à travers la foule et la prit dans ses bras en la soulevant au-dessus du sol. Ils s'embrassèrent, encore et encore. Pendant qu'ils se dirigeaient vers la voiture de Colin, elle lui donna des nouvelles d'Henry, qui était un magnifique bébé. Elle avait peint sa chambre, cousu de la layette et joué les infirmières auprès de Laura.

Ciro lui parla de ses parents, de la maison de Schilpario. Il la lui décrivit, jaune et resplendissante, et lui dit qu'elle se trouvait en hauteur sur la pente, telle un diamant serti dans une couronne. Puis il lui donna des nouvelles d'Eduardo et de sa mère, et lui remit la petite boîte gainée de velours.

– De la part de ma mère, dit-il. Pour la femme que j'aime.

28

Une lucarne

Un lucernario

Ciro put travailler jusqu'au début de l'année 1932, mais c'était généralement Luigi qui se chargeait de déplacer les objets lourds, et quand il fallait passer de longues heures sur l'établi, il prenait le relais. Ciro faisait une sieste tous les après-midi et restait longtemps assis, la position debout le fatiguant de plus en plus.

Luigi s'efforçait de maintenir une ambiance de bavardage et de plaisanterie, en imitant les clients difficiles et les vieux représentants de commerce pour faire rire Ciro. Il invitait aussi des joueurs de cartes, comme Ciro avait toujours eu l'habitude d'en recevoir chaque mardi. Enza sortait la bouteille de grappa et des cigarettes, et offrait du café et des gâteaux plus tard dans la soirée, mais Ciro allait de plus en plus mal et tous le voyaient. Les parties de poker devinrent plus courtes, mais les joueurs ne parurent jamais le remarquer.

La Saint-Patrick était une grande fête à Chisholm, car elle coïncidait avec les prémices du printemps et du renouveau dans le Minnesota. Les bars de West Lake Street étaient bondés et faisaient des prix, les mineurs, qu'ils soient orthodoxes ou luthériens, célébrant avec un même enthousiasme ce jour de fête catholique.

Ce soir-là, un tel vacarme montait de la rue qu'Enza tira les rideaux du salon et ferma la porte de la chambre à coucher. Puis, juchée sur un escabeau, elle rabattit le volet de la lucarne au plafond.

– Il fait très froid, Ciro, dit-elle, en ajoutant une couverture à celle qu'il avait déjà sur lui.

Il était plus maigre de jour en jour.

– *Grazie*, dit-il. Je me demande ce que je ferais sans toi.

Enza s'allongea à côté de lui.

– Tu aurais épousé la Reine de Mai. Comment s'appelait-elle, déjà?

– Je ne sais plus.

– Philomena? Quelque chose comme ça...

– Je te dis que je ne sais plus!

– Felicità! Bien sûr, la bombe sicilienne! Elle se serait fait offrir des diamants, non, d'ailleurs, elle t'aurait envoyé en chercher, et en te voyant revenir avec le plus gros elle te dirait: «Mais non, c'est un rocher que je t'ai demandé. Un rocher, pas un petit caillou!»

– Et toi, tu serais mariée avec Vito Blazek.

– J'aurais été sa première femme. Il en a eu trois depuis.

– C'est vrai?

– Laura est restée en contact avec lui. Tu vois, tu m'as évité une vie très glamour et sophistiquée. C'est au cordonnier que je dois mon salut.

– Je suis désolé pour toi, dit Ciro.

– Ne dis pas une chose pareille! (Enza se serra contre lui.) J'ai eu ce dont je rêvais.

Sur son lit de mort, Ciro comprit qu'il avait choisi Enza parce qu'elle était forte sans lui; elle n'avait pas *besoin* de lui, elle le *voulait*. Elle avait choisi Ciro en dépit d'un instinct de conservation dont il devait découvrir par la suite qu'il était une composante essentielle de son caractère et que tout ce qu'elle faisait, toutes les décisions qu'elle prenait visaient à préserver la vie et à mettre de la sécurité dans un monde où il y en avait si peu.

Ciro pensait avec tristesse qu'Enza ne connaîtrait jamais le bonheur d'avoir été deux à s'aimer une vie entière. Il faudrait pourtant se contenter de ce qui avait été, de ce qu'on avait reçu, des risques pris et assumés. Ils avaient eu leur part. À quoi bon espérer plus de temps ?

Mais leur fils ?

Ciro était désespéré à l'idée que son fils allait vivre avec le chagrin qui l'avait accompagné lui-même toute son existence. Un homme a de plus en plus besoin de son père à mesure qu'il avance dans la vie, et non le contraire. Il ne suffit pas d'apprendre à se servir d'une truelle, à traire une vache ou à réparer un toit ; il y a d'autres vides à combler, contre lesquels on ne peut compter que sur la sagesse d'un père. Seul un père peut montrer à son fils comment se sortir de certains problèmes, comme il lui apprend à gérer une maisonnée, à aimer sa femme. Un père est un modèle grâce auquel un fils peut se construire.

Ciro avait cherché son père dans le regard de tous les hommes qu'il avait connus – Iggy au couvent, Remo dans son magasin de Mulberry Street, et Juan Torres pendant la guerre. Chacun lui avait donné ce qu'il pouvait, mais aucun, malgré ses bonnes intentions, ne pouvait prendre la place de Carlo Lazzari.

Dans les derniers moments de sa vie, Ciro comprit qu'un homme réellement digne d'estime était rare. Pendant la guerre, il avait vu des hommes mentir, se conduire comme des poltrons, s'attacher vaguement à des femmes qu'ils abandonnaient ensuite, des hommes uniquement préoccupés de leur propre confort, au comportement inélégant. Et voici qu'il s'apprêtait à infliger à son fils la terrible blessure qu'on lui avait fait subir sans le préparer à ce qui l'attendait dans le monde des adultes. Ciro ne se pardonnait pas ce qui était à ses yeux plus qu'un simple manquement envers son fils, une véritable trahison.

– Merci de t'occuper de moi, Enza.

Elle se retourna vers lui.

– Tu as été un patient épouvantable.

Ciro se mit à rire. Il prit les mains de sa femme dans les siennes, qui étaient brûlantes. Elle ferma les yeux. Elle adorait les mains de Ciro, qu'elle trouvait magnifiques ; malgré le dur travail qu'il leur avait demandé toute sa vie, il gardait les doigts longs et fins d'un musicien ou d'un peintre.

Ses mains avaient créé. Elle les avait vues mesurer le cuir, la peau et la soie, découper des motifs, coudre des formes, et passer la chaussure terminée sous les brosses de la cireuse. Elle pouvait rester des heures à le regarder faire. C'était pour elle un spectacle ; il y avait du sens, et de la magie, dans chacun de ses gestes.

Ses mains les avaient nourris. Elle avait observé ses gestes vifs et délicats lorsqu'il faisait manger leur bébé. Il faisait quelquefois du fromage, une opération compliquée consistant à transformer du lait et de la présure en écheveaux de mozzarella.

Ses mains les avaient protégés. Celle qui avait pris la sienne un soir sur le Passo della Presolana était aussi celle qui avait bercé leur fils. Ces mêmes mains avaient tenu son corps lorsqu'elle était devenue sa femme.

– Tes mains vont me manquer, Ciro. Et toi, qu'est-ce qui te manquera ?

Il leva les yeux vers la lucarne du toit, comme s'il s'attendait à voir passer un oiseau avec dans son bec un ruban portant en lettres d'or quelque aphorisme en latin, tels les parchemins que tenaient les anges au-dessus du tabernacle de San Nicola. Ciro savait ce qu'il regretterait de ce monde, mais ne souhaitait pas partager cela avec sa femme. Il ne voulait pas se dire que cette vie qu'il aimait tant était en train de s'achever. Mais une partie de lui souhaitait tout de même qu'elle sache.

— J'adore la couture d'une pièce de cuir quand elle est bien droite. J'aime faire des chaussures de mes mains. J'aime ce que je ressens après avoir ciré une paire de souliers que je viens de réparer. J'aime le cirage parfumé au citron, je regarde les souliers et je me dis que j'ai donné un peu de confort à un type qui marche dans cette mine. Je regretterai de ne plus faire l'amour avec toi, car après toutes ces années, ton corps a toujours quelque chose qui m'étonne et me ravit. Je regretterai notre fils, qui te ressemble tellement.

— Je voudrais que tu pries, Ciro.

— Je ne peux pas.

— S'il te plaît...

— Quand j'étais en France, j'ai discuté un jour avec un soldat de mon régiment pour lequel j'avais beaucoup d'estime. Il s'appelait Juan Torres, il avait une femme et trois filles. Il était portoricain et il parlait souvent de l'une de ses filles, Margarita. Il racontait des histoires à son sujet, des histoires qui nous faisaient rire.

— Tu m'as déjà parlé de lui, mon cœur. Mais tu ne m'as jamais dit comment il était mort.

— Un jour, pendant qu'on bavardait, on a entendu le bruit d'un char et il s'est levé pour voir si quelque chose venait dans notre direction. On était tellement pris par notre discussion qu'il a oublié qu'il y avait une guerre autour de nous. À ce moment, il était simplement un père qui parlait de sa fille adorée, comme si on avait passé la soirée dans un bar. J'ai tendu la main pour l'obliger à se baisser, mais il avait déjà reçu une balle. Il est mort peu de temps après, et je l'ai enterré. En repartant vers Rome après la guerre, j'ai écrit à Margarita que les dernières paroles de son père avaient été pour dire combien il l'aimait. Je ne peux pas prier Dieu pour moi-même, alors que d'autres se sont vu refuser ce luxe.

– Papa ?

Antonio se tenait sur le seuil de leur chambre. Il regarda ses parents, inquiet. Il ne savait pas s'il devait entrer ou s'éclipser, mais il avait surtout envie de s'éclipser. Le moment qu'Antonio redoutait approchait.

– Il y a de la place ici, dit Ciro en tapotant le lit à côté de lui.

Antonio se débarrassa prestement de ses chaussures avant de s'allonger près de son père. Enza tendit la main pour prendre celle de son fils par-dessus le corps amaigri de son mari. Ciro posa sa main sur les leurs.

C'était le privilège de l'enfant unique : quel que soit son âge, il y aurait toujours une place pour lui dans le lit. Antonio était la seule véritable préoccupation de ses parents. Leur petite trinité avait toujours été sacro-sainte et le resterait.

– Antonio, sois gentil avec ta mère.
– C'est promis.
– Et emmène-la chez nous dans la montagne. Mon frère vous aidera. Écris-lui.
– C'est entendu, papa.
– Enza, tu iras là-bas avec ton fils ?
– Oui, dit-elle doucement.
– Bien. (Ciro sourit.) Antonio, je suis fier de toi.
– Je le sais, papa.
– Et n'oublie pas que je le serai toujours. C'est incroyable que de tous les anges du paradis, Dieu t'ait choisi pour t'envoyer à moi. Je suis l'homme le plus chanceux du monde.

Antonio se serra contre son père, comme quand il était petit. Il enfouit son visage dans le cou de Ciro. Il ne trouvait absolument pas que celui-ci avait de la chance.

Enza se leva pour aller à la cuisine. Elle retira les aiguilles stérilisées de la casserole, emplit la seringue de morphine, vissa une aiguille dessus et revint vers son mari.

Antonio, maintenant, pleurait doucement sur l'épaule de son père, qui l'entourait de ses bras. Ciro était désormais si faible qu'il ne pouvait pratiquement plus serrer son fils contre lui.

– Je vais faire une piqûre à papa, mon cœur, dit Enza.

Antonio se redressa sur son séant et détourna les yeux, sans lâcher la main de Ciro. Antonio n'avait toujours pas pu se faire à ces aiguilles, et il était malade de voir que son père en avait de plus en plus besoin.

Enza nettoya d'un geste léger une petite surface de peau sur ce qui avait été le bras musclé de Ciro et lui administra la morphine. Les traits de Ciro retrouvèrent une certaine sérénité tandis que le produit faisait son effet.

Enza rejoignit son fils et son mari dans le lit. Elle caressa l'épaisse chevelure de Ciro, qui s'était depuis peu teintée de gris sur les tempes.

– Il y a tant de choses que je n'ai pas faites, murmura Ciro.

– Tu as tout fait bien, mon amour.

– Je n'ai jamais appris à faire des chaussures pour femmes, dit-il, en essayant de sourire.

– Et alors, quelle importance ? Moi, je n'ai pas appris à danser !

– Ce n'est pas très grave, fit-il en souriant.

Ciro ne dit plus rien après ça. Il vécut jusqu'au matin. Enza pleurait en lui administrant de la morphine. Ces gestes qu'il lui avait fallu apprendre l'aidèrent à tenir pendant que son mari s'en allait vers la mort. En faisant bouillir les aiguilles puis en remplissant la seringue, en s'assurant qu'elle ne contenait pas de bulle d'air avant de retourner dans la chambre, elle se sentait utile, et même contente de savoir qu'elle l'aidait et que la morphine lui évitait de souffrir.

Cette nuit-là, Antonio s'assoupit dans un fauteuil, face au lit de son père. Enza avait devant elle son fils et son mari endormis.

Cette nuit-là, elle pleura sur tout ce qu'elle n'avait pas. Elle avait espéré d'autres enfants ; pendant que son mari agonisait, elle se dit qu'il aurait dû laisser plus d'aspects de lui-même dans ce monde. Elle avait fait de son mieux, mais dans ces moments, elle se disait que ce n'était pas assez.

Au lever du soleil, elle lava son mari, lui coupa les ongles et les cheveux et le rasa délicatement. Elle lui lava les pieds à l'eau de lavande et lui tamponna le visage avec un linge humide. Puis elle s'étendit près de lui et écouta les battements de son cœur qui se faisaient de plus en plus faibles. En levant les yeux vers la lucarne, elle vit un soleil rose dans un ciel bleu et le prit comme un présage.

Antonio se réveilla et se redressa brusquement dans son fauteuil.

– Maman ?
– Viens, dit-elle à son fils.

Antonio grimpa sur le lit avec ses parents. Il posa son bras sur la poitrine de son père, la joue contre sa joue et se mit à pleurer. Enza tendit une main pour la poser sur le visage de son fils, se pencha sur Ciro, les lèvres tout contre son oreille, et dit : « Attends-moi. » Ce furent les mots que Ciro entendit avant de pousser son dernier soupir.

18 mars 1932
Cher don Eduardo,
Ceci est la lettre la plus douloureuse que j'aie jamais eue à écrire. Ciro, votre frère adoré, est mort dans mes bras ce jour à 5 h 02 du matin. Mgr Schiffer est venu oindre son corps et lui administrer les derniers sacrements. Antonio était dans la chambre avec moi quand son père nous a quittés.

Eduardo, j'ai le cœur lourd de tant de choses, de tant de souvenirs et d'images, et de tout ce que Ciro m'a dit de vous. Vous savez, je l'espère, combien il vous admirait, et que s'il fallait un exemple de piété et d'honnêteté, quelle que soit la situation, ce serait toujours vers vous que Ciro se tournerait. J'aurais voulu que vous puissiez être là pour les obsèques. Notre escalier est déjà plein de fleurs. J'ai dû aménager un passage pour entrer. Les anciens combattants ont mis un drapeau devant notre maison et le tambour et le clairon ont sonné quand ils ont appris sa mort.

Votre frère a fait de moi la plus heureuse des femmes. Je l'ai aimé dès l'âge de quinze ans et les années n'ont pas entamé la profondeur de mes sentiments. Je ne puis imaginer la vie sans lui, aussi je vous demande humblement de prier pour moi comme je prierai pour vous et pour votre mère. Merci de partager avec elle cette terrible nouvelle, et de lui transmettre mes plus affectueuses condoléances.

Votre belle-sœur,
Enza

29

Une paire de patins à glace

Un paio di pattini da ghiaccio

Au bord de la patinoire de Chisholm, Enza enfila ses gants, en regardant Antonio venir vers elle avec une telle aisance et une telle légèreté qu'on l'aurait cru prêt à s'envoler. La forêt obscure bordait l'oasis de glace sur laquelle de puissants projecteurs jetaient une lumière blanche. La lune donnait l'impression de s'être incrustée dans le sol de cette forêt nordique. Des parfums de noisettes grillées et de patates douces rôties flottaient dans l'air.

Tout ce que Chisholm comptait d'adolescents semblait s'être donné rendez-vous à la patinoire ce soir-là, pour danser sur la musique populaire diffusée par les haut-parleurs. Les gamins virevoltaient sur *The Music Goes Round and Round* de Tommy Dorsey, valsaient sur *The Foolish Things* de Benny Goodman, puis formaient autour de la piste une chaîne ondulante aux notes de *Moon Over Miami* d'Eddy Duchin.

Enza acheta une patate douce à une fille qui collectait des fonds pour l'orchestre du lycée. Elle défit l'emballage de papier métallisé et prit une bouchée sans quitter son fils des yeux.

Antonio, dix-sept ans, était premier de sa classe au lycée de Chisholm, et tout aussi brillant dans les disciplines sportives. Son corps s'accommodait aussi naturellement des patins que des skis. Il maîtrisait même un sport aussi lent que le curling, qu'il appelait « le jeu d'échecs sur glace ». Ses qualités de basketteur étaient connues dans tout l'Iron Range, et il avait posé sa candidature pour plusieurs bourses afin d'aller à la fac.

À quarante et un ans, Enza pouvait regarder en arrière et se féliciter de la façon dont elle avait élevé Antonio, compte tenu des circonstances. Elle savait que Ciro aurait été fier de leur fils. Il y avait cinq ans que son mari était mort, mais il lui semblait que c'était la veille.

Enza, toutefois, se tracassait à cause de la promesse qu'elle avait faite à Ciro de retourner dans les montagnes italiennes pour élever Antonio parmi les amis et les parents qu'ils avaient là-bas. Elle y avait sérieusement réfléchi, mais les choses avaient rapidement changé dans les mois qui avaient suivi la mort de Ciro. L'Italie était en plein bouleversement politique, et il n'aurait pas été prudent de ramener au pays ce fils américain. Devant les bouleversements à l'œuvre dans la société italienne, elle comprenait qu'elle avait pris une sage décision en restant dans le Minnesota. Elle avait opté pour l'Amérique parce que l'Amérique les avait accueillis.

Enza restait fidèle à la ville que Ciro avait choisie pour eux, et le commerce marchait bien. Elle retouchait des vêtements pour les grands magasins, cousait des robes de mariée, des manteaux et diverses toilettes pour les dames de Chisholm. Elle fabriquait aussi des rideaux, des couvre-lits et de la layette. Elle avait des clientes fidèles, séduites par son talent.

Luigi s'occupait seul de la boutique. Ils avaient sans cesse des visiteurs grâce aux Latini, en particulier à Pappina, mais aussi à leurs fils et à Angela qui aurait bientôt dix ans, et tout ce monde qui allait et venait avait aidé Enza à tenir le coup. Mais quand elle montait l'escalier, le soir, et refermait la porte de la chambre, elle retrouvait sa solitude. Les larmes finissaient par s'arrêter, remplacées par une douleur sourde et obstinée qu'Enza acceptait comme le lot ordinaire de son état de veuve, et à laquelle il n'y avait pas de remède.

Antonio patinait, souriant, et faisait des signes à sa mère. Enza s'adossa au mur et vit Betsy Madich, dix-sept ans aussi, ravissante avec une jupe courte en velours rouge sur ses cuisses blanches et un sweat assorti, qui prenait Antonio par la main pour glisser sur la glace avec lui. Enza sourit. Elle se rappelait d'eux, enfants, à rollers dans West Lake Street.

Antonio était follement amoureux de Betsy, jeune beauté serbe grande et élancée qui avait hérité les yeux bleus et les cheveux châtains de sa mère. Elle projetait d'aller à l'école d'infirmières de l'université du Minnesota, l'une de celles où Antonio espérait intégrer l'équipe de basket. Enza avait souvent parlé de filles avec son fils, mais ce n'était pas facile, et dans ces moments-là, Ciro lui manquait. Il lui arrivait même d'en vouloir à son mari de ne plus être là, elle avait l'impression que, les années passant, la douleur de son absence ne s'estompait pas, mais qu'au contraire il lui manquait de plus en plus.

Antonio et Betsy s'approchèrent.

– Maman, fit Antonio, je voudrais aller chez Betsy, après.

– Ma mère fait la *povitica*, dit Betsy.

– Tu ne devais pas aider Mr Uncini à mettre la patinoire en eau ?

– Oui. Et ensuite, j'aimerais aller chez Betsy.

– D'accord. Mais tu as ta clé de la maison ?

– Oui, m'man.

– Alors, pas trop tard. *Va bene.*

– *Va bene, Mamma*, dit Antonio, en clignant de l'œil.

La langue maternelle d'Enza était devenue une sorte de code entre eux. Quand ils fermaient la porte du 5, West Lake Street, la mère et le fils se mettaient à parler comme s'ils vivaient dans la montagne.

Plus tard, ce soir-là, après avoir mis le disque «*Good Night Irene*», Mr Uncini, que tous surnommaient «Oonch», ferma la patinoire pour la nuit. Les jeunes gens s'entassèrent dans leurs voitures pour rentrer chez eux, ou pour se rendre à la pizzeria Choppy's, qui venait d'ouvrir dans Main Street.

— Dégage-moi toute cette glace, Antonio, dit Mr Uncini.

Antonio alla chercher un grand balai à manche de fer dans la cabane à outils et se mit à patiner en rond autour de la piste pour chasser les fragments de glace. Pendant qu'il lissait la surface de son mieux, Mr Uncini déroula le tuyau d'eau.

Antonio quitta la glace et retira ses patins. Il mit de grosses chaussures montantes et aida Mr Uncini à répandre de l'eau sur la patinoire. L'opération prenait un certain temps. Antonio avait l'habitude de s'asseoir pour discuter un moment avec le vieil ami de son père.

— Comment ça marche, en classe ? demanda Mr Uncini.

— Très bien, sauf en maths, répondit Antonio. J'aurai peut-être un B.

— J'ai l'impression que ça devient sérieux, avec Betsy ?

— Vous en avez parlé avec ma mère ?

— Je ne suis pas aveugle, Antonio.

— Je voudrais me marier avec elle, plus tard.

— Alors c'est vraiment sérieux.

— Pas tout de suite. Après la fac.

— Tu as raison. Beaucoup de choses peuvent changer, en cinq ans.

— C'est ce que dit maman.

— Tu sais, ton père est venu me voir avant sa mort. Et maintenant que tu vas partir à la fac, je crois qu'il est temps de te dire certaines choses. Il voulait que je garde un œil sur toi, vois-tu.

– Et c'est ce que vous avez fait, Oonch.

– J'espère que ça ne se voyait pas trop.

– Le jour où vous vous êtes mis à pleurer pendant que je chantais *Panis Angelicus* à Saint-Joseph, ça s'est vu.

– Bref, je voulais seulement te dire que j'étais là à la place de ton père. Je sais bien que ce n'est pas la même chose, mais je le lui ai promis, et je serai toujours là pour toi.

– Il était comment, Oonch ? Maman pleure quand je le lui demande. J'ai un tas de souvenirs, mais je me demande ce que je penserais de lui maintenant que je suis plus vieux.

– C'était un honnête homme. Mais il adorait s'amuser. Il avait de l'ambition, mais sans excès. Je l'aimais parce que c'était un véritable Italien.

– Qu'est-ce qu'un véritable Italien ?

– Il adorait sa famille et il adorait la beauté. Ce sont les deux choses qui comptent le plus pour un véritable Italien, parce qu'elles te font tenir debout jusqu'à la fin. Ta famille est autour de toi et elle te rend plus fort, et la beauté élève ton âme. Ton père aimait ta mère à la folie. Il faisait des chaussures comme je fais des œufs brouillés. Imagine-toi : pendant que tu discutais avec lui, il prenait des mesures, il posait le patron sur un morceau de cuir, il se mettait à coudre et en un rien de temps il était déjà en train de cirer et de faire briller la chaussure ! Ça n'avait l'air de rien. Mais c'était un sacré boulot.

Antonio regarda la surface gelée pendant que Mr Uncini arrêtait la pompe. Une eau claire avait recouvert la couche de glace bleue, comblant le moindre trou et la plus petite fente. L'air était si froid que la surface durcissait déjà et prenait sous la lumière des airs de dentelle. La forêt semblait s'être tue, et quand l'eau cessa de couler, le silence fut total.

Antonio avait le nez rouge et des larmes lui vinrent aux yeux en pensant à son père qui avait traversé Chisholm, son chapeau à la main, pour demander à des amis de le remplacer quand il ne serait plus là. Quand il songeait à cela, son père lui manquait plus que jamais. Il essuya ses larmes d'un revers de manche en refermant le portail de la patinoire.

– Ça va ? demanda Mr Uncini.

– J'ai un peu froid, c'est tout, répondit Antonio.

***

– Un mètre quatre-vingt-neuf, Antonio, déclara le Dr Graham, en notant sur le carnet. (Il eut un petit rire.) Sais-tu où tu veux aller pour tes études ?

– L'université du Minnesota m'a proposé une bourse de quatre ans.

– Évidemment.

– Mais je vais aller à Notre-Dame.

– Ce sera parfait pour toi.

– Je veux jouer comme professionnel après mon diplôme.

Le téléphone sonna. Le Dr Graham prit la communication, puis dit : « J'y vais tout de suite. »

– Antonio, s'il te plaît, va chercher ta mère. Dis-lui que Pappina Latini est à l'hôpital.

Antonio fit les deux kilomètres en courant ; quelques minutes plus tard, il poussait la porte de la boutique et appelait sa mère. En arrivant à l'hôpital, ils trouvèrent Luigi et ses enfants dans la salle d'attente. Ils se soutenaient les uns les autres, en pleurant. Angela poussa un gémissement en appelant sa mère.

– Que s'est-il passé, Luigi ? demanda Enza, en lui posant la main sur l'épaule.

– Elle est partie, Enza. Elle est partie. Ça se passait mal pour le bébé et ils ont essayé de la sauver, mais ils n'ont rien pu faire... et notre bébé est mort.

Pappina avait un ou deux ans de moins qu'Enza, et ce bébé avait été une surprise. Mais les Latini avaient accueilli la nouvelle avec joie, comme pour leurs quatre premiers enfants. Enza, qui avait prié pendant des années pour donner un frère ou une sœur à Antonio, était toujours touchée par la façon dont Pappina l'associait étroitement à ses grossesses. Elle n'en faisait pas toute une affaire, mais savait l'attirer adroitement dans le cercle de son bonheur en partageant avec elle tout ce qui touchait à la vie du bébé à venir.

Après avoir quitté l'hôpital et s'être assurée que Luigi saurait s'acquitter des ultimes formalités, Enza emmena les enfants Latini chez elle. John avait dix-huit ans et faisait son apprentissage à la boutique. Les aînés étaient stoïques, mais Angela ne cessait de pleurer en appelant sa mère. Tandis qu'ils longeaient le trottoir sous les arbres dénudés de l'hiver, Enza chercha des mots pour les consoler.

« Les enfants nous arrivent de bien des façons », lui avait dit Pappina un jour, et elle s'en souvint avec un frisson.

Une fois chez elle, Enza prépara à manger pour Luigi et ses enfants tandis que John les faisait jouer. Puis elle fit prendre un bain à Angela et prépara ses vêtements pour l'école. C'était, bien sûr, la moindre des choses après ce que les Latini avaient fait pour elle au moment de la mort de Ciro. Les enfants l'appelaient depuis toujours Zenza, une combinaison de Zia (tante) et Enza, et ils avaient dormi bien des nuits sous leur toit avec Antonio, de même que celui-ci chez eux.

Les funérailles de Pappina eurent lieu quatre jours plus tard avec une messe en l'église Saint-Joseph. Pappina était très aimée au sein de la communauté italienne. C'était une pâtissière de talent, une épouse et une mère magnifique. Luigi était désespéré par la mort de sa femme et de son bébé.

Les enfants lurent, chacun leur tour, un passage des Évangiles. Enza se dit que son amie aurait été très fière d'eux.

Enza prit tout le temps nécessaire pour aider la famille Latini à reprendre ses habitudes. En ramenant les enfants chez eux après quelques semaines, elle montra aux garçons comment faire leur lessive et préparer des repas.

Angela observait Enza avec beaucoup d'attention, et tentait de s'acquitter des tâches ménagères comme le faisait sa mère. Le ménage, ce n'était pas trop difficile. Mais on ne pouvait pas attendre d'une enfant de dix ans qu'elle fasse la cuisine pour toute une famille, et elle enrageait de ne pouvoir relever ce défi. Enza venait préparer leurs repas, elle s'était organisée pour avoir les enfants à déjeuner pendant le week-end seulement, et veillait à ce qu'ils aillent à l'église chaque dimanche.

Un matin, Enza ouvrit la boutique et s'installa à l'arrière pour coudre quand Luigi entra et se mit à réparer des chaussures, comme tous les jours. Mais Luigi n'était pas le même, ce jour-là. Posant ses outils, il la rejoignit dans son atelier de couture et s'assit face à elle.

– Je rentre en Italie, dit-il.

– Luigi. C'est trop tôt pour prendre des décisions.

– Non. C'est décidé.

– Tu n'échapperas pas comme ça au malheur qui t'a frappé.

– Je n'en peux plus. Je veux repartir de zéro. Et c'est la seule façon de le faire.

– Mais tes enfants ?

– Je prends les garçons avec moi.

– Et Angela ?

– Justement... Je me disais que tu pourrais peut-être la prendre. Je ne sais pas quoi faire d'une fille, dit-il, au bord des larmes. Elle a besoin d'une mère !

Enza s'enfonça dans son fauteuil. Elle comprenait l'inquiétude de Luigi. D'ici un an ou deux, Angela serait une adolescente. Sans une mère à la maison, elle n'aurait personne pour l'accompagner, la guider, l'aider à devenir une femme.

Antonio devait partir au printemps pour Notre-Dame, afin de s'entraîner au sein de l'équipe de basket. Enza allait se retrouver seule, et si Luigi repartait en Italie il lui faudrait louer l'atelier.

– Laisse-la-moi, Luigi, dit-elle. Je veillerai sur elle.

– *Grazie,* Enza. *Grazie.*

– Pappina aurait fait la même chose pour moi, répondit Enza, qui en était convaincue.

* * *

Enza avait préparé une chambre coquette pour Angela. Elle l'avait peinte en rose, avait cousu un couvre-lit en velours et découpé de quoi faire des abat-jour dans des chutes de chintz. Elle avait aussi pris soin de placer des photographies de sa mère, de son père et de ses frères sur la commode d'Angela. Enza, qui avait déjà habité chez quelqu'un, ne voulait surtout pas qu'Angela se retrouve dans la même situation qu'elle à Hoboken. Il fallait qu'elle se sente en sécurité.

Enza se rendit à l'école pour s'assurer que les maîtres sauraient de quoi la fillette avait besoin. Celle-ci passait beaucoup de temps dans sa chambre, comme on pouvait s'y attendre. À dix ans, changer de famille était un gros bouleversement. Mais le calme régnait chez les Lazzari, Angela avait connu la boutique toute sa vie, elle avait toutes sortes de bons souvenirs de vacances dans l'appartement du premier étage. Tout en vaquant à ses occupations, Enza jetait de fréquents coups d'œil à sa chambre et la voyait en train de lire ou, par moments, assise et silencieuse, le regard dans le vague. Enza avait le cœur gros car elle comprenait dans toutes ces nuances ce que ressentait la petite fille. Enza, elle, savait au moins que sa mère était vivante et elle pouvait lui écrire. Angela n'avait pas cette chance.

Un dimanche après-midi, alors qu'elle préparait la *pasta* dans la cuisine, Enza entendit chanter. Elle sourit, contente qu'Angela se sente assez bien pour se servir du phonographe sans demander la permission.

Tout à coup, Enza se rendit compte que l'orchestre ne venait pas se joindre à la voix après le premier couplet chanté *a capella*. Cette voix continuait à chanter dans le silence. Enza arrêta de pétrir sa *pasta*, s'essuya les mains à un torchon et suivit le son dans le couloir. Arrivée devant la chambre d'Angela, elle se figea. Enza n'avait pas entendu une telle voix depuis celle de Geraldine Farrar à l'époque où elle travaillait au Met.

Angela ne ratait pas une note, elle l'attaquait, et la tenait. Cette qualité cristalline de son timbre était innée – un don du ciel. Enza écouta, les yeux fermés, se rappelant la première fois qu'elle avait entendu cette aria au Met, bien des années auparavant. Elle écouta jusqu'à la fin, puis retourna dans la cuisine sur la pointe des pieds.

***

Enza mit son manteau, enfila ses gants, se coiffa de son plus joli chapeau et remonta West Lake Street pour se rendre à son rendez-vous avec Miss Robin Homonoff, l'unique professeure de chant et de piano de Chisholm. À la place de son nom sur la boîte aux lettres figurait un dessin de l'oiseau chanteur. Enza se dit que s'appeler « rouge-gorge » pour un professeur de chant était un joli clin d'œil du destin.

Miss Homonoff vint ouvrir, nette et coquette sous ses cheveux blancs. Elle fit asseoir Enza dans le salon à côté du quart-de-queue Steinway, le seul objet brillant de son cottage bleu.

– Je veux vous parler d'Angela Latini, commença Enza.

– Je pense qu'elle a du talent. Si elle se met sérieusement au travail avec moi, et si elle travaille dur, je crois qu'elle pourra être un jour chanteuse professionnelle.

– Je trouve qu'elle a la voix de Geraldine Farrar.

– Vous avez étudié l'opéra ?

– J'ai travaillé au Metropolitan Opera quand j'étais jeune fille.

– Vous chantiez ?

– Non, je cousais. Mais j'adore la musique, et je pense que ce serait une très bonne chose pour Angela. Elle n'a que dix ans mais elle a déjà beaucoup souffert, et je crois que cela pourrait lui donner confiance en elle-même.

– Nous allons commencer tout de suite, alors.

– Combien coûtent les leçons ?

– Pas un penny. D'ici quelques mois, c'est elle qui m'en donnera, Mrs Lazzari. C'est dire si elle est douée.

Miss Homonoff souriait en refermant la porte. Elle ne vivait que pour ces moments où on lui confiait de jeunes talents à dégrossir et à révéler. Elle ferait d'Angela Latini une soprano de classe internationale.

* * *

Angela était agenouillée dans le salon du 5, West Lake Street. Elle mit un certain temps à obtenir du poste de radio réglé sur WNDU à South Bend, Indiana, un son audible, sans parasites. Enza secoua sa poêle sur le fourneau de la cuisine et les grains de maïs se mirent à crépiter à l'intérieur. Elle maintint solidement le couvercle.

– Vite, Zenza ! Antonio est dans les cinq qui ouvrent le match !

Enza versa les pop-corn dans un plat et, comme chaque samedi depuis le début de la saison de basket, elle s'assit avec Angela pour écouter la retransmission du match à la radio. Notre-Dame jouait ce jour-là contre l'école militaire de South Bend.

Antonio marqua. Angela et Enza rirent en entendant le commentateur qui déformait le nom de Lazzari. Angela le corrigeait chaque fois.

– Je sais bien qu'il ne m'entend pas, dit-elle, le regard brillant, mais c'est dommage !

* * *

Quand Antonio obtint son diplôme de Notre-Dame avec les félicitations, en 1940, Veda Ponkivar, le rédacteur en chef du *Chisholm Free Press*, publia un portrait de lui accompagné d'une photo, qui avait pour titre :

LE FILS DE SON PÈRE

Sitôt rentré à Chisholm avec son diplôme, Antonio reçut une lettre du bureau de recrutement des armées. Il devait se présenter à Hibbing accompagné de sa mère. Angela était à l'école quand Enza et Antonio montèrent dans le trolley pour Hibbing. Enza avait le cœur lourd : elle savait que son fils allait être envoyé à la guerre. Elle se rappelait tout ce que Ciro lui avait raconté et il lui semblait que l'histoire se répétait. Elle s'efforçait de cacher son inquiétude à Antonio, sans grand succès.

– Je vous ai fait venir ici aujourd'hui en raison de votre situation, qui est très particulière, dit le caporal Robert Vukad en les recevant dans le petit magasin qui lui servait de bureau sur Main Street.

– Je vois que votre père a servi sous les drapeaux pendant la Grande Guerre. Vous êtes fils unique et votre mère est veuve. Nous n'allons pas vous envoyer au front. En fait, vous pouvez être complètement exempté de service. C'est la politique de l'Administration, dans les circonstances actuelles, pour préserver les familles.

– Je veux aller à la guerre, monsieur. Je veux servir mon pays. Je ne veux pas être exempté.

– Votre mère ne sera peut-être pas d'accord avec vous, Mr Lazzari ?

Enza aurait voulu dire à l'officier qu'elle voulait que son fils accepte cette exemption. Elle n'imaginait pas une seconde offrir son enfant à la guerre. Elle avait déjà subi la perte de son mari ; l'idée de perdre aussi son fils était insupportable. Enza regarda Antonio. Il était calme et sûr de lui. Elle dit donc, calmement :

– Monsieur, mon fils va y aller comme tous les hommes de son âge. Il ne saurait être dispensé de se battre pour veiller sur moi. Il est plus important pour moi qu'il suive l'exemple de son père. Cela veut dire qu'il comprend la dette que nous avons à l'égard de ce pays.

– Très bien, madame.

Enza et Antonio repartirent en trolley. Ils ne parlèrent pas beaucoup pendant le trajet jusqu'à Chisholm, et marchèrent en silence de l'arrêt du trolley au 5, West Lake Street. Enza avait le cœur serré en ouvrant la porte. Antonio entra derrière elle. Le parfum de la sauce à la tomate et au basilic qui mijotait dans la cuisine les accueillit dès le couloir.

– Angela ? appela Enza.

– Le repas est prêt, montez ! répondit-elle.

Enza et Antonio rejoignirent Angela dans la cuisine. Le couvert était mis sur une nappe blanche, la vaisselle de porcelaine brillait à la lumière des bougies. Betsy, la superbe petite amie d'Antonio, étudiante à l'école d'infirmières de Pendleton, était là également. Elle avait passé un tablier pour protéger sa jupe de laine et son chemisier, et remuait la salade.

Angela, à présent âgée de quatorze ans, avait rassemblé ses cheveux sous un foulard et portait un jean délavé avec un vieux pull en jersey d'Antonio.

— Excuse-moi, dit-elle à Enza, je n'ai pas eu le temps de me changer. Et j'avais peur de tacher mon autre chemisier avec la sauce tomate.

Betsy entoura de son bras les épaules d'Angela.

— Je lui ai dit qu'elle était très belle comme ça.

Antonio embrassa Betsy.

— Comme toi.

Ils se régalèrent ce soir-là de *spaghetti al pomodoro* avec une salade verte, et d'un gâteau au chocolat. Ils racontèrent des anecdotes sur la patinoire, les matchs de basket au lycée, et évoquèrent même la fois où Betsy était tombée en disputant le concours de danse de la fête serbe. Enza écoutait son fils. Elle aurait voulu que cette soirée ne finisse jamais, et priait en silence pour qu'il ait beaucoup, beaucoup de chance et lui revienne un jour sain et sauf.

* * *

Antonio embarqua à New Haven, l'été suivant, sur un bâtiment de la Marine américaine. Enza se replia sur son angoisse, et son inquiétude était telle que moins d'un an après le départ de son fils ses cheveux gris devinrent complètement blancs.

Mois après mois, elle attendait les lettres d'Antonio, qu'elle ouvrait fébrilement dès qu'on les lui remettait. Elle écartait une mèche tombant sur son front, déchirait l'enveloppe avec une barrette. Après avoir lu et relu dix fois les mots qu'il lui écrivait, elle glissait la lettre dans la poche de son tablier et l'y laissait jusqu'à l'arrivée de la suivante.

La toute dernière l'avait particulièrement inquiétée. Il y parlait de son père, ce qu'il n'avait jamais fait jusque-là.

Ma très chère maman,
Je ne peux pas te dire exactement où nous sommes, mais chaque matin à mon réveil je ne vois que du bleu. On a du mal à croire que quelque chose d'aussi beau puisse cacher l'ennemi, si bien et si profond.

J'ai beaucoup pensé à papa. Tu me manques terriblement, et je n'aime pas te savoir seule à Chisholm. Maman, quand je reviendrai, allons là-bas dans ta montagne ! Je veux voir les champs de Schilpario et le couvent où papa a vécu. Il voulait que nous y allions. S'il te plaît, ne pleure pas avant de t'endormir. Je suis en sécurité et j'appartiens à un bon régiment, avec des types très intelligents. Ce sont des recrues de l'université du Minnesota, quelques-uns viennent du Texas et d'autres du Mississippi. Il y en a aussi un du Dakota du Nord, qu'on appelle No Dak. Il nous raconte des histoires à n'en plus finir sur les élans du Middle West. Parfois, on lui dit qu'on en a assez, d'autres fois on le laisse parler. C'est comme la radio.

Maman je t'aime très fort, je te garde dans mon cœur et je serai là bientôt.

Antonio

P.-S. : Embrasse Angela pour moi.

* * *

Enza rangea les vêtements qu'elle avait retouchés, en repliant avec soin une veste de chez Blomquist.

Elle regardait chaque matin dans la boîte aux lettres. Quand il n'y avait rien, elle mettait son manteau et sortait pour de longues promenades à pied en remontant la rue jusqu'au bureau de poste où elle consultait les listes de soldats morts à la guerre. Elle n'était pas seule à venir régulièrement ; toutes les mères de Chisholm ayant un fils au front en faisaient autant, même si elles prétendaient être là pour faire une course ou pour poster un courrier.

Mais quand une mère en regardait une autre dans les yeux, elle comprenait.

***

Au printemps 1944, Laura Heery Chapin revint à Chisholm, dans le Minnesota. Son fils Henry était en pension, et elle était libre d'accompagner Colin dans ses déplacements à travers le pays depuis qu'il s'occupait des tournées de la troupe du Metropolitan Opera.

Sitôt Angela reçue au Conservatoire, Enza avait appelé sa vieille amie, qui se rendait justement à Chicago pour la première de *La Traviata*. Laura avait immédiatement accepté de venir les voir et de ramener Angela à New York.

Laura était toujours grande et mince et n'avait rien perdu de son allure, même si ses cheveux roux se paraient désormais d'un reflet auburn. Son tailleur venait de chez Mainbocher et ses valises elles-mêmes portaient la marque d'un prestigieux sellier italo-français.

– J'aurais aimé que la mère de Colin te voie. Elle t'aurait trouvée du dernier chic.

– Non. Elle m'aurait sans doute reproché de ne pas avoir des gants blancs plutôt que ces bleus-là.

– Tu ne trouves pas que Chisholm s'est agrandi depuis ta dernière visite ?

– En tout cas, ce n'est pas Hoboken.

Les deux amies éclatèrent de rire. Au fil des années, elles avaient pris cette habitude : quand quelque chose leur plaisait, elles disaient : « Ce n'est pas Hoboken ! »

– Mais comme tu le sais, c'est ici que Colin est venu me chercher. Chisholm sera toujours cher à mon cœur.

Enza sourit. Elle revoyait Ciro arrivant par surprise dans Carmine Street à la porte de l'église Notre-Dame de Pompéi.

– Si tu savais la lettre que Miss Homonoff a envoyée au Conservatoire... Elle pense que notre Angela est une soprano de grand talent.

– On l'a amenée aux Twin Cities, et les professeurs de l'université du Minnesota sont aussi de cet avis. Mais, Laura, elle ne pourrait jamais aller à New York si tu n'y étais pas.

– Je me retrouve seule depuis qu'Henry est parti pour faire ses études. C'est un cadeau que tu me fais.

– Ah, Laura, elle est si timide, par moments. Sa mère lui manque, et je ne sais que faire pour lui donner confiance en elle. Je me revois à son âge, je me rappelle à quel point ma famille m'a manqué. Son père et ses frères sont en Italie et elle s'inquiète pour eux.

– Il faut qu'Angela se concentre sur son travail. Si on s'en est sorties toi et moi, c'est parce qu'on a travaillé dur et qu'on savait pourquoi. Elle va loger chez moi et elle traversera Central Park tous les matins pour se rendre au Conservatoire. Colin connaît bien le directeur. On fera ce qu'il faut pour qu'elle se sente chez elle.

– Tu crois que c'est possible ? demanda Enza, inquiète.

– Tu me dis que cette gamine a déjà beaucoup souffert. Je ne prétends pas qu'une fois à New York elle n'aura plus qu'à se la couler douce. Il faudra travailler dur, mais pourquoi ne serions-nous pas capables de lui donner le minimum de confort et de sécurité dont elle a besoin ? N'est-ce pas ce que Miss DeCoursey a fait pour nous à la résidence Milbank ? Rappelle-toi toutes les fois où on a paniqué parce qu'on n'avait pas de quoi payer notre loyer et où elle nous a fait crédit pour nous laisser le temps de faire quelques jours de plonge ! On ne gâtera pas Angela, mais on la soutiendra – et elle pourra apprendre. Je serai son Emma Fogarty, et je l'aiderai à se faire des relations, comme Emma l'a fait pour nous.

Enza prit une profonde inspiration. Ses craintes s'apaisaient. En vérité, elle faisait toute confiance à

Laura, comme elle avait toujours fait confiance à ceux qu'elle aimait.

– Qu'aurait été ma vie si on ne s'était pas rencontrées ?

– Quelque chose me dit que tu t'en serais très bien tirée tout de même, répondit Laura, en serrant son amie dans ses bras. Moi, par contre, je serais dans une suite de l'hôtel Bellevue en train de manger des bananes écrasées et de chanter *Tico Tico* en boucle.

* * *

Enza et Laura, assises au bord du lac Longyear, buvaient du vin dans des gobelets en carton tout en mangeant du fromage et des figues qu'Enza avait apportés dans un torchon.

– C'est dans des moments comme celui-ci que Ciro me manque. On est à l'âge où la vie devient plus calme, mais quand on est veuve, ce silence peut être pénible à supporter.

– Je pense à toi chaque fois que j'ai envie de pousser Colin par la fenêtre.

– Profite bien de lui.

– Viens habiter avec nous !

– New York me manque, c'est vrai. Je regrette de ne pas y être allée plus souvent. Mais, maintenant, j'attends le retour d'Antonio, et quand il sera là je pourrai prendre de grandes décisions, entre autres celle de venir chez toi et d'y rester un bon moment.

– J'ai une chambre qui t'attend. On pourra aller tous les soirs à l'Opéra. Colin a une loge.

– Le fameux fer à cheval de diamants…

– Tu te rends compte ? Tu te souviens, les premières fois qu'on y a mis les pieds ? Et aujourd'hui, je me plains si je ne peux pas voir la gauche de la scène de mon fauteuil ! À cette époque, on était prêtes à récurer le plancher pour qu'on nous laisse entrer. Et si on ne l'a pas fait, c'est grâce à toi. Parce que tu étais une artiste et que tu cousais mieux que n'importe quelle machine. Ça ne gênait personne qu'on soit italiennes. On l'a bien vu à l'Opéra – heureusement.

– J'écoute toujours les disques de Caruso.

– Tu te rends compte que tu cuisinais pour lui ? Et moi, je faisais la vaisselle ! Il ne voulait pas de tomates crues, se souvint Laura en claquant des mains. On aura connu l'époque de Caruso au Met !

– Je me demande ce qu'il dirait s'il voyait mes cheveux blancs.

– Il dirait, Vincenza, tu as peut-être les cheveux blancs, mais je serai toujours plus vieux que toi.

– Sais-tu que chaque fois que je prends un crayon, je pense à toi ? Tu m'as appris l'anglais. Sans jamais t'énerver.

– Tu étais tellement maligne... J'avais peur que tu ne me rattrapes et ne finisses par me reprendre sur ma grammaire !

– Non. Personne n'a jamais fait quelque chose d'aussi important pour moi, ni d'aussi généreux. Voilà comment tu es : tu sais tout de suite de quoi les gens ont besoin et tu le leur donnes.

– Tout ce dont tu avais besoin comme n'importe quelle fille, c'était d'une amie. Quelqu'un à qui parler, avec qui partager, sur qui s'appuyer... C'est ce que tu as toujours été pour moi.

– J'espère que je le serai encore.

– Tant qu'il y aura des téléphones ! dit Laura en riant.

* * *

Angela se rendait à pied au Conservatoire, avec ses partitions dans un grand fourre-tout en toile de jute qu'elle portait en bandoulière. Un beau soleil brillait en cette fin du mois de mars, mais l'air restait frais. Elle chantonnait tout en marchant, pour se préparer à son audition. Quand elle arrivait à un croisement et que le trolley approchait à grand fracas sur ses rails, elle en profitait pour changer de registre et faire des gammes sur les plus hautes notes en chantant aussi fort que possible.

Des têtes se tournaient au passage d'Angela ; des jeunes gens la sifflaient, mais elle ne les entendait pas. Ses longs cheveux bruns flottaient au vent, comme la grande jupe plissée qu'elle portait avec des socquettes blanches et des ballerines Capezio. Elle n'avait pas besoin de rouge car ses lèvres étaient naturellement rose vif. Comme le chant, la beauté, chez elle, était naturelle et ne demandait pas d'efforts. Angela avait une tessiture de soprano léger et on admirait, dans sa classe, la justesse de sa voix et son timbre cristallin.

Angela était une provinciale. Elle n'avait pas la sophistication, et donc pas la ruse, non plus, des étudiantes qu'elle côtoyait. Elle ne se battait pas pour les meilleurs rôles, et se trouvait bien dans le chœur. Elle chantait parce qu'elle avait un don, non pour que cela lui rapporte quelque chose. Chanter lui rappelait sa mère, qui l'avait fait si souvent pour elle. La musique l'aidait à rester proche de Pappina.

Le Conservatoire se trouvait dans la maison d'hôtes des Vanderbilt sur la Cinquante-deuxième Rue. Angela aimait la grande entrée de marbre dans des tons de rose, rouge sombre et noir qui lui donnaient l'impression d'être à l'intérieur d'une bonbonnière. L'auditorium, dans lequel elle prenait des leçons de technique vocale, d'expression dramatique et d'italien chanté, était très beau, mais petit. Il aurait tenu sur la scène du Metropolitan Opera.

Angela tendit ses partitions à Frances Shapiro, la pianiste qui accompagnait les répétitions, qui était aussi une amie proche. Frances, mince jeune femme de vingt-deux ans aux cheveux châtains et au sourire éclatant, jouait pour les classes de voix du Conservatoire tout en suivant des cours du soir à l'école de secrétariat du Brooklyn College. Elle posa la partition sur le piano. Quand elle attaqua l'introduction de *Batti, batti del Masetto*, extrait de *Don Giovanni*, Angela vint se placer à côté d'elle, ferma les yeux, ouvrit les mains, se redressa et leva le menton pour que sa voix porte jusqu'au fond de la salle. Frances souriait et hochait la tête à chaque note que lançait Angela. La voix de la jeune fille était comme une brise fraîche s'engouffrant par une fenêtre ouverte.

– C'était comment ? demanda-t-elle.

– Le professeur Kirshenbaum n'en reviendra pas.

– Je l'espère. J'ai besoin d'une recommandation de lui.

– Chante comme ça et tu l'auras, dit Frances.

Angela Latini sortit du Conservatoire et alla boire un café comme elle le faisait souvent en fin de journée. Elle profitait de ce moment pour étudier et écrire : son père et ses frères recevaient chaque semaine une longue lettre. Elle choisit une table près de la vitrine de l'Automat et ouvrit son carnet de notes. Ses longs cheveux étaient retenus en arrière par un foulard. Elle rassembla sa jupe autour d'elle et boutonna son gilet.

– Tu as chanté magnifiquement, aujourd'hui, dit Frances, en posant son sac à main sur la table et en étudiant la carte des pâtisseries avant de s'asseoir. Je veux dire, mieux que jamais.

– Merci. Il le faut. J'ai besoin que le professeur Kirshenbaum me donne une lettre pour entrer à la Scala.

– Tu en as parlé à ta tante ?

– Elle serait affreusement malheureuse si elle pensait que je ne reviendrai pas dans le Minnesota.

– Plus vite tu le lui diras, mieux ce sera.

– Je veux être près de mon père et de mes frères. Je n'ai plus qu'eux.

Angela ne pouvait toujours pas penser à sa mère sans que l'émotion la submerge. Elle se demandait si elle serait jamais capable d'aller de l'avant, et il y avait des jours où elle en doutait. Certes, elle aimait chanter, mais elle n'attachait pas à ce don une importance particulière et elle l'aurait volontiers échangé, si cela avait été possible, contre une chance de retrouver sa mère. Zenza avait fait de son mieux, mais elle s'était beaucoup demandé, elle aussi, comment rendre heureuse cette petite fille solitaire, et, maintenant qu'elle avait grandi, Angelina sentait qu'il lui fallait chercher le bonheur de toutes les façons possibles.

– Quand vas-tu le lui dire ?
– Quand son fils sera revenu.
– Elle a un fils ? Il n'est pas marié ?

France s'était brusquement redressée sur son siège.

– Il a une petite amie depuis très longtemps. Il est très beau. Et plus vieux que toi.
– Je les aime plus vieux.
– Franchement, Frances, je crois que tu les aimes à tout âge.
– Du moment qu'il est juif...
– Pas de chance. Il est catholique.
– Il faudrait déroger à la règle... Je peux y réfléchir. (Frances éclata de rire, la tête renversée en arrière.) Où est-il ?
– Il se bat sur le front du Pacifique sud.

Frances se rembrunit. De nombreux garçons de son quartier, à Brooklyn, avaient été envoyés dans le Pacifique sud.

– Oh, Angela..., souffla-t-elle.
– Non, ne dis rien. Je sais. Il aura de la chance s'il rentre chez lui, dit Angela avec un soupir.
– Tu ne peux pas vivre ta vie en te dévouant à tout le monde, y compris à celle que tu appelles ta tante et

qui t'a recueillie chez elle. Tu as besoin d'être avec ta famille.

– Je le sais. (Angela buvait son café à petites gorgées.) Mais qu'est-ce qu'une famille ? Je dois d'abord me poser cette question.

– À moins que tu ne fasses ce que font depuis toujours tous les Shapiro, les Nachmanoff et les Pomerance : que tu l'inventes.

* * *

Laura alluma les bougies des candélabres Tiffany posés sur la tablette de la cheminée dans le salon vert tendre et beige de son duplex donnant sur Park Avenue. Les lumières de la ville scintillaient comme un ciel étoilé dans le lointain, autour de la grande tache obscure que formait Central Park. Des lumières que les Chapin avaient vu se multiplier depuis qu'ils habitaient là. Les quartiers qui entouraient Manhattan s'étaient développés – plus de monde, un commerce de plus en plus florissant, et de plus en plus de places vendues au Metropolitan Opera.

Angela, vêtue d'une chemise en tissu léger, ses longs cheveux tombant jusqu'à la taille, était assise devant la coiffeuse dans la chambre d'amis qu'elle occupait depuis son entrée au Conservatoire.

Laura entra et lui tendit un bracelet. Angela la remercia et mit le bracelet à son poignet.

– Il te va bien. Garde-le.

En regardant le reflet de la jeune fille dans le miroir, Laura se dit qu'elle possédait l'élégance naturelle qui avait toujours été celle d'Enza Ravanelli, même dans sa chambre en sous-sol de Hoboken. Angela était gracieuse, elle avait un parler direct mais jamais exempt de douceur ; elle était serviable si on faisait appel à elle, mais savait aussi, désormais, faire preuve d'assurance quand c'était nécessaire. Sa seconde mère l'avait bien éduquée.

Laura avait pris beaucoup de plaisir à avoir Angela chez elle. Henry étant désormais à la fac, Angela comblait un vide en répétant au piano, en faisant des vocalises et en travaillant les airs qu'elle devait chanter en cours. En l'absence d'Enza, c'était Laura qui assistait aux récitals et aux répétitions d'Angela. Elle discutait avec ses professeurs et s'assurait qu'ils lui accordaient toute l'attention dont elle avait besoin.

Colin avait procuré du travail à la jeune fille au bureau des réservations du Met et comme ouvreuse lors des représentations, ce qui lui permettait de s'immerger dans le quotidien d'un grand opéra. Et si Angela bénéficiait de leur générosité, elle savait ce qu'elle devait aux Chapin.

Laura lui avait ouvert les portes d'un monde qu'elle n'aurait pas connu si elle était restée dans l'Iron Range. Elle l'emmenait faire les magasins, et à des soirées chez les membres du conseil d'administration du Met. Elle faisait entrer Angela dans la haute société new-yorkaise. Le talent inné de la jeune fille et son port de reine ne la rendaient que plus humble et reconnaissante face à toutes les opportunités que Laura lui présentait. Angela s'était montrée bonne élève.

La sonnette de l'entrée retentit.

– Angela, tu peux aller voir qui c'est ? demanda Laura.

– Oui, tante Laura, répondit Angela.

Elle jeta un dernier coup d'œil dans le miroir avant d'aller ouvrir la porte en repoussant ses cheveux derrière ses oreilles et en arrangeant les perles du sautoir qu'elle portait avec sa robe.

Quand elle ouvrit la porte, son cœur bondit dans sa poitrine. Antonio Lazzari se tenait face à elle, en uniforme. Il souleva la casquette sur son front avant de l'enlever. Avec ses cheveux bruns, son teint hâlé, il était d'une beauté éclatante dans l'uniforme blanc.

– Pourrais-je voir Mrs Chapin? dit-il, en regardant de la tête aux pieds la superbe jeune fille qui se trouvait devant lui.

Angela mit les mains sur ses hanches.

– Antonio, dit-elle, sur le ton de la réprimande. C'est *moi* !

Cette voix… Il plissa les paupières.

– Angela?

– Qui d'autre?

Elle se jeta à son cou.

– Que t'est-il arrivé?

– J'ai grandi d'une trentaine de centimètres et je suis entrée au Conservatoire. J'ai appris à chanter les notes hautes, répondit-elle, en riant. Et à les tenir!

– Si tu n'avais que ça de changé!

Laura se précipita pour accueillir Antonio.

– Tante Laura! s'écria-t-il en l'embrassant.

– Bienvenue à New York!

– Tu n'as rien dit à maman, n'est-ce pas? demanda Antonio.

– Pas un mot. Mais tu vas l'appeler. Tout de suite.

* * *

Enza fit le tour de l'appartement pour vérifier que toutes les lucarnes de toit étaient refermées. L'orage grondait au dehors. Les éclairs déchiraient le ciel et jetaient sur Chisholm une lumière teintée de vert, irréelle.

Elle resserra son peignoir autour d'elle. Un mauvais pressentiment l'avait poursuivie toute la journée : il était arrivé quelque chose à Antonio dans le Pacifique sud. Plus elle essayait de ne pas y penser, plus l'angoisse grandissait.

Elle mit du lait à chauffer, le versa dans une chope, ajouta quelques gouttes de cognac et un peu de beurre. Elle fit une courte prière pour sa mère, qui lui préparait cette boisson, et emporta la chope dans la chambre.

Assise dans son lit, elle regarda l'orage sévir à travers la lucarne du toit, en buvant lentement le lait chaud parfumé au cognac. Puis, prise de fatigue, elle posa la chope sur la table de chevet et éteignit la lampe.

Elle rêva de sa famille. Dans son rêve, elle avait cinquante et un ans – comme à son dernier anniversaire – mais ses frères et ses sœurs étaient encore petits. Il y avait Stella, et aussi sa mère et son père.

Giacomina franchissait la porte de la maison de la Via Scalina avec une brassée de marguerites blanches et d'asters roses cueillis dans la montagne. Une masse de fleurs fraîches, magnifiques.

– Je vais te revoir, mon Enza, disait sa mère.
– Où vas-tu, maman?
– J'ai une place, maintenant, et je dois partir.
– Mais tu ne peux pas me laisser, maman!
– Garde ces fleurs, et pense à moi.

Le téléphone sonna sur la table de chevet. Enza se redressa pour décrocher en portant la main à sa poitrine, sous le choc de ce réveil brutal.

– Enza? C'est Eliana. Maman est morte ce matin.

Enza se mit à aller et venir à travers la maison, seule, désespérée de ne pas être à Schilpario parmi les siens, se reprochant amèrement de ne pas avoir bravé l'océan pour y amener Antonio comme elle l'avait promis à Ciro, et le cœur brisé par la mort de sa mère.

La vie prenait un nouveau tournant et elle n'y pouvait rien. La mort de sa mère était un coup terrible.

Le téléphone sonna à nouveau. Enza bondit et décrocha.

– Maman?
– Antonio!

Il n'y avait que la voix de son fils pour la secourir dans ce moment de détresse, et elle lui était donnée.

– Ça ne va pas, maman ?

– Ta grand-maman Ravanelli est morte, mon chéri.

– Oh. Quelle tristesse.

– Elle t'aimait beaucoup, Antonio.

Antonio avait la gorge serrée. Il n'avait jamais vu sa grand-mère, et il ne la verrait jamais. Il avait parcouru la moitié du monde mais il n'était pas allé jusqu'à cette montagne.

– Je suis à New York, maman. Je suis rentré. Chez nous ! Sain et sauf !

Le soulagement, comme une vague, submergea Enza. Tout, en elle, parut se détendre, et elle dut s'asseoir.

– Quand rentres-tu ?

– Je n'étais jamais venu à New York, maman. Tante Laura et Angela veulent me faire voir la ville.

– C'est bien, c'est bien. Qu'elles n'oublient pas de t'emmener à l'Opéra !

– Sûrement. Que veux-tu que je te rapporte, maman ?

– Toi, c'est tout.

– Ça, c'est facile, maman.

– Tiens-moi au courant, le moment venu. Veux-tu que j'appelle Betsy ?

– Ah... Je n'ai pas écrit pour te le dire, mais elle est tombée amoureuse d'un médecin à Minneapolis, et elle l'a épousé.

– Je suis désolée, mon chéri.

– Non, non, il ne faut pas, maman. Je vais très bien. Je n'ai envie que d'une chose, c'est rentrer à la maison et voir celle que j'aime plus que toutes les autres.

Enza pleura de joie. Cette journée commencée dans la tristesse s'était ensoleillée avec le coup de téléphone de son soldat de fils.

Elle alla dans la cuisine, débarrassa la table pour préparer la *pasta*. Elle avait besoin de faire quelque chose, avant de prendre le téléphone et d'appeler tout le monde, Ida et Emilio Uncini, et Veda Ponikvar, et Mgr Schiffer... Tout était merveilleux sous ses mains, la farine douce et soyeuse, les œufs – le puits profond dans lequel elle pétrissait. Elle se délectait comme jamais de ces textures.

Elle alluma la radio tandis qu'elle travaillait, en laissant des empreintes de farine sur le bouton pour augmenter le son. Et quand *Mattinata* chantée par Enrico Caruso jaillit des haut-parleurs, elle fut littéralement transportée. C'était un signe – tout était signe ce jour-là : la guerre finie, Antonio de retour, il était vivant, il s'en était sorti, il avait fait ce qu'il fallait et il était payé de retour – pour lui, pour sa réputation, et pour son pays natal. Sa mère le lui avait gardé vivant, c'était elle bien sûr, Enza en avait la certitude ! Il n'y avait pas de hasard...

Si seulement Ciro avait été là pour partager cette journée avec elle ! Il savait, lui, faire face à la tristesse comme à la joie. Si seulement il avait été là...

* * *

Enza se lança dans un grand ménage. Elle ouvrit fenêtres et lucarnes à la brise printanière pendant qu'elle changeait les draps de tous les lits, lavait les sols, sortait les plantes vertes, rangeait les photos, faisait tout reluire. Chaque jour au moment du déjeuner, elle accrochait l'écriteau « Réouverture dans une heure » à la porte de la boutique, et tout le monde à Chisholm savait où elle était ; elle remonta West Lake Street en achetant au passage tout ce qu'il lui fallait pour préparer les plats préférés d'Antonio. De retour dans sa cuisine, elle fit des biscuits à l'anis, des *linguini*, mit du pain à cuire dans le four et lança un bouillon pour *son* potage poulet-vermicelles. Elle était certaine qu'il avait maigri, et elle était partagée entre son impatience et le plaisir de savoir que Laura et Angela prenaient soin de lui et lui faisaient découvrir New York – et puis, cela lui laissait une semaine pour préparer son arrivée !

* * *

– Maman ! (Antonio serra sa mère dans ses bras.)
Les quatre années les plus longues de la vie d'Enza s'achevèrent à cet instant. Elle ne se lassait pas d'embrasser le visage de son fils.
– Maman, je me suis marié, dit Antonio.
– Quoi ?
Enza mit une main sur sa bouche. Elle pensa aussitôt à une fiancée de guerre, quelque beauté asiatique enlevée sur une île paradisiaque dont Antonio s'était épris au point de vouloir la posséder pour toujours en y contractant un mariage romantique.
– Où t'es-tu marié ?
– À New York.
– Mais alors, où est-elle ?
– Elle attend en bas.
– Je serai contente de la voir.
Le cœur d'Enza battait follement. Sa surprise était totale. Et si ce n'était pas une fille merveilleuse ? Une version féminine de Vito Blazek, par exemple ? Si, tout à sa joie d'être réchappé de la guerre, il avait pris à la légère la décision la plus importante de son existence ? Elle n'osait même pas l'imaginer. Tout de même, en descendant l'escalier à la rencontre de sa nouvelle belle-fille, elle se souvint que Ciro avait couru du quai à la résidence Milbank puis à l'église pour l'enlever à celui qu'elle s'apprêtait à épouser. La guerre, à l'évidence, fait réfléchir les hommes et courir plus vite les aiguilles du temps comme celles d'une montre quand un ressort se casse à l'intérieur.

Antonio, qui connaissait bien sa mère, vit son inquiétude.

– Maman, je suis certain que tu vas l'adorer.
– Comment peux-tu en être si sûr ?
– Chérie ? appela Antonio.

Angela Latini, vêtue d'un coquet tailleur bleu pervenche, d'un chapeau assorti et d'escarpins à talons hauts, vint au-devant d'eux sur les marches. La fille de l'Iron Range métamorphosée en une New-Yorkaise ultrachic.

– Zenza !

Angela se jeta dans les bras d'Enza. Celle qui était pour elle une mère et une amie devenait aussi sa belle-mère.

– Mais comment… ?
– On était chez tante Laura, on s'est regardés, et… expliqua Antonio.
– … et on a compris à quel point on était pareils, continua Angela. Et on a passé tout un week-end à discuter…
– … et on a décidé de te faire une surprise.
– Je suis surprise… Et tellement heureuse !
– Zenza, j'avais peur que tu ne sois pas contente.
– Pourquoi ?
– Parce qu'il n'y aura jamais personne d'assez bien pour Antonio !
– *Ma si*, dit Enza, en prenant Angela dans ses bras. Toi !

Angela, qui ne s'était jamais sentie guérie de la perte de sa mère, se mit à pleurer dans les bras de celle qui avait tout fait pour l'aider à combler ce vide.

– Je serai une bonne épouse. J'ai tout appris de toi.
– Non, tu étais déjà bien formée quand tu m'es arrivée. Pappina était la meilleure mère qu'une fille puisse avoir.
– La vérité, c'est que j'aimais déjà Antonio quand j'étais une petite fille. Je priais pour qu'il me revienne

quand je serais plus vieille, et pour qu'il ne tombe pas amoureux d'une autre. Je priais pour qu'il m'attende ! Je sais bien que ça paraît idiot...

— Non, pas du tout. Il arrive qu'un rêve d'enfant se réalise, et c'est toujours bon signe.

Enza embrassa son fils et sa toute nouvelle belle-fille. Elle pensait à Ciro, qu'elle avait aimé au premier regard.

Enza écrivit à Luigi Latini. Il s'était remarié dans son village et semblait heureux ; les nouvelles d'Amérique ne pouvaient que le réjouir. Enza lui disait qu'Antonio et Angela allaient venir en Italie pour leur lune de miel et qu'ils voulaient lui rendre visite ainsi qu'à ses fils et à leur famille. Luigi ne manquerait pas de raconter à Antonio comment Ciro était devenu son associé, mais en fait Ciro avait toujours été le leader, et Luigi l'aurait suivi au bout du monde.

Enza souriait à la pensée de son fils retrouvant la famille Latini, où on était de plus en plus nombreux, et grimpant sur le Passo della Presolana pour aller voir Vilminore et Schilpario, où l'histoire de Ciro et d'Enza avait commencé. Elle se promit d'écrire également à Caterina et à Eduardo, qui reconnaîtraient un Montini au premier coup d'œil, comme le disait toujours Ciro.

* * *

— Tu m'as appelée, Zenza ?

Angela était dans le couloir devant la chambre d'Enza, en robe de chambre. Enza leva les yeux et il lui sembla, un instant, voir le visage de Pappina telle qu'elle l'avait vue pour la première fois dans la boutique de Mulberry Street. Enza se souvenait d'Angela petite fille, et avait peine à croire qu'elle était une femme désormais, et l'épouse de son fils.

— Oui, ma chérie. Entre, et assieds-toi avec moi.

Angela s'assit au bord du lit.

– Tu ne peux pas savoir comme je suis heureuse pour toi.

– Je le sais, dit Angela, en prenant la main d'Enza. Et tu sais à quel point c'est important pour moi.

– J'ai quelque chose à te donner.

C'était une petite boîte gainée de velours. Angela l'ouvrit et en sortit un camée délicatement gravé, suspendu à un collier de perles.

– C'est ravissant !

– Il appartenait à la mère de mon mari. Elle avait grandi dans une riche famille, et quand elle s'est trouvée veuve, très jeune, ses parents avaient tout perdu. Mais malgré tous ses malheurs, elle a réussi à garder ce collier. C'est une famille que tu as épousée, Angela. Ils sont forts, résistants, et ils ne renoncent jamais. Tu penseras à eux en portant ce bijou.

Tout en parlant, Enza avait passé le collier au cou d'Angela.

– Et je penserai à toi, aussi, dit celle-ci.

– De quoi parlez-vous, les filles ? demanda Antonio en apparaissant sur le seuil.

Enza donna une petite tape sur le lit à côté d'elle. Antonio vint s'asseoir et vit que sa femme se regardait dans le miroir.

– Zenza, je veux dire maman... m'a donné ce camée. Il appartenait à ta grand-mère.

– Je ne sais pas s'il est beau en lui-même, ou parce que tu le portes, dit-il.

Angela embrassa sa belle-mère.

– J'en prendrai bien soin, promit-elle.

Elle effleura d'une rapide caresse le visage d'Antonio avant de sortir.

– Tu ne peux pas savoir combien c'est important pour moi de te voir heureux, dit Enza.

– Je veux que tu sois heureuse toi aussi, maman.

– J'ai tant reçu, dit-elle, en souriant.

– J'ai promis à papa de t'emmener un jour dans la montagne. Angela et moi, nous voulons aller en Italie. Elle veut voir sa famille, et ensuite on ira dans le Nord pour voir mon grand-père, mes tantes et mes oncles. La mère de papa. Son frère. Et j'ai un tas de cousins, là-bas.

– Vas-y pour moi.

– Maman, il y a un médicament, maintenant. Beaucoup de soldats avaient le mal de mer pendant la guerre, et ils prenaient des cachets. Tu ne seras pas malade.

Enza pensa au bonheur qu'elle aurait à revoir son père, ses frères et ses sœurs, mais ce n'était pas le Passo della Presolana, ni le lac Endine, ni le pont de pierre sur le Vo, où l'eau tombe sur la roche, qui lui manquaient le plus. C'était l'air de la montagne. L'air frais et vif, qui apportait à chaque printemps le parfum des freesias et à l'automne celui des genévriers, et même celui de la neige avant les tempêtes de l'hiver. Voilà ce qui lui manquait, cet air chargé de tous les possibles et de tous les désirs, cet air qu'elle respirait avec Ciro le soir où ils avaient échangé leur premier baiser. Cet air bleu. Cet air nocturne frémissant, accueillant, aussi riche de trésors qu'un coffret de lapis-lazuli…

Respirer l'air de la montagne ferait de la dernière saison de sa vie un souvenir plein de douceur. Et de ce voyage un précieux cadeau à évoquer avec son fils et sa belle-fille quand viendrait l'heure de rendre son dernier soupir sur cette terre.

– Je t'en prie, maman, dis-moi que tu vas venir avec nous !

Enza entoura son fils de ses bras.

– Je ferais n'importe quoi pour toi. Oui, je vais venir.

Antonio embrassa sa mère et alla se coucher.

Restée seule dans sa chambre, Enza s'assit dans un fauteuil et essaya de lire, mais ses pensées couraient plus vite que les mots sur la page. Elle revoyait le passé, et cherchait la signification de tous les moments de sa vie qui, mis bout à bout, formaient les années passées avec Ciro. Elle se souvenait d'avoir toujours ressenti une urgence quand elle était avec lui – il n'y avait jamais assez de temps. Elle l'avait senti ce premier soir en le ramenant au couvent. Le trajet était court, alors qu'il y avait tant à se dire. Pendant les années suivantes, quand ils étaient séparés, chaque fois qu'elle voyait quelque chose qui lui rappelait Ciro, elle l'enregistrait pour le lui dire un jour, même s'il était tombé amoureux d'une autre et qu'elle pensait ne jamais le revoir. Et après son mariage avec Ciro, après la naissance d'Antonio, les choses étaient allées encore plus vite, comme les minutes de temps additionnel dans les matchs de basket d'Antonio. Quand Ciro était mort, il était si jeune – et elle aussi, d'ailleurs. Depuis, elle n'avait pas croisé sur son chemin un seul homme susceptible de lui tourner la tête. Le souvenir de Ciro ne s'était pas estompé. Si elle aimait cette idée de retourner dans sa montagne, elle se demandait tout au fond d'elle-même si elle serait capable de monter jusqu'au col sans l'homme qui avait été, et resterait, l'amour de sa vie.

Plus tard, ce soir-là, alors qu'Antonio et Angela dormaient déjà depuis longtemps, Enza se fit une tasse de thé qu'elle emporta dans sa chambre. Elle ouvrit la lucarne du toit pour laisser entrer l'air frais de la nuit, parcourant la chambre du regard pour en examiner les moindres coins et recoins. Elle se souvint de Ciro, et de la nuit où il était rentré beaucoup trop tard d'une fête après avoir dansé avec une jolie blonde. Ces heures sans lui avaient duré une éternité. Elle trouvait cela curieux : quand elle craignait de le perdre, le temps semblait s'arrêter et quand ils étaient heureux, il s'enfuyait.

Enza fit alors un geste oublié depuis des années. Elle ouvrit le tiroir de Ciro dans la commode, celui qu'elle n'avait jamais eu le courage de vider. Mais, ce soir-là, elle se sentait heureuse. Antonio était là, sain et sauf, et il avait épousé une fille formidable. Ciro aurait été fier d'elle, du bon travail qu'elle avait fait en élevant leur fils, et en honorant sa mémoire par ses efforts constants en faveur de leur famille. Elle reconnut le parfum de cèdre et de citron qui imprégnait encore la couverture du missel de son mari et sa ceinture en cuir. Elle ouvrit la blague à tabac en peau, huma l'odeur sucrée des résidus de feuilles et revit le visage de Ciro quand il lui souriait en la regardant à travers des bouffées de fumée.

Enza mit de l'ordre dans les chaussettes de Ciro, et sortit la ceinture en cuir qui avait été soigneusement enroulée sur elle-même. Elle prit la pochette contenant sa carte d'ancien combattant, qu'il avait gardée dans sa poche jusqu'à son dernier jour comme pour dire : « Vous voyez comme j'ai aimé ce pays ? » – à supposer que quiconque s'avise d'en douter.

Elle posa le passeport sur la commode et souleva le livre de prières qu'Eduardo avait donné à Ciro le jour où ils avaient dû partir chacun de son côté. Enza l'avait porté lors de son mariage, et se rappelait qu'il pesait lourd. Elle y trouva une photographie des Latini et des Lazzari, réunis au bord du lac Longyear quand les enfants étaient petits. Comme Pappina était jeune, et comme Luigi avait l'air heureux, avec Angela bébé dans ses bras !

Elle tomba aussi sur un cliché de son propre mariage, dont elle ferait cadeau à Angela et Antonio. En scrutant son jeune visage, elle trouva l'expression bien sévère et se demanda pourquoi tant de sérieux. Après tout, c'était le moment le plus heureux de son existence ! Ne pouvait-elle se réjouir, s'abandonner à la griserie de ces promesses de bonheur au lieu de s'inquiéter de tout ce qui pouvait mal se passer ? Elle comprenait à présent, avec le recul, que rien n'aurait pu empêcher les malheurs, ni tous les bonheurs qu'ils avaient connus.

En contemplant le visage de Ciro, Enza se demanda une fois encore comment elle avait pu épouser un homme aussi beau. Ses cheveux blonds, éclatants malgré le bain sépia, étaient restés épais et vigoureux jusqu'à son dernier jour. Son nez droit et ses lèvres charnues s'accordaient parfaitement aux siennes, comme s'il était écrit qu'ils finiraient par ne plus faire qu'un.

Les baisers de son mari lui manquaient plus que tout le reste.

Comme Enza s'apprêtait à refermer le tiroir, un objet brillant attira son regard dans la petite coupelle où Ciro conservait des boulons et des vis pour les machines de la boutique. Un timbre d'un penny, jamais oblitéré, dépassait de la coupelle. Elle sortit celle-ci du tiroir et vida son contenu sur le couvre-lit. Une pince à faux col en ivoire, quelques vis, une bobine, deux boutons et, enfin, une pièce d'or. Enza la prit et s'approcha de la table de chevet pour l'examiner à la lumière de la lampe.

C'était la médaille qu'Enrico Caruso lui avait donnée le soir de la dernière de *Lodoletta*. Quand Antonio était petit, Enza le laissait parfois jouer avec, et dans les moments difficiles elle avait même songé à la vendre. Mais elle avait besoin d'une chose, au moins, qui lui rappelle Caruso, et qui lui rappelle aussi d'où elle venait et ceux qu'elle avait connus en chemin, tout comme Caterina avait gardé le camée bleu et son collier de perles.

Enza posa la pièce sur la commode à côté de la photographie, en se disant qu'Antonio serait content de l'avoir parmi ses cadeaux de mariage. Elle fit tourner sur son doigt l'alliance que Ciro y avait glissée le jour de leurs noces. Elle ne l'avait jamais retirée. Elle se rappela les paroles de Ciro : « Méfie-toi des choses de ce monde qui peuvent tout vouloir dire ou rien. »

Amour.

Or.

Ciro, finalement, avait fait en sorte de donner les deux à Enza, mais seul l'amour comptait.

Remerciements

L'histoire d'amour de mes grands-parents m'a longtemps fait rêver. Lucia Spada et Carlo Bonicelli étaient de deux villages des Alpes italiennes distants de huit kilomètres l'un de l'autre, mais ils se sont connus à Hoboken, dans le New Jersey. Ce roman paraît cent ans après l'arrivée de Carlo Bonicelli qui, parti du Havre sur le SS *Chicago*, a débarqué à New York le 19 février 1912. Imaginez mon émotion quand j'ai visité pour la première fois les villages de montagne qui les avaient vus naître.

Mgr don Andrea Spada, mon grand-oncle, a été le premier à me montrer le Pizzo Camino. J'ai vu les pics couronnés de neige et le ciel italien si bleu que je ne cesse depuis de chercher partout cette couleur, dans les échantillons de tissus, sur les murs et dans les livres. Don Andrea était le plus jeune frère de ma grand-mère Lucia Bonicelli. Il était né en 1908 dans une famille où tout le monde travaillait dur. Il avait quitté la montagne et avait été ordonné prêtre en 1931. Il devint ensuite un journaliste célèbre et respecté en Italie, où, vivant lui-même dans la pauvreté, il avait fait de celle-ci son premier sujet d'étude à travers le prisme de la compassion dans un témoignage de première main. Il revint vivre dans la montagne et à Bergame aussitôt qu'il le put et fut pendant cinquante et un ans rédacteur en chef de *L'Eco di Bergame*. Il fut un extraordinaire *padrone* (maître) de la langue. Ses articles aux titres simples et directs étaient clairs, précis et honnêtes. Il continua à écrire des livres puissants et d'une grande portée. Il mourut à Schilpario à l'âge de quatre-vingt-seize ans dans la maison où il était né, à l'ombre de la montagne qu'il adorait.

Je suis reconnaissante d'être publiée par HarperCollins, sous la houlette du grand Brian Murray et de mon champion, Michael Morrison. Jonathan Burnham est un éditeur doté d'un goût exquis et d'une grande clarté de vue. Il m'a encouragée à écrire ce roman et m'a donné les meilleurs outils pour le faire. Il est également joli garçon, et anglais ; deux qualités qui le rangent dans la catégorie de mes nourritures préférées.

Lee Boudreaux, mon éditrice adorée, a du cœur et du savoir-faire, rare combinaison s'il en est. Ce livre est le treizième que nous faisons ensemble, et je me demande ce que je deviendrais sans elle. Elle est douce et forte à la fois, et tellement douée... Agigail Holstein est un trésor et s'occupe des moindres détails avec brio. Je suis en réalité dans une formidable équipe de marketing conduite avec une intelligence aiguë par Kathy Schneider et qui comprend également Leah Wasielewski, Mark Ferguson, Katie O'Callaghan, Danielle Plafsky et Tom Hopke Jr.

L'équipe de publicité de Harper fait un travail d'information magnifique ; merci, Tina Andreadis, Kate Blum (la meilleure), Sidney Sherman, Alberto Rojas, Joseph Papa, et Jamie Brickhouse (Oui, Jamie, j'irai... là-bas). Merci Camille McDuffy et Grace McQuade. Virginia Stanley, la reine des bibliothèques, ne m'a jamais fait défaut. Ma gratitude va aussi à Kayleigh George et à Annie Mazes.

L'étincelant groupe de designers qui a créé la superbe couverture de ce livre est composé d'Amanda Kain, Robin Biardello, Cindy Achar, Lydia Weavern Miranda Ottewell, Leah Carlson Stanistic et Eric Levy. L'équipe commerciale qui amène le livre entre vos mains comprend le fabuleux Josh Marwell, Andrea Rosen, Jeanette Zwart, Doug Jones, Carla Clifford, Kristin Bowers, Brian Grogan, Jeff Rogart, Mark Hillesheim, Caitlin Rollfes, Erin Gorham et Diane Jackson. Merci, Amy Baker, Erica Barmash, Regina Eckes et Jennifer Hart.

Chez William Morris Endeavor, merci à tous, et toute mon affection à l'hyper dynamique Suzanne Gluck. Et à l'équipe des meilleures : Caroline Donofrio, Eve Attermann et Rebecca Kaplan. J'adore Nancy Josephson, qui a fait partie de ma vie aussi longtemps que mes sœurs, lit votre texte dès qu'elle reçoit un premier jet et vous apporte un soutien inconditionnel au moment où on en a le plus besoin. Alicia Gordon, quant à elle, conduit de main de maître le bus de la production.

Merci et tout mon amour à : Sarah Ceglarski, Shekar Sathyanarayanana, Erin Malone, Tracy Fisher, Pauline Post, Eugenie Furniss (l'élégante duchesse), Claudia Webb, Carhryn Summerhayes, Becky Thomas, Jamie Quiroz, Raffaela de Angelis, Amanda Krentzman (Global), Graham Taylor, Casey Caroll, Michelle Bohan, Matt Smith, Juliet Barrack, Stephanie Ward, Ellen Sushko, Joe Austin, Carrie Brody, Sara Ceglarski, Jessica Lubben, Natalie Hayden, Philip Grenz, Arielle Datz et Brando Guzman.

À Movieland, merci au brillant producteur Larry Sanitsky, à Claude Chung et à toute l'équipe de Sanitsky Company. Mon affection et mes remerciements à Lou Pitt et à Michael Pitt. Je suis à jamais reconnaissante à Godoff pour avoir ouvert la porte de ma carrière littéraire. Merci à l'extraordinaire Jackie Levin qui fait preuve depuis des années d'une telle gentillesse à mon égard.

Tout mon amour à Simon and Schuster UK et à Ian Chapman, qui me publient, ainsi qu'à ma divine éditrice, Susanne Babonneau, et à l'irremplaçable, inoubliable Nigel Stoneman. Merci, Allison Van Groesbeck (tu es une star) ; merci, Kelly Meeghan (si talentueuse, et désormais fiancée !) ; à Antonia Trigani, reine de la boutique de cadeaux ; à Gina Casella, notre intrépide leader et fabuleuse présidente des tournées ; à Nekki Padolla, qui conduit les tournées pédestres avec style et panache.

Mon affection et toute ma reconnaissance à Jake et Jean Morrissey, à Mary Murphy, Gail Berman, Debra McGuire, Suzanne et Peter Walsh, Cate Magennis Wyatt, Nancy Boldmeir Fisher, Carol et Dominic Vechiarelli, Jim et Mary Deepse Hampton, Suzanne et Peter Walsh, Heather et Peter Rooney, Ian Moffitt, Anne Weintraub, Glene Stein, Aaron Hill et Susan Fales-Hill, Kate Benton Doughan et Jim Doughan, Ruth Pomerance et Rafael Prieto, Loanna Patton et Bill Persky, Angelina Fiordellisi et Matt Williams, Michael Lya Hart et F. Todd Johnson, Richard et Dana Kirshenbaum, Hugh et Joly Friedman O'Neil, Rosalie Ciardullo, Dolores et le Dr Emil

Pascarelli, Sharon Hall, Mary Ellen Gallager Gavin, Rosanne Cash, Liz Welch Tirell, Rachel Cohen DeSario, Charles Randolph Wright, Constance Marks, Mario Cantone et Jerry Diwon; Nancy Ringham Smith, Sharon Watroba Burns, Dee Emmerson, Elaine Martinelli, Kitty Martinello (Vi et les filles), Sally Davies, sœur Karol Jackowski, Jane Cline Higgins, Beth Vechiarelli Cooper (ma patronne de Youngstone), Max et Robin Westler, John Searles, Robin Kall, Gina Vechierelli, Barbara et Tom Sullivan, Brownie et Connie Polly, Catherine Brennan, Joe O'Brian, Greg D'Alessandro, Jena et Charlie Corsello, Karen Fink, Beata et Steven (le Guerrier) Baker, Todd Doughty et Randy Losapio, Craig Fisse, Anemone et Steve Kaplan, Christina Avis Krauss et son Sonny, Joanne Curler Kerner, Bina Valenzano, Christine Freglette, Vernica Kilcullen, Lisa Rykoski et Iva Lou Johnson. La cousine Evangeline, Eva Palermo, épouse, mère et professeure qui a fêté ses quatre-vingt-dix ans pendant que j'écrivais ce livre – si vous voulez être une femme active et stupéfiante à quatre-vingt-dix ans, voyez ma cousine Eva.

Merci à Michael Patrick King, le directeur de mon institut pour la santé mentale. Merci d'être sincère et d'être vous-même. Cynthia Ruthledge Olson, je donne un numéro en 800 afin que des gens du monde entier puissent vous appeler avec leurs problèmes. Vous aurez de l'aide : Maey Testa peut tenir le standard tandis que Wendy Luck distribue nos prospectus ; merci à vous deux. Merci à Elena Nachmanoff et à Diuane Festa, mes sœurs de cœur.

L'histoire qui se déroule tout au long de ce livre a demandé de nombreux mois de recherches. Je suis redevable aux spécialistes qui ont accompagné mon écriture. Merci.

Anthony Tamburri et Joseph Sciorra, du Calandra Institute, sont des experts de l'histoire des Italiens en Amérique, de Little Italy et de l'immigration au début du vingtième siècle. Ma chère amie Betsy Brazis m'a généreusement renseignée et avec une grande précision sur la région minière de l'Iron Range. Et Ida, ma mère, a évoqué pour moi de précieux souvenirs sur la vie de ses parents à Chisholm.

Ma gratitude va aussi à Nadia Sammarco, qui m'a fait partager sa parfaite connaissance du Metropolitan Opera de

New York; à Richie Sammarco pour ses souvenirs de l'opéra; aux (divines) sœurs du Sacré-Cœur de Jésus, et parmi elles les sœurs Angela Bayo, Judy Garson, et aux sœurs Maurra Kelcher et Susan Burke-O'Neal du couvent du Sacré-Cœur; à l'archiviste John Pennino au Metropolitan Opera; à Andrea Spolti, mon cousin spécialiste dans ce domaine; et au grand écrivain et éditeur Veda Ponikvar du *Chisholm* Tribune-Press, à Chisholm dans le Minnesota.

Samantha Rowed a fait un extraordinaire travail sur l'histoire de la résidence Milbank, sur Otto Kahn, James Burden, Ellis Island et la vie au début du siècle dernier. Les parties du texte en italien ont été traduites par la professeure Dorina Cereghino.

Pendant les dernières phases de l'écriture de ce livre, j'ai perdu plusieurs amis et des membres de ma famille auxquels je tiens à rendre hommage ici. Michele O'Callaghan Togneri, épouse adorée de Tommy, était un personnage complètement original, et elle fut une merveilleuse mère pour Julia, T. J. et Mia. Tommy m'a dit que Michele avait toujours mes livres sur sa table de chevet. Elle a, à jamais, sa place dans mon cœur. Ma cousine Cathy Peters a été une formidable épouse pour Joe et une mère exceptionnelle pour Lauren et Joey; Rebecca Wright Long, chez Big Stone Gap, était une sœur pour moi (tout comme sa sœur Theresa Bledsoe), et faisait des heures de route pour assister à une lecture, c'était aussi la magnifique épouse de Stephen et la mère d'Adam et de Christina. Le grand Theo Barnes, acteur, dramaturge et metteur en scène avait débuté dans sa carrière au Judson Poets Theater et m'a généreusement prise sous son aile à mon arrivée à New York. Abner «Abbey» Zalaznick était un merveilleux époux et un merveilleux père capable d'un tel bonheur de vivre qu'il en devenait contagieux. Lily Badger, la camarade de classe de notre fille à Chelsa Day School, était une fille superbe, comme ses sœurs Grace et Sarah. Et comme Madonna et Matthew, leurs parents – nous n'oublierons jamais ces trois beautés.

Je trouve bien que de nombreux noms figurant dans ce roman proviennent de donations faites aux religieuses de la Pension Caroline dans le Connecticut. Elles font beaucoup pour les immigrants; avant tout, elles leur apprennent à lire et à écrire l'anglais, ce qui est fondamental. Mes grands-parents auraient été enchantés de découvrir que des éléments de leur propre histoire ont été intégrés à celle d'une génération d'immigrants. C'est pourquoi je veux remercier ma famille. Nous descendons tous de ces immigrants solides, durs à la tâche et habités par leurs rêves.

C'est finalement don Andrea Spada qui a signé la photographie de lui prise au séminaire en 1930. Il écrivait à ma grand-mère Lucia : *Pour ma chère sœur en Amérique avec mon immense affection.* Au fil des années, il put se rendre en Amérique à de nombreuses reprises afin de rendre visite à sa sœur, pour la plus grande joie de celle-ci. Quand nous sommes allés le voir dans la montagne cinquante ans plus tard, les murs de la maison familiale étaient couverts de photographies de nous et de ses autres parents d'Amérique. Aucun océan, aucun pays, aucune guerre n'a pu empêcher la famille Spada de rester unie. L'amour a toujours été là et il est plus présent que jamais, exactement comme la montagne.

Table

PREMIÈRE PARTIE
Les Alpes italiennes

1. Un anneau d'or 9
2. Un livre rouge 35
3. Un miroir d'argent 46
4. Un pot de crème 67
5. Un chien errant 89
6. Un ange bleu 103
7. Un chapeau de paille 132
8. Une robe de moine 152

DEUXIÈME PARTIE
Manhattan

9. Un mouchoir de lin 163
10. Un arbre vert 175
11. Une médaille bénie 200
12. Un stylo à plume 215
13. Une broche en bois 243
14. Une guirlande 271
15. Un diamant jaune 291
16. Une truffe en chocolat 308

17. Une aiguille à coudre 325
18. Une flûte à champagne............................. 349
19. Une carte de visite................................... 371
20. Une boîte à chapeaux............................... 381
21. Une tresse en or....................................... 406

TROISIÈME PARTIE
Minnesota

22. Un bouquet de violettes 427
23. Une carte pour la bibliothèque 462
24. Un billet de train 501
25. Un porte-bonheur.................................... 520
26. Un tour en fiacre..................................... 543
27. Un camée bleu.. 566
28. Une lucarne 581
29. Une paire de patins à glace 590

Remerciements... 627

RÉALISATION : IGS-CP À L'ISLE-D'ESPAGNAC

Cet ouvrage a été imprimé en France par
CPI Bussière
à Saint-Amand-Montrond (Cher)
en juin 2015.
N° d'édition : 117805-3. - N° d'impression : 2016413.
Dépôt légal : mars 2015.

« LES GRANDS ROMANS » DE POINTS
DES ROMANS QUI TRAVERSENT L'HISTOIRE

Antoine et Isabelle
Vincent Borel

En 1925 à Barcelone, Antonio et Isabel rêvent d'une vie libre, à l'image des utopies de leur temps. Ils sont entraînés dans le tourbillon de l'Histoire : Antonio combat pour la République espagnole, Isabel fuit le régime franquiste. En France, après la guerre, les deux amants pourront enfin renaître de leurs cendres, sous les noms d'Antoine et Isabelle.

Prix Laurent Bonneli, Lire & Virgin Megastore
Prix Page des libraires

« *Avec une grande finesse psychologique, Vincent Borel rend sensible le destin de ses personnages embarqués dans l'histoire du XXe siècle.* »

L'Express-Lire

« LES GRANDS ROMANS » DE POINTS
DES ROMANS QUI TRAVERSENT L'HISTOIRE

Rêves oubliés
Léonor de Recondo

À l'ombre des pins, ils ont oublié le bruit de la guerre et la douleur de l'exil. Dans cette ferme au cœur des Landes, Aïta, Ama et leurs trois enfants ont reconstruit le bonheur. Dans son journal, Ama raconte leur quotidien, l'amour, la nécessité de s'émerveiller des choses simples et de vivre au présent. Même dans la fuite, même dans la peur, une devise : être ensemble, c'est tout ce qui compte.

« Rêves oubliés *déborde d'un amour pudique et de cette paix qui surgit quand on accepte de ne plus nager à contre-courant.* »

ELLE

« LES GRANDS ROMANS » DE POINTS
DES ROMANS QUI TRAVERSENT L'HISTOIRE

La Couturière
Frances de Pontes Peebles

Emilia et Luzia, les sœurs orphelines, sont inséparables. Un jour, Luzia est enlevée par les *cangaceiros*, de terribles bandits. Dans ce Brésil âpre et violent des années 1930, Emilia nourrit toujours un infime espoir : et si Luzia avait survécu ? Se cacherait-elle sous les traits de la Couturière, cette femme réputée impitoyable, devenue chef des mercenaires ?

« *Un véritable petit bijou littéraire.* »

L'Express

« LES GRANDS ROMANS » DE POINTS
DES ROMANS QUI TRAVERSENT L'HISTOIRE

L'Espionne de Tanger
María Dueñas

Sira, jeune espagnole passionnée, crée à Tétouan un atelier de couture qui fait le bonheur des riches expatriées. Talentueuse, elle devient vite leur confidente. Quand la guerre éclate, la maîtresse de l'ambassadeur d'Angleterre lui fait une proposition : être un agent des forces alliées. Témoins des alliances entre nazis et franquistes, les robes de Sira changeront-elles le sort de l'Europe ?

« Un merveilleux roman dans la meilleure tradition du genre, avec amour, mystère, tendresse, et personnages audacieux. »
Mario Vargas Llosa

« Un destin de femme peu banal sur un rythme trépidant. »
L'Express

« LES GRANDS ROMANS » DE POINTS
DES ROMANS QUI TRAVERSENT L'HISTOIRE

La Rose pourpre et le Lys
Michel Faber

Dans les bas-fonds de Londres, à la fin du XIXe siècle, les hommes ne jurent que par Sugar, une prostituée sulfureuse et cultivée. William Rackham, riche héritier, en tombe éperdument amoureux et décide de l'entretenir. Sugar est sauvée de la misère, et bien décidée à ne plus y retourner. Mais face à la médiocrité d'une petite bourgeoisie moralisante, parviendront-ils à braver les interdits?

« Dans La Rose pourpre et le Lys, *Michel Faber peint, avec des mots contemporains, une somptueuse fresque victorienne. Comme un écho londonien à* La Comédie humaine, *de Balzac. »*

L'Express

« LES GRANDS ROMANS » DE POINTS
DES ROMANS QUI TRAVERSENT L'HISTOIRE

Luz ou le Temps sauvage
Elsa Osorio

Après vingt ans d'ignorance puis de quête, Luz a enfin démêlé les fils de son existence. Elle n'est pas la petite-fille d'un général tortionnaire en charge de la répression sous la dictature argentine ; elle est l'enfant d'une de ses victimes. C'est face à son père biologique, Carlos, retrouvé en Espagne, qu'elle lève le voile sur sa propre histoire et celle de son pays.

« Une manière extrêmement habile de révéler un passé récent, violent, dans ce qu'il a de profondément inadmissible, d'en démonter la mécanique, tout en racontant une histoire poignante, passionnante. »
Le Magazine littéraire